霍松林选集

>>> >>

选集

霍松林 著

HUO SONGLIN XUANJI

第一卷 文艺学概论 文艺学简论

陕西师范大学出版总社有限公司

出版说明

霍松林先生从上世纪五十年代初即在陕西师范大学任教。六十年来,他治学不厌,诲人不倦,著述宏富,饮誉海内外。在庆贺先生九十华诞之际,特出版十卷本的《霍松林选集》,旨在彰显先生的学术成就和对文艺界、教育界的无私奉献。

这部选集经陕西师范大学邀约,由霍先生亲手选编。除《序跋集》、《论文集》外,其他皆从历来出版的各种著作中选出。从1957年7月陕西人民出版社出版的《文艺学概论》到2010年6月线装书局出版的"中华诗词文库"本《诗国漫步》,时间跨度极大,学术风气迭经变迁。因而除《诗词集》等增加新作而外,如《文艺学概论》、《文艺学简论》等只更正排印方面的错讹,其他则力求完整的历史呈现,保持原貌。

《霍松林选集》各卷付印样亦经先生过目首肯。先生以高迈之身躬校书样,治学之谨严,付梓之庄重,实是本书出版之最大精神支持。

惟望先生矍铄康健,以更多杰作引掖后来学人。

《霍松林选集》编委会
2010年10月

前　言

我出生于 1921 年农历八月二十八日,几经风雨沧桑,如今已两鬓飞雪,老态毕露。然而学校不仅未让我退休,还要为我祝九十寿,编印全集,真使我感激不已。几十年来,虽然结合教学笔耕不辍,发表过不少东西,但限于资质和学力,大都水平不高;有一些,连自己也不满意。因而反复考虑,决定不出全集,只出一套十卷本的《霍松林选集》。

第一卷 《文艺学概论　文艺学简论》

《文艺学概论》据陕西人民出版社 1957 年版重印,《文艺学简论》据中国社会科学出版社 1982 年版重印,后附评论文章一篇。

《文艺学概论》是我写的第一本书,也是中华人民共和国成立以后率先面世的新型文艺理论教科书。因为是距今半个多世纪以前出版的,当然有不言而喻的历史局限性。但今天毕竟是从前天、昨天发展而来的,所以新时期以来,仍不断有专家学者提到它、评论它。文艺理论家张炯先生在发表于《文学评论》1989 年第 5 期的《毛泽东与新中国文学》一文中提到此书,说它"对文学艺术作为审美意识形态的各方面的特征与规律,作了较为全面和深入浅出的论述,这对于指导广大作家和文艺爱好者进行创作,起了不容忽视的积极作用"。浙江大学中文系主任陈志明教授在连载于《人文杂志》1988 年第 2、3 期的《霍松林先生的文艺理论研究述评》一文的第五部分说:"霍松林编著文艺理论教科书时参考资料不多。对比季摩菲耶夫的《文学原理》,除了在理论框架上有所差异、具体论点上有所不同之外,在结合中国文学的历史与现状进行论述这一点上,更是一空依傍,难能可贵。……著者在当年筚路蓝缕、创业维艰的情况,应予充分肯定。《概论》不仅开了建国以后国人自己著述系统的文学理论教科书的风气之先,而且发行量大,加之在其前已作为交流讲义与函授教材流传,影响及于全国。大学师生、文艺工作者与文艺爱好者,不少人就曾从中得到教益,受到启发;笔者即是其中的一个。不少 50 年代后期和 60 年代前期的大学中文系学生,其中有些今天已成为专家,还不忘《概论》在当年如春风化雨给予他们心灵的滋养。"陈志明教授是上世纪 50 年代后期北大中文系的高材生,与现任中央文史馆馆长、北大名教授袁行霈先生同窗友好;但他撰写此文时与我尚无交往。他不吝笔墨评论我的早期研究,完全出于崇高的历史责任感,让后来人回眸历史,了解真相。

改革开放以来,我先后收到许多未曾谋面的朋友的信,提到早年曾熟读拙著《文艺学概论》。这里摘引杨忠先生的两封信以概其余。第一封信的开头说:"虽然无缘拜见,但早年熟读您的《文艺学概论》,正是您的这本书激励我上进,指导我从事文学创作,一步步走进文学殿堂,因而在我心目中,您一直是我最尊敬的老师。"第二封信的后一部分是:

关于您的《文艺学概论》,有机会,我定要写篇短文,寄您求教。的确,我对此书是有特殊感情的。对它重大价值的识认,我不是学院式的书卷气,从理论到理论,而是从自身体会的实践中得来的。小时,由于家境所迫,仅读了两年小学和两年初中,便在老家务农。因喜爱文学,想找这方面的书看,别人给我一本苏联毕达可夫的《文艺学引论》,我越读越糊涂,越乏味。后来从别人处借了一本北大的文学概论讲义,仍然读不下去。有一天在甘谷县城新华书店见到了您的书,买了一本带回家。一读,立刻被吸引住了,每晚读至鸡鸣,并记了详细的笔记。正是这本书激发了我的求知欲,引我走入文学殿堂的。也是它,唤起了我决心求学的上进心,于 1963 年自学考入西北师院中文系。我的文学概论课老师陈涌问我为什么要上中文系,我说是您的《文艺学概论》吸引我爱上了文学,想上中文系深造。1965 年我被选为全国青年作家代表大会代表,在北京出席会议,老舍问我为什么爱上文学,我回答是读了您的《文艺学概论》。那时,我是个写小说的,有些小说被翻译为英、日等文,被人民文学出版社收入集子。您的书,不只给我知识,还指导我当时的创作。由于我本身的特殊经历,对您的书有特殊的感情。也是从我的切身体会中认识到您的书是中国化的《文艺学概论》,通俗易懂,引人入胜,既有理论价值,又有指导创作的实用价值。1985 年我应邀给甘肃教育学院讲授文学理论课,将您的书给学生介绍了几十分钟,说它开了中国化文学理论的先河,是现代的《文心雕龙》。(这两封信,均收入拙著《青春集》,西安出版社 2007 年出版)

陈志明教授的《霍松林先生的文艺理论研究述评》分五个部分从多方面评

论了《文艺学概论》、《文艺学简论》的"历史地位与理论价值",很值得有兴趣翻阅这两部拙著的朋友参阅。

第二卷 《诗词集》

《诗词集》据作家出版社 2008 年 10 月出版的《中华诗词文库》本重印,增加了新作诗、词、曲约二百首,赋四篇,楹联二十则和早年所作新诗二首,按写作时间先后排印。

我在童年即由父亲指导习作诗词。1937 年"七七事变"后所作的《卢沟桥战歌》、《八百壮士颂》等几十首抗战诗词,被评为"激昂慷慨,气壮山河"。纪念抗战胜利五十周年时,中国作家协会将我列入"抗战老作家"名单,颁发了"以笔为枪,投身抗战"的红铜质奖牌。《中华诗词文库》本《霍松林诗词集》出版后,经中华诗词学会二届五次常务理事会一致通过,授予"中华诗词终身成就奖"。现将《中华诗词》2009 年第 2 期刊载的《颁奖词》、《作品简介》和关于颁奖仪式的报道移录于后:

颁 奖 词

中华诗词学会名誉会长霍松林,1921 年生,甘肃天水人,是当代古典文学权威学者、著名诗人、词赋家、文艺理论家,是中华诗词学会的重要发起人和创建者之一。

长期以来,霍松林先生担任陕西师范大学教授、博士生导师,国务院学位委员会学科评议委员、中国古文论学会名誉会长、杜甫诗歌研究会会长,主要著作有《文艺学概论》、《文艺散论》、《唐音阁吟稿》、《霍松林诗词集》等。1997年创作《香港回归赋》驰誉海内外,有"一代鸿文"之美称。他与时俱进,率先垂范,倡导以新声韵写诗,为推动中华诗词创新发展产生了广泛而深远的影响。他甘为人梯,教书育人,是桃李满天下的诗词大师。为表彰他在诗词创作和理论建设上的杰出成就,经中华诗词学会二届五次常务理事会研究决定,授予"中华诗词终身成就奖"。

作品集简介

《霍松林诗词集》是霍松林先生的诗集。作为古典文学权威学者,著名诗人、词赋家、文艺理论家,他的这部诗集凡十三卷,词一卷,共 1200 余首。时间跨度70余年,见证了中华民族现代抗日救亡、艰辛建国以及改革开放的全过程,可说是历史的实录。

松林先生袭芬家学,少有夙慧。中学时代即主编刊物,发表诗作。其卢沟桥战歌、平型关大捷、南京屠城诸作悲愤激昂,发扬蹈厉,名动当时。1945年考入中央大学,师从汪辟疆、陈匪石、胡小石诸先生专攻文史诗词,学益精进。时陪诸老雅集,深得于右任诸公器许,有西北奇才之目。综览全集,凡诗友交游、人生际遇、民族圣战、时局屯艰以及改革新貌、山河美景、和谐壮图一一生动精彩现于笔端。针砭时弊,赞助休明,何其壮也。千帆先生以为“松林之为诗,兼备古今之体,才雄而格峻,绪密而思清”,堪为当代吟坛茹古涵今、新机勃发之突出代表。此书之问世,必将对当代吟坛产生重要影响。

“中华诗词终身成就奖”颁奖暨五位诗家作品集首发仪式在京隆重举行

记者 韩丹伊

2008年12月20日,由中华诗词学会主办的“中华诗词终身成就奖”颁奖暨五位诗家作品集首发仪式,在全国政协金厅会议室隆重举行。国务委员兼国务院秘书长马凯在百忙之中前来参加盛举,亲自向获奖者颁奖,并发表了重要讲话。马凯同志的讲话以国务院领导人高深的思想境界和广博的文化视野,同时又谦虚地以普通诗友的身份,从谈诗词创作入手,充分肯定了中华诗词事业繁荣发展的大好形势,明确指出了当前诗词创作中存在的突出问题,深刻阐述了当代诗词要大发展、大繁荣必须正确处理好五个关系。第一,要处理好继承与创新的关系;第二,要处理好普及与提高的关系;第三,要处理好旧体诗词与新诗的关系,同时,诗词还要注意与书法、绘画、吟唱结合起来;第四,要处理好诗人与大众的关系;第五要处理好做人与作诗的关系。为深入贯彻党的十七大精神,用科学发展观引领当代诗词的创新发展指明了方向,具有重大而深远的指导意义。(全文另发)

出席此次盛会的有:中国文联党组书记胡振民,中国作家协会党组书记李冰,中国对外友好协会会长陈昊苏,中央纪委常委、中共云南省委原书记令狐安,全国政协常委、总装备部原副政委李栋恒中将,文化部副部长兼故宫博物院院长郑欣淼,中国光大集团董事长唐双宁,中国国际教育交流协会会长、国家教委原副主任、国家总督学柳斌,中国文联、中国作协名誉副主席、中华诗词学会名誉会长张锲,中国作协党组原副书记、中华诗词名誉会长王巨才,中国楹联学会会长孟繁锦，中国作协党组成员、书记处书记陈崎嵘，中华诗词学会常务副会长、中国作协原党组成员、文艺报总编辑郑伯农等。仪式由中华诗词学会会长助理、中国人民解放军电视宣传中心原主任李文朝少将主持。

中华诗词学会常务副会长郑伯农代表中华诗词学会致词。他指出，为老同志颁发终身成就奖，这件事经过了长期的酝酿，在中华诗词学会二届五次常务理事会上得到了一致通过。这次获奖的有孙轶青、霍松林、叶嘉莹、刘征、李汝伦五位诗词大家，这五位老同志获奖是名实相符、众望所归的。表彰五老，出版当代诗词佳作，正是为了推动诗词事业走向更大繁荣。

中国作家协会党组书记李冰在讲话中说，中华诗词学会在这里隆重举行"中华诗词终身成就奖"暨五位诗家作品集首发仪式，这是当代中国诗坛的盛事，也是全国诗友们的一件大喜事，我代表中国作家协会，向获得这一殊荣的五位前辈表示衷心祝贺，并向五位诗家的作品集首发表示祝贺。（全文另发）

中国文联党组书记胡振民在向这一盛举表示祝贺并充分肯定中华诗词的历史意义和时代价值的同时，当场赋诗致贺："丝竹弦管本无缘，六艺五音愧不全。盛世兴文临乐府，躬身把酒敬前贤。"著名书法家沈鹏，在病中赋诗致贺："仙家昔传有五老，星孕精灵容光好。我诵当今五老诗，积年尘垢冰雪澡。世外仙家骖仙鸾，人间汗血化文藻。"著名楹联家孟繁锦、青年诗人蔡世平、本次活动的襄助者孙丹林教授也分别作了热情洋溢的发言。

马凯同志向五位终身成就奖的获得者颁发了金质华表奖杯。胡振民、李冰、陈昊苏、令狐安、李栋恒分别向获奖者颁发了证书。当代诗词大师霍松林先生代表获奖者作了情深意长的发言。颁奖仪式结束后，举行了孙轶青、霍松林、刘征、李汝伦、马凯五位名师大家的作品集首发式。

出席今天仪式的还有中华诗词学会的部分顾问、副会长、秘书长、副秘书长等领导，他们是：袁忠秀、段天顺、梁东、杨金亭、张结、欧阳鹤、宣奉华、晨崧、雍文华、丁国成、赵京战、刘麒子、王德虎、李一信、李树喜、王玉明、周兴俊、陈祖美、赵仁珪、张心舟、张桂兴、吕梁松。专家、学者、书法家、诗联家等各界代表，人民日报、光明日报、中央电视台、中国文化报、中国艺术报、文艺报、读书报等首都新闻界的朋友们也应邀参加了仪式。

"中华诗词终身成就奖"是新中国成立以来，首次颁发的最高规格的传统诗词奖项，是中华诗词发展史上的一个里程碑。它必将为中华诗词的大发展、大繁荣起到巨大推动作用。

第三卷 《鉴赏集》

《鉴赏集》是在河北教育出版社 2001 年出版的《唐音阁鉴赏集》的基础上补入项羽《垓下歌》鉴赏等十八篇而成的。

1953 年以后,我长期讲授中国古典文学。为了让同学们彻底读懂名篇佳作,我便撰写赏析文章印发,同时送校内外报刊发表。其中的许多篇,曾被中央人民广播电台看中,向全国广播,广播稿收入该电台编印的《阅读与欣赏》。改革开放后应人民文学出版社之约,编了一本《唐宋诗文鉴赏举隅》,1984 年出版,印 5 万册,此后多次重印。1999 年又由中国社会科学出版社出版,印 4 万册,改名《唐宋名篇品鉴》。

《唐宋诗文鉴赏举隅》收录的只是我所撰写的鉴赏文章的一小部分,《诗经》以及历代诗、词、曲、赋、散文名篇,我都有选择地写过鉴赏文章,分别收入上海辞书出版社及其他出版社编印的各种鉴赏辞典;2001 年河北教育出版社为我出版五卷本文集时,我把它们汇集起来,编为《唐音阁鉴赏集》,约二百篇。这些鉴赏文章不断被有关出版物(包括人民教育出版社出版的有关教材)所采用,在网上,也可全部查到。

第四卷 《随笔集》

《随笔集》据河北教育出版社 2001 年出版本增删修订,包括《伤逝忆旧》、《萍踪剪影》、《谈书论画》、《长安诗话》、《文化撷英》、《阅世随笔》、《诗艺杂谈》、《鉴赏漫议》、《治学刍言》、《碑记选存》、《课余随笔》、《旅途纪历》等十二类。

一个人能够成长,离不开老师的教育和尊长的提携。十年"文革",学生斗老师,晚辈斗尊长,贻害无穷。如今提倡尊师重教,敬长爱幼,揭发、批斗之类的"革命"行动没有了,但师生关系、长幼关系、所有人与人之间的关系,还不都是亲密无间的。要建构美好的和谐社会,还须从多方面努力。我把几篇怀念师长的文章编在前面,不知能否产生一点积极影响。

上世纪 60 年代初,由于贯彻"八字方针",政治环境略显宽松,《陕西日报》、《西安晚报》为我辟了《诗海一瓢》、《奋勉集》、《长安诗话》三个专栏,《光明日报·东风》也发表了我的《谈蚊》、《谈虎》、《枣树的赞歌》等散文。这一切，当时都颇受好评，而在"文革"中，却都成了"三反"罪证。《奋勉集》和《诗海一瓢》发表的文章这里不收。《长安诗话》和《谈虎》、《谈蚊》等都收进来了，请大家看看那是不是"毒草"？可惜当时对号入座的"革命"急先锋有一些已与秋后的"蚊子"同归于尽，看不到这本集子了。

改革开放以来，拨乱反正，万象更新，"文化热"、"诗词热"、"书画热"、"鉴赏热"不断升温。《文化撷英》、《谈书论画》、《诗艺杂谈》、《鉴赏漫议》等栏目所收的各类文章，便是在这种情况下写出来的。文章很"杂"，却正好从多方面展现了百花齐放的学术文化春天。

应报刊之约写了几篇谈治学的文章，也收在这里。

1947 年前后，我在南京《和平日报》为我开辟的《敏求斋随笔》专栏发表了上百篇短文，多年前复印到一部分。当时也写文艺性随笔，其中的《旅途纪历》也复印到了。前者是用文言写的，后者则是白话文。现在附在这本集子后面（前者改题《课余随笔》），用以纪念我终生难忘的大学生活。

第五卷 《论文集》

从新中国成立以来所发表的评论文章中选出五十六篇，附少作七篇，编成这本《论文集》。

新中国成立初至"文革"前夕，我主要讲授文艺学、中国古代文论和中国古典文学。围绕教学，写作、发表了几十篇文章，这里选收了《关于白居易的创作方法》、《试论形象思维》、《诗的形象与诗人》、《论嵇康》、《尺幅万里——杜诗艺术漫谈》、《西昆派与王禹偁》、《论苏舜钦的文学创作》、《论梅尧臣诗歌题材、风格的多样性》、《谈〈儒林外史〉》、《论〈西厢记〉的戏剧冲突》、《论赵翼的〈瓯北诗话〉》、《评新版〈西厢记〉的版本和注释》等篇。

文学艺术创作离不开形象思维，现在已是人们的常识；但我在上世纪50年代中期发表了《试论形象思维》，却激起极大反响，"文革"初更被《红旗》点名，陷我于灭顶之灾。收入这篇文章和粉碎"四人帮"后发表的《重谈形象思维》，不单纯是为了回顾历史，主要是为了赞颂党的十一届三中全会"拨乱反正"的伟大功勋。

上世纪50年代前期，高校文科的中国古典文学课程课时极少，大量作品无暇涉及，也不敢涉及。而元明清戏曲小说中的代表作，则被认为有"人民性"和"现实主义精神"，可以有选择、有批判地讲。当时我正担任元明清文学教学，因而对《三国演义》、《西游记》、《儒林外史》和《红楼梦》等都发表过论文，还出版了一本《〈西厢记〉简说》。因为受历史条件的限制，这些东西在现在看来都缺乏学术深度。然而这是新中国成立后试图用新观念评论古典戏曲小说的第一批文章，所以在当时和稍后读者颇多，其中的《谈〈儒林外史〉》，还被用为新版《儒林外史》的《前言》。因而收入了关于《儒林外史》等和《西厢记》的五篇文章。王季思先生是我的老学长，1953年出版的《西厢记》校注精审，是他多年来研究成果的结晶。我读到后写了一篇《评新版〈西厢记〉的版本和注释》给予肯定，并提出了一些个人看法，其中对"一弄儿"、"撒和"等词的解释，得到元曲研究者的认同。

上世纪50年代，学术界对宋诗、宋词除肯定陆游、辛弃疾的少数作品而外，其他都未给予应有的重视，对宋代散文更少提及。因此，我很想写一部宋代文学史，但在发表了三篇文章之后，"批判'厚古薄今'运动"已经展开，我首当其冲，只好搁笔。但这三篇，却是新中国成立后国内最早发表的评论王禹偁、苏舜钦和梅尧臣文学创作的文章，起了抛砖引玉的作用，故一并收入。

我讲中国古代文论课的几个学期，结合备课，对王若虚的《滹南诗话》、赵翼的《瓯北诗话》、叶燮的《原诗》、沈德潜的《说诗晬语》等几种重要的诗论专著进行校勘、标点和注释，撰写了长篇前言，由人民文学出版社出版。几篇前言作为单篇论文，发表于《文学遗产》和《〈文学遗产〉增刊》。这几种诗论校注为中国古代文论的研究者提供了方便，至今不断重印。专家认为："我国学术界对《原诗》等的研究，是从霍松林先生的校注本问世之后开始起步的。"(1991年7月18日《人民日报》海外版《评〈诗源·诗美〉》)这里选收了《王若虚的文学批评》、《叶燮的诗歌理论及其影响》、《论赵翼的〈瓯北诗话〉》。

新时期写的三十八篇，各有侧重，不一一说明。所附论杜甫的七篇少作是在南京上大学时写的，发表于当时的《中央日报》学术副刊《泱泱》，收入拙著《青春集》，钟振振、赵逵夫、张忠纲三位教授分别撰文评论。

第六卷 《序跋集》

《序跋集》分为《自序自跋》、《博士论文序》、《诗联序跋》、《杂著序跋》、《书画篆刻序跋》五类。《自序自跋》，收入为自著书和自任主编书所写序跋的大部分。如时代文艺出版社出版的《绝妙唐诗》、陕西人民出版社出版的《历代绝句精华鉴赏辞典》、长春出版社出版的《名家讲解唐诗宋词元曲系列》，我都担任主编，写了序，但序太长，故未收入。《博士论文序》，收入为我指导的博士论文所写的序。自 1986 年至今，我指导的博士研究生荣获博士学位的已近 70 位，其博士学位论文水平都较高，我写序的，只是其中的一小部分。

从 1978 年至 2000 年，我心情愉快，健康状况也比较好。朋友们要出诗词集、书画集以及各种著作，只要向我索序，都有求必应。2000 年至今，心情照样愉快，而健康状况却江河日下，所以有人索序，都婉言辞谢，但还是写了一些。凡搜集到手的，分别编入《诗联序跋》、《杂著序跋》和《书画篆刻序跋》。

第七卷 《译诗集》

《译诗集》据河北教育出版社 2001 年出版本重印，译诗后增收唐文今译三篇，《后记》后附评论文章一篇。

抗战时期上中学，既作新诗，也作旧体诗。上大学以后，有感于"五四"以来的新诗偏于"横向移植"而缺乏"为中国老百姓喜闻乐见的民族气派"，便只作旧体诗，但仍关注新诗的发展。新中国成立初期，我既讲授古典诗歌，也讲过现代诗歌，为了通过切身体验领悟从古典诗歌到现代诗歌的发展变化，从而探索继承与革新的关系，我试图做一些古诗今译的工作，断断续续地翻译唐诗。李白、杜甫、王维、李商隐的名作都译过一些。白居易的诗译得比较多，共计一百多篇，对原诗加了必要的注，编为《白居易诗选译》，由天津百花文艺出版社于 1959 年出版，印 15000 册。不久销售一空，多次重印。有时重印，还寄一点稿酬。近十多年来不见寄稿酬，以为不印了，手头的一册因几次搬家，也找不到了。没想到忽然有人拿了一本来求我签名，一看版权页，竟然印的是："2003 年 7 月第 1 版"！

河北教育出版社版《唐音阁译诗集》包括王维、李白、杜甫、白居易、李商隐的名篇今译约二百篇,数量不多,质量不高,却付出了长时期的艰辛劳动。个中甘苦,在《后记》中讲到了。这篇《后记》,是用这样一段话结束的:

中国古典诗歌由于具有含蓄、凝练、富于联想和想象等艺术特点,解释尚感困难,因而有"诗无达诂"的说法。要准确地翻译而不损失原作的韵味,几乎是不可能的。尤其是唐诗中的佳作,象外有象,言外有意,弦外有音,味外有味,是那样的情韵悠扬,动人心魄,不论是用外语翻译还是用现代汉语翻译,都吃力不讨好。可是,客观上又需要翻译,我因而干了这种吃力不讨好的事,而且还想继续干下去。

第八卷 《诗国漫步》

《诗国漫步》据作家出版社出版的《中华诗词文库》本重印,略有增删,包括改革开放以来发表的三十四篇文章。

2008 年 12 月 20 日,在全国政协金厅会议室举行的"中华诗词终身成就奖"颁奖仪式上,有关领导宣读了给我的《颁奖词》。开头说:"他是中华诗词学会的重要发起人和创建者之一。"结尾说:"为表彰他在诗词创作和理论建设上的杰出成就,经中华诗词学会二届五次常务理事会研究决定,授予'中华诗词终身成就奖'。"受《颁奖词》的鞭策与鼓舞,便想从有关论著中选若干篇涉及"诗词理论建设"的编一本书,以便听取意见,继续提高。会后向有关领导谈了这种想法,竟蒙热情支持。纳入《中华诗词文库》出版。

振兴中华诗词是我多年来的夙愿。在成立中华诗词学会的发起书上签名时也题了两句:"振兴中华,振兴中华诗词。"《诗国漫步》所收的几十篇文章,虽涉及理论而各有侧重,但目的只有一个,那就是振兴中华诗词。例如为多次中华诗词大赛获奖诗集所写的前言,都结合对获奖作品的评论,倡导"题材新、观念新、感情新、语言新、意境新"的新诗风。(江西诗人王春霖先生在为我祝八十寿的两首七律中有"中华诗赛尊三序"之句,自注云:"中华诗词学会主办的历次诗赛,霍老皆任评委会主任,并为获奖诗集写序,尤以《金榜集》、《回归颂》、《世纪颂》三序脍炙人口。")在历届中华诗词研讨会上所作的开幕词、闭幕词和长篇发言对会议主题的阐发,也都立足于中华诗词的振兴。1997 年 10 月中旬在昆明召开的全国第十届中华诗词研讨会,我受委托任组委会主任及论文集编委会主任,并在开幕式上作主题发言,题目即是《高举邓小平理论伟大旗帜,开创吟坛新局面》。发言稿编入本届会议的论文集,又收入岭南诗社编印的《当代诗词论文选集》及其他论文集,颇有影响。

这个集子所收的大部分文章虽涉及理论,却重在践行,因而不叫诗词论文集,而叫《诗国漫步》。中华"诗国",壮丽无比;一息尚存,"漫步"不已!

第九卷 《西厢述评　西厢汇编》

《西厢述评》据陕西人民出版社 1982 年版重印,《西厢汇编》据山东文艺出版社 1987 年版重印。

上世纪 50 年代前期,我讲授元明清文学时写了一本《西厢记简说》,作家出版社 1957 年出版,印 32000 册。中华书局 1962 年重印,印 10000 册。改革开放后有好几家出版社要求重印,略作修订后改名《西厢述评》,由陕西人民出版社编入《戏剧理论丛书》,1982 年出版,印 13000 册。郭沫若曾在《〈西厢记〉艺术之批评与作者之性格》一文中高度评价了《西厢记》:"《西厢》是超时空的艺术品,有永恒而且普遍的生命。"作为"超时空的艺术品",《西厢记》从元代起传唱四方,到了明、清两代,更出现了"西厢热",各种改编本风起云涌,舞台演唱,也由北曲而南曲而各种地方戏。因此,对《西厢记》的系统研究,必须涉及纵向、横向一系列有关作品。我的《西厢记简说》和《西厢述评》涉及这些作品,但没有、也不可能把这些作品全部引出来。山东文艺出版社的孔令新先生有见于此,委托我完成了这部《西厢汇编》,1987 年出版,印 6335 册。把《西厢述评》和《西厢汇编》合为一卷出版,对《西厢记》的研究者和爱好者或有用处。

第十卷 《历代好诗诠评》

《历代好诗诠评》据中国社会科学出版社 2000 年版重印,宋代部分,诗人诗作略有增加。

《历代好诗诠评》所收一千一百多首"好诗"的"诠评",是在多年积累的讲稿基础上陆续加工而成的。上世纪 90 年代初,江苏古籍出版社编印《名家精选古典文学名篇》丛书,约我负责《唐诗精选》,要求入选作者有精确的简介、入选作品有深刻的品评。此书于 1992 年出版,印 16000 册,多次重印,又于 2000 年将原来的繁体竖排改为简体横排,更新装帧,作为新书出"第一版"。也是上世纪 90 年代初,岳麓书社编印《名家精选韵文三百首》系列,约我负责《宋诗三百首》,也要求作者有简介,作品有注释和评析。此书于 1994 年出版,印 10000 册,以后多次重印。此后应时代文艺出版社之约完成的《唐诗精品(附历代诗精品)》,1995 年出版,印 6000 册,以后多次重印。中国社会科学出版社出版的《历代好诗诠评》是以上各书的汇编,此次又修订、补充,力求完善。

十卷编成,口占八句,聊作《前言》的结尾:

苦学学到鬓如银,不慕荣华不厌贫。
阅世读书辄妄议,忧时感事亦狂吟。
操觚细审今昔变,持论遥通宇宙心。
十卷编成祸梨枣,岂堪覆酱又烧薪!

目 录

【文艺学简论】

第一编　文艺的特质

文艺学概论

第一编　文学和生活

第一章　文学的对象

一　在对文学和生活的关系上,唯物论和唯心论的斗争

在对文学和生活的关系上,唯物主义的美学和唯心主义的美学一直进行着尖锐的斗争。唯心主义美学家虽然也有各种流派,但都认为文学的对象不是客观的现实生活,而是作家的主观世界。例如黑格尔把艺术看做"绝对精神"自我表现的形式和阶段之一。厨川白村认为"文艺是纯然的生命的表现;是能够全然离了外界的压抑和强制,站在绝对自由的心境上,表现出个性来的唯一的世界"①。断言文艺创作乃是将"蓄在作家的内心的东西,向外面表现出来"。朱光潜先生在新中国成立前所写的许多著作中,根据唯心主义美学家克罗齐的"形相直觉"说、布洛的"距离"说和立普斯的"移情"说,确认不管是文学创作或文学欣赏,都是用"直觉";在"直觉"中所见到的"形相""并非原来在那里的,它是因'情'生出来的,所以,它是各人的性格和情趣的返照"。②

唯物主义的美学家与此相反。例如十九世纪俄罗斯的革命民主主义者车尔尼雪夫斯基在他的学位论文《艺术与现实之美学的关系》中,有力地抨击了唯心主义的美学,把艺术从"绝对观念"的云雾中拉下来,安放在现实生活的基础上,明确地说:"艺术的第一目的是再现现实。"并且强调指出:

> 生活的美如同没有戳记的金条,许多人不肯使用它,因为他们不能辨出它和黄铜条的区别。艺术作品就象是钞票,它很少内在的价值,但是大

---

① 厨川白村:《苦闷的象征》,见《鲁迅全集》第13卷,东北光华书店版,第32、54页。

② 朱光潜:《文艺心理学》,第34页。

家都保证着它的因袭的价值，结果大家都宝贵它，很少人明白认识它的全部价值都是由它代表一定分量的金子这个事实而来的。①

这就是说，艺术作品的价值，是被它所反映的生活所决定的，正像钞票的价值，是被它所代表的金子所决定的一样。

马克思列宁主义的美学根据辩证唯物主义的反映论彻底地解决了文学和生活的关系问题。现实生活是第一性的现象，而作为意识形态之一的文学是第二性的现象，是现实生活的反映。如毛主席所指出：

> 作为观念形态的文艺作品，都是一定的社会生活在人类头脑中的反映的产物。革命的文艺，则是人民生活在革命作家头脑中的反映的产物。人民生活中本来存在着文学艺术原料的矿藏，这是自然形态的东西，是粗糙的东西，但也是最生动、最丰富、最基本的东西；在这点上说，它们使一切文学艺术相形见绌，它们是一切文学艺术的取之不尽、用之不竭的唯一的源泉。这是唯一的源泉，因为只能有这样的源泉，此外不能有第二个源泉。②

二 文学对象的特殊性

一般地说，文学的对象和科学的对象同是客观世界；但是严格地说，文学的对象和科学的对象是有区别的（虽然这种区别不是绝对的）。科学所反映的是自然、社会或人生的某一方面，是某一物质运动形式的规律性或自然、社会的某一方面运动的规律性；因而不管是自然科学或社会科学，它们的对象都有一定的界限（虽然这种界限也是相对的）。文学则不然。它的对象是作为"社会关系之总和"的活的具体的人，人的生活的各个方面，人的具体的外貌特征和内心特征及其和社会环境、自然环境的联系和关系；因而它的对象的范围是异常广阔的，几乎广阔得没有界限。

文学的对象之所以那么广阔，是由于它的基本对象是和一切社会现象、自然现象发生多种多样的关系的人。人是文学描写的中心。亚里士多德指出作

---

① 车尔尼雪夫斯基：《生活与美学》，周扬译，新中国书局版，第92页。

② 《毛泽东选集》第3卷，第882页。

家主要"描写行动的人们",巴尔扎克称艺术为"人心史",高尔基把文学叫做"人学",就是这个意思。

只要拿科学论文和文学作品比较一下,就可以看出它们的对象的差异。在科学论文中,只要叙述一般的情况、揭示一般的规律就够了;而在文学作品中,却必须写出生动具体的人物。例如,在《为什么我们对美国侵略朝鲜不能置之不理?》这篇论文中,作者主要说明了我们必须抗美援朝的道理;而在《三千里江山》这部小说中,作者所写的主要是姚长庚、姚大婶、姚志兰、吴天宝、武震等许许多多的人物。这些人物的性格、思想、感情、理想、习惯、语言、行动、相互关系、生活经历以及居住和活动的环境等等,都显明地呈现在读者的眼前。又如毛主席在《中国革命和中国共产党》的第三节中说明了当时的农民在帝国主义和封建主义的双重压迫下所过的贫困和不自由的生活;而鲁迅的《故乡》,却以闰土这个人物为中心,勾出了一幅在物质和精神双方面受压迫的农民所过的悲惨生活的图画。

在像白居易的《有木诗》①、康海的《中山狼》②、《伊索寓言》中的《狼和小羊》、叶圣陶的《蚕和蚂蚁》之类的寓言或童话作品中,作者虽然写的是动物或植物;但却赋予它们人的性格、人的语言。实际上,这些作品还是写人的。如果像生物学家那样叙述它们的性质、类别等等,就不成其为文学作品了。列宁说得好:"在任何的童话中都有现实性的成分;假如你赠给儿童这样一本童话,其中的公鸡和猫不用人的话来谈话,他们一定对这本书不会感到兴趣的。"③

在像《封神演义》、《西游记》、《聊斋志异》、《阅微草堂笔记》一类的作品中,作者所写的是现实生活中并不存在的神魔鬼怪;但也赋予它们人的性格、人的思想感情。实际上,这些作品也是写人的。鲁迅指出《西游记》中的"神魔皆有人情、精魅亦通世故",这正是决定这一类作品具有文学性质的关键。

---

① 白居易的《有木诗》共八首(见《白氏长庆集》卷二),通过八种植物的形象揭露了八种人的性格,其中的一首(《有木名凌霄》)选入初中《文学》课本第三册。

② 康海(1475—1540):字德涵,号对山,陕西武功人,明朝弘治十五年进士第一。"前七子"之一。他的《中山狼》杂剧(见郑振铎编《世界文库》)通过墨者东郭先生救了一只狼而终于几乎被那只狼吃掉的情节,批判了无原则的爱和那些像狼一样忘恩负义的人们。

③ 转引自《文艺理论译丛》第1辑合订本,新文艺出版社版,第257页。

至于那些描写自然风景的作品,如王维的《鹿柴》、王之涣的《登鹳雀楼》、李白的《下江陵》、杜甫的《绝句》和普希金的《致大海》①等等,虽然是写景,但并不单纯是写景,而是因景抒情。从这些作品中,我们可以看出诗人的思想感情和对生活的态度。我国的古典诗人把"情景交融"看成这一类诗的最高境界,苏联文艺理论家把这一类诗叫做"风景抒情诗",都是这个道理。如果有景无情,那就不是诗,而是风景照片了。

了解文学的基本对象是活的具体的人,这是十分重要的。有些人不了解这一点,要求作家描写生产过程和操作方法、介绍工作经验和生产技术,而有些作家也曾经设法满足这种要求,以致写出了一些缺乏文学特征的"文学"作品。当然文学作品中也可以描写生产过程和生产技术等等;但对于它们的描写,只有从属于、服务于人物描写的时候,才是必要的。如前所说,文学作品中可以描写各种现象、各种事物,这因为它们都可能和作为文学的基本对象的人发生密切的关系,错综复杂地构成人的社会环境和自然环境。环境影响人,而人又影响环境。从人和环境的辩证关系中把握人的典型性格,对文学具有特殊的意义。

有许多科学,如道德学、伦理学、生理学、心理学等等,也是以人为其研究对象的,但它们只从某一方面来研究人;文学所描写的则是活的整体的人,这种人通过他们的思想、感情、行为等等,体现着"社会关系的总和"。文学作品,是以活的整体的人的具体描写为中心,综合地、完整地反映社会生活的。

---

① 王维的《鹿柴》:"空山不见人,但闻人语响。返影入深林,复照青苔上。"王之涣的《登鹳雀楼》:"白日依山尽,黄河入海流。欲穷千里目,更上一层楼。"李白的《下江陵》:"朝辞白帝彩云间,千里江陵一日还。两岸猿声啼不住,轻舟已过万重山。"杜甫的《绝句》:"两个黄鹂鸣翠柳,一行白鹭上青天。窗含西岭千秋雪,门泊东吴万里船。"普希金的《致大海》见平明出版社版《普希金抒情诗集》。

第二章　文学的形象

一　形象是文学反映生活的特殊形式

在理解了文学的对象的特殊性之后,可以进而讨论文学反映生活的特殊形式——形象。

形象这个术语有好几种含义。一种是指语言的形象,例如"星星之火,可以燎原","坐井观天","骑虎难下","云破月来花弄影","红杏枝头春意闹","黑色的子弹头落在地下,就象密林里的鸟粪一样满擦擦地盖了一地"等等,把某些景象描绘得非常具体,能够给人以深刻的印象。这种语言的形象正是文学所需要的,但还不是决定文学的根本特性的形象。因为哲学或科学著作(如《孟子》、《列子》、《庄子》、《韩非子》、《吕氏春秋》和马克思、恩格斯、列宁、斯大林、毛主席等革命导师的经典著作)中并不缺乏这样的形象,但仍然是哲学或科学著作,不是文学作品。

另一种是指人物形象,如保尔的形象、刘胡兰的形象等等。文学作品是写人的,因而人物形象当然可以决定文学的特性;但文学并不孤立地描写人,而是从人与环境的关系中描写人,所以真正决定文学特性的形象是指文学反映生活的特殊形式,即指通过形象思维的过程,从人物与人物、人物与环境的复杂关系及其发展中描绘出来的具有美学意义的完整的生活图画。

二　形象思维和逻辑思维

形象思维是从文学艺术上掌握世界的特殊方式。马克思在《政治经济学批判》的《导言》中说:"在头脑中当作思维整体而出现的那样的整体,是思维着的头脑的一种生产物,这个头脑以它唯一可能的不同于对这个世界从艺术上、宗教上、实务精神上去掌握的方式,去掌握世界。"这里所说的"思维"是专指逻辑思维而言,马克思指出从科学上掌握世界的逻辑思维是和从艺术上掌握世界的形象思维大不相同的。

　　当然,逻辑思维和形象思维也有其共同之处,例如,第一,它们都是客观世界的反映,都是第二性的现象;第二,都以"感觉材料"为依据,同时都要概括地反映事物的本质的联系和关系;第三,都发生于社会实践而服务于社会实践。同时,它们也不是互相对立的;在文学创作中,形象思维有赖于逻辑思维的帮助,它们往往互相启发,互相渗透,互相转化,形成一种复杂的思考过程。但是无论如何,形象思维有它的特殊规律;在文学艺术的创作中,逻辑思维可以帮助形象思维,却不应该代替形象思维。

　　因为艺术的基本对象是作为"社会关系的总和"的活的整体的人,所以形象思维的特点之一是凭借具体的形象,主要是凭借处于特定环境中的人的形象(外在形象和内在形象)进行思维的。

　　文学家的材料是人,而"人的复杂性的原因","人的性质之多样性及矛盾",又是那么"难解",所以高尔基要求作家"必须学习象阅读书本、研究书本那样地来阅读、研究人"①。毛主席把"了解人、熟悉人的工作"确定为文艺工作者的"第一位的工作",并号召革命的文艺工作者"必须长期地无条件地全心全意地到工农兵群众中去,到火热的斗争中去,到唯一的最广大最丰富的源泉中去,观察、体验、研究、分析一切人,一切阶级,一切群众,一切生动的生活形式和斗争形式……"②

　　艺术家只有像高尔基和毛主席所说的那样深刻、那样全面地研究人,才有可能创造出各种各样的人物,用具体的、感性的形象形式反映生活,即通过个别的、具体的东西,反映一般的、本质的东西。而用具体的感性的形象形式反映生活,即通过个别的、具体的东西,反映一般的、本质的东西,乃是形象思维的根本特点。

　　形象思维和逻辑思维的主要区别,在于后者通过概念的形式表述认识现实的结果,前者通过形象的形式体现认识现实的结果。逻辑思维是经由具体而走向抽象,形象思维则并不离开具体,而正是通过具体来显示抽象;逻辑思维是舍弃个性以建立普遍性的公式、规律、定理或科学理论,形象思维则并不舍弃个性,而正是通过个性鲜明的典型形象,揭示社会的本质及其规律性。

――――――――――

①　周扬编:《马克思主义与文艺》,解放社版,第105页。
②　《毛泽东选集》第3卷,人民出版社1953年版,第882—883页。

具体地说:逻辑思维是从一切具体感性的因素中理出事物的本质,舍弃一切具体感性的因素,用概念的形式表述事物的本质;形象思维则不但保留,而且选择那些明显地表现出某种社会历史现象的一般本质的感性因素,并把它们集中起来,创造典型的艺术形象。

上述原理是不难用许多例子来加以证实的。例如,学者在研究封建官僚地主阶级在逐渐形成的新的历史条件下必然走向崩溃这一问题时,观察、分析许多有关的事实,找出该阶级在新的历史条件下必然崩溃的客观规律,然后摈弃一切具体感性的细节,以便更充分地揭露这一规律,并用概念的形式把这一规律表达出来。至于官僚地主穿什么衣服,吃什么饭,住什么房子,怎样恋爱,怎样办理丧事,怎样过节,怎样收租,怎样勾心斗角、互相冲突,各人的思想如何,感情如何,嗜好、行动、语言等等各如何……这些都是与学者不相干的东西。作家则不然。曹雪芹用他的杰作《红楼梦》表现了封建官僚地主阶级在新的历史条件下走向崩溃的必然趋势,但他保留了一切最鲜明、最突出、最富有感染力的细节:孔雀裘,莲蕊羹,大观园,秦可卿的丧事,元春的省亲,过年、过中秋,黑山村的租子,宝玉和黛玉、宝钗的恋爱纠纷,贾赦、贾珍、贾琏的荒淫无耻,贾政打宝玉,贾环用热油烫伤宝玉的眼睛,凤姐吃醋……都得到了具体生动的描写。而这一切,都是艺术形象的有机的组成部分。

有些人认为不论是逻辑思维或形象思维,在将"丰富的感觉材料"进行"改造制作"的方法上并没有什么区别。那就是:逻辑思维是从具体到抽象,"造成概念和理论的系统";形象思维也是从具体到抽象,形成抽象的主题思想。在他们看来,形象思维不同于逻辑思维的只是它在形成抽象的主题思想之后,还需要给这种抽象的主题思想制造形象的外衣。显而易见,这种说法是错误的,是有很大的危害性的。按照这种说法,必然会在创作的一定阶段上用逻辑思维代替形象思维,其结果是产生公式化、概念化的作品。逻辑思维有助于形象思维,但不能代替形象思维。艺术家如果和科学家一样,只限于领会生活现象的本质及其规律性,而忽略尖锐地表现这种本质及其规律性的典型的、特征的感性因素,特别是人的心灵的最复杂的活动,就不会创造出生动的、光辉灿烂的形象,只会干瘪地体现一些抽象的思想。同时,有些人是喜欢走捷径的。既然认为形象思维和逻辑思维一样,也是由具体到抽象,形成主题思想,那么,干脆用现成的科学理论、政治观点或政策条文作主题好了,又何必浪费精力,深入生活呢? 对于他们,"第一位的工作"不是"了解人、熟悉人",而是使现成的、抽象的主题思想"形象化"。

上述说法的危害性，还不仅在于它给公式化、概念化作品的"创作"提供了理论根据，而且在于它实质上是在艺术领域中宣传了唯心主义。如所周知，唯心主义的美学家也是承认艺术的形象性的，但它们却抽掉了艺术形象的客观内容。在他们那里，艺术形象并不是现实生活的反映，而是作者的观念世界的客观化。例如黑格尔，就公然地宣布："观念是艺术的内容，而感性的、形象的外观是观念的形式。"[1]

形象思维的过程并不是先抽象化，再把抽象的结果具体化，而是抽象化和具体化的统一。科学家在将丰富的"感觉材料""改造制作"的过程中，一面理出事物的本质，一面即抛弃"感觉材料"；艺术家则不然，他一面理出事物的本质，一面选择并集中具体事物中的那些表现某种现象的一般本质的感性因素，顺着这样的途径，逐渐地形成了形形色色的形象，也逐渐地形成了主题思想。所以，在艺术中，思想并不是抽象地存在的，而是作为形象，作为由全部形象的逻辑发展及其相互关系所交织成的生活图画而存在的。一部作品所描绘的生活图画既体现着生活的一般规律性，同时又是独特的、个体的生活景象。

总之，形象思维是用形象来思维的。艺术家在生活实践中密切地注意处于特定环境中的各种人物的典型特征，注意他们的行动表现和内心活动，注意他们做什么、怎样做以及为什么这样做……为自己积蓄生动具体的印象，并根据这些印象进行"思维"，从而孕育人物，形成主题。主题思想本来就不是人物形象以外的东西，而是人物形象的思想意义。在现实主义的艺术作品中，主题思想总是跟着人物形象及其相互关系的逐步发展而逐步展开、逐步深化的。

在形象思维的整个过程中，抽象化和具体化是统一的，不应该先抽象出赤裸裸的"主题思想"然后再将它具体化。普列哈诺夫尖锐地指出："倘若著作者不借形象而借理论的证明来写，或者那形象是为了显示一定的主题而想出来的，那末即使他并不写研究或论文，依然写着小说或戏曲，他也同样不是艺术家，而是评论家。"[2]

就个别形象的塑造来说，情形也是一样。有些人把在艺术创作中塑造形象的过程也形而上学地分为两个阶段：第一个阶段——概括化（抽象化），只抽

---

① 转引自《苏联文学艺术论文集》，学习杂志社版，第 111 页。

② 周扬编：《马克思主义与文艺》，解放社版，第 95 页。

取并概括"阶级的共同特征";第二个阶段——个性化(具体化),只寻找"个人的独特的性格",再将已经概括好了的"阶级的共同特征"贴到这种"个人的独特的性格"上面。按照这种方法"创造"出来的形象,自然是概念化、类型化的。属于同一阶级的人们具有那个"阶级的共同特征",例如地主有地主的共同特征,这是不用说的。但如果把这种共同特征简单化,认为所有地主的面貌、心理、习惯、嗜好、作风、言谈等等都完全相同,那是好笑的。地主阶级的阶级共性是存在于他们的个性之中,并通过他们的个性表现出来的。所以,离开个性化而单独进行的概括化,实质上是抽象化,所概括的只能是抽象的阶级特征,这是违反形象思维的特殊规律的。把这种抽象的阶级特征贴到"个人的独特的性格"上,只能产生类型。高尔基早就说过:"不应该把'阶级的特征'从外面粘贴到一个人的脸上去……阶级的特征不是疤子,这是一种非常内部的、神经——脑髓的、生物学的东西。"①

在形象思维中,典型的艺术形象并不是通过先概括抽象的"阶级的共同特征",再将它贴在"个人的独特的性格"上面去的过程创造出来的,而是通过选择,概括最充分、最尖锐地表现社会本质的感性因素的过程创造出来的。

通过具体的、个别的东西揭示本质的、一般的东西,这是形象思维的特殊规律。这个规律,导源于个别和一般相联系的辩证法。如列宁所说:"一般的东西只在个别的东西之中,通过个别的东西才能存在。任何个别的东西都是(这样或那样地)一般的东西。任何一般的东西都是个别的东西(底一部分、一方面或本质)。"②所以,一般和个别的统一,乃是逻辑思维和形象思维的共同属性。但由于科学的对象和艺术的对象不同,逻辑思维通过一般的东西表现一般和个别的统一(逻辑的概念虽然是抽象的一般的东西,但它本身仍潜在地包含着具体的个别的东西的属性),形象思维则通过个别的东西表现一般和个别的统一。科学所要把握的只是整体的某些方面(现象的个别方面的本质或整个现象的本质),因而逻辑思维并不需要完整地反映现象,依照巴甫罗夫的说法,科学家给予我们的是"生活的骨骼";文学艺术所要把握的始终是具体的整体(活的整体的人以及与人相联系的各种现象),而整体,总是作为个别和一般、现象和本质的统一体而存在的,所以形象思维的特点就不能不是通过具

---

① 高尔基:《论剧本》,载《剧本》,1953 年 9 月号,第 77 页。

② 列宁:《黑格尔〈逻辑学〉一书摘要》,人民出版社 1954 年版,第 216 页。

体的个别的东西，揭示一般的本质的东西，不能不是用形象的形式，即车尔尼雪夫斯基所说的用"生活本身的形式"反映生活。

形象思维是从文学艺术上掌握客观世界的特殊形式，因而用逻辑思维代替形象思维是不对的。但是，形象思维有赖于逻辑思维的帮助，把形象思维和逻辑思维对立起来也是错误的。有些人把形象思维和逻辑思维对立起来，甚至反对在谈形象思维问题时接触"抽象"、"思想"一类的问题。在他们看来，仿佛在形象思维中只有感受，没有认识；只有形象，没有概念。果真这样，那么形象思维就不是"思维"了。对于这个问题，尼古拉耶娃的意见是值得注意的。她说：

> 认为把表象改造成概念只是逻辑思维的事情，而形象思维只是通过具体形象消极地反映客观世界的这种论断，实质上就是重弹唯心主义的老调……就是在美学和艺术中鼓吹不可知论。①

唯心主义美学家总是用各种理由否认或贬低文学艺术的认识作用的。例如：黑格尔认为艺术与哲学比较起来，是人的思维的低级形式，所以它不能表达真理，至多只能揭示一部分真理。自然主义者以实证主义的主观唯心论为根据，断言艺术家不可能超出他们在直接观察的过程中所感受的现实的个别现象之外，因而只能零零碎碎地摹写个别现象，而不能进行艺术概括。被苏联文艺界批判过的"山路派分子"，把艺术创作归结为直观地、非理性地表现"直接印象"……所有这些论断的精神是：在形象思维的过程中，逻辑思维是不起任何作用的；作家只是消极地描写个别现象，不需要对各个现象进行分析、比较、研究。这样，艺术就失掉了正确地、深刻地揭示生活的本质及其规律性的职能，因而也就不成其为认识生活、改造生活的强大武器了。正如尼古拉耶娃指出："认为把表象改造成概念只是逻辑思维的事情……实质上……就是在美学和艺术中鼓吹不可知论。"在帝国主义竭力向广大群众隐瞒自己的强盗本质的时代，不可知论在反动的资产阶级的文化市场上是身价百倍的。

在同一篇文章中，尼古拉耶娃用自己的创作经验，证明形象思维是有赖于逻辑思维的帮助的。在创作过程中，应该把对生活的直接感受和对生活的精

---

① 转引自《苏联文学艺术论文集》，学习杂志社版，第 146 页。

密研究结合起来。她说：

> 如果人们不去寻找实质和规律性，他就看不到也汲取不了作为这些规律性的特征的具体细节，他就不能选择和集中这些细节。恰恰相反，正是在不断地探讨和对还不明确的规律性反复思考的期间，作家会触及一些具体感性的因素，它们可能突然非常明确地把这种规律性表现出来。①

作家对他所概括的感性因素，总是进行过思考的；在思考的过程中，逻辑思维就起着不可忽视的作用。当然，作家的逻辑思维的能力并不一定和形象思维的能力具有同样高的程度。所以可能有这样的情况：作家所创造的形象的思想意义是他没有意识到，或者没有完全意识到的。例如被杜勃罗留波夫所指出的奥勃洛莫夫这个典型的深刻意义，就是《奥勃洛莫夫》的作者冈察洛夫没有完全意识到的，因而冈察洛夫在看了杜勃罗留波夫对奥勃洛莫夫的评论以后说，奥勃洛莫夫这个典型是杜勃罗留波夫和他一起创造出来的。

因此，我们必须充分地估计到形象思维的特点。但是因为估计到这一点而不敢接触"概念"、"思想"一类的术语，把形象思维理解成与逻辑思维对立的、消极地抄录生活现象的过程，也是不恰当的。

三　与公式化概念化的倾向作斗争

如前所说，科学家通过逻辑思维，用抽象的概念的形式反映生活，文学艺术家通过形象思维，用具体的形象的形式反映生活。这就是说，文学艺术虽然也揭示生活中的本质和规律，但不像科学那样把生活抽象化，总是直接地表现生活。因此，文学创作必须从具体的生活出发，通过个别表现一般，通过现象表现本质，用具体感性的形象帮助人们认识生活，并唤起人们喜爱美好事物、憎恨丑恶事物的情感。不正视文学艺术的这个根本性的特征，就会导致公式化、概念化的倾向。在我们的文艺创作上，公式化、概念化的倾向还没有完全克服。有些作家，不是从生活实际出发，而是从固定的公式和抽象的概念出发进行创作。他们先设定一个主题思想的"框框"，再往里面填塞人物；人物呢，也不是从生活中来的，而是"正确"、"进步"或"落后"、"反动"等等概念的图

---

① 转引自《苏联文学艺术论文集》，学习杂志社版，第177页。

解。这样的作品，当然是没有生命的。

毛主席在延安文艺座谈会上的讲话中着重地指出："我们应该进行文艺问题上的两条战略的斗争"，即"既反对政治观点错误的艺术品，也反对只有正确的政治观点而没有艺术力量的所谓'标语口号式'的倾向"。① "标语口号式"的作品之所以应该反对，是因为不管它政治思想多么正确，却没有感人的"艺术力量"。但是具有公式化、概念化倾向的作家却不理解这一点，在他们中间，曾流行过"加思想油"的口号。所谓"加思想油"，就是把一个故事架子当做一件家具，为了使它好看好卖，在上面加点油漆，即加点"思想性"，实际上就是加一些谁都知道的政治口号或政策条文，这些政治口号或政策条文——即作者所谓"思想"，常常是机械地放在"人物"（纸人儿）的嘴里，有时甚至由作者亲自出来向读者宣布。如在前面所说，在文学中，思想只是通过形象而表现的。（当然，这绝不是说绝对不允许在个别场合下用概念来表达思想。这些思想，可以通过人物的口讲出来，也可以由作者本人顺便地讲出来，但不能仅仅由人物或作者讲出来，而应当包含在作品的形象结构中。）只有把思想表现在活生生的人物形象里，才能感染读者、教育读者。公式化、概念化的作品中的所谓人物，只是某种思想的简单的传声筒，只是听凭作者任意摆布的傀儡，又如何能感染读者、教育读者呢？马克思早就反对把个人作为时代精神的单纯号筒的"席勒主义"，而要求"莎士比亚化"。② 恩格斯早就提醒作家"不应当为了思想而忘掉现实，为了席勒而忘掉莎士比亚"③，毛主席早就号召我们反对"标语口号式"的作品，并指出作家"应该根据实际生活创造出各种各样的人物来，帮助群众推动历史的前进"④。为了更好地完成文学的任务，我们的作家必须大力克服公式化、概念化的缺点，创造真实而生动的艺术形象，以教育广大的人民群众。如约·里瓦伊所说：

　　　　文学的任务是给人举起一面镜子，对他说："瞧瞧你自己，认识你的同类，认识你跟他们之间的关系（并从而认识社会），认识你自己的性格——

　　① 《毛泽东选集》第3卷，第891页。
　　② 马克思：《给拉萨尔的信》，见《马克思主义与文艺》，解放社版，第92页。
　　③ 恩格斯：《给拉萨尔的信》，见《马克思主义与文艺》，解放社版，第96页。
　　④ 《毛泽东选集》第3卷，第883页。

好的和坏的——发展的可能性,学习着去追随你好的一面,别受你坏的一面的诱惑。"①

不创造出真实而生动的艺术形象,又如何能够完成这个光荣的任务呢?

公式化、概念化的倾向之所以不容易克服,原因很多:有些作家把文学服从政治的关系简单化、庸俗化,不懂得文学为政治服务,必须通过它的特性;有些作家不从生活出发而从概念出发进行创作;大多数的作家虽参加了群众的生活,也极力想要真实地描写生活,但他们还没有全面深入地认识生活;有些作家,特别是青年作家,还没有充分掌握表现生活的创作方法和文学技巧。针对这些原因,要克服创作上的公式化、概念化的倾向,我们的作家除加强生活实践之外,还必须加强政治和业务的学习,以提高认识生活和表现生活的能力。有些作家认为"强调生活,就不要强调其他",这是完全错误的。生活是文学的唯一源泉,没有生活实践而想写出好作品,是绝对不可能的;但只是到生活中去了,却没有认识生活与表现生活的能力,要想写出好作品,也同样是不可能的。要想写出好作品,必须把深入生活与政治和业务的学习结合起来。在政治方面:应该加强马克思列宁主义的理论及党和国家的政策的学习,也应该加强国内政治形势和国际政治形势的研究,只有了解国内和国际的政治形势并掌握马克思列宁主义的理论及党和国家的政策,才能全面深入地认识生活。在业务方面:应该加强社会主义现实主义文学理论和文学作品的学习,也应该加强中国和外国的古典文学作品及中国民间文学中的优秀作品的学习,只有这样,才能生动有力地表现生活。

为克服公式化、概念化的倾向而斗争,也就是为提高文学的教育作用而斗争,为更好地完成党和人民赋予文学的光荣任务而斗争。

---

① 约·里瓦伊:《作家的责任》,新文艺出版社版,第9—10页。

第三章 典 型

一 典型环境和典型性格

典型问题是马克思列宁主义美学中的一个中心问题。这个问题是同文学和艺术创作的其他问题分不开的;正确地理解这个问题,对于争取提高文学和艺术的思想水平和艺术水平是极其必要的。

文学理论中的典型这个术语,容易和形象、性格、人物、角色等术语混淆,实际上,它们是有区别的。在作品中描写的人都可以叫人物或角色,这与描写得是否深刻、是否生动无关。形象和性格则不然,它是指被作家写出了鲜明的性格特征的人物。至于典型,则具有更高的意义。它指通过高度的艺术概括创造出来的揭示某种现象的社会本质的性格而言。

马克思列宁主义美学指出,典型是对生活作现实主义反映的基本条件。恩格斯明确地说:"……现实主义是除了细节的真实之外,还要正确地表现出典型环境中的典型性格。"①现实主义的大师,都是通过典型环境中的各个典型性格的冲突,从现实的全部具体性和复杂性中揭示出现实发展的规律性的。

什么是典型环境呢? 简单地说:典型环境是指一定的历史时代阶级斗争的总的形势;在具体作品中,就体现在那总的形势下最足以造成主人公的性格特征和驱使他行动的一些社会关系和人物上面。而社会关系也是通过人物的相互关系表现出来的。

对于主要人物,他周围的人物及他们所代表的社会关系,就是他的社会环境;他与这些人物的纠葛和联系,就是他与环境的关系。他们之间的本质意义的关系,就是典型环境。对于其他任何人物,其周围的人物也是他的环境。没有人物就没有生活,自然也就没有环境。没有人与人的关系——人物与环境

---

① 恩格斯:《给哈克纳斯的信》,见《马克思 恩格斯 列宁 斯大林论文艺》,人民文学出版社版,第20页。

的关系,自然也就没有人物性格。

什么是典型性格呢?简单地说:典型性格是反映丰富多彩的生活的动人的人物形象,他在阶级斗争的不同形势中通过个性特征,以不同的程度表现出一定社会生活的本质或本质的若干方面,表现出阶级的、民族的,乃至全人类的某些共性。

典型环境与典型性格的关系是非常密切的。离开典型环境,就不能刻画出典型性格;刻画不出典型性格,也就不能够很好地表现出典型环境。举例来说,今天的一个普通工人,与厂长、支部书记、组长等等有生产上的、政治上的、思想上的,甚至私人生活上的各种联系,他的性格就是在这些联系中形成和表现出来的,如果丢开这些联系不管,要刻画这个工人的性格是困难的,要通过这个工人反映工业战线上的典型情况也是不可想象的。

二 典型是一般和个别的统一(本质和现象的统一)

作家所创造的典型,当然应该反映社会力量的本质。如果作家所描写的是工业战线上的先进人物,却不能从这个人物的全部活动中在某种方面和程度上表现出工人阶级这个先进社会力量的本质,那么,就不能说他已经完满地反映了生活的真实。但典型并不仅仅是一定社会力量本质的体现。典型并不同于抽象地、赤裸裸地表现本质的哲学概念,它是具体感性的、个性化的、可以唤起美感的概括生活现象的形式。"把一般体现在个别之中",这是典型化的原则。伟大的艺术典型,都表现着某种社会力量的本质,但同时是独特的个性。恩格斯曾经指出:在真正的艺术家的笔下,他的"每个人是典型,然而同时又完全是特定的个性,正如黑格尔老人所说的'这一个'。"[①]别林斯基也说过同样的话:文学家"既要使一个人物表现许多人物的完整的特殊世界,又要使他是一个完整的、具有个性的人物"[②]。

只要注意到生动的文学和艺术的实践,就可以了解丰富多彩的典型形象,无论如何是不能仅仅被归结为一定社会力量的本质的。比如《红楼梦》中的典型人物,宝玉和黛玉可以说属于同一种社会力量,凤姐和宝钗属于另一种社会

---

① 恩格斯:《给明娜·考茨基的信》,见《马克思 恩格斯 列宁 斯大林论文艺》,人民文学出版社版,第20页。

② 《别林斯基全集》,俄文版第4卷,第73页。

力量,可是宝玉和黛玉的个性却各不相同,凤姐和宝钗也是一样。

在创作上说,把典型仅仅归结为一定社会力量的本质,就走上公式化、概念化的道路。比如有些作者只抓人物的社会本质,却放弃了典型的个性化的要求,这就使得他们的作品中的中农、资产阶级、小资产阶级知识分子的描写出现了千篇一律的公式。

在文艺批评上说,把典型仅仅归结为一定社会力量的本质,就不可能对艺术作品进行深入的分析。比如有些批评家只分析艺术典型所表现的社会力量的本质,而不注意各个典型的独特性,这就使得他们只忙于给人物划阶级成分,不仅对读者没有帮助,而且常常闹出笑话。关于刘姥姥的阶级成分的争论,就是这样的。

总之,文学艺术中的典型要表现一般和本质,但不仅仅是一般和本质,而是一般和个别的统一,本质和现象的统一。"把一般体现在个别之中",这一典型化的原则,是不容许破坏的。

一般和个别在典型中的统一,反映着一般和个别在客观生活中的实在关系。正如列宁所说:

> 个体只有和一般相联系而存在。普遍的,只有在个体中,并通过个体而存在。一切个体是这样或那样普遍的,一切普遍的是部分或方面或本质的个体的。一切普遍的不过近似的包罗着一切个体的物体,一切个体的都不完全地进入于普遍。①

在现实生活里,各种人物都有他们所属的时代、集团、阶级和民族的特点。在目前来说,战士有战士的共同特点,工人有工人的共同特点,农民有农民的共同特点,一切新英雄人物,又有其总的特点,而这些共同特点或总的特点(共性),即存在于他们每个人的个性之中,并通过个性表现出来。

既然说一个人的个性同时也表现他所属的时代、集团、阶级和民族的共性,那么,文学中的典型人物是不是现实人物的摄影呢? 不。文学中的典型人物是现实生活中的典型人物的反映,但不是机械的摄影似的反映。这因为文学中的典型,要反映出社会历史现象的本质,反映出客观事物发展的规律,而

---

① 《列宁全集》第 13 卷,俄文第 3 版,第 303 页。

机械地、摄影似的反映现实人物,是不可能反映出社会历史现象的本质,反映出客观事物发展的规律的。如列宁所说,一方面,虽然"普遍的,只有在个体中,并通过个体而存在",但"一切个体是这样或那样普遍的"。这就是说,每一个个体并不都全部地体现着普遍。所以,除了极少数的具有高度典型性的人物而外,随意拿一个普通的人物作为描写的对象,必然会使形象的普遍性不够强烈。另一方面,"一切个体的都不完全进入于普遍"。这就是说,个人的个性并不仅仅体现着他所属的时代、集团、阶级和民族的共性,还包含着一些杂质,一些偶然的成分。所以,如果连这些东西都毫无选择地写入作品,就必然要使形象的普遍性降低,而形象的个性也不可能鲜明、突出。形象的普遍性不够强烈,个性不够鲜明、突出,就不可能反映出社会历史现象的本质,不可能反映出客观事物发展的规律,而这样的形象,也就谈不上有什么典型性。所以,作家的任务,不是机械地摹写现实人物,而是通过现实生活的典型化的方法,塑造鲜明突出的个性,体现强烈的共性的典型形象。高尔基在《我的文学修养》中说:

> 文学家描写他所熟悉的商人、官吏和工人的时候,纵使能够制出某一人物的多少成功的照象,那也不过是一幅失掉社会教育意义的照象罢了。这样的照象,对于扩大和加深我们对人及生活的认识,是一点用处也没有的。
>
> 但是文学家如果能从二十个——五十个,不,几百个商人、官吏、工人的每个人之中,抽取出最特质的阶级的特征、习惯、趣味、动作、信仰、谈风等——拿来统一在一个商人、官吏、工人身上,那末,文学家就可以借着这样的手法,创造出"典型"来——只有这,才叫做艺术。……①

高尔基的这一段话,充分地说明了文学中的典型并不是某一个人物的照象,而是在概括个性特征基础上创造出来的。

当然,对于高尔基的这一段话,不应该作教条主义的理解。有些理论家误解了这一段话的精神,认为把同一阶层的许多人的共同特征抽出来加在一起,就会创造出典型,这是错误的。高尔基所说的每个人的最特质的阶级特征,

---

① 周扬编:《马克思主义与文艺》,解放社版,第90—100页。

既然是每个人的,就是具体的、带有个性的东西。作家的任务不是去找共同特征,而是深刻地研究个性,研究个别事物。歌德说:"观察个别事物的能力,就是艺术的生命。"作家如果看透了许多个别的人,理解了许多个别的事件,那么,他就能够从许多人、许多事件中找出带有根本性的具体的东西,通过创造性的想象,塑造出典型环境中的典型性格。如果不观察个别的人、个别的事件,只找共同的东西,就只能写出概念化的作品;因为单纯的共同的东西,本来就是抽象的概念。对于这个问题,车尔尼雪夫斯基曾作过极其精辟的解释。他说:

> 人们惯常说:"诗人观察了许多活生生的个人。他们中间没有一个可以作为完全的典型,但他是注意了他们中间每一个人身上都有一种一般的典型的东西。他把个别的一切抛弃,把各式各样人所有的散在的特征连结成为一个艺术的整体,而这可以称为实在性格的精华。"假定这是完全正确的,而且实际也总是如此的罢。但是精华通常是全然不象事物的本身。酒精并不是酒。要是依照上面引用的法则,"著作者"会不以活生生的人却以无生气的人物性格将英勇或邪恶的精华给予我们。……只是这个秘诀并不总是被人墨守。在诗人"创造"性格的想象面前,通常总是浮现出一个甚么实在的人的形象。而且他是有意识地或无意识地在他的典型性格中"再现"这个人。①

车尔尼雪夫斯基的这一段话是和前引的高尔基的话并不矛盾的。高尔基强调了概括的一面,但所概括的仍然是具体的个性特征,而不是抽象的"性格的精华";车尔尼雪夫斯基强调了个性特征,但他也并没有否定艺术的概括。创造典型的手法是多种多样的,作家可以概括许多人的个性特征创造典型,也可以根据一个原型创造典型。高尔基的话适用于前者,车尔尼雪夫斯基的话适用于后者。对于后一种手法,高尔基也提到过。他在《论戏剧》一文中说:

> 我们知道人是千差万别的。有的人是饶舌的,有的人是沉默的,有的很执拗,有的很自满,有的很腼腆,有的毫无自信。文学者恰如生活在各

---

① 车尔尼雪夫斯基:《生活与美学》,周扬译,新中国书局版,第79页。

啬汉、俗物、狂热家、野心家、空想家、诙谐家、阴郁者、勤勉者、怠惰者、善良者、急躁者以及对一切事都不关心的人们之圆舞的圈中……

　　剧作家有这样的权利：从以上那些性质中抽出任何一种性质，加以深掘、扩大、赋以尖锐性和明确性，把戏剧中的各个人物的性格，当成主要的、确定的东西。所谓创造性格，正是指这样的工作。①

作家不管用什么手法，但在他的创造性的想象面前，必须浮现出一个或许多个实在的人的形象，才能塑造出个性鲜明的典型。

三　反对自然主义，反对类型化

典型是一般与个别的统一；破坏了这个统一，也就破坏了典型。个体的绝对化导向自然主义，导向对现实的歪曲；一般的绝对化则导向类型化，导向艺术真实的破坏。所以，这二者都是应该坚决反对的。

（一）反对自然主义

自然主义者破坏了典型形象中个体与一般相统一的法则，把个体与一般对立起来而走向个体的绝对化。他们认为个性化的追求，是他们得救的希望。当然，现实主义者也强调个性化，但自然主义个性化的概念与现实主义个性化的概念有本质上的区别：现实主义的个性化是和典型化、和艺术的概括分不开的；而自然主义个性化则表现为拒绝艺术的概括。自然主义者用生物学、病理学的观点来看社会的人，把人写成脱离社会的动物，把人的生活和行为归结为生物学的现象。和这相联系，他们强调摄影性，机械地、照相式地描绘琐屑的、偶然的表面现象，摒弃概括和典型化。其结果，必然歪曲了社会历史现象的本质，贬低了文学的认识作用。高尔基曾经深刻地批判过自然主义的错误，他写道：

　　如果我选择一个六指的人作一个故事的主人公，使他的心灵上有一种经常为了这个多余物的丑恶而痛苦的情感，或者使他因为它而骄傲，这个自然会是真实的：六指的人存在着，而且很可能感到别扭，这是个性，因为它被我强调了。

---

　　①　周扬编：《马克思主义与文艺》，解放社版，第106页。

这就正是现代文学(这篇论文是一九一二年写的——编者)里面的个性。它常是人工的将某种特别的多余物加在正常的心灵上面,他们以这个方式引起读者对它的注意。①

当然,在我们的文学领域内,公然拥护自然主义的作家是没有的,但是却不能说没有自然主义的倾向。有些作家,急于想跳出公式化、概念化的泥坑,却没有丰富的生活经验和足够的认识生活的能力,就很容易走上自然主义的道路,冗长而烦琐地描写生活中的个别的不重要的事实。比如谷峪在他的短篇《草料账》中把劳动人民的形象和脚驴子的形象联系起来。李古北在他的短篇《不能这样活下去》中,连篇累牍地描写大黑狗和骡马。当然,文学作品中是可以描写驴子、狗和骡马之类的动物的,但必须有助于表现人物的性格和心理。而前述的两个短篇中对于动物的过多的描写,是和人物的性格和心理没有关系的。

(二)反对类型化

典型并不是类型,而是具有一般性的个性。这也是被文学对象的特殊性所决定的。文学的特殊性不仅在于把人作为它的基本对象,而且在于把人作为活的整体描写出来。仅仅写出时代、阶级、集团和民族的共性,就是只写出了人的一部分,而没有写出活的整体的人。这样的作品,当然算不上文学作品,正如只研究人的心理的心理学、只研究人的生理的生理学以及只记载人的思想作风的鉴定表之类都算不上文学作品一样。文学要反映现实的规律,因而文学的典型要具有强烈的一般性;文学要描写活的整体的人,因而文学的典型要具有突出的个性。成功的文学作品中的典型,都通过突出的个性表现了强烈的一般性。《真正的人》中的团政治委员谢苗·伏罗比尧夫和驱逐机驾驶员阿历克赛·密列西叶夫,虽然都是能够战胜疾病痛苦的非常坚强的人,但也有各自的特点。伏罗比尧夫是一个政治水平很高的党的工作者,而且年龄较大,有更多的战争生活的阅历,这就形成了他的乐观、愉快、肯帮助和影响别人的性格。密列西叶夫呢? 他没有那么高的政治水平,而且年纪较轻,阅历较少,他咬着牙战胜困难和痛苦,但毕竟是咬着牙,不像伏罗比尧夫那样乐观愉快,他一心只想飞,只想重回前线,却想不到像伏罗比尧夫那样去帮助和影响

---

① 《马克思列宁主义的美学反对艺术中的自然主义》,新文艺出版社版,第15页。

别人。白毛女中的杨白劳和赵大叔,虽然同是旧社会的农民,同具有一般农民所具有的忠厚、勤勉、热爱土地、热爱劳动的性格,但也有各自的特点。杨白劳比较懦弱、消极,对地主的剥削、压迫和欺凌采取"逆来顺受"的态度;赵大叔呢?却坚强、乐观,虽在极度悲愤的情况下也不表示失望和消极,而且从来也不放弃和地主斗争的愿望和机会。

　　一般性与个性,本来是辩证的统一的。比如我们的战士,都具有乐观、坚定、勇敢、顽强、不怕艰苦和困难、热爱党、热爱祖国、热爱人民、热爱和平等等的一般特征,但也各具有谨慎、豪迈、沉着、机敏等等的个性特征,而一般特征正是通过个性特征表现出来的,所以才显得那么丰富多彩。当然,一般性和个性统一的原则,差不多谁都知道,但并不是谁都理解。类型化的作品之所以产生,就是由于有些作家并不理解这个原则的缘故。他们在创造典型的时候,先根据书籍报纸之类的材料拼凑一些"一般性",然后再加上一些"个性",如,规定这个人的个性为"三棒子打不出一个冷屁——不爱说话",规定另一个人的个性为"粗眉大眼,说话愣声愣气"之类。这样,他们的"典型"就"创造"出来了。好像既有一般性,也有个性;但二者并没有统一,所以这样的"典型"还是类型。我们知道,离开个性的共性只存在于书籍报纸之类的书面材料中,在现实生活中,则只有和个性相统一的共性,只有通过个性而表现的共性。当共性通过不同的个性而表现出来的时候,其本身就具有个性特征。比如当勇敢这种共性从千万个个性不同的战士身上表现出来的时候,就有着千万种不同的表现形式。关于这一点,我们还可以举《保卫延安》中的人物为例,加以说明。二班长马全有和一班长王老虎,都是出色的英雄人物,都燃烧着"保卫党中央、保卫毛主席、保卫延安"的激情,但当他们同时听到"我军退出延安"的消息时,两人的反应完全不同:性急的马全有压制不住汹涌的感情,一再地站起来讲话,发誓:"战到最后一个人也要收复延安";而"最能把仇恨深深地埋在心底里"的王老虎,则一动也不动地蹲在那里,直到散会,还连半个字也吐不出来。团政治委员李诚和营教导员张培,都是部队中的非常优秀的政治工作者,都热爱自己的战士,但热爱战士的方式也各有不同。李诚比较严肃,他随时指出战士们的缺点并加以严厉的批评;张培呢?则比较温和可亲,对战士的启发、关怀较多,批评较少。这样的例子是举不完的,也用不着多举。总之,高尔基所说的把几百个人的特征统一在一个人身上,并不是一件简单的工作。这是"统一",而不是拼凑。

现实生活是丰富多彩的，人也是千差万别的。假如作者把典型变成类型，变成公式，这不单纯是方法问题、技巧问题，主要是由于没有全面深入地研究生活，没有"象阅读书本、研究书本那样的阅读、研究人"。因而也就不可能把握生活的丰富性和人物的多样性。

四　典型也是主观和客观的统一

在塑造典型的过程中，作家的主观思想、世界观和感情力量起着不可忽视的作用。

当作家接触生活、研究生活的时候，就已经在根据他们的立场观点、思想感情等等评价生活了。具有反动的立场观点和落后的思想感情的作家是不可能、甚至不愿意正确地认识生活、评价生活的。为了维护他们的反动的阶级利益，他们的任务倒是掩盖、歪曲生活的真相。如毛主席所指出："反动时期的资产阶级文艺家把革命群众写成暴徒，把他们自己写成神圣。"[①]小资产阶级的文艺家，则"对于小资产阶级出身的知识分子寄予满腔的同情，连他们的缺点也给以同情甚至鼓吹"，而"对于工农兵群众"，则"不爱他们的感情，不爱他们的姿态……"，甚至"公开地鄙弃它们。"[②]

在选择、概括生活事实的时候，也是一样。把什么看成典型的东西，把什么看成非典型的东西；选择什么，抛弃什么，削弱什么，有意识地夸张和突出地表现什么；把什么看成肯定的东西，概括成正面典型，把什么看成否定的东西，概括成反面典型……都是被艺术家的思想感情决定的。

唯心主义的美学家把典型说成表现"绝对观念"、"主观精神"的形式，这当然是错误的；但是如果认为典型的内容是纯客观的，不包括作家的主观因素，这也是片面的。典型乃至整个作品的形象中所反映的客观现象的特点，这是客观因素；典型乃至整个作品的形象中所反映的作家的个性、作家的思想感情以及对那些客观现象的态度，这是主观因素。

艺术上最完美的典型，乃是个别和一般的统一，也是主观和客观的统一。

所谓主观和客观的统一，是指主观和客观的一致性，是指作家的思想感情等等符合他所反映的生活真实。在《阿Q正传》中，鲁迅塑造了一个具有高度

---

① 《毛泽东选集》第3卷，第893页。

② 《马克思列宁主义的美学反对艺术中的自然主义》，新文艺出版社版，第879页。

概括性的典型——阿Q；通过这个典型，真实地反映了在残酷的剥削压迫下一步步地走向死亡，却仍然自欺自骗，用"精神胜利法"麻醉自己的千千万万个阿Q的悲惨命运。而这样一个典型，就不能不激起具有人道主义和爱国主义精神的鲁迅先生的同情和愤怒："哀其不幸，怒其不争。"而"哀其不幸，怒其不争"的这种思想光辉和感情色彩，就大大地提高了阿Q这个典型的真实性和感染力。请想想看，假如作者在创造这个典型的时候不是采取"哀其不幸，怒其不争"的态度，而是采取冷嘲热讽的态度，这个典型将会变成什么样子！

应该指出，形象思维有它的特点，在创造典型的过程中，作家的主观虽然起着不可忽视的作用；但现实主义的创作是从生活出发的，生活的逻辑往往会改变作家的思想逻辑。有些理论家认为在文学艺术作品中没有也不可能有不依赖艺术家为转移的客观内容，这是和文学艺术的客观法则不相容的。这可以用许多具体的例子来说明。正如恩格斯所指出：巴尔扎克的同情本来在注定要灭亡的阶级方面，但当他让他所深切同情的贵族男女行动的时候，他的嘲弄却是最毒辣、最尖刻的；而对于他的政治上的死敌——圣玛利修道院街的共和主义的英雄们，却毫不掩饰地赞赏他们。尔柴诺夫在关于托尔斯泰的回忆录中记述的一段对话也是很有意思的。尔柴诺夫问托尔斯泰道：

> "人家说，您对安娜·卡列尼娜非常残酷，您叫她在火车底下碾死；他们说，她不能一辈子同这个'枯燥无味的人'亚历克赛·亚历克赛特罗维奇耽在一起啊。"
>
> 托尔斯泰笑了一笑，提起了普希金的一件事："普希金有一次对自己的一位朋友说：'你想想看，塔吉雅娜同我耍的什么把戏！她结婚去了。我从来也没有想到她会这样的。'关于安娜·卡列尼娜，我能说的也就是这样。一般说，我的男女主角们有时做一些我不会希望他们做的玩意儿，他们做的是在现实生活中必须做的和象在现实生活中常有的一样，而不是做我所希望他们做的。"①

这就是说，世界观进步的作家，固然更善于创造主观和客观统一的典型；世界观含有落后因素的作家，由于从生活出发，生活逻辑终于征服了、改变了

---

① 《文艺理论学习小译丛》第4辑，新文艺出版社版，第543—544页。

思想逻辑,因而也有可能创造出主观和客观统一的典型。但也有这样的情况:有些作家的主观意图尽管是反动的或者落后的,但他们所创造的典型的客观因素却仍然有一定程度的真实性,这就形成了主观和客观的矛盾。这种主观因素和客观因素在不同程度上具有矛盾性的典型,在古典作品中是很容易遇到的。分析这种典型的时候,在指出它的客观因素的真实性及其社会意义之后也指出作家对这些客观因素的不正确的态度和评价,是十分必要的;但不应该根据作家的不正确的态度和评价抹杀它的客观因素的真实性及其社会意义。

五 艺术的虚构

在典型的塑造中,艺术的虚构和创造性的想象起着决定性的作用。没有虚构和想象,就不可能创造出个别和一般统一、主观和客观统一的典型。

有些典型,是以一个或几个原型(模特儿)为基础创造出的;有些典型,则是像高尔基所说的从二十个、五十个、几百个工人、商人、官吏身上抽出最本质的特征统一在一个工人、商人、官吏身上创造出的。但是不管采用哪一种方法,作者都不是抄袭现实,而是从事艺术的创造。即使创造以一个原型为基础的典型,也是有虚构、有想象的。《儒林外史》中的马二先生,他的原型是冯粹中;《红楼梦》中的贾宝玉,他的原型是作者曹雪芹;《孽海花》中的李莼客,他的原型是李慈铭。但是事实证明,他们都包含虚构和想象的成分。

所谓虚构和想象,并不是凭空捏造、随意幻想,而是建立在丰富的生活经验的基础上的,建立在精密的思考、推测和艺术概括的基础上的。果戈理的《外套》,是根据一件官场逸闻写成的,但和那件官场逸闻大不相同。安年科夫在他的回忆录中说:

有一次果戈里听到了官场中的一件逸闻。一个很穷的小官吏酷爱打鸟,他节衣缩食,在公务之外牺牲休息时间找额外工作来做,终于积到二百来个卢布,买了一枝很好的猎枪。第一次当他坐了一艘小船到芬兰湾去打猎的时候,他把宝贵的枪放在船头,据他自己承认,当时简直有些得意忘形,直到他向船上看了一眼,不见了新买的宝贝时才清醒过来。原来在他的船走过一处芦苇丛的时候,枪被茂密的芦苇带到水里去了。怎么找也是白费气力。小官回到家里,躺到床上就再也爬不起来:发了高烧。

亏得他的同僚们知道了这件事。大伙凑钱给他再买了一枝猎枪,他才算恢复了生命,但是一想到这件可怕的事,他的脸色就白得象死人。……

这件逸闻是有事实作基础的,大家都把它当作笑话,发出了笑声,只有果戈里若有所思地倾听着,低下了头。这件逸闻是他那奇妙的中篇小说《外套》的第一个动机,这篇小说就是那天晚上在他的心中萌芽的。①

果戈理改变了人物的命运和人物的环境。《外套》中的主人公阿卡基·阿卡基耶维奇的上司和同僚不像逸闻中所说的那么乐善好施,而是冷酷地对待他,施展全部的聪明才智来讥笑他、挖苦他。他含辛茹苦地积钱买来而又丢掉的也不是作为奢侈品的猎枪,而是生活必需的外套。外套被劫之后,虽然也有人提议募捐,"但是募来的钱很少,因为即使没有这件事,官吏们已经有很多花费了,例如订购司长的象,依科长的提议订购一本什么书,因为书的作者是科长的朋友,——所以募来的钱数少得可怜。"于是这个受尽欺侮的小官吏终于送掉了性命。果戈理就这样把一个官吏失掉猎枪的普通故事发展成了具有多么深刻意义的社会悲剧。在这个发展过程中,虚构和想象是起着重要作用的;而作为虚构和想象的基础的,则是作者对小市民,特别是对下层官吏的可怜生活所作的许多观察和思考。果戈理如果没有在彼得堡的衙门里服过务,观察和思索过同僚们的生活,这样的典型是虚构不出来的。

所有一切想象的表象,都是由生活经验组成的。想象的活动始终是感觉与知觉所给予的那些材料的改造。一个没有到过北极的人可以想象出北极的情况,那是由于他曾在图画中看到过它,和在实际当中看到过被云掩盖的平原、矮小的灌木林以及在动物园里看到过鹿的缘故。所以生活经验越丰富,想象力也就越强。艺术中的典型,就是在想象中根据一定的艺术构思从丰富的生活经验中改造出来的新的形象。因而如高尔基所说:艺术中的典型"在生活里是没有的,在过去存在着而现在还存在着的,只是和他们类似的人物,这些人物比他们更琐碎,更不完整,因此从他们,从这些渺小的人,虚构而且造出人类的典型——名义上的典型,这正象用砖头建造宝塔或者是钟楼一样"。②

想象不仅可以帮助作家改造、概括已有的生活经验,而且可以帮助作家去

① 转引自《论情节的典型化与提炼》,作家出版社版,第5页。

② 高尔基:《我怎样学习写作》,三联书店版,第10页。

推测他所不知道的情况，以补充在事实的连锁中不足的和没有发现的环节。高尔基说：在创造人物的时候，作家应该"用自己的经验的力量，自己的知识去琢磨他们，去替他们说尽他们所未说完的话，去替他们完成他们所未完成而按着他们的天资的力量应该完成的行为。这儿——是虚构的地方，也是艺术的创作"①。

任何创造都需要想象，文学艺术的创造更需要想象。想象，这就是艺术的思维。高尔基说：

> 在生存竞争中自卫的本能，使人类发达了两种强有力的创造力：认识与想象。认识是观察、比较、研究自然现象及社会生活事实的能力。简单地说，认识便是思维。想象，在本质上，也是关于世界的思维。不过它特别是凭借形象的思维，是"艺术的"思维。想象，可以说是一种甚至能给予自然的自发现象和事物以人的性质、感觉和意图的能力。
>
> ……想象是创造形象的文学技术之最本质的一个方法。……想象，结束了研究和选择材料的过程，并且把它最后形态化为活生生的——肯定和否定的——重要的典型。文学家的工作也许是比象动物学者那样的学者专门家的工作更困难的。动物学者在研究牡羊的时候，没有必要把自己想象为牡羊。但是，文学家在描写吝啬汉的时候，虽然是不吝惜东西的人，也必须把自己想象作吝啬汉；描写贪欲的时候，虽然不贪欲，也必须感到自己是个贪欲的守财奴；虽然意志薄弱，也必须带着确信来描写意志坚强的人。有才能的文学家，借着他非常发达的想象力，常常能够达到如下的效果：他们所描写的主人公们成为比创造了它们的作者本身更显著、明了、心理调和的、完全的人而出现在读者之前。②

高尔基所说的写什么，就把自己想象做什么，这是非常重要的。只有这样，才能深刻地揭示出人物的内心秘密。许多伟大的作家都有这样的经验。巴尔扎克说：他过着他所描写的人物的生活。据说他在描写高里奥老爹的死的时候，自己也觉得不舒服起来，甚至想叫医生。格林卡说：当他写到苏沙宁

---

① 高尔基：《我的创作经验》，见《给青年作家》，生活书店版，第47页。
② 周扬编：《马克思主义与文艺》，第76—78页。

文艺学概论 文艺学简论 027

和波兰人在树林中的一幕时,他"如此深刻地把自己移到主人公的感情中,以致头发悚立,全身发抖起来"。奥斯特洛夫斯基说:"巴扎洛夫这个人折磨我到了极点:就是当我坐下来用餐时,他也往往在我面前出现。我在和人谈话的时候,就会想:要是我的巴扎洛夫在,他会讲些什么?"狄更斯流着眼泪从书房走出来,因为他的小说的主人公死了。福楼拜说:"写作不是把自己关着,而是回到你所说的整个世界中去。例如今天,我——同时是男人和女人,爱人的和被爱的——在秋季的下午,在树林的黄叶下骑着马闲逛着,我是马、树叶、风,是紫红的太阳,而因为阳光,我的为爱情所重压的眼睛闭上了。"而当他写到波娃利夫人服毒的痛苦时他自己也尝到了"真正的砒霜的味道",因而也病倒了。我国的文学艺术家也有类似的经验。赵子昂画马之前趴在地上摹拟马的形态和神情的故事,是人所共知的。明代的大戏曲家汤显祖在创作《牡丹亭》的过程中,有一天忽然不见了。家里人找遍了所有的地方,最后发现他睡在柴堆上"掩袂痛哭"。家里人很吃惊,问他为什么哭。他说:写杜丽娘的唱词,写到"赏春香还是旧罗裙"的地方了。①

这许多例证,都说明伟大的艺术家是怎样在想象力的帮助下概括生活经验,创造栩栩如生的典型形象的。

六　典型不是统计的平均数

马林科夫指出:"典型不仅是最常见的事物,而且是最充分、最尖锐地表现一定社会力量的本质的事物。依照马克思列宁主义的了解,典型绝不是某种统计的平均数。"②这段话除了只强调典型的本质、忽略了典型的个性这个缺点而外,基本精神是正确的。掌握它的精神,对于我们正确地了解典型问题有重大意义,因为在我们的文艺界也曾经流行过把典型只看做最普遍最常见的事物,看做某种统计的平均数的错误观点。把典型看做某种统计的平均数,本来是唯心主义美学的理论。康德在他的《纯粹理性批判》一书中写道:"有一个人看见过一千个成年男子,当他想作出一个比较正常的身材的判断时,他的想象力就会使大量(也许就是整整一千个)形象一个叠到另一个上面去,那么——如果这里我可以运用光学上的说法来比较的话——在大多数形象相吻

---

① 焦循:《剧说》卷五。

② 马林科夫:《在第十九次党代表大会上关于联共(布)中央工作的总结报告》。

合的地方,在颜色显得最浓的线条上,就可以得到平均的身材,这个身材的高度和宽度离开最大或最小的极限,都是一样距离。这就是一个美男子的身材。我们只要用这种纯机械的办法测量一千个人的身材,依次把他们的高度和宽度(还有厚度)加起来,然后以一千来除其总和,就能得到同样的结果。"①我们的文艺理论家,也有推演这种理论而且笔之于书的,例如蔡仪在他的《新美学》中在把"美的本质"确定为"事物的典型性"之后解释道:"孟德斯鸠有一段话说:'毕非尔神父说:美就是最普遍的东西集合在一块所成的。这个定义如果解释起来,实是至理名言。他举例说:美的眼睛就是大多数眼睛都象它那副模样的,口鼻等也是如此。……'在他这段话里,说美就是最普遍的东西集合在一块所成的,并举实例说:美的眼睛就是大多数眼睛都象它那副模样的,叫我们更能明了所谓美的就是典型的,典型就是美。再引宋玉《登徒子好色赋》来说:天下之佳人莫若楚国,楚国之丽者莫若臣里,臣里之美者莫若臣东家之子。东家之子,增之一分则太长,减之一分则太短,着粉则太白,施朱则太赤。在这里很显然的,这位美人的形态颜色,一切都是最标准的,也就是概括了'臣里''楚国',天下的女人的最普遍的东西了。由此可知她的美就是在于她是典型的。"②

列宁在《俄国资本主义的发展》中,猛烈地反对过官方统计所运用的平均数字。列宁反复说明"平均数"跟真实情况相差很远:"一般的和笼统的'平均'数字具有完全虚假的意义。""这样加起来而求得的'平均数'把分化的情形掩盖起来,因此是完全虚假的。"③列宁的这一段话虽然不是针对文学的典型说的,但对于理解文学中的典型问题也有很重要的意义。形象思维也像逻辑思维一样,必须洞察现实生活的规律,把同一性质的现象归纳起来,进行概括;但把同一性质的现象用典型体现出来,无论如何也不是从这些同一性质的现象中采取一种"平均"的现象。真正的典型形象是把广阔的概括跟深刻的个性化有机地结合在一起的。《静静的顿河》中的葛利高里、《阿Q正传》中的阿Q、《红楼梦》中的林黛玉、《水浒》中的李逵,如果不是那样独特,而是一系列同类人物中的一个被修得四平八稳的"平均"人物,就不成其为典型了。

---

① 《译文》1953 年 12 月号,第 124 页。

② 蔡仪:《新美学》,第 68—69 页。

③ 转引自《论情节的典型化与提炼》,作家出版社版,第 84—86 页。

典型既不是统计的平均数,也不仅仅是最普遍、最常见的事物。在我们的读者中间,把典型仅仅看成最普遍、最常见的事物的人是不少的。比如某些作家创造了在目前还不常见的新英雄人物或在目前已不普遍的落后分子或反动分子的形象,就有人说它们是不典型的。写了共产党员或老干部的缺点,就有人说歪曲了共产党员或老干部的形象。写了工人、农民中的某些落后因素,就有人说侮辱了工农群众。有人认为:"如果典型不是最常见的、最普遍的事物,那便不成为什么典型了。"①其实,不常见、不普遍的事物也可以是典型的,这早已被艺术实践证明了。高尔基的《母亲》中的母亲、鲁迅的《狂人日记》中的狂人,在当时是还不普遍的新人物,但他们是典型。老舍的《西望长安》中的栗晚成在当时是不常见的反革命分子,但他也是典型。何况就艺术典型的特性说来,它总是把一定现象的本质体现在单个的、独特的东西的形式里的。所以不管它多么不常见、不普遍,只要它和合乎规律的生活现象相联系,只要它体现了一定的生活现象的本质,它就是典型。想一想看,《儒林外史》中的范进、周进和牛浦郎这些典型以及范进中举、周进撞号板和牛浦郎冒充牛布衣做起诗人来的情节,是多么独特,多么不常见,然而却多么生动、多么深刻地反映了社会生活的某些方面的本质啊!

把典型只看做最普遍的事物、看做某种统计的平均数的错误观点,降低了文学的社会作用,使它脱离了现实生活中最尖锐、最充分地表现一定社会力量本质的事物,无视于新事物的不可战胜性,也无视于旧事物的残余的危害性。我们的作家,必须彻底地批判这种错误的观点,不仅把"最常见的事物"看做典型,而且把"最充分、最尖锐地表现一定社会力量的本质的事物"看做典型。并以马克思列宁主义的认识论为武器,深入生活,研究并掌握现实发展的规律,以便认识并反映"最充分、最尖锐地表现一定社会力量的本质的事物",用以教育人民,推动历史前进。具体地说:要创造最充分、最尖锐地表现新的社会力量的本质的正面典型,用以教育人民,促进新事物的发展和胜利;同时也要创造最充分、最尖锐地表现旧的社会力量的本质的反面典型,用以揭露并摧毁腐朽的旧事物的残余。

---

① 《新建设》1955 年 6 月号《信箱》。

七　正面典型和反面典型

在关于电影《武训传》的批评中,毛主席曾明确地指出:

> 我们的作者们也不去研究自从一八四〇年鸦片战争以来的一百多年中,中国发生了一些什么向着旧的社会经济形态及其上层建筑(政治、文化等等)作斗争的新的社会经济形态,新的阶级力量,新的人物和新的思想,而去决定甚么东西是应当称赞或歌颂的,甚么东西是不应当称赞或歌颂的,甚么东西是应当反对的。

在这一段话里,指出了当前文艺创作中的中心任务:创造正面典型,歌颂新的人物和新的思想;同时也创造反面典型,反对人民的敌人和人民内部的一切落后现象。

(一)创造正面典型

马林科夫指出:"现实主义艺术的力量和意义就在于:它能够而且必须发掘和表现普通人的高尚的精神品质和典型的、正面的特质,创造值得做别人的模范和仿效对象的普通人的明朗的艺术形象。"①又指出:"必须创造正面的艺术形象,表现新型人物光辉灿烂的人格,从而帮助培养我国社会的人们具有与资本主义所产生的毒疮和恶习完全绝缘的性格和习惯。"②毛主席在延安文艺座谈会上的讲话中也号召当时革命根据地的作家表现"新的人物,新的世界"。可见写新英雄人物,创造正面典型,是作家的重要任务。典型绝不是某种统计的平均数,在我们的作品中,不应该把那些说不觉悟也有些觉悟,说觉悟又不大觉悟的人当做正面典型,而应该把在社会主义工业化和社会主义改造的伟大斗争中涌现出来的最先进、最优秀的新英雄人物当做正面典型。最先进、最优秀的新英雄人物在目前虽然还不很普遍,但我们的人民正在学习他们,正朝着他们的方向前进,未来是属于他们的。我们之所以不把可以做某种统计的平均数的人当做正面典型,而把这种最先进、最优秀的人物当做正面典型,正因为只有这样的人才最充分、最尖锐地表现着新的社会力量的本质,才值得做别人的模范和仿效的对象,才有着无限发展的光明前途。斯大林说:"在辩证

---

① 马林科夫:《在第十九次党代表大会上关于联共(布)中央工作的总结报告》。

② 马林科夫:《在第十九次党代表大会上关于联共(布)中央工作的总结报告》。

法看来,最重要的不是现时似乎坚固,但已经开始衰亡的东西,而是正在产生、正在发展的东西,那怕它现时似乎还不坚固,因为在辩证法看来,只有正在产生、正在发展的东西,才是不可战胜的。"①我们的作家必须把正在产生、正在发展的社会主义的道德品质加以艺术的概括,创造出鲜明生动的正面典型。只有这样的典型,才不只表现了人民的今天,而且也预示着人民的明天,用探照灯照明前进的道路。

（二）创造反面典型

在苏联也在我们中国,曾经有两种理论妨碍和取消了反面典型的创造:一种是"无冲突论";一种就是把典型只看做最普遍的事物、看做统计的平均数的理论。从前一种理论出发,有些人认为在我们的生活中,已经没有坏的东西,只剩下"好的和更好的"东西了,因而就不可能创造反面典型;从后一种理论出发,有些人认为只有普遍存在的正面事物才能成为典型化的对象,而普遍性较小的反面事物,根本没有典型化的资格,因而也不可能创造反面典型。当然,这两种理论都是错误的、有害的。

为了与旧事物作斗争,作家除了创造正面典型,还应该创造反面典型。马林科夫指出:"我们的作家和艺术家必须在作品中无情地抨击在社会中仍然存在的恶习、缺点和不健康现象……如果认为我们苏维埃的现实没有可讽刺的材料,那是不正确的。我们需要苏维埃的果戈理和谢德林,他们的讽刺象火一样把生活中的一切反面的、腐朽的和垂死的东西,一切阻碍进步的东西都烧毁了。"②新与旧的斗争是现实发展的规律,如果说苏维埃的现实尚不能没有可讽刺的材料,那么,在我们的现实中,可讽刺的材料就更不应该忽视。在文学作品中大胆地表现生活中的矛盾与冲突,一方面创造正面的先进人物的形象,一方面也创造反面形象,用讽刺之火烧毁一切腐朽的、垂死的东西,正是用社会主义精神教育人民的有效手段之一。我们的作家在表现先进的新事物的时候,决不应该小看正在实行反抗的旧事物的力量。如斯大林所指出:"在我们的生活中,有些东西是在一点点地死亡。但是那些日趋死亡的东西,决不愿意简单的死亡的,它们要为它们的生存而挣扎,要坚决地保持它们的腐朽的事业。在我们的生活中,新的东西也在一天天地产生出来。但是,这些新的东西

---

① 《联共(布)党史简明教程》中文版,第139页。

② 马林科夫:《在第十九次党代表大会上关于联共(布)中央工作的总结报告》。

也不是简单地产生出来的。它们喧嚷着、叫喊着，坚决地要争取自己的生存权。"①我们的生活，就是在新与旧的激烈斗争中，在新事物不断地战胜旧事物的过程中向前发展的。"无冲突论"的危害性在于它粉饰了现实，有碍于充分地表现新事物。为了反映新事物的胜利，必须大胆揭露新与旧的矛盾斗争。斗争愈尖锐，阻力愈大，终于在斗争中获得胜利的新人物的功勋就愈卓越，他们的优秀品质就表现得愈鲜明，他们给读者的积极影响也就愈巨大。所以真实地表现新人物的性格，绝不排除同时也真实地去描写反面人物的必要性。同时，为了激发人民与一切反动的、落后的和保守的事物作坚决无情的斗争，作家有权突出地刻画反面人物的形象。果戈理和谢德林就曾经这样做过，他们用泼留希金、布尔吉华夫等丑恶的形象，嘲笑和咒骂了垂死的、腐朽的贵族与农奴主统治的社会制度。鲁迅先生也曾经这样做过，他用赵太爷、秀才、假洋鬼子等丑恶的形象，严厉地鞭挞了骑在人民头上的反动派。我们的优秀的新文艺作品，也继承了这个优秀的传统。例如在《白毛女》、《暴风骤雨》和《太阳照在桑干河上》等作品中，作者用黄世仁、韩老六、钱文贵等丑恶的形象，无情地抨击了反动的地主阶级。当然，我们说作家有权突出地刻画反面人物的形象，并不等于说作家有权让垂死的、否定的东西压倒我们现实生活中新生的光芒万丈的肯定的东西。社会主义现实主义文学的一个重要特点是正面人物的进取性格。在苏联和中国的一些优秀作品(如《青年近卫军》、《保卫延安》等等)中，以进取性格为特征的正面人物总是处于全部活动的中心地位，并引导着作品中的情节；而反面人物则这样或那样地适应他们的行动，对付他们的行动。这因为在现实生活中，举行历史性的大进攻的，正是我们的正面人物。在我们的一些作品中，作者把否定的形象描写得鲜明突出，却把肯定的形象描写得暗淡无力，这是违反生活的真实的。

我们说作家需要创造正面典型也需要创造反面典型，是不是说典型的出现，必须是"正""反"两面，成双搭对的呢？不，不是这样的。因为在我们的社会里，虽还有不少反面人物，但正面人物已成为社会的主人，因而那些反面人物并不是在任何场合都敢于和正面人物唱对台戏的。他们在更多的场合，采取隐蔽的、伪装的、各种转弯抹角的方式，来腐蚀我们、危害我们。所以，斗争是十分复杂的，反映这种复杂的斗争的文学作品，也应该是多样的，不可能有

---

① 斯大林：《联共(布)中央在第十五次代表大会上的政治报告》。

固定的公式。

同时,是不是任何作品中都必须有站在两极端的正面人物和反面人物或只能有站在两极端的正面人物和反面人物呢?也不是的。不普遍、不常见的先进人物和落后(或者反动)人物是典型的;普遍的、常见的普通人物不用说也是典型的。文学作品需要反映多方面的社会生活,因而也就需要创造各种各样的典型。而且,在一个人物身上,常常存在着几个阶级的特征,有落后的特征,也有进步的特征。而这些特征,又是跟着环境的改变而改变的。因此,不能说文学作品中的所有人物非正即反。我们在分析作品的时候,是要从人物所处的现实关系中分析他的性格的全部复杂性,不是简单地给他贴上"进步"或"落后"、"正面"或"反面"的标签。

八 写真人真事是通向创造典型的道路

我们说要创造具有高度概括性的典型,这是不是和写真人真事冲突了呢?不,并不冲突。

真人真事是可以写的,因为现实生活中本来就有典型的人和事。现实的人不可能只有个性而没有共性,也不可能只有共性而没有个性。所以,我们只能说某些概括性较大的艺术典型,由于共性的强烈,其普遍意义较具体的个人所具有的更丰富、更鲜明,却不能说现实的个人就根本不能表现一定生活现象的本质。

当然,并不是所有的人和事都是很典型的;所以写真人真事,并不等于无选择地、自然主义地记录生活现象。作者必须在现实生活中经过深入的观察,发现在一定人物和事件中鲜明地、深刻地体现着的一定生活的本质和特征,再加以生动而集中的描写,才可以真实地反映人民的斗争生活,反映人民的思想感情。

选择比较具有典型意义的真人真事而加以集中、生动的描写,一方面可以及时地反映生活,教育人民;另一方面,对于初学写作的人,也应该是一种必要的练习,是一条提高的途径。

在目前,我们的社会生活中到处都涌现着可以使人感动的新人新事,但这是否都可以作为我们写真人真事的对象呢?不见得。因为使自己感动的人和事不一定会感动别人、感动群众。我们所写的真人真事,应该是人民的战斗生活中最典型的人和事,通过这些人和事的具体描写,可以启发群众更深更广地认识我们伟大祖国的今天和明天。只有这样的人和事,才能感动群众,教育群众。所以,当我们要写某个真人和某件真事的时候,必须把这个人和这件事放在整个现实发展的尖端来加以衡量,看取这个人和这件事对于今天乃至明天的意义。

在写真人真事的时候,不仅应该有所选择,而且应该有所创造。所谓创造,就是反对用摄影的方式,可以、也有必要把那些不很完整的真实的事情加以补充、修改,把那些零碎不全的材料加以概括、综合。《青年近卫军》中的青年英雄虽然是真人,但法捷耶夫把现代苏维埃青年的许多优秀的品质概括在他们身上,因而更加强了他们的典型性。白朗的小说《为了幸福的明天》,是根据全国闻名的护厂英雄赵桂兰的故事写成的;但作者也并没有局限于真人真事的记录。经过作者的艺术加工,使得邵玉梅——作品的主人公,从她身上可以看出赵桂兰的影子——的英雄形象更鲜明、更突出,因而也有了较大的典型性和教育意义。至于《夏伯阳》、《普通一兵》、《真正的人》等杰出的作品,都不是真人真事的摄影,而是作者根据真人真事,通过艺术的加工创造出来的。

总之,写真人真事不仅不与典型的创造相冲突,而且是向典型的创造发展的道路。我们初学写作的人想一下子就创造出概括性较大的典型来,是不可能的;但从写真人真事出发,在不断的生活实践与写作实践中磨炼、磨炼、再磨炼,提高、提高、再提高,就可以创造出概括性较大的典型来。

第四章 文学的阶级性

一 在阶级社会里没有超阶级的文学

在阶级社会中，人总是作为阶级的人而存在的；而作家，用高尔基的话来说，则是"阶级的眼睛、耳朵和声音"。他总是透过特定的阶级利益来观察生活、反映生活的。在阶级社会中，没有超阶级的人，也没有超阶级的文学。

但是资产阶级的文学家、文学理论家，都否认这一真理，并拼命地隐瞒这一真理。因为坦白地说出这一真理，对于他们及他们的阶级是没有好处的。他们能够坦白地说出他们的阶级利益是建筑在剥削、压迫广大劳动人民群众的社会关系之上么？他们能够坦白地说出这样的社会关系是最最公平合理的么？当然不能。于是，他们便疯狂地拥护"纯艺术"，反对文学艺术的阶级性、倾向性。什么"艺术自由"呀，"艺术独立"呀，"艺术除了它的形式美之外别无目的"呀，"文艺与阶级斗争、社会生活无关"呀，"伟大的文学乃是基于固定的普遍的人性"呀，"文艺的基本出发点是人类之爱"呀……百般地断言文学的超阶级的存在和发展的可能性。但一句话说穿，他们不正是在似乎白得像雪一样的"纯艺术"的幕布之下，偷运着资产阶级的倾向么？他们百般地隐瞒文学的阶级性的动机，难道不正是导源于他们的阶级利益么？

在中国，一九二八年以后，为了对抗"无产阶级文学"，"新月社"的梁实秋、徐志摩、胡适，为国民党所直接指挥的一部分所谓"民族文学"的提倡者王平陵、朱应鹏、黄震遐、邵洵美……自称"自由人"的胡秋原，自称"第三种人"的苏汶，以及后来在文学领域内散布托洛斯基主义的王实味等等，都否认文学的阶级性，反对"把文学拘囚在阶级上"，他们的荒谬理论，曾遭到鲁迅先生、周扬同志等的严正的驳斥。① 毛主席在延安文艺座谈会上的讲话中,对于所谓"人性论"、"人类爱"等"超阶级"的文艺观点,也给予毁灭性的批判。

如毛主席所指出:"在现在世界上,一切文化或文学艺术都是属于一定的阶级,属于一定的政治路线的。为艺术的艺术,超阶级的艺术和政治并行或互相独立的艺术,实际上是不存在的。"②这是铁一般的事实。资产阶级为了掩盖它的反动的阶级本质,企图掩盖这一事实,以欺骗人民群众。无产阶级则公开地揭露这一事实,有计划地把文学从剥削阶级的支配下解放出来,以与人民群众的利益相结合,使它"很好地成为整个革命机器的一个组成部分,作为团结人民、教育人民、打击敌人、消灭敌人的有力的武器,帮助人民同心同德地和敌人作斗争"③。

在延安文艺座谈会上的讲话中,毛主席根据文艺的阶级性,解决了"我们的文艺是为什么人的"这个根本问题。他说:

> 文艺是为地主阶级的,这是封建主义的文艺。中国封建时代统治阶级的文学艺术,就是这种东西。直到今天,这种文艺在中国还有颇大的势力。文艺是为资产阶级的,这是资产阶级的文艺。象鲁迅所批评的梁实秋一类人,他们虽然在口头上提出什么文艺是超阶级的,但是他们在实际上是主张资产阶级的文艺,反对无产阶级的文艺的。文艺是为帝国主义者的,周作人、张资平这批人就是这样,这叫做汉奸文艺。在我们,文艺不是为上述种种人,而是为人民的。我们曾说,现阶段的中国新文化,是无产阶级领导的人民大众的反帝反封建的文化。真正人民大众的东西,现在一定是无产阶级领导的。资产阶级领导的东西,不可能属于人民大众。新文化中的新文学新艺术,自然也是这样。对于中国和外国过去时代所遗留下来的丰富的文学艺术遗产和优良的文学艺术传统,我们是要继承的,但是目的仍然是为了人民大众。对于过去时代的文艺形式,我们也并

---

① 鲁迅的文章有《硬译与文学的阶级性》(《二心集》)、《中国文坛上的鬼魅》(《且介亭杂文》)、《民族主义文学的任务和运命》(《二心集》)、《论第三种人》(《南腔北调集》)等,周扬的《王实味的文艺观与我们的文艺观》一文,编入《表现新的群众的时代》,新华书店版。

② 《毛泽东选集》第3卷,第887页。

③ 《毛泽东选集》第3卷,第870页。

不拒绝利用,但这些旧形式到了我们手里,给了改造,加进了新内容,也就变成革命的为人民服务的东西了。①

在这里,毛主席不仅指出了我们的文艺是为人民大众服务的,而且指出了我们的文艺只有在工人阶级领导之下,才能为人民大众服务。

二 文艺工作者的思想改造问题

我们的文艺工作者要能够很好地完成任务,通过自己的作品去教育和改造别人,首先得教育和改造自己。日丹诺夫对苏联作家说:"我们在对于自己本身以及用社会主义的精神来武装自己的思想方面,毫不懈怠的努力是最必要的条件;没有这个条件,苏联作家就不能改造自己读者的思想,更不能做人类灵魂的工程师。"②在延安文艺座谈会上的讲话中,毛主席解决了文艺上的许多基本问题,而其中最根本的问题,就是文艺工作者的思想改造问题。文艺工作者必须进行思想改造,必须与工农兵群众相结合,这正是解决一切问题的关键,正是解决中国自有革命文艺运动以来就存在着的最根本的矛盾——工人阶级思想与非工人阶级思想的矛盾——的唯一正确的方法。解决了这个问题,"我们才能有真正为工农兵的文艺"。

如前所说,我们的文艺只有在工人阶级领导之下,才能为人民大众服务。而工人阶级的领导,必须经过各种复杂的严肃的斗争,才能经常保持。毛主席在谈到文艺界的统一战线问题时指出:"在一个统一战线里面,只有团结而无斗争,或者只有斗争而无团结,实行如过去某些同志所实行过的右倾投降主义、尾巴主义,或者'左'倾的排外主义、宗派主义,都是错误的政策。政治上如此,艺术上也是如此。"③和在政治统一战线上一样,在文艺统一战线上也必须实行又团结又斗争的工人阶级的政策。在革命文艺界内部,更必须实行彻底的思想改造,才能确保工人阶级思想的领导地位。正如毛主席所说:中国资产阶级的文化思想比它的政治上的东西更落后,早已不能在文化战线上充当领导的角色。在文艺界影响最大的是小资产阶级的文艺家。毛主席指出:"在文

---

① 《毛泽东选集》第 3 卷,第 877 页。

② 日丹诺夫:《日丹诺夫论文学、文艺与哲学诸问题》,时代出版社版,第 21—22 页。

③ 《毛泽东选集》第 3 卷,第 889 页。

艺界统一战线的各种力量里面,小资产阶级文艺家在中国是一个重要的力量。"①但他们在没有经过彻底改造以前,其思想和艺术作风基本上是属于资产阶级的。毛主席在延安文艺座谈会上的讲话中对于当时延安文艺界内部的小资产阶级倾向作了深刻的分析。他尖锐地批判了有这种倾向的作者们的作品,批判了他们的各种错误的观点以及他们所受的资产阶级思想的严重影响,从而在革命文艺界内部划清了工人阶级与非工人阶级的思想界限,展开工人阶级对非工人阶级的思想斗争。他说:"小资产阶级出身的人们总是经过种种方法,也经过文学艺术的方法,顽强地表现他们自己,宣传他们自己的主张,要求人们按照小资产阶级知识分子的面貌来改造党,改造世界。在这种情形下,我们的工作,就是要向他们大喝一声,说:'同志'们,你们那一套是不行的,无产阶级是不能迁就你们的,依了你们,实际上就是依了大地主大资产阶级,就有亡党亡国的危险。只能依谁呢? 只能依照无产阶级先锋队的面貌改造党,改造世界。"②毛主席在解决党内的工人阶级与非工人阶级的思想矛盾时,创造了整风的方法和思想改造的方法。在解决文艺界工人阶级与非工人阶级的思想矛盾时,也采用了这些方法。

整风的方法:在一个集中的时间内学习一些文件,用批评和自我批评的方式检查思想和工作,建立一些马列主义的基本观点,为长期的思想改造打好基础。

思想改造的方法:毛主席指出了思想改造的长期性:"要彻底解决这个问题,非有十年八年的长时期不可。"而解决的办法是:

(一)深入工农兵的斗争生活,和工农兵群众相结合

毛主席说:"知识分子要和群众结合,要为群众服务,需要一个互相认识的过程,这个过程可能而且一定会发生许多痛苦、许多摩擦,但是只要大家有决心,这些要求是能够达到的。"又说:"许多同志爱说'大众化',但是什么叫做大众化呢? 就是我们的文艺工作者的思想感情和工农兵大众的思想感情打成一片……你要群众了解你,你要和群众打成一片,就得下决心,经过长期的甚至痛苦的磨练。"然后他介绍了他自己感情变化的经验,总结道:"我们知识分子出身的文艺工作者,要使自己的作品为群众所欢迎,就得把自己的思想感情

---

① 《毛泽东选集》第3卷,第889页。

② 《毛泽东选集》第3卷,第897页。

来一个变化,来一番改造。没有这个变化,没有这个改造,什么事情都是做不好的,都是格格不入的。"①

(二)学习马克思列宁主义和学习社会

毛主席说:"文艺工作者应该学习文艺创作,这是对的,但是马克思列宁主义是一切革命者都应该学习的科学,文艺工作者不能是例外。文艺工作者要学习社会,这就是说,要研究社会上的各个阶级,研究它们的相互关系和各自状况,研究它们的面貌和它们的心理。只有把这些弄清楚了,我们的文艺才能有丰富的内容和正确的方向。"②

当然,深入工农兵和学习马列主义,学习社会,是应该同时进行的。毛主席教导说:"我们的文艺工作者……一定要把立足点移过来,一定要在深入工农兵群众、深入实际斗争的过程中,在学习马克思主义和学习社会的过程中,逐渐地移过来,移到工农兵这方面来,移到无产阶级这方面来。只有这样,我们才能有真正为工农兵的文艺,真正无产阶级的文艺。"③

三 阶级性和现实性

阶级社会中的文学带有阶级性,为特定的阶级服务,这是文学的法则,也是其他"思想形式"(如哲学、宗教等)的一般法则;此外,文学还有它的特殊法则,即形象地真实地反映现实生活的法则。而一般法则和特殊法则不是各自孤立而是互相联系的,所以,要彻底地了解文学的阶级性,就不得不研究文学的现实性,不得不研究阶级性与现实性的关系。

文学的特殊法则是真实地反映生活,但并不是任何阶级都愿意、都敢于真实地反映生活的。因而文学反映哪一阶级的思想、保护哪一阶级的利益,就直接关系着它本身的发展和命运。反动的、垂死的阶级,都在生活的真实面前发抖而不敢正视生活发展的客观过程。例如当资本主义制度的腐朽性日益明显,劳动者与资本家之间的矛盾和斗争日益尖锐的时候,资产阶级就把为它服务的文学迅速地推上反现实主义的道路。资产阶级的反现实主义的文学虽然有各种流派,但都这样或那样地拒绝反映生活。例如反现实主义流派之一的

---

① 《毛泽东选集》第 3 卷,第 873 页。

② 《毛泽东选集》第 3 卷,第 874 页。

③ 《毛泽东选集》第 3 卷,第 879 页。

形式主义,其纲领是:夺去文学的内容而使形式获得独立的意义。这样,就把文学引离现实的迫切问题,从而通过这样的文学,企图把劳动群众引离反对资本主义的斗争。

当反动的、垂死的阶级把为它服务的文学推上反现实主义的道路的时候,就破坏了文学的特殊法则——现实性。而这个特殊法则,是不能妄加破坏的;一旦破坏了这个法则,也就扼杀了文学的生命。

和反动的、垂死的阶级相反,先进的、革命的阶级,敢于面对现实,因为它的阶级要求,正符合现实的真理,符合人民的利益,符合现实发展的方向。所以靠拢和站在先进的、革命的阶级方面的作家,就能够真实地反映生活。而一切真实地反映了现实生活的作品,不论是现实主义的或者是积极的浪漫主义的,都获得了不朽的价值。

了解文学的阶级性和现实性的关系,对于我们有很深刻的意义。在文学创作方面说,非工人阶级出身的作家,应该继续改造思想,力求彻底地站在先进的工人阶级的立场上,才能更真实地反映生活,写出优秀的作品。在文学批评和文学教学方面说,当我们判断某一作品的阶级性的时候,就不应该简单地根据作家的阶级出身或作品中的某些字句,给它贴上阶级的标签,而应该根据作品的全部内容和它产生的历史环境进行全面的分析,作出精确的结论。我们知道,除了那些站在反动的阶级立场有意地歪曲生活的作家而外,还有许多作家,虽然没有割断和反动阶级的联系,但由于关心生活和力求真实地反映生活,因而使他们的思想发生了矛盾,使他们写出了虽然还带有不同程度的阶级偏见但也表现了社会的某些本质的方面、表现了人民的某些思想情感的作品。

第五章　文学的党性

一　党性是自觉的阶级观点的表现

列宁认为党性是"高度发展的阶级斗争的结果",它要求"在对事变做任何估计时都必须直率而公开地站到一定社会集团的立场上"。① 列宁写道:"没有一个活着的人能够不站到这个或那个阶级方面来(既然他懂得了它们的相互关系),能够不以该阶级的胜利为乐,以其失败为悲,能够不对于敌视这个阶级的人、对于散布落后观点来妨碍其发展以及其他等等的人表示愤怒。"② 可见党性是自觉的、明确的阶级观点的表现,一个懂得阶级的相互关系的作家才有党性。

因为列宁在《唯物论与经验批判论》中提到两千年前的哲学就有唯物主义与唯心主义的党派斗争,所以有些文艺理论家便认为古典作家也有党性,这其实是错误的。古典作家的思想往往是矛盾的。屈原、陶潜、李白、杜甫、白居易、陆游、辛弃疾、汤显祖、孔尚任、吴敬梓、曹雪芹等等,就其出身和教养来说,都属于剥削阶级,但他们并没有自觉的、明确的阶级观点,并没有率直和公开地站在剥削阶级的立场估计事变,反映生活,他们的创作相反地却突破了本阶级利益的狭小圈子;因此,认为他们具有剥削阶级的党性,显然是不合事实的。如果由于他们的作品具有人民性或进步性,便把他们都算作劳动者阶级的坚定而自觉的保卫者和拥护者,也是牵强附会的。所以不应该把所有的过去的作家简单地分成两个政治上对立的党派,说他们都有党性。

_____

① 《列宁全集》第 1 卷,人民出版社版,第 379 页。

② 列宁:《我们究竟拒绝什么遗产》,人民出版社 1953 年第 3 版,第 58 页。

党性是以世界观的明确的自觉的阶级性为前提的。这种世界观的明确性的最高表现就是共产主义的党性——即社会主义文学的创作方法的基本思想原则。

处于阶级斗争高度发展的历史时期的资产阶级和资产阶级文学也是有党性的,但是资产阶级的作家正像否认文学的阶级性一样,也否认文学的党性,竭力用"无党派性"的黑幕掩盖他们对资本家的依赖,掩盖他们为一小撮人的利益服务的可耻行为。

二 列宁提出了文学的党性原则

一九〇五年,列宁在《党的组织和党的文学》①中揭穿了资产阶级的"无党性"的黑幕,提出了文学的党性原则。列宁所提出的文学的党性原则,是马克思主义关于文学的阶级性的学说在新的历史条件下的进一步发展。

列宁明确地指出:文学的党性原则是在新的历史条件下提出来的。他说:

> 十月革命之后在俄国所造成的社会民主党工作的新条件,在日程上提出了党的文学的问题。……针对着资产阶级的营利的做生意的出版业,针对着资产阶级的文学上的地位主义和个人主义、"老爷式的无政府主义"和对利润的追求,——社会主义的无产阶级应当提出党的文学的原则,发展这个原则,并且在尽可能更完备和完整的形式中实现这个原则。

列宁的文学的党性原则,包括如下几个重要的方面:

(1)无产阶级的文学事业是无产阶级总的事业的一部分,应受党的领导和监督。列宁说:

> 这个党的文学底原则是什么呢? 这不只是说,对于社会主义的无产阶级,文学事业不但不能是个人和集团的赚钱的工具。而且它永远不能是与无产阶级总的事业无关的个人事业。打倒非党的文学家! 打倒超人的文学家! 文学事业应当成为无产阶级总的事业底一部分,成为一个统一的伟大的、由整个工人阶级全体觉悟的先锋队所开动的社会民主主义

---

① 见《马克思 恩格斯 列宁 斯大林论文艺》,人民文学出版社 1953 年版,第69—75 页。

的机器底"齿轮和螺丝钉"。文学事业应当成为有组织的、有计划的、统一的、社会民主党的工作的一个组成部分。

（2）无产阶级的文学是真正自由的文学，是替千千万万劳动人民服务的文学。这种文学应该和假装自由而事实上和资产阶级联系着的文学作斗争。列宁在回答资产阶级个人主义者提出的"党的文学否认个人创作的自由"这个问题时说：

> 第一，我们说的是党的文学及其对于党的监督之服从。每个人都有自由写他所愿意写的和说他所愿意说的一切，没有丝毫的限制。……
>
> 第二，资产阶级个人主义者先生们，我们应当告诉你们说：你们那些关于绝对自由的话不过是一种伪善而已。在建筑于金钱的权力上的社会中，在劳动群众作乞丐和一小撮富人作寄生虫的社会中，不可能有真正的和实在的"自由"……资产阶级的作家、艺术家和演员的自由，不过是戴着假面具的（或者戴着伪善的假面具的）对于钱袋的依赖、对于收买的依赖、对于豢养的依赖。
>
> 而我们社会主义者揭露这种伪善，撕破这个假招牌——不是为了弄出非阶级的文学和艺术（这只有在社会主义的没有阶级的社会中才可能），而是为了使真正自由的、和无产阶级公开联系着的文学去对抗假装自由的而事实上和资产阶级联系着的文学。
>
> 这将是自由的文学，因为不是贪欲也不是野心，而是社会主义思想和对劳动人民的同情将招集一批又一批新的力量到它的队伍里来。这将是自由的文学，因为它将不是替饱食终日的贵妇人服务，不是替百无聊赖和胖得发愁的"几万上等人"服务，而是替千千万万劳动人民服务。这些劳动人民是国家的精华、国家的力量、国家的未来。

（3）无产阶级党的事业的文学部分不能和其他部分刻板地等同起来。列宁说：

> 无可争论，文学事业最不能机械地平均、标准化，少数服从多数。无可争论，在这个事业上绝对必须保证个人创造性、个人爱好的广大的空

间,思想和幻想、形式和内容的广大的空间。

列宁提出的文学的党性原则,是对文艺科学的极重要的贡献,是美学思想的伟大成就,它为无产阶级社会主义的文学奠定了坚实的基础。

三　毛主席丰富和发展了文学的党性原则

一九四二年,毛主席在延安文艺座谈会上的讲话中,结合中国的实际,天才地发展了列宁所规定的文学的党性原则,而给予更丰富的内容。他在"引言"中说:"我们今天开会,就是要使文艺很好地成为整个革命机器的一个组成部分,作为团结人民、教育人民、打击敌人、消灭敌人的有力的武器,帮助人民同心同德地和敌人作斗争。"并指出要达到这个目的,首先要解决立场问题:"我们是站在无产阶级的和人民大众的立场。对于共产党员来说,也就是要站在党的立场,站在党性和党的政策的立场。"在"结论"中说:

> 无产阶级的文学艺术是无产阶级整个革命事业的一部分,如同列宁所说,是整个革命机器中的"齿轮和螺丝钉"。因此,党的文艺工作,在党的整个革命工作中的位置,是确定了的,摆好了的;是服从党在一定革命时期内所规定的革命任务的。

党的文艺服从党在一定革命时期内所规定的革命任务,也就是服从党的政治。毛主席说:

> 文艺是从属于政治的,但又反转来给予伟大的影响于政治。……我们所说的文艺服从于政治,这政治是指阶级的政治、群众的政治,不是所谓少数政治家的政治。政治,不论革命的和反革命的,都是阶级对阶级的斗争,不是少数个人的行为。革命的思想斗争和艺术斗争,必须服从于政治的斗争,因为只有经过政治,阶级和群众的需要才能集中的表现出来。革命的政治家们,懂得革命的政治科学或政治艺术的政治专门家们,他们只是千千万万的群众政治家的领袖,他们的任务在于把群众政治家的意见集中起来,加以提炼,再使之回到群众中去,为群众所接受,所实践,而不是闭门造车,自作聪明,只此一家,别无分店的那种贵族式的所谓"政治

家",——这是无产阶级政治家同腐朽了的资产阶级政治家的原则区别。正因为这样,我们的文艺的政治性和真实性才能够完全一致。①

党的文学必须为党的政治服务,这因为只有经过政治,无产阶级人民大众的利益才能集中地表现出来,所以,文学的政治性,就成为检验文学作品的第一个标准。

四 文学的党性原则是文学为人民服务的最高原则

反动的资产阶级的党性排斥人民性;无产阶级的党性则包括人民性。只有无产阶级的政党才能表达出全体人民的利益,才能以最大的毅力、最高的热忱领导全体人民为全体人民的事业奋斗到底。所以列宁所规定的文学的党性原则,包括了文学的人民性原则。在《党的组织和党的文学》中,他指出,无产阶级文学与资产阶级文学的不同之处在于:它不是替吃得饱饱的贵妇人服务,不是替百无聊赖和胖得发愁的"上层几万人服务",而是替千百万劳动者服务。

毛主席在延安文艺座谈会上的讲话中,更明确地提出了文艺为工农兵服务的方针,并且从各个方面解决了如何为工农兵服务的问题(诸如作家的思想改造问题、普及和提高问题等等)。

党性原则包括人民性原则,这应该从两方面去理解。一方面,人民性原则不能脱离党性原则。毛主席明确地指出:"真正人民大众的东西,现在一定是无产阶级领导的;资产阶级领导的东西,不可能属于人民大众。"所以他把"为什么人"的问题看做根本问题;并指出要解决这个问题,必先解决立场问题,作家只有"站在党性和党的政策的立场",才能为人民服务。另一方面,党性原则也不能脱离人民性原则。共产党是人民的领导者,它之所以强而有力,是因为它与广大的人民保持着紧密的联系。"布尔什维克党,——斯大林同志说道,——只要是与广大民众保持着联系,就会始终是不可战胜的,——这可以说是一个定理。反之,布尔什维克一脱离群众,一失掉自己与群众间的联系,一染上官僚主义的尘垢,就会丧失任何力量,而变成空架子。"②同样,党的文学之所以强而有力,是因为它把自己的根扎在人民群众的深处,是因为它除了

---

① 《毛泽东选集》第 3 卷,第 888 页。

② 《联共(布)党史简明教程》,莫斯科中文版,第 441—442 页。

人民的利益,没有而且也不可能有其他的利益。反之,它一脱离人民,一染上宗派主义的灰尘,就会丧失任何力量,就会成为离开地面的"安泰"。

五　反对对文学的党性作庸俗化的理解

在苏联和中国,都有人对文学的党性作庸俗化的理解。一种是把党性仅仅表现在作者或主人公的宣言上。在作品中堆砌"党性"、"社会主义"之类的字眼。关于这,加里宁曾经作过尖锐的批评。他指出作家应该创造有党性的作品,但这"并不是说文章从头到尾都是'党性'、'社会主义'这类字眼,而是说,要让事实和行动的本身把读者引向党性。换句话说,要十分客观地描写局部的事实,但由这种描写所产生的印象,它对读者的影响必须导向党性"①。

另一种庸俗化的理解是:只有描写了共产党员的作品才算有党性,于是认为老舍的《龙须沟》之类的没有创造出党员的形象的作品就没有党性。其实,作品的有无党性,不仅表现在描写什么,而且主要表现在怎样描写。有些作品是不可能描写党员的,像阿·托尔斯泰的《彼得大帝》之类。

最有害的庸俗化理解是:只有党员作家才能表现党性,从而把党的作家和非党作家对立起来,在文学领域中闹宗派主义。被苏联文艺界批判了的新拉普分子别里克的论点就是这样的。别里克在发表于一九五〇年二月号的《十月》杂志上的文章中,把列宁在特定的历史条件下提出的"打倒非党的文学家"的口号搬了来对付当时苏联的非党作家,显然是有害的。列宁在《党的组织和党的文学》中所说的"非党的文学家",是指那些掩盖在"无党派性"的口号下的"假装自由而事实上和资产阶级联系着的文学家"而言。为了和资产阶级的"无党派性"作斗争,列宁提出了"打倒非党的文学家"的口号。在一九五〇年的苏联重复这个口号,只能是宗派主义的表现,因为在当时的苏联,党员与非党员关系,已经是另一种情况了。关于这一点,斯大林曾作过很明确的解释:

　　在过去的时代,共产党人对待非党人士与对待非党性,总带着几分不信任。这是由于各种资产阶级集团常常以无党派性的旗帜来掩盖自己……然而现在我们已经是另一个时代了。一道叫作苏维埃社会制度的围

---

① 《加里宁论文学》,俄文版,第107—108页。

墙,把非党人士从资产阶级那里分隔开来。这道围墙又使非党人士和共产党人结合在苏维埃这个共同的集体之中。……他们之间的差别,只在于一个是在党内,而另一个则不是。然而这是形式上的差别。重要的是,彼此都在创造着一个共同的事业。因此共产党人与党外人士的联盟,是一件很自然的、重要的工作。①

在苏联,党对于一切苏维埃作家显示了同一程度的关心。党的和非党的作家一同在共产党的领导下创造了并继续创造着苏维埃文学。

在我们中国,情形也是一样。在党的"百花齐放、百家争鸣"的正确方针下,不管是党的或非党的作家,只要愿意为社会主义建设服务,愿意继续不断地学习马克思主义和深入工农兵的斗争生活,都可以写出在不同程度上具有党性的作品。这因为文学的党性是从典型的艺术形象所反映的生活真实上表现出来的,是从作家自觉地、忠诚地维护人民利益、维护社会主义事业的态度上表现出来的,而不是从作家的身份上表现出来的。

---

① 转引自《真理报》专论《反对文学批评中的庸俗化》,新文艺出版社版,第6页。

第六章　文学的人民性

一　人民性的概念

文学上的人民性是文学和人民的联系，是人民大众的生活在文学上的反映，是人民大众的思想感情、愿望和利益在文学上的表现。真实地反映现实，这是文学的最重要的客观法则，而真实地反映现实，就意味着真实地描写人民，意味着为人民服务。因为人民是历史的主人，是历史发展的决定力量，社会发展史即劳动群众本身的历史、人民的历史，所以文学作为文化的一个部分，便和人民群众的历史创造有着有机的联系。列宁说：

> "艺术是属于人民的"。它的最深的根源，应该是出自广大劳动群众的最底层。它应该是为这些群众所了解和为他们所挚爱的。它应该将这些群众的感情、思想和意志联合起来，并把他们提高起来。它应该唤醒他们中间的艺术家和发展他们。①

因此，凡是真实地反映了现实的文学作品，必然是能将它的根植于人民群众的最底层，真实地反映人民大众的思想感情、愿望和利益，能够唤醒和提高人民，并促进人民大众的历史发展。

二　人民性的标志

由于历史条件的不同，文学和人民的联系也不同，因此，文学上的人民性的表现形式也是多种多样的，我们姑且分为两大部分来谈。

---

① 蔡特金：《列宁回忆录》。

（一）人民大众自己的创作具有丰富的人民性

文学起源于劳动,这就是说,远在肉体劳动和精神劳动没有分工的时候,劳动群众就创造了文学。当然,劳动分工是社会发展的必经之路,恩格斯在《反杜林论》中早有非常中肯的说明。由于劳动分工,使特殊阶级内部有部分人得以脱身于体力劳动之外,以从事于文学艺术和科学等一切属于智力范围的事业,因而大大地发展了人类的文化。但这却是以牺牲广大劳动群众的精神生活做代价的,如马克思所说:"艺术的才能独一无二地集中在几个人身上,艺术才能的泉源是广大群众,可是艺术才能在广大群众中被窒息,这全是劳动分工的结果。"①在奴隶社会、封建社会和资本主义社会里,统治阶级垄断和控制着文学艺术事业,一切劳动群众,全处在被剥削、被压迫的地位,过着非人的生活。他们的艺术才能是被窒息、被压抑着的。但他们生活在被剥削、被压迫的境地中,由于现实生活的激发,不能不产生用文学来传达自己的心声的要求。虽然他们被剥夺了受教育的权利,以至连文字都不能运用,但仍可以创造口头文学。这种口头文学,经过记录和加工,就成为极有价值的文学财富。例如《诗经》中的《国风》,汉魏六朝的《乐府诗》,唐宋的"柳枝词"和"竹枝词",宋的"话本",宋金的鼓子词和诸宫调,明清的民歌、弹词和子弟书,以及元明以来的戏曲的一部分(主要是地方戏),都基本上是人民自己的创作。这类作品,都以人民喜闻乐见的艺术形式,非常真实地表现了人民的生活、斗争、思想、感情、愿望和要求,在内容和形式两方面都具有高度的人民性。

当然,这些作品在记录和加工的过程中不可避免地要遭受统治者的涂改甚至歪曲,因而它们虽然还闪耀着人民性的光辉,但也羼杂着封建性的糟粕,所以,我们只能说它们基本上是人民自己的创作。真正人民自己的创作,只有在无产阶级推翻了人剥削人的制度,长久被窒息的人民的"艺术才能"被彻底解放出来以后,才有大量产生的可能。新中国成立以来,数以万计的工农兵文艺团体已经在他们自己的阵地上展开了广泛的文艺活动,而且已经产生了许多他们自己的优秀的作家和优秀的作品。如马克思所预言,到了共产主义社会,每个人都将摆脱职业上的限制和对于分工的依赖,可以参加文艺活动。那时候,将

---

① 马克思、恩格斯:《德意志意识形态》,转引自《马克思、恩格斯论文学与艺术》,平明出版社版,第81页。

"没有什么画家之类,只有人,这些人,同别人一样,也可以从事绘画"①。同样,将没有什么作家之类,只有人,这些人同别人一样,也可以从事写作。

(二)文人们的创作通过许多间接环节和变形的分光镜而表现出来的人民性

文人们的创作中的进步倾向总是表现在更为复杂而矛盾的形式中,它仿佛被埋在深深的地下,不但不容易把握,有时甚至不是平常的眼睛所能看出的,这就不能不加以具体的研究、具体的分析。毛主席教导说:"无产阶级对于过去时代的文学艺术作品,必须首先检查它们对待人民的态度如何,在历史上有无进步意义,而分别采取不同态度。"②"对待人民的态度如何,在历史上有无进步意义",这应该是我们衡量古典文学作品的人民性的有、无、强、弱的最精确的标准。当然,要衡量得准确,仍然是一件非常困难的工作。第一,要有历史唯物主义的观点;第二,要有比较丰富的历史知识,熟知产生作品的历史环境——政治经济制度,阶级、民族斗争,以及人民的思想情绪和人民生活中的各种重大事件。但我们应该努力克服困难,而不应该回避困难,以致对祖国的文学遗产采取轻率的、无知的、随意抹杀的态度。下面我们试图分析人民性在文学作品中表现的几种(仅仅是几种)情况:

第一,人民的口头创作不断地丰富着世界文学的宝藏。歌德的《浮士德》、雪莱的《解放了的普罗米修斯》、屈原的《九歌》、施耐庵的《水浒》、罗贯中的《三国演义》等伟大作品,都是在人民口头创作的基础上进一步加工而创造出来的。这类和人民、和人民的创作相联系的作品,在内容和形式上都具有高度的人民性。

第二,我们已经说过:站在革命的阶级立场的作家能够真实地反映现实,因而他们的作品具有现实性;现实性是人民性的基础,因而他们的作品具有人民性。为什么站在革命的阶级立场的作家能够写出具有现实性和人民性的作品呢? 这因为"进行革命的阶级——单就他与别一阶级的对立而言——从最初起,就不是作为一个阶级而出现的,而是作为整个的社会底代表者而出现的;它以社会的全体群众的资格,去对抗唯一的统治阶级。这是由于它的利

---

① 马克思、恩格斯:《德意志意识形态》,转引自《马克思、恩格斯论文学与艺术》,平明出版社版,第81页。

② 《毛泽东选集》第3卷,第891页。

益,最初的确是与一切其余的未占统治地位的阶级底公共利益更加联系着的,是由于它的利益,在以前存在的关系的压迫下还没有顺利地发展为一个特殊阶级底特殊利益"①。所以,站在这个革命阶级的立场的作家,就自然能够表达全体人民的利益。例如当资产阶级还没有完全取得统治地位,还是革命的阶级的时候,如恩格斯所指出,它曾创造了自己的,也是全体劳动人民的非常灿烂的文学——文艺复兴时期的文学。这种文学,它的资产阶级的阶级性和人民性不是相矛盾,而是相联系的。因为资产阶级的利益在推翻封建主义制度的斗争中还并不带有狭隘的阶级性质,而是和当时农民的利益相一致的。至于无产阶级,更和其他曾在历史上完成过生产关系变革的阶级不同,它的阶级利益,是和社会绝大多数人的利益融合在一起的,因为无产阶级革命不是消灭这种或那种形式的剥削,而是消灭任何剥削。站在无产阶级立场的作家,是自觉地、公开地用自己的文学武器为人民服务的。因此,无产阶级文学的人民性,是最高类型的人民性。

第三,跟着城市经济的发展而产生的市民文学,也具有人民性。比如跟着希腊雅典城市经济的兴盛,产生了市民的戏剧。爱斯库罗斯和索福克勒斯的悲剧,为全体市民所欢迎。中国自唐宋以后,由于城市经济的繁荣和市民阶层的抬头也产生了辉煌的市民文学(或平民文学)。评书、鼓词、弹词、小说、戏曲等非常发达,在它们的影响下终于产生了像《水浒》、《三国演义》、《西厢记》、《西游记》、《琵琶记》等优秀作品。市民文学之所以具有人民性,在于:当它不为贵族而为市民服务的时候,作为读者或听众的广大市民直接参与或影响文学的创作,这样,就自然地使它脱离贵族的性质,具有市民的或平民的性质。比如在古代希腊的雅典的剧场,可容纳一万七千人。剧本的选择采取竞赛的方式。参加竞赛的作家,初选三人,这三人的作品便在节日上演。上演的时候,每个看戏的"自由市民"都是评判人。他们有时感动得流泪,有时会发出不满意的嘲笑、叫嚣。正式裁判是十个人,各代表希腊的一族。演剧完毕以后,评判者就把自己的意见写在纸上,投入一个瓮里。然后根据这些意见,评判剧本的等第。可见剧作家是不会违背市民的意见而进行创作的。不然,他的戏就要落选。我国宋元以来的说话人、演唱家和市民文学的写作者,他们的文艺活动,也同样地受着广大市民群众的决定性的影响。这种决定性的影响,正是

① 马克思、恩格斯:《德意志意识形态》,转引自《马克思主义与文艺》,第16—17页。

他们的作品具有丰富的人民性的重要原因。

第四，当统治阶级和人民的矛盾日益尖锐，人民在残酷的剥削、压迫之下过着水深火热的生活而以各种各样的方式进行反抗、进行斗争的时候，本来属于或依靠统治阶级的作家，由于看到政治的黑暗和人民的痛苦而引起对统治者的不满和对人民的同情。如屈原、杜甫、元结、柳宗元、聂夷中、李绅、白居易、张籍、元稹等等，他们的许多作品，一方面这样或那样地反映了人民的生活、思想、情绪、愿望和要求；一方面也这样或那样地对当时的政治、当时的统治者、当时的社会制度进行了有力的批判。它们的方向，是反剥削、反压迫、反对社会上的一切黑暗和罪恶的。它们具有强烈的人民性。

第五，也是在统治阶级和人民的矛盾日益尖锐的时候，有许多属于或出身于统治阶级的作家，虽没有直接地反映人民的生活，但却反映了统治阶级内部的矛盾与危机、黑暗与罪恶。这也有瓦解统治势力和帮助人民对统治阶级进行斗争的作用，因而也具有一定程度的人民性。《诗经》的"二雅"中，就不乏这样的作品（例如《小雅》中的《北山》："……或燕燕居息；或尽瘁事国。或息偃在床；或不已于行。或不知叫号；或惨惨劬劳。或栖迟偃仰；或王事鞅掌。或湛乐饮酒；或惨惨畏咎。或出入风议；或靡事不为。"如《大雅》中的《瞻卬》："人有土田，女反有之！人有民人，女复夺之！此宜无罪，汝反收之！彼宜有罪，女复说之！"）。而曹雪芹的《红楼梦》，则以惊人的艺术力量，揭露了统治阶级内部的矛盾与危机及其家庭生活中的矛盾与危机，作者对统治阶级的残酷与庸俗的批判是彻骨的深刻的。

第六，在历史上，当异族入侵和统治的时候，许多原来属于统治阶级的作家，被迫而和人民一道站在民族斗争的战线上，因而写出反映民族意识和爱国思想的作品。这样的作品，也自然具有丰富的人民性。如陆游、辛弃疾、谢枋得、文天祥、关汉卿、顾炎武、黄宗羲、孔尚任等人的一部分作品，就是这样的。

第七，有些作品（主要是抒情作品），虽没有反映较大的社会问题，但可以发扬人民的诗的情绪和美的感觉，可以丰富人民的精神世界。比如在李白的许多抒情诗里，人民对美丽的自然风物的感觉、对光明和自由的向往、对爱情和幸福的热望，以及为美好的生活而斗争的决心，都通过诗人自己的同样性质的感觉和情绪而无比鲜明地反映出来。这些人民的优美的感觉和感情，经过诗人的集中和提高，而又随着诗篇的广泛流传，注入人民的心灵，成为一种鼓舞人民争取美好生活的力量。这样的作品，也具有不容忽视的人民性。

第八，在我国古典文学中，有一部分这样的作品：它们以深切的感受和优美的文笔，描写我们祖国的山川胜景、自然奇观，在我们面前展开一幅动人的图画，使我们感到祖国的可爱。这些作品，由于它们可以培养我们热爱祖国的感情而具有一定程度的人民性。"暮春三月，江南草长，杂花生树，群莺乱飞。"①据说，丘迟凭这几句话竟招回了投降敌国的梁朝旧将陈伯之。那么，还有谁读了这样的作品而不热爱自己的祖国呢？

第九，如冯雪峰所说："当封建社会还在向上发展，即和历史的前进趋向还相一致的时候，那时的统治阶级从它的历史发展上所处的客观地位上来看还是进步的，同时如果统治阶级的政治上的设施也是有利于生产力的发展的，则这些作家和统治阶级一致或拥护统治阶级的思想和作品，在历史上也是进步的东西，这种进步性也应该包括在人民性的具体的历史内容之内。"

第十，也如冯雪峰所说："封建时代多少诗人和作家都曾经赞美过他们认为好的或英明的皇帝或当时的某些功臣，如果被赞美的这些皇帝和功臣确实是建立过对于民族和人民有功的、对于历史的发展有利的功绩，这些赞美的作品也确实写得好，能够反映时代进步的气概，而不是仅仅无聊地谄媚的东西，那么，这样的作品，也是有它的人民性的。"②

以上所谈，只是人民性在文学作品中表现的几种情况，而不是所有的情况。比如作家在艺术上的优秀成就，作家吸收并提炼人民语言的成绩等等，都应该估计在人民性的范围以内。总之，在分析每一篇古典文学作品的时候，首先要看它对人民的态度和对历史的作用，不要轻率地一笔抹杀它。因为凡是或多或少地带有人民性的古典作品，都是我们的珍贵的遗产，只有资产阶级才抛弃它，人民自己是不肯轻易抛弃自己的遗产的。正如日丹诺夫所说："无产阶级，也正象在物质文化与精神文化的其他部门里一样，是世界文学宝库中全部优秀东西的唯一继承者。资产阶级浪费了文学遗产，我们必须把它仔细地收集起来，加以研究，而且批判地接受下来，向前推进。"③

文人们创作中的人民性，有的比较鲜明，还容易把握；有的比较隐晦，就不容易把握。所以，对于这些作品，我们必须用历史唯物主义的观点去分析作者

① 丘迟：《与陈伯之书》，《昭明文选》卷四。

② 冯雪峰：《回答关于〈水浒〉的几个问题》，载《文艺报》1954 年 6 月号，第 34—35 页。

③ 日丹诺夫：《苏联文学艺术问题》，人民文学出版社 1953 年第 2 版，第 28 页。

的处境和当时社会矛盾的具体情况,才能得到比较正确的理解。举例来说,假如我们不了解元朝对汉人的奴隶制半奴隶制的统治、压迫、剥削、残杀的具体情况,就无法理解元曲的人民性。如马致远的《汉宫秋》和白朴的《梧桐雨》,如果简单地认为都写的是皇帝老子的事情,与人民无关,那就错了。事实上,它们通过汉元帝和王昭君、唐明皇和杨贵妃的故事,反映了当时人民共有的亡国的感伤情绪。同样,如果我们把那些描写忠孝节烈和英雄豪杰的故事的作品,简单地认为是歌颂封建道德和个人英雄主义的,也就错了。那些描写自己民族的忠孝节烈(如狄君厚的《介之推》、纪君祥的《赵氏孤儿》)和英雄豪杰(如尚仲贤的《尉迟公》、张国宝的《薛仁贵》)的作品,正反映了在元朝残酷统治下被压得喘不过气来的汉族人民反抗民族压迫的愿望和信心。

三　人民性的阶级局限性

我们已经说过,在阶级社会里,没有超阶级的文学。那么,在我们分析一篇作品的人民性的时候,就不应该忘记同时也分析它的阶级性。就阶级性方面说,由于统治阶级垄断并控制文学事业,伟大的古典作家,几乎全部是属于或依靠于统治阶级的人,他们的思想不能不是统治阶级的思想;而且,他们要完全挣脱统治阶级的思想的束缚,几乎是不可能的事情。这就是说,决定他们的阶级性的,是他们和统治阶级的联系。就人民性方面说,人民是历史的主人,人民的生活、斗争、思想、情绪、愿望、要求……有力地影响着他们和他们的创作。特别在统治阶级非常残酷地剥削和压迫人民,人民处在水深火热之中的时候,他们往往从人民的痛苦生活中意识到政治的黑暗和阶级的矛盾,从而不可能不在某些重要的方面突破他们原有思想的限制,产生一种带有革命因素的同情人民的思想倾向。这就是说,决定他们的人民性的,是他们和人民的联系。和统治阶级联系,又和人民联系,就造成了他们思想上的矛盾性。这种矛盾性,是现实生活中的矛盾斗争在他们思想上的反映。而这种思想上的矛盾性就不可避免地反映在他们的作品中。我们分析一篇作品的阶级性和人民性,就是分析这种矛盾的具体情况;一方面看它的人民性(和人民的联系)在什么程度上突破了它的阶级性(和统治阶级的联系);另一方面看它的阶级性在什么程度上限制了它的人民性。

在分析古典作品的时候,忽视阶级的局限性是错误的。错误的世界观和阶级偏见,甚至对十九世纪法国小说家巴尔扎克和俄国小说家列夫·托尔斯泰等这样伟大的作家,也不可避免地限制了他们的现实主义的力量和规模。但分析文学作品,并不等于简单地评价作家的政治思想。真实地反映生活,这是文学的客观法则。在伟大的现实主义作家的作品中,都反映了不依作家的意志为转移的客观现实的某些本质的方面。而且,当他们愈是正确地反映现实的时候,现实的逻辑,就愈有力地支配着他们的思想逻辑,而不是相反。所以,如恩格斯所指出:

> 巴尔扎克在政治上是一个保皇党。他的伟大作品是对于上等社会底必然崩溃的不断的挽歌;他的同情是在注定要灭亡的那个阶级方面。虽然如此,当他让他所深切同情的贵族男女行动的时候,他的讽刺却是最尖刻不过的,他的嘲弄却是最毒辣不过的。他以毫不掩饰的赞赏去述说的仅有的一些人物,正是他的政治的死敌,圣玛利修道院街底共和主义的英雄们,那时候(1830—1836年),这些人的确是人民群众底代表。巴尔扎克既是不得不违反他自己的阶级同情和政治偏见,他就看出了他所心爱的贵族底必然没落而描写了他们不配有更好的命运,他就看出了仅能在当时找得着的将来的真正人物。①

所以分析文学作品,主要是分析它所反映的客观内容。列宁在论托尔斯泰的许多论文中,给我们提供了在文学分析中应用反映论的辉煌范例。他从托尔斯泰的创作、观点、学说等的全部复杂性和矛盾性中分析了他的作品所反映的客观内容,指出:一方面,他"是一个因迷信基督教而变得傻头傻脑的地主";"他痴呆地鼓吹不要用暴力去抵抗恶";"鼓吹世界上最讨厌的一种东西,即宗教"。另一方面,他"是一个天才的艺术家,不仅创作了俄国生活的无比的图画,而且创作了世界文学的第一流作品"。他"对社会的扯谎和虚伪作了非常有力的、直率的和真诚的抗议";他"无情地批判资本主义的剥削,揭露政治的暴虐、法庭和国家管理机关底滑稽可笑,揭示财富的增加和文明的成就与工人群众的穷困、野蛮和痛苦的增加之间的矛盾是何等地深刻"。列宁又指出:

> 作为一个发明拯救人类的新的药方的先知,托尔斯泰是可笑的,——

_____

① 《马克思 恩格斯 列宁 斯大林论文艺》,人民文学出版社1953年第2版,第21—22页。

所以那些想把他的学说中恰恰最弱的一方面变成一种教条的俄国的和外国的"托尔斯泰主义者"是十分可怜的。作为俄国千百万农民在俄国资产阶级革命到来时所具有的思想和情绪底表现者，托尔斯泰是伟大的。托尔斯泰是富于独创性的，因为他的观点的总和整个说来却恰好表现了我们的革命，即农民、资产阶级革命底种种特点。从这个观点看来，托尔斯泰观点中的矛盾，的确是我们革命中的农民的历史活动所处的各种矛盾状况的一面镜子。[①]

同样，我国封建时代的许多大作家，在他们的思想和作品中也都包含着这种矛盾性。例如屈原和杜甫，就都是想"致君尧舜"的"仁政"主义者和"忠君爱国者"，他们一直没有挣脱封建主义的正统思想的束缚；但不能因此就抹杀他们的作品所具有的进步内容。在他们的作品中，那样有力地揭露了统治阶级的黑暗和罪恶，反映了人民的痛苦和斗争。对于这些作家，他们的从属于统治阶级的思想并不是最重要的东西，最重要的是他们矛盾的思想中和人民联系的一面，即具有人民性的一面。我们应该强调的正就是这最重要的一面，而不是与此相反的一面。列宁早就抨击过那些想把托尔斯泰的学说最弱的一面变成一种教条的"托尔斯泰主义者"。反动阶级的代言人，总想把伟大的古典作家的最弱一面（即与统治阶级思想联系的一面）变成教条，例如：由于在巴尔扎克的作品中，资本主义受到极尖锐的批判，因而现在法国的资产阶级批评家，极力强调他的作品中的保守成分和阶级偏见，说他是一个"旧政体和财产私有制、君主和僧侣的热烈的拥护者"。单单地强调他的保守成分和阶级偏见，其目的是把他毁谤成一个过了时的作家，从而把他放逐到一个叫人遗忘的荒岛中去。但这是徒劳无功的。巴尔扎克的作品，和其他伟大的古典作品一样，已经变成了劳动人民的财富。

四　人民性的历史局限性

古典作家的阶级局限性是和他们的历史局限性相关联的。毛主席在《实践论》中指出"认识对生产和阶级斗争的依赖关系"之后说：

---

① 《马克思 恩格斯 列宁 斯大林论文艺》，人民文学出版社 1953 年第 2 版，第 101—103 页。

马克思主义者认为人类社会的生产活动，是一步又一步地由低级向高级发展，因此，人们的认识，不论对于自然界方面，对于社会方面，也都是一步又一步地由低级向高级发展，即由浅入深，由片面到更多的方面。在很长的历史时期内，大家对于社会的历史只能限于片面的了解，这一方面是由于剥削阶级的偏见经常歪曲社会的历史，另方面，则由于生产规模的狭小，限制了人们的眼界。人们能够对于社会历史的发展作全面的历史的了解，把对于社会的认识变成了科学，这只是到了伴随巨大生产力——大工业而出现近代无产阶级的时候，这就是马克思主义的科学。①

可见在近代无产阶级出现以前，人们不可能对社会历史的发展作全面的历史的了解，因而古典作家对于现实的认识和反映，就不可能不受当时历史条件的限制。

中国封建时代的大作家，他们和人民的联系，主要就是和农民的联系。如毛主席所说："中国历史上的农民起义和农民战争的规模之大，是世界历史上所仅见的。在中国封建社会里，只有这种农民的阶级斗争、农民的起义和农民的战争，才是历史发展的真正动力。因为每一次较大的农民起义和农民战争的结果，都打击了当时的封建统治，因而也就多少推动了社会生产力的发展。"所以，和农民联系的作家，就能写出具有人民性和进步性的作品，但也如毛主席所指出："只是由于当时还没有新的生产力和新的生产关系，没有新的阶级力量，没有先进的政党，因而这种农民起义和农民战争得不到如同现在所有的无产阶级和共产党的正确领导，这样，就使当时的农民革命总是陷于失败，总是在革命中和革命后被地主和贵族利用了去，当作他们改朝换代的工具。"②在"没有新的生产力和新的生产关系，没有新的阶级力量，没有先进的政党……"的历史条件之下，被封建制度、法律所束缚，被封建思想、道德所蒙蔽，以及被个体的劳动方式和极少变化的散漫的农村生活等一切物质条件所限制的农民，对于统治阶级的适当程度的剥削，从不否认它的合理性，只有当统治阶级的经济剥削和政治压迫非常残酷，以至忍无可忍的时候，才被迫而进行革命斗争。但在革命斗争中，也只能直觉地表现自己的自觉性和正义性，只能拿他

_____

① 《毛泽东选集》第 1 卷，第 282 页。
② 《毛泽东选集》第 1 卷，第 595 页。

们认为合理的封建道德和政治思想来作为号召群众的思想武器,以反对不合理的残酷剥削和黑暗统治;却不能创造出阶级革命的有独立性和系统性的思想,不能提出从经济发展的根本关系上消灭地主阶级的政治纲领。这样,他们的失败是必然的。所以,和农民联系的作家,其思想上的进步性,也就很难超过农民在革命斗争中所反映的进步性。例如《水浒》,就它所反映的历史观、伦理观和政治理想等方面来看,它的作者的整个思想在根本上并没有脱离封建主义的思想体系,这是和当时的历史条件,即主要和农民的自发的革命思想中的幼稚性和不彻底性相联系的。

当然,我们已经说过,分析文学作品,并不等于简单地评价政治思想。即如在《水浒》中,重要的不是封建主义的思想观点,而是它所反映的农民革命斗争和革命思想,我们在分析它的时候,不要因为前者而抹杀了后者。正因为《水浒》的主要价值在于它所反映的农民革命斗争和革命思想,所以封建时代的统治者才那样痛恨它,骂它为"诲盗"之书;而许多农民革命的领袖,却从它那里得到了启发。

五 社会主义社会文学的人民性的高度发展

在奴隶社会、封建社会和资本主义社会里,统治阶级把文学艺术及其他一切属于智力范围的事业据为己有,劳动人民被剥夺了受教育的权利。而那些从属于统治阶级的文人,虽然有许多由于和人民发生联系而创作的优秀的作品,但他们要完全靠拢人民是很困难的,何况他们的有利于人民的创作又时常受到统治者的干涉与压制。所以,在剥削阶级统治的社会里,文学的人民性的发展是受着重重限制的。无产阶级革命推翻了剥削阶级,消灭了剥削制度,这才把文学解放出来,还给人民群众,使文学的人民性得到了高度的发展。社会主义文学的人民性是最高形式的人民性,是由共产主义的党性所照耀的人民性。

第七章 文学的民族性

一 民族性的因素

民族是"人们在历史上形成的一个有共同语言,共同地域,共同经济生活以及表现于共同文化上的共同心理素质的稳定的共同体"①。作为稳定的共同体,"任何民族,都有它自己的根本特性,都有那种只能为它所有而为其它民族所无的特色"②。这些根本特性或特色,表现在文学中,就构成文学的民族性。

具体地说,构成文学的民族性的重要因素是民族语言、民族题材和民族性格。

(一)民族语言

民族语言是民族的重要特征,也是文学的民族性的重要因素;因为语言是全民的交际手段,能够有力地表现民族的生活、民族的思想情感。

当意大利的一般作家都用拉丁文写作的时候,但丁第一个用意大利语文写了《神曲》,因而被推为意大利民族文学的创始者。当俄罗斯的许多作家用法文写作的时候,普希金用俄罗斯语言写了几部辉煌的文学巨著,因而被称为俄罗斯文学之父。

民族语言是文学的民族性的重要因素,但还不是决定性的因素。比如英国文学和美国文学,所用的都是英语,却仍然是两种不同的民族文学。各民族的优秀文学作品,用其他民族语言翻译出来,其民族特色可能要减弱,但不会完全丧失。

(二)民族题材

民族题材,即民族的生活、习惯,自然环境等等,也是构成文学的民族性的

---

① 斯大林:《马克思主义和民族问题》,见《斯大林全集》中文版卷二,第294页。

② 斯大林语:转引自《斯大林论语言学的著作与苏联文艺学问题》,时代出版社版,第112页。

重要因素。每一个民族的生活、习惯、自然环境等等都有它的特色，这种特色反映在文学作品中，就构成文学作品的特殊风格。写俄罗斯题材的作品就和写乌克兰题材的作品不同，写朝鲜题材的作品就和写中国题材的作品不同，这是显而易见的。

民族题材是文学的民族性的重要因素，但也不是决定性的因素。有许多写其他民族题材的作品，虽然具有由题材的特色所决定的特殊风格，但同时也具有本民族文学的特性。爱伦堡的《巴黎的陷落》（写的是法国题材）就是显明的例证。

（三）民族性格

对文学的民族性起决定作用的因素是民族的心理素质，即民族性格。一个具有代表性的民族作家，也具有他那个民族中人民大众所共有的心理状态、思想感情，而这种心理状态、思想感情正是决定他的创作的东西。所以，他即使写其他民族的题材，也会表现出自己民族的特性。如果戈理所说："真正的民族性不在于描写纱罗纺①，而是在于人民的精神本身。如果诗人描写另外一个世界，而以自己民族性格的眼光，以全体人民的眼光来观察它；如果他的感情和语言，在他的同胞们看来，也正如他们自己的感情和语言一样，那么，他也可能成为民族诗人的。"②

二　在阶级社会里没有统一的民族文学

在阶级社会里的每个民族的文学中都有两种民族文学：一种是统治阶级的文学；另一种是属于被统治阶级的，即具有丰富的人民性的文学。列宁在《每个民族文化里有两种民族文化》里说：

> 在每个民族里面，都有哪怕是不大发展的民主主义的和社会主义的文化成分，因为每个民族里面都有劳动的和被剥削的群众，他们的生活条件必然要产生民主主义的和社会主义的思想体系。但是在每个民族里面也都有资产阶级的文化……并且不仅是作为"成分"而已，而是作为统治

---

① 纱罗纺是俄国妇女常穿的一种民族服装，像长衫，但没有袖子。

② 转引自斯大林：《斯大林论语言学的著作与苏联文艺学问题》，第131页。

的文化。①

列宁的"每个民族里有两种民族文化"的学说，对资产阶级所宣传的民族文化统一和民族文学统一的口号是一个致命的打击。资产阶级或其他剥削阶级，总企图用民族文化统一和民族文学统一的口号来掩盖阶级矛盾，以达到确保其统治地位的目的。比如为国民党反动派服务的王平陵等提倡的所谓"民族文学"，就是一例。鲁迅先生曾揭穿他们的反动意图："要剿灭革命文学，还得用文学的武器。作为这武器而出现的是所谓'民族文学'。他们研究了世界上各种人的脸色，决定了脸色一致的人种，就得取同一的行为，所以黄色的无产阶级，不该和黄色的有产阶级斗争，却该和白色的无产阶级斗争。……"②

虽然在阶级社会里的每个民族的文学中都有两种民族文学，但真正表现民族特性的文学，总是具有人民性的文学。例如中国古典文学中的许多具有人民性的作品，都表现了与在全民族中占有绝对多数的人民群众的根本利益相关联的优秀性格。他们歌颂敢于反抗压迫、反抗暴力、为自由幸福而奋斗到底的人物，歌颂富有智慧和创造精神的人物，歌颂大公无私、见义勇为的人物，歌颂保卫祖国、抵抗侵略的民族英雄。廉颇、蔺相如、信陵君、陈胜、吴广、苏武、诸葛亮、关羽、张飞、薛仁贵、包公、文天祥、岳飞、史可法以及李逵、武松、鲁智深、白蛇、青蛇、梁山伯、祝英台、孙悟空……在这些表现在各种文学形式（特别是戏曲、小说）中的历史人物以及虚构人物的身上，都反映着中国人民的、从而也是中华民族的优秀性格，又反过来在民族性格的发展过程中起了一定的作用。

相反的，统治阶级的文学，是民族"偏见"的宣传者，它把与剥削者的狭隘自私的利益相关联的民族"偏见"作为民族性格而加以宣扬，企图在人民身上培植奴颜婢膝的、消极屈服的性格。不用说，这种歪曲民族性格的文学，不应该列入我们的民族文学之内，因为它反映的不是我们民族的优秀性格，而是民族"偏见"。在那些具有丰富的人民性的作品中，总是一方面歌颂了人民所喜爱的人物，一方面鞭挞了人民所厌恶的人物。例如一面歌颂岳飞，一面鞭挞秦

①　列宁：《关于民族问题的批评意见》，见《关于民族问题的批评意见，论民族自决权》，苏联外国文书籍出版局 1955 年版。

②　鲁迅：《中国文坛上的鬼魅》，见《且介亭杂文》。

桧;一面歌颂史可法,一面鞭挞阮大铖;一面歌颂梁山英雄,一面鞭挞高俅、西门庆;一面歌颂白蛇、青蛇,一面鞭挞法海和尚。秦桧、阮大铖、高俅、西门庆、法海一类人的性格,不仅不是中华民族的民族性格,而且是它的直接对立物。

根据以上所谈,我们可以得出如下的结论:在阶级社会里的每一个民族文学中虽然都有统治阶级的占统治地位的文学,但真正表现民族特性的是具有人民性的属于人民的文学,我们继承民族文学传统,也就是继承这些具有人民性的东西。

三 民族性是一种历史范畴

一定的民族特性,是一定的历史条件的产物,所以,民族性是一种历史范畴。这就是说,它不是静止的,而是随着历史的发展而发展的。中华民族,如毛泽东所赞扬,本来就具有勤劳、勇敢、坚忍、顽强、淳朴、忠实、深厚、爱和平、爱自由、富有革命性和正义感、富有智慧和创造力等非常优秀的民族特性。我们的古典文学,正反映了这种特性。"五四"以后,由于革命斗争的锻炼,由于马克思列宁主义的照耀,由于中国共产党和伟大的领袖毛泽东的教育、培养,这种固有的民族特性得到了空前的发展,从而反映这种民族特性的新文学也得到了空前的发展。在过渡时期,地主阶级已被打垮,民族资产阶级、小资产阶级、农民阶级也在逐渐改造。在未来的共产主义社会中,由于阶级的彻底消灭,民族和人民将成为一个真实的统一体,从而也将出现一种完全统一的民族文学,即全体人民的文学。

民族性是一种历史范畴,这就是说,它不仅不是静止的,而是发展的;而且,它也不是孤立的,而是互相影响的。在它的发展中,国际影响起着巨大的作用。中国文学,本来具有善于接受外来影响的优秀传统,比如西汉以后从北方外族输入的鼓吹曲,东汉末期的胡笳十八拍,隋唐时的佛曲、变文和龟兹乐,南宋的戏文,元时的杂剧,这些文学形式的出现,都受了外来文学的影响;而"五四"新文学的发生与发展,则受外国文学,特别是俄罗斯文学和苏联文学的影响,更为显著。我们必须进一步地向外国学习,特别是向苏联学习,这是肯定了的。但要点在于:学习外国文学,正是为了丰富自己的文学;尊重别的民族传统,更要尊重自己的民族传统。否则,就不是真正的爱国主义者,也不是真正的国际主义者。真正的国际主义者,是不能自己两手空空的。如日丹诺夫所说:"艺术上的国际主义是诞生于民族艺术繁荣的地方。忘记这个真理——就是失掉领导的路线,失去自己的面貌,成为一个冒牌的国际主义者。"①

四　社会主义内容、民族形式的文学

斯大林说:"我们建设无产阶级文化,这是绝对正确的。但是以社会主义为内容的无产阶级文化,在参加社会主义建设的各民族中间,依照语言、风俗等的不同,而采取各种不同的表现形式和方法,这同样也是正确的。内容是无产阶级的而形式是民族的,——这就是社会主义大步踏向的全人类共同的文化。无产阶级文化并不废弃民族文化,反而给它以内容。另一方面,民族文化并不废弃无产阶级文化,反而给它以形式。只要是资产阶级掌握政权,以及民族底巩固处在资产阶级政权保护之下的时候,民族文化的口号是资产阶级的口号。当无产阶级获得政权,以及民族底巩固处在苏维埃政权保护之下的时候,民族文化的口号就变成无产阶级的口号。谁要是不了解这两个不同的环境底主要区别,就永远不会了解列宁主义以及列宁主义观点下的民族问题底本质。"②

毛主席结合中国的革命实际,发展了斯大林关于社会主义内容、民族形式的文化的学说。他告诉我们:"……马克思主义必须和我国的具体特点相结合,并通过一定的民族形式才能实现……洋八股必须废止,空洞抽象的调头必须少唱,教条主义必须休息,而代之以新鲜活泼的、为中国老百姓所喜闻乐见的中国作风和中国气派。把国际主义的内容和民族形式分离起来,是一点也不懂国际主义的人们的做法,我们则要把二者紧密地结合起来……"③又说:"中国文化应有自己的形式,这就是民族形式。"④我们的文艺工作者遵照毛主席的指示,在工农兵群众的斗争生活中学习群众的语言和萌芽状态的文艺,体验群众的思想感情,创造性地继承了我们民族的文学传统,从而创造了许多表现新生活新内容的新鲜活泼的为中国老百姓所喜闻乐见的具有中国作风和中国气派的优秀作品,如《李有才板话》、《小二黑结婚》、《白毛女》、《漳河水》、

---

① 金人辑译:《苏联文学与艺术的方向》,东北新华书店版,第 238 页。

② 菩莫斐·罗可托夫:《斯大林与文化》,人民出版社版,第 29—30 页。

③ 《毛泽东选集》第 2 卷,第 479 页。

④ 《毛泽东选集》第 2 卷,第 679 页。

《王贵与李香香》等等。

马克思列宁主义关于民族文化问题的学说的辩证性在于:一方面主张在将来要使许多民族文化融合成一种在内容和形式上基本相同的统一的文化;一方面又肯定地认为在一个或几个国家内无产阶级专政的时期,民族文化将大大的发展。斯大林明确地指出:

> 我们主张将来各种民族文化融合成单一的使用共同语言的文化(在形式上和在内容上),然而同时,在现在无产阶级专政时期,我们又主张发扬各种民族文化,——这也许显得有些奇怪吧! 但是并没有什么奇怪的。必须让各种民族文化发展起来、扩张起来,显出它们的一切内在力量,以便创造那些把它们溶合成单一的使用共同语言的文化的必要条件。在一个国家的无产阶级专政之下,发扬那些内容是社会主义的而形式是民族的文化,以便当无产阶级在全世界胜利,社会主义变成日常东西的时候,把它们溶合成单一的使用共同语言的社会主义文化(在形式上和在内容上),——这正是在处理民族文化问题上的列宁主义底辩证法底本质。①

苏联文学的蓬勃的发展,是和斯大林关于社会主义内容、民族形式的文化的指示分不开的。苏联文学是多民族的文学,各民族的文学,都以自己所特有的民族形式,反映社会主义的内容。它们都把自己的贡献——自己的根本特性或特色,带进统一的、社会主义内容的苏维埃文学的共同宝库,使之丰富,使之充实。和苏联一样,我们的国家是一个多民族的大国,英勇勤劳的各民族的人民,千百年来就共同生活在这块美丽肥沃的土地上,共同创造着祖国的文化财富。但在长期的封建主义、帝国主义、官僚资本主义的黑暗统治之下,反动统治者为了便于对各族人民进行剥削、压迫,阴险地鼓吹大汉族主义,以各种暴力的、怀柔的、欺骗的、挑唆的方式来排挤、摧残各兄弟民族,使各兄弟民族生活在互相仇视的空气中,生活在被迫害、被剥削的痛苦里。新中国成立以来,党的民族政策取得了辉煌的胜利,各兄弟民族,都亲密地团结在共产党的周围,共同建设伟大的祖国。在文学方面,各民族固有的文学传统,已得到空前的发展。从各兄弟民族中,已涌现了许多有才能的作家和有相当水平的作

---

① 畜莫斐·罗可托夫:《斯大林与文化》,人民出版社版,第35—36页。

品,例如彝族作家李乔所写的《拉猛回来了》,就是一篇较好的报告,内蒙古作家玛拉沁夫的《科尔沁草原的人们》,就是一篇优秀的短篇小说。同时,我们也已经展开了发掘各兄弟民族的文学宝藏的工作,例如云南人民文工团工作组搜集、整理、编译的《阿诗玛》,就是长期地流传在撒尼族人民口头上的一部美丽的诗篇。我们的各兄弟民族的文学,都具有非常鲜明的民族特色,这从各兄弟民族的人民歌颂毛主席的诗歌中可以看得出来。比如《中国出了个毛泽东》一书所收的各兄弟民族的人民歌颂毛主席的五十首诗歌,都以不同的地方色彩和民族风格,表达了人民对于领袖的热爱和欢呼。和苏联的各种民族文学一样,我们的各种兄弟民族文学,也都把自己的贡献——自己的根本特性或特色,带进统一的中国人民文学的宝库,使之丰富,使之充实。

五　文学的全人类性

前面谈到,真正表现民族特性的是具有人民性的文学。所以,文学作品的人民性愈强,民族性也就愈高。

每个民族都有它自己的特性或特色,但通过它的特性或特色,也表现着与其他民族相同或相通的东西。民族性愈强的作品,因为它愈真实、愈完美地反映某一民族的和它的特性、特色有机地统一着的跟其他民族相同或相通的东西,所以就愈有全人类意义。这样的作品,对于任何时代、任何民族、任何国家的正直的人们都能给予艺术的享受,唤起他们的美感。这样的作品,不仅属于一个时代、一个民族、一个国家,而是全人类的永久的精神财富。关于这,只要提一下古今中外的数不清的文学名著在全世界广泛流传的情况,就足够证明了。

一般地说,决定文学的全人类性的主要条件是:艺术形象的鲜明性、典型性,通过个性鲜明的典型形象所表现的现实生活的真实性、广泛性和深刻性,通过个性鲜明的典型形象所表现的思想感情的崇高性以及对生活的美学评价的正确性等等。

伟大作家所创造的个性鲜明而又高度概括地反映着生活真实的艺术典型具有永恒的生命和全人类意义。巴尔扎克在论到优秀的艺术形象时说:"虽然他们胚胎于一定的时代,可是在他们的外形下却跳动着全人类的心。"

伟大的作家通过艺术形象所表现的某一民族的生活,也是其他民族的人们所关心、所愿意知道的,因而也能够吸引其他民族的读者。

伟大的作家通过艺术形象所表现的某些崇高的思想感情,诸如:对祖国、对家乡的热爱,真挚的爱情和友谊,反抗非正义和邪恶的斗争精神,拥护正义事业和憎恨剥削制度的思想,对侵略、对暴力的诅咒,对和平幸福生活的向往……是正直的人们所共有的,因而可以在各民族的人们的思想感情上激起共鸣。

伟大作家通过艺术形象对生活所作的正确的美学评价(肯定新的、先进的、正义的事物,否定旧的、落后的、邪恶的事物),也是与各民族的正直的人们的思想感情一致的,因而可以为他们所接受,并从而教育他们。

进一步说,如果某一部作品以高度的艺术真实反映了某一民族历史发展的重要阶段、重大事变,而这一阶段、这一事变是具有重大的世界历史意义的,那么,它就具有更高的全人类性。别林斯基说:"假使那孕育民族生活的本质的思想愈是全人类的,假使那民族凭借自己的生活愈能代表人类,而且对于人类命运的影响愈大,则该民族底文学也愈能合乎一般的文学意义,它的地位也就愈崇高,愈加重要。反之,民族精神生活底源泉愈小,民族命运与人类命运之间的距离愈远,则其文学底意义也愈有限,文学的地位也愈低。"①这是十分正确的。

文艺复兴时代,西欧的许多民族经历了一个空前的伟大变革,因而产生了许多反映了这个变革的伟大作品。托尔斯泰正因为表达了一个被农奴主所压迫的国家的革命准备时期的千百万农民的思想情绪,才被列于世界最伟大的作家之林。至于苏联、中国和其他兄弟国家的那些反映革命运动、反映反侵略斗争、反映社会主义建设和共产主义建设的闪耀着共产主义党性光芒的优秀作品,不用说具有空前高度的全人类意义。因为这些作品所反映的革命运动、反侵略斗争、社会主义建设和共产主义建设,关系着全人类的解放、全人类的和平、全人类的幸福生活,而在这些作品的正面人物身上,也概括着全人类最美好的道德品质、最崇高的思想感情。

由此可见,文学的人民性、民族性、全人类性和共产主义党性是一脉相通的。具有人民性的作品,就具有民族性,具有民族性的作品,也就具有全人类性;而共产主义党性,则是全人类性的最高形式。

---

① 别林斯基:《论文学》,生活书店1936年版,第49页。

六　反对民族主义和世界主义

我们所说的民族特性是和反动的资产阶级所鼓吹的民族主义毫无共同之处的。我们所说的民族特性是指民族中的进步的、美好的、成长发展的事物。民族主义者则与此相反,他们把民族中的落后的、丑恶的、逐渐衰亡的事物看成民族特性,加以宣扬。

当然,一个民族中有进步的、美好的、成长发展的事物,也有落后的、丑恶的、逐渐衰亡的事物。我们并不是只赞成写前者,不赞成写后者,而是主张肯定前者,鞭挞后者。而民族主义者呢,则无视前者,赞扬后者,从而走上复古主义的道路。

斯大林曾经尖锐地批判过某些人企图保存,并发展落后的所谓"民族特点"的做法。他说:"请你们只要想一想吧:把外高加索鞑靼人每逢'夏赫赛——瓦赫塞'节互相殴斗的这样的'民族特点''保存'起来的情形罢!把格鲁吉亚人人人有'复仇的权利'的这种'民族特点''发展'起来的情形罢!"①

苏联哈萨克的某些文学批评家把哥哥死了,妻子由弟弟继承的这种封建宗法制度看做爱情的崇高范例,甚至看做爱国主义的表现。② 这当然是荒谬的。

和民族主义相联系的是世界主义。正如苏联新时代杂志的社论所指出的:

> 世界主义是种族论和资产阶级民族主义的另一面,它是一个使各民族思想腐朽和破坏他们的民族意识的恶毒的武器。它的目的,在于破坏各民族争取民族独立和自由的斗争的力量,和镇压他们对于帝国主义的奴役的反抗。它企图逐渐摧毁保卫民族生存的决心。这一切均有利于帝国主义掠夺者,促进他们以武力建立世界霸权的计划。③

世界主义在文学方面的表现是以虚无主义的态度对待自己民族的文学传统,歌颂并传播为帝国主义服务的文学理论和文学作品。胡适、胡风就都是这样的。

---

① 转引自顾尔希坦:《论苏联文学中的民族形式问题》,见《文艺理论学习小译丛》第1辑,新文艺出版社版,第23页。

② 罗米则:《论苏联民族文学的社会主义内容和民族形式》,民族出版社版,第21页。

③ 转引自金人辑译:《苏联文学与艺术的方向》,东北新华书店版,第87页。

胡适的《介绍我自己的思想》里说：中国是又愚蠢又懒惰的民族，要挽救中国"只有一条生路，就是我们自己要认错。我们必须承认，我们自己百事不如人，不但物质机械上不如人，并且道德不如人，知识不如人，文学不如人，乐音不如人，艺术不如人，身体不如人。"他又在《三论信心与反省》里说："要诚心诚意的想，我们祖宗的罪孽深重，我们自己的罪孽深重。"于是提出了"全盘西化"的主张，无耻地歌颂帝国主义的功德。他在《慈幼的问题》一文中说："我们深深感谢帝国主义者，把我们从这种黑暗的迷梦里惊醒起来。我们焚香顶礼感谢基督教的传教师带来了一点西方新文明"；他又说："我们十分感谢这班所谓'文化侵略者'提倡天足会、不缠足会，开设新学堂，开设医院，开设妇婴医院。"

胡风也是一样。他在《论民族形式问题》中，创立了"新的文艺要求和先它存在的形式截然异质的突起来的'飞跃'……它要求从社会基础相类似的其他民族移入形式（以及方法）"的"理论"，并拿起这把"理论"的"刀子"，割断"五四"新文学对于中国古典文学的继承关系，断言"五四"新文学的形式和方法（指创作方法）都是从欧洲资本主义国家移来的，据说"鲁迅底小说形式"，就是"从欧洲'移植'过来的"，鲁迅是"国际文学的产儿"！

毛主席指示我们："中国的长期封建社会中，创造了灿烂的古代文化。清理古代文化的发展过程，剔除其封建性的糟粕，吸收其民主性的精华，是发展民族新文化提高民族自信心的必要条件……"①

正像民族主义和我们所说的民族特性毫无共同之处一样。世界主义和我们所说的国际性或全人类性也是毫无共同之处的。只有具有民族特性的文学作品，才能给全世界的艺术宝库中增添独一无二的珍宝，离开了民族特性，便一无所有。关于这一点，日本的左翼文艺理论家藏原惟人说得很清楚：

> 最民族的艺术，才是最国际的、全人类的艺术。那因为，各个民族艺术只有依从它的民族特点，才能对世界文化宝库有所贡献，只有通过那民族性，方始能够成为全人类的艺术。相反地，统治阶级的艺术，常常是有世界主义的倾向的，那因为它没有人民的、民族的基础，因而也就没有了民族的特征。②

---

① 《毛泽东选集》第2卷，第678页。

② 藏原惟人：《艺术中的阶级性与民族性》，上杂出版社版，第60页。

第八章　文学的任务

一　文学的任务的社会制约性

文学的任务,不能由个人随意规定。文学史证明:在阶级社会里,文学是有阶级性的,统治阶级根据自己的阶级利益,规定文学的任务。比如《礼记》中所论述的"温柔敦厚"的"诗教",①就是把"诗"当做进行封建教育的工具。而在另一个地方,孔子也把学诗的目的确定为"……迩之事父,远之事君。"②可见中国的封建地主阶级是根据自己的阶级利益,规定文学的任务的。"君"是封建宗法社会的最高统治者,"事君"一定要忠;"父"是封建宗法家庭的最高统治者,"事父"一定要孝。只有一切被统治者都非常"忠"、非常"孝",封建宗法制度才可以继续维持。在封建宗法制度之下,"君"统治"民","父"统治"子",而这种统治又非常残酷,因而"子民"对"君父"一直就用各种方式,也用文学的方式,进行着激烈的斗争。这就是封建统治阶级把"温柔敦厚"作为"诗教"的主要原因。孔颖达对"温柔敦厚"所作的解释是:"温谓颜色温润,柔谓性情和柔。诗依违讽谏,不指切事情,故云:'温柔敦厚,诗教也。'"这就是说,被统治者对统治者必须温润和柔,即使有意见,也不应该正面地提出来(不指切事情),而且不应该提得太激烈、太尖锐(依违讽谏)。韩愈的有名的诗

---

① 《礼记·经解》篇:"温柔敦厚,诗教也。"这种所谓"温柔敦厚"的"诗教",直到清代还有人提倡,乾隆时代的沈归愚就是一个。袁枚在《再答李少鹤书》中曾经提出反驳。他说:"《礼记》一书,汉人所述,未必皆圣人之言。即如'温柔敦厚'四字,亦不过诗教之一端,不必篇篇如是。《二雅》中之'上帝板板,下民卒瘅','投畀豺虎,投畀有北',未尝不裂眦攘臂而呼,何'敦厚'之有?"其言甚是。

② 见《论语·阳货》篇。全文是这样的:"小子何莫学夫诗? 诗:可以兴,可以观,可以群,可以怨;迩之事父,远之事君;多识于鸟兽草木之名。""兴"指感动兴起,"观"指认识事物,"群"指互通声气、团结一致,"怨"指诅咒邪恶、憎恨强暴。可以说孔子相当准确地指出了文学的作用。

句:"臣罪当诛兮,天王圣明"①,就是实践这种"诗教"的范例,因而赢得了统治阶级的表扬。而一切敢于正面地、激烈地、尖锐地反抗统治者的伟大诗人,就不可避免地遭受到残酷的迫害。因为他们不仅违反了所谓"诗教";而且在一定程度上反映了人民的要求,使他们的作品服务于人民的利益。

如上所说,在阶级社会里,文学是为特定的阶级服务的,这就决定了文学的上层建筑性质。一切否认文学的上层建筑性质的"理论"都是反马克思列宁主义的。在确定文学的任务的时候,马克思列宁主义的出发点是:文学是社会现象,是基础的上层建筑,它归根到底受基础的制约,又反转来以极大的积极力量为基础服务。在《马克思主义与语言学问题》中,斯大林充分地估计了上层建筑的能动性。他说:

> 上层建筑是由基础产生的,但这决不是说上层建筑只是反映基础,只是消极的,中立的,对自己基础的命运、对阶级的命运、对制度的性质漠不关心。相反地,上层建筑一出现后,就要成为极大的积极力量,积极帮助自己基础的形成和巩固,采取一切办法帮助新制度来建设和消灭旧基础与旧阶级。

> 不这样也是不可能的。基础之所以创立上层建筑,也就是为了要使上层建筑替它服务,要使上层建筑积极帮助它形成起来和巩固起来,要使上层建筑积极为消灭已经过时的旧基础及其旧上层建筑而斗争。只要上层建筑拒绝履行它替基础服务的作用,只要上层建筑从积极保卫自己基础的立场走到对自己基础漠不关心的立场,走到对各个阶级同等看待的立场,它就会丧失自己的本质,并终止其为上层建筑。②

作为上层建筑现象的文学,在社会生活和阶级斗争中的作用是很大的。一定的文学,必然为一定的基础、一定的阶级服务。特别是当两种社会制度进行激烈斗争的时代,比如当社会主义制度与资本主义制度进行激烈斗争的时代,文学的上层建筑性质就表现得异常明显。反动的资产阶级的文学,正执行

---

① 这是韩愈所作《琴操》十首中的《拘幽操》中的最后两句。全诗见《韩昌黎集》卷一。韩愈虽然有落后的一面,但在古文和诗歌方面仍然有相当高的成就。

② 斯大林:《马克思主义与语言学问题》,解放社版,第3—4页。

着卑鄙的保卫资本主义制度的任务,而无产阶级的文学,则执行着神圣的保卫社会主义制度的任务。

毛主席根据文学的上层建筑性质确定党的文艺工作,要服从党在一定革命时期内所规定的革命任务。在过渡时期,文学的任务,就是为完成党在过渡时期的总任务而斗争。

在中国文学工作者第二次代表大会上,茅盾作了《新的现实和新的任务》的报告。他在报告中说:

> 什么是我们的新任务呢? 我们国家现在是处在实现国家社会主义工业化和社会主义改造的时期。无论哪一部门工作,无论哪一方面战线,都应该为完成国家社会主义工业化和社会主义改造这个总的政治任务而斗争。
>
> 这个斗争是艰巨而复杂的,但是一定会胜利的。在这个过渡时期中,我们要继续和国外的帝国主义作斗争,和国内残余的潜伏的反革命分子作斗争。在人民的内部我们还要进行对于资本主义工商业的逐步改造,也就是在联合的条件下对资产阶级进行斗争,而且还要对于几万万农民和手工业者进行改造的教育。在这样的社会主义改造过程中,我们社会的阶级关系将产生比过去更深刻的变化,在社会的精神生活上也将反映出这种错综万状的变化。
>
> 文学的任务不仅要从作品中去真实地反映这些错综万状的变化,而尤其重要的,是要以艺术的力量推进社会主义的改造工作,就是说,要以社会主义的思想去教育、改造千百万人民,用劳动人民的高尚品质和英雄气概去鼓舞他们前进的勇气和信心,同时,要坚决地对残余的封建主义和帝国主义的思想影响作斗争,要对资本主义的思想作斗争,要对于抵抗社会主义改造的各种思想作斗争,对人民中间的各种怕困难、保守自私等落后意识作斗争,这都是摆在我们面前的重要课题。我们的工作就是要以文学的真实描写去教导广大人民不仅正确地认识今天的现实,并且认识明天的现实,教导他们在这种复杂的阶级斗争中,改造自己,克服障碍,担负起建设祖国,逐步过渡到社会主义社会的伟大历史任务。①

---

① 《人民文学》1953 年 11 月号。

二　文学的任务的特殊性和基本内容

属于上层建筑之列的各种社会现象,有它们的共同性,也有各自的特性,这些特性使它们互相区别开来。马克思列宁主义在确定文学的任务的时候,是从文学的特性出发的。它要求文学通过对生活的艺术反映、通过对人的思想感情的熏陶和道德品质的培养为基础服务。

了解了文学的任务的特殊性,才可以进而讨论文学的任务的基本内容。文学的任务是教育人。党的文学是党所领导的人民的思想战线和教育战线的一翼,并且是非常重要的一翼。它的任务的基本内容是配合总的战线,对人民进行智育、德育、美育及语言教育,以培养积极的社会主义建设者。

(一)智育的任务

毛主席教导说:"作为观念形态的文艺作品,都是一定的社会生活在人类头脑中的反映的产物。革命的文艺,则是人民生活在革命作家头脑中的反映的产物。"由于文学形象地反映生活,因而能帮助人们认识生活,能给人们以生活的真理。这就是说,文学具有强大的认识作用,因而它负有智育的任务。列宁把智育的任务看得很重,他说:"只有用人类创造出来的全部知识宝藏来丰富自己的头脑时,才能成为共产主义者。"①而文学就是"人类创造出来的全部知识宝藏"的一个重要部分,要成为共产主义者,必须用文学来丰富自己的头脑。

颓废的资产阶级的各种文学流派拒绝认识生活,取消文学的认识作用,因为对现实生活的正确认识与真实反映,意味着对腐朽的资本主义制度的毁灭性的判决。而拒绝认识生活,取消文学的认识作用,正就是反动的资产阶级文学的任务之一。为了掩盖资本主义社会的尖锐的阶级矛盾和资本主义制度的反动本质,资产阶级用各种方法使人民群众变得愚蠢,变得野蛮。因而所谓蒙昧主义、神秘主义、怀疑主义等等,都从他们的文学上反映了出来。他们企图证明:人为了改变社会关系而作的一切努力都是白费,因为人本来就不能认识世界的"秘密"和社会机构的"秘密"。

与此相反,马克思列宁主义者认为世界是可以认识的,并用辩证唯物主义的世界观武装人民的头脑,使他们不仅认识世界,更从而改造世界。而文学就是一种认识世界、改造世界的特殊手段。正如列宁在《托尔斯泰是俄国革命的

---

① 《列宁全集》,俄文第3版第30卷,第408页。

镜子》一文中所说："如果站在我们面前的是一位真正的伟大艺术家,那末,他至少应当在自己的作品里反映革命的某些本质的方面。"①在文学史上,一切有价值的作品,都真实地反映了当时的现实生活。例如,《伊利亚特》和《奥德赛》,《诗经》和《楚辞》,都用艺术形象为我们揭示出古代人们的生活、风俗、习惯、观点、思想、感情、愿望等等,不仅使我们认识了当时的社会生活,而且也使我们认识了当时人们的内心生活(具体地表现人的内心生活,是文学的特点)。车尔尼雪夫斯基称文学为"生活的教科书",是完全正确的。

作为认识的手段,文学的作用是很大的。杜甫的诗歌被称为"诗史"。普希金的《欧根·奥涅金》被称为"俄罗斯生活的百科全书"。而巴尔扎克的《人间喜剧》,则"给予我们一部法国社会底极堪惊异的现实主义的历史"。恩格斯说:"从这个历史里,甚至在经济的细节上(例如法国大革命后不动产和私有财产之重新分配),我所学到的东西也比从当时所有专门历史家、经济学家和统计学家底全部著作合拢起来所学到的还要多。"②

如果说古典文学作品以其真实地描述当时的现实和最突出的生活现象而为我们保存了它的认识上的价值,那么,社会主义现实主义文学作品在认识上的价值就更不可忽视。社会主义现实主义作家由于凝神注视生活,更由于掌握了马克思列宁主义的世界观,因而在选择和表现典型事物时,能够达到空前的、高度的正确性与深刻性。试读二十年代以后苏联文学的主要作品,我们就会看到苏联社会的一切最重要的阶段和事件,都得到了生动的真实的反映。苏联文学,就是苏联人民为共产主义而斗争的一部完整的艺术编年史。试读我们"五四"以来的新文学作品,也有同样的情形。由于我们的作家和中国人民的革命实际相结合,因而使他们有可能写出无产阶级领导的中国人民革命的艺术编年史。从这些艺术编年史中,我们可以吸取无限丰富的生活知识和经验教训。例如在改革土地制度和组织农民互助合作的时候,我们可以从《被开垦的处女地》、《太阳照在桑干河上》、《春风吹到诺敏河》等作品中吸取宝贵的经验。而《收获》、《金星英雄》、《在新事物面前》、《为了幸福的明天》等等,可以作我们现阶段进行大规模的经济建设的教科书。

文学的智育任务,不仅在于教人们以知识,更重要的,还在于培养人们的

---

① 《马克思 恩格斯 列宁 斯大林论文艺》,人民文学出版社版,第87页。

② 《马克思 恩格斯 列宁 斯大林论文艺》,人民文学出版社版,第21—22页。

观察力、认识力、思考力、想象力等等,并通过知识的传授和观察力、认识力、思考力、想象力等等的培养,建立人们的科学的世界观。

古典现实主义作品都在一定程度上反映了当时的社会制度、阶级斗争,反映了人类社会发展的各个阶段上的某些本质的方面;而社会主义现实主义的作品,则更从革命发展中真实地、历史地、具体地反映了现实生活。这就是说,一部现实主义文学史,艺术地反映着不依人们的意志而存在,而依照其客观法则而发展的现实生活。分析、研究现实主义文学作品,不但能够培养人们的观察力、认识力、思考力、想象力等等,而且能够帮助人们逐渐掌握现实发展的规律,建立科学的世界观,从而相信共产主义不是"什么生吞活剥的东西,而是……从现代知识上看来必不可免的结论"①,并为其彻底实现而斗争。

(二)德育(即性格培养)的任务

由于文学具有极大的认识作用,因而它可以教人们以知识,但要注意,文学的任务不仅是教人们以知识(更不是教人们以技术知识,有人要求用文学作品传授生产技术、推广生产经验,这是违反文学的特性的),更重要的是培养人们的道德品质,培养人们的性格。

文学是以形象的形式反映生活的。打开任何一篇优秀的文学作品,如果是叙事类或戏剧类的,就会在我们面前出现若干活动于特定环境中的栩栩如生的人物;如果是抒情类的,就会在我们面前出现一幅饱和着思想感情的鲜明的图画。而我们,刹那之间就被吸引住了,不自觉地关怀那些人物的命运,体验那幅图画所表现的思想感情。这样,我们也就不自觉地受了深刻的教育。文学的教育作用是异常强大的。

对人们的道德品质、思想感情起着积极影响的首先是文学作品中的正面人物。例如《水浒》和《水浒》剧中所创造的梁山英雄的形象,一直活在人民心里,并成为此后无数次农民起义的旗帜。据《五石瓠》所记,张献忠听人读《水浒》,每次作战,都仿效梁山英雄"埋伏攻袭"的战术。据反动文人金连凯(清道光时人)在《灵台小补》中所记,嘉庆十八年林清的起义和道光十二年瑶民赵金龙的起义,都受了《水浒》的影响。他说:"该逆匪瑶匪,均苦苦欲蹑梁山泊之流弊耳。谁生厉阶,岂非戏场恶境耶!"又附录《七截八首》之一云:"锣鼓喧阗闹不休,李逵张顺斗渔舟。诸公莫认为儿戏,盗贼扬眉暗点头。"至于许多

---

① 《列宁全集》,俄文第3版,第30卷,第408页。

农民起义军的领袖人物以梁山英雄的绰号为绰号,也足以说明《水浒》或《水浒》剧对他们的影响。统治者把《水浒》诋为"诲盗"之书,并不是偶然的。

在我们的古典文学中,对读者发生过积极影响的正面形象是很多的。《西厢记》中的张生、莺莺,《牡丹亭》中的杜丽娘、春香,都培养了封建社会中的青年男女的反礼教的性格。关于这,许多笔记中也是有记载的,而《红楼梦》中所写的宝玉和黛玉因看了《西厢记》、《牡丹亭》而更坚决地走上叛逆道路的事实,正是具体情况的概括反映。统治者把《西厢记》、《牡丹亭》诋为"诲淫"之书,也不是偶然的。

苏联和现代中国文学作品中的正面典型,当然具有更深刻的教育作用。《钢铁是怎样炼成的》中的保尔,培养了无数个保尔,《普通一兵》中的马特洛索夫,培养了无数个马特洛索夫。而刘胡兰、董存瑞、黄继光、杨根思等英雄人物的形象,也教育了而且继续教育着千千万万个青年,使他们变成具有社会主义道德品质的新人物。

在共产党领导下的英雄的中国人民在过去的各种革命斗争中和正在进行的建设社会主义的斗争中已经形成,并且继续形成着许多美丽、崇高的性格特征;及时地概括这些特征,创造明朗的艺术形象,用以教育群众,正是我们的文学的中心任务。高尔基说:"文学的任务……是要把新东西的火星吹成熊熊的大火。"[1]是的,我们的文学应该把新性格的火星吹成熊熊的大火。

反面形象也是一样,董卓、曹操、高俅、贾似道、秦桧等等,曾经激起封建社会中世世代代的人们仇恨暴虐、奸诈、邪恶的统治者的情绪(这只要提一下人民用"奸曹操"的称号鞭挞一切奸邪小人,就足以说明了),从而培养了他们反抗压迫、剥削的斗争意志。崔老夫人、陈最良、贾政、王熙凤等等,曾经激起封建社会中千千万万的青年憎恶封建礼教的情绪,从而加强了追求个性解放的决心。赵太爷、黄世仁、钱文贵、韩老六等等,曾经激起新民主主义革命时代的无数农民反抗地主阶级的情绪,从而促使他们走上革命斗争的道路。……

在今天,我们的文学一方面要创造正面形象,扶植新事物的长成,一方面也要创造反面形象,用讽刺之火烧毁一切反面的、腐朽的、阻碍新事物发展的东西。

---

① 转引自《列宁与文艺学问题》,人民文学出版社版,第117页。

（三）美育的任务

和其他艺术一样，文学负有美育的任务。所谓美育，是培养人的爱美感和审美能力，以及为实现美学理想而斗争的坚强意志。

美学观点是上层建筑之一，它具有历史性和阶级性。在各个历史阶段里，各个阶级的文学都反映着各自的美学理想、审美趣味和美学评价。文学家在表现他自己所处的那个时代、他自己所属的那个阶级的思想及愿望时，总是使用一切艺术手段，以求表现出一类是美的现象，另一类是丑的现象。进步的现实主义文学由于真实地反映了生活，反映了人民的思想和愿望，因而也就反映了人民的美学理想和美学评价。就是说，它表现了人民所追求的生活本身中的美以及为争取美在生活本身中的胜利而作的英勇斗争，也表现了人民所反对的一切丑恶事物以及为消灭这些丑恶事物而作的英勇斗争。

由于进步的现实主义文学在一定程度上反映了人民的利益，因此，不管在过去时代的作家的世界观中有着多少各种各样的矛盾，但在美学理想的发展中，还保存着一种继承关系。社会主义现实主义文学继承并发展了过去的进步的现实主义文学的优良传统，更全面地反映了人民的利益。它的美学理想，是以为共产主义的胜利而斗争这种思想为基础的，它的任务首先是表现一切美好的事物，特别是表现社会主义建设者的美丽的灵魂、美丽的性格；同时，也抨击一切丑恶的事物，特别是抨击旧社会所遗留的毒疮和恶习。

文学之所以能够负担美育的任务，是被它的特性，即反映生活的形象性和典型性所决定的。它能够吸引读者进入它所反映的生活内部，使他看到生活的色彩，听到生活的音响，感到生活的脉搏，嗅到生活的气味，从而给人以美学享受，从而培养人的爱美感和为现实美学理想而斗争的坚强意志。

敏锐而深刻的爱美感是和对丑恶现象的强烈的厌恶分不开的。在文学中表现丑恶的东西，其本身并非目的，它的目的是为了使读者由于对丑恶事物的厌恶而激起对于美好事物的渴望。一个反面人物，当他能够激起读者嘲笑他、憎恨他、鞭挞他的感情时，也就能给读者以美学的享受（或艺术的满足），也就能够培养读者的爱美感和为实现美学理想而斗争的坚强意志。

车尔尼雪夫斯基对于文学的美育作用有非常正确的估价，他说："诗人，这是指导人们对于生活抱着高贵的观念，抱着高贵的感觉方式的领袖。在阅读他们的作品时，我们就养成了厌恶一切虚伪的和恶劣的东西，了解一切善和美的事物的魅惑力，爱好一切高贵东西的习惯；读了它们以后，我们自己也变得更好起来、善良起来、高尚起来。"①

文学的智育任务、德育任务，必须结合着它的美育任务，才能胜利地完成。因为文学的特殊职能是通过在特定的美学理想的指导之下形象地反映生活的方法，通过满足人的美学享受和发展人的审美能力的方法来陶铸人的思想感情、培养人的道德品质。不能给人以美学享受和不能发展人的审美能力的作品，如概念化、公式化的作品，绝不能感动人、教育人，因而也绝不能完成它应负的任务。

（四）语言教育的任务

文学是语言的艺术。文学语言是从全民语言中提炼出来的，但又反转来丰富并提高全民语言。文学语言和它所表现的内容一样，都是"从群众中来"的，经过作者的加工，然后又"回到群众中去"教育群众。所以，文学也负有巨大的语言教育的任务。作家不仅向人民学习语言，而且也教人民以语言。文学语言和人民语言之间的相互影响，在新中国成立以后，越来越显著了：电影的放映、戏剧的上演、文学作品的流通……都给人民语言以影响，使它更正确、更严密、更精练；而文学语言，由于得到人民语言的滋养，也变得更丰富、更活泼、更生动了。

---

① 转引自梅拉赫：《论文学中的典型与美学理想》，见《文艺理论学习小译丛》第 3 辑之二，新文艺出版社版，第 26 页。

第二编　文学作品的分析

第一章　内容和形式

一　内容和形式的概念

在前面,我们已经谈过文学的对象。文学的对象是文学的内容的源泉,但还不是文学的内容。文学的对象——作为"社会关系之总和"的人及其复杂的社会联系和关系——反映在作家的头脑中,通过形象思维,用具体的形象的形式表现出来,这才是文学作品的内容。简单地说,文学的对象是生活的真实,文学作品的内容是艺术的真实。如果把文学的内容和文学的对象等量齐观,就有导致镜子似的、死板地反映生活现象的自然主义倾向的可能。如所周知,艺术其实来自生活真实,但高于生活真实。关于这一点,毛主席说得很清楚:

> 人类的社会生活虽是文学艺术的唯一源泉,虽是较之后者有不可比拟的生动丰富的内容,但是人民还是不满足于前者而要求后者。这是为什么呢?因为虽然两者都是美,但是文艺作品中反映出来的生活却可以而且应该比普通的实际生活更高,更强烈,更有集中性,更典型,更理想,因此就更带普遍性。①

文学的内容既然不等于客观现实,而是客观现实的反映,那么,在反映的过程中,作家的主观就不能不发生作用。这种作用不仅表现在对于生活现象的理解、选择与概括上,而且也表现在对于生活现象的说明与评价上。因此,文学作品的内容就包括不可分割的两个方面:客观方面和主观方面。不同的作家对相同的对象可能有极不相同的描写、说明和评价,但只有主观和客观一

① 《毛泽东选集》第3卷,第883页。

致的时候,才能体现真理。

把文学的内容和它的对象等同起来,抹杀内容中的主观方面,这显然是不正确的。正因为文学的内容中包括着主观方面,所以在分析作品的时候,才有必要分析作家的思想,在繁荣创作的同时,才有必要加强作家的思想改造。

当然,文学内容的客观方面是更根本、更重要的,因为文学毕竟是客观生活的反映。因此,把作品的主观方面夸大到不适当的程度,以至完全代替了客观方面,更是错误的。唯心主义美学家把文学的内容说成"绝对观念",说成"主观精神",庸俗社会学者把文学的内容归结为"思想体系",归结为"社会观念和情操的总和",都是经不起艺术实践的检验的。

概括以上所谈,文学作品的内容就是作家根据一定的社会理想和美学理想描绘出来的生活现象及其对生活现象所作的解释与评价。它的要素是:主题、思想、人物、环境和情节。

文学作品的内容是通过一定的形式表现出来的。文学作品的形式就是我们在前面谈过的形象的形式——由作品中的各种人物、各种事件、各种景象交织而成的生活图画。它的要素是:语言、结构、体裁和韵律。

内容决定形式,形式反作用于内容。一篇文学作品的内容与形式是有机地联系着的。车尔尼雪夫斯基说得好:

> 当形式是内容的反映时,它和内容是这样地密切,以致把形式和内容分割开来,就是毁灭内容的本身;反过来也是一样:要是把内容和形式分割开来,也就意味着形式的毁灭。①

因此,和内容分离的形式只存在于抽象的概念之中,我们所说的"形象的形式",是形式,但也是内容。是内容,因为它是现实生活的反映;是形式,因为它以特殊的形式反映着现实生活。

二 内容的主导作用

在内容和形式的有机联系中,主导的因素还是内容。没有丰富的内容,就不可能有完美的形式;因为形式是内容的外现。当资产阶级的形式主义者从形式夺去内容的时候,同时也就破坏了形式。在我国文学史中,离开内容而追

_____

① 转引自《文艺理论译丛》第 1 辑合订本,第 122 页。

求形式美的人也是不少的,他们虽然耗费了毕生的精力,但都没有写出优秀的作品。"永明体"的倡导者沈约,明代复古派的领袖李攀龙等等,就是例子。比如李攀龙模拟秦汉的古文,内容贫乏,形式也支离破碎。且看他的《送赵处士还曹序》的首段:"赵子为获鹿者垂三年矣,则处士自曹来问获鹿状也,曰:'尔为获鹿则良哉!将下车视事而百姓姁姁自昵乎?宁能闷闷俟去后思也?维此多士,从游甚欢,而亦谔谔不可致乎?欲焉而丞若簿以至它县之令丞若簿,不一其才而一其衷乎?宁能倾夺不肖,从事独贤也?欲焉而秋毫是析,察其渊中,称神明乎?宁百里翕然,示慈敷惠,如我视尔于此也?……'"真是聱牙戟口,不知所云。公安派的袁中郎骂他"粪里嚼渣,顺口接屁",并不算过分。

在我国的古典文学家中,有许多人也曾指出了内容的主导作用(虽然不曾用"内容"这个术语)。比如明代的散文家唐顺之,就发过非常精辟的议论。茅坤怀疑他不在文字(形式)上用工夫,他问答说:

> ……其不语人以求工文字者,非谓一切抹杀,以文字绝不足为也;盖谓学者先务,有源委本末之别耳。……只就文章家论之,虽其绳墨布置,奇正转折,自有专门师法;至于中间一段精神命脉骨髓(内容),则非洗涤心源,独立物表,具古今只眼者,不足以语此。……以诗为喻:陶彭泽(陶渊明)未尝较声律、雕句文,但信手写出,便是宇宙间第一等好诗,何则?其本色高也。自有诗以来,其较声病、雕句文,用心最苦而立说最严,无如沈约,苦却一生精力,使人读其诗只见捆缚龌龊,满卷累牍,竟不曾道出一两句好话。何则?本色卑也。……然则,吾之不语人以求工文字者,乃其语人以求工文字者也。①

在内容和形式的有机联系中既然内容是主导因素,那么,作家想写出优秀的作品,就应力求获得正确的立场观点和崇高的思想感情,力求深入生活、认识生活,在创作实践中锻炼认识生活和表现生活的能力,而不应该仅仅在形式上下工夫。

三 形式的相对独立性和对内容的影响

文学作品的形式决定于内容,同时又区别于内容。把内容和形式混为一

---

① 唐顺之:《答茅鹿门知县论文书》,见《荆川集》。

谈,认为一有内容,就自然而然地带来相适应的形式,也是不正确的。正如亚历山大罗夫所指出:"形式在发展中具有相对的独立性。形式能够促进内容的发展,能够加速内容的发展,但也能够阻碍内容的发展。"①

形式的相对独立性,从下面的几种情况中可以看得出来:

第一,新的历史时代要求文学表现新的内容,因为内容是和形式联系着的,所以新内容必然导致旧形式的变化和新形式的出现。但在开始阶段,新形式不可能一下子创造出来,因而新内容就不得不暂时表现在旧形式之中。晚清时代梁启超、黄遵宪等人提倡的"熔新意境于旧风格之中"的"新体诗"就是这样的。关于这一点,斯大林早就指出过。他说:"在发展过程中,内容先于形式,形式落后于内容。"又说:"但问题在于这种或那种形式因落后于自己的内容,始终不能完全适合于这个内容,于是新的内容'不得不'暂时包藏在旧的形式中,因而引起它们之间的冲突。"②

第二,作为形式的要素的体裁(诗歌、戏剧、小说等等)有其自身的规律,在将特定的生活反映于特定的体裁之中的时候,形式不仅服从于内容的表达,同时也服从于体裁的规律。所以形式虽然总是具体作品的形式,但在相同体裁的作品中,也可以看出构成形式的某些共同特点和原则。如果写诗的人不研究构成诗歌形式的共同特点和原则,写戏的人不研究构成戏剧形式的共同特点和原则,写小说的人不研究构成小说形式的共同特点和原则,只等待内容给他决定形式,那他就很难成为杰出的诗人、杰出的剧作家或杰出的小说家。

不估计到形式的相对独立性而把它和内容混为一谈,只能给公式化、概念化的倾向助长声势。但是,把形式的相对独立性看成绝对独立性,也只能导致形式主义。

正因为形式和内容相联系,而又具有相对的独立性,所以,形式可以积极地帮助内容,也可以严重地损害内容。为了内容的缘故,我们反对形式主义;同时也是为了内容的缘故,我们又非常重视形式。毛主席指出,我们的文艺,要求"内容和形式的统一,革命的政治内容和尽可能完美的艺术形式的统一"。因为"缺乏艺术性的艺术品,无论政治上怎样进步,也是没有力量的"③。

---

① 阿历山大罗夫:《辩证唯物主义》,人民出版社版,第234页。
② 《斯大林全集》第1卷,人民出版社版,第291页。
③ 《毛泽东选集》第3卷,第891页。

第二章　主题和思想

一　素材、题材和主题

整个文学的对象都是文学的素材。一部文学作品所描写的对象,就是这部作品的题材。这就是说,题材已经是经过作者选择的东西。作家选择什么东西作他描写的对象,是和他的生活经验、创作意图有关的。托尔斯泰在他的作品里虽然反映了革命的某些本质的方面,但由于世界观中的落后因素的限制,使他不愿直接描写革命的题材,并且把当时俄国多次发生的农奴暴动和政府对农奴暴动的血腥镇压看成"例外事件",就足以说明这个问题。

主题和题材不同。作家在选定描写的对象之后,还要进一步研究对象,确定它的主题。主题已经是经过作者深思熟虑的东西,简单地说,它是作家根据一定的立场观点所选择、所描写、所阐述的生活现象。我们不应该把描写的对象(题材)和作品的主题混为一谈。对象具有不同的方面,不同的作家可以就相同对象的各个不同的方面用不同的观点加以研究、进行创作。因此,同样以农业合作化为题材的作品,可以有各不相同的主题。这就是说,主题已经是主观和客观的结合,不像题材那样具有纯客观的性质了。让我们再举一个例子:施耐庵的《水浒》和俞万春的《荡寇志》都是以有关北宋末年的农民革命的民间传说为题材的,但《水浒》的主题是:"在一定程度上歌颂了农民革命和农民革命的英雄;反映了农民武装力量壮大的根源,但也反映并批判了革命斗争和革命思想的不彻底性和由于这种不彻底性带来的惨痛的失败教训。"①而《荡寇志》的主题则是:污蔑农民革命和农民革命的英雄,描写革命农民是不忠不义的"强盗",因而给他们以"非死即诛"的结局。可见主题可以是生活的真实反映,也可以是生活的歪曲反映。而现实主义艺术家,总是力求真实地反映生

---

① 冯雪峰:《关于人物及其他》,载《解放军文艺》总第 35 期。

活,因而总是根据创作意图来选择对象的某些本质的方面,并把它们当做自己作品的主题来认识、来反映的。

对于主题的含义和主题形成的过程,车尔尼雪夫斯基和高尔基都作过中肯的解释。车尔尼雪夫斯基说:

> 当一个人,他的精神活动被由于观察生活而来的问题所强烈地激发,而又恰巧赋有艺术才能的时候,他的作品就有意识地或无意识地表现出一种企图,想要对他所感到兴味的事物给以活生生的判断。在他的绘画、小说、诗或戏剧里,搅扰有思想的人们的问题就会被提出或解答。他的作品可以说是在生活所提出的主题上构成的。①

高尔基说:

> 主题是孕育在作家的体验中的一种思想,这种思想是生活暗示给作家的,它潜伏在作家的印象仓库里还未成形,它需要用形象来体现时,它会唤起作家心中要形成这种思想的欲望。②

车尔尼雪夫斯基指出,主题是作家在被由于观察生活而来的问题所强烈地激发的情况下形成的,因而在他的作品里,搅扰有思想的人的问题就会被提出或解答。对于优秀作家的内容比较广阔的作品来说,这是正确的。所以阿布拉莫维奇认为"作家在作品中提出的基本问题,那个把作品内容的各个方面组织成一个整体的问题,就叫做主题"也值得参考。不过应该指出:有各种各样的文学作品;有些抒情小诗,例如王维的《鹿柴》("空山不见人,但闻人语响。返影入深林,复照青苔上。"),韦应物的《滁州西涧》("独怜幽草涧边生,上有黄鹂深树鸣。春潮带雨晚来急,野渡无人舟自横。")等等,就很难说它们提出了什么"基本问题",但它们并不是没有主题。

---

① 车尔尼雪夫斯基:《生活与美学》,周扬译,第155—156页。
② 高尔基:《论写作》,人民文学出版社版,第5页。

二　基本主题和小主题

我们通常所说的主题是指一篇作品的基本主题。在短篇作品中,可能只有一个主题;但在长篇作品或较长篇的作品中,往往围绕着基本主题,还有许多小主题。

在长篇或较长篇的作品中之所以有许多小主题,是被它们所反映的生活的复杂性所决定的。毛主席说:"在复杂的事物的发展过程中,有许多的矛盾存在,其中必有一种是主要的,由于它的存在和发展,规定或影响着其他矛盾的存在和发展。"①因而作家为了全面而深刻地反映主要矛盾,就不可避免地要反映被主要矛盾所规定所影响的次要矛盾,这就产生了围绕着基本主题的小主题。

作品中的小主题必须服从基本主题,这因为现实生活中的次要矛盾服从主要矛盾。毛主席说:"任何过程如果有多数矛盾存在的话,其中必定有一种是主要的,起着领导的、决定的作用,其他则处于次要和服从的地位。因此,研究任何过程,如果是存在着两个以上矛盾的复杂过程的话,就要用全力找出它的主要矛盾。捉住了这个主要矛盾,一切问题就迎刃而解了。"②作家在研究生活的时候,必须用全力找出它的主要矛盾,形成基本主题,才能了解由主要矛盾的存在和发展规定或影响着的次要矛盾的存在和发展,形成小主题。在进行创作的时候也是一样。必须使基本主题处于领导的、决定的地位,使小主题处于次要的、服从的地位,才能正确地反映生活。比如在《钢铁是怎样炼成的》中,贯串着它的全部内容的是它的基本主题——新人的形成与成长问题,而许多小主题,如爱情与友谊的主题、劳动的主题等等,都服从基本主题,它们只代表着基本主题的某些方面。

作家如果没有抓住生活中的主要矛盾,就不可能形成基本主题,也自然不可能着力地表现基本主题,其结果不是人为地制造矛盾,就是把次要矛盾提到主要矛盾的地位,以致歪曲了生活。比如孙谦在他的电影剧本《葡萄熟了的时候》中所反映的生活,其中的主要矛盾应该是农村中资本主义势力和社会主义思想领导之间的矛盾,但作者并没有着重地反映并解决这个矛盾,却使周大妈和丁老贵之间的矛盾占据了作品的主要地位,而周大妈和丁老贵之间的矛盾

---

① 《毛泽东选集》第 1 卷,第 310 页。

② 《毛泽东选集》第 1 卷,第 310 页。

又是人为的。

　　作家不仅应该分清生活中的主要矛盾和次要矛盾,正确地处理基本主题和小主题的关系,而且应该分清各种矛盾的主要方面和次要方面,正确地解决作品中所反映的各种矛盾。毛主席教导说:"在各种矛盾之中,不论是主要的或次要的,矛盾着的两个方面,又是否可以平均看待呢? 也是不可以的。无论什么矛盾,无论在什么时候,矛盾的诸方面,其发展是不平衡的。有时候似乎势均力敌,然而这只是暂时的和相对的情形,基本的形态则是不平衡。矛盾着的两方面中,必有一方面是主要的,他方面是次要的。其主要的方面,即所谓矛盾起主导作用的方面。事物的性质,主要的是由取得支配地位的矛盾的主要方面所规定的。"又说:"任何事物的内部都有其新旧两个方面的矛盾,形成为一系列的曲折的斗争。斗争的结果,新的方面由小变大,上升为支配的东西;旧的方面则由大变小,变成逐步归于灭亡的东西。而一当新的方面对于旧的方面取得支配地位的时候,旧事物的性质就变化为新事物的性质。由此可见,事物的性质主要的是由取得支配地位的矛盾的主要方面所规定的。"①作家必须分清矛盾的两个方面 ,把新的方面看成起主导作用的力量,着重地加以描写。比如在《葡萄熟了的时候》中,作者应该大力地创造代表先进力量的正面形象,使其和资本主义势力展开激烈的斗争,以至取得胜利,这样,则矛盾的解决是矛盾本身发展的结果。但作者却并没有这样做,他虽然创造了一个支部书记的形象,但这个人物是软弱无力的,决不足以代表党、代表先进力量,因而就不可能领导先进农民,展开对资本主义势力的进攻,取得胜利。所以,解决矛盾的任务就不得不落在一个偶然到来的城市工人的身上,而这样偶然地解决矛盾,是违反矛盾本身的发展规律的。

三　主题的阶级性

　　主题既然是作家认识生活的结果,那么,不同阶级的作家对相同的生活现象就有不同的看法,因而也就会形成不同的主题。有这么一个笑话:几个俄国的伟大作家来中国游历,一到上海(新中国成立前的上海),就看见一个绅士用手杖殴打一个衣衫破烂的黄包车夫,黄包车夫只用双手护着脑袋,并没有一点反抗。托尔斯泰即刻对那绅士说:"你这样做是暴力的,不人道的,你应该向这

―――――――――

① 《毛泽东选集》第 1 卷,第 311 页。

受辱的车夫忏悔!"杜斯妥也夫斯基却无助地、怜悯地望着车夫,自言自语:"唉,被侮辱与被损害的动物,太可怜了! 不但衣食困难,灵魂也很痛苦。"屠格涅夫却向车夫说:"你要安于自己的命运,相信上帝,生活虽然痛苦,但痛苦可以变成崇高的美。"高尔基可火了,他痛打了绅士,然后转句车夫说:"你这孬头,起来! 勇敢地跟这些恶棍斗争下去!"这个笑话虽不能完全准确地说明这几位作家的思想特点,但它却说明了代表不同阶级利益的作家对于同一生活现象的不同看法。

不同阶级的作家对于同一生活现象可以有不同的看法,可以形成不同的主题,但正确的看法只有一种,正确的主题也只有一个。社会生活有它的客观法则,符合客观法则的主题是正确的,违反客观法则的主题就是错误的。社会的发展到了今天的时代,正确地认识生活并改造生活的责任已经历史地落在工人阶级的肩上,只有站在工人阶级立场,具有马列主义思想水平的作家,才能正确地认识生活,形成正确的符合客观法则的主题。所以,把握主题的问题,也就是深入生活和思想改造的问题。丁玲同志说:"从作品的主题是可以看出作家的思想水平的,就是看作家所注意的、关心的是今天人民生活中的重要矛盾还是琐细的无关紧要的矛盾;这个矛盾的解决是新的战胜了旧的呢,或是为旧的作了宣传。"①作家只有深入到人民的斗争中去,深入到人民的思想感情中去,爱人民之所爱,恨人民之所恨,才能认识人民生活中的重要矛盾及其解决的途径,才能形成反映人民生活中的重要问题的主题。

四 主题的时代性

现实生活是不断发展的,现实生活中的矛盾也是不断变化的,因而文学的主题也就不得不跟着发展,跟着变化,这就使文学的主题打上了时代的烙印。高尔基说:

> 有一种主题,如死、爱之类,一般称做"永久的主题";此外还有建立在个人主义之上的社会所创造的其他主题,如嫉妒、复仇、吝啬等等。但甚至在古代就已经有人说过:"一切都在变化","月光之下无永久之物";在太阳之下也是一样。……在创造无产阶级的社会主义社会的条件下,文

---

① 丁玲:《要为人民服务得更好》,载《人民文学》1952 年第 6 号。

学的"永久的"主题,一部分正完全死灭,一部分在变更它的意义。现代正提出了比个人死亡更有千百倍意义的悲剧的主题,不管那个个人死亡的社会价值是如何大。这种主题并不博取个人主义者的欢心;而个人主义,正在被历史判处死刑。①

我们了解了主题的时代性,第一,在阅读作品的时候,就不会责备过去的作家没有写出今天的主题;第二,在进行创作的时候,就不会选择已经过时的主题。

有些人认为过去的文学作品没有表现今天的主题,因而没有现实意义,这种认识是错误的。过去的文学作品只要正确地反映了当时人民生活中的重要问题,它的主题就是积极的,它对于当时的人民固然具有现实意义,对于今天的我们,也一样具有现实意义。因为文学所反映的问题,就是生活中的新与旧的矛盾,而旧事物不断地被消灭、新事物不断地被建立,就是现实发展的基本规律,也就是人民群众的基本愿望。所以反映每一历史时代的重要矛盾,鼓舞人民去消灭旧事物、建立新事物的文学作品,不论在什么时候,都具有推动现实发展的作用,都具有激励人民为实现自己的愿望而斗争的巨大力量。《水浒》、《儒林外史》、《红楼梦》等古典文学作品一直为人民所热爱,就是这个道理。

我们不应该责备过去的作家没有表现今天的主题,却应该要求今天的作家首先表现今天的主题,反映当前现实生活中的重要问题。因为现实生活中的矛盾既然不断克服,又不断产生,那么只有跟着现实的发展反映不断产生的新的矛盾,才能及时地教育人民,推动历史前进。比如,在土地改革以前和改革期中,农村中的主要矛盾是农民需要土地与没有土地的矛盾,是地主残酷的压榨与农民渴望翻身的矛盾。《白毛女》、《暴风骤雨》、《太阳照在桑干河上》等作品反映了这个矛盾,因而发挥了教育人民的作用。但在土地改革以后,这个矛盾已经解决,而新的农村,又产生了新的矛盾,如提高产量和个体劳动的矛盾、农业合作化与农民私有观念的矛盾等等。那么,我们的作家就应该以主要的力量来创作反映新阶段的各种矛盾的作品,及时地教育人民,推动历史前进。如《春风吹到诺敏河》、《不能走那一条路》、《三里湾》、《前途似锦》、《在

---

① 周扬编:《马克思主义与文艺》,新华书店 1949 年版,第 94—96 页。

田野上,前进!》等等,就都是反映这些矛盾的作品,因而受到了人民的欢迎。

我们要求今天的作家首先表现今天的主题,并不等于反对写过去的主题、写历史文学作品。以艺术形象再现历史上的重要人物(如历代农民革命的领袖、为国家的独立和统一而舍身奋斗的民族英雄,以及用自己在科学或艺术上的创造对人民作了贡献的伟大的科学家、艺术家等)和重大事件,不仅可以帮助人民认识过去,继承自己民族的光荣传统,培养爱国主义情感,而且可以帮助人民更清楚地认识现在,用过去的经验理解那些驾驭现在的法则。所以,历史文学作品是可以写的(苏联作家已经创造了许多有价值的历史文学作品,如阿·托尔斯泰的《彼得大帝》、席希柯夫的《叶密良·布迦乔夫》等等;我们的作家也写了一些有价值的历史文学作品,如郭沫若先生的《屈原》)。但写历史文学作品,必须用马列主义的观点重新估价历史上的重要人物和重大事件,既不能丑化历史,也不能美化历史。历史是不容许歪曲的。这就是我们为什么必须严肃地批判文学创作中的反历史主义倾向的原因。

五 主题、思想的联系和区别

在文学教学中,我们往往把主题和思想混同起来,或称"主题",或称"主题思想"。严格地说,主题和思想虽然是不可分割的,但也有区别,把二者混同起来是不妥当的。

如前所说,一篇作品的主题是作家所选择、所描述的生活现象(如果是反映社会矛盾的作品,那么,主题就是所反映的矛盾,即阿布拉莫维奇所说的"问题")。这种生活现象本身便具有思想意义,所以主题中就包含着思想。但是,第一,作家所描写的生活现象所显示的客观的思想意义往往是作家所没有意识到,甚至是和作家的主观意图相矛盾的;第二,作家不仅借助于所描写的生活现象表达思想,而且常常以隐喻、象征、议论等手法暗示或直接说出某种思想。可见作品的客观思想和作家的思想并不是时常一致、时常吻合的。在分析作品的时候,必须把作品的客观思想和作家的思想联系起来,而又区别开来。马克思早就指出:"作家必须辨别他从现实所提出的东西和他从意识所提出的东西。"

有些人仅仅根据作家的主观意图(作家在作品中所提出的主张和对所描述的事物的评价等等)衡量作品。俞平伯认为《红楼梦》的基本观念是"色空",徐朔方认为《琵琶记》是一部宣传封建道德的反现实主义作品,都用的是这种方法,这当然是错误的。但是,只分析作品的客观意义,也不能得出准确的全面的结论。在《红楼梦》中,"色空"观念显然是存在的;在《琵琶记》中,作者宣传封建道德的意图也在某些地方削弱了艺术形象的真实性。不承认这一面,就不是实事求是的态度。

在内容丰富的作品中,围绕着基本主题,还有许多小主题。基本主题所显示的思想,我们管它叫基本思想;这种基本思想,是和那些小主题所显示的思想联系在一起的,它像一条红线似的贯串着作品的全部内容。因此,要概括地指出一部文学巨著的基本思想是很不容易的;必须弄清每一个人物,每一桩事件,每一个场景,甚至每一个细节的思想意义,才能作出正确的结论。别林斯基说得好:

> 有人以为,指出一部艺术创作的基本思想何在,是最容易不过的事情——这种人是错了:这是件困难的事,只有那种与思想能力结合起来的审美感才能作到的事。①

---

① 转引自阿布拉莫维奇:《文学作品中的主题和思想》,载《文艺学习》1954 年第 3 期。

第三章　人　物

一　人物是展开主题的动力

除了抒情诗中的少数作品而外,小说、戏剧、叙事诗之类的作品一般地都反映着社会矛盾。而社会生活中的一切矛盾,归根到底都表现于人与人(阶级与阶级)之间和人与自然之间。生活发展的过程,也就是人与人(阶级与阶级)、人与自然之间的矛盾斗争的过程。所以,文学创作的主要对象是人,展开主题的主要动力也是人。毛主席指出:"革命的文艺,应当根据实际生活创造出各种各样的人物来,帮助群众推动历史的前进。"这正充分地说明了创造人物的重要性。

二　描写人必先熟悉人

现实生活中的人是各种各样的。因而描写人物的方法也是各种各样的,不可能有固定的公式。要写好人物,首先要了解现实生活中的人。毛主席教导说:"我们的文艺工作者需要做自己的文艺工作,但是这个了解人熟悉人的工作却是第一位的工作。"①文学作品的主题既然是通过人物展开的,那么,仅仅懂得生活发展的规律而不理解作为生活发展的动力的人,不理解人的思想、感情、道德品质等等在生活发展过程中所起的作用,是不能写出有价值的文学作品的。文学家必须了解活的具体的人,了解由阶级生活所决定但又属于某一个具体的人所特有的思想、感情、道德、品质、习惯、嗜好、语言等等,才能创造出具有典型特征的生动的人物形象。文学家的所谓深入生活,是要深入到人的精神世界中去,仔细地观察、体验和分析;而且要仔细到像跟爱人进行恋爱的时候一样,她的一颦、一笑,一句话,一个眼神都引起极大的注意,并研究

①　《毛泽东选集》第3卷,第872页。

其所以如此的原因。这样,才能达到完全了解人物的精神世界的目的。

了解人,然后才能描写人,这是一条不可变易的规律。一切伟大作品中的人物都是作者在概括现实生活中的人物特征的基础之上创造出来的。周立波同志曾说:"准备创作时,我有时也在记事本子上写上一些看见的和听到的东西,可是写作时主要依靠的是我十分熟悉,不用记录也能记忆的人物和事件。要是叫我们写自家兄弟姊妹,我们还得临时查看记录吗?不用的。因此,我以为作者要象熟知他的手足似的熟悉他们要描写的正面人物。就是写反面人物,也必须眼光如炬照彻他的心底。"①这段话非常中肯。《暴风骤雨》中的许多人物,都是作者根据他最熟悉的人物创造出来的。比如赵玉林是东北土地改革中好些贫雇农积极分子的特点的综合,老孙头则是以尚志县一个屯子里的一个五十岁的穷老头为主要模特儿,再综合好多同样年纪、同样气质和同样出身的人的特点创造出来的。

三　描写人物的方法

描写人物不可能有固定的公式,但从许多成功的作品中总结出来的一些方法,还是值得我们借鉴的。

(一)肖像描写

文学作品所写的是整体的活生生的人。活人的形象,是他的外貌特征和内心的统一。因而描写人物的外貌特征——肖像,就成为创造人物形象的一个必要条件。有些作品,因为没有很好地写出人物的外貌特征,以致损害了人物形象的完整性。一切优秀作品中的人物,都具有鲜明的外貌特征。例如《水浒》中的李逵、武松、鲁智深,《三国演义》中的关羽、张飞、许褚,果戈理的《死魂灵》中的乞乞科夫、梭巴开维支、泼留希金,鲁迅先生的《阿Q正传》中的阿Q,《离婚》中的七大人,《故乡》中的豆腐西施……这些人物都由于他们的和内心特征密切结合着的外貌特征的鲜明性而使读者永远不忘。

人物肖像的描写,有静态的和动态的两种手法。静态的描写,往往在将人物介绍给读者的时候就将他的外貌特征勾画出来。比如阿·托尔斯泰在《卡佳》的开头就这样地描写着卡佳的肖像:

---

① 周立波:《关于写作》,载《文艺报》第2卷,第7期。

画家会把她的肖象画成这样:卡佳站着,微笑着,细发是蓬松的,似乎它们被五月的风戏弄过一般,花布的衣服穿在这样苗条的姑娘身上很为悦目,她的身后,在云彩中间——温暖的阳光透过来,脚下是一片绀青色,是一种好像是车前和蒲公英的东西,而最主要的——是脸:询问的略微扬起的眉毛,深信地翘起的鼻子,闪着难以熄灭的生命力的、幻想的、聪明的、天真的、热情的眼睛,娇嫩的、微肿的嘴——脸是这样的,以致画家甚至没法结束画象就会爱上这个十八岁的姑娘,如果他即使有一点常识的话。

在人物登场的时候,就把他的肖像生动地勾画出来,会使读者在他以后的性格发展中时时想起他的外貌,从而加强人物形象的鲜明性与感染性。但文学上的肖像不同于绘画上的肖像:文学家不仅可以描写静态中的肖像,而且可以描写动态的肖像;不仅可以描写人物的形体,而且可以传达人物的声音。所以,文学家在描写人物肖像的时候,更多地采用动态的手法。静态的描写如果不能扼要地抓住人物外貌的特征,往往不免流于平冗,使读者感到乏味。而且人物的外貌特征(如表情之类),常常是跟着内心的变化而变化的,所以动态的描写,更能够表现出人物的内心特征。比如巴尔扎克笔下的葛郎台(《欧也妮·葛郎台》中的人物),他平时并不口吃,但一到和别人做交易时,就结结巴巴地说不出话来。这种口吃是他的伪装,他之所以在做交易时要伪装口吃,是想在说出话来以前有更多的时间考虑问题,以达到从对方获得更多便宜的目的。巴尔扎克写出了葛郎台在做交易时伪装口吃的外貌特征,就有力地揭露了他的内心特征。

所谓动态的描写手法,是从人物与人物的相互照映中,或从人物与人物的共同行动中描写人物的肖像。例如鲁迅先生在他的《药》中有这样一段:

"老栓只是忙。要是他的儿子……"驼背五爷话还未完,突然闯进了一个满脸横肉的人,披一件玄色布衫,散着纽扣,用很宽的玄色腰带,胡乱捆在腰间。刚进门,便对老栓嚷道:——

"吃了么? 好了么? 老栓,就是运气了你! 你运气,要不是我信息灵……"

只这么简单的几笔,就把康大叔的肖像活画出来了。而这幅肖像,真实地表现了一个才杀过人的得意洋洋的刽子手的外在特征和内心特征。

肖像描写包括服装描写。服装的华贵或褴褛,表现着人的阶级身份(如七大人的"闪光的红青缎子马褂"和阿Q的"破棉袄"——七大人是鲁迅先生的短篇小说《离婚》中的人物);而服装的整洁或肮脏、朴素或艳丽……也表现着人的个性。所以描写一个人的服装的特征,可以表现出他的性格特征。例如在果戈理的《死魂灵》中,乞乞科夫的燕尾服不是黑色的,也不是灰色的,更不是深绿色的,而是带着"闪光的橘红色的";伊凡·伊凡诺维奇则有一件特别出色的长的皮外衣,"多么漂亮的小羊皮呵!你,他妈多么漂亮的小羊皮呵!深蓝里带着寒霜色!"它的鲜明的色彩"简直不可描写:天鹅绒般的!银一般的!火一般的!"泼留希金的睡衣,"无论用什么方法,也不可能知道……是用什么东西做的!袖子和前襟都已经龌龊到发光,好似做靴子用的漆黑的皮子;背后拖着的不是两片衣襟,而是四片,上面还露着一些棉花团。"他的"颈上也围着一种莫名其妙的东西,很难断定究竟是:袜子、吊带还是裤腰带,不过绝不是领带"。至于那个"象一头中等大小的熊"的梭巴开维支,"连他身上穿的燕尾服也完全是熊皮色,袖子裤子都很长,他走起路来总是东倒西歪,因此常要踏到别人的脚"。所有这些人物的服装,多么生动地表现着他们的性格。

描写肖像的手法虽有静态的和动态的两种,但都应服从一个原则,即:描写人物的某些外貌特征,是为了揭露他的某些内心特征。例如法捷耶夫不止一次地描写莱奋生(《毁灭》中的主人公)的"又大又深的湖水似的眼睛",是为了更有力地揭露他的敏慧的洞察力及其对人的深刻注意的性格特征。有些作者不理解这一点,随意地给他的人物以奇异的外貌特征。有一位作者给他所创造的区委书记勾画了这样的一幅肖像:

> 他有一个微微笨重的大脑袋,两面鬓角已经灰白,他稍微斜侧地支持着它。小小的一块卵月形黑天鹅绒恰巧盖住了左眼,可是右眼却是活泼的、固执的、炯炯有光的,时时细眯、询问、探求……

可以设想,假如这位区委书记不是有着这样"微微笨重的大脑袋"和"时时细眯"的眼睛,而是有着一般的脑袋和正常的眼睛,在揭露他的性格特征上又有什么损害呢?

（二）概括的性格描写

作家往往在人物还未登场的时候，概括地描写人物性格特征，使读者对这个人物先有一个一般概念。巴尔扎克就常用这种方法，比如在《欧也妮·葛郎台》中，巴尔扎克对葛郎台的性格有非常出色的概括的描写：

> 葛郎台老爷兼有虎和蟒的性质，他知道匍下，蹲起来，长时间地瞅着他的捕获品，而猛然扑了上去；接着他张开了他的钱袋般的大嘴，把那笔财帛吞了下去，随后他就象一条消食过了的蛇似地，静静地卧下，是很冷静的，不动情的，很有规矩的。看见他的人，没有一个不感到一种混合着尊敬和恐惧的叹美的感情……

像这样先把人物的性格概括地介绍出来，使读者有一个一般的概念之后再引出人物，这和有些人在替别人介绍朋友时先将被介绍者的性情（以及其他）暗中讲明，然后叫他们见面的办法大致相同。

有些作家不在人物登场之先介绍人物性格，而在人物登场之后把故事暂停一下，再介绍人物的性格。果戈理写《死魂灵》常用这种手法。例如他是在乞乞科夫会见了玛尼罗夫之后介绍玛尼罗夫的性格的。他这样写道：

> 两个朋友彼此亲密的接过吻，玛尼罗夫便引他的朋友（指乞乞科夫）到屋里去，从大门走过前厅，走过食堂，虽然快得很，但我们却想利用了这个极短的时间，成不成自然说不定，来讲讲关于这主人的几句话……

底下，果戈理先给玛尼罗夫画了一幅肖像（肖像描写常常和概括的性格描写联结在一起），然后概括地描写他的性格：

> 玛尼罗夫是怎样的性格呢，恐怕只有上帝才能够说出来吧。有这样的一种人：恰如俄国俗谚所谓的不是鱼，不是肉，既不是这，也不是那，并非城里的波格丹，又不是乡下的绥里方。玛尼罗夫大概就可以排在他们这一类里的。他的风采很体面，相貌也并非不招人喜欢，但这招人喜欢里，总夹着一些甜腻味；在应酬和态度上，他总显出些竭力收揽着对手的欢心模样来。他笑起来很媚人，浅色的头发，明蓝的眼睛。和他一交谈，

在最初的一会，谁都要喊出来道："一个多么可爱而出色的人呵！"但停一会，就什么话也不能说了，再过一会，便心里想："呸，这是什么东西呀！"于是离了开去；如果不离开，那就立刻觉得无聊得要命……

作者就这样介绍玛尼罗夫的性格，差不多写了两千字，才回到故事的发展上来：

……那玛尼罗夫夫人……不，老实说，我是很有些怕敢讲起大家闺秀的，况且我也早该回到这本书的主角那里去，他们都站在客厅的门口，彼此互相谦逊，要别人先进门去，已经有好几分钟了。

概括地介绍人物性格的任务，也可以由作品中的人物负担起来。例如在《红楼梦》第六回中周瑞家的向刘姥姥介绍王熙凤的性格道：

这位凤姑娘年纪虽小，行事却比别人都大呢！如今出挑得美人般的模样儿，少说些有一万个心眼子。再要赌口齿，十个会说话的男人，也说不过呢……就这一件，待下人未免严了些。

在六十五回中，兴儿又向尤二姐介绍王熙凤的性格道：

……他说一是一，说二是二，没人敢拦他。又恨不得把银子钱省了下来，堆成山，好叫老太太、太太说他会过日子。殊不知苦了下人，他讨好儿。或有好事，他就不等别人去说，他先抓尖儿。或有不好的事、或他自己错了，他就一缩头，推到别人身上去，他还在旁边拨火儿。……嘴甜心苦，两面三刀；上头笑着，脚底下就使绊子；明是一盆火，暗是一把刀：他都占全了……

曹雪芹所采用的这种由作品中的人物介绍人物性格的方法是很高明的，它的最大优点是不致由于介绍人物性格把故事的发展搁置下来，相反，这种人物性格的介绍，也正是故事发展的组成部分。

概括的性格描写，只是表现人物性格的方法之一，为了突出地刻画人物性格,还得依靠其他方法。

（三）用人物的语言表现人物的性格

人物的语言是展开他们的个性的形式。高尔基曾说："我在巴尔扎克的《鲛皮》中,读到描写银行家宴会的地方,完全吓住了。差不多有二十个人,闹轰轰的吵杂着,同时说话;我好象听见各式各样的声音。而且最重要的一点是巴尔扎克并没有描写一个聚集在银行家家中的客人的面影和姿态,可是我却觉得不但实际在耳朵中听见谁怎样的说话,而且那些人们的眼波、笑容,以至一举一动,都好象历历在目。"①不止巴尔扎克,一切伟大的文学家,都善于借助人物的语言展开人物的个性。

作品中的人物语言,有直接语言和间接语言的区别。

1. 间接语言

为了叙述上的简洁、紧凑,作者可以只传达人物讲话的内容而改变其讲话的形式。如在鲁迅先生的《祝福》中有这样一段:

> 我是正在这一夜回到我的故乡鲁镇的。虽说故乡,然而已没有家……寓在鲁四老爷的宅子里。一见面是寒暄,寒暄之后说我"胖了",说我"胖了"之后即大骂其新党……

这里只传达了鲁四老爷讲话的内容,这叫做"间接的语言"。间接的语言,也可以表现人物的性格。例如在"寒暄之后说我'胖了',说我'胖了'之后即大骂其新党"等几句话中,即表现了鲁四老爷的伪善、顽固等性格特征。

2. 直接语言

把人物的语言按照其原来的形式写出来,叫做"直接语言"。直接语言有"对话"和"独白"两种。

登场人物的谈话叫做"对话"。对话是揭露人物性格特征的最有效的方法之一,通过对话,可以把各个人物的内心世界同时展示出来。例如《儒林外史》中汤知县和范进、张静斋谈刘基故事的一段对话:

> 张静斋道:"……你我做官的人,只知有皇上,那知有教亲?想起洪武

---

① 高尔基:《我的文学修养》。

年间，刘老先生……"汤知县道："那个刘老先生？"静斋道："讳基的了。他是洪武三年开科的进士，'天下有道'三句中的第五名。"范进插口道："想是第三名？"静斋道："是第五名，那墨卷是弟读过的。后来入了翰林，洪武私行到他家，就如'雪夜访普'的一般。恰好江南张王送了他一坛小菜，当面打开看，都是些瓜子金。洪武圣上恼了，说道：'他以为天下事都靠着你们书生！'到第二日，把刘老先生贬为青田县知县，又用毒药摆死了。这个如何了得！"知县见他说的口若悬河，又是本朝确切典故，不由得不信……

刘基就是中国妇孺皆知的刘伯温。他是元朝至元年间的进士，并非洪武三年的进士。他是青田县人（所以人们称他青田先生），并非贬到青田做知县。张王送瓜子金，也是赵普的故事，并非刘基的故事。我们把这些历史事实弄明白之后，就可以看出以上的那段对话是多么可笑了。老举人张静斋带着死了母亲的新举人范进到汤知县那里去打秋风，张静斋为了夸示自己的博学，大谈刘基的故事，范进也不肯示弱，而进士出身的汤知县，见张静斋说得"口若悬河"，竟"不由得不信"。从这段对话中，作者多么深刻地揭露了那些进士举人们的庸妄无知而又自作聪明的性格特征！

鲁迅先生是极善于通过人物的对话表现人物的性格的。比如在《药》中有这么一段：

"老栓，你有些不舒服么？你生病么？"一个花白胡子的人说。
"没有。"
"没有？——我想笑嘻嘻的，原也不象……"花白胡子便取消了自己的话。

这花白胡子的人是个终日坐茶馆、嗑闲牙、无话找话的人。他看见老栓的脸色不好，就问他是否生病，是否不舒服。等老栓说"没有"，他立刻顺风转舵，说什么"笑嘻嘻的，原也不象（生病）"了。等到刽子手康大叔说出吃人血馒头治痨病的一段话以后，这个花白胡子又插嘴了："原来你家小栓碰到了这样的好运气了。这病自然一定全好；怪不得老栓整天的笑着呢。"

在这一段对话中，我们可以看出一个嗑闲牙、拍马屁的人物的典型形象。

《钢铁是怎样炼成的》中保尔与冬妮亚的一段对话，也是很典型的：

"保尔——你好吗？"冬妮亚对他说，"实在说，我从没有想到你会这样可怜，难道你不该在现政府中弄到更好一点的差事，只好做挖地的工作吗？我以为你早就做了委员或是什么同样的职务了。你的生活怎么变得这样恶劣啊？……"

她的步子跟不上他，当她说完了这句话的时候，他突然站住，惊奇地回头看着她说：

"同样我也没有想到你会这么……这么酸臭！"他想了一想，才找到这个比较温和的字眼。

"你还是那么粗鲁！"冬妮亚的脸红到耳朵尖。

保尔掮住铲子，大踏步向前，在走了好几步路之后，他才回答道：

"不，杜曼诺娃同志，依我说来，我的粗鲁比你们的礼貌还要豪爽些。你用不着担心我的生活，它倒是过得满好的，只是你的生活比我所想的还要腐化。一两年之前，你还好一点，那时你还不怕羞，敢和一个工人握手；现在呢，倒遍身发出臭丸子的味道。说句良心话，现在我和你之间，已经没有共同的地方了。"

在这一段对话中，一方面表现了冬妮亚的腐化、酸臭，一方面表现了保尔的高度原则性。当保尔发现冬妮亚不是与他志同道合的人时，他就斩钉截铁地割断了和冬妮亚之间的爱情。

没有对方而自己讲话或冗长而不被对方打断的话叫做"独白"。人在有着极度强烈的感触和紧张的心情的时候，才会"独白"。这种独白，往往表现出非常深刻的思想和感情。例如鲁迅先生的《祝福》中有这么一段：

"我真傻，真的！"祥林嫂抬起没有神采的眼睛来，接着说："我单知道下雪的时候野兽在山墺里没有食吃，会到村里来，我不知道春天也会有。我一清早起来就开了门，拿小篮盛了一篮豆，叫我们的阿毛坐在门槛上剥豆去。他是很听话的，我的话句句听；他出去了。我就在屋后劈柴，淘米，米下了锅，要蒸豆。我叫阿毛，没有应，出去一看，只见豆撒得一地，没有我们的阿毛了。他是不到别家去玩的；各处去一问，果然没有。我急了，央人出去寻。直到下半天，寻来寻去寻到山坳里，看见刺柴上挂着一只他的小鞋。大家都说糟了，怕是遭了狼了。再进去，他果然躺在草窝里，肚里的五脏已经都给吃空了，手上还紧紧地捏着那只小篮呢……"她接着只是呜咽，说不出成句的话来。

在这段独白里，深刻地表现着祥林嫂的深沉的悲哀和不幸的遭遇，从而激起了读者对她的无限同情。

（四）细节描写

如王朝闻同志所说："没有细节，没有具体描写，就没有形象。任何主题具有伟大意义的作品，总是和那些能够充分刻画人物和适当展开情节的具有独特性的细节描写相结合的。……没有富于特征性的细节和具体描写的履历表或鉴定表性质的作品，由于不符合客观实际的多样性和具体性，如同虽然冗长、噜苏而不能充分表现描写对象的特征的作品一样，不能塑造人的形象。因为它丧失了构成典型的重要因素（感性的特征），不能吸引读者，不能产生感动和说服读者的作用，不能成为强有力的思想武器。如果主题是具有积极意义的，这种积极意义也会落空。"[1]

我国的几部伟大的古典现实主义小说，都善于通过特征的细节描写塑造人物形象，展开主题思想。例如《三国演义》中的曹操，他的奸诈、毒狠、"宁教我负天下人，休教天下人负我"的性格，是通过无数富于特征性的细节刻画出来的。让我们举几个例子：

> 操有叔父，见操游荡无度，尝怒之，言于曹嵩（曹操的父亲）。嵩责操，操忽心生一计：见叔父来，诈倒于地，作中风之状。叔父惊告嵩，嵩急视之，操故无恙。嵩曰："叔言汝中风，今已愈乎？"操曰："儿自来无此病；因失爱于叔父，故见罔耳。"嵩信其言。后叔父但言操过，嵩并不听，因此，操得恣意放荡。（第一回）

> 二人（曹操和陈宫）至庄前下马，入见伯奢。奢曰："我闻朝廷遍行文书，捉汝甚急，汝父已避陈留去了。汝如何得至此？"操告以前事曰："若非

---

[1]　王朝闻：《细节、具体描写》，见《面向生活》，第231—232页。

陈县令，已粉骨碎身矣。"伯奢拜陈宫曰："小侄若非使君，曹氏灭门矣。使君宽怀安坐，今晚便可下榻草舍。"说罢，即起身入内。良久乃出，谓陈宫曰："老夫家无好酒，容往西村沽一樽来相待。"言讫，匆匆上驴而去。

操与宫坐久，忽闻庄后有磨刀之声。操曰："吕伯奢非吾至亲，此去可疑；吾窃听之。"二人潜步入草堂后，但闻人语曰："缚而杀之，何如？"操曰："是矣！今若不先下手，必遭擒获。"遂与宫拔剑直入，不问男女，皆杀之；一连杀死八口。搜至厨下？却见缚一猪欲杀。宫曰："孟德心多，误杀好人矣！"急出庄上马而行。行不到二里，只见伯奢驴鞍前悬酒两瓶，手携果菜而来，叫曰："贤侄与使君何故便去？"操曰："被罪之人，不可久住。"伯奢曰："吾已吩咐家人宰一猪相款，贤侄、使君何憎一宿？请速转骑。"操不顾，策马便行。行不数步，忽拔剑复回，叫伯奢曰："此来者何人？"伯奢回头看时，操挥剑砍伯奢于驴下。宫大惊曰："适才误耳，今何为也？"操曰："伯奢到家，见杀死多人，安肯干休？若率众来追，必遭其祸矣。"宫曰："知而故杀，大不义也！"操曰："宁教我负天下人，休教天下人负我。"陈宫默然。（第四回）

却说曹兵十七万，日费粮食浩大，诸郡又荒旱，接济不及；操催军速战，李丰等闭门不出。操军相拒月余，粮食将尽……管粮官任峻部下仓官王垕入禀操曰："兵多粮少，当如之何？"操曰："可将小斛散之，权且救一时之急。"垕曰："兵士倘怨，如何？"操曰："吾自有策。"垕依命，以小斛分散。操暗使人各寨探听，无不嗟怨，皆言丞相欺众。操乃密召垕入曰："吾欲问汝借一物，以压众心，汝必勿吝。"垕曰："丞相欲用何物？"操曰："欲借汝头以示众耳。"垕大惊曰："某实无罪。"操曰："吾亦知汝无罪，但不杀汝，军心变矣，汝死后，汝妻子吾自养之，汝勿虑也。"垕再欲言时，操早呼刀斧手推出门外一刀斩讫，悬头高竿，出榜晓示曰："王垕故行小斛，盗窃官粮，谨按军法。"于是众怨始解。（第十七回）

例子不必多举，只看看这几个生动的细节描写，"奸曹操"的形象，就栩栩如生地出现在我们面前。

任何优秀作品中的动人的艺术形象，都是通过有机地联系起来的许多富于特征性的细节塑造成功的。在《普通一兵》中，描写某一天黄昏的休息时间，学生都向俱乐部跑去,马特洛索夫也跟着去了。但当他走到俱乐部门口的时候,猛然想起辅导员柯拉甫克对他说过的话:"如果不愿工作的时候,要强迫自己工作!"又想起自己曾答应他要努力做个有毅力的人。于是就强迫自己,回去预备功课。从这个细节中,我们可以看到马特洛索夫是如何在平常的生活和学习中,按照他所接受、所理解的真理来鞭策自己。在《暴风骤雨》中,描写老孙头分到了一匹小马,他高兴地骑上,谁知小马狂跳乱蹦,把他摔了下来。他生气地说:"这小家伙回头非揍它不可!"他跑到柴火垛子边抽了根棒子,"一手牵着它的嚼子,一手狠狠抡起木棒子⋯⋯棒子落在半空却扔在地上。"从这个细节中,我们可以看到农民分到牲口后的喜悦及其热爱牲口的感情。

当然,我们强调细节描写,并不等于说任何细节都有描写的价值。奥泽罗夫说:"有些作家醉心于个别的细节,而不把典型的和非特征的细节区别开来,在他们的作品中也可以找到单纯描写的成分。现实主义的艺术,要求对于每个形象的刻画都具备富有巨大意义的艺术细节的真实性。但是在具有特色的细节和个别的、不需要的细节之间是存在着差别的。屠格涅夫说得好:'谁要把所有的细节都表达出来,准要摔跟头,必须善于抓住那些具有特色的细节。'⋯⋯充塞着次要的细节的作品,总是沉闷而枯燥的。"①

(五)行动描写

通过人物本身的行动表现人物的性格,是创造人物的重要方法。某一人物的性格如何,光靠作者的概括介绍是不够的,主要的是要依靠人物本身的行动去说明。王熙凤的狡诈、残忍、狠毒、泼辣等性格特征之所以浮雕似的凸现在读者面前,不在于兴儿等人的概括的介绍,而在于她本身的行动表现。如果不是在"王熙凤弄权铁槛寺"、"弄小巧借剑杀人"、"瞒消息凤姐设奇谋"等回深刻地描写了她的行动,则兴儿等人的介绍是没有任何力量的。所以伟大的作家,都很少冗长地、抽象地介绍人物的性格,而是在人物的行动中具体地表现他们的性格。

人物的语言固然是展开人物性格的形式,但光堆砌人物的语言,是很难写出生动的人物的。如高尔基所说:"为了使艺术作品有教育、说服的力量,必须尽可能地使主人公多行动、少说话。"同时,一个人的语言绝不是和他的行动隔离开来的。所以必须把人物的语言和行动紧密地扣合起来,才能更有力地表

---

① 《译文》1953 年 10 月号,第 175—176 页。

现人物的性格。伟大的作家都善于把富于特征性的行动跟相关联的语言配合起来表现人物的性格。例如《阿Q正传》中的一段：

> 阿Q在形式上打败了，被人揪住黄辫子，在壁上碰了四五个响头，闲人这才心满意足的得胜的走了。阿Q站了一刻，心里想，"我总算被儿子打了，现在世界真不象样……"于是也心满意足的得胜的走了。
>
> 阿Q想在心里的，后来也每每说出口来，所以凡有和阿Q玩笑的人们，几乎全知道他有这一种精神上的胜利法，此后每逢揪住他的黄辫子的时候，人就先一着对他说：
>
> "阿Q，这不是儿子打老子，是人打畜生。自己说，人打畜生！"
>
> 阿Q两只手都捏住了自己的辫根，歪着头，说道：
>
> "打虫豸，好不好？我是虫豸——还不放吗？"
>
> 但虽然是虫豸，闲人也并不放，仍旧在就近什么地方给碰了五六个响头，这才心满意足的得胜的走了。他以为阿Q这回可遭了瘟。然而不到十秒钟，阿Q也心满意足的得胜的走了。他觉得他是第一个能够自轻自贱的人，除了"自轻自贱"不算外，余下的不就是"第一个"吗？"你算是什么东西呢？"

在这一段中，突出地表现了阿Q的精神胜利法——奴隶失败主义。

在《卓娅和舒拉的故事》中，有这样一段：

> 卓娅的学习成绩很好，虽然某些功课她学着很吃力。有时候她作数学和物理学功课作到深夜，可是始终不肯让舒拉帮助她。有好多次是这样：舒拉早已预备完功课了，可是卓娅仍旧伏在桌上。
>
> "你做什么哪？"
>
> "代数，算不好这个题。"
>
> "来，我算给你看。"
>
> "不用，我自己想想吧。"
>
> 过去半点钟了，过去一点钟了。
>
> 舒拉气忿地说："我睡觉去了！答案在这里。你看，我放在这里了。"
>
> 卓娅连头也不转，舒拉遗憾的一挥手就睡去了，卓娅还要坐很长时

间,在十分困倦了的时候,她就用冷水浇脸,浇完了仍旧在桌旁坐下,算题的答案就在旁边放着,伸手就可以取来,可是卓娅连往那边看都不看。

第二天她的数学分得了"很好",这事并不使级里的任何人惊异,可是我和舒拉都知道这些"很好"的代价是什么。

在这一段文字中,作者通过卓娅的行动和语言,表现了她的严肃认真的学习态度和不向困难低头的坚强意志。

心理学家把人的性格定义为"被人的人生观、信念、道德、观点和理想所决定的行动的特性"①。一个人的性格即表现在他的自觉的行动之中。因而描写特征的行动。就成为表现人物性格的必要条件。恩格斯曾指出:"人物底性格不仅表现在他做的什么,而且表现在他怎么样做。"②描写人物的行动,就是描写他"怎么样做"。《卓娅和舒拉的故事》中的挖马铃薯一章描写卓娅和她的同学同时挖马铃薯,但有些同学"只图快",结果只刨了浅层的马铃薯,却把深层的那些最大最好的忽略了。而卓娅呢,却刨得很深,把最深的马铃薯都刨了出来。作者就通过她们"怎么样"刨马铃薯的行动表现了不同的劳动态度、不同的政治品质。

当然,并不是随便什么行动都可以很好地表现人物的性格。作家必须严格地选择最有特征、最典型的行动,才能借以创造出有生命的人物。有些作家像傀儡戏后面的牵线人一样任意牵动线索,叫他的人物乱跳乱动,似乎很热闹,但并不能显示人物的性格。像这样描写行动的办法,自然是应该反对的。

(六)侧面烘托

侧面烘托也是创造人物的方法之一。比如《陌上桑》的作者描写秦罗敷的美丽,就用了侧面烘托的方法。他没有正面地描写她的眉目口鼻等等长得如何好看,却侧面地描写了她的好看所引起的反应:"行者见罗敷,下担捋髭须。少年见罗敷,脱帽著帩头。耕者忘其犁,锄者忘其锄。来归相怨怒,但坐观罗敷。使君从南来,五马立踟蹰。"这样,在我们眼前出现的不但是一个活的美人,而且是在许多活人中间的美人,由此构成的罗敷的美丽的印象是异常充实而复杂的。荷马在《伊利亚特》中写海伦的美丽,王实甫在《西厢记》中写莺

---

① 柯尔尼洛夫:《意志与性格的培养》,青年出版社版,第16—17页。

② 《马克思 恩格斯 列宁 斯大林论文艺》,人民文学出版社1953年第2版,第14页。

莺的美丽,都用的是这种方法。

用侧面烘托的方法描写人物,也是新文学作品中常见的现象,在赵树理的《小二黑结婚》中,就可以找出好几个例子。比如他这样描写小二黑的漂亮:

> 小二黑是二诸葛的二小子……说到他的漂亮,那不只在刘家峧有名,每年正月扮故事,不论去到那一村,妇女们的眼睛都跟着他转。

他描写小芹的美丽,也用了同样的方法:

> 小芹今年十八岁了,村里的轻薄人说比她娘年轻时好看得多。青年小伙们,有事没事,总想跟小芹说句话。小芹去洗衣服,马上青年们也都去洗;小芹上树采野菜,马上青年们也都去采。

最精彩的是写小芹的娘三仙姑到区上去的一幕:

> 刚才跑出去那个小闺女,跑到外边一宣传。说有个打官司的老婆,四十五岁了,擦着粉,穿着花鞋,邻近的女人们都跑来看,唧唧哝哝说:"看看,四十五岁了!""看那裤腿!""看那鞋!"三仙姑半辈子没红过脸,偏这回撑不住气了,一道道热汗在脸上流。交通员领着小芹来了,故意说:"看什么!人家也是人吧,没有见过。闪开路!"一伙女人们哈哈大笑。
>
> 把小芹叫来了,区长说:"你问问你闺女愿意不愿意!"三仙姑只听院里人说"四十五""穿花鞋",羞得只顾擦汗,再也开不得口。院里的人们忽然又转了话头,都说"那是人家的闺女","闺女不如娘会打扮"。也有人说"听说还会下神",偏又有个知道底细的断断续续地讲"米烂了"的故事。这时三仙姑恨不得一头碰死。

侧面烘托虽不是描写人物的主要方法,但却有它的特殊功能:第一,有些场合不适于正面描写而适于侧面烘托。比如要从正面去描写一个雄辩家,就难免弄巧成拙,这因为足以表现雄辩家的辩才的演词和演说时候的姿势、音调等等,是很难写好的。屠格涅夫在他的小说《罗亭》中写罗亭的辩才,就采取了侧面烘托的方法。他没有正面描写罗亭如何雄辩,只侧面地描写了罗亭的雄辩对娜达丽亚、巴西斯托夫以及其他等人所造成的印象（他写罗亭演说以后听者如何睡不着觉。写听者到处引用罗亭的演说词……），而读者就因此产生罗亭具有惊人的辩才的观念。第二，侧面烘托可以加强正面描写的力量。比如《水浒》中《青面兽北京斗武》一回，从正面描写杨志的武艺是如何的高强，已经很生动，很突出，再加上侧面烘托（如写杨志索超比武时，"月台上梁中书看得呆了，两边众军官喝采不迭，阵面上军士递相厮觑道：'我们做了许多年军士，也曾出了几遭征，何曾见这等一对好汉厮杀！' 李成、闻达在将台上不住声叫道'好斗！'……"），就更加强了正面描写的力量。

（七）习惯、脾气的描写

习惯、脾气的描写，也是创造人物的一个方法。一个人的习惯、脾气是和他的性格分不开的，因而描写人物的习惯、脾气，也可以表现他的性格。例如《小二黑结婚》中的二孔明，抬脚动手都要论阴阳八卦，看黄道黑道，这表现着他的封建迷信思想。契诃夫的《装在套子里的人》中的别里科夫，即使在顶晴朗的天气里，也穿着夹大衣、雨鞋，带着雨伞，并且把脸藏在竖起的衣领里。他的床挂着帐子，晚上睡觉的时候还要穿上睡衣、戴上睡帽、用帐子蒙上脑袋。总之，他把自己完全装在套子里，生怕和外界生活接触。这表现着他的保守思想和憎恨、拒绝新事物的感情。

一个人能否自觉地培养好习惯，克服坏习惯，是和他有无坚强的意志分不开的。在《钢铁是怎样炼成的》中，有这么一段描写：有一次，当着保尔·柯察金的面，青年团员们争论着这样一个问题：一个人能否克服自己的坏习惯，例如吸烟。保尔说，当然能够，是人支配习惯，而不是习惯支配人。当时一个同志挖苦他说："漂亮话，柯察金就喜欢说漂亮话……他自己吸烟吗？吸烟。他知道吸烟没有好处吗？知道。而戒掉，力量又薄弱……"

柯察金从嘴里拔出香烟说："我再不吸了。"果然，他后来永远再没有吸过烟。在这一段关于克服坏习惯的描写中，有力地表现了保尔的坚强意志。

（八）心理描写

心理描写是创造人物的主要方法，前面所谈的许多方法，都应该从属于它，并被它统一起来。人的表情、语言、行动等等，都决定于人的心理活动。作家应该通过人物的表情、语言、行动等等揭示人物的心理活动，而不应该停留在表情、语言、行动的本身。寒风的短篇小说《尹青春》，写一个战士在不分昼夜追击敌人的长途行军里面，忍受着各种不可想象的艰苦，并且在各方面起着模范作用。但作者并没有单纯地描写这种行动的本身,而是在描写这种行动的同时描写了支配这种行动的心理活动:在行军中考验自己,争取光荣入党。这样,作者就把他的人物的精神世界展示在读者面前。

列夫·托尔斯泰的老朋友米尔斯基在一次讲演中说:

> 托尔斯泰在小说的组织上引起了一种改变,即是从旧式的戏剧的方法而进到新的方法——"观点的方法"。戏剧的方法是描写人物行动和语言而不加解释。托尔斯泰从他的早期起,即对人物的行动和语言从未不加解释,对于他,心理解释是一件要务。重要的不是人物所做的行为,而是人物为什么要做那种行为。

"心理解释"的确是一件要务。因为同样的行为,常常导源于不同的心理。比如同样努力地学习,但有的人是为了做专家,有的人是为了取得先进生产者的光荣地位,有的人是为了满足个人的虚荣心,有的人是为了得奖金……同样的语言亦复如此,比如有的人说"为人民服务"是真想为人民服务,有的人则只是为了说漂亮话。口是心非的人即使在社会主义的苏联也还没有绝迹。所以,只描写人物的行动、语言,而没有揭示出引起这种行动和语言的心理,就不能表现出人物的精神世界。

作家不仅应该钻到人的灵魂深处,把握其心理活动的结果,而且应该住在人的灵魂深处,把握其心理活动的过程。一切优秀的作家,都不仅根据人物心理活动的结果表现其"形于外"的表情、语言和动作,而且在必要的时候,也根据人物心理活动的过程表现其内心中的矛盾与斗争,内心中的激烈的矛盾与斗争,总是当人面临着很难解决而必须解决的重大问题的时候展开的,而斗争一旦胜利,矛盾一旦解决,他的思想感情就会发生本质上的变化,因而描写这个内心矛盾与斗争的过程,就成为描写人物成长或转变的必要条件。比如《被开垦的处女地》中的中农梅谭尼可夫,他参加过红军,为社会主义革命流过血,在农业集体化运动中,也表现得很积极,但在内心中,他却和私有观念进行着艰苦的斗争。这种内心中的艰苦斗争,旁人(连达维多夫在内)是很难觉察出来的,作者就用两段生动的内心描写把它揭露了出来,使读者了解梅谭尼可夫由旧农民变成新的集体农民:"可真不容易!他含着泪与带着血,撕破了他与财产、与牡牛、与亲身耕种着的田地所结合着的脐带。"

《钢铁是怎样炼成的》一书中，描写保尔内心斗争的一段也非常精彩：

在遥远的地平线上，汽船的烟柱象一条黑霉似的在舒展。成群的海鸥嘶叫着钻进海里去。保尔双手捧着他的头，沉浸在阴郁的思索中。

他的全部生涯，由孩提时代到最近几天，象电一样在他面前闪过。他是很好地过了这二十四年的生涯，还是错过了它？他想了一年又一年，像一个铁面无私的判官，逐年加以评判，结果他非常满足的自己承认，他的生活过的还不算怎样坏。它充满着许多的错误，愚蠢的错误，年青的错误，虽然大半是无知的错误，但主要的是在斗争火热的时期中，他并没有睡觉，他晓得在那争夺政权的铁的斗争中，怎样去尽他的本份，而且在那革命的红旗上，也还有着他的几点鲜血。

此外，他始终没有放弃斗争……但是现在呢，他已负伤，被迫退出前线了，而且只有一条路——进入后方医院。他想起在华沙附近，一粒子弹射倒了一个人，那个人刚好倒在马蹄的下面。同志们当时忽忙绑扎他的伤口，把他送给红十字的人员，随后就赶去攻击敌人。那战队并未因丧失一个战士而停止前进。为着伟大的思想而作的斗争，就象这一样，而且应当象这一样。不错，也有例外。他曾看过好些失去双脚的机关枪手，坐在带着机枪的小车上，这些人是敌人碰到的最可怕的战士，他们的机枪扫着死亡与损害，而他们的铁样的容忍和眼力的锐利，使他们成为战队的光荣。但象这样的人是稀有的。

现在，已受了伤，永远没有返回队伍的希望的他，要怎样办呢？他不是曾经叫伊林娜·巴赞娜芙承认他的将来是极惨淡的吗？他要怎样办？这没有解决的问题，就象一个摆在他面前的吓人的黑洞。到底为什么要生活，当他现在已失去了最可宝贵的东西——进行斗争的才能？在现在，在他的忧郁的将来，他的生命还有什么用处？他要怎样对付它？只为着吃喝和呼吸吗？只做一个无助的证人，目击同志在斗争中前进吗？只做他的同志们的一个赘累吗？他应不应该抛弃这个现在已背叛了他的肉体呢？朝他的心口开一枪——让它完结！他以往的日子过得还算光荣，所以他应该能够在适当的时期结束它。谁能斥责一个不愿挨过不幸生涯的战士？他的手伸进口袋里，摸着那光滑的勃朗宁手枪，他的手指做着射击的姿势——紧紧地抓着枪柄，缓缓地他把手枪从袋里摸出来，他大声对自己说：

"谁想到你会有这样的下场？"

枪口轻蔑地瞪着他的脸。接着，他把手枪放在膝头，狠命地诅咒，并且对自己说：

"孩子，你是一个假英雄！任何一个傻瓜在任何时候都能杀他自己，这是最懦怯的也是最容易的出路。把手枪藏起来，永远不要叫别人知道你有过这个想头。即使到了生活实在是难以忍受的时候，也要找出活下去的方法来，使你的生命有用处吧！"

（九）突出地描写主要的性格特征

一个人的性格特征是多样的，作家应该表现出人物性格的多样性。但必须了解：一个人的多样的性格特征，并不是各种不同的性格特征在数学上的总和；相反，它是被某种主要特征凝固在一起的不可分割的整体。《三国演义》中的曹操有许多性格特征，但都从属于"奸诈"这一主要特征，《阿Q正传》中的阿Q有许多性格特征，都从属于"精神胜利"这一主要特征。只有抓住这个主要特征，并加以突出的描写，才有可能充分而明晰地表现被它凝结在一起的其余特征，才有可能创造出浮雕似的人物形象。不然，如果不分主从、不分轻重地把许多性格特征罗列起来，就会使人物形象模糊不清。

第四章　环境（背景）

一　环境的概念

环境有广狭二义。广义的环境是指作品产生的社会环境,它包括某一特定地区的生产关系、阶级关系、社会制度、文化教育组织以及风俗习惯等等。(应该注意:生产关系、阶级关系、社会制度、文化教育组织以及风俗习惯等等,都是通过作为社会关系总和的人而表现出来的,所以,我们所说的社会环境,并不是抽象的东西。对于作品中的主要人物,他周围的人物及其所代表的社会意义,就是他的社会环境;他们之间的本质意义的关系,就是典型环境。对于其他任何一个人物,其周围的人物也是他的环境。没有人物就没有社会生活,自然也就没有社会环境。)狭义的环境是指人物所在的"氛围",它包括自然风景、住室、用具乃至家畜、鸟兽等等。

二　社会环境与人物描写

关于社会环境与人物描写这个问题,我们准备分三点来谈。

(一)不要孤立地描写人物

现实的人永远是生活在社会中的,生活在跟别的人们的一定关系中的,如果离开人所生活的社会环境而孤立地描写人物,则所创造出来的人物必然是不真实的、不可理解的。曾经有人写过一篇这样的作品:从一九四五年起,童大妈母子两人在勤苦的劳动中从喂养母鸡渐渐富裕起来。母鸡生蛋,蛋孵小鸡,鸡长大了换谷子,谷子换牛,牛生小牛,小牛换田地。最后引起大家的赞扬,传为"老母鸡发家"的美谈。至于故事发生在什么地方,童大妈母子所处的社会环境如何,却一点也没有提到。可以看出,作者是企图表现劳动人民的刻苦、勤劳的优秀品质的,但由于作者离开人物所处的社会环境而孤立地描写人物,因而他的这个企图就落了空。他所写的童大妈母子是不真实的、不可理解的。因为就他所写的蛋变鸡,鸡变粮食,粮食变牛,牛变田地这些事情看,童大妈母子所处的社会环境不可能是解放区。但如果是蒋管区,那么,童大妈母子在地主的威胁下,在苛捐杂税的剥削下,能够由于刻苦、勤劳而发家致富吗?如果能够,那就不必革命,不必进行土地改革,因为刻苦、勤劳可以解决一切问题。

(二)表现典型环境中的典型性格

马克思和恩格斯把人物的性格赖以形成发展的积极背景称为"典型环境",并赋予它非常重要的意义。在马克思、恩格斯分别给拉萨尔的两封信①中,都指出:拉萨尔由于没有"介绍那时候五光十色的平民社会",没有把"农民(特别是他们)与城市革命分子的代表"作为他的剧本《佛朗茨·封·吉庆耿》的"积极背景",以致使他不能"在更大的程度上把最现代的思想表现在最纯粹的形式中",不能使他的人物"更加莎士比亚化"。恩格斯在《给哈克纳斯的信》②中更明确地规定"现实主义是除了细节底真实之外还要正确地表现出典型环境中的典型性格",并批评哈克纳斯说:"你所描写的性格,在你所给予的范围之内,是充分典型的了,但是关于环绕他们、驱使他们行动的环境,那就不能够说是典型。"哈克纳斯在《城市姑娘》中所犯的错误是:她所描写的工人是受苦的、消极的群众,不能帮助自己,甚至不企图帮助自己。如果对于十九世纪初叶来说,这是正确的描写,那么在十九世纪末,"一个人已经获有参加了五十年光荣的战斗的无产阶级斗争的荣誉,而且一直被'解放工人阶级应当是工人阶级本身的事业'这个原则指导着的时候,这样的描写就不正确了。工人阶级对于压迫他们的环境的革命的反抗,他们的争取自己的人底权利的紧张的企图——不论是半自觉或自觉的——都是属于历史底一部分,而且可以在现实主义底领域中要求一个地位。"在这时候,哈克纳斯所写的作为全书的基础的一个受中产阶级男子诱骗的、受苦的和叫人怜悯的青年女工的陈旧故事,已经不可能是充分典型,即充分反映这个社会力量的本质的了。正由于这个缘故,这个女作家忽视了工人阶级生活中所发生的变化,而不能够创造出真正的典型环境,歪曲了发生行动的"积极背景"。性格的典型性在这儿受到了贫乏的环境的典型性的限制。

---

① 见《马克思 恩格斯 列宁 斯大林论文艺》,人民文学出版社版。

② 见《马克思 恩格斯 列宁 斯大林论文艺》,人民文学出版社版。

要表现"典型环境中的典型性格",应该注意两点:第一,要从典型环境中去表现人物的典型性格。如捷普洛夫所说:"性格底最重要的特征,是决定于一个人所处的社会条件、他的世界观和他的信仰。因此可以说,典型的性格是一定社会历史条件底产物。"①这就是说,典型性格是在"一定社会历史条件"下形成、发展着的,即在典型环境中形成、发展着的。那么,离开典型环境的描写,要表现典型性格是不可能的。第二,要通过典型性格去表现典型环境。文学是通过个体表现一般的,也就是说,它是通过有血有肉的人物、通过人物与人物之间的关系来表现社会(阶级)、表现社会关系(阶级关系)的矛盾及其发展的真实面貌的。那么,只有作品中的人物具有产生于典型环境的典型性格,即具有足以表现一定社会的本质的性格,才能完成这个任务:通过个体表现一般,通过典型性格表现典型环境。

从典型环境中表现典型性格,必须写出产生典型性格的"社会条件";离开或缺少必要的"社会条件",就不可能表现或不可能很好地表现人物的典型性格。例如徐光耀的《平原烈火》,无疑是一部相当优秀的小说,其中的人物如周铁汉、钱万里、薛强等都写得相当生动,这因为作者从部队内部给予这些人物的性格形成以必要的"社会条件"(如党的领导和革命斗争的锻炼等等)。但严格地说,这部作品还缺少必要的"社会条件",因而就在一定程度上限制了人物性格的丰富性和完整性。这部作品对于群众的描写很不够,除了和周铁汉有血缘关系的老大娘一家人以外,其他几个群众都是为了情节的需要临时出现的。但是在这部作品所反映的日寇疯狂地扫荡冀中平原的时期(即一九四二年"五一"大扫荡时期),冀中平原的群众在对敌斗争中占着特殊的地位。他们像河水一样哺育着游鱼,使革命武装和革命政权在任何困难情况下都得以坚持、得以发展,如果不把群众作为必要的"社会条件",作为展开行动的重要的"积极背景",则无论是写党的领导力量,写人物性格的形成、发展,写游击队的神话般的战斗奇迹,就都要受到不可避免的限制,而这种限制,就给《平原烈火》这部相当优秀的小说带来了损失。就人物而论,由于缺少他们的行动赖以展开的"积极背景",致使作者不可能在接近抗日战争胜利的前夜,把周铁汉等人的英雄性格加以发展、加以提高,预示出在未来的斗争中,他们仍然是永远走在前头的坚强的骨干。

---

① 捷普洛夫:《心理学》,东北教育出版社版,第246页。

（三）从人物的行动中写出环境

社会环境和人物性格的关系既然是这样密切，那么，应该怎样写出社会环境呢？回答是：从人物的行动中写出环境。

我们曾经指出，认识人才能描写人。人是在特定的社会环境中活动着的，不认识人所活动的环境，就不可能认识人。所以作家对于环境的认识是随着对于人物的认识而进行的；在创作的时候，对于环境的描写也是随着对于人物的刻画而进行的。有些作家并没有从人物与环境的密切关系中认识人物，认识环境，因而在作品中把人物和环境作了机械的描写：环境好像是为了人物登场而搭的戏台，人物好像是为了故事扮演而装的傀儡。

人物和环境的关系是有机的，而不是机械的。茅盾说：

> "人"是在"环境"中行动的。"环境"固然支配了"人"，但由于这被支配而发生的反作用，能使"人"发生破坏束缚的思想而形成改造环境的行动。由此可知"人"和"环境"的关系不是片面的；"人"与"环境"之间的作用是交流的，是在矛盾中发展的。

> 因此，倘使从"人"和"环境"的固定关系上去观察，就只能看到一半，而这一半也不是"真实的人生"，由这样的观察所达到的文艺表现的方法往往是"人在环境中行动"。读者对于用了这样表现方法的作品所得的印象是：环境是固定的基盘，而人在这固定的基盘上行动，"人"和"环境"的关系被写成机械的了。……

> 应该从交流的，在矛盾中发展的关系上去观察"人"和"环境"。从这样的观察，可以灼见现象的过去、现在和未来。当你截取"现在"一段来写，你的目光当然不以"现在"为限；你的最大的努力当然是要从"现在"中透露出"过去"，并且暗示着"未来"。同时，你也自然而然会觉得如果将"环境"作为一个固定的基盘而使"人物"在这上面动作，那就和你所要努力达到的目标（从"现在"中透露出"过去"，并且暗示着"未来"）不相适合。因为问题既是要在"人"和"环境"的活泼泼的交互关系上着眼写作，则任何一方面的固定化，都于你的目的有害。

> 最初是"人"创造了"环境"，其次是"人"的思想行动被这"环境"所支配，又次是由这被支配而发生的反作用又反拨了"人"的思想而产生改造这环境的意志和行动——这是一串的矛盾发展。在这中间，"人"的行动

的地位无论如何不能被忽视的。这是一个要点。把握住这个要点,就会达到另一表现方式:从"人"的行动中写出"环境"来。

这和"人在环境中行动"有根本的差别,"人在环境中行动"这一表现方式是把"人"从属于环境,而"从人的行动中写出环境来"便是把"环境"和"人"的关系放在交互发生作用的基础上来表现。

照这说法,本位依然不能不是"人物"了。因为"人"要改造环境的意志和努力固然不能不由"人物"的行动中表现,而"环境"的支配"人的行动"也不能不由"人物"的行动中表现。也只有如此,"人物"才是活的人,"环境"才是活的环境,而且这也是不使一篇作品成为披了文学形式的社会科学论文的要点。①

茅盾的这一段话是非常重要的。"从人物的行动中写出环境"的确是一个要点。所谓"从人物的行动中写出环境",就是从人物的行动中表现出环境怎样影响着人,而人又怎样影响着环境。这样,人物和环境才能在矛盾斗争中同时向前发展。以鲁迅的《祝福》为例,一开始,就介绍了两个主要人物(祥林嫂和鲁四老爷)和其他人物,同时从他们的行动中展开了社会环境。只要看一看人们筹办"祝福"的福礼的那种忙碌情形,一幅落后的被封建文化和迷信思想统治着的农村社会图画,就浮现在我们面前。接着,即一步一步地描写"政权"、"族权"、"神权"、"夫权"对祥林嫂的迫害、侮辱和祥林嫂的反抗、挣扎,而环境和人物的性格也就一步一步地向前发展,直至祥林嫂被旧社会吃掉为止。可以看出,鲁迅是从人物的行动中写出环境的。他通过"政权"、"族权"、"神权"、"夫权"对祥林嫂的肉体和灵魂的摧残和毒害,深刻地暴露并猛烈地抨击了宗法社会的罪恶,从而激发读者去掀掉那吃人的筵席,推翻那吃人的社会。

社会环境与人物描写这个问题,我们虽然就以上三点加以说明,但要点只有一个,就是:从现实社会的矛盾与斗争中描写人物。所谓社会环境,简单地说,就是社会生活中的矛盾与斗争;而社会生活中的一切矛盾与斗争,归根到底,都表现在人与人(阶级与阶级)之间和人与自然之间。因而只有把人物放在剧烈的斗争之中,才能真实地、全面地表现他的性格;反过来,只有从剧烈的

---

① 茅盾:《创作的准备》,三联书店版,第45—51页。

斗争中真实地、全面地表现了人物的性格，才能从人物的性格中集中地、突出地反映出社会生活中的矛盾。

三　氛围与人物描写

适当地描写氛围，也是创造人物的条件之一。关于氛围描写的重要性，秦兆阳在《论形象与感受》一文中有恰当的说明：

> 在读作品的时候，读者不仅希望从中看见活生生的人物，而且想看见人物以外的许多东西，听见各种愿意听见的声音，从而感觉到存在于人物周围的那种生活的气氛。因为这些东西和声音都跟人物有着不可分离的关系，跟作品内容有着不可分离的关系；它表示人物是在一种什么样的环境和情况下存在与活动，表示作品是在反映生活。总之，读者希望在作品里有着令人如身历其境的（或者可以想象到的）境界。特别是对于人所创造的、巨大而有特色的事物和自然界奇伟的景色，他们总是希望身历其境地感觉到。
>
> 这就需要作者在作品中描绘出一个天地来。这所谓天地，包括某时某地人们的生活特点，某些场面，风景地形，光、色、声等等。①

氛围描写的重要性，在这段话中已讲得很清楚。现在，我们再通过一些实例，谈一下氛围描写的原则。

（一）住室描写

住室的富丽或简陋，表现着人的阶级地位，而室内外的陈设和布置，也表现着人的个性。所以描写人物的住室，也是表现人物性格的条件之一。人有很多的时间是生活在他的住室里的，住室和人的关系非常密切。因而一切现实主义的作家，对于人物住室的描写都非常留心。以《红楼梦》为例，李纨只适宜住在"稻香村"，黛玉只适宜住在"潇湘馆"，宝玉只适宜住在"怡红院"，惜春只适宜住在"蓼风轩"，探春只适宜住在"秋掩书斋"……如果把他们的住室随意掉换，就会和他们的性格发生矛盾。

果戈理对于梭巴开维支的客厅的描写，是非常出色的：

---

① 秦兆阳：《论公式化概念化》，人民文学出版社版。

乞乞科夫坐下了，但又向挂在壁上的图画看了一眼。全是等身大的钢板象，真正的英雄角色，即希腊的将军们……这些英雄们，都是非常壮大的腰身，非常浓厚的胡子，多看一会，就会令人吓得身上发生鸡皮皱。……这家的主人，自己是一个非常健康而且茁壮的人，所以好象也愿意把真正健康而且茁壮的人物画挂在家里的墙壁上。……紧靠窗户，还挂着一个鸟笼，有一匹灰色白斑的画眉，在向外窥视，也很象梭巴开维支。……乞乞科夫又在屋子里看了一转：这里的东西也无不做得笨重、坚牢，什么都出格得和这家的主人非常相像，客厅角上有一张胖大的写字桌，四条特别稳重的腿——真是一头熊。凡有桌子、椅子、靠椅——全都带着一种沉重而又不安的性质，每种东西，每把椅子，仿佛都要说："我也是一个梭巴开维支"或者"我也象梭巴开维支。"

对于像一头熊的梭巴开维支来说，这样一个客厅是最合适的。

在《祝福》中，鲁迅先生对于鲁四老爷的书房，也作了非常出色的描写：

我回到四叔的书房里时，瓦楞上已经雪白，房里也映得较光明，极分明的显出壁上挂着的朱拓的大"寿"字，陈抟老祖写的；一边的对联已经脱落，松松的卷了放在长桌上，一边的还在，道是"事理通达心气和平"。我又无聊赖的到窗下的案头去一翻，只见一堆似乎未必完全的《康熙字典》，一部《近思录集注》和一部《四书衬》。

只看看壁上挂的字画，案头放的书籍，就会知道这个书房的主人是一个道学先生，是一个旧礼教的化身，是一个封建制度和封建社会的代表。

冈察洛夫写奥勃洛摩夫的屋子，突出地表现了它的主人的懒惰性格：

……他在家时——大抵总是在家的——总是躺着。而且我们常可看到他在原来那间屋子里躺着。那屋子是寝室，是书斋，又是会客室。……

挂在墙壁上的画框，旁边有上灰的蛛网，如同齿形的装饰，黏着。镜子与其说供照映，无宁说是代石板用的；满面积着灰尘，准可写下什么备忘录。绒毯沾满了污点。沙发上抛着忘却收拾的面布。桌上每早大概总留着前一晚上的食器、盐盂和啜剩的残骨，还放着小片面包之类。

要是没有这项食器，没有放在被上供抽烟的烟袋，或者没有那吊烟袋的主人,那么谁都以为这屋子是没有人住的。什么东西,全都蒙上灰尘,全都褪了色,全没有那人住的生气的痕迹。尤其是书架,二三册书本,尽那么开着页子,抛着,放着报纸。写字桌上摆着墨水瓶和钢笔。打开着的书页为尘埃所染,变成黑色——仿佛是好久以前给抛在这里的。报纸的日子是去年的。要是把钢笔插进墨水瓶去,其中的苍蝇就会吃惊地嗡的飞起。

赵树理在《李有才板话》中对李有才的窑洞的描写,也非常出色:

> 李有才住的一孔土窑,说也好笑,三面看来有三变:门朝南开,靠西墙正中有个炕,炕的两头还都留着五尺长短的地面。前边靠门这一头,盘了个小灶,还摆着些水缸、菜瓮、锅、匙、碗、碟;靠后墙摆着些筐子、箩头,里面装的是人家送给他的核桃、柿子(因为他是看庄稼的,大家才给他送这些);正炕后墙上,就炕那么高,打了个半截套窑,可以铺半条席子。因此你要一进门看正面,好象个小山果店;扭转头看西边,好象石菩萨的神龛;回头来看窗下,又好象小村子里的小饭铺。

如周扬所说:"这岂止是在写窑洞呵!他把李有才的身份和个性写出来了。"[1]

从上面的许多例子中可以看出描写人物的住室对于表现人物的性格有着非常重大的意义。安东诺夫曾说:"大家知道,表现人物性格的最好方法,是描写他的居住环境。您记得,普希金怎样用一句话写出了《铲形皇后》的伯爵夫人守旧的寂寞的生活:'镀金脱落了的、褪了色的锦缎安乐椅和有羽毛垫子的锦缎沙发处在凄凉的和谐中。'很可惜,这个把主人公的环境的描写和性格的描写结合起来因而对简短的体裁极有用处的辞简意赅的描写方法,您没有采用。我觉得轻视这种方法是不应该的。"[2]

(二)景物描写

景物描写也是创造人物的必要条件。

1. 景物描写可以表现人物行动的时间和空间。在《真正的人》中,一开头

---

① 周扬:《表现新的群众的时代》,新华书店版,第132页。

② 《文艺理论学习小译丛》第3辑之十,新文艺出版社版,第19页。

就有一段对雪季大森林的描写,作品中的主人公密列西叶夫就从此时此地开始行动,做出了惊人的英雄事迹。《保卫延安》开头,也同样有一段景物描写:

> 一九四七年三月开初,吕梁山还是冰天雪地。西北风滚过白茫茫的山岭,旋转啸叫着。黄灿灿的太阳光透过干枯的树枝桠照在雪地上,花花点点。山沟里寒森森的,大冰凌柱象帘子一样挂在山崖沿上。
>
> 陈兴允和他的纵队就在这样严寒的季节,这样崎岖的山区出现,顶着比刀子还利的大风,不分日夜向西挺进,去保卫党中央,保卫毛主席,保卫延安。

2. 景物描写并不只单纯地表现人物行动的时间和空间,也往往是行动发展的关键。例如《水浒》中的《吴用智取生辰纲》一回,有这么一段:

> 正是六月初四日时节,天气未及晌午,一轮红日当天,没半点云采,其实十分大热,当日行的路都是山僻崎岖小径,南山北岭……约行了二十余里路程,那军人们思量要去柳荫树下歇凉,被杨志拿着藤条打将来,喝道:"快走!教你早歇!"众军人看那天时,四下里无半点云采,其实那热不可当。杨志催促一行人在山中僻路里行。看看日色当午,那石头上热了脚痛,走不得。

这里描写天气的炎热和山路的难行,正是后来众军汉在黄泥岗歇凉喝酒,被蒙汗药麻翻的关键。又如《林教头风雪山神庙》一回,有关于风雪的描写:"林冲……觉得身上寒冷……何不去沽些酒来吃?……信步投东,雪地里踏着碎琼乱玉,迤逦背着北风而行,那雪正下得紧。"这风雪正是林冲不被陆虞侯等放火烧死(当他们放火的时候,林冲已因草厅被雪压倒,迁入山神庙中),后来得上梁山的关键。

3. 景物描写的重要性还在于烘托人物的心理,表现人物的性格。

景物描写之所以能够烘托人物的心理,表现人物的性格,是由于人对景物的看法和感受,正反映着他的心理和性格。例如丁玲在《太阳照在桑干河上》中对于果树园的描写:

> 当大地刚从薄明的晨曦中惊醒起来的时候,在肃穆的、清凉的果树园子里,便飘着清朗的笑声。鸟雀的欢噪已经让步到另外一些角隅去。一

些爱在晨风中飞来飞去的有甲的小虫,便更不安地四方乱闯。浓密的树叶在伸展开去的枝条上微微蠕动,却隐藏不住那累累的稳重的硕果。看得见在树叶里还有偶尔闪光的露珠,就象在雾夜中耀眼的星星一样。而那些红色果皮上的一层茸毛,或者是一层薄霜,便更显得柔软而润湿。云霞升起来了,从那重重的绿叶的罅隙中透过点点的金色的采霞,林子中回映出一缕一缕的透明的淡紫色的、淡黄色的薄光。梯子架在树旁了。人们爬上了梯子,果子落在粗大的手掌中,落在篾篮子里,一种新鲜的香味,便在那些透明的光中流荡,这是谁家的园子呀!李宝堂在这里指挥着。李宝堂在这里看着别人下果子,替别人下果子已经二十年了,他总是不爱说话,沉默的,象无所动于衷的不断工作。象不知道果子是又香又甜似的,象拿着的是土块,是砖石那末的毫无喜悦之感。可是,今天呢,他的嗅觉也和大地一同苏醒过来,象第一次才发现这葱郁的、茂盛的、富厚的环境,如同一个乞丐忽然发现许多金元一样,果子都发亮了,都在对他映着眼呢……

作者在这幅色彩鲜艳的图画中,交织着翻身农民的愉快的感觉和欢乐的心情。李宝堂发现的不是"金元"而是自己的觉醒。自己成了大地的主人,也同大地一起苏醒过来,用自己的劳动自觉地创造幸福的世界。

4. 从上面的例子中可以看出由景物描写而造成的气氛对人物形象及某种行动起着积极的烘托作用,从而加强了对于读者的感染力量。在《保卫延安》第四章中,对于大沙漠的描写是很精彩的:

正晌午,蓝蓝的天上没有一丝云采,挂在天空的太阳猛烈地喷火,沙漠被烧得滚烫,空气灼热。人象跳在蒸笼里一样难受。没有一点水,没有一棵树,没有一丝风,战士渴得嘴唇都裂口了,喉咙里直要生烟冒火,头昏眼花。很多人流鼻血。马尿下来,人们都眼红地瞅,生怕那混浊的马尿被沙漠吸去。

远处刮来黄风。那黄风,就象平地起了洪水,浪头有几十丈高,从远处流来。战士们盘算:"这许凉快点!"他们把帽檐往下扯扯,让帽檐遮住眼睛,等着黄风刮来。

大黄风裹住了战士们,天地间灰濛濛的,太阳黄惨惨的挂在天空。可是战士一点也不觉得凉快,反倒象从火坑跳到开水锅里了。这呀,是沙漠地的热风啊! 战士们闷热得喘不过气,沙粒把脸打得生痛。他们睁不开眼,迎头风顶住,衣服被吹得鼓胀胀的。大伙定定地站稳,象是脚一动,人就会被风卷到天空去。

热风过去了,太阳又发泼地喷火。暴热、口渴、疲劳在折磨人!

由于这种气氛的渲染、烘托,使战士们的英雄形象更加鲜明、突出。当老孙牺牲在沙漠之中,战士们把他埋葬了之后,作者写道:

突然,李诚向战士呼喊:

"同志们! 一个战士倒下了,千百个战士要勇敢前进! 一个共产党员倒下了,千百个共产党员要勇敢前进! 大山沙漠挡不住我们;血汗死亡吓不倒我们。前进! 哪里有人民,我们就要到哪里去;哪里有苦难,哪里就更需要我们。前进,勇敢前进! 战胜一切困难!"

这用全部生命力量喊出的声音,掠过战士们的心头在无边无际的沙漠上空雷也似地滚动。

战士们踏着沙窝,急急地向前走去。他们那黑瘦的脸膛上,眼窝里,耳朵里,嘴唇上,都是厚厚的一层沙土;两腿沉重的像灌满了铅。但是,他们都挺起胸脯扬起头,加快脚步,一直向前走去。他们都坚毅地凝视迎面移来的沙漠,凝视远方。

沙漠的远方,一阵旋风卷起了顶住天的黄沙柱。就算它是风暴吧,就让它排山倒海地卷来吧!

读到这里,我们就知道作者并不是写沙漠,而是写战士们的战胜沙漠、战胜一切困难的英勇行动和伟大精神。

景物的描写(服装、住室的描写也是一样)必须与人物的行动和心情联系起来,孤立地描写景物,便成为贴在人物背后的一张"布景"。描写景物的方法虽然是多种多样的,但通过人物的行动、人物的眼睛、人物的思想感情与当前景物的交互感应来描写景物,却是一个应该遵守的原则。以上所举的许多例子,都是符合这个原则的。

第五章　故事(情节)

一　人物、环境与故事的关系

故事是一组从人物与环境、人物与人物的错综复杂的关系中产生,并反转来展示人物性格、表现社会关系的具体事件。

为了更具体地了解故事的概念,我们有必要谈一谈人物、环境与故事的关系。

在目前的文学创作中,存在着一种脱离生活硬编故事的倾向。这种硬编故事的倾向,是应该大力克服的。作品中的故事和人物、环境一样,应该是具有典型性的,应该是从生活中来的,不能凭作者的主观随意编造。当然,故事性强的作品,更能吸引读者,但不能因此而追求故事的离奇,以致损害了作品的真实性。中国的旧小说中有一部分低劣的作品,故事离奇古怪,完全没有现实性,这是一些无聊文人为了供人消遣而硬编出来的。这些作者由于无法解释"为什么这样巧合",就归之于"命运",因为这是命里该着,或前生注定的,所以就"必然如此"。又恐还不能使读者信服,就让太白金星在暗中引导。正是"万事由天定,无巧不成书"。把"万事由天定"这一唯心论的观点与"无巧不成书"的创作方法结合起来,就产生了一些硬编故事的公式。如"恩怨巧报"、"千里姻缘一线牵"、"大团圆"等等。但中国的一些优秀的古典现实主义小说,虽然故事性很强,却不能说是硬编故事的。它们的故事性总是跟人物和环境的典型性一致的,人物的性格、人物与环境的关系决定了故事的发展;而故事的发展,又突出了人物的性格,表现了人物与环境的关系。

社会主义现实主义的作家要写出生活的真实,决不能硬编故事。作品中的故事应该是根据人物性格与性格、性格与环境的逻辑的发展,以及它们的相互关系构成的。倘要使故事的发生、发展、结局具有必然性,就非很好地刻画人物的性格、很好地描写故事主人公的性格与环境的关系不可。如果忽视了性格与性格、性格与环境的相互关系的描写,读者就无从知道故事"为什么"要这样发展而不那样发展,"为什么"要这样结局而不那样结局,这几个"为什么"如不通过形象描写给以回答,那么,这个故事不管如何曲折离奇,它仍然不会感动读者。

作品中的人物有他自己的意志,要求作者这样地或那样地写出他要做的事情,所以作者没有权利预先编好故事,叫人物出来扮演。法捷耶夫在自述他写《毁灭》的经过时说:"根据我原来的计划,美谛克结果要自杀,但开始写这一典型时,我渐渐地相信他不能以自杀告终,也不应当如此。"鲁迅先生在《〈阿Q正传〉的成因》一文中说:"《阿Q正传》作了两个月,我早想收束了,但我自己不清楚,似乎伏园不赞成,或者是倘我一收束,他会来抗议,所以将'大团圆'藏在心里,而阿Q已经渐渐向死路上走。到最末一章,伏园倘在,也许会压下,而要求阿Q多活几星期的罢,但是'会逢其适',他回去了,代庖的是何作霖君,于阿Q素无爱憎。我便将'大团圆'送去,他便登出来,待伏园回京,阿Q已经枪毙了一个多月。"其实"大团圆"不是"随便"给他的。阿Q的性格与客观环境的矛盾发展,使阿Q已一天一天走向死路,虽然孙伏园要让他多活几个星期(把故事拉长些),也不可能了。

如上所说,作者本来想把某一人物写死的,结果却不能不让他活下来;本来想把某一个人物写得多活些日子的,结果却不能不让他早死。故事是人物与环境互相作用的必然结果,作者没有权力任意拉长它或缩短它,更没有权力预先编好故事,再让人物扮演。为了容易了解,让我们举《死魂灵》中乞乞科夫与玛尼罗夫进客厅的一节为例,加以说明:

　　　　他们都站在客厅的门口,彼此互相谦逊,要别人先进门去,已经有好几分钟了。

　　　　"请呀,您不要这样客气,请呀,您先请。"乞乞科夫说。"不能的,请罢,保甫尔·伊凡诺维支,您是我的客人呀。"玛尼罗夫回答道,用手指着门。

　　　　"可是我请您不要这么费神,不行的,请请,您不要这么费神;请请,请您先一步。"乞乞科夫说。

　　　　"那不可能,请您原谅,我是不能使我的客人,一位这样体面的、有教育的绅士,走在我的后面的。"

　　　　"那里有什么教育呢!请罢请罢,还是请您先一步。"

"不成不成,请您赏光,请您先一步。"

"那又为什么呢?"

"哦哦,就是这样子!"玛尼罗夫带着和气的微笑,说。这两位朋友终于并排走进门去了,大家略略挤了一下。

这个情节是不是作者为了有趣而故意编排的呢?不是的。这是人物性格与性格、性格与环境的逻辑的发展,以及他们的互相关系构成的。乞乞科夫是一个虚伪的对谁都恭维的人物,而玛尼罗夫呢,却是个"在应酬和态度上总显出竭力收揽着对手的欢心模样"的人物。具有这种性格的人物碰在这样一个特定的环境——客厅门外,互相"谦让"至好几分钟之久,最后相持不下,终于并排"挤"进客厅,也是必然的。我们设想:假如这个客厅的门再小些,不是会比"略略挤一下"的情节更有趣吗?但果戈理并没有把这个情节写得更有趣,因为把地主的客厅的门写得再小些,就不够真实了。①

二 故事的单位——场面

故事的基础是生活中的矛盾与冲突,也就是人与人(阶级与阶级)的相互关系。在作品中被处理在某一时间、某一地点的矛盾与冲突——人物与人物的相互关系,叫做"场面"。这是构成故事的单位。例如马烽的短篇小说《一架弹花机》,可以分为三个场面:第一个场面通过新中国成立后宋师父和宝宝、和群众的关系,表现宋师父的明朗、愉快的性格;第二个场面通过宋师父和宝宝、小娥等的矛盾,表现宋师父和新事物(弹花机)的矛盾;第三个场面是矛盾的解决,宋师父终于接受了新事物(使用弹花机)。

三 故事的基本因素

生活中的矛盾与冲突不是静止的,作品中的场面也是有转换、有发展的。从场面的转换和发展中,我们可以看出故事的序幕、开端、发展、高潮和结局。序幕、开端、发展、高潮和结局,这就是被描写的矛盾与冲突在发展上的几个主要步骤,也就是构成故事的几个基本因素。

---

① 这一段参考萧殷的《论小说中的故事和人物》。

（一）序幕

描写故事发生的背景、条件，叫做序幕（或叫破题）。高尔基的《母亲》的第一章即是序幕，它描写了工人区的生活以及那产生小说中的人物性格的条件。鲁迅先生的《风波》的第一段也是序幕：

> 临河的土场上，太阳渐渐地收了他通黄的光线了。场边靠河的乌桕树叶，干巴巴的才喘过气来，几个花脚蚊子在下面哼着飞舞。面河的农家的烟突里，逐渐减少了炊烟，女人孩子们都在自己门口的土场上泼些水，放下小桌子和矮凳；人知道，这已经是晚饭时候了。
>
> 老人男人坐在矮凳上，摇着大芭蕉扇闲谈，孩子飞也似的跑，或者蹲在乌桕树下赌玩石子。女人端出乌黑的蒸干菜和松花黄的米饭，热蓬蓬冒烟。河里驶过文人的酒船，文豪见了，大发诗兴，说，"无思无虑，这真是田家乐呵！"

序幕只构成故事的背景，不能确定故事的性质，从这个例子中可以看得出来。

（二）开端

"开端"是故事的开始，它可以确定故事发展的途径和性质。伯惠尔在革命党人中出现，这就是《母亲》的开端。伯惠尔参加了革命组织，从事于和现存社会制度的斗争，往后自然是和这制度的不可避免的冲突，未来事件的性质和途径，便由此确定了。

（三）发展

从"开端"出发，循着一定的中心逐渐展开情节，叫做"发展"。故事的发展是由人物性格的发展所规定的，故事的合理发展是人物性格的合理发展的必然结果。《一架弹花机》的第二个场面，是故事的发展，而这种发展是宋师父的保守思想和宝宝的进步思想矛盾发展的必然结果。人物性格的发展有其连续性，故事的发展（场面的转换或发展）也有其连续性。安东诺夫说："如果主人公的性格表现在一个情节中，而下一个情节是不连续的，那么这篇短篇小说就会给分割成一块块：在它里面，正如编者们所说的'接缝是看得出的'。"①故

---

① 《文艺理论学习小译丛》第 3 辑之十，新文艺出版社版，第 30 页。

事的发展虽有了连续性,但如果人物的性格并没有什么发展,则故事的发展是没有真实性也没有说服力的。安东诺夫说:"要是情节是为了说明下一个事件的原因而写,而主人公这时候却在'抽烟休息',意思就是说,他并没有用新的方式来表现自己的性格——这篇短篇小说似乎是给拉长了,可是趣味是消失了;我凭自己的经验知道,编者的铅笔总是在这样的情节上面打了记号。"①当然,下一个场面应当是从上一个场面产生的,上一个场面具有说明下一个场面的原因的职能,但这仅仅是辅助的职能,每一个场面的基本职能是用这种或那种方法表现人物的性格。

故事的发展可能是单线的,也可能是复线的。《母亲》的故事发展就是复线的。故事的发展如果是复线的,那么其中必有一条主要线索,由它把其余的线索联络起来、统一起来。在《母亲》中,伯惠尔的革命活动(他参加工厂的党组织之后,把自己的家作为组织活动的"舞台",并且与城市中的上级组织保持经常的联系,读书、开会、策划革命活动、谈论人生理想、组织印刷传单的地下工厂……以至在第一次工厂工人反对厂方征收修建厂外沼地费用的斗争展开之后被捕、被审判),是故事发展的主要线索。此外,故事的发展也沿着伯惠尔母亲的经历和逐渐走向革命,沿着伯惠尔身上所发生的个人的及社会的斗争(例如他和莎霞的关系),沿着次要人物(如雷宾、维索夫希契科夫等)的活动等次要线索而进行着。但这些次要线索都和伯惠尔的革命活动有关,都是从他的革命活动中引申出来的。

(四)高潮

故事的发展接近结尾,矛盾与冲突达到极紧张、极尖锐、亟待解决的程度,叫做"高潮"(或叫焦点、顶点、最高峰)。"高潮"是性格(从而也是主题思想)发展的决定性的关键。在《一架弹花机》中,宋师父由于合作社的弹花机夺了他的生意大闹情绪,乃至做梦、装病(宋师父和新事物的矛盾尖锐化),就是故事的发展到了高潮,宋师父(小生产者)性格中保守落后的一面和新事物——用弹花机代替弹花弓——发生矛盾,并逐渐发展,直到合作社的弹花机完全夺了他的生意,而合作社方面又积极动员他学弹花机的时候,这个矛盾可以说发展到了顶点:宋师父或者是接受新事物,学习弹花机;或者是保守到底,终于拒绝新事物;二者必居其一。可见高潮是人物性格发展的关键。

---

① 《文艺理论学习小译丛》第3辑之十,新文艺出版社版,第30页。

在《母亲》中,伯惠尔组织的"五一"示威大游行,就是故事的高潮。在这次游行中,伯惠尔领导的革命群众与军警发生了激烈的冲突;而这冲突,也正是母亲尼洛娜的性格发展的决定性的关键。从此以后,她担任了党组织的工作,成为一个积极的革命者。

(五) 结局

故事的发展经过高潮,解决了矛盾,就走向"结局"。"结局"的性质是由开端、发展、高潮等所规定的。在"结局"部分,作家要写出故事发展所得到的结果。《母亲》的"结局"是革命党人暂时受到打击,被捕和流亡。《一架弹花机》的"结局"是宋师父学会弹花机,接受了新事物。

四 故事的基本因素的省略和倒置

构成故事的基本要素——序幕、开端、发展、高潮和结局,往往表现在异常分歧的形式中:有时候,其中的某些要素可以被省略;有时候,它们的次序也可以被颠倒。

短篇作品,由于"简短",往往不用"序幕"。比如鲁迅的《端午节》,是这样开头的:

> 方玄绰近来爱说"差不多"这一句话,几乎成了"口头禅"似的;而且不但说,的确也盘踞在他脑子里。他最初说的是"都一样",后来大约觉得欠稳当,便改为"差不多"一直使用到现在。

又如沙汀的《在其香居茶馆里》,是这样开头的:

> 坐在其香居茶馆里的联保主任方治国,当他看见从东头走来,嘴里照例扰嚷不休的那么吵吵的时候,他简直立刻冷了半截,觉得身子快要坐不稳了。

这都是所谓"单刀直入"或"开门见山"的方法,一来便是故事的"开端",并没有"序幕"。

构成故事的某些基本因素被倒置的例子是很多的。

在《祝福》的开始,鲁迅以故事叙述者的身份,说明他怎样会见祥林嫂,不久又听见她的死讯,因而记起她半生惨痛的历史,这就是倒叙的方法。就故事发展的步骤来说,祥林嫂的死应该是"结局",但在小说的结构上,它却是一个"开端"。又如在《死魂灵》的开始,果戈理并没有报道乞乞科夫出现之前的情况,也没有指出乞乞科夫活动的要旨究竟何在,即描写乞乞科夫的已经确定的活动:他到达省会 NN 市,开始购买死魂灵。而他的一切活动的意义,直到该书结尾的第十一章才予以阐明。这就是说,《死魂灵》的"序幕"和"开端",不在开头,而在结尾。

某些要素的被省略,固然是决定于人物,决定于作品所反映的生活;某些要素的被倒置,其意义也并不在于这被倒置的本身,而在于更有力地刻画人物性格、更充分地表现主题思想。因而在分析作品的时候,仅仅指出这些因素的位置,是没有意义的;只有把它们和人物的性格,和作品所反映的生活,并从而和作品的主题思想联系起来,才能理解到它们的作用。《祝福》的倒叙,就不单纯是一个形式问题。在《祝福》的开始,描写当鲁四老爷家中正在杀鸡宰鹅地"祝福"的时候,祥林嫂死了。这就使此后对祥林嫂的哀痛历史的叙述带上了凄惨的音调;而开头的这个倒叙和结尾部分的连绵不断的爆竹声呼应起来,又造成了笼罩全篇的一种讽刺性的凄惨氛围,有力地映衬出祥林嫂的悲剧的深刻性和封建社会的残酷悖理,从而加强了主题思想的感染力;如果用顺序的手法,从祥林嫂还很健壮的时候写起,就很难收到这样的效果。《死魂灵》的"序幕"和"开端"的倒置,也不单纯是一个形式问题,《死魂灵》的故事基础是封建农奴社会与资本主义的新兴势力之间的矛盾与斗争。果戈理在乞乞科夫身上指出了资本主义的新兴势力不但侵入了平静的、怠惰的、宗法的贵族社会,而且破坏了它,使它陷于迷惘之中。乞乞科夫,这个贪婪的,靠着贵族的愚昧和惰性而营生的"买办人",是为贵族社会所不了解的陌生人物。他的出现和活动,惊扰了那个贵族社会,这是反映了生活的真实的。如果不把"序幕"和"开端"放在故事的结尾,而放在故事的起头,一开始就说明乞乞科夫的出身、教养以及他的各种活动的用意,要有力地表现乞乞科夫惊扰贵族社会的事实及意义,将是不可能的。所以,把"序幕"和"开端"放在结尾,使读者直到最后才了解乞乞科夫的来历和他的活动用意,正是作者所采用的刻画性格、反映生活、表现主题思想的一种有效的手段。

第六章 结 构

一 结构的概念

在塑造典型性格、展开和深化主题思想的目的之下,根据人物与人物的关系及其合乎逻辑的发展,将作品的各个部分作有机而合理的安排,组织成一个"天衣无缝"的整体,叫做"结构"。结构是文学反映生活的必要条件,不管作家积累了多么重要、多么丰富的题材,但如果不把它们适当地组织起来,仍然不能很好地反映生活。任何有价值的作品,都有很完整的结构,都是依据它们所反映的实际生活的复杂性,依据作家对生活的认识而确切地组织起来的。

二 结构中的非故事的因素

有些人把作品的结构和故事的结构(序幕、开端、发展、高潮和结局的安排)混为一谈,认为故事的结构,就是整个作品的结构,这是不正确的。在抒情的作品中,可能没有故事,但不可能没有结构;在叙事的作品中,当然有故事,但也往往羼入一些非故事的因素,所以作品的结构往往大于故事的结构。

结构中的非故事的因素,可以归纳为序言、旁白和结语等数种:

(一)序言

有些作品在未揭开故事的序幕之前,有一段"序言"。例如中国的古典现实主义小说和戏曲,在开头常常有一个介绍作品内容或写作动机的"楔子",在外国文学作品和中国的新文学作品中,也有许多以序言开头的例子。荷马的史诗《序诗》,鲁迅的《狂人日记》和《阿 Q 正传》,也都有《序》。《狂人日记》的《序》是这样的:

> 某君昆仲,今隐其名,皆余昔日在中学校时良友。分隔多年,消息渐
> 阙。日前偶闻其一大病;适归故乡,迂道往访,则仅晤一人,言病者其弟

也。劳君远道来视,然已早愈,赴某地候补矣。因大笑,出示日记两册,谓可见当日病状,不妨献诸旧友。持归阅过,知所患盖"迫害狂"之类。语颇错杂无伦次,又多荒唐之言;亦不著日月,惟墨色字体不一,知非一时所书。间亦有略具联络者,今撮录一篇,以供医家研究。记中语误,一字不易;惟人名虽皆村人,不为世间所知,无伤大体,然亦悉易去。至于书名,则本人愈后所题,不复改也。七年四月二日识。

(二)旁白

在作品中间的适当场合插入一些故事以外的抒情语或补充语,叫做"旁白"或"插入语","旁白"虽是故事以外的插入语,但它的含意必须和故事内在的要求具有密切的关系。这样,它才能加强故事的效果,帮助读者更深刻地理解故事的意义。在巴巴耶夫斯基的《金星英雄》中,就有很出色的"旁白"。例如在谢尔格依要去看古班河之前,作者先插入一小段抒情描写:

> ……喧嚣吧,骄傲吧,古班河! 当人们还在默默地掘土的时候,当和你并排躺着的还是浅浅的窄窄的流水的时候,当你的去路还没有被挡住的时候,沿着你的老路奔驰吧! 但是这里很快很快就要筑起堤堰,把你的水位提高,你就要沿着新的河道行进了。看,那就是你的新路,它在雪上发着黑色,掘土的人们聚集在那里!

又如当谢尔格依和伊林娜在月色中走上古班河畔的一座山冈时,作者紧接着插入一段旁白:

> 我知道我们有这样的读者:把书页翻了又翻,已经跑到后边去了。他们不管古班河涨水时发着怎样的光亮,雨后的草呈现着什么样的色彩这类事的。他们愿意很快地知道山岗上出了什么事……这里任何琐细事物都不应放过,要是谢尔格依开始向伊林娜表示爱意,——这是十分可能的,——那么,一定要把这个时候的情节全部详尽地写出来……

(三)结语

作家在写完故事的结局之后,也往往写一段结束语。在结束语中,常常直接地表达着作者的思想、感情或希望。例如在《阿Q正传》的最后，鲁迅用两小段文字叙述了阿Q被枪毙之后的影响和舆论：

> 至于当时的影响，最大的倒反在举人老爷，因为终于没有追赃，他全家都号啕了。其次是赵府，非特秀才因为上城去报官，被不好的革命党剪了辫子，而且又破费了二十千的赏钱，所以全家也号啕了。从这一天以来，他们便渐渐的都发生了遗老的气味。

> 至于舆论，在未庄是无异议，自然都说阿Q坏，被枪毙便是他坏的证据；不坏又何至于被枪毙呢？而城里的舆论却不佳，他们多半不满足，以为枪毙并无杀头这般好看；而且那是怎样的一个可笑的死囚呵，游了那么久的街，竟没有唱一句戏：他们白跟一趟了。

又如在《死魂灵》的最后，果戈理用抒情的语言，说出了自己的理想和对于祖国的美好前途的憧憬：

> 你不是也在飞跑，俄国呵，好象大胆的，总是追不着的三驾马车吗？地面在你底下扬尘；桥在发吼。一切都留在你后面了，远远地留在你后面。被上帝的奇迹所震悚似的，吃惊的旁观者站了下来，这是出自云间的闪电吗？这令人恐怖的动作，是什么意义？而且在这世所未见的马里，是蓄着怎样不可思议的力量呢？唉唉，你们马呵！你们神奇的马呵！有旋风住在你们的鬃毛上面吗？在每条血管里，都颤动着一只留神的耳朵吗？你们倾听了头上的心爱的，熟识的歌，现在就一致的挺出你们的黄铜胸脯的吗？你们几乎蹄不点地，把身子伸成一线，飞过空中，狂奔而去，简直象是得了神助！……俄国呵，你奔到那里去，给一个回答罢！你一声也不响。奇妙的响着铃子的歌，好象被风所搅碎似的，空气在咆哮，在凝结；超过了凡在地上生活和动弹的一切，涌过去了；所有别的国度和国民，都对你退避，闪在一旁，让给你道路。

序言、旁白、结语等等，虽然是故事以外的因素，但必须和故事本身取得密切的联系，不然，就会变成多余的东西。

三　结构对于体裁的从属性

我们在前面指出：所谓"结构"，是在表现主题思想的目的之下将作品的各个部分作有机而合理的安排，组成一个"天衣无缝"的整体，这不过是笼统的说法。必须补充说明：结构对于体裁，是有其从属性的。不同的文学体裁，有不同的结构方法。这在后面讲文学种类的时候，还要讨论。大体说来，在抒情诗中，不描写或不着重描写客观事件的矛盾的发展和解决（外在的情节），而着重描写抒情主人公被客观事件激起的思想情绪的矛盾的发展和解决（内在的情节），它不会有过多的人物和事件的叙述和描写，因而它也没有复杂的结构。在剧本中，只有人物的语言而没有叙述人的语言，故事的发展完全依靠人物的语言和行动，依靠场面的转换和发展。因而结构剧本更注意人物语言和行动的驾驭，更注意场面的展开、转换和发展的处理。在小说中，有叙述人的语言。小说中的人物和事件都是叙述人从他的观点、用他的语言叙述出来、组织起来的。短篇小说和长篇小说在结构上也各有特点：长篇小说的容量很大，因而联系人物，表现人物相互关系的演进——即故事，就更为重要；短篇小说容量较小，因而不像长篇小说那样侧重故事的纵的演进，而侧重于故事的横的展开。

四　结构的要点

结构对于体裁是有其从属性的，因而要一般地说明结构的方法，就不大可能。现在只谈几个结构的要点。

（一）一切为了表现主题思想

一篇作品的所有构成部分——人物、故事、环境等等，都是根据主题思想的需要组织起来的，它们都为展开那统一的、基本的主题思想而服务。所以，结构不仅从属于体裁，而且从属于主题思想。不同的主题思想要求不同的结构，离开主题思想的需要而谈结构的方法和技术，就会掉进形式主义的泥坑。如茅盾同志所说："作品的结构和人物的描写本身就是思想的表现。离开思想内容，只依靠技术，是不能表达什么的。因此我们必须坚决反对资产阶级那种纯技术观点和形式主义。"①但内容决定形式，形式也反作用于内容，内容和形式是彼此联结而不可分割的。形式必须是某种内容的形式，否则便是不可思议的；内容若是存在的话，必须有确定它的外形的形式，否则便不可能出现。

---

① 茅盾：《新的现实和新的任务》，载《人民文学》1953 年 11 月号。

黑格尔说道:"我们可以说,《伊利亚特》的内容是特洛伊战争……这说出了一切,但同时也什么都没有说出,因为《伊利亚特》之所以为《伊利亚特》,是由于表现它内容的形式。"这说明了形式的重要性。如果为了反对形式主义而轻视形式,就等于因噎废食。为了更有力地表现主题思想,必须精心地结构作品。茅盾同志指出:"在我们目前的创作中,对于技巧问题的注意是太不够了。结构的混乱和松懈……成为相当普遍的现象,许多很好的题材,往往因此而损害了。"他以为要避免结构的混乱和松懈,必须注意"剪裁"。他说:

> 一篇作品应当是一个完整的有机体。这就是说,作品的人物、情节的描写,都不是可以随便增删的。也就是说,作家在处理人物、情节、环境描写等等的时候,应当精心计划,该有的就必须有,该去的就必须去,该长的就必须长,该短的就必须短。这样的工作,叫做"剪裁",是写作中一个重要问题。①

结构的混乱和松懈,的确是未加"剪裁"之故。但"剪裁"也得有个标准,什么是"剪裁"的标准呢?不用说就是主题思想。一篇作品的结构是决定于主题的发展形态的。材料的组织与剪裁,都应以表现主题为目的。一切与主题无关的东西——不管是多么生动的人物,多么美丽的场景,多么有趣的情节,都应该毫不吝惜地删掉。所有成功的作家,都是这样做的。西蒙诺夫曾说:

> 在我的小说中有这样一段情节:沙布洛夫的一个士兵是间谍,并且,我觉得我描写的很有趣……后来他打伤了沙布洛夫,而最后发觉了他……但是后来我想了一想,这个间谍对于主题任何意义都没有……于是我将这一点也删掉了。②

老舍的剧本《春华秋实》改写过十次。他在改写中体会到:狠心地删改是必要的。必须"抓紧主题","狠心地删去一切不必要的东西"。他说:"在前九稿里,每一稿都有些相当好的戏和漂亮的对话。可是,第十稿并非前九稿中所

----

① 茅盾:《新的现实和新的任务》,载《人民文学》1953 年 11 月号。

② 刘白羽:《西蒙诺夫谈〈日日夜夜〉的创作》。

有的好戏与漂亮话的堆积。不管前九稿中有多么好的戏与对话,用不到第十稿中去的就一概抛弃,毫不留情。勉强留下来的情节与对话会变成作品的疮疗。好药也许有毒,假若用在了错地方。"①

删去一切与主题无关的东西,使每一人物、每一事件,甚至每一细节,都为表现主题思想而服务,这是结构作品的一个要点。法捷耶夫说得好:

> 在我们的散文作品中,常常可以看见并不应有的松懈,这就是说明作者没有注意他的作品的各个方面应当服从主要目的、主要思想的表现。直到现在还有很多人有这样想法:我见得很多,搜集了许多材料,现在只要把这一切随便凑一下写出来就行了。岂不知道是一个大错。不论在长篇小说、短篇小说里面,特别是在戏剧中——我们不论涉及主人公的私生活的各个侧面也好,插进一个补充的,甚至是第十等的人物也好,——我们都应抱着一定的目的去做,应完全清楚的想象到,用这个事件或这个人物将要表现主要思想的那一侧面。不然的话,把无数记不清的人物填进去,只能使情节松懈而已。②

(二)抓住主要矛盾

我们说一切为了表现主题,是因为作品的结构决定于主题的发展形态。为什么说作品的结构决定于主题的发展形态呢?这只要联系我们在"主题"一节中所谈的道理就会明白。我们在"主题"一节中说过主题是作品中所反映的矛盾,可见主题的发展形态,就是矛盾的发展形态。结构作品,就是正确地处理矛盾发展的形态。我们在"主题"一节中也说过假如作品中所反映的不止一种矛盾,就要分清主从,使反映次要矛盾的小主题从属于反映并解决主要矛盾的基本主题。可见要正确地处理矛盾的发展形态,首先要抓住主要矛盾,才能正确地处理被主要矛盾所规定、所影响的其他矛盾。试以《太阳照在桑干河上》的结构为例,来说明这个道理。

《太阳照在桑干河上》是写土地改革的作品。在土地改革之前,农村中存在着贫雇农与地主、中农与地主、中农与富农、富农与地主、富农与贫雇农相互

---

① 老舍:《我怎么写的〈春华秋实〉剧本》,载《剧本》1953 年 5 月号。

② 法捷耶夫:《论作家的劳动》,见《作家与生活》,文艺翻译出版社版,第 16 页。

间的错综复杂的矛盾。而贫雇农与地主之间的矛盾，是主要的矛盾。土地改革首先要解决的就是这个主要矛盾，写土地改革的作品首先要反映的也就不能不是这个主要矛盾。如果不深刻地理解这个主要矛盾两方面的内容和实质，不把这个主要矛盾作为结构作品的主干，则那些次要的、从属的矛盾就无所附丽，因而也就不可能把各种矛盾的复杂关系通过人与人的复杂关系综合成一幅具体的人生图画。

《太阳照在桑干河上》的结构是用五条线索交织而成的，活动在第一条线索上的人物是富裕中农顾涌和富农兼小商人胡泰；活动在第二条线索上的是恶霸地主钱文贵、地主江世荣、地主李子俊和他的老婆、地主阶级的狗腿子小学教员任国忠等；活动在第三条线索上的是区委会派下来的土地改革工作组；活动在第四条线索上的是张裕民、程仁、赵得禄、张正国、董桂花等一群村干部及与村干部相联系的许多农民；活动在第五条线索上的是县委会的宣传部长章品。但非常明显，作者是根据土地改革中农村阶级斗争的实际情况，把第二和第四条线索作为主要线索来结构作品的。第二条线索（地主）和第四条线索（农民群众和村干部），这是代表农村中主要矛盾的两个方面。第三条线索（工作组）和第五条线索（宣传部长），是作为领导斗争的力量而处理的，它从属于第四条线索。第一条线索（富农和富裕中农）是为了显示恶霸地主与富农、富裕中农之间的复杂关系而展开的，它从属于第二条线索。所以，这部作品虽然是由五条线索组织成的，但组织作品的干线则是第二和第四条线索——即主要矛盾的两个方面。

抓住主要矛盾，这的确是结构作品的一个要点。王朝闻在论连环画的结构时曾说：

> 吸引读者的旧连续画的故事性如何？我没有研究过。但按照读小说和看戏的经验，至少可以证明一切小矛盾必须服从大矛盾，一切次要的纠葛必须围绕着中心问题。没有小问题，故事会平板单调，但小问题不集中于大问题，就会芜杂而不单纯。不论是突如其来的开门见山也好，不论是渐进的千里来龙也好，故事一开场就必须提出问题。事件发展中可以奇峰突起，但一切变化都要与中心关联；可以"欲擒故纵"以宽放求紧密，但总不宜远离中心线索而要趋向一定的结局。几个事件可以并行发展，但并行中总要有主从，不可因此而失却线索的单纯。不论多么强调偶然性

的插曲,也不能中断故事的线索。一切变化为了使中心主题更有力的说服读者,不能把芜杂与丰富混淆。①

这段话虽然是针对连环画的结构说的,但所谈的道理,则是从"读小说和看戏的经验"中总结出来的,因而也适用于文学作品的结构。次要矛盾服从主要矛盾,换句话说,也就是小主题服从基本主题。结构的目的,就是有力地表现基本主题。法捷耶夫说:

> ……最后,在作家面前还摆着一件可以说最大的复杂任务:必须把全部已有的、往往是巨大的材料组织成一个统一的整体。面临许多事实、事件、思想,其中有些思想是好的和大的。但要想使这一切都有声有色,对于达到既定目的有所帮助,需要找到匀称的配合比例,需要确切的知道什么是比较重要的,什么是并不十分重要的;什么地方要抓得紧些,什么地方要放得轻些。托尔斯泰把这个称为文学作品中"总体"与"枝节"的结合,"总体"的意思是指概括,"枝节"——指具体的细节。在他看来,组织材料是最困难的任务:有时细节会使作家离开主题,有时相反,主要的东西没有体现到必要的形式中,并且在事件和形象的全部逻辑没有准备好的时候,就过早地从笔尖滑了出来。在这种情形下,还没有得出必然结论的读者就不可能感受这主要的东西,他会漠然的忽略过去的。②

这里所说的"主要的东西",就是基本主题。在结构作品的时候,必须分清主、从、轻、重,把"总体"和"枝节"很好地结合起来,才能有力地表现基本主题。

(三)突出重要人物

抓紧主要矛盾,把"总体"和"枝节"很好地结合起来,才能有力地表现主题思想,这是完全正确的。但必须进一步说明:文学作品是通过人与人(阶级与阶级)的矛盾与斗争反映社会的(阶级的)矛盾与斗争的,因而要抓紧主要矛盾,就得突出地描写重要人物。在《太阳照在桑干河上》这部小说中有很多

---

① 王朝闻:《新艺术创作论》,新华书店版,第208页。
② 法捷耶夫:《论作家的劳动》,见《作家与生活》,文艺翻译出版社版,第14—15页。

人物,但作者着重描写的是站在主要矛盾两方面的重要人物。在地主阶级一方面,作者大力地刻画了恶霸地主钱文贵的形象。因为钱文贵是地主阶级的代表,是农民要斗争的主要对象。其他几个地主,如江世荣、李子俊,特别是李子俊的老婆,虽然都写得很成功,但都由于或和钱文贵相勾结,或和钱文贵相矛盾而显得重要;至于小学教员任国忠,虽然作为一个独立的人物看,也写得很生动,但他主要是为了展开钱文贵这个具有政治阴谋的恶霸地主的性格及其活动而创造的。这就是说,作者并没有平均主义地描写这些反派人物,而是突出地描写了他们中间的主要人物。其他几个人物,对于钱文贵来说,都是处于次要的、从属的地位的。

我们已经说过,矛盾的两方面中,必有一方面是主要的,另一方面是次要的。在主要矛盾的两方面中,更应该着重描写站在主要方面的人物。(我们说应该着重描写站在主要方面的人物,是因为有些作品中把反面人物写得很突出、很生动,却把正面人物写得软弱无力才这样说的。这样说并不意味着不应该着重描写站在次要方面的人物。因为站在主要方面的人物是解决矛盾的主人,这样的人物是在解决矛盾,夺取其敌人一向占于主要方面的地位的激烈斗争中成长起来的,把敌人的顽强斗争,敌人的阶级性格、阶级仇恨、阶级阴谋等等写得愈显明,就可以把终于在斗争中取得胜利的正面人物的性格写得愈突出、愈生动。)在《太阳照在桑干河上》中,作者生动地描写了所有村干部以及和他们相联系的许多农民。谁都知道,这部作品是以写农民为主题的。但在农民这一方面,作者也并没有平均主义地描写所有农民,而是更着重地描写了几个农民干部和几个农民群众中的积极分子,如张裕民、程仁、赵得禄、张正国、李昌、董桂花、周月英等等。

资产阶级社会的基本精神是个人主义,因此,资产阶级文学是将个人利益、将个人的关系提在前面的。无产阶级社会的基本精神是集体主义,因此,无产阶级文学是将社会利益、将巨大的社会的错综关系提在前面的。在我们的社会中,个人与群众的联系越来越密切了。我们很难设想还会出现只有两三个人物的作品,——"他"和"她",或是那种为人熟知的三角关系。因为"他"和"她",以及任何的第三者跟社会上其余的人们都有着重要的关系,而这些关系决定着他们的性格与行动。要把他们从所处的环境隔离开来的任何企图都将会把他们造成片面的和不完整的形象,都将会歪曲了生活的真实。但一篇作品有一定的容量,决不能把所有的人们都包括进来;也不能把所有放

进作品的人物都加以突出的描写。所以分清轻重主从,突出地描写重要人物,是结构作品的要点之一。法捷耶夫说:

> ……由于我们生活的特点,现在这个工作(指结构作品)的复杂性更增加了:大量的人物被吸引到事件中;一个人与其他许多人发生最多样性的联系。在这些联系之外来表现这个人是困难的。如果你写一个工厂委员会的主席,那么他就会把那些与他有联系的党支书、厂长、普通工人——大队人马拖了进来。但在这儿重要的就是不要弄得松散,不要太注意次要的而损害了主要的。作品好比一所房屋:住得太满是很危险的。当然,也不可能在过满的屋子里把所有的人都安排得能够得到充分的描写。这么一来,就会出现一些只有姓名的人物,失去了任何的个性,更不用说典型性了。这也是不善于结合“总体”和“枝节”的结果。①

法捷耶夫的这段话非常正确、非常重要。《春华秋实》的创作实践就证明了它的正确性和重要性。老舍在《我怎么写的〈春华秋实〉剧本》一文中曾说:

> 戏剧不是平平地叙述事实。假如以叙述为主,一切事实就都可以放进去;结果是哪件事都可有可无,不会有戏剧性。第八、九两稿就吃了这个亏:讲到团结工人,就有三场戏;讲到不法资本家,就有好几位,各要一套花样。这就犯了不分轻重宾主,有闻必录的毛病。为矫正此弊,第十稿只很简单地交代了工人的团结和如何争取高级职员。资本家也以一人为主,别人都听他的指挥。这就简练集中了。假若写得好,斗争一个资本家,也就是斗争一百个资本家,不必在一出戏里,东斗一个西斗一个;把“百家姓”都斗完了,并不见得成为好戏。……这个剧本中的人物很多,有话可说的就有二十四个。在八、九两稿里,对待人物取了平均主义,唯恐冷淡了任何人。于是,全剧的组织就零散琐碎;人物出来进去,不过是些“过场戏”。第十稿取了不同的态度,重要的人物戏多,次要的人物戏少,甚至没有戏。这样,主题才能通过重要人物继续发展,不至于被次要的情节给搅乱。起初,我想尽量的“裁员”,可是只能由二十七八个减到二十四

---

① 法捷耶夫:《论作家的劳动》,见《作家与生活》,文艺翻译出版社版,第16—17页。

个,不能再少。资本家既要施行有组织的进攻,既要攻守同盟,就不能只出现一两个人;为了表现工人有组织地积极参加"五反",也不能只出现一两个人;检查组是代表政府的,也不能太寒酸。这样,全剧用二十四人(只算有戏词的)实在不算多。二十四个人可不能人人有戏——一出戏不能演八个钟头。好,没戏的就没戏吧。主要人物老有戏一定比教次要人物喧宾夺主强。这个主意拿定就减去了许多过场戏,举个例说:在第八、九两稿里,为了人人有戏,描写了检查组工作人员和工人怎样在一块儿画漫画、贴标语,连怎样打浆糊也没忘下。可是,后来细想了想,这有多么大的用处呢? 有什么戏剧效果呢? 不错,它确是能够烘托出一点运动中的生活来;可是,工人们和检查组都忙着画图、贴标语、打浆糊,并不足以有力的表现出他们的斗争力量,而且,处理得不好,倒减少了力量。这是因人设事,好教没机会说话的角色说几句话。这种场面很容易写,而容易写的也就往往是败笔。一个伟大的天才作家可以用许多场面表现生活的多方面,而还能产生总的戏剧效果。没有多少天才的人,象我自己,就顶好不冒险去铺张。抱定了主题,集中力量去写,还是保险的办法。[1]

---

[1] 老舍:《我怎么写的〈春华秋实〉剧本》,载《剧本》1953 年 5 月号。

第七章 文学语言

一 语言是文学的材料

文学之所以区别于其他艺术,在于它用以创造形象的材料和其他艺术用以创造形象的材料有所不同:音乐用音响、旋律等创造形象;绘画用线条、色彩等创造形象;舞蹈用动作、姿态等创造形象;雕刻和建筑用木石、铜铁等创造形象……文学则用语言创造形象。所以,高尔基说:"文学的根本材料是语言——是给我们的一切印象、感情、思想等以形态的语言。文学是借语言来作雕塑描写的艺术。"①又说:"文学的第一要素是语言。它和文学的根本工具——生活现象的事实——同为文学的材料。"②

二 文学语言的概念

文学有广义、狭义的分别,因而文学语言也有广义、狭义的分别。广义的文学,包括各种文章:如诗歌、小说、剧本、散文、科学著作、政治论文以及报章杂志上的各种文章……狭义的文学,只包括诗歌、小说、剧本、散文。广义的文学语言,即指各种文章所用的语言;狭义的文学语言,即指诗歌、小说、剧本、散文所用的语言。苏联的文学家把广义的文学语言叫文学语言,把狭义的文学语言叫艺术语言。我们所讲的文学是狭义的文学,因而我们所讲的文学语言也是狭义的文学语言,即艺术语言。

文学语言是加过工的人民语言,但并不限于书面语言,因为它不跟口头语言对立。凡是加过工的人民语言,写在书面上固然叫文学语言,用嘴说出来也叫文学语言。高尔基说:"语言是由人民创造出来的,我们把语言分为文学的

---

① 周扬编:《马克思主义与文艺》,第99—100页。
② 周扬编:《马克思主义与文艺》,第116页。

语言和人民的语言,这只是说语言中有'未经加工'的语言,和由巨匠们加工改造过的语言。"①这就是说,人民的语言是文学语言的原料,没有原料是不行的;但原料究竟是原料,文学家必须从这种原料中提炼出最精粹的东西,才能用以塑造出明朗的艺术形象。

三　怎样提炼文学语言

文学语言既然是从人民语言中加工提炼出来的,那么,怎样提炼呢?

怎样提炼文学语言,这是一个很复杂的问题,但简单地说:提炼文学语言的原则,决定于文学创作对于语言的要求。现在,我们就根据文学创作对于语言的要求来谈一谈提炼文学语言的原则。

(一)根据文学创作对于语言的基本要求,提炼文学语言

一切用语言表达思想的思想形式(各种文章),对于语言都有着共同的要求:有效地表达思想。文学也是一样。

语言是一种有效地表达思想的工具,斯大林说:"不论人的头脑中会产生什么样的思想,它只有在语言的材料底基础上、在语言的术语和词句的基础上才能产生和存在。完全没有语言的材料和完全没有语言的'自然物质'的赤裸裸的思想,是不存在的。'语言是思想底直接现实'(马克思)。思想底真实性是表现在语言之中,只有唯心主义者才能谈到与语言底'自然物质'不相联系的思维,才能谈到没有语言的思维。"②又说:"语言是工具、武器,人们利用它来互相交际,交流思想,达到互相了解。"③

语言是一种有效地表达思想的武器,这就决定了不同阶级对于它的不同态度。例如反动的资产阶级,正努力使它变得迟钝,以阻止革命思想的交流;④革命的无产阶级,正努力把它磨得锐利,以加速革命思想的传播。

———————————

① 高尔基:《怎样学习写作》,戈宝权译,三联书店版。

② 斯大林:《马克思主义与语言学问题》,解放社版,第44页。

③ 斯大林:《马克思主义与语言学问题》,解放社版,第22页。

④ 作为现代资产阶级思想在世界主义方面的最新发现之一的所谓语义美学,宣称语言是声音和符号的任意结合,没有任何民族特性。宣称任何单字如"美"、"丑"等等,只不过是一些空洞的符号,其本身不反映任何东西。这种"理论"的反动性非常明显:比如把"美"和"丑"说成不反映任何东西的空洞符号,是企图使人民相信为争取美好的事物(和平、民族独立、人民民主和社会主义)和为反对丑恶的事物(资本主义的剥削、帝国主义的侵略)而斗争,是没有任何意义的。

要把这种武器磨得锐利,具体的办法,就是要加强语言的正确性、纯洁性、精练性、多样性和普遍性。

1. 正确性

一九五一年六月六日,《人民日报》发出《正确地使用祖国的语言》的号召:"正确地运用语言来表现思想。在今天,在共产党所领导的各项工作中具有重大的政治意义……党的组织和政府机关的每一个文件,每一个报告,每一种报纸,每一种出版物,都是为了向群众宣传真理、指示任务和方法而存在的。它们在群众中影响极大,因此必须使任何文件、报告、报纸和出版物都能用正确的语言来表现思想,使思想为群众所正确地掌握,才能产生正确的物质力量。"①

要加强语言的正确性,必须选择最适当的词,组织最适当的句子。要选择最适当的词,组织最适当的句子,必须具备语法的知识;但仅仅具备语法的知识,还是不够的;对于文学家来说,更重要的是必须具备生活的知识,掌握客观事物的规律。高尔基曾从一个"初学写作者"给他的信中摘出这样一个句子:"于是我走开了,象一只挨了打、被开水烫了的狗一样地走开了。"评论道:"关于狗的话写得很不好。假如挨了打,它不是走开,而是跑开,它决不会等着再挨烫;假如是已经挨了烫,它也决不会等着再挨打。"②又从另一个人给他的信中摘出这样一个句子:"我在您耳边大声对您说……"评论道:"在我看来,这句话是笨拙的:如果凑近耳边讲,干么要大声讲呢?我不是一个聋子呀。"③被高尔基指摘的这两个句子之所以不正确,是由于它们不符合客观事物的规律。巴甫洛夫研究人类的高级神经活动,把语言叫做信号的信号。前一个"信号"指客观事物,后一个"信号"指语言。客观事物之所以被称为信号,是由于客观事物可以引起我们的反应;语言之所以被称为信号的信号,是因为反映客观事物的语言,也可以引起我们的反应。那么,只有当语言正确地反映了客观事物的时候——即只有当语言所引起的反应和它反映的客观事物本身所引起的反应完全一样的时候,才具有高度的正确性。

文学家要使自己的语言正确地反映客观事物,必须付出巨大的劳力。毛

------

① 1951 年 6 月 6 日《人民日报》社论:《正确地使用祖国的语言,为语言的纯洁和健康而斗争》。

② 转引自林诺卜尔所作的《语言和性格》一文,载《文艺报》1953 年第 24 号。

③ 高尔基:《论文学》,载《人民文学》1953 年 7、8 月号。

主席教导说:"我看重要的文章不妨看它十多遍,认真地加以删改,然后发表。文章是客观事物的反映,而事物是曲折复杂的,必须反复研究,才能反映恰当;在这里粗心大意,就是不懂得做文章的起码知识。"①

概括地说,争取语言的正确性,就是争取语言与现实的紧密结合。如列夫·托尔斯泰所说:"每一件事物和每一个动作,都有一个名字,而且只有一个名字。"文学家在描写每一件事物和每一个动作的时候,必须寻找每一件事物和每一个动作的唯一的名字。

2. 纯洁性

文学家不仅要争取语言的高度正确性,而且也要争取语言的高度纯洁性。

针对目前的情况,我们要争取文学语言的纯洁性,首先要克服原封不动地搬用社会生活中的一些不纯洁的语言的倾向和滥用歇后语的倾向。

在社会生活中本来有一些不纯洁的语言。在这些不纯洁的语言之中,最不纯洁的是骂人语言。文学家把这些语言原封不动地搬到作品中,就损害了文学语言的纯洁性。尼·奥斯特洛夫斯基说:

> 人们会说,作家必须说自己的主人公的真正的语言。如果所描写的主人公说的是,就说吧,盗贼的行话,那么这并非作者的过错。——不这样写,就是歪曲了真实,但是我以为,我们不能采取摄影的办法。
>
> 真正的艺术家可以寻找出无穷无尽的真实的、生动的、使人难忘的形象和图画,在多方面反映出我国的过去以及现在的实际生活,但同时却不损害我们十分响亮的、优美的、丰富的俄罗斯语言。什么还能比苦心琢磨出来的恶骂更讨厌的吗?我们大家谁听见骂妈(这个沙皇俄国的"国粹"),不觉得象受了鞭打一样呢?但是这种"妈的"有时还被某些文字制造家用心的制造出来,然后就完全被努力求知识的青年所吞食下去。
>
> 列夫·托尔斯泰在自己的小说《复活》里描写了沙皇俄国的监狱及其全部黑暗和丑恶,描写了妓女、窃贼。——没有恶骂,然而却是何等明显,何等准确地描写了这些人物。因此,问题不在于用字,而在于技巧。……②

---

① 毛泽东:《反对党八股》,见《毛泽东选集》第3卷,第865页。
② 尼·奥斯特洛夫斯基:《争取语言的纯洁》,载《文艺报》第3卷第12期。

尼·奥斯特洛夫斯基的这些话虽然是对苏联作家说的,但对于我们也完全适用。那些污秽的骂人的语言,是旧社会遗留下来的语言垃圾,我们必须像在所有其他方面坚决彻底地清除旧社会遗留的垃圾一样,坚决彻底地清除这些旧社会遗留的污秽的语言垃圾,而不能把它们和优秀的文学财富一起,当做遗产留给和旧社会的一切污毒完全绝缘的下一代。

另外,在我们的民族语言中,有许多"歇后语"。"歇后语"的起源很早,在陶渊明的诗中,就有以"友于"代"兄弟"的例子。① "友于兄弟"是个成语(见《书经·君陈篇》),从这个成语中"歇"掉"后"面的"兄弟"二字,只用前面的"友于"二字以代"兄弟",这是正规的歇后语。后来又演变出一种利用谐声关系的变格的歇后语,如"猪头三——牲(生)"、"胡里胡——涂(赌)"、"乡下人不识桂圆——外黄(外行)"等等。这两种歇后语比较少。最常见的是"泥菩萨过江——自身难保"一类。这类歇后语是先设比喻,后作解答,用时把譬喻和解答都说(写)出来。严格地说,这已不合歇后语的规格,不过现在都把这叫做歇后语。所有这几类歇后语,都带有语言游戏的性质,所以只能构成文学语言的材料,却不能算文学语言。在歇后语中,有很精彩的,所以在必要的时候,也可以选用,但也有带着封建意识的、带着庸俗趣味的或并不精彩的,所以不应该滥用。在我们的文学创作中,滥用歇后语的倾向还没有完全克服。例如在《三千里江山》中,就有许多并不精彩的歇后语,像"真是冻豆腐,难拌(办)","我又不是盐店掌柜的,谁当咸(闲)人","我看你是贾家姑娘嫁贾家,贾(假)门贾氏"等等,既没有表现出丰富的思想,也不符合武震、吴天宝等人物的口吻,这有什么必要呢?

3. 精练性

和语言的正确性、纯洁性不可分的是语言的精练性。

语言的精练性,是指用经济的语言表现丰富的生活、丰富的思想。我们在使用语言的时候,必须排除语言的杂质,把最精粹的东西压缩、集中,凝成发光的结晶体。这种发光的结晶体,就是我们所说的最"精练"的语言,也即是阿·托尔斯泰所说的"金刚钻的语言"。

使用最精练的语言,对于文学创作有着非常重大的意义。车尔尼雪夫斯基说:

---

① 陶渊明:《庚子岁从都还》:"一欣侍温颜,再喜见友于。"

艺术性就在于每个字句都不仅要用得恰当，而且它还应该是必须的，不可避免的。要尽量少用字，没有简练，就没有艺术性……用五页或十页来描写人的面孔，使人知道他的所有特征，这是最无能的小说家才会做的事。不，只有当你只用五行字就在读者想象中唤起对一件事物的同样完整的印象时，你才是艺术家。①

那么，怎样才能使语言精练呢？

第一，要选择最精练的词汇。

生活中本来有许多最精练地表现特定生活、特定思想的词汇，我们必须选择这种词汇。比如当我们要说"胡须"的时候，假如不知道"胡须"这个词，就势必说成"丛生在嘴上嘴下的毛"。当我们要说"她把饭碗搡在她丈夫面前"的时候，假如不知道"搡"这个词，就势必说成"她生气地、用力地把饭碗推到她丈夫面前"。

第二，要删去繁复重叠的部分。

文章不是一下子就能写得精练的，必须反复推敲，删去纵然没有而仍无损于文章的正确性和明了性的一切词句。所有的文学大师们，都是这样做的。比如鲁迅先生，他"写完后至少看两遍，竭力将可有可无的字、句、段删去，毫不可惜。宁可将可作小说的材料缩成速写，决不将速写材料拉成小说"②。

我们初学写作的人，最容易犯语言拖沓的毛病。比如在学生的习作中，就可以找出这样的句子：

开会的人真多呀！真是人山人海，黑鸦鸦的一片，数也数不清，大概总有几万人。

一个党员只要他一脱离群众，那么毫无疑问，他一定会和群众丧失了密切的联系。

三反运动——反贪污、反浪费、反官僚主义的运动，在我校已轰轰烈烈地大张旗鼓地展开了这一运动。

---

① 《车尔尼雪夫斯基论作家的技巧》，载《文艺报》1953 年 15 号。

② 鲁迅：《答北斗杂志社问》，见《鲁迅全集》第 4 卷《二心集》。

在第一例中，五个部分全是写人多，真是"叠床架屋"。在第二例中，后两部分是废话。在第三例中，三个"运动"重复，"轰轰烈烈"和"大张旗鼓"，也可以只用一个。

毛主席把"空话连篇、言之无物"当做"党八股"的第一条罪状。他说："我们有些同志喜欢写长文章，但是没有什么内容，真是'懒婆娘裹脚，又臭又长'。为什么一定要写得那么长，又那么空空洞洞的呢？只有一种解释，就是不要群众看。因为长而且空，群众见了就摇头，那里还肯看下去呢？……我们应该禁绝一切空话。但是主要的和首要的任务，是把那些又长又臭的懒婆娘的裹脚，赶快掷到垃圾桶里去。"①

当然，对语言的精练性是不应该作教条主义的理解的。如果把语言的精练性看成无原则的节约文字，那就错了。第一，精练性是和明了性结合在一起的；简而不明，就不算精练。欧阳修和宋祁同修《新唐书》，一味地节约文字，以致叙事不够明畅，曾引起后人的批评，这是得不偿失的。第二，精练性也是和生动性结合在一起的，且看下面这首脍炙人口的古诗：

江南可采莲，

莲叶何田田！

鱼戏莲叶间：

鱼戏莲叶东，

鱼戏莲叶西，

鱼戏莲叶南，

鱼戏莲叶北。

如果仅仅为了文字的节约，把后面五句合成一句，那就不成诗了。鲁迅的《秋夜》也可以作为例子。它的开头是这样的："在我的后园，可以看见墙外有两株树，一株是枣树，还有一株也是枣树"。如果把它缩成"在我的后园，可以看见墙外有两株枣树"，那就索然无味了。第三，文学语言还要服从人物个性的表现，假如某个人物的语言特征是：拖沓、噜苏，那么，作者就有权还他个本来面目。元人武汉臣的杂剧《散家财天赐老生儿》中的刘从善，说话总是重三

---

① 毛泽东：《反对党八股》，见《毛泽东选集》第3卷，第855页。

复四;而他的个性,他的心情,正好从那重三复四的语言中表现了出来。如果有人因此说武汉臣不懂得语言的精练性,那是好笑的。

4. 多样性

语言正确了,纯洁了,精练了,但如果词汇贫乏,句法缺少变化,其作品必然"只有死板板的几条筋,象瘪三一样,瘦得难看"[1]。这样的作品,自然枯燥乏味,没有强烈的吸引力。所以,语言的多样性是非常重要的。

怎样才能加强语言的多样性呢?

第一,要掌握丰富的词汇。

要丰富自己的词汇,除了向人民、向文学作品吸取词汇之外,还应该研究造词的方法,以便铸造新词。托尔斯泰就是这样做的。他一方面贪婪地学习,掌握基本的、活了数世纪的俄国语言的词汇;另一方面也研究词汇的来源,从而推断它是怎样丰富起来并且怎样继续丰富的。

有了丰富的词汇,就可以加强语言的多样性。比如只掌握了"说"这个词,而没有掌握"说"的许多同义词,那么,一旦遇到要插入人物对话的地方,就只能无限制地反复着"他说"和"他又说",这多么单调!但如果掌握了"说"的许多同义词,就可以克服这个缺点。例如第一次用了"他说",以后就可用"他讲"、"他问"、"他回答"等等。

第二,要学习各式各样的句法。

在作品中构造几个精彩的句子,并不困难,困难的是在构造后面的句子时避免雷同。假如老反复着几种句式,就会使读者像打秋千一样地荡来荡去,感到头痛了。所以,我们必须经常练习构造各式各样的句子,掌握各式各样的句法。

5. 普遍性

语言的正确性、纯洁性、精练性和多样性都应该从属于语言的普遍性。如斯大林所指出:"语言作为交际的工具,从来就是并且现在还是对社会是统一的,对社会的所有组成员是共同的。""没有全社会懂得的语言,没有社会组成员共同的语言,社会便会停止生产,便会崩溃,便会无法继续生存。"[2]所以,文学语言必须具有普遍性,必须使全社会的组成员都能了解,即必须服从全民语

---

① 毛泽东:《反对党八股》,见《毛泽东选集》第3卷,第859页。
② 斯大林:《马克思主义与语言学问题》,解放社版,第22—23页。

言的规范，而不能破坏它。

怎样才能加强语言的普遍性呢？

第一，不要滥用文言、方言和外来语。

不要滥用文言：文言中有许多词，早已死亡了；有许多词，早已被新词代替了。所以无原则地滥用文言，必然会妨害语言的普遍性。比如不用"猪"而用"豕"，不用"懒"而用"慵"，不用"打水"而用"汲"，就很难使一般读者了解。

不要滥用方言：在从氏族、部落及部族发展成为民族的过程中，语言在各氏族、部落、部族、民族的内部总是统一的、共同的，这就是语言的全民性。文学语言应该是规范化了的全民语言，它必须体现全民性的要求。所以，文学家必须避免滥用方言土语。当然，避免滥用并不等于不用，在文学作品中使用方言土语，必须具体地处理。"如果某一地方性的概念，在全民语言中没有确切的名称，或者这个概念用方言来表示，能够传达特殊的地方性的事物特征，而这些特征在作品中又是重要的时候，使用方言是合理的。"①

不要滥用外国语：毛主席指示我们要吸收外国语言中的好东西，但不要硬搬或滥用外国语言。上海的"洋泾浜"，可以说是"硬搬或滥用"外国语言的典型，我们必须予以清除，以免损害我国语言的纯洁和健康。其次，也应该避免采用和汉语的结构习惯距离太远的外国词、句。比如，与其采用"习明纳尔"，不如采用"课堂讨论"；与其采用"他有着对她的实际的而不是形式的了解"，不如采用"他真了解她，不是形式地了解她"。

第二，不要随意"创造"一些只有自己或只有一个小圈子里面的人才能懂得的各种词。

斯大林指出："工业和农业的不断发展，商业和运输业的不断发展，技术和科学的不断发展，就要求语言用工作需要的新的词和新的语来充实它的词汇，语言也就直接反映这种需要，用新的词充实自己的词汇，并改造自己的语法构造。"②所以，为了适应需要，就不能不铸造新词。但要铸造新词，必须按照全民语言中的造词法则。现在有人随意"创造"新词，比如把"悲伤"、"失望"拼成"悲失"，把"疯狂"、"野蛮"拼成"疯蛮"，把"人民银行"缩成"人行"，把"中华全国总工会"缩成"全总"……这些违反全民语言规律的词，是不会通行，而

---

① 苏联《文学报》专论：《文学语言中的几个问题》，新文艺出版社版，第18页。

② 斯大林：《马克思主义与语言学问题》，解放社版，第9页。

且也不应该让它们通行的。

（二）根据文学创作对于语言的特殊要求，提炼文学语言

文学是一种思想形式，所以它对于语言有着和其他思想形式相同的基本要求，即正确性、纯洁性、精练性、多样性和普遍性的要求；但文学是一种借助形象表达思想的思想形式，所以它对于语言又有着和其他思想形式不同的特殊要求，即形象性、音乐性、感染性的要求。这和前面所谈的文学语言的概念联系起来，就是：广义的文学语言，必须具有正确性、纯洁性、精练性、多样性和普遍性，但不一定具有形象性、音乐性和感染性。（当然，诗歌、小说、剧本、散文以外的其他文章，也可以具有形象性、音乐性和感染性，比如在马、恩、列、斯、毛等革命导师们的经典著作中，就有许多具有形象性、音乐性和感染性的语言。）狭义的文学语言，除必须具有正确性、纯洁性、精练性、多样性和普遍性之外，还必须具有形象性、音乐性和感染性。

1. 形象性

我们在谈文学的形象性的时候所说的狭义的形象性，实际上就是语言的形象性。语言的形象性虽然不等于文学的形象性，但具有形象性的语言，却是创造文学形象的根本材料。

使语言形象化，通常用如下的几种方法：

第一，艺术的规定。

所谓艺术的规定，即艺术的形容。以下加有黑点的，就是形容语。

　　云霞升起来了，从那重重的绿叶的罅隙中透过金色的彩霞，林子中回映出一缕一缕的透明的淡紫色的浅黄色的薄光。

　　　　　　　　　　　　　　　　　　　——丁玲《果树园》

第二，具体化。

所谓具体化，就是把抽象的东西说得具体，说得有实感。例如把"没有血性"说成"三锥子扎不出血来"，把"我和你拼命"说成"我和你白刀子进去，红刀子出来"，把"不知足"说成"给你煎饼吃你还想吃肉，给你肉吃你还想吃人"。

第三，比较。

所谓比较，是用另一事物比拟所要描述的事物。需要注意的是：为比较所用的事物和所要描述的事物只要有某一点或某几点相似就行了，决不可完全

相似。例如:

> 看得见在那树丛里还有偶尔闪光的露珠,就象在雾夜中耀眼的星星一样。
>
> ——丁玲《果树园》
>
> 她摇摆着一真一假的两只胳膊,跳跃地走在街上,她那天真愉快的笑脸,她那敏捷轻盈的体态,仿佛一面美丽的红旗,在五月的阳光下迎风招展。
>
> ——白朗《为了幸福的明天》

第四,艺术性的代替。

比较是说出前一事物和后一事物相似,代替是用后一事物代替前一事物。例如:

> 太阳用烧得灼热的钳子不管一切地把所有的人与物夹住了。
>
> ——西西可夫《祖母》
>
> 缫成白雪桑重绿,
> 割尽黄云稻正青。
>
> ——王安石《木末》

在前一例中,用"烧得灼热的钳子"代替"太阳的光芒",在后一例中,用"白雪"代替"丝",用"黄云"代替"麦"。

2. 音乐性

人类的美丽的语言,它的高低抑扬,它的表现感情的无穷尽的力量,是可以胜过音乐的。所有语言艺术的大师,都非常注意语言的音乐性。这因为语言的音乐,反映着生活的音乐。如高尔基所说:"所谓'诗人'就是'反响'。诗人必须响应一切的音响,一切生活的呼喊。"[①]

既然语言的音乐反映着生活的音乐,那么,语言的音乐性,也就是反映生活的真实性。例如:

---

① 高尔基:《给初学写作者》,以群译,三联书店版,第21页。

坎坎伐檀兮!（《诗经·伐檀》）

哗喇喇一桶净粪从上面直泼下来。（《红楼梦》）

吹鼓手老陈三呜喇呜喇吹着喇叭。（《晴天》）

在这些例子中，坎坎、哗喇喇、呜喇呜喇都真实地传达出生活的音乐。不过仅仅借助这样的摹声词，还不能构成语言的音乐性。要构成语言的音乐性，必须每一个词、每一个句子都恰如其分地负担起自己的任务，构成完整的旋律，这才能反映生活的旋律，才能振荡读者的心灵。且看下面的例子：

不管黄风怎样吼，天气怎样暗，步兵、炮兵还是一蹓一行的由北向南，朝沙家店以东的常高山一带急急地运动………

闪电撕破昏暗的天；炸雷当头劈下来，仿佛地球爆裂了。大雨从天上倒下来！霎时，满山遍野，变成白茫茫的一片。山洪暴发了，响声就象黄河决了堤。

狂风暴雨中，西北战场决定性的战斗展开了……

——杜鹏程《保卫延安》

在这里，语言的旋律生动地反映着生活的旋律，从闪电炸雷、狂风暴雨中响起了战斗的进行曲。又如：

昵昵儿女语，

恩怨相尔汝。

划然变轩昂，

勇士赴敌场。

…………

——韩愈《听颖师弹琴》

前两句中，除"相"字体，没有开口呼，语音轻柔细密，和儿女私语的意境相合。后两句以开口呼的"划"字领头，语音高亢，和勇士奔赴战场的意境相合。从这四句诗中，我们不仅听见了琴声的抑扬变化，而且也感到了弹琴者的情绪的抑扬变化。

从以上的两个例子中，我们可以体会到应该怎样用语言的音乐，反映生活的音乐。

3. 感染性

语言的形象性和音乐性必须结合着它的感染性。

文学家必须利用具有形象性的、音乐性的语言，真实地描绘出生活的图画，传达出生活的音乐，从而把读者带到主人公的体验和感受之中，分担主人公的悲哀和痛苦，分享主人公的幸福和欢乐。

文学语言的感染性是被文学形象的感染性所决定的。形象是一种直接感性所能感受的形式，它本身具有巨大的感染力量。例如：一翻开《保卫延安》，我们的整个身心，就立刻跟着为保卫延安而进军的人民战士的队伍，进入庄严而美丽的革命圣地，进入一场又一场的激烈的战斗。始终离不开紧张气氛，压不下复仇的情绪。我们自己就变成了那个革命集体中的一员，和周大勇、王老虎等一同痛苦，一同欢乐，一同翻山、过岭、踏沙窝，一同经受着革命斗争的锻炼，一同沐浴着马克思列宁主义思想的光辉。所以，文学作品不仅能丰富读者的思想，而且能丰富读者的感情，锻炼读者的意志。

当然，对于读者来说，文学作品实际上也是间接经验的对象，但从形式上看，文学是以直接感性所感受的形象的形式提供认识结果的。通过形象，作者把读者带进他所感受、所认识的生活领域，让读者去感受、去认识。所以，作者对生活的感受越强、认识越深，他所创造的形象，就越能感动读者、教育读者。这就是说，文学形象的感染性，文学语言的感染性，是和作者对于生活的感受分不开的。对生活没有强烈的感受，没有分明的爱憎，冷冰冰地客观主义地反映生活，就不可能打动读者的心灵，比如在《三千里江山》中，用如下的语言描写在敌机轰炸下烧死的朝鲜人民：

黑黝黝的，烧的正旺……嗞嗞直冒油。

这些语言有形象性和音乐性，但没有感染性。这因为作者没有强烈的感受和分明的爱憎，只把朝鲜人民的灾难和美帝的罪行，作了客观的描写。和这相类，有人用"鬼哭狼嚎"一类的字眼描写我们人民在敌人轰炸下的情形，用"像切西瓜般的"一类的字眼描写敌人对我们人民的残杀……像这样客观的甚至观点错误的描写，只能引起读者的反感。

只有在思想感情上和群众打成一片的作家,才能有正确的感受,才能有饱和着群众感情——革命感情的语言,才能创造出足以感动群众、教育群众的形象。

总起来说,文学语言是从人民语言中提炼出来的精华;未经提炼的人民语言,决不能完成文学创作的任务。高尔基说:

> 语言是一切事实、一切思想的衣服。但事实里边还藏着它的社会意义,各种思想里边也藏着为什么这个那个思想,是这样而不是那样的理由。把藏在事实中的社会意义,在其一切重要性、完全性和明了性上描写出来,——以这件事为目的的艺术作品,必须有明白正确的语言,经过慎重选择的语言。"古典"作家们,用这样的语言写作,在数百年间,把它日臻完善了。只有这种语言,才真正是文学的语言。这种语言是从劳动大众口头上采取来的,但和它最初的来源,已经显然不同。因为它在作叙述的描写时,从口头话的原素中,舍弃了一切偶然的、一时的、不确实的、紊乱的、发音学上歪曲了的、因种种原因和根本的"精神"——即和一般民族语言构造不一致的部分……①

四 文学语言在人民语言文化发展中的意义

如前所说,文学语言是从人民语言中提炼出来的,是人民口语的特别精粹的规范化和统一化了的表现形式,所以,它能促进全民语言的发展,使全民语言更优美、更精确、更富有表现力、更规范化和统一化。而"民族语言是民族文化的形式"②,所以语言的发展,又能促进整个文化的发展。我国的古典作家,如屈原、司马迁、陶潜、李白、杜甫、白居易、王实甫、关汉卿、施耐庵、罗贯中、曹雪芹、吴敬梓……曾经在提炼文学语言方面有过巨大的贡献,他们创造了精确、优美的语言,表现了全民语言的丰富性,并反转来推进了民族语言和民族文化的发展。我国现代的文学语言,继承了古代文学语言的优秀传统,并不断地从人民语言和外国语言中吸收养料,因而比古代的文学语言更活泼、更丰富、更优美、更富于表现力了。而这种更活泼、更丰富、更优美、更富于表现力

---

① 周扬编:《马克思主义与文艺》,第116—117页。

② 斯大林:《马克思主义与语言学问题》,解放社版,第21页。

的文学语言,在提高人民的语言和文化方面,正起着不可估量的积极作用。

五　人物的语言和作者的语言

(一)人物的语言

作品中的人物的语言,必须服从塑造形象——典型的原则,即个性原则和概括性原则。

1. 人物语言的个性原则

我们已经谈过,文学中的典型人物既具有强烈的共性,又具有鲜明突出的个性。没有鲜明突出的个性,就不像一个活生生的人,就没有强烈的感染力。所以,文学语言的首要任务是刻画人物的个性。

语言是全民的巨大财富,但由于人的生活经验、年龄、文化程度和其他许多情况各有不同,人与人之间交际的性质各有不同,所以,掌握和使用这一财富的程度和方式便各有不同,这就使语言带上了个性色彩。在现实生活中,没有任何两个人具有相同的个性,也没有任何两个人说着相同的语言。在伟大的现实主义文学作品中,也是如此。例如,在《水浒》和《红楼梦》中,每一个人都有他自己的独特的语言,使读者借助语言的独特性去把握人物的个性,从而通过人物的个性进一步把握作品的思想。鲁迅曾说:"《水浒》和《红楼梦》的有些地方,是能使读者由说话看出人来的。"[①]

人物的语言是展开他们的个性的形式。马克思在《神圣家族》中谈到欧金·修[②]在小说中引用罪犯的语言时写道:"描写罪犯的巢穴和他们的语言可以反映出罪犯的个性。这一切是一个不可分的整体,描写它们便成为描写罪犯的一部分……"为了展开人物的个性,作家必须给他的人物以独特的个性化的语言。当然,独特的个性化的语言,并不是由作家任意安排的,而是由人物的个性和他们所处的情况所决定的。现实主义的作家在从生活中分析、研究人物个性的同时,也分析、研究人物的语言,因为语言就是个性的一部分,个性转入语言,因而确定了语言的个性特征。例如《真正的人》中的团政治委员谢苗·伏罗比尧夫,有着愉快、乐观的个性,这就决定了他的语言的特点。他的病状恶化了,给他注射樟脑油、嗅氧气,很久不能苏醒。可是他一醒过来,马上

---

① 鲁迅:《看书琐记(一)》,见《花边文学》。

② 欧金·修(EUGENE SUE,1804—1857):法国 19 世纪的进步作家。

就说笑话：

> 亲爱的护士，您不要着急，我即使到了地狱里也要回来的，因为我要把那边的鬼用来除雀斑的药带给您。

有一天半夜，他又突然没有声息了，大家给他摸着脉，注射樟脑油，把盛氧气的橡皮管插到他嘴里。忙乱了将近一小时，仿佛觉得没有希望了。最后，他总算睁开了眼睛。而一睁开眼睛，就向护士微笑了一下，轻轻地说：

> 原谅我。我害您受惊了，而且又是白吃一惊。我根本没有能走到地狱，所以治雀斑的油膏也没有弄到。所以，亲爱的，毫无办法，您只好让您的雀斑出出风头了。

当护士劝他不要在痛得那么厉害的时候说笑话，不要拒绝单独的病房的时候，他又说：

> 啊——呀——呀，亲爱的护士……你的眼泪淌下来了，这是不可以的，或者，我们来吃安眠药吧！

当他又一次从死神手里挣脱，睁开眼睛的时候，护士不禁说了一声"谢天谢地"，然后想把屏风收拢。他阻止说：

> 不要收拢，亲爱的护士，这样我们可以舒服些，哭也不必哭，您不哭世界上已经太潮湿……喂，您怎么啦，苏联的天使……多么可惜，甚至象您这样的天使我也只能在阴曹地府的门口来迎接。

政治委员一贯地爱说笑话，这是被他的愉快、乐观的个性所决定的；他在从死神手里挣脱的时候，还要挣扎着说笑话，这也是被他的克制病痛、体贴旁人的优秀品质所决定的。如护士所说，他总是在"该哭的时候反而笑"，在"自己心里烦得要命的时候，反而来安慰别人"。作者就抓住这种在"该哭的时候反而笑"，在"自己心里烦得要命的时候，反而来安慰别人"的语言特征来展现了他的性格特征。

作品中的人物有时说着大致相同的语句,但因说话时的语气不同而各有其显著的个性特征。比如在刘白羽的《无敌三勇士》中,李发和、阎成福、赵小义三个人闹不团结,班长找他们三个谈话。先找战斗英雄阎成福,阎成福说:

> 我为人民服务,我可不受谁气,有种没种反正火线上见吧!

说完后就站起来走了。再找老油条李发和,李发和一面抽烟一面听,听班长说完话,他说:

> 我反正为人民服务到底,没问题。

又找刚解放过来的赵小义,小义说:

> 咳,班长,从前我不明白,解放过来,现在可接受教育啦! 我为人民服务,还说啥呢?

三个人都说"为人民服务",但有三种不同的语气。阎成福有股二虎劲,刚直坦率,他的话也显出他这种刚直坦率的性格;李发和说"没问题",显得毫不在乎,有股吊儿郎当劲;赵小义吞吞吐吐,虽然嘴里说"为人民服务",但肚子里有鬼,是个看风使舵的角色。作者巧妙地写出三个人的语言特征,我们可以从这三个人的语言中看出他们的个性,看出说话时的态度和表情。

有些人总喜欢讲特定的语句。例如:《被开垦的处女地》中的达维多夫爱说"事实如此",这显示了他的坚持真理、服从事实的性格;《真正的人》中的伏罗比尧夫把所有的人都叫"大胡子",这显示了他的风趣、善于团结群众的性格;《阿Q正传》中的阿Q爱说"儿子打老子",这显示了他的"精神胜利"、自欺欺人的性格。

有些人老重复着同一类型的表达方式。比如契诃夫的《文学教师》中的伊波里特·伊波里吉奇,永远讲着"一加一等于二"似的最简单的真理。他说:

> 夏天可就不是冬天。冬天你得生火,夏天么,不生火也很热。

过一会儿又说：

> 结了婚的人，可就不是单身汉了，他要开始新的生活。

过了一会儿，又向刚结婚的朋友说：

> 你一向都是没有结婚，过单身生活，现在结了婚，要两个人一块啦……

这种无味的语言，正暴露了他的苍白的思想。

有些人喜欢拾别人的牙慧来点缀自己的语言。比如契诃夫的《结婚》中的收生婆兹梅尤金娜，就是这样的。她说："给我大气！"她想用"大气"这个对她说来非常陌生的科学名词把自己装饰一下，但这个词却牢牢地黏在她的身上，休想取下，并且有声有色地把她的精神上的贫乏，小市民的自命不凡以及为了表示"高贵"、"有教养"的可怜的挣扎，完全暴露了出来。

例子不必多举。总之，每个人都有他自己的语言特征；有些人喋喋不休；有些人爱说教条；有些人爱说俏皮话；有些人沉默寡言，但往往会突然说出笑坏人或气坏人的话来；有些人说话婉转；有些人说话率直；有些人满口新名词；有些人满口陈词滥调；有些人言语简洁明快；有些人噜哩噜苏，纠缠不清……如果不掌握语言的个性，要创造出个性鲜明的艺术形象是不可能的。

2. 人物语言的概括性原则

文学作品中的人物虽具有鲜明的个性，但绝不是生活中的某一人物的写真，而是具有高度概括性的艺术形象。文学作品中的人物的语言虽具有鲜明的个性，但也绝不是生活中的某一人物的语言的记录，而是具有高度概括性的艺术语言。为了更有力地说明这一问题，回忆一下高尔基关于创造典型的名言，是非常必要的。高尔基说："文学家如果能从二十个——五十个，不，几百个商人、官吏、工人的每个人之中，抽取出最特质的阶级的特征、习惯、趣味、动作、信仰、谈风等——拿来统一在一个商人、官吏、工人身上，那么，文学家就可以借着这样的手法，创造出'典型'来……"在这段话中，高尔基把"谈风"（语言的风格）列为艺术概括的项目之一，可见语言的概括性原则包括在艺术的概括性原则之中。每一个人有他自己的独特的"谈风"，作家在创造典型的时候，从几百个商人、官吏、工人的每个人之中，抽取出最特质的"谈风"，拿来统一在一个商人、官吏、工人身上，就这样创造出典型人物的语言。

更具体地说，要了解语言的概括性原则，应该注意如下几点：

第一，典型人物具有时代、阶级、集团的共同特征，典型人物的语言也应该如此。语言没有阶级性，但如斯大林所指出："……个别的社会集团、个别的阶级对于语言远不是漠不关心的，他们极力想利用语言为自己的利益服务，把自己的特别的词汇、特别的术语、特别的用语加到语言中去，在这方面那些脱离人民并且仇视人民的有产阶级上层，如贵族、资产阶级上层分子表现得特别厉害，他们'创造'阶级的习惯语、同行语、宫廷'语言'……"[1]所以，不同阶级、不同集团的人物的语言总带有阶级的、集团的特色。就目前来说，工人、农民、战士、知识分子都各有其语言上的特色：这首先表现在用词、用语上，例如我们说"我先发言"，旧知识分子却说"我抛砖引玉"，而战士呢？则说"我打冲锋"或"我放头炮"；我们说"思想改造"，农民却说"换脑筋"，而工人呢？则说"脑瓜子回炉"……其次，也表现在语气和组织语言的方式上，一般地说，农民谈话比较散漫，战士比较干脆，知识分子比较有条理……文学作品中的人物语言，应该反映出这种阶级的、集团的语言特色。

第二，语言的概括是和艺术形象的概括一道进行的，从许多同一阶级、同一集团的人物语言中抛弃偶然的、非本质的东西，选择最特征最典型的东西，概括成典型人物的语言。

人们掌握语言财富的能力是各不相同的，有些人的语言很丰富、很精练、很生动，有些人却完全相反。而且，在日常谈话中，由于未加考虑或来不及考虑，往往说着繁琐的、冗杂的，甚至不合语法、不合逻辑的语言。如果把这样的语言原封不动地搬到作品中，就会模糊人物的形象，破坏作品的情节，冲淡作品的思想。所以，不仅有加以选择的必要，而且也有加以提高的必要。许多伟大作品中的正面人物的语言，大都是机智的、动人的、丰富多彩的，正因为如此，才更有力地表现了正面人物的典型性格。例如巴甫连柯的《幸福》中的主人公伏罗巴耶夫，当他说话的时候，我们可以在他的话里听见鼓动员的语言所特有的最精彩最典型的东西。这种语言能够鼓舞人们去冲锋陷阵。又如《远离莫斯科的地方》中的主人公巴特曼诺夫，当他讲话的时候，我们可以从他的

① 斯大林：《马克思主义与语言学问题》，解放社版，第11页。

话里认出一个大建设工程领导人所具有的那些概括了的特征：思想的明确性和条理性，不喜欢说废话，善于究明事情的主要困难和决定性的任务。这些人物的语言，不仅具备着他们的个人特征，而且也具备着概括并提高了的布尔什维克领导者的一般特征。这和他们的性格是完全一致的，因而更突出地表现了他们的性格。在文学作品中，正面人物的精辟、深刻的语言，往往成为千百万人传诵的"警句"。人们喜爱这种人物，也喜爱他们所说的"警句"。所以正面形象的教育作用也包括着语言的教育作用。人们在学习他们的崇高的思想感情的同时，也学习他们用以传达思想感情的语言。比如读过《钢铁是怎样炼成的》的人，有谁不把保尔的如下一段话，铭记在自己的心里：

> 人生最宝贵的就是生命，这生命，人只能得到一次。人的一生应当这样来度过：当他回忆往事时，不致因为自己虚度年华而痛苦悔恨……临死的时候能够说：我的整个生命和精力，都已经献给世界上最壮丽的事业——为人类的自由解放而作的斗争了。

（二）作者的语言

1. 作者语言的个性

每一个作家的语言都有其个人特点。比如同是古典现实主义作家，但施耐庵、曹雪芹、吴敬梓等，各有其独特的语言风格；同是社会主义现实主义作家，但高尔基、爱伦堡、法捷耶夫等，也各有其独特的语言风格。

作家的语言风格是作家的风格的一部分。布风①说过："风格就是整个的人。"作家的风格，这是他的精神面貌的显现，即是他的世界观、他的创作个性、他对现实生活的态度的表现。反动的资产阶级用暴力压制个人风格，马克思在反对普鲁士的检查法令的文章中说：

> 法律允许我写作，但是有个条件，就是我需要用别人的而不是自己的风格去写；我有权利露出我的精神面貌，但是我首先须把它安排在指定的表情里！……你们赞赏自然界那种悦人的千变万化，那种无穷无尽的宝藏。你们不要求玫瑰花和紫罗兰要发出同样的香气，但是一切中最丰富

---

① 布风（G. L. L. EUFFON，1707—1788）：法国自然科学家。

的东西,精神,却只准生存在一个形式里。我是幽默家,但法律却命令我要写得严肃。我是大胆的,但法律却命令我的风格要谨慎谦卑。灰色,更多的灰色,这是唯一的规定的自由的色采。太阳映照着的每一滴露珠,都闪耀着无穷无尽的色采,但是精神的太阳可以照彻这样多不同的人与物,而它却只准产生一种色采,官方的色采。①

在社会主义国家中,人的个性得到全面的发展,作家的风格的多样性,也有着无限发展的可能性。

2. 作者语言的全民性

作家的语言虽有其独特的个人风格,但它仍然是服从于全民语言的规范的。一个作家如果想创造特殊的、人民不懂的语言,那他的作品就注定要被人忘记。一切形式主义的文学派别之所以被忘记,正是由于他们一股劲地制造"自己的"语言而破坏了全民的语言。作家的语言的个人风格之所以能够显示出来,是因为在全民语言里面有着选择表现方法的充分可能性。全民语言给作家提供了无限丰富的词汇和配合词、句的方法,也提供了在这些词汇和配合词、句的方法之中任意选择的可能性。每个作家所使用的词汇,大部分是别人用过的,但由于配合的方法不同,仍可以显示出独特的风格。如普希金所说:"理智——在思考概念时是不会枯竭的,正如语言在联结单字时是没有穷尽的一样。所有的字都可以在字典中找到,但每分钟都在出版的书决不是字典的重复。"

作家的语言愈能反映出全民语言的丰富性和多样性,就愈具有高度的全民性。斯大林把"普希金的语言"和"全民语言"当做两个同等意义的概念使用,就是这个道理。

3. 人物的语言与叙述人的语言

作者的语言风格是贯串在作品中的整个的艺术体系。这个体系是由作品中人物的语言和叙述人的语言交织而成的。

在前面,我们已谈过人物的语言,但除戏剧而外,在叙事类的作品中,光有人物的语言是不够的,还必须有叙述人的语言。叙述人的语言是作者所采取的一定的语言形式。这种叙述人的语言,是作品语言结构中的黏结素,它使作

---

① 《马克思恩格斯论文学与艺术》,刘慧义译,五十年代出版社版,第73—74 页。

品中的各个人物的语言从属于它而结合成一个语言的统一体。所以,作者的语言风格,主要是借叙述人的语言显示出来的。读者可以通过叙述人的语言辨认出作者的性格,作者的形象,作者对于现实生活的态度。托尔斯泰说:"主要的目标是创造在作品中出现的作者的个性……最可喜的作品,它的要点是在于:作者好象隐藏起自己的观点,可是同时却又无处不忠实于他自己。"

六　文学工作者应下苦功学习语言

语言是交际的工具,因而也是社会斗争和发展的工具。所以,学习语言,对于每一个人都是重要的,对于文学工作者——语言艺术家,就更为重要。在《反对党八股》中,毛主席早就号召我们下苦功学习语言。他说:"语言这东西,不是随便可以学好的,非下苦功不可。"[1]并指示我们:第一,要学习人民的语言;第二,要学习外国的语言;第三,要学习古人的语言。

(一)学习人民的语言

人民语言是文学语言取之不尽的宝库。毛主席说:"人民的语汇是很丰富的,生动活泼的,表现实际生活的。"[2]为了争取文学语言的丰富性和多样性,作家必须倾听人民语言的声音,下苦功学习人民的语言。怎样学习呢? 一句话,这还是一个深入生活、改造思想的问题。人民的语言是和人民的生活、人民的思想感情密切地联系着的,所以毛主席说:"什么叫大众化呢? 就是我们的文艺工作者的思想感情和工农兵大众的思想感情打成一片。而要打成一片,就应当认真学习群众的语言。如果连群众的语言都有许多不懂,还讲什么文艺创造呢?"[3]我们只有在生活上,在思想感情上和人民群众打成一片,才能学好人民的语言,才能运用跟人民群众的生活、思想和感情相联系的人民语言来表现人民的生活、思想和感情。

(二)学习外国的语言

我国的文学语言具有善于从外国语言中吸收营养的优秀传统。比如魏晋以来的佛经的翻译,晚清以来的外国文学作品的翻译,五四运动以后的马列主义经典著作的翻译,都给我国的文学语言提供了新鲜的词汇和语法。毛主席

---

① 毛泽东:《反对党八股》,见《毛泽东选集》第 3 卷,第 858 页。
② 毛泽东:《反对党八股》,见《毛泽东选集》第 3 卷,第 865 页。
③ 《毛泽东选集》第 3 卷,第 873 页。

指示："要从外国语言中吸收我们所需要的成分。我们不是硬搬或滥用外国语言,是要吸收外国语言中的好东西,于我们适用的东西。"①

(三)学习古人的语言

毛主席说:"我们还要学习古人语言中有生命的东西。由于我们没有努力学习语言,古人语言中的许多还有生气的东西我们就没有充分的合理的利用。当然我们坚决反对去用已经死了的语汇和典故,这是确定了的,但是好的仍然有用的东西还是应该继承。"②在古人的语言中还有生气的东西是很多的,我们的许多古典现实主义的作家都是善于使用语言的巨匠。我们应该从他们的作品中吸收有生命的语言和运用语言的方法,把一切有用的东西继承下来。

吸收古人的语言,在历史剧、历史小说的创作上具有特殊的意义。在鲁迅先生的《起死》中,当庄子请司令神把一个空髑髅变成一个精赤条条的汉子,那汉子拉住庄子讨衣服的时候,庄子说:"……你先不要专想衣服吧! 衣服是可有可无的。也许是有衣服对,也许是没有衣服对。鸟有羽,兽有毛,然而王瓜茄子赤条条,此所谓'彼亦一是非,此亦一是非'。你固然不能说没有衣服对,然而你又怎么能说有衣服对呢……"这一段话在基本词汇和语法构造上与现代语言很少区别,而"鸟有羽,兽有毛",以及引自《庄子》的"彼亦一是非,此亦一是非"等句,却在风格上造成了历史距离的感觉。

人民的、外国的和古人的语言,经过选择、提炼,都可以成为文学语言,都可以在文学作品中使用,但要遵守两个原则:第一,任何一个词都要明了易懂;第二,任何一个词都要适当地为作品的内容服务。

毛主席提出:"现在中党八股毒太深的人,对于民间的、外国的、古人的语言中有用的东西,不肯下苦功去学,因此,群众就不欢迎他们枯燥无味的宣传,我们也不需要这样蹩脚的不中用的宣传家。什么是宣传家? 不但教员是宣传家,新闻记者是宣传家,文艺作者是宣传家,我们的一切工作干部也都是宣传家。比如军事指挥员,他们并不对外发宣言,但是要和士兵讲话,要和人民接洽,这不是宣传是什么? 一个人只要他对别人讲话,他就是在做宣传工作。只要他不是哑巴,他就总有几句话要讲的。所以我们的同志都非学习语言不

---

① 毛泽东:《反对党八股》,见《毛泽东选集》第 3 卷,第 865 页。

② 毛泽东:《反对党八股》,见《毛泽东选集》第 3 卷,第 859 页。

可。"①虽然早在一九四二年，毛主席就如此严肃地把学习语言的任务提到我们面前，但直到现在，如《人民日报》的社论所说，我们在语言方面还存在着许多不能容忍的混乱状况：在词汇方面，表现为不加选择地滥用文言、土语和外来语，而且故意创造一些仅仅一个小圈子里面的人才能懂得的各种词；在造句方面，表现为常常使用组织错误的和不合理的句子；在文章结构方面，表现为空话连篇，缺乏条理。"这种语言混乱现象的继续存在，在政治上是对于人民利益的损害，对于祖国语言，也是一种不能容忍的破坏。每一个人都有责任纠正这种现象，以建立正确地运用语言的严肃的文风。"②作为教育人民的有力武器之一的文学，在全民语言的发展、丰富、精练和优美方面，起着巨大的作用。文学工作者在纠正语言混乱现象、建立严肃的文风这一点上，比别人肩负着更重大的责任。文学工作者必须坚决地执行毛主席的指示，响应《人民日报》的号召，下苦功学习语言，为祖国语言的纯洁和健康而斗争，为文学语言的丰富和优美而斗争。

---

①　毛泽东：《反对党八股》，见《毛泽东选集》第 3 卷，第 865 页。

②　1951 年 6 月 6 日《人民日报》社论：《正确地使用祖国的语言，为语言的纯洁和健康而斗争》。

第三编　文学的种类

第一章　诗　歌

一　诗歌是最初的和最基本的文学样式

原始社会的人们在集体劳动中配合着有节奏的运动发出有韵律的呼声，这是诗歌的起源（人体在集体劳动中的有节奏的运动有两个构成部分——身体的和嘴巴的。前者发展为舞蹈，后者发展为诗歌和音乐。舞蹈、音乐、诗歌三种艺术在开头是互相联结而不可分割的），也是文学的起源，所以，诗歌是最初的文学样式，后来由于生产力的提高，生产范围的扩大以及生产关系的发展，使人的社会生活日趋复杂，而诗歌也跟着趋于复杂化。于是，从抒情诗的发展中产生文学的散文，从叙事诗的发展中产生传奇或小说，从诗剧的发展中产生话剧，所以，诗歌又是最基本的文学样式。

我们现在常常把"诗歌"当做一个词、一个概念，从而把"诗"叫"诗歌"，把"歌"也叫"诗歌"。其实就其起源和发展上看，诗和歌是有区别的，"诗歌"应该是"诗"和"歌"的总称。艾青在他的《新诗论》中说："所有文学样式，和诗最容易混淆的是歌。应该把诗和歌分别出来，犹如应该把鸡和鸭分别出来一样。歌是比诗更属于听觉的；诗是比歌更深沉的，因此也更永恒。"①

最早的文学样式是原始社会的人们在集体劳动中创造的劳动歌。《淮南子·道应训》上说："今夫举大木者，前呼邪许，后亦应之，此举重劝力之歌也。""邪许"是劳动呼声。闻一多先生认为界乎音乐与语言之间的一声"啊"，便是歌的起源，②这是很有道理的。"歌"和"啊"都从"可"得声，古音没有分

---

① 艾青：《新诗论》，天下出版社1952年版，第91页。

② 闻一多：《神话与诗》（《闻一多全集》选刊之一），古籍出版社1956年第1版，第181页。

别,所以"歌"就是"啊"。古代歌辞中的"兮"、"我"、"猗"等字与"啊"字原来读音相同,可能是"啊"的若干不同的写法。在有了比较复杂的语言之后,劳动者在"啊"、"兮"之类的劳动呼声之前加上几个字或几句话做冒头,以表示对劳动的态度,这就产生了劳动歌。如:

> 坎坎伐檀兮! 置之河之干兮,河水清且涟猗。不稼不穑,胡取禾三百廛兮! 不狩不猎,胡瞻尔庭,有县(同悬)貆兮! 彼君子兮,不素餐兮! ……

——《诗经·伐檀》

在世界文学发展的各个阶段中,劳动歌都很丰富。中华民族是一个爱劳动、也爱歌唱的民族,如何休在《公羊传》的注解中所说:"饥者歌其食,劳者歌其事。"我们的劳动人民本来曾唱出了无数支优美的歌,可惜由于封建统治阶级及其文人们的轻视,记录、保存下来的并不很多。但从记录、保存下来的以及现在流行的民歌中,我们仍可以得到很丰富的材料,用以说明我们的民族是一个爱好歌唱的民族。那些直接从劳动中迸发出来的歌,反映了劳动人民的生活和思想,愿望和要求。它们精确地适应着各种各样的劳动生产的节奏,以协同集体的动作,减轻工作的疲劳,提高生产的效率。如牧歌、渔歌、吆号子、打夯歌、拉纤歌、摇船歌、车水歌、插秧歌、采茶歌、砍樵歌等等。其他许多民歌,也往往是和劳动结合着的。比如陕北的脚夫在赶着牲口的时候,陕北的妇女在摇着纺车的时候,就常常唱起"信天游"来。但在剥削阶级与被剥削阶级对立的社会里,劳动对于人民是一种沉重的负担,所以人民在劳动歌中时常吐露对剥削者的诅咒、愤怒,也吐露他们的反抗意志,前面所引的《伐檀》就是一个很好的例子。在人民当家做主的新社会中,对于人民,劳动不再是强制性的沉重的负担,而是荣誉、豪迈和英勇的事业。新中国成立后广大的工农兵群众所创造的新的劳动歌是很多的。例如河北某军分区生产部队的集体创作《打夯歌》①,流露着宏壮的集体劳动的韵律和部队参加筑堤工程的劳动热情。又如在治淮工程中民工王朝锡等集体创作的《抬土号子》②,充分地表现了民工

---

① 《初级中学语文课本》第二册,人民教育出版社 1953 年 8 月版,第 40—43 页。

② 《人民文学》总第 33 期,第 84 页。

们对旧社会黑暗统治的痛恨,对新现实的喜悦和对美好的未来的希望。

上面所举的《伐檀》、《打夯歌》、《抬土号子》等都带有劳动呼声,这是劳动歌的标准样式。在诗歌发展的历程上,当歌唱艺术离开劳动过程也一样被创造出来的时候,歌唱的范围渐渐扩大,而有意义的实字也渐渐扩充,以至于完全取消了那些表示劳动呼声的虚字,这就产生了各种各样的歌。民歌告诉我们劳动人民需要唱歌的理由是各种各样的。"种田郎辛苦唱山歌","山歌不唱不宽怀","唱个山歌做媒人","唱支歌子来充饥","唱条山歌做点心","唱个山歌当老婆","唱个山歌散散心","无郎无妹不成歌",以及"信天游,不断头,断了头,穷苦人就无法解忧愁"等等,正说明了民歌的各种不同的作用:为了解除劳动中的疲乏,为了发抒对现实不满的感情,为了达到恋爱的目的……在解放战争中和在新中国成立以后,人民的思想感情起了新的变化,他们便用歌来歌颂革命,歌颂共产党和毛主席,歌颂积极的创造性的劳动,歌颂新的男女爱情……

歌总是要唱的。在歌中,诗(词)是音乐(曲)的内容,音乐是诗的形式,这就是歌的特点。艾青说"歌是比诗更属于听觉的"就是这个意思。

在歌中,诗(词)和音乐(曲)分了家,诗(词)的形式成为它的有节奏的结构(这是从歌中的音乐部分遗留下来的,但已经简单化而集中在逻辑的内容上),这就变成了诗。诗不是歌唱的,而是朗诵的。

二 诗歌的特征

何其芳在《关于写诗和读诗》一文中给诗歌下了一个定义:

> 诗是一种最集中地反映社会生活的文学样式,它饱和着丰富的想象和情感,常常以直接抒情的方式来表现,而且在凝练与和谐的程度上,特别是在节奏的鲜明上,它的语言有别于散文的语言。[①]

这个定义,概括地说明了诗歌在内容和形式两方面的特征。

(一)内容方面

1. 最集中地反映生活

无论就题材说还是就写作方法上说,集中是文学艺术的特点。然而以诗

----

① 何其芳:《关于写诗和读诗》,作家出版社 1956 年 11 月第 1 版,第 27 页。

为最。例如张碧的《农父》：

> 运锄耕劚侵晨起，
> 陇畔丰盈满家喜；
> 到头禾黍属他人，
> 不知何处抛妻子！

杜荀鹤的《再经胡城县》：

> 去岁曾经此县城，
> 县民无口不冤声。
> 今来县宰加朱绂，
> 便是生灵血染成！

张俞的《蚕妇》：

> 昨日入城市，
> 归来泪满巾。
> 遍身罗绮者，
> 不是养蚕人！

像这些诗所揭露的社会矛盾，不论就其深度说或者就其广度说，在小说、剧本之类的文学样式中，是需要相当长的篇幅才能表现出来的。

诗歌之所以能够最集中地反映生活，是因为它可以不像小说、戏剧那样细致地描写人物的外貌特征和内心特征、描写人物之间的冲突和构成这种冲突的详情细节，而概括地表现生活的典型现象和诗人的思想情感。比如《老残游记》通过酷吏虐民的事实所揭露的生活矛盾及其思想意义，是和杜荀鹤的那首诗完全一致的；但是它创造了刚弼和玉佐臣两个酷吏的形象，刻画了许多被酷吏害死的人物，叙述了许多伤心惨目的事件，最后描写了酷吏的血腥罪行竟博得上司的喜欢，说什么"办强盗办得好"，专折保奏，升了大官，这才通过书中人物老残的口作出了这样的结论："冤埋城阙暗，血染顶珠红！"

当然，杜荀鹤的那首诗是抒情诗，至于长篇叙事诗，就需要创造各种人物典型，叙述复杂的事件。但是叙事诗比起小说、戏剧来，还是更集中的。比如白居易的《长恨歌》，如果改成小说或戏剧，就需要增加许多新的东西。

我们说诗歌是最集中地反映生活的文学样式，并不等于说它是最好的文学样式。各种文学样式，是各有长处、各有短处的。在具体地表现过于复杂的生活和细致地刻画人物的性格方面，诗歌就比不上小说和戏剧。这只要把《长恨歌》和洪昇的《长生殿》比较一下，就可以看得出来。

2. 强烈的情感

强烈的燃烧着的情感，这是诗歌的主要特征。当然，我们强调情感，并不是说诗歌不需要思想，而是相反。因为情感是和思想血肉相连的，情感愈强烈，思想自然也愈丰满。别林斯基说："显而易见，作品可以有思想而无情感，但诗是不是也可以这样呢？相反地，凡是有情感的作品，便不可能没有思想。自然，情感愈是深挚，思想也愈深刻，反之亦然……从诗人的头脑诞生出来的思想，好象给了他的有机体一个冲击，搅动并且燃烧了他的血，最后在胸中波动着。普希金的'精灵'便是这样的……我还没有谈到他的伟大的永恒的作品《奥涅金》：这里的每一行都是思想，因为每一行都是情感……只要作品是艺术作品的话，有此而无彼是不可能的。"①

《毛诗》的《大序》上说："诗者志之所之也，在心为志，发言为诗。情动于中而形于言；言之不足，故嗟叹之；嗟叹之不足，故咏歌之；咏歌之不足，不知手之舞之，足之蹈之也。"这说明诗歌是人受了生活事件的刺激，其情感达到沸腾程度的产物。这种沸腾着的情感非普通的，即散文的语言所能表达的，它要求用"嗟叹"、"咏歌"的特殊的，即诗的语言来表达。最早的诗歌一般都有着比较显明的韵脚和比较有规律的节奏，就是这个缘故。

一篇好诗必然具有饱满的诗的感情。劳动人民在旧社会中为了解除被剥削的劳动中的疲乏，为了发抒对现实生活的愤懑，为了反抗封建婚姻制度，达到自由恋爱的目的……在解放战争和新中国成立以后，为了歌颂革命，为了歌颂共产党和毛主席，为了歌颂创造性的劳动和新的男女爱情……唱出了无数支充满激情的歌，就是因为他们在火热的斗争生活中被生活所刺激，所感动，其情绪达到燃烧的程度，因而才吐出了烈火似的语言。未央的《祖国，我回来

---

① 转引自季摩菲耶夫：《文学发展过程》，平明出版社 1954 年版，第 149 页。

了》那首诗,也是这样产生的。作者在寄给《人民日报》编辑部的《稿末附言》中写着:"我是一个志愿军战士,回到祖国,真有很多话要说。"有很多话要说,而且非说不可,这就是说,他"情动于中"而必须要"形于言":而他那沸腾着的爱国主义与国际主义的热情又非普通语言所能表达,于是他不得不为它寻找和创造最有力的表现形式——诗的形式。

饱满的诗的情绪,这是诗之所以为诗的决定性的因素,所以抒情诗固然是抒情的,叙事诗也一样是抒情的。希克梅特的叙事诗《索亚》和彼得·里多夫的报告《丹娘》①,都是描写女英雄卓娅的英勇事迹的作品,但我们读了之后,有显然不同的感受。白居易的《长恨歌》和陈鸿的《长恨歌传》都写的是唐明皇和杨贵妃的故事,而且《长恨歌传》就是"传"《长恨歌》的,但当我们读了这两篇作品之后,不同的感受更其显然。在《索亚》和《长恨歌》的诗的形式中,沸腾着摄人魂魄的诗的情绪(当然,《索亚》中的情绪和《长恨歌》的情绪有本质上的不同),它们不是在叙述故事,而是在歌唱故事,抒情的成分是十分浓厚的。中国过去的诗人们不说"写"诗而说"吟"诗,不说"叙"事而说"咏"事,"吟"和"咏"正是不仅从内容上而且也从形式上抓住了诗歌的特点的。诗和散文的区别,就在这里。不然,既有了散文、小说,又何必还要诗,特别是叙事诗呢?

既然诗的感情就是诗的生命,那么,没有真情实感,自然就写不出好诗。一个真正的诗人创作一篇诗的情形大概是这样的:首先,某种生活事件强烈地感动了他,使他起了歌唱的意念,达到"如鲠在喉,不得不吐"的境地;然后,才锤炼诗的语言,把它生动地表达出来。这就是说,该事件在他未歌唱之前,已经通过了他的意识、他的灵魂、他的整个存在。因此,当诗人歌唱事件的时候,就一定得把自己对于该事件的理解、态度、希望等等,都放进诗里。一个伟大的诗人不仅用他的笔写诗,而且用他的全生命写诗,正如加里宁所说,"必须把自己的血流一点进去"。诗人放进诗里的对于特定事件的理解、态度、希望以及他自己的血,这就是我们所说的诗的情绪的构成因素。

所以,"为革命者,才能为诗人"。诗人必须战斗在革命的最前线,在火热的斗争中一方面改造自己,一方面体验生活,才能深切地感受革命的脉搏,才有被重大的生活事件激起歌唱的意念的可能;而当他歌唱特定的事件的时候,

----

① 见《初中语文课本》第三册,人民教育出版社 1953 年 4 月版,第81—86 页。

他对于该事件的理解、态度、希望等等,才会是正确的,他流进诗里的血,也才是革命的血。马雅可夫斯基写道:"列宁在我们脑中,枪在我们手中。"又写道:"一万万五千万人,从我嘴唇中说话。"从这些诗句中,可以看出:我们的诗歌应该是无产阶级的革命武器,是保卫和平的号角。一个用马列主义武装起来的革命者,一个人民斗争生活的积极参加者,才能够写出饱和着革命的情绪和生活的情绪的诗篇。在工人、战士和农民中已涌现了许多优秀的诗人,就是这个道理。

总起来说,诗是诗人受了客观事件的感动,其情绪达到紧张与沸腾时的产物,它首先要有饱满的诗的情绪。但诗人被某种事件所激起的情绪是和他对于该事件的理解、态度、希望等分不开的。把一般的生活经验加以选择和概括,成为"只有你,而不是任何别人才能那样说"的具有独创性的诗,诗人的性格、立场、观点起着决定性的作用。为了容易了解,不妨以苏金伞的《三黑和土地》①一诗为例,加以说明。例如第一节:

农民一有了土地,

就把整个生命投入了土地,

活象旱天的鹅

一见了水就连头带尾巴钻进水里。

仅在这四行诗里,作者的立场、观点就表现得十分明显:第一,当土地掌握在地主手里的时候,被剥削的劳动是农民的负担;第二,土地对于农民,正好像水对于旱天的鹅,但新中国成立前的农民就没有土地;第三,农民一有了土地,生产热情就马上提高了。在这四行诗里,已体现了土地改革法第一条——废除地主阶级封建剥削的土地所有制,实行农民的土地所有制,借以解放农村生产力——的基本精神。

当然,这种政策精神是通过诗的形象体现出来的,作者并没有用抽象的概念或直接说理的方式来向读者说教。很显然,作者不但熟悉他所歌唱的事件,而且被这事件强烈地感动了,所以才能通过生活的真实形象来表达生活的真实情绪。而他的立场、观点也就自然而然地从这种情绪中流露出来。再看第

---

① 见《初中语文课本》第三册,人民教育出版社 1953 年 4 月版,第72—77 页。

十至第十二节：

> 荞麦地里
> 还有两个蝈蝈儿在叫唤，
> 吱吱吱……
> 叫得人心里痒抓抓的好喜欢。
>
> 小时候因为喜欢逮蝈蝈儿，
> 常常挨骂。
> 爹娘骂：不好好地拾柴。
> 地主骂：蹚坏了我的庄稼。
>
> 现在
> 蝈蝈儿就在自己的地里叫，
> 他想招呼从地头路过的那个孩子：
> "快去逮吧！你听，叫得多么好！"

　　在这里，作者的感情完全渗透了他所歌唱的事件，写三黑就好像在写自己，也就是说，作者从思想到感情，已经完全跟农民打成一片了。农民的痛苦，就是自己的痛苦；农民的快乐，就是自己的快乐。让我们分析一下：

　　三黑小时候为了喜欢逮蝈蝈儿，常常挨骂。爹娘骂他是不得已的骂，因为他们受地主剥削压迫，生活很苦，只得强迫小孩劳动。地主骂他才是真正的骂，因为一方面穷孩子在地主眼里连猪狗都不如，想骂就骂；另一方面，地是"我的"，庄稼是"我的"，你竟敢在里面蹚，也自然要骂。两个"骂"写出了三黑小时候的痛苦，这是第一层。现在，蝈蝈儿就在"自己的地"里叫，这跟小时候的情形比起来，真使人兴奋，所以作者写道："吱吱吱……叫得人心里痒抓抓的好喜欢。"如何能不喜欢呢？当他小时候为了逮蝈蝈儿挨骂之后，听到蝈蝈儿叫，就不会像现在这样喜欢的，这是第二层。当他正在喜欢的时候，看见"地头路过的那个孩子"，于是设身处地地想：自己小时候喜欢逮蝈蝈儿，那么，别的孩子也一样喜欢逮蝈蝈儿，这是第三层。从前自己为逮蝈蝈儿挨骂，现在"蝈蝈儿就在自己的地里叫"，别的孩子逮它不会挨骂，这是第四层。于是他情不自禁地想招呼那个过路的孩子:"快去逮吧! 你听,叫得多么好!"表现出深厚的阶级感情,这是第五层。农民受剥削压迫的时代已经一去不返了,新社会的孩子,都在毛主席的光辉照耀下成长着,过着快乐的生活,不会再受三黑小时候所受的痛苦,这是第六层。当然,我们还可以从这里体会到更多的东西。

作者正因为对于农民有了土地这件事的理解是正确的,感情是健康的,因而才能够对这件事寄予远大的理想和希望:

> 他又在打算:
> 明年要跟人家合伙,
> 把地浇得肥肥的,
> 让庄稼长得更好,收得更多。
> ……

这首诗写的是土改后不久的农民生活,然而作者在这里已指出了农业集体化的道路。

3. 丰富的想象

诗的情感是和诗的想象紧密地联系着的。在创作过程中,一方面,诗人的情感鼓舞着他的想象,比如当他被日益高涨的社会主义建设高潮激起喜悦之感的时候,他的想象就会鼓翼而飞,把他带进光辉灿烂的社会主义远景;另一方面,诗人的想象也强化着他的情感,比如当他想象到光辉灿烂的社会主义远景的时候,他对于日益高涨的社会主义建设高潮就会感到更大的喜悦。没有想象,就不可能成为伟大的诗人。因为没有想象的人不可避免地要被封锁在狭小的个人情感的框子里。要成为伟大的为人民服务的诗人,就应该熟悉人民的生活;在创作的时候,也应该借着植根于人民生活的沃壤之中的想象,进入人民的精神世界,和人民共感受、同呼吸,乐人民之所乐,忧人民之所忧,爱人民之所爱,恨人民之所恨,然后才有可能用诗的形式,表达这种乐与忧、爱与恨的情感。

想象对于一切文学艺术的创作都很重要,但对于诗歌的创作尤其重要(正如情感对于一切文学艺术的创作都很重要,但对于诗歌的创作尤其重要一样)。在诗歌的创作中,是容许而且需要大胆的然而合理的想象的。例如郭沫若在《地球,我的母亲!》一诗中写道:

地球！我的母亲！
　　我想这宇宙中的一切都是你的化身：
　　雷霆是你呼吸的声威，
　　雨雪是你血液的飞腾。

　　地球！我的母亲！
　　我想那漂渺的天球，是你化装的明镜。
　　那昼间的太阳，夜间的太阴，
　　只不过是那明镜中的你自己的虚影。

　　地球！我的母亲！
　　我想那天空中一切的星球，
　　只不过是我们生物的眼球的虚影；
　　我只相信你是实有性的证明。

　　在这三节诗中，我们感觉到诗人被热爱地球的情感所激起的想象力的飞跃。诗人把地球想象成养育自己的母亲：雷霆是她的"呼吸的声威"，雨雪是她的"血液的飞腾"，天球是她的"化装的明镜"，太阳、太阴，则是她在明镜中的"虚影"。……

　　马雅可夫斯基的有名的讽刺诗《开够了会议的人们》，同样是富于想象力的。诗人被那些为了"要消费合作社买一小瓶墨水"之类的琐事而忙着"开甲、乙、丙、丁、戊、己、庚、辛会议"、却放下正事不管的人们激怒了，愤怒的情感引起了奇异的想象，在他面前出现了"半截的人们"。他写道：

　　……
　　我看见：——
　　半截的人们坐在那里。
　　啊，鬼怪！
　　还有半截在什么地方？
　　　"斩断了
　　杀死了！"

我叫喊着东张西望。

理智被可怕的情景吓得脱出了常轨。

于是我听见

秘书极其安静的小声：

　"他们一下子开两个会

一天

我们要赶

二十个会。

无奈，只得把身子分开：

齐腰半截在这里；

　　其余的

　　在那里"。

……

李季在歌唱《油沙山》的时候，他的被雄伟的建设计划和建设者的共产主义的劳动热情所激起的喜悦之情同样鼓舞了他的想象力，在他眼前，展开了一幅未来的油沙山的壮丽的图画：

　那时候，你将被建设成一座城市，

　涌泉似的石油，从你的脚下流过。

　……

　那时候，从你身边经过的汽车，

　会比草滩上牧放的骆驼还要多。

在诗的创造中，想象和情感的联系是异常明显的。当诗人所要描写的对象并没有使他激动起来的时候，他的创造的想象就无法展开。相反，当他被他所要描写的对象激起强烈的情感的时候，他的想象就会飞翔起来；而飞翔起来的想象，又会把原来的情感带入更高的境界。所以情感是诗的根本。白居易曾说："诗者：根情，言苗，华声，实义。"①就是这个意思。

---

① 白居易：《与元九书》。

（二）形式方面

一定的诗的内容必须通过一定的诗的形式才能表现出来。《三黑和土地》这篇诗的内容要叫我们写成散文，感染力一定要大大地减弱。比如第五节吧，如果我们只说"三黑把地耙得很平"，虽然并没有违背原作的意义，但几乎等于没有给人任何印象。读了原作：

> 地翻好，又耙了几遍，
>
> 耙得又平又顺溜。
>
> 看起来
>
> 好象娘儿们刚梳的头。

这就完全不同了。三黑以前也翻地，也耙地，但那是给地主干的，被剥削、被压迫的困苦生活累得他透不过气来，所以只管翻地、耙地，却从来没有注意耙得是否平，是否顺溜。这是第一层。现在有了自己的地，这才享受到劳动的喜悦，这才平生第一次发现了耙过的地是这样的美丽；他不仅在愉快地工作，翻了又耙，而且耙了"几"遍，同时在津津有味地欣赏他的工作成绩。这是第二层。农民翻地、耙地，这该是一件平凡的小事吧，而作者就从这件小事的背后看见了比在表面可以看见的大得多的东西——农村生产力的解放，并且为他的表达创造了生动的、具有强烈的感染力的诗的语言、诗的形式。

诗的形式，可以分几点来谈：

1. 语言

语言问题是整个文学的问题，但对于诗歌的关系更大，因为诗是语言艺术中更其为语言艺术的东西，马雅可夫斯基说：

> 诗歌的写作……
>
> 　　如同镭的开采一样。
>
> 开采一克镭
>
> 　　需要终年劳动；
>
> 你想把
>
> 　　一个字安排得停当，
>
> 　　　　那么，就需要几千吨

语言的矿藏。

而这些恰当的字句

　　　　在几千年间

都能使

　　亿万人的心灵激荡。

　　诗人要写出"在几千年间都能使亿万人的心灵激荡"的诗,必须从"几千吨语言的矿藏"中提炼最足以表达诗的内容的字句。我们的劳动人民千百年来所创造的无限丰富的语言是表现我们民族的生活和思想感情的最完美的工具,这给我们提供了提炼诗的语言的最大可能性。为了加强我们的诗歌作用于革命斗争的力量和持久性,我们应该像马雅可夫斯基一样辛勤地劳动,为我们的诗歌提炼最恰当,最富于表现力的语言。

　　诗的语言还需要具有强烈的音乐性,具有鲜明的节奏和韵律。人类的美丽的语言,本来是具有音乐性的。所以所有语言艺术的大师,都非常注意语言的音乐性。高尔基说:"有力的作用的语言之真正的美,是由于形成作品底思想、情景、性格的语言之正确性、明了性、美的音响等创造出来的。"①因而他劝告语言艺术家从语言中缜密地选择"明了、正确、有色采有音响的部分。"②如果语言的"音响"对于文学语言非常重要,那么,对于文学语言中的诗的语言就加倍的重要。如高尔基所说:"所谓'诗人',就是'反响'。诗人必须响应一切的音响,一切生活的呼喊。"③比起散文来,诗的语言的音响上的完整性要大得多。诗不仅是阅读的,而且是朗诵的,不仅爬在纸上,而且响在空中。它的节奏,它的韵律,就像一条潺潺湲湲的小溪,或一道浩浩荡荡的大河一样,带着浓郁的诗的情感,流入读者的内心,洗涤着、震荡着读者的精神世界。

　　2. 节奏

　　诗的语言应该比散文的语言具有更鲜明的节奏,而这种鲜明的节奏,是被诗的内容所决定的。一般地说,一定的诗的节奏,决定于一定的诗人由一定的社会生活(或自然景象)所激起的情绪波动的状态和方向。

---

① 周扬编:《马克思主义与文艺》,解放社版,第117页。

② 周扬编:《马克思主义与文艺》,解放社版,第117页。

③ 高尔基:《给初学写作者》,以群译,三联书店版,第21页。

如马雅可夫斯基所指出："节奏——这是诗的基本力量,基本动力。"①所谓节奏,是由诗的音节的长短、轻重以及音节与音节之间的或久或暂的停顿所构成的。节奏的多样性导源于生活的、诗的内容的多样性;节奏的变化,决定于诗的内容的变化,决定于诗人被生活所触发的情感波动的状态和方向。诗人的每一首诗,必须要有鲜明的、恰当的节奏,不然,他的诗的内容的变化,他的被生活所触发的情感波动的状态和方向就不可能充分地表现出来,自然也就不可能激起读者的共鸣。我们读每一首诗,也要把它的节奏很好地读出来。比如:

看起来
好象娘儿们刚梳的头。

由两音节构成的前一行在节奏上平衡了由四音节构成的后一行。因此,"看起来"这两音节,一定要读得很重,并继之以长久的停顿。这不仅在节奏上是需要的,而且在意义上更是需要的。三黑首先看到的是耙得又平又顺溜的地,然后才欣赏它,"看起来"就是他欣赏的过程,这就非读得重而且非给它以长久的停顿不可,同时,欣赏的结果如何呢?于是把"好象……"另提一行,以加强读者的注意力。如果我们不这样读,而把两行连在一起,作为几个相等的音节,那就歪曲了它的节奏,因而也就贫乏化了它的意义。

3. 韵律

诗行末尾的主要停顿是和韵律有联系的。韵律帮助读者把各行贯通起来。马雅可夫斯基说:"没有韵律………诗就零落分散了。韵律把我们送还到前一行,迫使我们忆起它,使形成一个观念的所有的诗行保持在一起。"②所以他非常注意韵律,他告诉我们:"我总是把最特征的字放在一行的末尾,并且无论如何使它有韵。结果,我的押韵几乎总是异乎寻常的……"③他为"无论如何使它有韵",紧张地然而愉快地劳动着。现在还保存着一个文学家的记录,说马雅可夫斯基为了一首鼓动诗的开端曾当着他的面打了六十次草稿,目的

---

① 《译文》1955 年 5 月号,第 275 页。

② 转引自季莫菲叶夫:《苏联文学史》,水夫译,海燕书店 1950 年第 3 版,第 531 页。

③ 转引自季莫菲叶夫:《苏联文学史》,水夫译,海燕书店 1950 年第 3 版,第 531 页。

是使几个字押韵。①　在《如何写诗》中，马雅可夫斯基用如下的话说出了他的经验："一个你未能好好抓住的韵律能够毁坏你底全部生活，你讲话不知道在讲些什么，吃东西不知在吃些什么，而且不能睡眠，而且也似乎只看到韵律的声音在你的眼前。"②

以《三黑和土地》为例，全诗十五节，每节四行，都是二、四行押韵。如马雅可夫斯基所说，这二、四行的韵脚便把形成一个观念的四行诗（一节）保持在一起，无法分散。同时，当我们读完第二行的时候，韵律使我们期待着第四行，这就加强了我们的注意力；当我们读完第四行的时候，韵律又把我们送还到第二行，这就加强了我们的记忆力。

当然，押韵的作用还不止此，它也是加强节奏的一种手段。韵愈密，节奏愈急，反之，韵愈疏，节奏愈缓。节奏决定于情绪，韵律也决定于情绪。散文中每到情绪高涨之时，常常出现节奏起伏，甚至有某种韵律格式的迹象，也就是这个道理。

韵有头韵、内韵、脚韵等等，最主要的是脚韵。例如何其芳的《生活是多么广阔》一诗的第一节：

> 生活是多么广阔，
> 生活是海洋。
> 凡有生活的地方就有快乐和宝藏。

第一行的"活"与"阔"押韵，"活"是内韵；第一行的"生活"与第二行的"生活"押韵，是头韵；第二行的"洋"与第三行的"藏"押韵，是脚韵；第三行的"方"又与"洋"、"藏"押韵，"方"是内韵。

一般地说，读到有韵的地方，应该有一个或长或短的顿歇。长短的标准，取决于诗的情绪和节奏。

对于诗，韵律并没有节奏重要，在自由诗中，是可以没有韵律的；但却不应该因此贬低韵律的作用。

---

① 转引自季莫菲叶夫：《苏联文学史》，水夫译，海燕书店1950年第3版，第514页。

② 马雅可夫斯基：《如何写诗》，译文见《大众文艺丛刊批评论文选集》，新中国书局1949年版，第414页。

4.排列

诗为什么要分行排列呢？密斯特·洋说："就为了这种不同的排列,使诗行与诗句在这样一种形式之下展开,比较它们印作散文的样子,我们至少也可以得到一种较好的观感。比较在散文中,文字是更调匀了的;它们不但象标准散文中的文字一样,可以有功于全文的效果,而且在进展中,这些文字为了他们自身的缘故,就要求着我们的注意。"这只说明了排列的一个比较消极的作用。他所指的这种排列,有人叫做"美的排列"。美的排列,讲得极端些,在视觉方面要求绘画的美、建筑的美,在听觉方面要求音乐的美。

当然,排列的目的并不是仅仅为了追求形式上的美。诗的一句、一节、一篇,为什么要这样排列而不那样排列,在我们谈了诗的节奏、韵律之后,已有了初步的了解。诗的形式上的排列是被诗的情绪上的起伏所决定的,被诗的节奏、韵律所决定的。比如前面举出的《三黑和土地》的第五节,为什么要那样排列呢？第一,这是由"溜"和"头"两个脚韵组织在一起的"形成一个观念"的一节诗,不能把前两行排入上一节,把后两行排入下一节;第二,第一行中间的"又"字把"耙了几遍"紧紧地跟"地翻好"连在一起,无法分开,而重点自然在"耙了几遍"上,所以不可能也用不着另提一行;第三、第四两行为什么要那样排,在前面已经说过了。总之,我们觉得只有这样排列,才能把诗的情绪、节奏、韵律准确地表现出来。如果把它调动一下：

> 地翻好,
>
> 又耙了几遍,
>
> 耙得又平又顺溜。
>
> 看起来好象娘儿们刚梳的头。

仍然是四行,标点又都放在行尾,由前到后,一行比一行长,看起来也很有一点"建筑美",但你读一遍试试看,情绪、节奏、韵律,统统给歪曲得不像话了。

在我们粗略地谈了一下诗歌在内容和形式上的特征以后,必须指出:诗歌的形式上的特征是被它的内容上的特征所决定,而又反作用于内容上的特征的,如果不把语言、节奏、韵律、排列等当做传达诗的情绪的媒介,而把它们本身当做一种目的物,亦即仅仅用它们来表征所写的是"诗"的时候,那它们就注定成为空虚的完全多余的东西了。清代乾隆时期的史学家兼文学批评家章学

诚说得好:

> 学者惟拘声韵之为诗,而不知言情达意,敷陈讽谕,抑扬涵泳之文,皆本于诗教……演畴皇极,训诰之韵者也,所以便讽诵,志不忘也;六象赞言,爻系之韵者也,所以通卜筮,阐幽玄也。六艺非可皆通于诗也;而韵言不废,则谐音协律,不得专为诗教也。传记如《左》、《国》,著说如《老》、《庄》,文逐声而遂谐,语应节而遽协,岂必合诗教之"比"、"兴"哉!焦贡之《易林》,史游之《急就》,经部韵言之不涉于诗也;《黄庭经》之七言,《参同契》之断字,子术韵言之不涉于诗也。后世杂艺百家,诵拾名数,率用五言七字,演为歌诀,咸以取便记诵,皆无当于诗人之义也;而文指存乎咏叹,取义近于比兴,多或滔滔万言,少或寥寥片语,不必谐韵和声,而识者雅赏其为《风》、《骚》遗范也。故善论文者,贵求作者之意旨,而不可拘于形貌也。①

三 诗歌的分类

因为诗歌是最初的和最基本的文学样式,所以西洋自亚里士多德以来,把所有的文学样式都叫做诗。亚里士多德的《诗学》,主要讲戏剧(以悲剧为主),其次才是史诗。自小说闯进文坛之后,有人把小说也叫诗,例如果戈理就称他的小说《死魂灵》为长诗。

我们这里谈的诗歌,不是文学的总称,而是文学的一类。作为文学种类之一的诗歌,就它的性质来说,可分为抒情诗、叙事诗和戏剧诗三种。就它的体裁来说,中国的旧诗可分为古体诗(古诗、乐府)、近体诗(绝句、律诗)、词、曲等类;"五四"以来的新诗可分为格律诗、自由诗和歌谣体(或叫民歌体)三类。此外,如歌词、朗诵诗、政治诗、讽刺诗、新闻诗、街头诗、岩壁诗、枪杆诗等等,只是就其用途取名的,不能算作诗歌的类。因为它们的性质,不外是抒情的、叙事的或者戏剧的;它们的形式,也不外是格律体的、自由体的或者歌谣体的。这里仅就诗歌的性质分类进行讨论。

(一)抒情诗

别林斯基说:"抒情诗表现一个人底主观方面,把内部的人揭示于我们眼

---

① 章学诚:《文史通义·诗教》。

前,因此它整个儿是——感觉、感情、音乐。……在抒情诗歌中,诗人在我们看来是主体,因此,在这里面,他底人格,他底我,这样经常地起着重大的作用,而他象讲到自己固有的东西那样讲述着的,仿佛只属于他一个人所有的那些感触和感情,我们不妨认为就是自己的东西,在这些里面看出自己固有灵魂的契机。"①

武尔贡说:"当诗人揭露自己、自己的性格、自己的思考,仿佛对读者打开心灵的时候,当他诉说直接使他激动的事物,诉说他最关心的事物的时候,——这就是抒情诗。"②

根据以上的定义,是不是会得出抒情诗只是"表现自我"而不是反映生活的结论呢?不,不会的。虽然已经有人得出这样的结论,但这样的结论是错误的,而且有害的。

抒情诗的任务不是表现诗人的"自我",而是通过诗人的"自我"来表现客观生活中的现象、事件、形象和性格。别林斯基说:

> 伟大的诗人谈着"我"的时候,就是谈着普遍的事物,谈着人类,因为他的天性里就存在着人类所感受的东西。因此,人们能在诗人的忧郁中认识自己的忧郁,在他的灵魂中认识自己的灵魂,并且在那里不仅仅看到诗人,还看到"人",是兄弟般和他们互通的"人"。人们尽管看出来这个"人"的生存是无比地高于自己,但同时,他们也会意识到自己和他的血族的关系。③

社会主义现实主义的诗人是先进人民的一分子,对于他们,一切迫切的社会问题同时也都是他们个人的问题。比如反对帝国主义战争、保卫世界和平的主题,在吉洪诺夫、聂鲁达、郭沫若等的抒情诗中,表现得多么自然,就仿佛是由于个人的关心而表现出来的一样。所以,要成为伟大的抒情诗人,首先要成为人民的代表和战士。别林斯基说:"任何一个诗人也不能由于他自己和靠描写他自己而显得伟大,不论是描写他本身的痛苦,或者描写他本身的幸福。

---

① 别林斯基:《智慧的痛苦》,见《别林斯基选集》卷一,时代出版社 1952 年版,第 322—323 页。

② 《苏联人民的文学》上册,人民文学出版社 1955 年 5 月第 1 版,第 122 页。

③ 转引自季摩菲耶夫:《文学发展过程》,平明出版社 1954 年 2 月版,第 147 页。

任何伟大诗人之所以伟大，是因为他的痛苦和幸福的根子深深地伸进了社会和历史的土壤里，因为他是社会、时代、人类的器官和代表。只有渺小的诗人才会由于自己和靠描写自己显得幸福或不幸，但是只有他们自己才倾听他们那小鸟似的歌唱，而社会和人类是不愿意理会这些的。"①

那么，抒情诗是怎样反映生活的？

我们在讲人物描写的时候曾举过这样的例：古诗《陌上桑》的作者并没有直接描写秦罗敷的美，只描写了"行者"、"少年"、"耕者"、"锄者"等对秦罗敷的美的反应。抒情诗实际上也是以这一原则为基础的。在抒情诗中，生活并不是直接反映出来的，而是通过对生活的体验的描写反映出来的。抒情诗表现一定典型的人的思想感情，而一定典型的人的思想感情，则是由一定的生活所引起的；我们依据这种思想感情，可以判断向人暗示这种而不是那种思想和感情的生活。例如当我们读杜甫的《春望》（"国破山河在，城春草木深。感时花溅泪，恨别鸟惊心。烽火连三月，家书抵万金。白头搔更短，浑欲不胜簪。"）的时候，难道不能从它所反映的诗人自己的同时也是人民群众的思想感情中看出"安史之乱"时代的现实生活吗？当然，那些脱离人民、脱离生活，钻入没有生人气息的"象牙之塔"的所谓诗人，只能抒发苍白而空虚的感情，从这种感情中自然反映不出广大的社会生活来。例如现在帝国主义阵营的颓废派、象征派的诗人，在他们的作品中所表现的是悲观主义的、颓废主义的、反人民的思想情绪。他们企图用这样的诗引诱人民离开为消灭资本主义、建立社会主义而进行的积极斗争。

有人认为抒情诗中没有形象，这是错误的。当我们读一篇现实主义的抒情诗的时候，我们不仅可以把握特定的现实生活，而且可以看见典型的人物形象。屈原、陶潜、李白、杜甫、白居易、辛弃疾、陆游、王实甫、关汉卿、顾炎武、黄遵宪等，这些我们祖国伟大诗人的抒情作品中的"抒情主人公"都有着各自的无法重复的特点，因为这些主人公是在一定的历史条件中产生，并反映着这些条件的。抒情诗真实地通过生活所引起的人的体验把生活反映于它的典型特点中，这也就是生活的抒情的反映。因此，抒情诗在描写典型环境中的典型体验的时候，不仅能够反映现实生活，而且能够创造典型形象。例如未央的《祖国，我回来了》那首抒情诗，从它所表现的爱国主义与国际主义的热情中，我们

---

① 《苏联人民的文学》上册，人民文学出版社 1955 年 5 月第 1 版，第 128 页。

不仅可以想到激发那种热情的生活——朝鲜的艰苦战斗与祖国的伟大建设，而且也可以想到那位具有爱国主义与国际主义热情的志愿军战士的英雄形象；而那个形象，是具有典型性的。

抒情诗具有强大的教育力量，我们需要能深入人心的从各方面表现我们的新生活、表现我们人民的思想感情的抒情诗。武尔贡说得好："抒情诗不应当象候鸟一样，唱完了它的响亮的歌马上就飞走……抒情的诗和抒情的歌应当深入人们的心灵中，在他的心里作巢，并且象一只火鸟似的使他感到温暖，成为他在劳动、斗争、快乐、悲哀中的伴侣，在人的心里唤起善良的感情，从而提高他，使他更有力、更聪明，精神上更丰富。"①

（二）叙事诗

别林斯基说："叙事诗是关于当时已经完成的事件的客观的描写，是艺术家为我们选好最确当的观点，显示出一切方面，表现给我们看的一幅图画。……叙事诗人躲藏在吸引我们去直观的事件底背后，是这样的一个人物：没有他，我们就无法知道已经完成的事件；他甚至不常是一个暗中存在着的人物，他也容许自己发言，讲述自己，或至少对于他所描写的事件发抒意见。"②武尔贡说："当他（诗人）将自己的智慧、热情、信仰的全部力量用之于描绘人民生活的景象的时候……这就是叙事诗。"③

就其性质说，抒情诗和叙事诗是有显著的区别的，但应该指出，抒情的和叙事的这两种成分并不是水火不相容的，而是完全可以并存的。在巨大的叙事诗中，叙事的成分和抒情的成分常常紧密地结合在一起。比如杜甫的《三吏》、《三别》，白居易的《长恨歌》、《琵琶行》，就都是这样的。又如马雅可夫斯基的长诗《列宁》和《好！》，它们所展示的伟大历史转变的广阔画面，就是由叙事的和抒情的两条线索交织而成的。

世界文学史上的长篇叙事诗，有希腊的《伊利亚特》（一万五千行）和《奥德赛》（一万二千行），法国的《罗兰之歌》，俄国的《罗莎达》，印度的《罗摩衍那》（二万四千余行）和《摩诃婆罗达》（二十余万行）等等。有人怀疑中国古代没有产生长篇叙事诗（或史诗），其实，中国古代也产生过长篇叙事诗，只是没

---

① 《苏联人民的文学》上册，人民文学出版社 1955 年 5 月第 1 版，第 127 页。
② 别林斯基：《智慧的痛苦》，见《别林斯基选集》卷一，时代出版社 1952 年版，第 322—323 页。
③ 《苏联人民的文学》上册，人民文学出版社 1955 年 5 月第 1 版，第 122 页。

有保留下来而已。（在中国，"诗"和"志"——史——原来是一个字。韵文的产生早于散文，因而最早的"志"必然是用韵文写的。这种用韵文写"志"——叙事诗——后来失传了，所以孟子说："诗亡然后春秋作。"）短篇叙事诗被保留下来的还很多，如《诗经》中的《生民》、《公刘》、《绵》、《采芑》、《六月》等等。

社会主义现实主义要求诗人用叙事诗篇深刻地表现人民生活中的历史性的伟大事件，要求诗人在叙事诗篇中创造出为新世界而斗争的正面人物的形象。艾青的长诗《索亚》（即卓娅），李季的长诗《王贵与李香香》，阮章竞的长诗《漳河水》，都在一定程度上满足了这个要求。

诗体小说（例如普希金的《欧根·奥涅金》）是叙事诗的一个支流。为了展现社会生活、社会关系的广阔画面，我们也需要诗体小说，特别需要像苏联诗人科拉斯的《新的土地》和《渔夫的茅屋》那样的长篇诗体小说。

（三）戏剧诗

别林斯基说："戏剧诗是这两个方面，主观的或抒情的和客观的或叙事的方面的协调。展呈在我们面前的，不是已经完成的，而是正在完成的事件；不是诗人向你报导它，而是每一个登场人物向你现身说法，为自己说话。你同时从两个观点看到这人物：他沉醉于一般的戏剧旋涡，自愿与不自愿地适应其对于其他人物以及整个创作底概念而行动——这是他的客观方面；他在你面前打开自己底内心世界，暴露出心灵底一切隐秘曲折，你偷听到他跟自己进行无声的谈话——这是他底主观的方面。因此，你在戏剧里常常看见两种因素：整个行动底叙事的客观性和独白中的抒情的放纵和流露——抒情到这种地步，以致非用诗体写不可，翻译成散文之后，就丧失掉抒情的香味，变成了夸张的散文，译成散文的莎士比亚戏剧底最优秀的章节就是证明。……在戏剧中，诗人底人格完全消失了，甚至仿佛并不存在似的，因为在戏剧中，事件为自己说话，显现为已经完成的东西，每一个登场人物也为自己说话，从内部和外部双方面发展起来。"[①]

戏剧是一种综合性的艺术，这里所说的戏剧诗，是指诗歌体戏剧的诗歌部分。如果把诗和歌区别开来，那就还有诗剧和歌剧的区别。诗剧的诗歌部分是朗诵的，歌剧的诗歌部分是歌唱的。我国的古典现实主义歌剧中的诗歌部分（曲），都是非常优美的诗歌（如《西厢记》、《桃花扇》等作品中的曲文），新歌

---

① 别林斯基：《智慧的痛苦》，见《别林斯基选集》卷一，时代出版社 1952 年版，第322—323 页。

剧《白毛女》中的歌词,也是很精彩的诗歌。

戏剧诗就其表现事件的开端、发展、高潮、结局等而言,是叙事的;就其人物的说唱和剧情介绍者的介绍等部分而言,又含有许多抒情的因素。所以,戏剧诗可以说是叙事诗和抒情诗的综合体。试以阿丽格尔献给女英雄卓娅的不朽形象的诗剧《真理的故事》①为例,其剧诗的全部,是在描画苏维埃人民的这位女英雄的形象及其英雄事迹,当然是叙事的;但其中却到处洋溢着情感的浪涛。例如第二幕揭幕前剧情介绍者在幕前的介绍诗:

> 我们的生活是自由而舒畅,
> 我们没想到它会有什么变动,
> 甚至有时忘记了我们是青年团员,
> 一个青年团员该做些什么事情。
>
> 我们诞生在和平年代,
> 从不知什么是障碍,什么是苦痛。
> 在这酷热的夏夜,
> 当法西斯已向我们发动了战争,
> 我们却没有忘记共产主义青年团的传统。
>
> 考验的时刻到了,
> 青年团员要站在战斗的最前线。
> 现在祖国有权利质问我们,
> 是否遵从了团章和每一句誓言。
>
> 激动的天空在我们头上旋转,
> 战争已逼近了你的身边。
> 我们不必再用卢布去缴团费,
> 要用我们的生命和鲜血,
> 来回答列宁共产主义青年团。
> ⋯⋯⋯⋯⋯

---

① 阿丽格尔:《真理的故事》,刘宾雁译,新华书店版。

又如第三幕卓娅和鲍里斯分手以后(分别到比特利切夫和布洛塔梭夫去放火)的一段台词：

万籁俱静,啊,一切都象死一样的沉静!

树枝儿低头不语,风儿啊也默默无声。

好象这世界上只剩下我一个人。

我还有十五分钟。

十五分钟不短哪——不,要抓紧这十五分钟。

要烧着马棚,让德寇的战马在火中嘶鸣,

要引起一片混乱和骚动。

我自己一个人。啊,周围是死一样的沉静!

只有老松树在摇头诉说它的苦痛。

多么静啊,只要你倾耳细听。

就会听见战争在全国的土地上滚动。

瞧,这就是我从未见过的英雄城,

列宁格勒啊,我决不让任何敌人侵占你,

我听见你隆隆的炮声。

克伦什塔啊,我听见你在低声鸣唱,

玛拉霍夫在用大炮回答敌人的进攻。

塞瓦斯托波尔啊,我看见你在熊熊火焰中,

火光照亮了狂涛骇浪。

战舰向你的怀中飞奔。

我没见过你呢,英勇的塞瓦斯托波尔城。

塞瓦斯托波尔啊,我要遵照命令,

焚毁敌人的马棚,把仓库烧得干干净净!

塞瓦斯托波尔啊,我明天就去帮助你,

我灵活机动,碰不上敌人的眼睛!

你不会碰见敌人的眼睛,可是如果万一……

那时可怎么办? 你是否有了充分的准备?

啊,寂静啊,寂静笼罩着世界。

　　在这寂静的子夜里,隐蔽着多少人世的悲痛⋯⋯

　　亲爱的人们,我愿意帮助你们,

　　下命令吧,同志们,

　　我坚强有力,我决心似铁!

阿丽格尔在《真理的故事》中描写卓娅的英雄事迹,是通过对它的抒情完成的。

郭沫若的诗剧《女神之再生》,其叙事因素和抒情因素相结合的特点更其明显。就整个作品来说,它叙述了上古时代共工、颛顼争夺帝位,共工失败,怒而触不周之山,天柱折裂,两方同归毁灭的过程;但在叙事的过程中,到处洋溢着浓郁的抒情意味。比如在共工触折天柱之后,善于炼石补天的神女们不屑再做修修补补的工作,而要建造新的宇宙,她们表示:

　　新造的葡萄酒浆,

　　不能盛在那旧了的皮囊

　　我为享受你们的新热新光,

　　要去创造个新鲜的太阳!

像这样的抒情片段,在全部诗剧中是随处可见的。

四　中国新旧诗的重要体裁及其特点

(一)旧诗(古典诗歌)

我国的古典诗歌体裁很多,重要的有古体诗、近体诗、词、曲等等。

1. 古体诗

古体诗包括古诗和乐府两种。先谈古诗。

古诗产生很早,《诗经》就是距今三千多年的一部古诗的总集。从《诗经》以后,古诗一直是中国古典诗歌中的重要体裁。

古诗大体上是格律诗,但比较自由,这表现在下面几点上。

第一,古诗没有固定的平仄,只要音节响亮,适于朗读就行了。清代的赵执信虽然给古诗也制了"声调谱",但没有人理会它。

第二,古诗中有一部分诗(如"歌"、"行"之类)的句子长短自由,不受限制。例如李白、杜甫的许多古诗,一篇之中往往包括三字句、五字句、七字句,乃至十一字句,因而能够表现复杂的情绪。(古诗中的另一部分是句子整齐的,有二言诗、三言诗、四言诗、五言诗、六言诗、七言诗、八言诗、九言诗等等。《诗经》以四言诗为主;汉魏之际及其以后,则以五言诗、七言诗为主。)

第三,平上去入的韵都可以押(但不能互协),其押韵的方法也没有严格的限制。可以句句有韵,可以隔一句或隔几句押韵,可以一韵到底,也可以随时换韵。

第四,篇幅的长短也没有一定:有两句成篇者,如《易水歌》;有三句成篇者,如《大风歌》;有四句成篇者,其例甚多;有五句成篇者,如杜甫的《曲江三章章五句》;有长至百句或数百句者,如杜甫的《北征》……

乐府本来是汉武帝设立的一个官署,职责是采集诗歌,配制乐曲,供朝廷祭祀和饮宴时演奏。后来便把入乐的诗歌叫做乐府诗。宋人郭茂倩编《乐府诗集》一百卷,是一部很有价值的乐府诗总集。

乐府诗有古乐府、拟古乐府、新乐府之分。它在句法、押韵等方面,也和古诗相同。

2. 近体诗

六朝时期,沈约等人提倡诗律,以平头、上尾、蜂腰、鹤膝、大韵、小韵、正纽、旁纽为诗的八病。到了唐代,便形成了一种格律很严的新诗体,文学史家称它为近体诗。近体诗又分为绝句和律诗两种。

绝句有五言、七言两种,每首只有四句。有人认为它是截取律诗的一半而成的,所以又叫截句。就起源说,绝句先于律诗,截句之说当然不能成立;但就格律说,绝句的确等于律诗的一半。

绝句一般押平声韵,也有押仄声韵的。其押韵方法有两种:一、二、四句押韵;二、四句押韵。

绝句每一字该平该仄,都有规定。五绝、七绝,都有平起和仄起两种格式。

五绝平起式:

平平平仄仄(如首句起韵,则为平平仄仄平)

仄仄仄平平

仄仄平平仄

平平仄仄平

诗例(字下"。"表示平声,". "表示仄声,下同)

鸣筝金粟柱,

素手玉房前。

欲得周郎顾,

时时误拂弦。

——李端《听筝》

五绝仄起式:

仄仄平平仄(如首句起韵,则为仄仄仄平平)

平平仄仄平

平平平仄仄

仄仄仄平平

诗例:

白日依山尽,

黄河入海流。

欲穷千里目,

更上一层楼。

——王之涣《登鹳雀楼》

七绝平起式:

平平仄仄平平仄(如首句起韵,则为平平仄仄仄平平)

仄仄平平仄仄平

仄仄平平平仄仄

平平仄仄仄平平

诗例:

朝辞白帝彩云间,

千里江陵一日还。

两岸猿声啼不住,

轻舟已过万重山。

——李白《早发白帝城》

七绝仄起式：

仄仄平平平仄仄（如首句起韵,则为仄仄平平仄仄平）

平平仄仄仄平平

平平仄仄平平仄

仄仄平平仄仄平

诗例：

月落乌啼霜满天,

江枫渔火对愁眠。

姑苏城外寒山寺,

夜半钟声到客船。

——张继《枫桥夜泊》

五绝中每句的一、三两字和七绝中每句的一、三、五三字可以变通,所以有"一三五不论,二四六分明"的说法。但也有限制:如"月落乌啼霜满天",第五字应该是仄声,现在用了个平声字"霜",这是可以的。但"轻舟已过万重山"的"万"字,却不能换成平声字;一换,连下面的两个字合在一起,就成了三个平声字,这叫做"下三连"(下三字是仄声也是一样)。"下三连"是应该避免的。

律诗也有五言、七言两种,每首八句,只能押平声韵。通常中间四句是两组对偶,首尾四句不拘。其平仄的规式,等于重叠起来的两首绝句。例如毛主席的《长征》:

红军不怕远征难,

万水千山只等闲。

五岭逶迤腾细浪,

乌蒙磅礴走泥丸。

金沙水拍云崖暖,

大渡桥横铁索寒。
更喜岷山千里雪，
三军过后尽开颜。

　　这首七律，就其平仄说，等于联结起来的两首平起式的七绝。律诗中还有一种排律，可以长至百余韵（两句一韵）。就格律说，它是律诗的扩大：第一，首尾四句是否对偶不拘，中间都是两句一组的对偶；第二，按绝句的平仄，继续重叠，直至结束。

　　3. 词

　　词是从唐代开始，到宋代非常发达的一种可以歌唱的新诗体。它在格律方面的特点是：第一，句子长短不齐（有少数例外），所以又叫"长短句"；第二，有固定的词牌，每一个牌子的句数、字数、声韵都有一定，只能按谱填词；第三，一首词通常分做两段（上段又叫上片或上半阕，下段又叫下片或下半阕），也有少数一段的和三段、四段的；第四，因字句的多少而有小令、中调、长调之分，小令只讲平仄，中调、长调中有许多要讲四声（只讲平仄的叫二声调，讲四声的叫四声调）；第五，有的词牌全押平韵，一韵到底，有的全押仄韵，一韵到底，有的中途换韵。下面举一个例子：

菩萨蛮

平(仄)平仄(平)仄平平仄（首句仄韵起）

平(仄)平仄(平)仄平平仄（协仄韵）

平(仄)仄仄平平（三句换平韵）

平(仄)平仄(平)仄平（协平韵）

平(仄)平平仄仄（仄韵起）

平(仄)仄仄(平)平仄（协仄韵）

平(仄)仄仄平平（换平韵）

$\overline{\overset{\text{平}}{\text{仄}}}\overline{\overset{\text{仄}}{\text{平}}}\text{仄平（协平韵）}$

词例：

茫茫九派流中国，

沉沉一线穿南北。

烟雨莽苍苍，

龟蛇锁大江。

黄鹤知何去，

剩有游人处。

把酒酹滔滔，

心潮逐浪高。

——毛泽东《菩萨蛮·黄鹤楼》

《菩萨蛮》是词牌名，填词者可于词牌下写出自己的题目。毛主席的这首词的题目是《黄鹤楼》，是他在黄鹤楼上写的。这首词"黄鹤知何去"句的平仄略有变通，另一首（题名《大柏地》）的"当年鏖战急"则完全合律。

词的牌子很多，仅《钦定词谱》所载，就有八百二十六种，二千三百〇六体。关于各种词牌及其格律，清初人万树（字红友）所著的《词律》二十卷，考证精详，可供参考。

4. 曲

曲是盛行于元、明两代的一种配合音乐的歌词。有剧曲和散曲的分别：剧曲是演唱故事的歌剧，如《西厢记》、《牡丹亭》等等；散曲是清唱的，因此又叫清曲。这里只谈散曲。

散曲分小令和套数（又叫套曲）两种。小令也就是小曲，每首一个曲牌，一韵到底，有点像词中的小令。套数是用同一宫调的若干曲牌按规定组织起来的，也必须一韵到底。

散曲的曲牌也有一定的谱子，不过比词自由些。这主要表现在下面的两点上：

第一，在押韵方面，平上去入四声（北曲无入声）通协。例如张养浩的题作

《潼关怀古》的小令《山坡羊》：

> 峰峦如聚，
> 波涛如怒。
> 山河表里潼关路。
> 望西都，
> 意踟蹰。
> 伤心秦汉经行处，
> 宫阙万间都作了土。
> 兴，
> 百姓苦！
> 亡，
> 百姓苦！

其中"望西都"的"都"和"意踟蹰"的"蹰"两个平声韵和"聚"、"怒"、"路"、"处"、"土"、"苦"等仄声韵互协。

第二，曲中可加入很多衬字。例如睢景臣的《高祖还乡》套曲的"尾"：

> 少我的钱，
> 差发内旋拨还；
> 欠我的粟，
> 税粮中私准除。
> 只道刘三，
> 谁肯把你揪捽住？
> 白甚么改了姓、更了名，
> 唤做汉高祖！

标黑点的是正谱，其余都是衬字。另一只没有加衬字的"尾"是这样的：

> 叹此愁，
> 能几许！
> 看看更有伤心处——

梅子黄时断肠雨。

曲有南曲、北曲之分。南北曲的曲牌及其格律,也有曲谱一类的书可供查考。如《南九宫十三调曲谱》、《北词广正谱》、《九宫大成南北词宫谱》等等。

我国古典诗歌音律节奏很美,概括性很强,艺术性很高。但这不仅仅是表现技术的问题,而是作家深入生活对生活有深刻的体会的结果。古典诗歌虽有上述优点,但是这种体裁限制太严,易于束缚思想,学不好或学得不到家,勉强去运用它,便会落入陈套;认真学起来又很不容易。毛主席曾说"旧诗不宜在青年中提倡",这真是甘苦之言。

(二)新诗

"五四"以后的新诗,有格律诗、自由诗和歌谣体三种。

1. 格律诗

艾青在《诗的形式问题》一文中说:

> 什么叫"格律诗"? 简单地说,这种诗体大体上是一句占一行,或一句占两行;每一行有一定音节,每段有一定行数;也有整首诗不分段的。
>
> "格律诗"的押韵,有的行行押,有的隔行押,有的交错着押,也有整首诗押一个韵的。
>
> 有各种不同的建行的意见,有的主张以统一的字数为标准;有的主张以统一的节拍为标准,字数则可伸缩。
>
> "格律诗"总的解释是:无论分行、分段、音节和押韵,都必须统一,假如有变化,也必须在一定的规格里进行。①

艾青对于格律诗的解释是正确的。关于建行问题,他转述了两种不同的意见,但"以统一的字数为标准"的意见是违反现代语言的规律的,因而一般人都不同意。何其芳在《关于写诗和读诗》一文中说:"格律诗不能采用古代的五七言体(我认为有些同志想用五七言体来建立现代的格律诗,那是一种可悲的误解,事实已证明走不通),而必须适合现代的口语的特点,现代的口语的基本单位是词而不是字,而且两个字以上的词最多,因此我们的格律诗不应该是每行字数整齐,而应该是每行的顿数一样,而且每行的收尾应该基本上是两个

---

① 艾青:《诗的形式问题》,载《人民文学》1954 年第 3 号。

字的词。"①

近几年来，许多诗人和读者都主张建立中国现代的格律诗，这是应该的；但必须指出，建立中国现代的格律诗，并不等于制造一套死硬的规格，让大家遵守。诗歌和其他文学样式一样，是反映生活、表达思想感情的，生活和思想感情的多样性决定了诗歌形式的多样性。格律诗虽然要有一定格律，但同时也要保证诗人的独创性，保证形式、风格的多样性。马雅可夫斯基在《如何写诗》一文中说：

> 我不是要来定出如何成为诗人或如何写诗的什么规律。这样的规律是没有的。诗人的定义就是一个为他自己创造出这样规律的人。再说一遍，让借助于我自己所爱好的相似体吧：
>
> 一个数学家——这个字底专门意义——即是创造、完成或发展数学定律的人，是增加着新的东西到我们数学知识上的人。第一个以公式表明二加二等于四的人是一个伟大的数学家，纵使他是由于四根香烟加在一起而得出这个真理的。任何后来的人也把四样东西加在一起——纵使他们加的是再大一些的东西，譬如说火车引擎吧——但他都不是数学家。②

2. 自由诗

艾青在《诗的形式问题》一文中说：

> 什么叫"自由诗"？简单地说，这种诗体，有一句占一行的，有一句占几行的，每行没有一定音节，每段没有一定行数，也有整首诗不分段的。"自由诗"有押韵的，有不押韵的。
>
> "自由诗"没有一定的格式，只要有旋律，念起来流畅，象一条小河，有时声音高，有时声音低，因感情的起伏而变化。③

世界诗歌史本来是以格律诗为主流的。自由诗的抬头，乃是近代的事情。

---

① 何其芳：《关于写诗和读诗》，作家出版社 1956 年 11 月第 1 版，第 49 页。

② 《大众文艺丛刊批评论文集》，新中国书局 1949 年版，第 402 页。

③ 《人民文学》1954 年第 3 号。

在近代,以写自由诗出名的是《草叶集》的作者美国民主诗人惠特曼。当时的美国是一个新兴的、充满朝气的国家,惠特曼的自由诗,是适应表现这个新兴国家的新的生活和新的思想感情的要求而产生的。它突破了旧形式的束缚,对于原来的格律诗来说,是一种解放。

中国的古典诗歌和民间歌谣,基本上是格律诗,但其中也有接近自由诗的。"五四"时代,在表现新的生活、新的思想感情的要求下,一方面发展了中国诗歌传统中的接近自由诗的部分,一方面也接受了外国自由诗的影响,产生了新的自由诗。

"五四"以来的新诗,从形式方面概括地讲,是从格律诗和自由诗两者之间曲折地走过来的。

艾青在《诗的形式问题》一文中主张在诗的形式问题上,应该遵照毛主席关于旧剧改革的方针:"百花齐放,推陈出新。"这是完全正确的。我们的生活是那么丰富多彩,很难设想真实地反映生活的诗歌只能有一种形式。有些人偏爱自由诗,反对格律诗;有些人偏爱格律诗,反对自由诗,我们认为这是无谓的争吵。伊萨可夫斯基、马尔夏克、吉洪诺夫、纪廉等社会主义现实主义诗人的格律诗,我们是喜欢的;马雅可夫斯基、聂鲁达、希克梅特、阿拉贡等社会主义现实主义诗人的自由诗,我们也是喜欢的。如艾青所说:

> "格律诗"可以写得好,也可以写得不好;"自由诗"可以写得好,也可以写得不好。根本的问题,在于诗人如何提高修养,如何更好的与现实结合,如何加强政治锻炼,如何向人民的生活和人民的语言学习,如何选择题材,采取什么艺术技巧等等问题。①

3. 歌谣体

歌谣体这种新诗歌的体裁,是在继承和发扬民间歌谣的基础上形成、发展起来的。我们的民间歌谣是丰富多彩的,我们的歌谣体的新诗也是各式各样的。总的说来,歌谣体新诗大都押比较整齐的韵,节拍也相当匀称,可以归入格律诗的范围之内。

---

① 《人民文学》1954 年第 3 号。

第二章 戏 剧

一 戏剧的特征

戏剧的主要特征是它的综合性和艺术性。

(一)综合性

谁都知道戏剧是一种综合艺术,也都把综合性看做戏剧的特征。但具有综合性的艺术并不止戏剧。戏剧的特征不徒在于它的综合性,而且在于它的综合性与其他综合艺术的综合性不同。

艺术在传达思想感情时所依靠的通路有二:一条是依靠空间,通过人的视觉而诉之于思想感情,凡走这条通路的被称为空间艺术,如舞蹈、绘画、雕刻等等;另一条是依靠时间,通过人的听觉而诉之于思想感情,凡走这条通路的被称为时间艺术,如诗歌、小说、音乐等等。时间艺术一类的各种艺术因为通路相同,可以互相综合,如综合音乐和诗歌而成歌曲;空间艺术一类的各种艺术因为通路相同,也可以互相综合,如综合雕刻和绘画而成建筑。但时间艺术的任何一种和空间艺术的任何一种因为通路不同,都无法综合,如诗歌和雕刻,音乐和绘画,都无法综合而成一种新艺术。

但戏剧却与此不同。戏剧是演员艺术,而演员艺术是既具有空间性又具有时间性的,所以在戏剧中,时间艺术和空间艺术便通过演员而综合在一起了。不过一切不同通路的艺术除了通过演员而综合起来之外,互相之间仍没有直接关系,它们都是为演员艺术服务的。因此,任何艺术一经加入戏剧艺术之后,就失掉了它原有的独立牲而从属于演员艺术了。

(二)集体性

因为戏剧是综合性的艺术,所以各种艺术家都集中在戏剧工作中从事工作,这就形成了戏剧的集体性。戏剧的集体性在于参加戏剧工作的各种艺术家,如剧作家、作曲家、导演、演员、美术家、灯光师、服装师以及其他一切舞台工作人员有一个共同的工作目标:创造舞台形象,表现一个戏的基本思想。当然,在观众面前,用自己的全部内心生活、用自己的独一无二的全部个性来创造人物形象、表现基本思想的是演员,所以戏剧又叫做演员艺术。但说戏剧是演员艺术,并不等于说除演员之外,别人就没有创造的余地。在创作中应该表现什么思想,是由全集团决定的。只有在这个问题上全集团取得一致认识的时候,只有全集团的成员都愿意为体现这一基本思想而努力的时候,大家才能用自己的创造去补足演员的创造。集体的创造并不是为演员服务,而是为戏剧的基本思想服务;不过在表现基本思想方面,演员的任务最重罢了。

二 戏剧的种类

戏剧的种类是异常繁多的。就表现的手段不同分类,有诗剧、歌剧、舞剧(舞蹈)、歌舞剧、话剧、默剧(哑剧)等等;就表现的场所不同分类,有舞台剧、广场剧、街头剧等等;就幕数的多寡分类,有独幕剧、多幕剧、活报剧(不分幕,用简单的戏剧形式报告当前发生的重大事件,所以又叫"新闻报道剧")等等;就题材的时代分类,有历史剧、现代剧等等。但从本质上去考察,便可以发现一切戏剧的基础是悲剧或喜剧。所以历来的戏剧理论家或把戏剧分为悲剧和喜剧两大类,或加上悲喜剧分为三大类。我们就根据三大类的分法,谈一下悲剧、喜剧和悲喜剧的特质。

(一)悲剧

悲剧一词,在古希腊文中意为"山羊的歌"。古希腊人以山羊献给酒神狄奥尼斯的时候,常常有伴以歌舞的关于狄奥尼斯的故事的叙述,这种形式由特斯匹斯、爱斯库罗斯等人加以改造和提高,便产生了希腊的悲剧。爱斯库罗斯(前五二五—前四五六)、索福克勒斯(前四九五—前四○六)、欧里庇德斯(前四八○—前四○六),是希腊的三大悲剧家。

根据过去的解释,悲剧是表现一种不能克服的矛盾,而以主人公(正面人物)的死亡或失败为结局的戏剧。这种戏剧,可以引起悲痛的、恐怖的感觉。

这个定义对于旧现实主义的悲剧是适用的,但对于社会主义现实主义的悲剧,已经不很适用了。社会主义现实主义的悲剧所表现的不再是主人公在不可克服的矛盾中的悲惨命运,因为我们的人民是在工人阶级的先锋队领导下根据辩证唯物主义的世界观正确地认识世界并从而改造世界的。在我们面前,只有还没有克服的矛盾,没有不能克服的矛盾。当然,在克服矛盾的过程中,有时也免不了失败或牺牲。社会主义现实主义并不要求作家回避尖锐的矛盾和人民在克服矛盾中所遭遇的失败和牺牲;但它要求从为未来而斗争的立场出发处理它们,要求在暂时的失败甚至牺牲的后面展现胜利的远景。社会主义现实主义的悲剧是"乐观的悲剧",其中的主人公是为共产主义的胜利而斗争的英雄,他们确信自己所从事的斗争必然会取得胜利,因为他们知道即使自己牺牲了,他们的后面还有强大的集体。例如马特洛索夫和黄继光在用自己的胸膛堵住敌人的机关枪口的时候,他们是坚决的,是充满胜利的信心和乐观主义的精神的。

旧现实主义的悲剧能给观众以悲痛的、恐怖的感觉,社会主义现实主义的悲剧则与此不同。例如《刘胡兰》,它留在观众心中主要的是把生命献给人民的美,是"生的伟大,死的光荣",而不是死亡的恐怖。当然,观众看到刘胡兰的死,是不无悲痛之感的,但结果是化悲痛为力量:"为刘胡兰报仇!"

(二)喜剧

喜剧一词,在古希腊文中意为"醉酒的村人之歌"。古希腊的农民在葡萄节日里(收葡萄的季节),装成鸟兽,戴上面具,抬着象征生殖的阳物模型,且歌且舞,敬奉酒神。这时节一切道德的和宗教的束缚完全被打破了,大家尽情欢乐。这种原始的歌舞一经美化,便成为喜剧。希腊喜剧的历史分旧喜剧、中喜剧和新喜剧三个时期。阿里斯托芬(前四四六—前三八五),就是旧喜剧的卓越的代表作家。

喜剧是以滑稽的形式嘲笑、讽刺生活中的反面现象和人的性格中的、道德上的缺点和弱点,其结局总是愉快的,圆满的。

嘲笑和讽刺,在喜剧中往往是并存的;因为如高尔基所说,"喜剧需要冷嘲热讽"[1]。但由于或偏于嘲笑,或偏于讽刺,因而又有幽默喜剧(滑稽剧、笑剧)和讽刺喜剧(讽刺剧)的区别。

1. 幽默喜剧

马克思认为世界历史形态的最后阶段便是它的喜剧,因为人类是"笑着"和自己的过去、和过了时的生活样式告别的。[2]

幽默喜剧的特点是:它以"笑"为手段,揭露并嘲笑生活中的、性格中的缺点和弱点,以达到教育观众的目的。契诃夫曾说他的《三姊妹》是一部笑剧。

---

[1] 高尔基:《论剧本》,载《剧本》1953 年 9 月号,第 2 页。

[2] 《马克思恩格斯论文学与艺术》,平明出版社 1953 年 2 月第 5 版,第 126 页。

《三姊妹》中的许多主人公都对未来的生活怀着美丽而合理的幻想,但又都是软弱无力的,甚至经常要"用自杀来结束自己"的生命。幻想与幻想者之间的矛盾,这就是《三姊妹》的笑剧性的根源。那些关于美丽的幻想的谈话,在缺乏为实现幻想而进行实际斗争的条件下,就显得非常好笑了。川剧中的《评雪辨踪》,可以说是很好的幽默喜剧。

2. 讽刺喜剧

讽刺喜剧的特点是:它所描写的反面现象不只可笑,而且可憎;对于反面现象,不只嘲笑它,而且辛辣地讽刺它、愤怒地鞭挞它。例如果戈理的作品就是这样的。

《江南余载》上有这么一段记载:

> 宋朝宣州刺史入朝,皇帝设宴演剧。演到中间,丑角扮了一个土地老儿跑上台来,别的角色都非常惊讶,问道:
>
> "你做什么?"
>
> "我来上朝。"
>
> "你是什么人?"
>
> "宣州土地。"
>
> "既是宣州土地,不在宣州,上的什么朝?"
>
> "不瞒列位说,这次宣州刺史入朝。把我和地皮一古脑儿卷来的。"

这一段记载很可以说明讽刺喜剧的特质。别林斯基说:"讽刺一辞,不应该认为是潇洒的机智之士所做的无伤大雅的讥嘲;它是愤怒的叫喊,是腐败的社会所侮辱的灵魂的反击。"京剧《打面缸》就是讽刺喜剧。

(三)悲喜剧

悲喜剧又叫正剧,它所描写的是尖锐的、但在某种程度上能够解决的矛盾,因此主人公的命运有各种样式,不能一概而论。但总的说来,悲喜剧兼有悲剧和喜剧的因素,它是先悲后喜的。反面人物终于受到惩罚,正面人物终于获得胜利,是悲喜剧的一般规律,例如《白毛女》。

三 戏剧的文学要素——剧本

戏剧是一种综合文学、音乐、舞蹈、绘画、建筑等因素而成的综合性的艺术,所以不能包括在文学之内;文学所能包括的只是作为戏剧要素之一的剧本——戏剧文学。因此,我们准备着重地谈一下有关剧本的几个重要问题。

(一)戏剧冲突

没有冲突,就没有戏剧;因为没有冲突,就不可能有情节,不可能深刻而全面地表现人物的性格。一切优秀的剧本,都是建筑在大胆地反映生活矛盾的基础上的,建筑在尖锐的冲突上的。当然,一切文学艺术,都需要反映生活中的矛盾与冲突,但这对于戏剧更为重要。因为戏剧是要当众演出的,它必须要有足以抓住观众的强烈的戏剧性,而戏剧性的基础是生活中的矛盾与冲突。冲突愈尖锐,戏剧性就愈强烈,戏剧情节就愈紧张,戏剧效果也就愈巨大。高尔基在《论剧本》中说:"我们是生活在非常的、空前的、全面戏剧性的时代里,是生活在破坏和建设过程的紧张的戏剧性的时代里。……在我们的时代,人遭受着狂暴的旋风般的现实的各种各样的影响,他心中体验到个人主义者和社会主义者的斗争,体验到不可调协的矛盾,体验到他在小市民阶层几世纪的暴力压迫下继承下来的品质和历史的坚决的、严峻的要求的冲突,——和工人阶级的政党的要求的冲突……"[1]这说明现实中的矛盾与冲突,是戏剧性的基础。

戏剧必须反映足以构成情节的紧张性和形象的凸出性的尖锐的矛盾与冲突,这是它的重要特征之一。

已经受到严厉批判的"无冲突论"曾经给苏联的,也给我国的戏剧创作造成严重的损害。如《真理报》所指出:"按照'无冲突的戏剧'底方子配制起来的剧本,那是缺乏生活气息的。……它们不能武装读者和观众去克服困难,不能唤醒人们底思想与情感。"[2]

"无冲突论"是一种非常有害的理论,这是不用说的;但仅仅知道戏剧要有冲突,而不理解这所谓冲突必须是生活的冲突,必须符合生活发展的规律,仍然写不出优秀的剧本。我们有一些这样的剧本:剧作者把戏剧冲突庸俗地处理成争吵、打架和误会,剧中人物在开幕时就被一些不合理的纠纷所纠缠。而这些纠纷,又往往是由于日常生活中的无关紧要的偶然事件所引起的。假如在生活中,这样的纠纷即使发生,也是很容易解决的;但剧中人物似乎都很不

---

① 高尔基:《论剧本》,载《剧本》1953 年 9 月号,第 80 页。

② 《真理报》专论:《克服戏剧创作的落后现象》,载《文艺报》总第 62 期。

聪明,他们为这一类小事争吵、打架甚至造成严重的误会,闹得难解难分。这因为剧作者对现实生活中的矛盾和人物的思想感情缺乏深刻的理解。就只好围绕一件无关得失的偶然事件,用"编剧法"的老套子,人工地布置"冲突",安排"情节",制造"高潮"了。这样编出来的剧本,不用说是没有真实性,因而也没有任何教育意义的。

(二)剧本的语言

剧本的语言主要的是人物的台词,此外还有剧情的说明。

1. 台词

剧本区别于其他文学样式的特征之一是只有人物的语言而没有叙述人的语言(我国戏剧的前身是说唱文学,所以在地方戏和京戏中,还残留着以第三人称叙述故事的痕迹,像引子、定场诗、自报家门、上下场诗等等;但从元人杂剧起,基本上已经是"代言体")。所以人物的语言(台词),是剧本的基本材料,它一方面要表现事件的发展,一方面又要揭露人物的性格,塑造人物的形象。表现事件的发展,这是比较容易的;但同时要揭露人物的性格,就非常困难了。所以高尔基说:

> 剧本(悲剧和喜剧)是文学的最困难的一种样式,其所以困难,是因为戏剧要求每个剧中人物用语言和行动表现出自己的特征,而不用作者的提示。在长篇小说里,在中篇小说里,作者所描写的人物是借作者的帮助而活动着,他经常和他们在一起,他暗示读者必须怎样了解他们,给读者解释他所描写的人物的动作的神秘的思想和隐蔽的动机,借自然界与环境的描绘来衬托出他们的心情,总之,经常把他们保持在自己目的底细线里,自由地和常常地(读者所不注意到的)、很巧妙地、然而随意地掌握他们的动作、言语、行动和相互联系,极力关怀着把长篇小说的人物写成最有艺术性的、明朗的和有说服力的人物。

> 剧本不容许作者这样随便的干涉。在剧本里,用不着他对观众提示。剧本的登场人物的产生,特别依靠而且只有依靠他们的话语,即纯粹口语,而不是用叙述的语言。明白这点是重要的,因为要使剧本的人物在舞台上,在它的演员的扮演方面,具有艺术的价值和社会的说服力量,就必须使每个人物的台词是有严格的独特性和极富有表现力的,——只有在这条件下,观众才明白,剧本中的每个人物的一举一动,才会象作者所确

定的和舞台上演员所表现的那样。我们拿我国优秀的喜剧的主人公们法莫索夫、斯卡洛佐勃、莫尔查林、列彼契洛夫、赫列斯达科夫、市长、拉斯普留耶夫①等等做例子吧，这些人物中每一个都是靠少量的话语产生的，他们当中每一个人都提供出关于自己的阶级、自己的时代的非常准确的概念。这些性格的格言成了我们的日常用语，正因为在每一句格言里非常准确地表现出一种无可争辩的、典型的东西。我觉得，由此很清楚地看出，剧本的人物的口语对于剧本具有多么巨大的，甚至有决定性的意义，加强口语的研究，对于青年作家是多么迫切的需要。②

关于剧本语言的独特性和人物台词的重要性，高尔基说得异常明白，所以不必重复，现在只谈一下台词的形式。台词的形式，约有下列数种：

第一，对话

第二，独白（对话和独白，前面已经谈过）

第三，旁白　前面已谈过旁白，但那是根据小说谈的。戏剧中的旁白跟小说中的旁白稍有不同：在小说中，作者离开作品中的人物而向读者说话，就叫旁白；在戏剧中，旁白是独白的形式之一，它的特点是剧中人物离开其他人物而向观众说话。在中国旧剧中，丑角最喜欢用旁白，西洋的喜剧也往往用旁白。

第四，同白　两个人或更多的人同时说话，如果所说的话各不相同，则应该把各人的话都写出来，再注明"同时"；如果所说的话相同，只要把几个人的姓名合写在相同的台词上就行了。

第五，抢白　不等别人说完就抢着说。

第六，内白　在后台说话。

第七，默白　又叫潜台词。这是人物没有说出口的语言，在剧本上应该注明它的主要内容，好让演员用表情表现出来。潜台词是很重要的，因为它可以深刻地揭露人物的内心世界。

第八，半语　只说一半话，下面用省略号。

---

① 前四个是格里波叶多夫的喜剧《聪明误》中的人物；后三个是果戈理的喜剧《钦差大臣》中的主角。

② 高尔基：《论剧本》，载《剧本》1953 年 9 月号，第 74—75 页。

第九，重语　重复同样的话，如一方提出许多不同的问题，一方老用相同的话回答。

第十，装腔语　学旁人的腔调说话，在喜剧中常见。如男角学女角的腔调，女角学男角的腔调。

剧本的台词虽有许多形式，但主要的是对话，其次是独白。其他的形式，也都可以附属在对话或独白之下。

2. 说明

剧本的语言，除台词之外，还有帮助导演和演员掌握剧情的"说明"，如：

第一，时间、地点、人物、布景的说明；

第二，人物的动作、表情的说明；

第三，人物上场、下场的说明；

第四，"效果"的说明（环境的变化，如打雷、刮风、下雨等等，在戏剧中叫做"效果"。需要什么"效果"，在剧本中应该注明）；

第五，幕开、幕闭的说明（如"幕急闭"之类）。

3. 剧本的分幕、分场

剧本的分幕和幕内分场，是为了划分故事发展的阶段而必要的，也是为了更换舞台布景、改变演员化装及给观众和演员以休息的机会而必要的。在分幕、分场时，应该把从生活中得来的故事按照舞台上发生最大效果的需要，并抓住其中人物的性格，重新布局，即把主要的部分集中起来，其余的部分，则只在幕后或台词中用明示或暗示的方法加以介绍，使每幕每场在全剧中既不感到浪费，也不感到松懈；既是一个精彩的片段，又是全故事的一个有机的组成部分。一幕接一幕，一场接一场，故事在一条主要行动线上发展着、变化着，没有旁见侧出的不必要的情节，而故事发展变化的过程，也就是人物性格发展变化的过程。

幕有广狭二义。广义的幕是指全剧结构的大段落，这样的幕因为里面常常有时、地、景的变更，所以又需要分场，每场结束也闭幕。狭义的幕是把场当做幕，由开幕到闭幕，算作一幕，闭几次幕，就是几幕戏。这样的幕一般地不再分场；即使分场，也是小场，并不闭幕。

独幕剧必须表现一段最有典型性、戏剧性的情节，结构必须更加集中。两幕剧不多见，因为很难找到一个适当的题材，可以恰好平均地分为两幕。最常见的多幕剧是三幕、四幕或五幕。第一幕是故事的发端，主要人物、主要问题和发展上应有的线索,都应该在这里伏下根子;发端以后是故事的发展,等到一切可能的发展都已经展开之后,就可以达到故事的顶点,导向故事的结局了。

不管是独幕剧或多幕剧,也有在前面加"序幕",在后面加"尾声"的。"序幕"介绍本事发生前的情况,"尾声"介绍本事结束后的情况。

幕的开闭,因剧情的需要,也有几种形式。比如故事正在进展,或准备急转,或正达高潮,闭幕要急;在矛盾已经解决,故事的高潮已经下降,观众的心情也已经平静下来的时候,闭幕要缓。

4. 剧本与剧院的关系

从戏剧艺术的历史看,戏剧艺术中文学要素的发展,促进了戏剧艺术的发展。原始状态的戏剧,只是"即兴表演",没有独立的剧本。"即兴表演"无论发展到如何高的形式,也不可能有效地表达一个完整的具有一定深度的思想。这因为:第一,没有事先的准备,创作太匆促;第二,没有共同的目标,只能随机应变,迎合观众的心理,因而演员之间的努力,也常常相互矛盾。剧本的产生,克服了"即兴表演"的缺点,把戏剧艺术推向更高的发展阶段。戏剧的内容是剧本所给予的。戏剧艺术,特别是演技,没有丰富的内容,就无法继续发展;反之,当内容丰富到固有的形式不能把它适当地表现出来的时候,就会突破旧形式的束缚而创造适于表现它的新形式。比如斯坦尼斯拉夫斯基的演剧体系,是从契诃夫的剧作中产生的。契诃夫的现实主义的剧作要求现实主义的演剧体系,这是很自然的事情。

剧本对于剧院、对于演剧体系的影响,是剧本中的人物形象以及通过形象而体现出来的基本思想对于舞台技术的影响。斯坦尼斯拉夫斯基体系中的主导部分,便是把表现剧作的基本思想作为"最高任务"的原理。所以,要提高戏剧艺术的水平,首先应该写出优秀的具有深刻的思想内容的剧本。契尔卡索夫说:"没有剧本或是电影脚本,就不会有演剧艺术和电影艺术,也不会有演员这项职业了。在剧场和电影创作中,戏剧创作有着首要的意义,演员从剧作家的作品的主题思想中汲取自己想象力的源泉,当他一旦体现了作者的形象,他就成了大师和艺术家。"①另一方面,剧院对于剧作也有着重大的影响,如果没有斯坦尼斯拉夫斯基的演剧体系,就不能演好契诃夫的剧本,也就无从证明契

_____

① 契尔卡索夫:《我对戏剧的一点体会》,载《文艺报》总第77期。

诃夫的剧作的确在戏剧史上开辟了一条新道路。戏剧是要当众演出来的,演的好坏,自然决定着戏剧的价值,因而好的剧院和卓越的演技,就非常重要了。事实证明,剧本中的形象常常是和演员的名字分不开的。一提起《列宁在十月》,大家就会记起伟大的艺术家史楚金(演列宁),一提起《钢铁战士》,大家就会记起英雄气概的张平(演张志坚),而《宇宙锋》中的赵艳容、《白蛇传》中的白娘子……这些人物在观众的心目中常常是和梅兰芳的名字连在一起的。这因为通过演员的创造性的表演,剧本的形象就更加完美地呈现在观众的面前,剧本的思想就更加有力地震撼着观众的心灵。正因为剧院(导演、演员等)在戏剧艺术的创作上有这么大的作用,所以剧作家应该热爱剧院,应该和剧院合作,应该考虑、接受剧院的意见,修改、提高自己的创作,契尔卡索夫在指出剧本的重要性之后说:"另一方面,剧作家如果尊重演员的天才表演,尊重他所创造的文学戏剧形象的体现,他就能使自己在创作上得到进一步提高和成长的推动力。如果没有现代的戏剧创作,就不会有现代剧场,那么,如果没有作家同剧场、电影制片厂的密切合作,也就不可能有现代的戏剧。"①《真理报》也着重指出:"重要的是用各种方法巩固剧院与作家的联系和合作。剧院与剧作家之间的相互关系应该是真正创作的、有原则的、要求严肃的。"

---

① 契尔卡索夫:《我对戏剧的一点体会》,载《文艺报》总第 77 期。

第三章　小　说

一　小说的特征

小说和其他文学样式一样,具有文学的一般性,也具有区别于其他文学样式的自己的特征。它的特征是:

(一)语言方面

在抒情诗中,通常只有抒情主人公的语言,在戏剧中,只有人物的语言,而在小说中,则有叙述人的语言和人物的语言。不仅如此,小说中的叙述人的语言,并不同于抒情诗中的抒情主人公的语言,小说中的人物的语言,也不同于戏剧中的人物的语言。

抒情诗的语言是抒情主人公直接诉说他自己的感受的语言,小说中的叙述人的语言,则是作为叙述作品中的人物、事件并同时表达对于人物、事件的态度的语言。

在小说和戏剧中虽然同样有人物的语言,但在戏剧中,人物的语言是独立的,在小说中,人物的语言则从属于叙述人的语言,它们仿佛是叙述人从人物的口中引出来,作为自己叙述故事的材料的。

由于没有叙述人的语言,所以在剧本中,人物只能用自己的语言表现自己,这就使剧本成为一种最困难的文学样式;而在小说中,人物除用自己的语言表现自己而外,还可以得到叙述人的帮助。叙述人可以用自己的语言给读者介绍人物的经历,介绍人物与人物的关系,说明人物的每一句话、每一个动作的动机,甚至把藏在人物心底的不可告人的秘密揭露出来……

从这一点上说,小说比戏剧有更充分的条件从其全部的丰富性上刻画人物的性格,描写人物的精神世界。

但戏剧也有它特有的优点,小说家只能用语言创造形象,而戏剧是有舞台性的,剧作家除用语言之外,还可借助灯光、布景、效果,特别是演员的声音、动作、表情、服装等等创造形象,因而它比小说有更充分的条件使形象具体化。

（二）容量方面

戏剧的舞台性一方面给剧作家在形象的具体化上提供了有利的条件,一方面也给剧作家在反映生活的广阔性上造成了很大的困难。戏剧的演出,必须受时间和空间的限制。在时间方面,由于要顾及演员和观众的体力,戏剧的演出不能超过四小时;在空间方面,由于舞台的容量有限,不能把必要的东西无限制地搬上舞台。所以,在剧本中不能描写很多的人物,不能无限度地表现人物间的复杂关系,不能容纳大段的详情细节,而小说则与此相反。别林斯基说:

> 我不知道,为什么戏剧在我们的时代不能有象长篇小说和中篇小说一样巨大的成功?是不是因为戏剧要求,如果不是莎士比亚,就至少非由歌德、席勒来写天地间罕有的名文不可,或者因为一般地戏剧才能是特别稀少的缘故?我不能解答这个问题。也许,长篇小说更适合于诗情地表现生活吧。的确,它的容量,它的界限,是广阔无边的;它比戏剧更不矜持,更不苛刻,因为它用以吸引人的不是局部和片断,而是整体,包容着这样的细节,这样的琐事,分开看时似乎是不足道的,但和整体联系起来看,在作品的全盘性上看时,却有着深刻的意义和无边的诗情;至于戏剧,它那直接或间接,或多或少地总是屈服于舞台条件的狭窄的界限,却要求着行动进展底特别的迅速和活泼,不能容纳大段的细节,因为戏剧和一切其他诗歌体裁比较起来,主要的是在最崇高和最庄严的形态上来表现人类生活。这样,长篇小说的形式和条件,用来诗情地表现一个从其对社会生活的关系中所看到的人,是更方便的,我以为它底异常的成功,它底无条件的支配权底秘密,便在这儿。①

（三）结构方面

戏剧由于受演出的时间和空间的限制,它的结构必须做到人、景、时的高度集中。剧作家必须把实际表现给观众的部分和间接到场外去交代的部分分别处理,恰如其分地把他所要反映的生活组织成若干场戏;而在每一场戏中,

---

① 别林斯基:《论俄国的中篇小说和果戈理君的短篇小说》,见《别林斯基选集》第 1 卷,时代出版社 1952 年版,第 198 页。

又必须把人物的行动、故事的发展集中在同一场景、同一时间。小说则比较自由。

二 小说的叙述方式

如前所说,小说中有叙述人的语言,任何一部小说,都是由一定的叙述人叙述出来的。

叙述人是一个艺术范畴,并不一定就是作者。假如作者自己负担叙述的任务,那么,叙述人就是作者。这种由作者叙述的小说,是第三人称的小说。假如作者把叙述的任务交给作品中的人物(作品中的人物也可能是作者自己,如自传体的小说中的主人公就是作者自己),那么,叙述人就是作品中的人物。这种由作品中的人物叙述的小说,是第一人称的小说。

(一)第一人称的小说

第一人称的小说都是由作品中的人物之一直接叙述的。这种小说除普通的形式之外,还有以下几种比较特殊的形式。

1. 自传体小说

自传体小说是用第一人称写的,但其中的"我"既是作品中的人物,又是作者自己。例如高尔基的《童年》、《人间》、《我的大学》,郭沫若的《我的幼年》、《创造十年》,高玉宝的《高玉宝》等。

2. 日记体小说

这是用日记的形式写的小说。这种形式只适于写短篇,如鲁迅的《狂人日记》。

3. 书信体小说

这是用一个人物的若干封书信或几个人物互相来往的若干封书信构成的小说。这种形式也只适于写短篇、中篇,如歌德的《少年维特之烦恼》、郭沫若的《落叶》、冰心的《寄小读者》。

4. 回忆录体小说

采取回忆的形式。如普希金的《上尉的女儿》就是用其中的人物之一格利尼约夫回忆往事的形式叙述出来的。

第一人称的小说的特征是由人物用自己的观点叙述事件。优点是:第一,它帮助作者把早已熟识的人物和事件从不常见的和出乎意料的角度表现出来,就仿佛是第一次出现一样,使读者感到新鲜;第二,它帮助作者把人物的性格和他对事件的态度迅速而明朗地表现出来,使读者感到亲切。缺点是:第一,如果要描述作为叙述人的那个人物没有参加的或不可能知道的事件,就会遇到不易克服的困难;第二,作者必须根据作为叙述人的那个人物的词汇、观点、感受、文化程度等叙述事件,因而在创作上会受到限制。

小说家为了利用第一人称小说的优点而避免它的缺点,创造了许多第一人称小说的变体。比如:有在第一人称小说的前面加上一个"序",用以介绍作品中的那个"我"的,如鲁迅先生的《狂人日记》;有几个人物接替着叙述的,如梅里美的《卡尔曼》(载《译文》一九五三年十月号。前三段中的"我"叙述他怎样在旅途上遇见了另一个人物唐·霍塞·李查拉本耶哥,并对这个人物加以必要的介绍、描写,到第三段的末尾,用"下面的这个忧郁的故事,是我从他口中听到的"一句话来一个转折,从第四段开始,原来的那个"我"变成了听故事的人,而原来的那个"他"——唐·霍塞·李查拉本耶哥——却开始用第一人称的口吻讲述他和卡尔曼等人的故事);有由第三人称叙述,忽然又转由第一人称叙述的,如斯米梁斯基的短篇小说《翼》:

小公鸡们的啼叫声还不是坚强有力的。低低的月儿直照进窗子。乌里杨娜光着脚轻轻地走到小房间里去,坐在女儿床头边的一条长凳上。

屋子很闷热。迦尼卡睡得很甜,在床上舒展着身子。她那淡黄色的头发下垂到地板上。微笑仿佛在嘴唇上凝结着,乌里杨娜觉得女儿在对她微笑——她那睡梦中的脸庞是这么容光焕发而讨人喜欢。她把迦尼卡的头发从地板上撩起来,放在手掌上,拿脸把它们贴了一下。晚上她用碱把它们洗过。这样的柔软、蓬松。现在她将不回家来。只要她来探望娘就好喽。唉,要是我年轻,没有病,我也要向那儿去! 可惜安得烈不在家。要不我们三人都去参加那二十五万瓩的建设,可不是说笑话! 在维索科耶,人们建造了一座十二万瓩的,而且他们都不觉得辛苦呢。当共青团和劳动组合在村子里相继建立的时候,人们所梦想的就只有电力。而现在……迦尼卡可真了不起啊……"妈,"她说,"难道自己的院子就是整个世界吗? 现在心长了膀翅,它嫌自己的院子和自己的村子不够大,别阻挡吧。"去吧,姑娘——去吧,心肝儿! 当狂喜降到你身上,充满你的心的时候,你就会象鹌鹑似的在破晓时候飞过我们屋子上空,叫喊吧——娘会听见和知道……

第一人称的小说用什么样的人物作叙述人,有很重要的意义,因为叙述人的立场观点,可以影响,甚至决定作品的思想倾向。比如普希金在《上尉的女儿》中一方面表现了对人民的人道态度,对人民的爱和尊敬,另一方面又不同意农民暴动,而企图证明"不经过任何暴力的震动,仅仅由于改善风俗而产生的改革,是最好的和最可靠的改革"。这种思想倾向自然可以用故事的叙述人贵族的儿子格利尼约夫的立场观点去解释。

(二)第三人称的小说

这是作者从旁叙述的小说,常见的形式是先提出人物的姓名,然后用第三人称——"他"或"她"——来代替。例如赵树理的《传家宝》:

> 有个区干部叫李成,全家一共三口人,一个娘,一个老婆,一个他自己。他到区上做工作去,家里只剩下婆媳两个,可是就只这两个人,也有些合不来。……

第三人称的小说虽没有第一人称的小说所有的那些优点;但也没有那些缺点,叙述人(作者)可以根据自己的观点任情地叙述所要叙述的一切,他仿佛是无所不知的。

为了兼有第一人称小说的优点,有些作家采取这样的形式:虽然是用作者的观点写的,但作者好像跟人物融成一体,用人物的语言表达思想,用人物的眼睛观看事物。例如契诃夫的短篇小说《草原》中有这么一段:

> 叶果鲁希卡想起来,每逢樱桃树开花,那些白补钉就连同花朵化成一片白色的海;等到樱桃熟透,白色的墓碑和十字架上点缀了红色的斑点,象是血迹一样。在墓园里的樱桃树下面,叶果鲁希卡的父亲和祖母希娜伊达·丹尼罗芙娜一天到晚躺在那儿。祖母去世的时候,人们把她放进一口又长又窄的棺材里,拿两个铜板压在她那不肯合起来的眼睛上。在她去世以前,她是活着的,常从市场上带回来松软的面包卷,上面撒着罂粟子。现在呢,她光是睡觉、睡觉……

这篇小说是用第三人称,即用作者的观点写的,但在上面的这一片段中,作者仿佛跟作品中的人物叶果鲁希卡融成一体。叶果鲁希卡是一个九岁的孩子,对事物的看法是很天真的,"在她去世以前,她是活着的……现在呢,她光是睡觉、睡觉……","人们把她放进一口又长又窄的棺材里……"这些话都表现了一个九岁的孩子所特有的观点。

三 小说的分类

小说的分类方法很多：就题材的时代分类，有历史小说、现代小说等等；就文体的区别分类，有白话小说、文言小说、诗体小说等等；就体裁的区别分类，有日记体小说、传记体小说（包括自传体小说）、书信体小说、回忆录小说、笔记小说、童话小说、章回小说等等；就内容的区别分类，有哲理小说、家庭小说、社会小说、工业小说、心理小说、探险小说、侦探小说、侠义小说、人情小说、神魔小说、狭邪小说、公案小说等等。（文学的内容是社会生活。社会生活是无限复杂的，因而从内容的差别上分类，不能解决问题，反可以引起问题。比如，有人把戏剧从内容的差别上分为思想剧、心理剧、社会剧、神秘剧、梦幻剧、奇迹剧、道德剧、复仇剧、问题剧、机巧剧等等，但任何剧中都应该有思想，有问题，有心理描写。）但最常见最合理的分法是根据反映生活的容量与特征，分为短篇小说、中篇小说和长篇小说三种。

（一）短篇小说

简单地说，短篇小说是一种短小精悍的叙事作品。它具有如下特征。

1. 短而深

有些人认为短篇小说的特征之一是它的压缩性，所以在短篇小说中可以，而且应该表现和长篇小说同样丰富的内容。这种看法当然是错误的，因为长篇小说也应该写得精练。认为短篇小说可以，而且应该表现和长篇小说同样丰富的内容，一方面低估了长篇小说的价值，另一方面是给短篇小说提出了在实际上不可能完成的任务，试想，有谁能把《红楼梦》、《战争与和平》或《静静的顿河》所表现的内容压缩到万把字的短篇中去呢？别林斯基说：

> 有一些事件，一些境遇，不够拿来写戏剧、长篇小说，但却是深刻的，在一瞬间集中了这么多的生活，在一世纪里也过不完：中篇小说（现在我们称之为短篇小说的，别林斯基用当时的说法，称为中篇小说——编者）抓住它们，把它们容纳在自己底狭隘的框子里。①

① 别林斯基：《论俄国的中篇小说和果戈理君的短篇小说》，见《别林斯基选集》第1卷，时代出版社1952年版，第119页。

别林斯基对于短篇小说的理解是完全正确的。短篇小说所写的是不够用来写长篇或中篇的材料，所以它"短"。短篇小说所写的是深刻的、具有巨大社会意义的材料，所以它同样可以体现深刻的、具有巨大社会意义的思想。鲁迅先生的许多短篇小说就都是这样的。

主张应该把长篇小说的内容"压缩"到短篇小说中去的人，说什么短篇小说是一种最困难的文学形式，这种论调是有害的。初学写作的人如果听信这种论调，一开头就写长篇小说，那是很危险的。高尔基说得好：

> 开始就写大部头的长篇小说，这是笨拙的办法。我国所以出了大堆语言的垃圾，正由于这个缘故。要写作，首先学习写短篇，西欧和我国几乎所有最伟大的作家都是这样，因为短篇小说用字经济，材料容易合理分配，情节清楚，主题明确。我曾劝一位有才能的文学家暂不写长篇小说，等短篇小说写了一个时期以后再写长篇，他却回答说："不，短篇小说的形式太困难。"这个结论就是说：制造大炮比制造手枪简便些。①

2. 单纯、精练

短篇小说因为短，所以它要求用精练的语言和精练的手法表现单纯的主题。有许多短篇小说，只描写生活的一个片段，这就很符合精练的要求。例如契诃夫，就善于抓住一些生活的片段，用极精练的手法把它描写出来，他的只有三千多字的《万卡》，就是一个典型的例子。有些短篇小说也描写人物的一生，但它不像长篇小说那样铺开来写，而是只描写人物性格发展中的几个重要环节，像《祝福》中的祥林嫂的一生，就是通过几个重要环节（第一次逃到地主家做工，被迫第二次嫁人，丈夫和孩子的死，二次到地主家来，最后做了乞丐……）的描写表现出来的。

短篇小说的结构和风格是多种多样的，但内容比较单纯：或者是一个生活片段，或者是一个单一的事件，人物比较少，着力描写的常常是一个主要人物，而且只描写他的性格发展中的主要环节……这却是带有一般性的特点。而这种内容上的单纯性，就自然要求特别精练的语言和表现手法。

短篇小说虽然不能说是最困难的文学样式，但也绝不是最容易的文学样式，事实上，正像我国古典诗歌中的绝句和小令"易作而难工"一样，短篇小说

---

① 高尔基：《和青年作家谈话》，见《论写作》，人民文学出版社 1995 年 5 月版，第 11 页。

并不是随便可以写好的。高尔基就对短篇小说的写作提出了很严格的要求：

> 短篇小说必需这些条件：鲜明地描写事件底环境，活泼地表现作品中的人物，选择正确而生动的语言。

> 短篇小说，一切必须写得象浮现在读者眼前一般。画家生动地、浮雕似地描写人物和故事，要画得象现在就要从画面里跳出来一般；小孩子却不懂得"远近法"，只画出事物底平板的轮廓和外表的素描。这就是两种画的差别。①

用不着解释，短篇小说的作者应该做高尔基所说的"画家"，而不应该做高尔基所说的"小孩子"。

（二）长篇小说

长篇小说是一种容量最大的大型叙事形式。它具有如下特点。

1. 广泛地反映社会生活

长篇小说因为篇幅长，容量大，所以不像短篇小说那样只描写生活的片段或单一的生活事件，而是反映广泛的现象，揭露复杂的矛盾。有经验、有才能的作家，利用这种形式，甚至可以把整个历史时代的社会生活从其全部的丰富性和复杂性中描绘出来。

2. 细致地多方面地刻画人物

长篇小说中往往出现极其众多的各色各样的人物（例如《红楼梦》中有四百多个人物），这些人物因为处在错综复杂的关系中，所以能够得到细致地多方面地刻画。

（三）中篇小说

中篇小说是中型的叙事作品。一般地说，它的容量比长篇小说小，比短篇小说大。但在中篇和长篇之间、中篇和短篇之间并没有不可逾越的鸿沟。例如《阿Q正传》、《李有才板话》等，都是中篇小说。

---

① 高尔基：《给某青年作家》，见《给青年作者》，中国青年出版社1955年第1版，第78页。

第四章　散　文

一　散文的范围和特征

散文有广狭二义：广义的散文包括和韵文、骈文相对的不押韵、不讲对仗的一切"散文"作品（也有指诗歌、戏剧以外的以小说等为主的文学作品的）；狭义的散文则专指诗歌、戏剧、小说以外的文艺性的作品。我们在这里要谈的是狭义的散文。狭义的散文，重要的有杂文、报告文学等等。先谈杂文。

鲁迅在《且介亭杂文序言》中说："其实'杂文'也不是现在的新货色，是'古已有之'的，凡有文章，倘若分类，都有类可归，如果编年，那就只按作成的年月，不管文体，各种都夹在一处，于是就成了'杂'……"可见杂文的范围是非常广阔的。在鲁迅的十六本杂文集中，就包括诗歌、戏剧、小说以外的各种体裁的散文。冯雪峰在《谈谈杂文》中，也指出杂文"决不是某种文体或笔法所能范围和固定的"。他认为在中国，先秦诸子的文章是很好的、最本质的杂文，"古文"中的议论文和带有议论文性质的叙述文也是杂文；在外国，自柏拉图的对话录、西塞禄的演说、蒙泰纳和培根的哲学随笔、伏尔泰和别林斯基的政论、普希金和海涅的旅行记和评论，一直到高尔基的社会论文，基希和爱伦堡的报告文学、小品文和批评论文，都是最好的、最本质的杂文；而马克思、恩格斯、列宁、斯大林以及毛主席的著作中的"那些散篇的政论和演说，则尤其是具有我们所要求的杂文所应该具有的那种最高的本质的"[①]。

以上是就杂文的广义而言。我们通常所称的杂文，是就狭义而言，如小品文、杂感、随笔等等，它的特征是：犀利、明快、精悍，具有深刻的思想性，尖锐的斗争性，鲜明的政论性和高度的艺术性。

---

① 冯雪峰：《论文集》第1卷，第164—165页。

（一）思想性

鲁迅先生曾说："我是爱读杂文的一个人，而且知道爱读杂文的还不只我一个，因为它'言之有物'。"①"言之有物"，这是杂文的生命。当然，这个"物"是因为时代和阶级的不同而不同的；我们今天的杂文应该表现的"物"是共产主义的思想性。

（二）战斗性

杂文的主要特征是它的尖锐的战斗性。中国传统的杂文，就具有这个特征。鲁迅先生说："唐末诗风衰落，而小品文放了光辉。但罗隐的《谗书》，几乎全部是抗争和愤激之谈；皮日休和陆龟蒙自以为隐士，别人也称之为隐士，而看他们在《皮子文薮》和《笠泽丛书》中的小品文，并没有忘记天下，正是一塌胡涂泥塘里的光彩和锋芒。明末的小品虽然比较的颓放，却并非全是吟风弄月，其中有不平，有讽刺，有攻击，有破坏。这种作风，也触着了清朝君臣的心病，费去许多助虐的武将的刀锋，帮闲的文臣的笔锋，直到乾隆年间，这才压制下去了。"②鲁迅先生创造性地继承了这个光荣的传统，建立了新的杂文。他曾说："到'五四'运动的时候……散文小品的成功，几乎在小说戏曲和诗歌之上。这之中自然含着挣扎和战斗……以后的路，本来明明是更分明的挣扎和战斗，因为这原是萌芽于'文学革命'以至'思想革命'的。"③这指出了新的杂文正是作为战斗的武器而建立、发展起来的。瞿秋白同志更从社会基础上说明了新的杂文发生的原因和它的战斗性能：

> 鲁迅的杂感其实是一种"社会论文"——战斗的"阜利通"（Feuilleton）谁要是想一想这将近二十年的情形，他就可以懂得这种文体发生的原因。急遽的剧烈的社会斗争，使作家不能够从容的把他的思想和感情熔铸到创作里去，表现在具体的形象和典型里；同时，残酷的强暴的压力，又不容许作家的言论采取通常的形式。作家的幽默才能，就帮助他用艺术的形式来表现他的政治立场，他的深刻的对于社会的观察，他的热烈的对于民众斗争的同情。不但这样，这里反映着五四以来中国的思想斗争

---

① 鲁迅：《徐懋庸作〈打杂集〉序》，见《且介亭杂文二集》。

② 鲁迅：《论小品文的危机》，见《南腔北调集》。

③ 鲁迅：《论小品文的危机》，见《南腔北调集》。

的历史。杂感这种文体，将要因为鲁迅而变成文艺性的论文（阜利通——Feuilleton）的代名词。自然，这不能够代替创作，然而它的特点是更直接更迅速地反映社会上的日常事变。①

比诗歌、戏剧、小说等更迅速、更直接地反映、评论社会上的日常事变，这正是杂文富有战斗性和机动性的特点。苏联文字顾问会《给初学写作者的一封信》中说："小品文乃是最轻妙的世态画，乃是所谓文学轻骑队。"鲁迅先生也说："生存的小品文，必须是匕首，是投枪，能和读者一同杀出一条生存的血路的东西。"②而鲁迅先生自己，就以这种匕首和投枪，投向一切人民的敌人，其猛烈与锋利，真是所向披靡，令人神往。

尖锐的战斗性决定着杂文的幽默与讽刺的素质。瞿秋白指出："鲁迅是竭力暴露黑暗的，他的讽刺和幽默，是最热烈最严正的对于人生的态度。"③萨斯拉夫斯基指出："恩格斯对幽默的重视，正如对于讽刺的重视一样，幽默是坚强乐观的阶级的特色，这个阶级怀着战斗意志，对自己胜利具有信心，比敌人占着优势。"他引了恩格斯的话说："幽默是我们工人常常用以对警察阴谋进行斗争的手段"，"幽默是表明工人对自己事业具有信心并且表明自己占着优势的标志"，"它首先支持了我们青年对敌人的轻蔑态度"。④ 在马克思、恩格斯、列宁、斯大林、毛主席等革命导师和高尔基、鲁迅等革命作家的作品中，幽默与讽刺，正是作为坚强而乐观的阶级特色而表现的。鲁迅由于创造性地继承并发展了中国杂文的战斗传统，因而如法捷耶夫所说："他才给全世界文学贡献了很多民族形式的，不可模仿的作品。他的语言是民间形式的。他的讽刺和幽默虽然具有人类共同的性格，但也带有不可模仿的民族特点。"⑤

当然，鲁迅先生并不是为讽刺而讽刺，为幽默而幽默的，其目的是为了战斗。讽刺与幽默，首先要站稳立场，认清目标，不能"无的放矢"。鲁迅先生是

---

① 瞿秋白：《鲁迅杂感选集序言》，见《瞿秋白文集》第3卷，人民文学出版社1954年版，第978—979页。

② 鲁迅：《论小品文的危机》，见《南腔北调集》。

③ 瞿秋白：《鲁迅杂感选集序言》，见《瞿秋白文集》第3卷，人民文学出版社1954年版，第999页。

④ 萨斯拉夫斯基：《论小品文》，见《萨斯拉夫斯基文集》，三联书店1954年第1版，第13—65页。

⑤ 法捷耶夫：《论鲁迅》。载《文艺报》第1卷第3期，第5页。

站在坚定的革命立场上的,所以他的锋利的匕首才能瞄准敌人,迎头痛击。如瞿秋白同志所说,"他的神圣的憎恶和讽刺的锋芒都集中在军阀、官僚和他们的叭儿狗"①,却不曾投向革命政党和革命人民。在这一点上,重温毛主席的指示是非常必要的。毛主席指出:"鲁迅处在黑暗势力统治下面,没有言论自由,所以用冷嘲热讽的杂文形式作战,鲁迅是完全正确的。我们也需要尖锐地嘲笑法西斯主义、中国的反动派和一切危害人民的事物,但在给革命文艺家以充分民主自由、仅仅不给反革命分子以民主自由的陕甘宁边区和敌后的各抗日根据地,杂文形式就不应该简单地和鲁迅的一样。我们可以大声疾呼,而不要隐晦曲折,使人民大众不易看懂。如果不是对于人民的敌人,而是对于人民自己,那末,'杂文时代'的鲁迅,也不曾嘲笑和攻击革命人民和革命政党,杂文的写法也和对于敌人的完全两样。对于人民的缺点是需要批评的,我们在前面已经说过了,但必须是真正站在人民的立场上,用保护人民、教育人民的满腔热情来说话。如果把同志当作敌人来对待,就是使自己站在敌人的立场上去了。我们是否废除讽刺?不是的,讽刺是永远需要的。但是有几种讽刺:有对付敌人的,有对付同盟者的,有对付自己队伍的,态度各有不同。我们并不一般地反对讽刺,但必须废除讽刺的乱用。"②讽刺与幽默,是杂文的重要因素,但首先要站稳立场,分清敌我,必须废除讽刺的乱用。苏联的杂文家别德内依在他的杂文《从热炉上爬下来吧》、《不讲情面》等作品中,开始用一片漆黑的颜色来描写俄罗斯的过去和现在,不分青红皂白地咒骂俄罗斯的一切,并认为"惰懒"和想"躺在热炉上"几乎是俄罗斯人的民族特性。斯大林曾严厉地指出了别德内依的错误和反爱国主义的狂言暴语的危害性。他告诉别德内依:"这就是你所谓的布尔什维克的批评!不是的,可敬的杰米扬同志,这不是布尔什维克的批评,而是对我们人民的诽谤……"③布尔什维克的立场、观点以及由此产生的强烈的爱憎与敏锐的感觉,是杂文创作的先决条件,也是使用

---

① 瞿秋白:《鲁迅杂感选集序言》,见《瞿秋白文集》第 3 卷,人民文学出版社 1954 年版,第 988 页。

② 毛泽东:《在延安文艺座谈会上的讲话》,见《毛泽东选集》第 3 卷,人民出版社 1953 年版,第 894 页。

③ 斯大林:《给杰米扬·别德内依同志的信》,见《马克思 恩格斯 列宁 斯大林论文艺》,人民文学出版社 1953 年版,第 147—148 页。

讽刺武器的先决条件。作家必须善于看出新事物的萌芽而且支持它,善于看出阻碍新事物发展的落后的、反动的东西而且消灭它。真正的讽刺不能也不应该是片面的——没有理想,不肯定新事物。讽刺在抨击敌人或社会生活中的恶习和人民意识中的封建的、资产阶级的残余的时候,是从社会发展的主导倾向,是从为新事物的发展而斗争的观点出发的。讽刺必须指出在社会上斗争着的力量的真实对比,肯定新事物的优越性和不可战胜的力量。鲁迅就是这样做了的,如他所说,他的杂文是"任意而谈,无所顾忌,要催促新的产生,对于有害于新的旧物,则竭力加以排击"①。杂文的战斗性,就表现在它以匕首的姿态参加新与旧的斗争上。写得准确的杂文,是在新与旧的斗争中支持新事物取得胜利的主要武器之一。

(三)政论性

瞿秋白称杂文为"文艺性的社会论文",冯雪峰称杂文为"诗和政论相结合的小品"②,可见政论性是杂文的特征之一。

政论必须根据事实,根据当前的政治事件。所以杂文是以事实为基础的。萨斯拉夫斯基在《怎样写小品文》中指出写小品文首先要选择事实,而"选择事实的基本原则,就是以布尔什维克的精神来武装自己的观察力。谁亲自参加了生活,谁参加了斗争,谁知道党在一定时期内提出了什么任务,谁就会从日常事物里选择有趣的事实"。在前面我们说杂文"言之有物",这个"物"一方面是共产主义的思想性,一方面也是这种思想性赖以表现的事实。鲁迅先生之所以能写出那么丰富多彩的极富战斗性的"诗和政论相结合的小品",主要由于他掌握了如萨斯拉夫斯基所说的那个选择事实的原则。他是"革命军马前卒",他"和革命共同着生命",因而他能够清楚地掌握国际的、国内的政治斗争的形势,能够深刻地解剖、分析复杂的社会现象,能够在日常的事实中敏锐地体会到这些事实与当前整个政治斗争的密切联系,从而能够通过某一事实的描述和评论,表现出具有典型意义的主题思想。

杂文并不是空发议论的,它的特点是提出事实,然后加以评论。这种事实可以是真人真事,也可以是许多真人真事的概括,重要的是必须具有典型性。

---

① 鲁迅:《我和〈雨丝〉的始终》,见《三闲集》。

② 冯雪峰:《鲁迅生平及其思想发展的梗概》,见《论文》第1卷。

（四）艺术性

如鲁迅先生所说，杂文的任务"是在对于有害的事物立刻给以反响或抗争"。它"是感应的神经，是攻守的手足"。这当然要刺痛那些代表反动势力的所谓为艺术而艺术的文学家，对杂文进行污蔑，说它算不上文学作品。鲁迅先生在驳斥反对杂文的林希隽时说："不错，比起高大的天文台来，'杂文'有时确很象一种小小的显微镜的工作，也照秽水，也看浓汁，有时研究淋菌，有时解剖苍蝇。从高超的学者看来，是渺小污秽，甚而至于可恶的，但在劳作者自己，却也是一种'严肃的工作'，和人生有关系，并且也不十分容易做。"①好的杂文，不仅要有思想性、战斗性和政论性，而且也要有艺术性。没有艺术性，它的思想性、战斗性、政论性就不能有力地表现出来。萨斯拉夫斯基指出艺术性是小品文不可缺少的属性，他说："没有艺术手段，没有锋利的文笔，没有幽默，没有图景，就没有小品。"②这说明了艺术手段对于杂文的重要性。当然，艺术手段是多样的，任何作者都有他自己的纲领，但归结起来，杂文和其他样式的文学作品一样，也应该具有形象性、典型性和简洁明了的文学语言。

杂文不仅可以抨击腐朽的事物，而且也可以歌颂新生的事物，所以在杂文中有反面形象，也有正面形象。杂文的形象不同于小说、戏剧的形象之处，在于它不是通过性格的细致刻画塑造出来的，而是通过对腐朽事物的有力的揭穿，通过对新生事物的热烈的歌颂展现出来的。鲁迅的杂文具有鲜明的形象性，他自己说："记得《伪自由书》出版的时候，《社会新闻》曾经有过一篇批评，说我的所以印行那一本书的本意，完全是为了一条尾巴——后记。这其实是误解的。我的杂文，所写的常是一鼻，一嘴，一毛，但合起来，已几乎是一形象的全体。不加什么原也过得去的了。但画上一条尾巴，却见得更加完全。所以我的要写后记，除了我是弄笔的人，总要动笔之外，只在要这一本书里所画的形象，更成为完全的一个具象，却不是'完全为了一条尾巴'。"③

杂文的形象也应该具有典型性，鲁迅的杂文都是典型性很强的。他自己说："……然而我的坏处，是在论时事不留面子，砭锢弊常取类型，而后者尤与时宜不合。盖写类型者，于坏处，恰如病理学上的图，假如是疮疽，则这图便是

---

① 鲁迅：《做杂文也不容易》，见旧版《鲁迅全集补遗》。

② 萨斯拉夫斯基：《怎样写小品文》，见《萨斯拉夫斯基文集》，三联书店版。

③ 鲁迅：《准风月谈后记》。

一切某疮某疽的标本,或和某甲的疮有些相象,或和某乙的疽有点相同。而见者不察,以为所画的只是他某甲的疮,无端侮辱,于是就必欲制你画者的死命了。例如我先前的论叭儿狗,原也泛无实指,都是自觉其有叭儿性的人们自来承认的。"①

鲁迅极善于用很少的笔墨刻画具有典型性的形象,用以揭露腐朽的社会力量的本质,例如他说那些自以为得了"中庸之道"的"叭儿狗","虽然是狗,又很象猫,折中、公允、调和、平正之状可掬,悠悠然摆出别个无不偏激,唯独自己得了'中庸之道'似的脸来。"②就这么短短的几行,便画出了市侩的典型形象。又如他说为统治阶级帮忙的那些"山羊","脖子上还挂着一个小铃铎,作为智识阶级的徽章……能够领了群众稳妥平静地走去,直到他们应该走到的所在……这是说:虽死也应该如羊,使天下太平,彼此省力。"③也是这么简单的几句,便描绘出为统治阶级服务的那些知识分子的典型形象。如瞿秋白所说,"现在的读者往往以为《华盖集》正续编里的杂感,不过是攻击个人的文章,或者有些青年已经不大知道'陈西滢'等类人物的履历,所以不觉得很大的兴趣。其实,不但'陈西滢',就是'章士钊(孤桐)'等类的姓名,在鲁迅的杂感里,简直可以当做普通名词读,就是认做社会上的某种典型。他们个人的履历倒可以不必多加考究,重要的是他们这种'媚态的猫','比它主人更严厉的狗','吸人的血还要预先哼哼地发一通议论的蚊子','嗡嗡地闹了半天,停下来舐一点油汗,还要拉上一点蝇矢的苍蝇'……到现在还活着……"④(这篇文章是一九三三年写的——编者)。

语言是构成杂文的艺术性的一个重要因素,如萨斯拉夫斯基所说:"任何报纸都必须采用简单的、正确的文学语言。对于小品文的写作,这个一般性要求是在一再地被强调着。用难懂或乏味的语言来写的文章,总算还是文章,虽然是不好的文章。用粗劣或灰色的语言来写的小品,简直就不成其为小

---

① 鲁迅:《伪自由书前记》。

② 鲁迅:《论费厄泼赖应该缓行》,见《坟》。

③ 鲁迅:《一点比喻》,见《华盖集续编》。

④ 瞿秋白:《鲁迅杂感选集序言》,见《瞿秋白文集》第3卷,人民文学出版社1954年版,第988—989页。

品。"①鲁迅是使用语言的巨匠,他的杂文之所以那么尖锐,那么精悍,那么如匕首一样的锋利,是和他使用语言的技术分不开的。

如上所说,杂文是一种具有思想性、战斗性、政论性和艺术性的文艺匕首,它便于适应随时随地的战斗要求。所以在近几年的报刊上,杂文渐渐地多了起来。

二 报告文学(速写、特写、文艺通讯)

报告文学是第一次世界大战后才发展起来的年轻的文学样式。在中国,它是在一九三一年"九·一八"和一九三二年"一·二八"事变中产生,而在抗日战争、抗美援朝斗争中得到巨大发展的。(人民文学出版社出版的三大本《朝鲜通讯报告选》,就是我们的报告文学在抗美援朝斗争中结出的丰硕的果实。)如茅盾所说:"'报告'是我们这匆忙而多变化的时代所产生的特殊的文学样式。读者大众急不可耐地要求知道生活在昨天所起的变化,作家迫切地要将社会上最新发生的现象(而这是差不多天天有的)解剖给读者大众看,刊物要有敏锐的时代感,——这都是'报告'所由产生而且风靡的根因。"②

所谓报告文学,顾名思义,就是"报告"兼"文学"。因为它是"报告",所以它的作者应该是一个"记者",它的写作必须根据事实,它具有浓厚的新闻性;因为它又是"文学",所以它的作者也应该是一个"诗人",它的写作必须有艺术的加工,它具有充分的形象性。杰出的报告文学家基希把报告文学定义为"艺术文告"③,这是十分恰当的。

报告文学有两种:一种是记录性的,一种是概括性的。

(一)记录性的报告

这是一种写真人真事,有真实姓名、地点、时间的作品。因为它所写的是有真实姓名、地点、时间的真人,所以不容许有过多的想象和补充,不然,就会

---

① 萨斯拉夫斯基:《论小品文》,见《萨斯拉夫斯基文集》,三联书店1954年第1版。

② 茅盾:《关于报告文学》。

③ 基希(1885—1948),捷克的共产党员,著有《秘密的中国》(周立波译)、《天堂美国》、《中央亚细亚的和平》、《从东京到上海》等报告文学作品。他在1935年在巴黎举行的"国际作家拥护文化大会"上的讲演《一种危险的文学样式》中指出作家必须把报告文学作为艺术文告——艺术地揭露罪恶的文告。

违反真实。但这并不等于说,记录性的报告就是真人真事的翻版。报告文学既然是文学,那它就具有文学的特性,在事实的基础上进行适当的想象和补充,当然是容许的。比如说,在这种报告中要写的人物虽然说过某些话,但不是在此时此地说的,作者为了某种需要,把那些话移在此时此地,这是可以的。不但如此,只要作者真正摸清了人物的性格,抓住了人物的心理,那他就可以写人物虽然没有说但可能说的话,可以写人物虽然没有做但可能做的事情。

(二)概括性的报告

这种报告虽然也从事实出发,但并不是记录具体的真人真事,而是提出生活中的问题,概括一定的社会现象,帮助人民发现和解决生活中的矛盾与冲突。它容许作家有更大的可能去想象、虚构。在这种报告中的人物是按照创造形象的方法创造出来的,不是真人,自然也没有真实的姓名;人物活动的时间和地点也是假想的。

概括性的报告在人物的创造、环境的描写和氛围的渲染等方面很像小说,它和小说的区别在于:它不必像小说一样有完整的故事——序幕、开端、发展、高潮和结局;它在形式上比小说更自由,它容许作者当描写一种现象到一定段落的时候出头说话,发表自己的意见,容许带有政论性的叙述。巴克在《基希及其报告文学》一文中说:

> 在小说里,人生是反映在人物的意识上。
> 在报告文学里,人生却反映在报告者的意识上。
> 小说有它自己的主要线索,它的主角们的生活。
> 而报告文学的主要线索就是主题本身。

报告文学在表现手法上和电影颇有相似之处。因为它的主要线索是主题本身,所以它不像小说一样必须有一个完整的、一线到底的故事,而可以用主题的红线把若干片断的故事或特殊的场面贯串起来,像电影一样,一个镜头接着一个镜头地展示在读者面前。例如《谁是最可爱的人》就包括三个片断的故事:第一个故事借书堂站战斗说明战士的勇敢;第二个故事从马玉祥要求到步兵连说明战士对敌人的仇恨,从马玉祥抢救儿童说明战士的国际主义精神;第三个故事从战士的艰苦生活说明他们的爱国主义精神。这三个互不相连的故事是由一条“爱我们的战士”的主题红线贯串起来的。又如《站在战斗最前列的人》(耐因作),这种特点更为明显。它更像电影一样,把志愿军中许多共产党员的英雄事迹一个镜头接着一个镜头地放映了出来。

文艺通讯是一种具有文艺性的通讯,所报道的是真人真事,具有强烈的新闻性。它实质上是一种记录性的报告文学,因而可以归入报告文学的范围。

速写(素描)和特写都属于报告文学的范围。它们的区别是:速写简单明快,与绘画上的"速写"一样,很快地写出事件的某一点或某一个片段,充分地利用描写和形象的手法,在性质上它富于新闻性,在形式上它有浓厚的散文性,在内容上,它常常反映某一个特殊的场面,某一件事的一个片段和动作,某一个人的影像和心情。它也像绘画上的"剪影"或电影上的"一个镜头"。特写的性质和速写相似,相当于电影上的"特写镜头"。常常是夸大了某一种情形,某一种事实,某一个人像,某一个物件,以增强故事的效果。两者都是抓住客观事实中的特点,构成一个明确的主题,用轻松和经济的笔法,予以生动具体的描写,使主题突出,给读者一个明晰正确而又深刻的印象,以达到政治的指导性与鼓动性的目的。

报告文学、文艺通讯、特写、速写(素描)等的基本特征是相同的,因而这几个名称也往往是混用的,很难划出明确的界线。

三 传记、游记及其他

文艺性的散文,除了杂文和报告文学,还有很多样式,这是很难细分,也没有必要细分的。即使细分,也还是分不完、分不清楚。现在只谈一下比较重要的传记和游记,其他书评、日记等等,不过附带一提罢了。

(一)传记

这里所说的传记,是指文艺性的描述人的真实事迹的散文,也就是传记文学。这种传记,有记人的一生的,如司马迁的《项羽本纪》,有记一生中的某一阶段的,如萧三的《毛泽东的青少年时代》。

(二)游记

这是指文艺性的描述所游历的地方的社会情况或自然风景的散文,如徐宏祖的《徐霞客游记》、郭沫若的《列宁格勒参观记》、刘白羽的《莫斯科访问记》、丁玲的《欧游散记》等等。

(三)书序

鲁迅先生的许多书序都收在他的杂文集子里,因为他的那些"序"是具有杂文性质的,我们在这里把书序作为散文的一种,因为在一般情况下,书序的任务是介绍该书的内容、价值和写书的经过,它不一定具备杂文的所有特点。

在过去,写在书前的叫"序"(或叫"引"),写在书后的叫"跋"(或叫"后序")。现在则用"写在前面"、"开场白"、"小引"、"题词"、"引言"、"导言"、"前言"等名称代替"序",用"附记"、"后记"等名称代替"跋"。

(四)书评、剧评、影评

书评、剧评、影评都是叙述兼论说性质的散文,其目的是对新出版的书、新上演的戏或电影加以评论和介绍。

(五)日记

这里所说的日记不是指日记体的小说,而是指普通的具有文艺性质的日记,如《鲁迅日记》、《缃绮楼日记》、《越缦堂日记》等等。

(六)书信

这里所说的书信也不是指书信体的小说,而是指文艺性的私人往来的或公开发表的书信,如鲁迅先生的《两地书》,丁玲的《写给在朝鲜的中国人民志愿部队》等等。

第五章　人民口头创作

一　人民口头创作的特征

人民口头创作和书面文学是文学的两种形态。它们都是语言艺术,但前者是口头创作,口头流传的;后者是书面创作,书面流传的。和书面文学比较起来,口头创作具有如下的几个重要特征。

(一)人民性

口头创作是人民创造和为人民而创造的,人民用自己最喜爱的文学形式来讲述自己所喜爱的故事,歌颂自己所敬仰的英雄,发抒自己的感情,提出自己的要求……所以从内容到形式,口头创作都具有强烈的人民性。

(二)创作的集体性

书面文学一般是个人创作的,口头文学则是集体创造的。我们不可能知道口头文学的作者是哪一个人,因为它从这一个人的口上传到另一个人的口上,从这一个地区传到另一个地区,这一个人加进了某些东西,另一个人又修改了某些部分。正因为口头文学是集体的创作,所以它里面包含着人民群众的智慧,它的艺术力量是异常强大的,如高尔基所说:"只有在全体人民缜密思考的条件下才能够创造如此广泛的象普罗米修斯、撒丹、海拉克尔、斯维亚多戈尔、伊里亚、米库拉以及其他数百个人民生活经验的巨大综合的典型。集体创作的威力可由下列事实给予最显明的证明;在数世纪中,个人的创作并未创造出象《伊利亚特》或《卡列伐拉》的东西。"又说:"只有用集体的力量才能够解释那直到现在还是不能超越的神话和史诗的深刻的美。"①

(三)流变性

书面文学是比较固定的,口头文学则口口相传,随时被修改;在被书写下

---

① 高尔基:《个性的毁灭》。

来以前,永远不会定形。下面的这首民歌正说明了这种情况:

> 你唱的歌是我的,
> 我从云南学来的,
> 我在河边打瞌睡,
> 你从我口袋里偷去的。

民歌如此,其他形式的人民口头创作也如此。比如孟姜女的故事、牛郎织女的故事、梁山伯与祝英台的故事等等,各地流传的就不大一样;它们是不断流传,也不断演变的。

(四)具有乐观主义的精神

因为口头文学是人民集体创造的,人民群众相信他们能够战胜一切敌人,而且为了战胜一切敌人,一直在进行着生产斗争与阶级斗争,所以在口头文学中表现着乐观主义精神,这是和那些代表垂死的统治阶级利益的文人们的悲观颓废、逃避现实的作品完全不同的。高尔基说:"民谣是与悲观主义完全绝缘的,虽然民谣的作者们生活得很艰苦,他们的苦痛的奴隶劳动曾经被剥削者夺去了意义,以及他们个人的生活是无权利和无保障的;但是不管这一切,这个集团可以说是特别意识到自己的不朽并且深信他们能战胜一切仇视他们的力量的。"[①]

二 人民口头创作的价值

人民口头创作是人民群众在千百年中创造出来的巨大的精神财富,它具有很高的历史价值、文学价值和教育价值。

(一)历史价值

人民口头创作是广大的人民群众在长期的生产斗争和阶级斗争中创造出来的,它真实地反映着人民的物质生活和精神生活,反映着生产斗争和阶级斗争的状况。而这一切,正是统治阶级的文人避而不谈或恶意歪曲的。所以高尔基说:"如果不知道人民的口头创作,那就不可能知道劳动人民的真正底历

---

① 周扬编:《马克思主义与文艺》,解放社版,第45—46 页。

史。"①列宁认为人民的口头创作是研究人民的热望与希冀的源泉,他曾经建议把那些民间的诗歌、故事、传说和谚语记录下来,并且说:"使用这些材料,可以写成人民思潮和愿望的很好的研究著作。"

(二)文学价值

人民口头创作不仅具有历史价值,同时也具有文学价值。高尔基说:"最深刻,最鲜明,在艺术上达到完美的英雄典型乃是民谣(劳动人民底口头创作)所创造的。这些完美的形象,如赫尔古列士、普罗米修斯、米古拉·塞拉尼诺维赤、司华道戈尔,其次是浮士德博士,华西里沙智者、讽刺的幸运者伊凡傻子,最后如战胜了医生、牧师、警察、魔鬼、甚至死神的彼得洛斯加,——这一切形象都是理性和直觉,思想和情感融合一起而创造出来的。这样的混合仅只在创作者直接参加创造现实的工作,参加革新生活的斗争时才有可能。"②

语言艺术的开端是人民的口头创作,因为最早的文学是由劳动产生的。在有了书面文学之后,人民的口头创作一直是书面文学的源泉之一,它不断地和决定性地影响着伟大的书面文学作品的创造,譬如我国的古典文学名著《三国演义》、《西游记》、《水浒》等,都是在人民口头创作的基础上创造出来的。我国新文学中的优秀作品如《白毛女》、《王贵与李香香》等,也是一样。高尔基说得好:"密尔顿和但丁,米茨凯维奇,歌德和席勒,当他们装上了集体创作之翼,当他们从民间诗歌那无比深刻的,难以胜计的多样的、强力的智慧的诗歌中吸取了灵感的时候,就比谁都更为扬名了。"③所以,人民口头创作,不仅给我们以艺术的享受,而且还值得我们去学习和取材,我们应该把它看成产生和发展新文学的基础。社会主义现实主义的文学应当为人民而创作,并且应当根据人民自己的文学而产生而发展,苏联各民族的文学就是在人民口头创作的基础上生长和壮大起来的。我们要发展社会主义现实主义的文学,必须学习、继承一切优秀的文学遗产,而人民的口头创作,正就是这种遗产中的重要部分。斯大林在接见苏维埃作家的时候劝告他们向人民口头创作的宝库中搜求新的体裁与风格。毛主席号召我们的作家学习人民群众的萌芽状态的文艺。高尔基劝告青年作家去搜集和研究口头文学。他说:"我确信,熟悉童话

---

① 周扬编:《马克思主义与文艺》,解放社版,第46页。

② 周扬编:《马克思主义与文艺》,解放社版,第45页。

③ 高尔基:《个性的毁灭》。

故事,一般的熟悉民间口头创作的掘取不尽的宝藏,对于青年作家们是极端有益的。"又说:"深入到民间的创作中去——这是很好的:好象是山涧的清水,地下的甘泉。接近民间语言吧,寻求朴素、简洁、健康的力量,这力量用两三个字就造成一个形象。"又说:"我向青年作家们提议,要注意'山歌'——这是工人和农民的连续不断的和真正的'民间'创作。"①鲁迅先生非常重视民间文学,他认为民间文学"刚健清新",为士大夫文学所不及。他在号召学习民间文学的时候说:"我相信,从唱本说书里是可以产生托尔斯泰、弗罗培尔的。"

社会主义现实主义文学的特征之一是社会主义内容、民族形式。我们要解决民族形式问题,更非研究并吸取民间文学形式的长处不可(当然还要研究并吸取古典文学形式的长处)。从延安文艺座谈会以后,我们的作家接受了毛主席的指示,在学习与改造民族形式,特别是民间形式上,已作出了显著的成绩,创作了许多人民群众喜闻乐见的具有中国作风、中国气派的优秀作品;在戏剧方面,如《白毛女》等;在小说方面,如《李有才板话》、《李勇大摆地雷阵》、《无敌三勇士》等;在诗歌方面,如王希坚的《翻身民歌》,马凡陀的《山歌》,张志民的《死不着》、《王九诉苦》,阮章竞的《圈套》、《漳河水》,李季的《王贵与李香香》,赵树理的《石不烂赶车》,以及中国人民解放军八一建军节二十五周年文艺竞赛得奖的许多说唱诗,如《荆江蓄洪区说话》、《青年英雄潘天炎》、《侦察英雄韩起发》、《战士之家》等等。我们的人民口头创作在形式方面和在内容方面一样,是异常丰富多彩的。为了发展并丰富新文学的民间形式,以期更好地、多方面地表现社会主义的内容,我们必须更进一步地向人民口头创作学习。

对于我们,人民口头创作的文学价值不仅存在于文学创作方面,还存在于文学史和文学理论方面。如果忽视了人民口头创作,要建立正确的文学史和文学理论,几乎是不可能的。

(三)教育价值

在人民口头创作中,有对于自然和社会的正确而深刻的认识,有对于美好事物的衷心的爱护和热烈的追求,有对于丑恶事物的无情的嘲笑和愤怒的鞭挞……这一切,汇成人民群众的智慧、经验、思想、感情和道德品质的海洋,我们的人民,从在摇篮中开始,就沐浴在这个海洋中,从这里吸取所需要的一切。

---

① 转引自《高尔基与民间文学》,见《民间文艺新论集》,钟敬文编,中外出版社版。

所以，人民口头创作在教育人民方面，曾起过而且还起着巨大的作用，它具有不可忽视的教育价值。

当然，人民口头创作也不是完美无缺的：第一，在传到我们手中的民间文学材料的总体里，有一部分是被统治阶级歪曲的东西；第二，在民间文学材料的总体里，有一部分甚至是统治阶级伪造的东西；第三，真正人民创作的东西基本上是健康的，但生活在封建社会的人民不能不受封建意识的影响，因而在他们的创作中，也就不可避免地羼杂着一些"封建性的糟粕"。所以，当我们整理、研究人民口头创作的时候，应该根据马克思列宁主义的立场观点，剔除"封建性的糟粕"，吸取"民主性的精华"。

三　人民口头创作的种类

人民口头创作的种类异常繁多，在这里不可能逐一论述，只谈一下比较重要的。

（一）歌谣类

歌谣中除普通的歌谣外，还有儿歌和童谣。歌谣的形式是各种各样的，但最基本的是两句式和四句式，比较大篇的是两句式和四句式的扩展。

1. 两句式

两句式歌谣的普通形式是两句联韵，第一句是"起兴"，第二句才是歌唱的本意。陕北的"信天游"就是这样的。如：

> 鸡娃子叫来狗娃子咬，
> 当红军的哥哥回来了。

2. 四句式

这是一种最普遍的，存在于古今中外各民族的民歌体裁。它的基本韵式是"甲甲乙甲"，即一、二、四三句押韵。但也有四句都押韵或仅二、四两句押韵的。如：

> 火烧东山大松林，
> 姑爷告上丈人门，
> 叫你姑娘快长大，

我们没有看家人。

四句式的第三句可以扩大，由此产生五句式。如江苏地方的民歌《看看情哥看看郎》：

> 吃吃粥粥，呷呷汤，
> 看看情哥看看郎：
> 情哥好像正月里个梅花，
> 　　二月里个杏花，
> 　　三月里个桃花，
> 白里泛红，红里泛白人样好；
> 我郎好象四月里个菜花黄。

二句式和四句式变化、重叠，就生了各种各样的形式。

（二）故事类

故事类的人民口头创作，重要的有神话、传说、故事、寓言等等。

1. 神话

神话是"人类社会底童年"时代的产物。鲁迅先生说："昔者初民，见天地万物，变异不常，其诸现象，又出于人力所能以上，则自造众说以解释之：凡所解释，今谓之神话。"①这和马克思的意见是大致相合的。马克思在《政治经济学批判导言》中说："任何神话都是在想象中间和经过想象而控制自然底威力，压倒自然底威力，赋予自然底威力以形体的；因此，随着这些自然底威力之实际上被支配，神话就消灭了。"②

如高尔基所说："神话底创造在自己的基础上乃是现实主义的。"③"初民"所创造的那些"控制自然底威力"、"压倒自然底威力"的"神"，"并非一种抽象的概念，一种幻想的存在，而是一种武装着某种劳动工具的完全现实的人物，

---

① 鲁迅：《中国小说史略》，人民文学出版社版，第22页。
② 周扬编：《马克思主义与文艺》，解放社版，第23页。
③ 高尔基：《苏联的文学》，新中国书局版，第6页。

是某种手艺的能手"①。是某种生产工具或某种文化的发明家。比如中国神话中的舜在雷泽打鱼,在河滨制陶器,在历山用象耕地;禹是治洪水的英雄,他"身执耒臿以为民先"②,"疏河决江,十年未阚其家"③;后羿是神圣的射手,他"诛凿齿于畴华之野,杀九婴于凶水之上,缴大风于青丘之泽,上射十日而下杀猰貐,断修蛇于洞庭,禽封豨于桑林,万民皆喜"④;羲和发明占日;常仪(嫦娥)发明占月;亥发明服牛;稷发明种植;土发明垦地;有巢氏发明架木为巢,燧人氏发明钻燧取火;赤冀(一说雍父)发明杵臼;浮游(一说垂,一说般,一说后羿)发明弓矢;番禺(一说虞姁)发明做船;伯余发明农裳;伯益发明掘井;仓颉发明文字;昆吾发明陶器;巫彭发明医术……这些"神"的确是"人们的教师和同事"⑤。对"神"的礼赞,实际上是表现了人对劳动的歌颂,对智慧的崇拜,对自己的生产成就的赞美。

神话和迷信是有本质上的区别的。神话产生自肉体劳动的人们,神话中的神是"劳动成绩底艺术的概括"⑥。迷信产生自脱离劳动的剥削阶级,迷信中的神是劳动人民的智力和意志的统治者,是剥削阶级统治人民的工具。所以"奴隶主愈有力量和权威,神就在天上升得愈高,而在群众中间就出现了一种反抗神的意愿,这种反抗神的意愿体现在普罗米修斯、爱沙尼亚底卡列维,以及其他英雄们的身上,他们认为神是仇视他们的最高的统治者。"⑦

2. 传说

传说产生在神话之后,鲁迅先生说:"迨神话演进,则为中枢者渐近于人性,凡所叙述,今谓之传说。传说之所道,或为神性之人,或为古英雄……"⑧中国古代的传说,有尧、舜、禹的"禅让",黄帝与炎帝的"阪泉之战",黄帝与蚩尤的"涿鹿之战"等等。此后的传说很多,如关于宋江等三十六人的传说,关于梁山伯与祝英台恋爱的传说,关于刘伯温八月十五日杀鞑子的传说,都是比较

---

① 高尔基:《苏联的文学》,新中国书局版,第6页。

② 见《韩非子》:《五蠹》。

③ 见《尸子》。

④ 见《淮南子》:《本经训》。

⑤ 高尔基:《苏联的文学》,新中国书局版,第6页。

⑥ 高尔基:《苏联的文学》,新中国书局版,第6页。

⑦ 周扬编:《马克思主义与文艺》,解放社版,第42页。

⑧ 鲁迅:《中国小说史略》,人民文学出版社版,第23页。

流行的。在现在,民间又流行新传说。比如关于毛主席,在陕北就有许多新传说,如"毛主席改造二流子"、"毛主席今年说了什么话"、"毛主席到重庆去干什么"、"毛主席还留在陕北哩"、"毛主席知道人民的一切事情"等等。

3. 故事

故事一般是比较简短的散文体的东西。最主要的是反映阶级斗争、表现人情世态的作品。在先秦诸子及秦汉以后直到清朝的许多书籍中,被记载下来的民间故事很丰富。"五四"以后,特别是延安文艺座谈会以后,在民间故事的搜集与整理方面,和在其他民间文学的搜集与整理方面一样,已做出了许多成绩。已经整理出版的民间故事集子很多,如《水推长城》、《天下第一家》、《地主与长工》、《半湾镰刀》以及合江鲁艺文工团编辑的《民间故事》等等。

民间故事的特点是:第一,强烈地表现着人民的思想感情。大多数的民间故事,对于剥削者、压迫者的凶残、贪鄙、刻薄、狡猾、淫荡予以无情的揭露和愤怒的鞭挞,对于被剥削者、被压迫者的穷苦、善良、团结、斗争寄予深厚的同情。第二,语言精练,结构完整,人物行动的有力的记述多于人物姿态的静止的刻画。比如《摆谱》,只有四百五十来个字,却很生动地刻画了人物的形象,很突出地表现了主题思想。这个故事的梗概是这样的:地主老婆上穷人家串门,穷人请她吃饺子,她嫌呼埋汰,又说没香味,吃了几个,就不吃了。这是白天的事,下晚吹灯以后,就发生了另外的事:地主老婆饿得慌,赤身露体起来偷饺子,饺子筐挂在磨盘顶上一个钩子上,磨盘上放半盆菜汤。她爬上磨盘,一手挟汤盆,一手摘筐子,身子一晃,疙疸髻挂在钩子上了。她心一慌,手一松,菜盆摔地下,把穷人惊醒。穷人点灯一看:"嗳呀,原来是摆谱的富家太太,光腚拉擦地偷吃饺子呢。"

只用很少的话,便把剥削者的虚伪的衣裳剥下来,叫她光腚拉擦地站在灯光底下,穷人面前,让大伙瞧瞧。嫌穷人饺子埋汰的太太,自己是多么干净!嫌穷人饺子没味的贵人,自己是多么有味,这真是一幅绝妙的讽刺画。

4. 寓言

"寓"是"寄托"的意思,把自己认为正确的道理,寄托在故事里面,让人们从故事中去体会那个道理,叫做寓言。寓言和故事,都是小说的前身。

寓言的特点是:第一,往往以动物或无生命的自然物为角色(有许多也是以人为角色的)。这些角色像人一样,有思想,有感情,会说话,也会做各种事情;实际上代表着社会上的某一种人。而他们所代表的某种人的特点又和他们作为动物或无生命的自然物的固有特点在一定程度上相吻合。比如《井底蛙》中的井底蛙,本来是所见不广的,因而用它代表那些见识狭隘的人。第二,常常带有讽刺或劝诫的意味。比如《刻舟求剑》、《守株待兔》和《瞎子摸象》等等,就都是这样的。

寓言是一种有力的战斗武器,所以文人们也很喜欢采用这种形式,先秦诸子中,就有很多寓言。现代作家写寓言的也不少,冯雪峰的"雪峰寓言",有许多篇是很精彩的。

(三)曲艺类

曲艺的样式异常繁多,比较常见、也比较重要的有以下数种。

1. 小曲、小调

小曲、小调是按照一定的曲调歌唱的。我国人民口头创作中的曲调非常丰富,有的用于各种曲艺,有的单独歌唱。这里所说的小曲、小调是指单独歌唱的。最常见的有四季调、五更调、十二月调等等。

2. 快板

快板的特点在于:它既不是唱的,也不是说的,而是"数"(上声)的。数快板的人用竹板打拍子,数一拍子,打一下竹板。快板的基本句式是"二、二、三"式的七字句。每句四拍子,头一拍子在第一个字,第二拍子在第三个字,第三拍子在第五个字,第四拍子在第七个字。如:

苍蝇	生来	就肮脏,
那里	肮脏	那里藏。
别看	长得	不象样,
美帝	对我	好印象。
他在	朝鲜	遭失败,
磕头	作揖	请帮忙。

只要拍子不变,每句的字数是可以增加的,增加的字叫做"衬字"。列如上面的那一段快板,可以加入一些"衬字",写成:

| (我) | 苍蝇 | 生来 | 就肮脏, |
| 那里 | 肮脏 | (我) | 那里藏。 |

别看	（我）	长得	不象样，
美帝	对我	（有）	好印象。
他在	朝鲜	遭（受）	失败，
（就）	磕头	作揖请	（我）帮忙。

"二、二、三"式的七字句,是快板的基本句式(七字句也有"三、二、二"式,但不常用)。其他的句式都是它的缩短或扩大。

快板的名称很多,因地而异,有数板、顺口溜、碎嘴子、干溜嘴、武老二等等。

3. 数来宝

数来宝的特点也是"数",是一种两人轮流着"数"的快板,换人的时候可以换韵。

4. 莲花落

莲花落本名莲花乐,起源甚早,在宋朝已有流行,有清唱和采扮两种。清唱很简单,歌者一只手击"乍板"(用大约六寸长、二寸宽的两片竹板,把一端用绳子串起来,可以相击成声)以为拍板,一只手击"节子"(用大约三寸长、一寸宽的五片竹板,用绳子把一端结起来,每两板之间,隔以铜钱)以助节拍。"采扮莲花落"又叫"十不闲"或"什不闲",是清朝嘉庆时才有的。由歌者二三人分饰旦角和丑角,面傅粉墨,载歌载舞,演述故事。所用乐器计有:乍板一副,节子一副,小锣一面,汤锅一面,镲锅一副,大镲一副,和板一副,堂鼓一架,单皮一面。

5. 大鼓、弹词、坠子

这几种曲艺的唱法和伴奏的乐器不同,但性质相同,唱词的体裁也没有区别。我们用不着分别地论述它们各自的唱法和乐器,只谈一下唱词的形式。

第一,这几种曲艺的唱词都必须合辙(押韵),艺人们所用的"辙"有"十三大辙"、"两小辙"。十三大辙是:

辙　名	代　字	收　音	字　例
中　东	东	ㄨㄥ・ㄨㄣ	红　升　东　存
言　前	南	ㄢ	专　掀　番　安

辙　名	代字	收　音	字　　　例
衣　其	西	注①	齐　时　许　日
灰　堆	北	ㄟ	归　虽　亏　威
裟　钵	坐	ㄛ	哥　科　波　坡
摇　条	俏	ㄠ	交　刀　飘　高
沙　花	佳	ㄚ	家　八　他　麻
壬　辰	人	ㄣ	京　情　人　珍
尤　求	扭	ㄡ	勾　舟　头　楼
乜　斜	捏	ㄝ	爷　歇　觅　鉄
姑　苏	出	ㄨ	夫　枯　途　炉
江　阳	房	ㄤ	强　梁　邦　堂
怀　来	来	ㄞ	该　才　灾　歪

在十三大辙以外,凡语尾有卷舌音"儿"的,另归为两小辙。两小辙是:

小壬辰辙 ｛壬辰韵(如明儿、纳闷儿、嘴唇儿)
　　　　　灰堆韵(如味儿、来回儿)
　　　　　衣其韵(如鱼儿)

小言前辙 ｛言前韵(如拐弯儿、花园儿)
　　　　　怀来韵(如一块儿)
　　　　　沙花韵(如没法儿)

这几种曲艺的韵式是"甲甲乙甲乙甲乙甲……"。即第一句起韵,以下奇句不押韵,偶句押韵。但如果奇句也押韵(必须押仄声韵),唱起来更好听。如:

原来是炝锅的宽条儿面,
霎时间开锅往上翻;
又打上两个鲜鸡蛋,
把那勺子碗筷拿手间。

---

① 衣其辙包括"一ㄩ"和"ㄓㄔㄕㄖㄗㄘㄙ"等仅有声母而无韵母的字。

盛一碗来又一碗，
一碗一碗往上端。

第二，这几种曲艺的韵凡上句(奇句)的末一个字必须是仄声，下句(偶句)的末一个字必须是平声。

第三，句子必须讲究音节，不然，就不能唱。如：

老张清早去锄地的时候，
天上带着星星。

这两句话就不能唱；如果改成：

清早　老张　去锄地，
天上　还带　几颗星。

这就好唱了。鼓词或弹词的基本句式也是"二、二、三"式的七字句。此外还有"三、三、四"式或"三、四、三"式的十字句，"三、三、七"式的十三字句等等。也可以加"衬字"，加法和快板相同，但可以多衬。如：

(莫非说在那)乱军中 战死(了常山)将军，
(那位)赵子龙。

除衬字外，还可以嵌字。嵌字分三字嵌、四字嵌、五字嵌，用在情节紧张、夸大，或加强描写的地方。如：

只见他(痴呆呆、闷悠悠、茶不思、饭不想、眼不睁、头不抬)病倒在那牙床。——三字嵌
但只见(狂风大作、寒气侵人、漫山遍野、飞砂走石、遮天盖地、混沌乾坤)不分南北和西东。——四字嵌

第四，这种曲艺一开头先念"引子"(又叫"上场诗")，然后再叫板、唱。

"引子"有用诗的,有用词的(如《西江月》),也有用几句话说出故事梗概的(又叫提纲)。如《挑对象》鼓词的"引子":

娶妻不在丑俊,能生产劳动就强,
身子骨结实有力,学会了耕耩锄傍。
小伙子心中高兴,站在大街开了腔。
三婶子,二大娘,你看俺媳妇真棒!

第五,这几种曲艺都有"小段"和"大书"的分别。"小段"是一回至三五回的唱词;"大书"则是几十回或一二百回的连说带唱的小说。

第四编　创作方法

第一章　对于创作方法的一般理解

一　创作方法和世界观

文学的创作方法,是作家认识、选择、概括和评价生活事实,以构造艺术形象的基本原则。

作家在认识、选择、概括和评价生活事实的时候,他的世界观总是自觉或不自觉地发生作用的,因而世界观对创作方法有它一定程度的制约性。把二者割裂开来、对立起来,得出创作方法与世界观无关的结论,显然是有害的。但是,作为构造艺术形象的基本原则的创作方法有它的特殊性,因而它并不和世界观相等,也不能用世界观代替。把二者等同起来、混淆起来,企图用世界观代替创作方法,也同样是错误的。

世界观对于创作方法的制约性,可以分几点来谈。

(1)作家采用或倾向于哪一种创作方法,一开始就受着世界观的制约。具有进步的世界观或世界观中含有进步因素的作家,才愿意正视现实,才敢于揭露生活中的矛盾与冲突,因而才有可能采用艺术地、不加粉饰地反映生活真实的现实主义的创作方法。具有完全反动的世界观的人,根本不愿和不敢面对现实,更不愿和不敢揭露生活中的矛盾与冲突,因而也就不可能倾向于现实主义。例如拉马丁,他是和巴尔扎克同国度、同时代的作家,但他却违反生活的真实,把资产阶级的"文明"吹得天花乱坠。又如沙都勃里扬,他也是和巴尔扎克同国度、同时代的作家,但他却是反动的浪漫主义的代表,幻想拖着历史的尾巴往后拉;如恩格斯所指出,他的作品是"一大堆谎话,不论在形式或是在内容,根本是无中生有"①。而巴尔扎克呢,他尽管在政治上是一个保皇党,但包括工人运动在内的人民运动给他以巨大的影响,使他的世界观发生了转变,产生了进步的因素,因而才走上和拉马丁、沙都勃里扬完全相反的现实主义的道路。

（2）古典作家的世界观往往是矛盾的,而这种世界观的矛盾,也鲜明地表现在他们的创作上。一方面,他们的世界观中的进步因素,使他们能够作为现实主义的作家,描写生活的真实;另一方面,他们的世界观中的落后因素,又常常妨碍他们对生活的真实作正确的理解和评价:这样,就使得他们的作品中除了生活的真实反映以外,还会有着体现错误思想的不真实的形象。托尔斯泰和巴尔扎克的艺术实践,正可以说明这个事实。

托尔斯泰和巴尔扎克的世界观并不是像胡风所说的那样完全反动的,而是有着越来越显著的进步因素,所以才能成为伟大的现实主义者。托尔斯泰从小生长在故乡的农村中,熟悉农民的生活,因而开始同情农民的命运;在上大学的时代,已经在一篇论文中指出专制和奴役是俄国生活中的"沉重的罪恶"。所以在他早期的创作里,就出现了揭露统治者的罪恶,维护人民的利益的进步倾向。而愈到后来,由于"农村俄国的一切'旧基础'之尖锐地破裂,加强了他的注意力,加深了他对于四周所发生的事情的兴趣,使他的整个世界观发生了一个转变",转而站在"家长制的天真的农民的观点上";②所以在他后期的作品中,对沙皇俄国的各种国家的、教会的、社会的、经济的制度,作了更猛烈、更深刻的批判,成为千百万农民的代言人。

巴尔扎克也是一样。他所关心、所注意的法国工人运动的高涨,给他指出资产阶级社会的不人道和反人民性,教导他懂得了历史的活的辩证法,使他的世界观中成长着进步的因素,这可以从他所写的许多随笔和论文中看得出来。比如他在《论工人》这篇论文中,指出那个"商人的国家"是用对金钱的贪欲来支持的,他坚决相信那个由投机者所组成的新贵族必将被愤怒的群众驱逐出去,他认为在即将来临的人民群众与法国统治阶级的冲突中,工人阶级将是革

---

① 马克思 1873 年 11 月 30 日致恩格斯书,见《马克思恩格斯论文学与艺术》,平明出版社 1953 年 2 月第 5 版,第 201 页。

② 列宁:《托尔斯泰与现代工人运动》,见《马克思 恩格斯 列宁 斯大林论文艺》,人民文学出版社 1953 年 9 月版,第 104—105 页。

命的突击力量。而这篇论文中的基本思想,鲜明地表现在他的小说《幻灭》中。在这部小说中,他创造了极能吸引人的工人的形象。

另一方面,托尔斯泰和巴尔扎克的世界观中是存在着落后因素的,而那些落后因素,也时常给他们的作品带来损害,有时甚至使他们在某些地方离开了现实主义。例如托尔斯泰的"不抵抗恶"和"迷信基督"的错误观点,有害地表现在他的作品中。《战争与和平》中的卡拉他耶夫,简直是托尔斯泰的宿命论和"不抵抗恶"学说的现身说法人(他爱一切人,甚至爱他的敌人。他毫不以被俘的处境为苦,成天跟同伴们讲他那个"上帝知道真理,但不说出来"的故事。最后,他用乖乖地让法国侵略者开枪打死的结局,实践了"不抵抗恶"的学说)。《复活》中的聂赫留道夫的种种"自我完成"的行为和思想,则简直是"托尔斯泰主义"的形象化。巴尔扎克的在君主政体保护下调和阶级对抗的幻想,也有害地从《人间喜剧》中流露出来。当他描写贵族时,凡是在错误的观点影响下避开生活真实的地方,就只能依据像德·阿尔德萨(《卡迪那安王妃的秘密》)或德·爱斯伯尔(《关于托管的事件》)那样的"活的德行"的逻辑思维的公式来写作了。

概括以上所谈,我们可以看出世界观对于创作方法的制约性,可以看出进步的世界观在艺术创作中的积极作用。因此,争取掌握进步的世界观,应该是艺术家的主要任务之一。

但是,如毛主席所说:"政治并不等于艺术,一般的宇宙观也并不等于艺术创作和艺术批评的方法。"[1]我们说世界观制约着创作方法,并不等于说世界观始终和创作方法完全一致。创作方法不仅受世界观的制约,而且受生活经验和艺术修养的制约。即使具有进步的世界观,但如果缺乏生活经验和艺术修养,也是不可能成为伟大的现实主义作家的。相反,像托尔斯泰和巴尔扎克那样,世界观中的落后因素虽然不可避免地损害了他们的艺术创作,但由于具有丰富的生活经验和高度的艺术修养,仍然能写出第一流的文学巨著。有些人在强调世界观在艺术创作中的作用的时候,没有充分估计到世界观和创作方法的复杂关系,以致把二者弄成始终一致的、融为一体的东西,仿佛只要有了先进的世界观,就跟着有了现实主义,这同样是有害的。在文艺批评方面,这种观点会使批评家单纯根据作家的创作意图评价作品,而无视于作品的艺

---

① 《毛泽东选集》第3卷,人民出版社1953年2月版,第891页。

术性和形象的客观的社会意义。在文艺创作方面,这种观点会使作家孤立地追求先进的世界观,而忽视生活实践和艺术修养。

世界观中含有进步因素而又具有丰富的生活经验和高深的艺术修养的古典作家,他们的现实主义往往会突破世界观的局限而赢得伟大的胜利,这是恩格斯在评论巴尔扎克的时候已经指出了的。托尔斯泰也是一样。举例来说,托尔斯泰的妇女观点是反动的,他坚决地反对妇女解放,但他创造的安娜·卡列尼娜的形象,却是充满着解放思想和斗争意志的。最突出的例子是在写《复活》的时候,他仍然坚持着"不抵抗恶"的教义,而且这种教义也从聂赫留道夫身上反映了出来,但在作品的总的倾向中,却表现出革命斗争是最正确的道路。总之,托尔斯泰的艺术实践证明:他的世界观中占着相当比重的落后因素甚至反动因素在他的艺术中常常被排挤到极为次要的地位,而他的世界观中的进步因素在他的艺术中则常常表现出更多的进步倾向。这就是说,他的世界观和创作方法之间是有一定的矛盾的。而这种矛盾,其实是不难解释的。

(1)托尔斯泰拥有非常丰富的生活经验。当他艺术地反映生活的时候,生活的逻辑常常征服了他的主观逻辑;以致不能不违反他的某种偏见。关于这个道理,高尔基曾作过精辟的说明:

> 经验愈广大,它里面的主观的、个人的地位就愈狭小……艺术家底社会形象就愈鲜明地显示出来……我们再看一看托尔斯泰:他的任务——是给贵族寻找在生活上的应有地位。因此这位作家不能不接触到生活底一切方面,陷入在我们是显明的、具有教育意义的,和他的思想底基础抵触的一些矛盾,不能不许多次破坏他的思想底完整性,最后,他,人生消极态度底宣教者,不能不承认,而且在《复活》里几乎证实了积极斗争底正确性。①

(2)托尔斯泰具有高深的艺术修养,懂得而且恪守现实主义艺术创作的客观法则。当他从特定的生活环境中描写人物的时候,人物性格的发展逻辑常常迫使他放弃某些主观的艺术构思。

创作方法和世界观的关系是复杂的、辩证的。进步的世界观或世界观中

---

① 高尔基:《俄国文学史序言》,见《苏联的文学》,新中国书局1949年7月版,第77—78页。

的进步因素,可以促使作家采用进步的创作方法;而当他采用进步的现实主义的创作方法,忠实地反映生活的时候,生活的真理可以推进他的世界观的转变,增强世界观中的积极因素;而当他的世界观中的积极因素增强以后,他的现实主义的艺术力量也就更加强大。同时,作家的生活经验和艺术修养,也是提高他的现实主义的动力,具有丰富的生活经验和高深的艺术修养的作家,他的现实主义的力量常常突破世界观的局限而取得辉煌的胜利。在古典作品中,形象的客观意义常常大于作家的思想,甚至和作家的思想发生矛盾,就是这个原因。

古典作家的创作方法和世界观之间存在的这种复杂的甚至矛盾的关系,并不是说明世界观对艺术创作没有积极的作用,而只是说明古典作家的不幸。古典作家由于受当时的历史条件和生活条件等等的限制,几乎不可能自觉地确立统一的、进步的世界观,因而也不可能彻底克服世界观本身的矛盾以及主观认识和客观现实之间的矛盾,这就不可避免地给他们本身带来了苦恼,给他们的创作带来了损害。在这一点上说,今天的作家多么幸运啊! 每一个作家,只要愿意,就有可能掌握最先进的马克思列宁主义的世界观,从而更正确、更深刻地认识和反映丰富多彩的现实生活。

但在建立马克思列宁主义世界观的时候,古典作家的经验也是值得吸取的。古典作家的世界观中的进步因素的增长和创作中的现实主义力量的增强,归根到底,乃是受了现实生活的教育的结果。今天的作家,固然可以通过理论的学习建立先进的世界观,但更重要的是要通过生活实践和艺术实践建立先进的世界观。正如《人民日报》的社论所指出:"社会生活的教育作用最为直接和广泛。对于非劳动人民出身的知识分子来说,马克思列宁主义世界观的树立往往是不容易的。知识分子要走下心灵深处的'小资产阶级王国'的宝座,到工厂、农村中去,去感受劳动人民的呼吸,观察社会生活的脉搏的跳动,这样,就有可能从书本上的马克思列宁主义者变成真正的马克思列宁主义者。"①

二 基本的创作方法

正如高尔基在《我的文学修养》中所指出:"文学上有两种基本的潮流或

---

① 1957 年 4 月 6 日《人民日报》社论:《教育者必须受教育》。

倾向,便是现实主义和浪漫主义。"①而在这二者之中,更基本的是现实主义。

对现实主义这一概念,通常有三种用法:一种是指十九世纪欧洲文学发展史上出现在古典主义、浪漫主义之后的一种文学流派,即以巴尔扎克、狄更斯等人为代表的批判的现实主义;一种是指在古今中外文学史上形成和发展的反映现实和构造形象的特定的创作方法,也就是高尔基所说的作为文学的两种基本倾向之一的现实主义;还有一种是把它和真实性,甚至艺术性的概念等同起来,从而用以指一切具有真实性和艺术性的文学作品。

第一种用法,既然是指欧洲文学发展史上的特定的文学流派,因而就不便于用来指具有更大的普遍性的创作方法;第三种用法显然是不妥当的,把现实主义和真实性、艺术性的概念等同起来,那就抹杀了其他的创作方法,特别是浪漫主义的创作方法,其结果是把文学发展史简单地看成现实主义和反现实主义的斗争史。所以,在这里,我们只采取现实主义的第二种用法。

浪漫主义这个概念也有几种用法:一种是指欧洲文学发展史上出现在古典主义之后的一种文学流派;一种是指古今中外的许多作家在艺术地反映现实的时候所采用的基本上一致的创作方法;另一种是指作品的浪漫主义性或浪漫主义色彩(现实主义的作品也可以有浪漫主义性或浪漫主义色彩)。同样的理由,我们在这里只采用浪漫主义的第二种用法。

现实主义和浪漫主义的创作方法,虽然是在文学艺术的创作积累了许多经验之后在特定的历史条件下形成的,但它们的某些因素,却在遥远的古代已经出现了。没有那些早已存在的因素,它们的形成是不可能的。

高尔基明确地指出,在古代的神话创作中,就已经产生了现实主义方法和浪漫主义方法的萌芽。他说:

> 神话乃是一种虚构。所谓虚构,就是说从既定的现实底总体中抽出它的基本的意义而且用形象体现出来——这样我们就有了现实主义。但是,如果在从既定的现实中所抽出的意义上面再加上——依据假想底逻辑,加以推想——所愿望的,所可能的东西,这样来补充形象,那么我们就有了浪漫主义,这种浪漫主义乃是神话的基础。②

---

① 周扬编:《马克思主义与文艺》,解放社版,第 80 页。

② 高尔基:《苏联的文学》,新文艺出版社 1953 年版,第 28 页。

又说：

> 在原始人底观念中，神并非一种抽象的概念，一种幻想的存在，而是一种武装着某种劳动工具的完全现实的人物，神是某种手艺的能手，人们底教师和同事，神是劳动成绩底艺术的概括……是一种纯粹艺术的创作……神话底创造在自己的基础上乃是现实主义的。①

从古代就已经萌芽的现实主义和浪漫主义的创作方法当然是继续发展的，在不同的历史时期有着不同的特点；但是，从总的倾向上看，它们也有基本的特点。

现实主义的基本特点是：通过对于本质的、具有特征性的生活现象的艺术概括，提供现实的真实图画。具体地说：第一，现实主义所描写的是客观的现实；第二，现实主义在描写现实的时候并不是机械地抄录生活现象而是对本质的、特征性的生活现象加以典型化；第三，现实主义用生活本身的形式反映生活，它所提供的生活图画，就像生活本身一样真实。

恩格斯在《给哈克纳斯的信》里，提出了现实主义的定义。他说："照我看来，现实主义是除了细节的真实之外，还要正确地表现出典型环境中的典型性格。"②这个定义，无疑是我们研究现实主义的依据。但是对于这个定义，也不应该作教条主义的理解。第一，这个定义，主要适用于戏剧、小说和大型的叙事诗（恩格斯的这个定义，本来是在评论哈克纳斯的小说《城市姑娘》的时候提出的），至于小型的叙事诗和抒情诗，就很难满足这个定义的要求。特别是抒情诗，它只要表现出典型情况下的感受、情绪，就够得上现实主义的条件。第二，恩格斯的这个定义是对现实主义的最严格的要求，这可以从他给哈克纳斯的同一封信里看得出来。在那封信里，他一方面批评《城市姑娘》没有描写出"典型环境中的典型性格"，另一方面却承认《城市姑娘》具有"现实主义的真实性"，并且赞扬其中的人物之一格朗特先生"是一个杰作"。不过由于没有写出"典型环境中的典型性格"，所以他认为"这篇小说还不是充分地现实主义的"。"不是充分地现实主义的"，就意味着还是现实主义的。

---

① 高尔基：《苏联的文学》，新中国书局 1949 年版，第 6 页。

② 《马克思 恩格斯 列宁 斯大林论文艺》，人民文学出版社 1953 年 9 月版，第 20 页。

在我国的文学史上,戏剧、小说出现得比较晚,所以完全符合恩格斯的定义的作品,也只能产生于戏剧、小说发达的时期,像《水浒》、《红楼梦》、《儒林外史》、《桃花扇》等等,就当得起严格的现实主义的称号而无愧色。至于广义的现实主义,则早在《诗经》时代就已经开始了。在《诗经》中,像《魏风》中的《伐檀》、《硕鼠》,《豳风》中的《东山》,《小雅》中的《正月》、《大东》,《卫风》中的《氓》,《邶风》中的《柏舟》、《谷风》等等,都应该说是现实主义的作品。而汉代乐府中的《战城南》、《十五从军征》、《东门行》、《羽林郎》、《陌上桑》,特别是长达一千七百八十五字的《孔雀东南飞》,都刻画出鲜明的人物形象,反映了社会生活中的矛盾与冲突,其现实主义的精神是更其明显的。从《诗经》开始的现实主义,在诗歌方面,经过陶渊明、陈子昂而到了杜甫、白居易的手里,已得到很大的发展。在其他方面,司马迁的《史记》中的许多文学性的传记,唐宋的许多传奇小说,宋元话本和元人杂剧中的许多作品,也都具有现实主义的基本特点,为明清戏曲小说中的严格的现实主义的形成提供了必要的条件。

在西欧,广义的现实主义也不是到了文艺复兴时代才有的,早在荷马的《奥德赛》和《伊利亚特》中,就已经具备了现实主义的某些因素。在这两部作品里,我们不仅看见希腊氏族社会瓦解时期的生活方式、风俗习惯、军事制度等等的细节描写,而且看见通过一些写实的场面表现出来的许多英雄人物(如阿契里、奥德赛斯、涅斯托尔等)的典型性格。

当然,现实主义是到了文艺复兴时代才得到充分的发展的,因为艺术地认识和反映现实的创作方法,必然要受人类社会经济和文化技术的发展的制约。文艺复兴时代的反封建的解放运动、资产阶级民族的形成,先进文化和科学的全部发展以及个性解放的斗争,都给现实主义的发展开辟了广阔的道路。但是因此得出现实主义只能从文艺复兴时代开始而不能更早的结论,却是难于令人置信的。

浪漫主义的基本特点是:以现实生活为依据,按照假想的逻辑构造形象,以表现作家的(也可能是人民群众的)理想和希望。具体地说:(1)浪漫主义所描写的主要是希望有、可能有的东西;(2)浪漫主义往往不是用生活本身的形式反映生活,而是用假想的形式反映对于生活的理想。

关于浪漫主义描写理想的这个根本性的特点,许多人都指出过。爱克曼在《歌德对话录》中提到浪漫主义者席勒的创作是"把观念抬得高过一切自然"①，歌德也指出浪漫主义者雨果的作品是"依着他自己所追求的"来描写的，"全然没有自然和真实"。②而席勒本人在给朋友的信中也说："从前我在波萨及卡罗斯等人物上，试图用美丽的理想去代替那不足的真实。"③浪漫主义者乔治·桑在《魔沼》中更明确地提出了自己的主张："艺术并非在检视已存的现实，而是在追求理想的真实。"④

浪漫主义由于主要是反映对生活的理想，所以往往（不是常常）采取假想的表现形式。例如屈原的《离骚》，其中的主人公由于忠而见忌，抑郁彷徨而莫知所适，于是渡沅湘南征，在重华的灵魂面前诉说衷曲，重华却默无一语；于是乘虯鹥凭埃风而上达天门，但帝阍紧闭，不能进去；于是渡白水，登阆风，寻求宓妃与有虞之二姚，而理弱媒拙，一无所成；但他仍不绝望，最后从灵氛之吉占，打算"远逝以自疏"，于是又升到天上，"聊假日以娱乐"；然而他并不是一个遁世主义者，在天上望见故国，又悲伤起来，"仆夫悲余马怀兮，蜷局顾而不行"……这种"上下求索"理想的假想的表现形式，是和现实主义所采取的生活本身的形式迥然不同的。

浪漫主义作品的假想的形式也是依据现实生活创造出来的，因而可以塑造典型形象，反映生活真实。《离骚》中的热烈地追求理想的主人公及其遭遇，是有典型性的。

必须指出：浪漫主义也可以采取生活本身的表现形式（像歌德的《少年维特之烦恼》）；而采取假想的表现形式的，也并不都是浪漫主义的作品（像寓言类的许多作品）。所以表现理想，表现希望，还是浪漫主义的最根本的特点。

因为浪漫主义主要是表现对生活的理想；而理想，有合于生活发展倾向的，也有违反生活发展倾向的，所以浪漫主义在本质上就有积极的和消极的区别。高尔基说：

　　在浪漫主义里面，我们也必须分别清楚两个极端不同的倾向：一个是

---

① 爱克曼：《歌德对话录》，第22页。

② 爱克曼：《歌德对话录》，第266页。

③ 《席勒评传》，国际文化服务社版，第55页。

④ 勃兰兑斯：《法国作家评传》，第1页。

消极的浪漫主义，它或者粉饰现实，想使人和现实相妥协；或者就使人逃避现实，坠入到自己内心世界的无益的深渊中去，堕入到"人生的命运之谜"，爱与死等思想中去，——坠入到不能用"思辨"、直观的方法来解决，而只能由科学来解决的谜之中去。积极的浪漫主义，则企图加强人的生活的意志，唤起他心中对于现实、对于现实的一切压迫的反抗心。①

积极的浪漫主义是一种优秀的创作方法。一方面，它是建立在现实的基础之上的，它写的是合乎现实发展倾向的理想；另一方面，因为它写的是合乎现实发展倾向的理想，它在艺术形象中竭力表现人的崇高的使命及其为实现理想而作的斗争，所以能够强有力地激起人们对于现实的革命态度，从而走向改变现实的斗争。

积极的浪漫主义这种创作方法是更适合于诗歌，特别是抒情诗的创作的。在应用于小说、戏剧之类的创作的时候，因为过于着重理想的表现，就有可能写出概念化的人物。席勒的某些作品就有概念化的缺点，所以马克思劝告拉萨尔不要像席勒那样把人物写成"时代精神的单纯号筒"，恩格斯也告诉拉萨尔"不应该为了理想而忘掉现实，为了席勒而忘掉莎士比亚"。但是，这绝不是说浪漫主义的方法不可能写出真实的人物来。汤显祖在《牡丹亭》中塑造的"为情而死，为情而生"的杜丽娘的形象，吴承恩在《西游记》中塑造的大闹天宫的孙悟空的形象，都是十分真实的，都具有显明的个性特征。

积极的浪漫主义在文学史上是一个具有独立性的创作方法，把它作为现实主义的特征之一而包括在现实主义之内是不应该的；但是积极的浪漫主义和现实主义也并不是绝对对立的。许多优秀的作家，时而写出现实主义的作品，时而写出浪漫主义的作品，时而在一部作品中把现实主义和浪漫主义有机地结合起来。例如李白，他是被公认的浪漫主义的诗人，但在他的诗集中，并不缺少现实主义的作品。杜甫呢，他是被公认的现实主义的诗人，但在他的诗集中，浪漫主义的作品和结合着浪漫主义因素的作品也并不少。例如《凤凰台》：

亭亭凤凰台，北对西康州。西伯今寂寞，凤声亦悠悠。

---

① 高尔基：《我怎样学习写作》，三联书店 1951 年第 4 版，第 12 页。

山峻路绝踪，石林气高浮。安得万丈梯，为君上上头。

恐有无母雏，饥寒日啾啾。我能剖心血，饮啄慰孤愁。

心以当竹实，炯然无外求。血以当醴泉，岂徒比清流。

所重王者瑞，敢辞微命休？坐看彩翮长，举意八极周。

自天衔瑞图，飞下十二楼。图以奉至尊，凤以垂鸿猷。

再光中兴业，一洗苍生忧。深衷正为此，群盗何淹留？

这篇诗中的那个愿意拿自己的心血喂养凤雏，使它从天上衔来"瑞图"，
"再光中兴业，一洗苍生忧"的抒情主人公的形象，是和高尔基所创造的把自己
的心摘下来高举在头上，让它烧得像太阳那样辉煌，以赶走人间的黑暗的唐柯
的形象十分相像的。至于关汉卿的杂剧《窦娥冤》，汤显祖的传奇《牡丹亭》，
周朝俊的传奇《红梅记》（秦腔中的《游西湖》），洪昇的传奇《长生殿》，以及地
方戏中的《天仙配》、《白蛇传》、《梁山伯与祝英台》等等，都是现实主义和浪漫
主义相结合的作品。

三　创作方法的继承和革新

"艺术地认识现实"的方法和"科学地认识现实"的方法虽然各有不同，但
却是互相关联的。随着社会经济和文化的发展，"艺术地认识现实"的方法和
"科学地认识现实"的方法一样，也在不断地发展。而这种发展，一方面是对以
前的方法的继承，一方面是对以前的方法的革新。而革新，也是在继承的基础
上进行的。

从《诗经》开始的诗歌中的现实主义方法，到杜甫手里得到了显著的发展，
而杜甫之所以能够显著地发展现实主义的方法，除了他的生活条件和思想条
件而外，还由于他不知疲倦地学习文学遗产，对《诗经》以后的现实主义传统加
以综合。从他的《论诗》的作品中，可以看出他是对以前的所有重要诗人、重要
作品都进行过研究，从而吸取了有用的东西的。

马克思和恩格斯都指出：要进一步地促进现实主义的发展，必须将艺术传
统加以广泛的综合。马克思在给拉萨尔的信中要求"把最现代的思想表现在
最纯粹的形式中"，要求"必须更加莎士比亚化"。① 恩格斯在给拉萨尔的信中

---

① 《马克思 恩格斯 列宁 斯大林论文艺》，人民文学出版社 1953 年 9 月版，第 7 页。

提出:应该把"巨大的思想深度和意识到的历史内容,同莎士比亚式的情节的生动性和丰富性"完美地融合起来。①

"巨大的思想深度和意识到的历史内容",这在启蒙运动时代的现实主义创作中已经得到了表现,但启蒙运动时代的现实主义的弱点是缺乏个性化。因此,恩格斯主张把启蒙运动时代的现实主义传统和莎士比亚的现实主义传统综合起来,加以继承。

社会主义现实主义,正是在新的历史阶段上,在新的高度综合中继承了优秀的艺术传统而产生的新的创作方法。

无产阶级是一切优秀的文学艺术遗产的合法的继承者。日丹诺夫说:"无产阶级,也正像在物质和精神文化的其他部门里一样,是世界文学宝库中全部优秀东西的唯一继承者,资产阶级浪费了文学遗产,我们必须把它仔细地收集起来,加以研究,而且批判地接受下来,向前推进。"②毛主席也说:"我们必须继承一切优秀的文学艺术遗产,批判地吸收其中一切有益的东西,作为我们从此时此地的人民生活中的文学艺术原料创造作品时候的借鉴。有这个借鉴和没有这个借鉴是不同的,这里有文野之分,粗细之分,高低之分,快慢之分,所以我们决不可拒绝继承和借鉴古人和外国人,那怕是封建阶级和资产阶级的东西。"③这都说明了继承遗产的重要性。苏联的文艺学家都强调指出苏联的社会主义现实主义是在继承俄国古典文学和世界古典文学遗产的基础上形成、发展起来的;苏联作家协会的章程上就明确地指出社会主义现实主义的创作方法,"一方面是过去文学遗产的批判的摄取之结果"④。我国"五四"以来的社会主义现实主义,也是如此。它是适应着中国革命的性质和任务,在批判地继承中国古典现实主义文学传统和创造性地吸收外国文学经验的基础上形成、发展起来的。有些人认为"五四"新文学中的现实主义是完全来自外国的东西,完全否认"五四"新文学运动对于中国文学传统的继承关系,这种对待祖国文学遗产的虚无主义的态度是非马克思主义的。

---

① 《马克思 恩格斯 列宁 斯大林论文艺》,人民文学出版社 1953 年 9 月版,第 12 页。

② 日丹诺夫:《在第一次苏联作家代表大会上的讲演》,见《苏联文学艺术问题》,人民文学出版社 1953 年第 2 版,第 28 页。

③ 《毛泽东选集》第 3 卷,人民出版社 1953 年 2 月版,第 882 页。

④ 周扬编:《马克思主义与文艺》,解放社版,第 326 页。

社会主义现实主义对于过去的现实主义有继承的一面,但也有革新的一面。我们通常所说的"批判的继承"或"创造性的继承",就意味着革新,而不意味着"硬搬"。毛主席说:"……继承和借鉴决不可以变成替代自己的创造,这是决不能替代的。文学艺术中对于古人和外国人的毫无批判地硬搬和模仿,乃是最没有出息的最害人的文学教条主义和艺术教条主义。"①社会主义现实主义绝不是旧现实主义的"毫无批判的硬搬和模仿"。无产阶级根据新的现实,根据革命实践的任务,根据自己的立场、观点,把旧现实主义加以改造和革新,吸收了它的优点而扬弃了它的缺点,并给它以科学的革命的共产主义的世界观,给它以为无产阶级和人民大众服务的立场,给它以党性原则。这样,就把旧现实主义变成了新现实主义——社会主义现实主义。苏联作家协会的章程上说:

　　　　在无产阶级专政的几年间,苏维埃文学和苏维埃文学批评,与工人阶级齐步前进,而且由共产党所领导,已经创造出了自己新的创作的原则。这些创作的原则,一方面是过去文学遗产的批判的摄取之结果,另一方面根据对于社会主义的胜利建设与社会主义文化的成长之研究,在社会主义现实主义的原则中找出了它们的主要表现。②

　　这段话对社会主义现实主义的革新性说得非常明白。有些人认为"前社会主义时代的现实主义与社会主义时代的现实主义在创作方法上是没有,也不可能有什么区别的"③,因而主张用"社会主义时代的现实主义"这个概念代替社会主义现实主义的概念,这显然是不正确的。

四　创作方法与文学的风格、流派

　　文学的创作方法是作家认识、选择、概括和评价生活事实,以构造艺术形象的基本原则。构造形象的原则不同,文学作品的风格也自然不同。浪漫主义作品的风格和现实主义作品的风格显然是各有特点的。

---

①　《毛泽东选集》第3卷,人民出版社1953年2月版,第882页。

②　周扬编:《马克思主义与文艺》,解放社版,第326页。

③　周勃:《论现实主义及其在社会主义时代的发展》,载《长江文艺》1956年12月号。

但这并不等于说一种创作方法只能产生一种文学风格。同是古典现实主义诗人，杜甫、白居易、陆游、辛弃疾的文学风格存在着多么大的差别；同是批判的现实主义作家，巴尔扎克、狄更斯、果戈理、契诃夫的文学风格又显示出多么大的殊异；同样是社会主义现实主义作家，阿·托尔斯泰和费定，包哥廷和考涅楚克，丁玲和赵树理……都具有多么显著的个人风格；根据风格的特点，我们用不着看他们的署名，就可以丝毫不差地把他们的作品区别开来。

作家的个人风格是被他的创作个性所决定的。每一个作家都有他的独特的创作个性，所以每一个作家的作品都有独特的个人风格。

作家的独特的性格、气质、生活和斗争的经验、政治态度和思想倾向，乃至艺术技巧、艺术爱好、艺术手法和他所处的社会环境，都会表现在他的作品中，给他的作品打上独特的烙印。

作家的风格既然是作家的创作个性的表现，所以作家是一个什么样的人，就关系着风格的高下。鲁迅说得好："我以为根本问题是在作者可是一个'革命人'，倘是的，则无论写的是什么事件，用的是什么材料，即都是'革命文学'。从喷泉里出来的都是水，从血管里出来的都是血。"

在具体作品里，作家的创作个性表现在材料的选择上，表现在情节的结构上，表现在对于被描写的性格和生活现象的评价上以及叙述的语言上，所以作品的风格，是从作品的内容和形式、思想和艺术的统一中表现出来的，它在很大的程度上决定着作品的艺术价值。马克思是十分重视作品的风格的，他在评论普鲁东的《什么是财产》一书时说："在这部作品中……还有强有力的风格占着优势。这种风格，我认为是它的主要优点。"在评论同一作者的另一部书《贫困的哲学》时，则指出它的风格"完全是浮夸的……投机分子唱高调的胡说八道……菜市上大吹大擂做广告的口吻"。① 他指出这种浮夸的风格，正暴露了作者哲学思想的贫乏。

因为风格是作者的创作个性的表现，所以有多少作家便有多少风格。没有个人风格，那就算不了作家。公式化的作品是没有独特的风格的，因为它的作者并没有表现出他的独创性，而只是模拟别人；模拟别人的作者怎么能算作家呢？关于这一点，我国的许多古典批评家和文学家都尖锐地指出过。例如公安派的袁宗道在《论文》中说：

---

① 转引自《斯大林论语言学的著作与苏联文艺学问题》，时代出版社 1952 年版，第 28 页。

蓺香者,沉则沉烟,檀则檀气,何也? 其性异也。奏乐者,钟不借鼓响,鼓不假钟音,何也? 其器殊也。文章亦然。有一派学问,则酿出一种意见;有一种意见,则创出一般言语。无意见则虚浮,虚浮则雷同矣。故大喜者必绝倒,大哀者必号痛,大怒者必叫吼动地,发上指冠。惟戏场中人,心中本无可喜事,而欲强笑;亦无可哀事,而欲强哭;其势不得不假借模拟耳。

　　袁宗道在这里指出作家如果有独到的见解和深切的感受,自然就有独特的风格;没有独到的见解和深切的感受,就只能模拟别人,只能写出公式化(所谓"雷同")的作品。

　　我国古代的批评家,很注意风格的多样化。刘勰在《文心雕龙》的《体性》篇中指出:由于作者的"才有庸隽、气有刚柔、学有浅深、习有雅郑",所以他们的文章,"各师成心,其异如面"。并且举例说:

　　……贾生俊发,故文洁而体清:长卿傲诞,故理侈而辞溢;子云沉寂,故志隐而味深;子政简易,故趣昭而事博;孟坚雅懿,故裁密而思靡;平子淹通,故虑周而藻密;仲宣躁锐,故颖出而才果;公干气褊,故言壮而情骇;嗣宗傲傥,故响逸而调远;叔夜俊侠,故兴高而采烈;安仁轻敏,故锋发而韵流;士衡矜重,故情繁而辞隐……

　　这说明不模拟别人的作家,总是有独特的个人风格的。
　　然而在封建社会和资本主义社会里,统治阶级常常用各种手段压制作家的个人风格。比如中国的封建统治者把"温柔敦厚"作为诗歌风格的标准,不合这个标准的,就遭到排斥。而资本主义国家的统治者,甚至用法律束缚作家的风格的自由表现。马克思在《略论最近的普鲁士检查法令》一文中说:"法律允许我写作,但不是用我自己的本来所有的风格,而是用一种别的什么风格来写作。我有权利显现自己的精神面貌,但是应该给它添上几道规定的皱纹。"又说:"我是幽默作家,但法律吩咐我严肃地写。我热情,但是法律命令要我的风格朴素。灰色中的灰色——这就是唯一获得批准的自由的颜色。"①国

---

① 转引自《斯大林论语言学的著作与苏联文艺学问题》,时代出版社 1952 年版,第 17—18 页。

民党统治时期的中国也是一样。例如鲁迅的杂文,因为要避免审查官的注意,就不得不写得"隐晦曲折",甚至不得不预先"抽去几个骨头"。

正如列宁在提出文学的党性原则时所说:不是为"几万上等人"服务,而是为千千万万劳动人民服务的无产阶级文学是真正自由的文学。在文学事业上,"绝对必须保证个人创造性、个人爱好的广大的空间,思想和幻想、形式和内容的广大的空间"①。在一九三四年订立的《苏联作家协会章程》中,也明确地指出:"社会主义现实主义保证艺术创作有特殊的可能性去表现创造的主动性,选择各种各样的形式、风格和体裁。"②列宁和《苏联作家协会章程》所提到的这几句话已经为苏联和我国的文学发展的全部过程所证实了。

在同一种创作方法的指导下,还可以产生不同的流派。某些作家由于在思想、生活经验和艺术爱好等方面彼此近似,可以形成一个流派;另一些作家由于在思想、生活经验和艺术爱好等方面彼此近似,可以形成另一个流派。同一流派的作家各有其个人风格,但和另一流派的作家比较起来,他们的风格又有某些类似的特征。不同流派的创作竞赛,是有利于促进文学艺术的发展的。苏尔科夫在第二次全苏作家代表大会上的报告中说:

在研究和发展社会主义现实主义的方法的总的方向下,可以容许各种不同的流派存在,可以容许不同流派之间的创作竞赛,可以容许广泛地辩论这个或那个流派的优点。

……我们在统一的方向之下,不但可能有,而且的确也有各自具备不同特点的各种流派存在。在俄罗斯诗坛有了特瓦尔陀夫斯基和伊萨柯夫斯基,在乌克兰诗坛有了巴然和毕尔沃马斯基。这不但不排除在这些文学界出现其他的诗人,出现谢尔文斯基、阿谢耶夫或马雷什科和伏伦柯这样"优秀的和不同的"诗人的可能性,相反地,而是正好提供这样的可能性。这些诗人之所以属于社会主义现实主义统一方向下的不同流派,不只是因为个人气质和个人手法的不同,而且还因为健康的创作竞赛由之产生的一些复杂得多的特征。

---

① 列宁:《党的组织和党的文学》,见《马克思 恩格斯 列宁 斯大林论文艺》,人民文学出版社1953年9月版,第71页。

② 《苏联文学艺术问题》,人民文学出版社1953年第2版,第12页。

如果正确地理解了这一点,如果指导各种各样的流派按着健康的创作竞赛的轨道前进,那末,我国文学界有时出现的那种毫无道理的不正常的狂热宗派情绪将会消失。①

　　在我国,党中央提出的"百花齐放,百家争鸣"的方针,是马克思列宁主义在科学和文学艺术领域内的一个创造性的发展。这个方针不仅鼓励属于社会主义现实主义方向下的不同风格、不同流派的作家展开创作竞赛,而且容许还不能,或不愿掌握社会主义现实主义的不同风格、不同流派的作家展开创作竞赛,以争取社会主义文学艺术的高度繁荣。

_____

　　① 《苏联人民的文学》上册,人民文学出版社 1955 年版,第47—49 页。

第二章 古典主义

一 古典主义的历史环境

如在前一章所说,现实主义是最基本的文学潮流。它成为有意识的创作方法,虽然是十九世纪以后的事,但它的萌芽,早在古代就已经产生了。到了文艺复兴时代,由于新的资本主义关系已经开始形成,因而在艺术中产生了现实主义的新形式。这一时期的现实主义在思想内容上有反封建的倾向和人道主义的性质。艺术家力图摆脱中世纪的经院哲学的宗教观念,而把现实世界和活生生的个人作为创作对象。

古典主义并不是任何独特的创作方法,而是现实主义在发展中受了特定的历史环境的制约而产生的一个支流。古典主义者是向古代的希腊、罗马文学学习的,同时又继承了文艺复兴时期的现实主义者反对经院哲学和教会教义的传统。他们描写具有重大社会意义的主题,宣扬英雄主义,宣扬个人利益服从社会利益的公民理想。

古典主义风行于十七、十八世纪的欧洲,特别是法国。在十七世纪时,欧洲的许多国家,特别是法国,由于商业资本的发达,货币被视为主要的财富。为了获得并积累大量的货币,所以要发展国外贸易。作为国家贸易的主要商品的是谷物和工业生产品(主要是奢侈品)。而买卖谷物的是一部分贵族地主,经营工业生产的是商业资产阶级。这就使一部分贵族地主和商业资产阶级结合起来,成为国家的支柱。他们反对教皇统治和等级的君主政体,拥护王国,使其从教皇和贵族的手里夺得政权,以确立其有利于发展工商业和国外贸易的所谓"重商主义"的经济组织。这种经济组织,要求严格的规则法制:就对国外的关系而论,要求制定保护关税,限制外国商品输入的法规,以便有利于使本国货物出卖于外国;就对国内而论,国家使加工工业依从法律规定,这种法律规定独裁地处理生产者们的资本,它决定了能许可何人劳动,以及在生产的时候,能够使用如何的材料等等。农业生产品的买卖,也得服从政府的法规。

适应着这种"重商主义"的经济组织,遂产生了"绝对主义"的或"独裁"的君主政治。它要求地方组织绝对地服从中央。中央所制定的法规指导着一切生活。

古典主义就是这种"重商主义"的经济组织和"绝对主义"的政治组织在文学创作上的反映。法国路易十三世的国务大臣兼枢密官黎塞流创立了法兰西学院,其任务是确立作家在创作上必须遵守的规则,使其为"绝对主义"的政治服务。

二 古典主义的主要特征

古典主义的主要特征约有四点。

(一)摹仿古典

所谓古典主义,首先是由于它以希腊、罗马的古典文学为典范从事摹仿而得名的。它的主要规律,也是从希腊哲学家亚里士多德的《诗学》和罗马诗人何瑞司的《诗的艺术》中归纳出来的(是根据自己的需要归纳出来的,所以对原著的精神稍有歪曲)。

(二)遵循理性

亚里士多德规定文学艺术是自然之摹仿,这对古典主义者有重大的影响。古典主义者把亚里士多德的摹仿自然变成遵循理性。古典主义的主要精神,就是波阿罗在他的被称为"古典主义的大教科书"的《诗学》中所说的:"用理性的眼光来看人类的本性,然后用古代的形式来表现。"简单地说,就是用古典的形式表现理性。

古典主义者所说的"理性"就是"人类本性"或"人间性",他们把这看做文学描写的唯一对象。波阿罗在《诗学》中说:"不可离开人间性,因为它是诸君唯一的研究对象。"而这种人间性,即理性,实际上是指适合君权绝对主义要求的社会道德,诸如勇敢、忠诚等等。

古典主义者所描写的既然是所谓理性即道德规范,因而他们虽然也是从生活出发的,但真实的生活现象却被有条件地加以修改,加以理想化。因此,古典主义作品中的人物,大都是某种美德(所歌颂的)或恶德(所批判的)的拟人化,它们具有一般的人性,缺乏鲜明的个性。

（三）要求严正的风格

这可以分几点来谈：(1)戏曲的构造必须遵守"三一律"。亚里士多德在《诗学》中主张戏曲要有几何学的限度，古典主义者便演绎为"三一律"。所谓"三一律"是指时间的一致(情节的发展不得超过一昼夜)，地点的一致(人物的行动必须在同一场所：一室，一街，至多一个城市)，行动的一致(剧中的事件和人物都须依一个主题进行)。"三一律"的应用，使戏曲作品的风格具有一种特殊的均齐性和明了性。(2)除在喜剧中容许下层人物登场以外，在其他文学样式(悲剧、叙事诗、颂歌)中，应该写上流社会的人物，即应该以所谓"崇高的"和"文雅的"事物为题材。(3)除喜剧外(因为喜剧中容许下层人物登场)，必须运用"优美"、"高贵"的语言。在古典主义的悲剧中，国王和其他人物都讲着庄严矜重的语言，甚至儿童讲着成人的语言，古代历史人物讲着十八世纪法国宫廷的语言。

（四）力图描写具有重大社会意义的题材；公民的义务和理智战胜自发的个人主义倾向，乃是艺术的基本主题

三　古典主义的发展和演变

古典主义在法国形成得比较早。在法国早期的古典主义作家中，拉辛和高乃依占有崇高的地位。他们的悲剧创作具有健全的现实主义的基础，这主要表现在：通过人物的心理冲突及其解决的描写，展示人物的性格。他们常常描写私人感情和国家义务的冲突，并且用崇高的公民的爱国主义精神去解决这种冲突。

在法国古典主义的全盛时期，莫里哀带着他的喜剧登上文坛。他继承和发展了现实主义传统，在自己的创作中力图使古典主义的美学接近生活。他常常从民间滑稽剧和短歌中汲取情节，写成讽刺当时社会生活的喜剧。他的讽刺力量越来越强，在晚期的创作《悭吝人》和《达尔秋夫》中，揭露了资产阶级社会中金钱的罪恶和资产阶级的伪善。可以看出，这些创作已经开了批判现实主义的先河。

在君主专政发生危机和十八世纪末法国资产阶级革命的酝酿时期，古典主义分成两个对立的流派：一个是忽视人民利益的贵族派，这一派别的作者越来越脱离现实，其创作的手法和体裁也跟着流于公式化，以致完全走到堕落的路上去了；另一个是与资产阶级启蒙运动相关联的派别，这一派给民族统一原

则以新的意义,反映了资产阶级革命争取共和国的斗争和反暴政的斗争。伏尔泰就是这一派别的重要作家。在这一派别的创作中,古典主义获得了新的现实主义的成分。

四 古典主义的局限性

古典主义是在商业资产阶级和从事商业的一部分贵族地主相结合,反对纯粹封建贵族,反对教会势力,争取发展工商业和建立民族统一的近代国家的斗争中确立起来的。它的哲学根据是加桑狄的唯物论和笛卡儿的唯理主义。就其主要倾向看,它在当时是有进步性的。古典主义者在为由民族统一观念带来的"绝对主义"的政治服务的时候,表现了人类意识的新和旧的斗争,表现了人们对国家的责任和个人的感情之间的冲突,同时,他们是把新的意识、把对国家的责任,放在首要地位而加以肯定的。在古典主义的进步作家(如拉辛、拉马丁、莫里哀、伏尔泰)的创作实践中所体现的创作方法,推进了文学和生活的接近,满足了历史斗争的要求。

但古典主义是有局限性的:(1)它描写的对象只限于适合宫廷趣味和城市趣味的事物;(2)人物是概念化、类型化的,缺乏个性和历史具体性;(3)规格太严,如巴尔扎克在《司汤达研究》中所说:"我们不相信十七、十八世纪文学的严格的方法可以描写现代社会。"古典主义的局限性在"绝对主义"的君主政体脱离国家、民族发展的利益以后(十七世纪末以后)表现得更加明显;而在法国革命以后,它就再没有进步意义可言了。

第三章　浪漫主义

一　浪漫主义的历史环境

如在前面所说,浪漫主义是文学上的两种基本"潮流"之一,它不是仅仅存在于某一时代的东西;但在十八世纪末至十九世纪初,由于特殊的历史条件,使它成为风靡英、德、法等国的占有支配势力的文学方法。

十八世纪末至十九世纪初,由于工业的迅速发展,特别是由于产业革命的完成,首先在英国,然后在法、德等国产生了工业资产阶级。这个阶级夺取了封建贵族阶级的统治地位,摧毁了旧的经济基础,使社会的阶级关系和思想倾向发生了很大的变化:贵族阶级因失掉统治权而惆怅迷惘,因而就追怀过去,或逃避到神秘主义的幻想的世界里去;小资产阶级因受资本主义的压迫而愤懑不平,因而就悲悼理想化了的过去,或沉湎于未来的空想;资产阶级则因自己的统治地位还不够巩固,便用夸张的形式,在生活的各个领域中提出自己的愿望和要求……这种种思想倾向反映在文学上,就构成了这一时期浪漫主义的各色各样的内容。

二　浪漫主义的主要特征

既然不同的思想倾向导致了不同的浪漫主义,就不可能笼统地谈论浪漫主义的特征。如法捷耶夫所说:"有许多关于浪漫主义和浪漫文学的旧学派和'教授式'的定义存在着。但这些定义的缺点在于它们企图把许多完全各不相同的现象都包括在一起。"①必须着重指出,把各不相同的浪漫主义合在一起谈论它们的特征,是不能解决问题的,我们应该根据高尔基所下的定义,把积极的浪漫主义和消极的浪漫主义区别开来。

---

① 法捷耶夫:《论文学批评的任务》,见《苏联文学批评的任务》,三联书店版,第6页。

（一）消极的浪漫主义

在这一时期,有着反映没落的贵族阶级的思想倾向的消极的浪漫主义。在德国,如诺瓦利斯(一七七二——一八○一)的小说《亨利慈·封·奥夫特丁根》,以中世纪为背景,充满着基督教的神秘主义,其中的主人公逃避现实而追求空幻的"蓝花"(这"蓝花"便成了反动的浪漫主义的标志)。在英国,如被称为湖畔派诗人的骚塞(一七七四——一八四三)、柯勒律治(一七七二——一八四一)和华滋华斯(一七七○——一八五○),在其《抒情歌谣集》(柯勒律治、华滋华斯合著)、《最后审判的幻想》(骚塞著)等作品中拥护贵族和基督教的统治,宣传神秘主义,把族长制的农村理想化,劝农民安分守己。在法国,如得·维尼(一七九七——一八六三)在其历史小说《桑·马尔》中赞美中世纪的军人、诗人和教士,以这些人为人类的最高典型,企图引诱读者厌恶现实,退回中世纪去;又如夏多勃里昂(一七六八——一八四八)在其小说《阿达拉》和《合耐》中反映了贵族阶级的悲观失望的情绪。

这种消极的浪漫主义的主要特征是:第一,反对革命,维护贵族阶级的利益;第二,憎恶现在,牵着时代的尾巴往后拉,企图把人民引到迷信的、野蛮的中世纪的泥沼中去;第三,散布宗教毒素,麻醉人民(比如德国的威廉·封·徐莱格尔和佛里得茨·封·徐莱格尔公然主张诗人的任务不是作诗,而是宣传宗教);第四,悲观颓废,逃避现实(比如柯勒律治,长期吸食鸦片,在迷梦中写些神幻的诗句);第五,畏惧现代工业和现代农业,"转身退缩到那所谓自然怀抱之中,就是说,退缩到愚蠢的农村牧歌的怀抱里"①。

（二）积极的浪漫主义

消极的浪漫主义是反现实主义的,积极的浪漫主义则是和现实主义相通的。法捷耶夫在指出"在旧的现实主义中存在着进步的、前进的浪漫主义原则"之后说:"分析十九世纪初叶的西欧文艺派别是富于趣味的,这个派别自称为'浪漫主义派',并且包括了形形色色的文学家,如拜伦、哥德、席勒、斯丹达、巴尔扎克、雨果、梅里美、缪塞等人。后来事实表明,浪漫主义者和现实主义者统统都站到这一共同的称号下面。"②有些理论家(如季摩菲耶夫)把浪漫主义和现实主义对立起来,认为前者是脱离现实的主观愿望的反映,后者是毫无理

---

① 《马克思恩格斯论文学与艺术》,平明出版社版,第194页。
② 法捷耶夫:《论文学批评的任务》,见《苏联文学批评的任务》,三联书店版,第9页。

想的客观现实的再现,这就既曲解了进步的现实主义,也曲解了进步的浪漫主义。

积极的浪漫主义作品总是具有现实性和典型性的。比如瓦尔特·司各特(苏格兰浪漫主义作家,一七七一——一八三二)的历史小说《华佛莱》和《红洛伯》,具有历史的精确性,曾受过恩格斯的赞扬。如维克多·雨果(法国浪漫主义作家,一八○二——一八八五)的名著《悲惨世界》,真实地揭露了资本主义社会的黑暗,描写了七月革命,而革命者昂若拉的英雄形象和穷工人盎·发尔盎的坚强性格,也是具有现实性和典型性的。如莱蒙托夫(一八一四——一八四一)的浪漫主义长诗《童僧》、《高加索的俘虏》、《伊兹玛尔——贝伊》等等,刻画了鲜明的现实主义性格,揭露了人的强烈的热情,真实地描写了历史事件和现象、不同的民族生活与民族传统。

这都说明积极的浪漫主义虽然更倾向于描写理想,展望未来,但并不是完全脱离现实,因而并不是和现实主义绝对对立的创作方法。

积极的浪漫主义的主要特征是:

(1)积极的浪漫主义作品,一般都洋溢着对于未来,对于美好的事物的爱,都充满对于"旧世纪",对于丑恶的事物的恨。这种强烈的爱和恨,可以把读者的情感燃烧起来。拜伦(英国浪漫主义诗人,一七八八——一八二四)曾说:"诗就只是热情。"他本人的诗就燃烧着反对旧事物和追求新事物的情感,比如《董·缓》中的一段:

> 我将同那些与思想为敌的人们
>
> 战斗,至少是使用语言(而且,如果
>
> 有了机会的话——用行为),——并且今昔都一样。
>
> 在思想之敌中暴君与其随从是最凶恶无比的。
>
> 我不晓得谁将是胜利者;如果我能够
>
> 有这样的预感,便将挡不住
>
> 我对每一个国家的每一种专制
>
> 那不共戴天的坦白而坚确的厌恶。

(2)积极的浪漫主义者特意强调生活中的正面成分,特意措写生活中还没有确定的,但却是他所追求的、所热爱的事物。他企图早些望见未来,写出未

来,冲入明天。例如雨果就曾经热情洋溢地歌唱着"未来的世纪":

> 正在力求解放的世界上空,
> 在所有的年轻的民族的头上,
> 和平,在蔚蓝的空中
> 张开着宽阔的、坚定的翅膀。

(3)积极的浪漫主义作品中的形象也是以生活为基础的,但作者却以最鲜明的色彩描绘它,以最高昂的语调歌颂它(正面形象)或诅咒它(反面形象),因而能够强有力地激起读者对它的爱或恨。

(4)积极的浪漫主义者时常描写特别引人注目的"不平常的"人物和事件,而且把这种人物和事件放在"不平常的"社会环境和自然背景中加以描写。

(5)积极的浪漫主义者常常侵入他的正面人物或理想人物的精神世界,在这种人物的身上写出自己的理想,自己对生活、历史、未来的看法。当然,现实主义者也一样在他所创造的正面人物身上表现自己的理想和观点,但这一点对浪漫主义者特别重要。

(6)积极的浪漫主义者都追求自由、争取解放,因而在文学的形式上也厌恶束缚,要求创造。比如在戏剧的创作上,浪漫主义者就打破了"三一律"的桎梏。雨果在他的历史剧《克林威尔》的长序中说:

> 时间的一致和地点的一致同样是没有意味的。将行动硬塞进二十四小时之内,是和将他硬塞进门房里去同样是一种矛盾,和一切行动需要特殊的地方一样,适当的时间也是必要的。那么,将同一的时间使用分量,加诸各种不同的事件之上,及在一切之上加以同一限制,这是怎样一回事呢? 不论对谁的脚,都用同一大小的靴子去套的鞋匠,不是可笑的么? 和鸟笼的铁格子一样的将时间的一致和地点的一致配合起来,再依着亚里士多德的遗规,将上帝在现实界展开的一切事实,一切国民,一切人类,形而上学地硬塞进去——这不是将人类和事物切碎是什么呢? 这不是使历史的面貌改变是什么呢?

又如在语言的运用上,也打破了古典主义者主张必须运用"高贵的"语言的限制。雨果写道：

> 我吹起了革命的风，
>
> 我把旧字典戴上红帽子。
>
> 从此没有元老院的话！也没有平民的话！

又写道：

> 束缚民众语言的枷锁，
>
> 我打破了，从地狱中，
>
> 救出了一切狱底的古语与死的群众。

三　浪漫主义的进步性和缺点

这一时期的浪漫主义有两种倾向：消极的浪漫主义是反动的；积极的浪漫主义是有显著的进步性的，但它也有着显著的缺点。

这一时期的积极的浪漫主义文学是在资产阶级反对贵族阶级的斗争中发展起来的，因而它反映了反专制、反宗教、反压迫的精神，也反映了争自由、争和平、争解放的热望。从这一方面说，它是有显著的进步性的，因而我们应该把这一时期的浪漫主义看成整个浪漫主义传统中的一个重要部分而创造性地继承过来。正如武尔贡在第二次苏联作家代表大会上所作的《关于苏联诗歌的补充报告》中所指出："当我们谈到向伟大古典作家学习这样重要问题的时候，我们通常仅仅是指现实主义的传统，往往忘记了世界诗歌在几世纪过程中积累起来的优良伟大的浪漫主义传统。这种片面地对待过去古典遗产的态度现在是应该结束了。"[①]

但这一时期的积极的浪漫主义也是有其不可忽视的缺点的：

（1）虽然它也是从生活出发的，有些最优秀的作品也具有现实性和典型性，但总的说来，它和现实结合得不够紧密。即如雨果的杰作《悲惨世界》，其中仍有些偶然性的情节和不近情理的描写。至于他的小说《九三年》和《笑面人》，其历史背景是杜撰的，其中的人物性格也是不真实的。比如《九三年》中

---

① 《苏联人民的文学》上册，人民文学出版社 1955 年版，第 130 页。

的老侯爵是一个杀人不眨眼的魔王,但却放弃了逃命的机会,折回碉堡,从大火中救出三个素不相识的小孩子,而革命军的青年统帅高万被他感动,竟私下放他逃走,因为"一个更高级的正义出现了,在革命的正义之上还有一个人道的正义";政治委员判处了高万的死刑,但当高万走上断头台时,他居然开枪打死了自己。

(2)和脱离现实的倾向相关联的是脱离群众的倾向。这时期的积极的浪漫主义者虽然具有革命精神,但他们的反抗与追求,一般是从个人出发的。没有群众做基础的个人的反抗与追求,是很难坚持下去的。马克思认为"拜伦三十六岁死是福,因为如果他活得长久,他会变成一个反动的资产阶级"⑤。这个论断正说明了脱离群众的浪漫主义者不能坚持革命斗争的这一真理。我们知道,当资产阶级革命的光芒暗淡下去的时候,资产阶级文学中的浪漫主义便完全脱离了现实,变成了反动的颓废主义。

第四章　批判的现实主义

一　批判的现实主义的历史环境

高尔基把资产阶级时代的现实主义称为批判的现实主义,因为这种现实主义的主要特征是尖锐地批判不合理的社会制度和腐朽的社会道德。但应该声明,具有批判性,这是所有时代的现实主义的特征之一。高尔基说:"如果,我们把全世界的文学整个一起来看,我们一定会承认:在文学上一切时代里,都是盛行着,而愈是接近我们的愈是加强着,对于现实的批判的、揭发的和否定的态度。那些自己的书已经被忘掉的没有多大才能的文学家们,都是满足现实,适应现实,仅仅抓着现实底俗恶的一面。那种堂堂正正给自己冠上'伟大'徽号的艺术的文学,从没有向着社会生活底现实,高唱过赞美的歌。"[①]所以,我们把资产阶级时代的现实主义叫做批判的现实主义,并不等于说其他时代的现实主义就没有批判性,只不过是说这一时代的现实主义比以前的现实主义更富于批判性而已。

为什么这一时代的现实主义更富于批判性呢? 原因是:资本主义的发展,使社会产生了日益尖锐的矛盾,使处于残酷的剥削制度之下的群众产生了日益普遍、日益强烈的反抗情绪(乃至革命行动),被这种反抗情绪所鼓舞的作家,便不能不以揭露社会矛盾和批判"人剥削人"的社会制度以及为这种制度服务的社会道德为其基本任务了。高尔基说:"欧洲和美国的现行的文学,都表现了更加尖锐地揭发的特点。它能够是别的什么吗? 能够向现实说出肯定的'是'吗?"[②]

---

① 周扬编:《马克思主义与文艺》,解放社版,第163页。

② 周扬编:《马克思主义与文艺》,解放社版,第164页。

二 批判的现实主义的主要特征

批判的现实主义的主要特征有如下几点。

（一）真实性

真实地、具体地描写现实，揭露社会生活中的矛盾与冲突，这是现实主义的优良传统。批判的现实主义继承并发扬了这个传统。恩格斯指出在巴尔扎克的《人间喜剧》里，"给予了我们一部法国'社会'的卓越的现实主义的历史"。马克思指出："巴尔扎克曾经如此深湛的研究了吝啬贪欲的各种各样的微妙变化，在他，情形是这样的：高利贷老头子高伯塞克，当他开始着手集敛货物成财之时，他已经痴迷不悟了。"①又指出，"以对实在关系具有深刻了解出名的巴尔扎克，在他最后一部小说《农民》中，非常正确地描写小农为了维持他的高利贷者的开恩宽容，如何不要报酬地为高利贷者作各种劳动，且不敢奢望别人给予报酬，因为他自己的劳动已不可能对他有什么真正的消费支出了。高利贷者，在他这方面，于是一箭双雕地给自己省下了工资的发给，又一步紧一步地将农民圈入高利贷的网络中，农民因为放弃在自己的田上的劳动，一步一步走上毁灭之路"②。列宁把列夫·托尔斯泰称为俄国革命的镜子，指出他"描写了革命以前的旧俄罗斯……在描写这一段的俄国历史生活时，托尔斯泰在自己的作品里竟提出这样多的巨大问题，竟能达到这样高的艺术力量，以致他的作品在世界文学中占了一个首要地位"③。又指出他非常深刻地揭露了"政府的暴虐、法庭和国家管理机关的滑稽可笑"，揭示了"财富的增加和文明的成就与工人群众的穷困、野蛮和痛苦的增加之间的矛盾"。④ 马克思更热烈地赞扬过英国的几位辉煌的批判现实主义者："他们的暴露性的雄辩的篇页，给世界宣示了比所有职业政治家、政论家、道德家算在一起还要多的真理；他们描写了中产阶级各阶层，从'深受人敬重的'领年金者、藐视一切事物的执掌国家宝贵命脉的人起，一直写到小店员和代办书记。且看狄更斯、萨克莱、勃朗代小姐和卡斯该尔夫人怎样描写他们：一身的虚荣，装腔作势，卑劣的专断与无知；最后这个知识界以一句一针见血的讽刺来证实他们对这一阶级的断

---

① 《资本论》第 1 卷第 20 章注。

② 《资本论》第 3 卷第 1 章。

③ 《马克思 恩格斯 列宁 斯大林论文艺》，人民文学出版社 1953 年 9 月版，第 93 页。

④ 《马克思 恩格斯 列宁 斯大林论文艺》，人民文学出版社 1953 年 9 月版，第 88 页。

语:这个阶级对在上者奴颜婢膝,对在下者专横强暴。"①恰如这些革命导师所指出,批判的现实主义者在深刻地研究和描写现实这一点上表现了惊人的力量和才能,这是值得我们永远学习的。

(二)批判性

如在前面所说,批判的现实主义的一个重要特征是富有批判性。批判的现实主义者并不是客观主义地描写现实,而是在深刻地描写现实、揭露生活中的矛盾与冲突的同时,以无比的愤怒批判了那些阻碍生活发展的腐朽的、丑恶的事物。例如列夫·托尔斯泰,列宁指出:"在他的后期作品里,他以激烈的批判攻击了现代的各种国家的、教会的、社会的、经济的制度,这些制度都是建立在对群众的奴役上,在群众的贫穷上,在农民和一般小农的破产上,在从头到底把整个现代生活渗透的暴力和伪善上。"②又如巴尔扎克,他对于贵族、对于资产阶级的批判也是异常深刻的。我们只举一个例子,看他多么尖锐地批判了资本主义社会的法律和道德。在《高老头》中,徒刑囚犯伏脱冷对欧也纳说:"一个纨袴子弟引诱未成年的孩子一夜之间丢了一半家产,凭什么只判两个月徒刑? 一个可怜的穷鬼在加重刑罚的情节中偷了一千法郎,凭什么就要判终身苦役? 这就是你们的法律。没有一条不荒谬。戴了黄手套说漂亮话的人物,是杀人不见血的,永远躲在背后的;普通的杀人犯,却在黑夜里用铁棍撬门进去:那明明是犯了加重刑罚的条款了。我现在向你提议的,跟你将来所要作的,差别只在于见血不见血。你还相信这个世界上真有什么固定不易的东西吗? 嗳! 千万别把人放在眼里,倒应该研究一下法网上哪儿有漏洞。只要不是彰明较著发的大财,骨子里都是大家遗忘了的罪案,就是案子作得干净罢了。"③又说:"你知道巴黎的人怎么打出路来的? 不是靠天才,就是靠腐败。在这个人堆里,不象炮弹一般轰进去,就得象瘟疫一般钻进去。清白诚实是一无用处的。……人生就是这么回事。跟厨房一样的腥臭。可是要作乐,就不能怕弄脏手,只消你事后洗干净:今日所谓的道德,就是这一点。"④又说:"扒窃一件随便什么东西,你就给牵到法院广场上去展览,大家拿你当把戏看。偷

① 《马克思恩格斯论文学与艺术》,平明出版社版,第217—218页。

② 《马克思 恩格斯 列宁 斯大林论文艺》,人民文学出版社1953年9月版,第105页。

③ 巴尔扎克:《高老头》,傅雷译,平明出版社版,第164—165页。

④ 巴尔扎克:《高老头》,傅雷译,平明出版社版。

上一百万,交际场中就说你大贤大德。你们花三千万养着宪兵队和司法人员来维持这种道德。真是妙事!"①

猛烈地批判一切腐朽事物的这种斗争精神,也是我们应该继承并发扬的。

(三)积极的浪漫主义精神

批判的现实主义并不是如有些人所说的只有否定而没有肯定。伟大的批判现实主义者,都具有崇高的理想。他们之所以猛烈地批判一切丑恶的事物,正是为了实现他们的理想。这种追求理想的精神,就决定了批判现实主义的另一个重要特征——积极的浪漫主义精神。巴尔扎克在《人间喜剧》的《总序》中指出"照世界原有的那样来描写世界",应该有"运动和幻想"。又指斥经验主义的、爬行的现实主义者说:"我们是在创造真正的现实。这个现实就象用了无穷尽的劳力在一百年过程中栽培成功的蒙特莱尔②的美味的梨子一样。而你们所说的那种现实,却象野生的梨树所结的苦涩果实一样,它是毫无用处的。真正的现实,在艺术作品中的现实,必须象栽培蒙特莱尔的梨子那样栽培。"③这是批判现实主义具有浪漫主义精神的最好说明,"照世界原有的那样来描写世界",应该有"运动和幻想",这就是说不仅要照现实原有的样子描写现实,而且要照现实应有的样子描写现实(写出发展的前途)。蒙特莱尔的梨子,既是它原有的样子,又是它应有的样子;而野生的梨子,只是它原有的样子,不是它应有的样子。按巴尔扎克的意见,艺术家不只是描写现实,而且是创造现实。艺术作品中的现实,正像蒙特莱尔的梨子一样,是作者栽培出来的,它不仅是原有的样子,而且是应有的样子。

巴尔扎克、狄更斯、马克·吐温等西欧的和美国的批判现实主义者和普希金、屠格涅夫、涅克拉索夫、奥斯托洛夫斯基、列夫·托尔斯泰等十九世纪俄国的批判现实主义者同时都是积极的浪漫主义者,他们都相信善,相信正义,相信真理,相信它们在世界上胜利的可能性,他们所创造的作为肯定道德的代表者的正面人物,都具有不同程度的浪漫主义特征。当然,这些具有浪漫主义特征的正面人物,并不是根据理想捏造出来的,而是在生活的基础上结合作者的"运动和幻想"创造出来的。在《夏贝尔大佐》中,巴尔扎克通过律师特维尔,

---

① 巴尔扎克:《高老头》,傅雷译,平明出版社版,第68页。

② 蒙特莱尔是加拿大的一个城市。

③ 法捷耶夫等:《苏联文学批评的任务》,三联书店1951年版,第11页。

对有产者作了愤怒的控诉。他说："在事实上……道德的诸特征之一,就是它的与有产者的感情上的势不两立。"这说明巴尔扎克(其他作家也是一样)作品中的正面人物,乃是在道德上和有产者对立的人物,而这种人物,在社会生活中是存在着的。巴尔扎克曾不止一次地说,只有在穷苦人中间,在"辛劳度日和意志坚强的人,劳动的和坚忍的人"中间,才能发现真正的道德和人性。

在《无神论者的弥撒》中,巴尔扎克以对人类所有的伟大的、压倒一切的热情和信心,有力地、真诚地描写了穷苦人民的道德和精神的美。担水夫波尔其用钱接济一个不相识的穷学生特勃林完成了学业,成为一个著名的外科医生,成为一个穷苦人的朋友和保护者。推动着孤苦贫穷的波尔其去做他所做的一切的,决不是利己主义,而是高贵的利他主义,而是只有人民的真正的子孙才能具有的那种惊人的体贴和深刻的同情。巴尔扎克在波尔其身上看到了和银行家们、奸商们、"高等社会"的阔绰的社会寄生虫们的法国对立的另一个法国,勤勉的、诚实的、生气勃勃的、精神健康的法国。

狄更斯是在英国文学界里把劳动者当做崇高的代表者并且提高其地位的第一人。他的创作中的与批判英国的社会制度、批判虚伪的英国宪法、批判统治阶级的道德相结合的浪漫主义的一面,形成了强大的艺术魅力。

马克·吐温真实地描写了穷与富的矛盾,尖锐地批判了美国社会的伪善、自私自利、愚昧无知,也明白地表现了他自己的理想和道德观念。他的《汤姆·萨爱尔》、《黑克利白里·芬》、《在密西西比河上的生活》中的主人公们,都是一些带有不少浪漫主义特征的人物,这些人物是作为马克·吐温肯定道德理想的代表者而出现的,所以这些作品的生命这么长久,直到今天,还是儿童所热爱的读物。

俄国批判的现实主义所具有的鲜明的浪漫主义特征是由俄国人民寻求幸福和正义的伟大的解放运动所产生的,这一解放运动曾渲染了十九世纪俄国一切伟大作家的作品。俄国的批判现实主义者都一方面无情地批判现存制度,一方面力图在正面形象中体现并确定自己的理想。比如普希金在《上尉的女儿》中,创造了作为人民起义的领袖的普加乔夫的鲜明完整的形象,他把普加乔夫写成唯一的正义原则的代表者,写成俄罗斯人民的真正儿子。又如涅克拉索夫的《严寒通红的鼻子》,简直是一首农妇的赞美诗。法捷耶夫指出:"在俄国现实主义诗歌中,涅克拉索夫是以高度的浪漫主义热情歌颂农民的第一人。"①又如剧作家奥斯托洛夫斯基,自觉地向自己提出了浪漫主义的任务。他在创作喜剧《贫非罪》时写道:"俄国人看见了舞台上的自己,与其让他们痛苦,倒不如让他们欢乐吧:要想有权矫正人民,而同时使他们不感到侮辱,就应当向他表明你在他身上所知道的优点;我现在就从事这一工作,把崇高的事物跟喜剧的事物结合起来。"②又如列夫·托尔斯泰,是以无情地批判现存制度而闻名的。但从《战争与和平》开始,却创造了一连串正面形象,这证明现实主义者的托尔斯泰同时也是浪漫主义者。如法捷耶夫所指出:"象《复活》这样对沙皇制度无情揭露的作品,同时也是他最'浪漫主义的'作品。在'复活'中所发生的一切,几乎全是真实的,但由于托尔斯泰的天才创造力,就连聂赫留道夫在读者眼里也成了积极的英雄。而卡秋莎·玛斯洛娃成为最崇高道德的代表人物。"③

批判现实主义的这种积极的浪漫主义精神,也是我们应该继承并发扬的。

(四)典型性

批判现实主义的真实性、批判性和浪漫主义精神,都是通过"典型环境中的典型性格"表现出来的,许多批判的现实主义大师都善于"表现典型环境中的典型性格"。他们的作品中的"每个人是典型,然而同时又是明确的个性,正如黑格尔老人所说的'这一个'"④。这一点,更是值得我们认真学习的。

三 批判的现实主义的价值和局限性

对于批判的现实主义,高尔基曾作过很正确的评价。他在全苏联作家协会第一次代表大会上所作的以《苏联的文学》为题的报告中说:"我们决不否认批判的现实主义底广泛而又巨大的工作,我们高度的重视它在文学描绘底艺术上的形式上的成就。"⑤又指出批判现实主义文学"对于我们有着双重的、无可争辩的价值:(1)是技术上的模范的文学作品;(2)是说明资产阶级底发展和瓦解底过程的文献,是这个阶级底叛逆者所创造的然而又批判地阐明着

---

① 法捷耶夫等:《苏联文学批评的任务》,三联书店 1951 年版,第 20 页。

② 法捷耶夫等:《苏联文学批评的任务》,三联书店 1951 年版,第 20 页。

③ 法捷耶夫等:《苏联文学批评的任务》,三联书店 1951 年版,第 21 页。

④ 《马克思 恩格斯 列宁 斯大林论文艺》,人民文学出版社 1953 年 9 月版,第 26 页。

⑤ 《苏联的文学》,新中国书局版,第 63 页。

它的生活、传统和行为的文献"①。

批判的现实主义的价值，从前述的几个特征中可以看出来，它的真实性、批判力、积极的浪漫主义精神以及正确地表现典型环境中的典型性格的能力，都是值得我们学习和继承的。特别是十九世纪俄国的批判现实主义，它通过高度的艺术性表现出来的人民性、爱国主义、解放思想，更是非常宝贵的。

但是批判的现实主义也有其历史的和阶级的局限性。关于这一点，我们在谈社会主义现实主义时还要提到，这里只简单地谈一下：（1）在马克思主义的科学出现以前，由于生产规模的狭小，也由于剥削阶级的偏见经常歪曲历史，作家不可能对社会历史的发展作全面的历史的了解，所以他们虽然反映了复杂的社会矛盾，但找不出解决矛盾的办法，看不出社会发展的革命远景。比如巴尔扎克，他写出了一部法国社会的卓越的现实主义历史，在这部历史中揭露了法国社会的各种矛盾，但他对历史前途的理想和解决矛盾的办法却是：在君主政体保护下调和阶级对抗。又如托尔斯泰，他创造了世界文学的第一流作品，在他的作品中，批判了资本主义的剥削，揭露了政府的暴虐，描写了被压迫的广大群众的痛苦生活和自发的抗议，但他并没有得出革命的结论，而只是提出了"不用暴力去抵抗恶"和"道德上的自我完成"等"拯救人类的药方"。这些"药方"如列宁所说，是可笑的，甚至有毒的。（2）有许多批判的现实主义者几乎不企图表现正面人物。而那些少数的最杰出的作者，虽然具有积极的浪漫主义精神，力图描写正面理想的代表人物，但由于在生活中还没有产生建立新的生活秩序的人物——被马克思主义武装起来的工人群众，所以他们所描写的正面理想的代表人物，是那些在实际上不能实现那种理想的人们。法捷耶夫曾指出批判现实主义主要的弱点，更正确地说，主要的不幸，乃在于它"不能描写那种正派的主人公，即这种主人公在现实的历史上也是正派的主人公，是历史的明天"②。

---

①　《苏联的文学》，新中国书局版，第 26 页。

②　法捷耶夫等：《苏联文学批评的任务》，三联书店 1951 年版，第 41 页。

第五章　社会主义现实主义

一　社会主义现实主义产生的思想基础和社会基础

社会主义现实主义形成的条件之一是对过去文学遗产的批判的继承,这已经讲过了;现在只谈一下社会主义现实主义是在怎样的思想基础和社会基础上形成的(继承遗产,也是在一定的思想基础和社会基础上进行的)。

有些人认为社会主义现实主义是在一九一七年十月革命胜利以后的社会主义社会中形成的,他们断言没有社会主义社会,也就没有社会主义现实主义。① 应该指出,这种说法是错误的和有害的。因为:第一,按照这种说法,则一九一七年以前的文学,例如早在一九〇七年发表的高尔基的《母亲》,就不能算社会主义现实主义的作品;第二,按照这种说法,则在社会主义还没有获得胜利的国家内就不可能出现社会主义现实主义,从而会引导那些国家的进步作家减低对文学创作的思想要求。其实,社会主义现实主义的思想基础和社会基础早在社会主义社会形成以前就已经产生了:社会矛盾的尖锐化,工人阶级的革命斗争和阶级会战的扩大,共产党的创立,马克思列宁主义的强大的思想体系的形成,一句话,社会主义和工人运动的结合,这就是社会主义现实主义赖以建立的思想基础和社会基础。《苏联文学史》在指出高尔基的《母亲》是社会主义现实主义的范本之后解释道:

> 可能觉得奇怪:这个方法(按:指社会主义现实主义的方法)怎么会在社会主义社会建立以前出现? 但是问题在这里:社会主义并不是在某一个特定时机在已经完全形成的状态中出现的。象列宁所说,社会主义——这是为社会主义社会斗争的那一过程,这一斗争的每一个时机也

---

① 在苏联,A.塔拉辛科夫等就有这样的说法,见留里科夫:《研究高尔基创作的几个问题》,《文艺理论学习小译丛》第6辑合订本,第329页。

同时是社会主义发展的某一个时机。因此,无论是罢工,无论是游行示威,无论是同沙皇军队的武装冲突,无论是工人政党的组织——这一切都是建立社会主义社会的某些特定契机,因此,在这一斗争过程中出现的并反映这一斗争的艺术方法,也是和社会主义意识,和为社会主义的斗争不可分解地结合在一起的。①

概括地说,社会主义现实主义的思想基础和社会基础是马克思列宁主义和工人阶级的革命斗争,是社会主义和工人运动的结合。所以,在社会主义还没有获得胜利的国家中的进步作家,只要接受马克思列宁主义世界观的指导和参加无产阶级的革命斗争,就有可能掌握社会主义现实主义的创作方法。事实证明:不论是在法兰西的文学中,或者是在意大利的电影中,已经出现了社会主义现实主义的作品;就是在美国,如美国进步作家法斯脱所指出,"社会主义现实主义的开端已经出现了"②,而我国,早在无产阶级领导的五四运动中,就已经产生了社会主义现实主义的萌芽。这种萌芽又随着革命的发展而逐渐长成。特别从一九四二年以后,我们的社会主义现实主义文学在为工农兵服务的文艺方针指导下,在"五四"革命传统的基础上,取得了进一步的发展和新的巨大的成就。《太阳照在桑干河上》、《白毛女》、《暴风骤雨》、《保卫延安》,就是其中优秀的作品。在过渡时期,我们的文学要更好地服务于社会主义建设事业,就必须进一步发展社会主义现实主义的创作方法。当然,进一步发展社会主义现实主义的创作方法,并不等于排斥其他的创作方法,相反,这正提供了各种创作方法自由竞赛的可能性。陆定一同志在关于《百花齐放、百家争鸣》的报告中说得很明白:

社会主义现实主义,我们认为是最好的创作方法,但并不是唯一的创作方法;在为工农兵服务的前提下,任何作家可以用任何自己认为最好的方法来写作,互相竞赛。

---

① 季莫菲耶夫:《苏联文学史》,水夫译,海燕书店刊行,第130页。

② 法斯脱:《文学与现实》,文艺翻译出版社版,第74页。

二　社会主义现实主义的基本特征

如在前面所说,社会主义现实主义是在社会主义和工人运动相结合的思想基础和社会基础上形成的。从早在十月革命以前就出现的高尔基的杰作《母亲》开始,社会主义世界观和现实的革命进程本身给文学创作带来了一些新的特征;这些新的特征,要求用特定的术语加以概括和表述,所以到了三十年代,社会主义现实主义这个术语就产生了。一九三四年,它被写在《苏联作家协会章程》中,其内容如下:

> 社会主义的现实主义,作为苏联文学与苏联文学批评的基本方法,要求艺术家从现实的革命发展中真实地、历史地和具体地去描写现实。同时艺术描写的真实性和历史具体性必须与用社会主义精神从思想上改造和教育劳动人民的任务结合起来。[①]

在此后二十年中,苏联的文学创作实践,主要是文学批评实践证明,那段用来作补充说明的文字,被某些人作了教条主义的理解,他们要求文学"美化"和粉饰生活,从而把从现实的革命发展中表现现实的问题跟对现实作历史地具体地描写的问题割裂开来。所以在一九五四年召开的第二次全苏作家代表大会上,作家在通过自己的会章的时候,删去了那段用来作补充说明的文字,只保留了基本的公式,即:"社会主义现实主义要求艺术家从现实的革命发展中真实地、历史地和具体地去描写现实。"

当然,这还不能说是社会主义现实主义的经典定义,对于这个定义,是可以进行讨论的;但是即使是十分完美的定义,也不应该把它看成教条,或者对它作教条主义的理解。非常明显,这个定义只对艺术家提出了基本的要求——从现实的革命发展中真实地描写现实,并没有提出描写现实的手法和方式的统一规格;因为描写现实的手法和方式,本来是应该由艺术家自行处理的。不同的艺术家应该以具有不同风格与手法的艺术创作丰富社会主义现实主义艺术的宝库。在苏联的艺术宝库中,就有像高尔基的《克里木·萨木金的一生》那样严格的现实主义作品,也有像马雅可夫斯基的《一万万五千万》那样的浪漫主义作品。有人认为社会主义现实主义的概念不能包括革命的浪漫

---

① 《苏联文学艺术问题》,人民文学出版社版。

主义,因而应该把后者从前者中提出来,让它成为独立的创作方法,这当然也"持之有故,言之成理";但实际上,许多艺术家在社会主义现实主义的旗帜下之所以能够写出那么多可以被称为革命的浪漫主义的作品,正说明社会主义现实主义并不是死硬的教规,相反,它对艺术家提出的"从现实的革命发展中真实地描写现实"的要求,正提供了具有各种各样的风格和手法的艺术创作"百花齐放"的可能性。马雅可夫斯基的《放开嗓子唱》、《一万万五千万》、《滑稽宗教剧》,维什涅夫斯基的《乐观的悲剧》,巴格里茨基的《怀念奥帕纳斯》、《一个女少先队员的死》,吉洪诺夫的《基洛夫和我们在一起》,安托科尔斯基的《儿子》,基尔沙诺夫的《亚历山大·马特洛索夫》,格里巴乔夫的《胜利集体农庄的春天》……这许多具有鲜明的革命浪漫主义风格和手法的作品,都是符合"从现实的革命发展中真实地描写现实"的基本要求的。

那么,社会主义现实主义区别于旧现实主义的基本特征是什么呢?

社会主义现实主义是被艺术家的共产主义世界观和发展中的生活实践所丰富、所革新的现实主义。它要求艺术家站在无产阶级的党性立场,用共产主义的世界观来观察现实,描写现实;从而在艺术作品的全部经纬中自然而然地表现出对现实的革命发展的前景的信心,激发人们追求真理和追求新的生活的斗争勇气。具体地说,这也就是写真实的问题和通过写真实用社会主义精神教育人民的问题。

把现实生活看成文学艺术的唯一源泉,从而真实地、具体地描写生活,揭露生活中的矛盾与冲突,这是现实主义的首要特征(其他特征也都是从这个特征派生出来的)。旧现实主义也具有这个特征。社会主义现实主义继承并发展了这个特征,要求作家在更高的程度上"写真实",即从现实的革命发展中真实地、历史地(按照历史观点)和具体地描写现实。

社会主义现实主义之所以能在更高的程度上"写真实",是由于它依靠最科学的共产主义世界观认识生活。旧现实主义者由于受他们的世界观的限制,不可能对社会历史的发展作全面的历史的了解,所以对于生活的反映,总是带有不同程度的片面性特别是平面性的。他们虽然渴望看见未来,但又不可能清楚地看见未来的真实面貌,因而就不可能从现实的发展中反映现实,指出历史发展的前途。例如契诃夫,在他的作品中对于沙皇制度、贵族、地主、资产阶级、小资产阶级等进行了无情的批判,他希望而且相信新的生活必将到来。他在短篇《出诊》中通过一个医生的助手之口,肯定地说:"过上五十年,生活一定会好过;可惜我们又活不到那时候。要是能够知道那时候的一点生活,那才有意思呢!"但是,那时候的生活到底是什么样子,他的确一点也不知道。

而和他同时的高尔基,却是另一种情况。这只要把契诃夫的《三姊妹》和高尔基的《小市民》比较一下,就可以看出来。这两个剧本都是写小市民的,而且写成的时间相隔不过一年,但它们却有本质上的不同。在《三姊妹》里契诃夫塑造了三个美丽的妇女形象,她们优雅善良,渴望过美好的生活,但在庸俗丑恶的现实中找不到出路,终于被小市民娜塔莎和普列托波波夫从家里排挤出来。其结果是丑战胜了美。在《小市民》中,却出现了另一种形象:火车司机尼尔不但渴望过美好的生活,而且满怀信心地为它斗争。俗恶无耻的小市民别斯谢苗诺夫说尼尔吃了他的,喝了他的,尼尔严厉地告诉他:

> 你什么也不能!吵就吵!在这房子里我也是主人。我做了十年工,赚的钱都给了你。这里,就在这个地方,(用脚踏地板,双手做宽阔的动作,指自己的周围)我也放进了不少劳力!谁劳动,谁就是主人。

尼尔这个相信自己是生活的主人的正面形象,在剧本中处于主要的地位,向丑恶的现实展开了进攻。

毫无疑问,备受高尔基热爱和尊敬的语言艺术的大师契诃夫在《三姊妹》中也写了真实,而且无情地暴露和鞭挞了生活中的庸俗丑恶的东西,但由于他没来得及掌握先进的共产主义世界观,因而不可能明确地看出现实的革命发展。而高尔基呢,因为他已经掌握了共产主义的世界观,就能够从现实的革命发展中真实地描写现实,展示了现实的革命发展的前景。

高尔基在《给沃·斯·格罗斯曼的信》里,曾经明确地指出了社会主义现实主义和旧现实主义在写真实问题上存在的差别。他说:

> 作者说:"我写的是真实。"他应当对自己提出两个问题:一个问题——写的是哪一种真实?另一个问题——为什么写它?谁都知道,存在着两种真实,而且在我们的世界上,那卑鄙、肮脏的旧真实在数量上是占优势的,而另外一种真实却诞生了,并且成长着(它必定要使前一种真实死亡)。离开了这两种真实的冲突和斗争,就什么也不能了解,这也是

大家都知道的。作者相当不错地看到了旧的真实,但并不十分清楚地理解:他要怎样来处理它呢? ……必须与这种真实作斗争,需要毫不留情地来歼灭它。作者是不是给自己规定了这个目标呢?①

许多伟大的旧现实主义者,显然也是描写了两种真实的斗争,而且也鞭挞了旧的真实的,但却不能够正确地认识,从而正确地描写斗争的前途。

社会主义现实主义与旧现实主义的根本区别,在于它的哲学基础是马克思主义的科学的世界观——辩证唯物主义。辩证唯物主义,这是人类认识发展的顶峰。社会主义现实主义者站在这个顶峰之上,高瞻远瞩,不仅可以洞察现在,而且可以洞察过去与未来。他们不像旧现实主义者那样片面地、平面地描写现实,而是从革命发展中真实地、历史地和具体地描写现实的。因而社会主义现实主义作品具有空前高度的真实性,它不只表现我们人民的今天,而且展望他们的明天,像探照灯一样给人民照亮向社会主义、共产主义迈进的道路。

辩证唯物主义的世界观本身是具有党性的。以它为哲学基础的社会主义现实主义之所以能够在更高的程度上写真实,并通过写真实月社会主义精神教育人民,还由于它要求作家在以辩证唯物主义的世界观认识生活、表现生活的同时,站在共产主义的党性立场评价生活。在工人阶级革命以前,历史上的一切革命实际上都是用一种人剥削人的形式代替另一种剥削形式。同时,在工人阶级走上历史舞台以前,人民群众(包括处于不成熟阶段的还没有被马克思主义武装起来的工人阶级)也不可能提出推翻所有剥削制度的科学的方案,更不可能实现这个方案。所以,旧现实主义者在受世界观局限的同时也受历史的、阶级的局限,以致不可能彻底地反对一切剥削制度,全面地反映全体人民的利益,明确地指出人民解放的道路。

工人阶级是大公无私的阶级,工人阶级的革命不是用一种剥削形式代替另一种剥削形式,而是消灭一切剥削形式,建立社会主义、共产主义社会。工人阶级的政党领导全体人民,用马克思主义的世界观正确地认识世界,改造世界,为摧毁资本主义帝国主义、实现社会主义共产主义而进行着不知疲倦的斗争。可见工人阶级及其政党所代表的不仅是自己的利益,而且是整个进步人

---

① 《文艺报》1955 年第 1、2 期,第 24 页。

类的利益。所以站在党性立场的社会主义现实主义作家由于不像旧现实主义者那样在认识、评价生活时受阶级偏见的蒙蔽,因而能够更正确地反映生活。社会主义现实主义者除了人民的利益,不可能有其他的利益,他是自觉地为人民服务的。彻底地、忠实地为人民服务,这就是他的党性的具体表现。而他要通过自己的创作为人民服务,就不能不深入生活,不能不深刻地、真实地描写生活;因为人民的利益是和他们为自由和幸福所进行的历史斗争的生活真实血肉相连的。

举例来说,高尔基和蒲宁都描写过一九〇五年革命失败后的俄国农村,但被贵族偏见所蒙蔽的蒲宁在当时农村中除了野蛮、贫困、愚昧等等之外什么也看不到,因而所写出的是片面的、歪曲的生活图景;而高尔基则表现了革命影响下的农村所产生的那种行将燃成熊熊之焰的新事物的火花。这种新事物的火花,是蒲宁不愿看到因而也无法看到的。蒲宁所关怀的不是人民的利益而是贵族地主的利益。他在短篇小说《冬苹果》中写道:"我的写字台抽屉里装满着冬苹果,它们的健康的香气——蜜和秋天清新的气味——将我带到地主的庄园中去,那一个世界正在衰弱、粉碎,而且已经趋向灭亡,那一个世界,五十年之后,只能从我们小说中去认识了。"蒲宁所关怀、所眷恋的地主庄园的图画,给他遮掩了农村中所产生的新东西。

无可争论,一个作家要成为社会主义现实主义者,必须站稳党性立场,忠诚地服务于劳动人民的利益和共产主义的事业,必须继续不断地学习马克思主义、掌握最科学的辩证唯物主义的世界观。只有站在共产主义党性立场,以辩证唯物主义的世界观为武器观察生活、研究生活的作家,才能正确地认识并反映生活,才能从现实的革命发展中真实地、历史地和具体地描写现实,这是不可动摇的真理。

那么,从现实的革命发展中真实地、历史地和具体地描写现实,到底是什么意思呢?简单地说,就是要通过人物典型的创造,揭露生活中的新与旧的矛盾与冲突及其发展的前途。

旧现实主义者往往很深刻地描写了生活中的矛盾与冲突,但由于受世界观与阶级偏见的限制,不善于从发展变化中去看矛盾,因而不能正确地写出矛盾发展的前途。社会主义现实主义者则以辩证唯物主义为指针去认识生活,因而能够正确地揭示矛盾发展的规律,写出矛盾发展的前途。正如毛主席所说:

任何事物的内部，都有其新旧两个方面的矛盾，形成为一系列的曲折的斗争。斗争的结果，新的方面由小变大，上升为支配的东西；旧的方面则由大变小，变成逐步归于灭亡的东西。①

从现实的革命发展中真实地、历史地和具体地去描写现实，就是要描写出在新与旧的斗争中旧的东西怎样由大变小，逐步归于灭亡，新的东西怎样由小变大，逐步取得胜利，从而引导人民拥护新的东西，反对旧的东西，加速新东西的成长与旧东西的灭亡，以推进现实的发展。

由于不可能洞察未来，清楚地看见现实发展的前景，因而旧现实主义者中的最杰出的作者，虽然也描写过现实生活中还不普遍、还不常见的新的性格和现象，但这并未成为他们的艺术方法的主导的和一贯的特点；他们描写的主要对象还是过了时的、占统治地位的东西（被批判的东西）。与此相反，描写现实中还不普遍、还不常见，但却最尖锐、最充分地表现新的社会力量本质的新的性格和现象，却是社会主义现实主义的本质的特征之一。创造值得做读者模仿和学习的对象的新英雄人物的明朗的艺术形象，这是社会主义现实主义者的首要任务。社会主义现实主义文学中的主要主人公是人民，是物质财富的直接生产者，是为新生活而斗争的积极战士，是社会关系的大胆改造者和共产主义的积极建设者。

社会主义现实主义要求作家不仅要写出现实生活的矛盾斗争，而且要参加这个斗争；不仅要写出现实的革命发展，而且要推进这个发展。社会主义现实主义文学是和工人阶级的革命实践血肉相连的，社会主义现实主义者绝不应该对生活采取客观主义的袖手旁观的态度，而必须站在党性立场描写现实，在真实地、历史地和具体地描写新与旧的斗争的时候，严厉地批评、鞭挞一切旧事物的残余，积极地歌颂、支持一切新事物的幼芽，从而教育人民根除生活中一切阻碍社会主义经济和文化迅速发展的东西，拥护生活中一切有利于社会主义经济和文化迅速发展的东西。

作家是人类灵魂的工程师，正如建筑工程师应该建造美丽的房屋一样，灵魂工程师应该建造社会主义建设者的美丽的灵魂。日丹诺夫在《关于〈星〉和〈列宁格勒〉两杂志的报告》中说：

---

① 《毛泽东选集》第2卷，人民出版社版，第789页。

我们的人民上升得一天比一天高。我们今天不是象昨天那样,而我们明天将不是象今天这样……我们随着那些把我们国家的面貌根本改变了的最大的变革而改变了和成长起来了。

表现苏联人民这些新的崇高的品质,表现我们的人民,但不只是他们的今天,也要展望到他们的明天;象探照灯一样帮助照亮前进的道路,——这就是每个真诚的苏联作家的任务。作家不能作事件的尾巴,他应当在人民的先进队伍中行进,给人民指出他们发展的道路。以社会主义现实主义方法为指针,真诚地和仔细地研究我们的现实,力图更深地透入我们发展过程的本质,作家就一定会教育人民,在思想上武装人民,表扬苏联人民美好的情感和品质,向他们展示他们的明天,我们同时还应当给我们的人民指出他们不应当成为什么,还应当鞭打昨天的残余,鞭打那些阻碍苏联人民前进的残余。①

法捷耶夫在《论文学批评的任务》一文中指出在日丹诺夫的这些意见中发展了社会主义现实主义的完整纲领,这是完全正确的。

社会主义现实主义是世界艺术文学发展中的最高的和最新的阶段,它在本质上不同于旧现实主义。它的和最高度的真实性相统一的共产主义思想性、党性和人民性,它的被辩证唯物主义的世界观和社会主义的光辉远景所决定的肯定新生活、肯定人类最高理想的性质和乐观主义的、革命的浪漫主义精神,它的和以社会主义精神教育人民的任务相联系的对现实的缺点、对人们意识中的资本主义的残余、对一切反动的腐朽的旧事物的彻底的批判性,它的在最高程度上表现生活真实的形式、风格的独创性、明确性和生动性……这一切,使它具有强大的社会改造作用。我们的作家要使自己的创作更好地为社会主义建设服务,必须更进一步地学习、掌握社会主义现实主义的创作方法。

---

① 《苏联文学艺术问题》,人民文学出版社版,第13页。

后 记

一九五三年，我在西安师范学院讲授"文学概论"的时候，编了一部讲稿。一九五四年，又改写一遍，我院教务处即选它作交流讲义；一九五六年，我院函授部又用它作函授教材。先后打印和铅印过好多次。

这部稿子被用做交流讲义和函授教材之后，兄弟院校和中等学校的同志们函索者甚众。我院领导因感供不应求，所以推荐给陕西人民出版社出版。

从一九五四年起，我专教古典文学，"文学概论"课改由胡主佑同志担任。胡同志在几年来的教学过程中，对这部讲稿做了许多补充和修改，大大地提高了它的质量，丰富了它的内容。出版之前，又在胡同志的帮助下参考高等师范学校文史教学大纲讨论会（一九五六年暑假在北京召开）修订的《文艺学概论教学大纲》，进行了适当的修改。胡同志参加过高等师范学校文史教学大纲讨论会，是《文艺学概论教学大纲》的修订者之一。她在这一次的修改工作中尽了很大的力量。基于这些理由，我主张用我们两人的名义出版；而胡同志坚决不肯，只好作罢。但应该声明，在这部稿子中，是包含着她的许多劳力的。

这部稿子因为原来是讲课用的讲稿，所以基本上是吸取大家的研究成果"编"成的，独抒己见的地方不多。同时，有许多文艺理论方面的问题，大家正在研讨，还没有比较一致的结论；而我自己的理论水平又很低；所以不论在对别人的研究成果的取舍上，或者在对某些问题提出的个人看法上，都免不了发生错误。诚恳地期待读者和专家们的批评和指正。

霍松林

一九五七年四月写于西安师范学院

文艺学简论

第一编　文艺的特质

第一章　文艺与生活

第一节　文艺的对象

什么是文艺描写的对象,或者说,文艺反映什么,这是区分唯物主义美学和唯心主义美学的分水岭。唯心主义美学虽有各种流派,但在文艺描写对象的问题上看法却是一致的。他们认为文艺的描写对象不是客观的现实,而是作家的主观世界。例如古希腊的柏拉图,一方面承认艺术是现实的摹仿,却又认为现实是理论的摹仿,于是理念就被看成文艺的对象。其后,普洛丁发展了柏拉图的这个观点,认为艺术如果限于自然的摹仿,那就只能是无生命的自然以下的东西;反之,艺术是同理念相通的灵魂的创造,是理念通过灵魂使感性素材的形象化。康德认为"美的艺术是天才的艺术","天才就是那天赋的才能,它给艺术制定法规",它是"作品的创造者"。① 这就是说,文艺是作家主观精神的产物。黑格尔也认为文艺是物质世界产生之前就存在着的"绝对理念"在感性形象中的显现,"艺术的内容就是理念,艺术的形式就是诉诸感官的形象"。② 克罗齐的"形相直觉"说、布洛的"距离"说和立普斯的"移情说",都认为不管是文艺创作还是文艺欣赏,都是用"直觉";在"直觉"中所见的"形相","并非原来在那里的,它是因'情'生出来的,所以,它是各人的性格和情趣的返照"。③ 日本的厨川白村,则认为"生命力受了压抑而生的苦闷懊恼乃是文艺的根柢"④。

---

① 《西方文论选》上册,人民文学出版社版,第410—411页。

② 黑格尔:《美学》第1卷,人民文学出版社版,第83页。

③ 朱光潜:《文艺心理学》,第34页。

④ 《苦闷的象征》,《鲁迅译文集》第3卷,人民文学出版社版,第20页。

在文艺的对象问题上,如果说古代的一些美学家提出唯心主义的解释是出于认识上的局限的话,那么,"四人帮"一伙反革命野心家则完全是另一回事。他们狂热鼓吹"主题先行"论和"反真人真事"论,把"写真实"、"现实主义——广阔的道路"等打成所谓"黑八论"而大批特批,借口文艺要"高于生活",用"三突出"的模式来臆造"英雄人物",从根本上否定社会生活是文艺的唯一源泉,其目的就在于搞阴谋文艺,为他们篡党夺权的政治阴谋服务。

唯物主义美学与此相反。在马克思主义诞生以前,欧洲古希腊时代的一些唯物论者,如赫拉克里特等,都认为艺术是自然或人的行为的摹仿。文艺复兴时期,如英国的伟大戏剧家莎士比亚借《哈姆雷特》中的主人公之口说:"自有戏剧以来,它的目的始终是反映人生,显示善恶的本来面目,给它的时代看看它自己演变发展的模型。"西班牙的塞万提斯在《堂·吉诃德》的《前言》中借友人之口说:"描写的时候摹仿真实:摹仿得愈亲切,作品就愈好。"启蒙运动时期法国的狄德罗、德国的莱辛,以及歌德等人,继承并且丰富了这个观点。到了十九世纪,法国的伟大现实主义作家巴尔扎克,俄国的革命民主主义者别林斯基、车尔尼雪夫斯基等人也主张艺术再现生活。巴尔扎克在《人间喜剧》的《前言》中说:"法国社会将要作历史家,我只能当它的书记。"别林斯基说:"艺术是现实的复制,从而,艺术的任务不是修改、不是美化生活,而是显示生活的实际存在的样子。"①车尔尼雪夫斯基在《生活与美学》一书中,有力地抨击了唯心主义美学,把文艺从"绝对理念"的云雾中拉下来,安放在现实生活的基础之上。他明确地说:"艺术的第一目的是再现现实。"并且强调指出:"生活的美如同没有戳记的金条,许多人不肯使用它,因为他们不能辨出它和黄铜条的区别。艺术作品就象钞票,它很少内在的价值,但是大家都保证着它的因袭价值,结果大家都宝贵它,很少人明白认识它的全部价值都是由它代表一定分量的金子这个事实而来的。"②

我国古代文学理论,具有我们民族的特色。由于最早出现的文学样式是和音乐相结合的诗歌,因而我国古代文学理论,是从评论诗歌开始的。在评论诗歌的时候,不是强调"摹仿"现实、"记录"生活,而是强调诗歌"抒情言志"的特点。早在《尚书·尧典》里,就提出了"诗言志,歌永言,声依永,律和声"的

---

① 《别林斯基论文学》,新文艺出版社版,第106页。

② 车尔尼雪夫斯基:《生活与美学》,新中国书局版,第92页。

原则。"志"是属于主观方面的东西,强调"诗言志",是不是陷入唯心主义的泥坑了呢?回答是否定的。且看班固的解释:"《书》曰:'诗言志,歌咏言。'故哀乐之心感,而歌咏之声发。诵其言谓之诗,咏其声谓之歌。故古有采诗之官,王者所以观风俗、知得失、自考正也。"①这就是说,所谓"诗言志",就是指"哀乐之心感,而歌咏之声发"。"哀乐之心",这是"志",也是"情","志"与"情"原是二而一的东西。"感"什么,这里没有说明;但接着说"王者"可以从这种"哀乐之心感,而歌咏之声发"的诗歌里"观风俗、知得失、自考正",则所"感"的不是别的,而是客观的"物",而是民情风俗、政教得失之类的社会生活。强调在"哀乐之心感"的前提下"歌咏"所"感"的现实,这就既避免了脱离现实,又防止了冷冰冰的摹仿现实、记录现实,从而保证了诗歌既反映现实,又"抒情言志"、"以情动人"的艺术特点。

我国古代杰出的文学理论家,都是遵循着这个原则阐述文学的对象问题的。《礼记·乐记》云:"凡音之起,由人心生也。人心之动,物使之然也。感于物而动,故形于声。"钟嵘《诗品序》云:"气之动物,物之感人,故摇荡性情,形诸舞咏。"刘勰《文心雕龙·明诗》云:"人禀七情,应物斯感,感物吟志,莫非自然。"这都强调了诗歌所写的是强烈地感动了诗人的客观事物。至于认为《诗经》中的"国风"是"饥者歌其食,劳者歌其事"②的产物,汉代的乐府民歌是"感于哀乐,缘事而发"③的作品,就更明确地说明了社会生活是文学的源泉。到了白居易,则从"补察时政"、"泄导人情"的目的出发,宣称他自己的某些诗歌创作是"一吟悲一事","惟歌生民病",把重点放在反映民间疾苦方面了。

小说戏曲兴起之后,文艺的对象问题,即反映什么的问题在理论上得到了更加明晰的阐发。明代笑花主人在《今古奇观序》里说:"《喻世》、《警世》、《醒世》三言,极摹人情世态之歧,备写悲欢离合之致,可谓钦异拔新,洞心骇目。"睡乡居士在《二刻拍案惊奇·序》里说:"其所捃摭,大都真切可据……如史迁纪事,摹写逼真。"清代惺园退士在《儒林外史·序》里说:"《儒林外史》一书,摹绘世故人情,真如铸鼎象物,魑魅魍魉,毕现尺幅;而复以数贤人砥柱中流,振兴世教。其写君子也,如睹道貌,如闻格言,其写小人也,窥其肺肝,描其声

---

① 《汉书·艺文志》。

② 《春秋公羊传·宣公十五年》何休注:"男女有所怨恨,相从而歌,饥者歌其食,劳者歌其事。"

③ 《汉书·艺文志》:"自孝武立乐府而采歌谣,于是有代、赵之讴,秦、楚之风,皆感于哀乐,缘事而发。"

态。画图所不能到者，笔乃足以达之。评语尤为曲尽情伪，一归于正。其云：'慎勿读《儒林外史》，读之乃觉身世酬应之间，无往而非《儒林外史》。'斯语可谓是书的评矣！"曹雪芹在《红楼梦》第一回里批判了"假捏出男女二人姓名，又必旁添一小人拨乱其间"的公式化作品，声明他的《红楼梦》写的是他"半世亲见亲闻的几个女子"；"其间离合悲欢，兴衰际遇，俱是按迹循踪，不敢稍加穿凿，至失其真。"

文艺的对象问题，实质上是主观反映客观的问题。清代的叶燮在《原诗》里明确地提出："文章者，所以表天地万物之情状也。"他从这个可贵的唯物观点出发，进一步论述了主观反映客观的问题：

> 曰理、曰事、曰情，此三言者，足以穷尽万有之变态；凡形形色色，音声笑貌，举不能越乎此。此举在物者而为言，而无一物之或能去此者也。曰才、曰胆、曰识、曰力，此四言者，所以穷尽此心之神明；凡形形色色，音声状貌，无不待于此而为之发宣昭著。此举在我者而为言，而无一不如此心以出之者也。以在我之四，衡在物之三，合而为作者之文章。大之经纬天地，细而一动一植，永叹讴吟，俱不能离是而为言者矣。

他所说的"以在我之四"——"才"、"胆"、"识"、"力"，去"衡""在物之三"——"理"、"事"、"情"，也就是通过主观反映客观。

叶燮所说的"理"、"事"、"情"，是"在物"的、客观存在的。他解释说：

> 自开辟以来，天地之大，古今之变，万汇之迹，日星河岳，赋物象形，兵刑礼乐，饮食男女，于以发为文章，形为诗赋，其道万千。予得以三语蔽之：曰理、曰事、曰情，不出乎此而已。

叶燮既指出"文章"所反映的是"在物"的"理、事、情"，又指出这"理、事、情"无所不包。这是他概括了千百年来文艺创作的实践经验之后得出的结论，很值得重视。"社会生活是文艺的源泉"，这是就主要之点而言的；并不是说文艺描写的对象，只限于社会生活。事实上，文艺描写的对象，其范围是无限广阔的。这一点，将在后面进一步讨论。

马列主义美学是根据辩证唯物主义的反映论阐明文艺与实现的关系问题

的。马克思指出："观念的东西不外是移入人的头脑并在人的头脑中改造过的物质的东西而已。"①列宁指出："物、世界、环境是不依赖于我们而存在的。我们的感觉、我们的意识只是外部世界的映象；不言而喻，没有被反映者，就没有反映者，被反映者是不依赖于反映者而存在的。"②

"没有被反映者，就没有反映者。"对于文艺来说，"被反映者"就是社会生活，离开了社会生活，就不可能有文艺。

但是，文艺并不是机械地、像镜子那样反映生活的。辩证唯物主义的反映论是唯物的，是辩证的；不是被动的，而是能动的。毛泽东同志指出：

> 马克思说："不是人们的意识决定人们的存在，而是人们的社会存在决定人们的意识。"他又说："从来的哲学家只是各式各样地说明世界，但是重要的乃在于改造世界。"这是自有人类历史以来第一次正确地解决意识和存在关系问题的科学规定，而为后来列宁所深刻地发挥了的能动的革命的反映论之基本的观点。我们讨论中国文化问题，不能忘记这个基本观点。③

我们讨论文艺问题，也不能忘记这个基本观点。文艺不只是反映现实，重要的乃在于改造现实。它之所以能改造现实，是由于它不是机械地为现实生活照相，而是能动地对生活进行典型概括，由此可见，文艺既源于生活，又高于生活，因而能够改造生活。这就是马克思主义美学家根据辩证唯物论的反映论对文艺与生活的关系问题所作的解答。

第二节　文艺源于社会生活

毛泽东同志在《讲话》中指出："一切种类的文学艺术的源泉究竟是从何而来的呢？作为观念形态的文艺作品，都是一定的社会生活在人类头脑中的反映的产物。革命的文艺，则是人民生活在革命作家头脑中的反映的产物。人民生活中本来存在着文学艺术原料的矿藏，这是自然形态的东西，是粗糙的

---

① 《马克思恩格斯全集》第 23 卷，第 24 页。
② 《列宁选集》第 2 卷，第 65 页。
③ 《毛泽东选集》合订本，第 624—625 页。

东西,但也是最生动、最丰富、最基本的东西;在这点上说,它们使一切文学艺术相形见绌,它们是一切文学艺术的取之不尽、用之不竭的唯一的源泉。"强调社会生活是文艺的源泉,这就扫除了形形色色的唯心主义迷雾,把文艺落实在坚实的社会生活的基础上了。

一部文艺发展史,雄辩地说明了社会生活是文艺的源泉,一切时代、一切种类的文学艺术作品,都是社会生活在人类头脑中的反映的产物。就文艺的起源来看,诸如"文艺起源于游戏"、"文艺起源于心灵表现"之类的解释都不合实际情况。马克思主义者根据确凿的物证,说明文艺起源于劳动;而在原始社会,生产劳动就是主要的社会生活。进入阶级社会以后,作为社会生活主要内容的,不仅是生产斗争,还是阶级斗争,而阶级社会里的一切文艺作品,也就不能不反映这样的社会生活。没有青年男女为争取婚姻自主而进行的反封建礼教的斗争,就没有《西厢记》;没有北宋末年的农民大起义,也不可能有《水浒》;没有巴黎公社的革命斗争,就产生不出《国际歌》;没有土地改革,就不会有《暴风骤雨》和《太阳照在桑干河上》;没有农业合作化运动,《创业史》、《山乡巨变》也写不出来。

社会生活是文艺的源泉,这也说明了文艺对象的特殊性。

一般地说,文艺的对象和科学的对象同是客观世界;但是严格地说,文艺的对象和科学的对象是有区别的(虽然这种区别不是绝对的)。科学所反映的是自然、社会或人生的某一方面,是某一物质运动形式的规律性或自然、社会的某一方面运动的规律性,因而不管是自然科学或社会科学,它们的对象都有一定的界限(虽然这种界限也是相对的)。文艺则不然。它的对象是作为"社会关系之总和"的活的具体的人,人的生物、活动的各个方面,人的具体的外貌特征和内心特征及其同社会环境、自然环境的联系和关系;因而它的对象和范围是异常广阔的,几乎广阔得没有界限。宇宙间的任何事物,只要它和社会的人发生关系,成为人的社会生活中的一个组成部分,就可以成为文艺描写的对象。数学、生物、天文、地理、物理、化学等所有自然科学所能探索到的领域,从宏观世界到微观世界,只要和科学家的活动联系在一起,只要和人类征服自然、改造自然的伟大斗争联系在一起,就都可以进入文艺作品。高士其的"科学诗"、徐迟的《哥德巴赫猜想》,美国电视系列片《大西洋底来的人》以及其他这一类的文艺作品,就都可以说明这个问题。高士其在谈他创作"科学诗"的经验时说:"要写好'科学诗',必须把科学和生活结合起来,不要让科学停留在书本上或者关闭在实验室里面，如果不这样，就不能从科学中找出诗来。在今天，科学和生活的关系越来越密切，科学已经一天比一天更多地渗进生活里去，在科学中处处都有生活的踪影，也处处都有诗。如果我们能以观察生活的眼光来观察科学，就能发现处处都富有诗意的表现了。"

文学的对象之所以那么广阔，是由于它的基本对象是和一切社会现象、自然现象发生多种多样的关系的人。人是文学描写的中心。亚里士多德指出作家主要"描写行动的人们"，巴尔扎克称艺术为"人心史"，高尔基把文学叫做"人学"，就是这个意思。在我国，早在《尚书》里就概括了"诗言志，歌永言"的特点，"志"是人的"志"，"言"是人的"言"。而"人"的情志所向，无远弗届，无微不至，上穷碧落，下极黄泉，难道还有什么界限吗？到了刘勰，就更明确地提出："《风》《雅》序人，事兼变正。"（《文心雕龙·颂赞》）《风》诗和《雅》诗都是"序人"的，这等于说诗学就是"人学"，人的行动、思想、想象所能涉及的一切领域，无不包含于"人学"的范围之内。

只要拿科学论文和文学作品比较一下，就可以看出它们的对象的差异。在科学论文中，只要叙述一般的情况、揭示一般的规律就够了；而在文学作品中，却必须写出生动具体的人物。例如在《为什么我们对美国侵略朝鲜不能置之不理？》这篇论文中，作者主要说明了我们必须抗美援朝的道理；而在《三千里江山》这部小说中，作者所写的主要是姚长庚、姚志兰、吴天宝、武震等人物。这些人物的性格、思想、感情、习惯、语言、行动、相互关系、生活经历以及活动的环境等等，都显明地呈现在读者的眼前。又如毛泽东在《中国革命和中国共产党》的第三节中说明了当时的农民在帝国主义和封建主义的双重压迫下所过的贫困和不自由的生活；而鲁迅的《故乡》，却以闰土这个人物为中心，勾出了一幅在物质和精神双方面受压迫的农民所过的悲惨生活的图画。

在像白居易的《有木诗》①、康海的《中山狼》②、《伊索寓言》中的《狼和小

————————

① 白居易的《有木诗》八首，见《白氏长庆集》卷二。它通过八种植物的形象，揭露了八种人的性格。其中有《有木名凌霄》一首，曾被选入中学语文课本。

② 康海（1475—1540），字德涵，号对山，陕西武功人，明代弘治十五年进士第一，"前七子"之一。他的《中山狼》杂剧（见郑振铎《世界文库》）与马中锡的《中山狼传》传奇的内容大致相同，通过墨家东郭先生救了一只狼，反而几乎被那只狼吃掉的情节，批判了无原则的爱和那些像狼一样忘恩负义、恩将仇报的恶人。

羊》、叶圣陶的《蚕和蚂蚁》之类的寓言或童话作品中,作者虽然写的是动物或植物,但却赋予它们人的性格、人的语言。实际上,这些作品还是写人的。如果像生物学家那样叙述它们的性质、类别等等,就不成其为文学作品了。列宁说得好:"在任何的童话中都有现实性的成分;假如你们赠给儿童这样一本童话,其中的公鸡和猫不用人的话来谈话,他们一定对这本书不会感到兴趣的。"①

在像《封神演义》、《西游记》、《聊斋志异》、《阅微草堂笔记》一类的作品中,作者所写的是现实生活中并不存在的神魔鬼怪,但也赋予它们人的性格、人的思想感情。实际上,这些作品还是写人的。明代睡乡居士在《二刻拍案惊奇》里说:

> 有如《西游》一记,怪诞不经,读者皆知其谬。然据其所载,师弟四人,各一性情,各一动止。试摘其一言一事,逆使暗中摹索,亦如其出自何人,则正以幻中有真,乃为传神阿堵。

鲁迅也指出:"纵使写的是妖怪,孙悟空一个筋斗十万八千里,猪八戒高老庄招亲,在人类中也未必没有谁和他们精神上相象。"②又指出:《西游记》中虽写了许多神魔精魅,但"神魔皆有人情,精魅亦通世故"③。而这,正是决定这一类作品具有文艺性质的关键。

至于那些描写自然风景的作品,如王维的《鹿柴》、王之涣的《登鹳雀楼》、李白的《下江陵》、杜甫的《绝句》和普希金的《致大海》等等④,虽然是写景,但并不单纯是写景,而是因景抒情。从这些作品中,我们可以看出诗人的思想感情和对生活的态度。我国的古典诗人把"情景交融"看成这一类诗的最高境界,就是这个道理。如果有景无情,那就不是诗,而是风景照片了。

---

① 转引自《文艺理论译丛》第1辑,新文艺出版社合订本,第257页。

② 《鲁迅全集》第6卷,第422页。

③ 《鲁迅全集》第8卷,第134页。

④ 王维的《鹿柴》:"空山不见人,但闻人语响。返影入深林,复照青苔上。"王之涣的《登鹳雀楼》:"白日依山尽,黄河入海流。欲穷千里目,更上一层楼。"李白的《下江陵》:"朝辞白帝彩云间,千里江陵一日还。两岸猿声啼不住,轻舟已过万重山。"杜甫的《绝句》:"两个黄鹂鸣翠柳,一行白鹭上青天。窗含西岭千秋雪,门泊东吴万里船。"普希金的《致大海》,见平明出版社版《普希金抒情诗集》。

了解文艺的基本对象是活的具体的人,这是十分重要的。有些人不了解这一点,要求作家描写生产过程和操作方法、介绍工作经验和生产技术,而有些作家也曾经设法满足这种要求,以致写出了一些缺乏文艺特征的"文艺"作品。当然文艺作品中也可以描写生产过程和生产技术等等;但对于它们的描写,只有从属于、服务于人物描写的时候,才是必要的。如前所说,文艺作品中可以描写各种现象、各种事物,这因为它们都可能和作为文艺的基本对象的人发生密切的关系,错综复杂地构成人的社会环境和自然环境。环境影响人,而人又影响环境。从人和环境的辩证关系中把握人的典型性格,对文艺具有特殊的意义。

　　有许多科学,如道德学、伦理学、生理学、心理学等等,也是以人为其研究对象的,但它们只从某一方面来研究人;文艺所描写的则是活的整体的人,这种人通过他们的思想、感情、行为等等,体现着"社会关系的总和"。文艺作品,是以活的整体的人的具体描写为中心,综合地、完整地反映社会生活的。

　　既然社会生活是文艺的唯一源泉,那么文学艺术家就必须深入社会生活,汲取创作的源泉。离开这个唯一的源泉,一味地去学习、模仿古人或同时代人的作品,寻求其表现手法和艺术技巧,是写不出有价值的作品来的。南宋爱国诗人陆游到了晚年,曾追述自己诗歌创作的发展历程,写道:"我昔学诗未有得,残余未免从人乞。力孱气馁心自知,妄取虚名有惭色。"就是说,他早年学诗,只是模仿别人的作品,乞讨别人的残汤剩饭,所以写出来的东西"力孱气馁",没有充实的内容,以此窃取虚名,深觉惭愧。接着写道:"四十从戎驻南郑,酣宴军中夜连日。打毬筑场一千步,阅马列厩三万匹;华灯纵博声满楼,宝钗艳舞光照席;琵琶弦急冰雹乱,羯鼓手匀风雨疾。诗家三昧忽见前,屈贾在眼元历历。天机云锦用在我,剪裁妙处非刀尺。"①就是说,他直到四十岁在南郑从军,亲身经历了富有浪漫主义激情的军队生活,才忽然懂得了作诗的奥妙:只要有了真切的生活体验,就妙境天成,可以写出好诗。在《示子聿》这首诗里,他把他总结出来的创作经验告诉儿子:"汝若欲学诗,工夫在诗外。"就是说,不能光就诗学诗,而要在诗外下工夫,获得丰富的社会阅历、生活体验。学习古今中外优秀作家反映生活的技巧,这是十分必要的,但不能代替社会生活这个文艺的唯一源泉。古今中外优秀的文学家艺术家,都是尽可能汲取了这

---

　　①　陆游:《九月一日夜读诗稿有感走笔作歌》,《剑南诗稿》汲古阁本卷二五。

个源泉而获得不朽的艺术生命的。

　　然而从古以来,总有那么一些人把书本当做文艺的源泉而丢掉了真正的源泉。南北朝时期的锺嵘在《诗品序》里曾经批评过"文章殆同书钞"的作家。清代的袁枚也嘲笑过"误把抄书当作诗"的诗人。① 但是"资书以为诗"②的现象却一直存在着。宋初的西昆派诗人把李商隐的诗集作为源泉,优人扮李商隐上场,说他被西昆派诗人"挦扯"得"衣服败敝"。③ 明代"前七子"的领袖李梦阳(字献吉)把杜甫的诗集作为源泉,有人看到他的一首律诗,忽然"攒眉不乐",旁人问他是何缘故,他回答说:"你看老杜却被献吉辈剥剥殆尽!"④有人挖苦明代"复古"派诗人说:只要"买得《韵府群玉》、《诗学大全》、《万姓统宗》、《广舆记》四书置案头,遇题查凑",就可以写出诗来。⑤ 这种脱离文艺的唯一源泉,只在别人的作品里讨生活,"除却书本子,则更无诗"⑥的所谓"诗人",受到辛辣的讽刺与嘲笑,原是理所当然的。

　　有人问:"古代的和外国的文艺作品,不也是源泉吗?"毛泽东同志对此作过很好的解答,指出:"实际上,过去的文艺作品不是源而是流,是古人和外国人根据他们彼时彼地所得到的人民生活中的文学艺术原料创造出来的东西。我们必须继承一切优秀的文学艺术遗产,批判地吸收其中一切有益的东西,作为我们从此时此地的人民生活中的文学艺术原料创造作品时候的借鉴。有这个借鉴和没有这个借鉴是不同的,这里有文野之分,粗细之分,高低之分,快慢之分。所以我们决不可拒绝继承和借鉴古人和外国人,那怕是封建阶级和资产阶级的东西。但是继承和借鉴决不可以变成替代自己的创造,这是决不能替代的。文学艺术中对于古人和外国人的毫无批判的硬搬和模仿,乃是最没有出息的最害人的文学教条主义和艺术教条主义。"毛泽东同志在这里阐明了文艺的源和流的关系,创造和继承、借鉴的关系,批判了文学教条主义和艺术教条主义,对于我们繁荣社会主义文艺创作仍然具有指导意义。

---

① 袁枚:《小仓山房诗集》卷二七《仿元遗山〈论诗〉》。

② 刘克庄:《后村大全集》卷九六《韩隐君诗序》。

③ 刘攽:《中山诗话》。

④ 李延昰:《南吴旧话录》卷一八。

⑤ 王夫之:《船山遗书》卷六四《夕堂永日绪论》。

⑥ 王夫之:《船山遗书》卷六四《夕堂永日绪论》。

第三节　社会实践是文艺创作的基础

社会生活是文艺的唯一源泉,但社会生活本身并不是文艺作品。一切文艺作品,都是社会生活在作家头脑里反映的产物。因此,要正确地反映社会生活,必先正确地认识社会生活;而要正确地认识社会生活,就必须加强社会实践。如列宁所指出:"生活、实践的观点,应该是认识论的首先的和基本的观点。"①人的认识,一点也不能离开实践。毛泽东同志指出:"通过实践而发现真理,又通过实践而证实真理和发展真理。从感性认识而能动地发展到理性认识,又从理性认识而能动地指导革命实践,改造主观世界和客观世界。实践、认识、再实践、再认识,这种形式,循环往复以至无穷,而实践和认识之每一循环的内容,都比较地进到了高一级的程度。这就是辩证唯物论的全部认识论,这就是辩证唯物论的知行统一观。"②文艺工作者只有遵循辩证唯物论的认识论所指出的途径,深入社会生活,加强社会实践,才能正确地认识社会生活,从而正确地反映社会生活。毛泽东同志在反复强调了社会生活是文学艺术的唯一源泉、批判了文学教条主义和艺术教条主义之后说:

> 中国的革命的文学家艺术家,有出息的文学家艺术家,必须到群众中去,必须长期地无条件地全心全意地到工农兵群众中去,到火热的斗争中去,到唯一的最广大最丰富的源泉中去,观察、体验、研究、分析一切人,一切阶级,一切群众,一切生动的生活形式和斗争形式,一切文学和艺术的原始材料,然后才有可能进入创作过程。否则,你的劳动就没有对象,你就只能做鲁迅在他的遗嘱里所谆谆嘱咐他的儿子万不可做的那种空头文学家,或空头艺术家。

劳动要有对象,这是不言而喻的。对于文艺创作来说,那对象要通过实践去认识,才能进入作品。以柳青为例,早在烽火连天的战争年代,他就在部队和农村跟群众一起战斗,经受过严峻的考验。长期的革命斗争生活实践给他的文学创作以极其丰富的营养,他先后写出了长篇小说《种谷记》和《铜墙铁壁》。从一九五二年到一九六六年,他长期扎根农村,参加了农村社会主义改

---

① 《唯物主义与经验批判主义》,见《列宁全集》第 2 卷,第 142 页。

② 《实践论》,见《毛泽东选集》第 1 卷,第 273 页。

造的全过程,剖析了现代农村的历史性变化,获得了丰富的创作素材,从而写出了在思想和艺术上都相当成功的《创业史》。

五个"一切"的根本点是"一切人"。抓住这个根本点,其他四个"一切"也就连带地抓起来了。所以毛泽东同志又指出:"了解人熟悉人的工作是第一位的工作。"充分地了解人、熟悉人以及与之相联系的各种矛盾冲突及其本质意义,这是构思作品、提炼主题的基础。而要做到这一点,就得和自己所要写的人物长期地生活在一起。曹雪芹若没有"半世亲见亲闻的几个女子"作为创造艺术典型的生活原型,怎能写出驰誉中外的不朽名著《红楼梦》?吴敬梓若没有"家世科名,康了惟闻砥砺声"的痛苦经历,并在这长期的经历中接触、了解各类知识分子,也不可能写出《儒林外史》,取得"篇中所载之人不可枚举,而其人之性情心术,一一活现纸上"的艺术成就。

马烽曾讲过他建立"生活根据地"的经验:"我去过的村庄相当不少,但真正能说出个子午卯酉的,也不过就那么一两个村子。这几个村算是我的'生活根据地'。即使我不去那里的时候,也通过各种途径了解那里的情况。每逢上级公布了一些新的政策法令,或者社会上有什么大的变动,我不由得总要这样的猜想:这些村的某人是什么态度,某人会发表什么样的议论……后来再到那里一调查,往往证明这些猜想大体相符。在我创作的时候,也常常把我熟悉的那些人当作'模特儿'来参考。总之,我认为如能象'解剖麻雀'那样深入细致地了解一两个村庄,对从事文学创作有极大的好处。只有了解'个别',才能更好地了解'一般'。"①像这样对人物熟悉到能够预见他们在不同场合如何行动、对人对事持什么态度、发表什么议论,那才可以写好人物。而要做到这一点,就必须有长期扎根的"生活根据地",把了解"一般"和了解"个别"结合起来。柳青和许多有成就的作家都是这样做的。

"一切人"中的"一切"这个定语是不可忽视的。柳青深有体会地说:"作品里的每一个人物,在他自己的位置上,都是很重要的。作家必须认真对待每一个人物,包括反面人物。作家必须在实际生活中,在斗争中,认真地研究各种人。如果在实际生活中错过了这种机会,一旦进入创作过程,就无法补救了,因为你所写的战争或者革命,不再重复。结果由于某一种人物写得很差,

---

① 马烽:《到火热的斗争中去》,载 1977 年 11 月 12 日《光明日报》。

就形成了作品的不完整。"①不难设想,柳青如果只研究梁生宝、高增福式的人物,而不研究郭振山、姚士杰一类人物,那就创造不好这一类人的艺术形象,而农村生活的全貌也就得不到真实的反映。

长期地深入生活、加强社会实践的重要性不仅在于获得那五个"一切",而且在于在改造客观世界的同时改造主观世界。杜鹏程在谈他的创作经验时说:"深入群众的过程,就是改造和提高自己的过程。没有这一条,你成天在乡下,你再聪明能干,也无济于事——岂止无济于事,还要出大漏子哩!我不知道别人是什么情况,我呢,在作品中常常是把我被改造、被提高的心情写进去。也就是说,在工农兵群众斗争中,我受到些教育,得到一些提高,得到一些改造,认识到那些以前未曾认识到的事物,这一切便是常常支配着我的作品的一个重要内容。"他以他二十年前所写的《在和平的日子里》为例说:那部作品"除了歌颂工人阶级,歌颂老一辈的无产阶级革命家之外,还写了热爱党、热爱社会主义的老一辈的知识分子,赞颂了我们党解放后培养的新一代知识分子。现在落实知识分子政策哩,有人注意到这两个形象了。其实,当时,不是随便这么写,也不是碰'运气',而是这些人在工地生活中,对我有教育,对我有提高,他们和工人阶级一道为改变祖国面貌而进行的英勇斗争,使我深为敬佩,因而才把这种思想感情诉诸形象。这也可以叫有所感而发吧!至于,你今天这样看,他明天那样看,这不要紧,反正真正来自斗争生活中的东西,人们总会想起它"②。

长期地深入群众,观察、体验、研究、分析五个"一切",也是获得艺术技巧、提高作品艺术性的必要条件。因为从根本上说来,艺术技巧也离不开作家的社会实践。柳青曾说:"技巧是从哪里来的呢?一般地认为,技巧是从书里学来的,前人的书或者是现代人的书。其实呢?其实,技巧主要地也是从研究生活来的。所以叫做创作。每一个时代的文学,都有新的手法。谁来创造这种新的手法呢?就是那些认真研究了生活的人。而不是认真研究了各种文学作品的手法,就可以创造出一种新的手法。……文学工作跟实际工作不同,没有一个现成的经验可以拿来完全处理你的题材,所以叫做内容决定形式。每一个新的内容,都要求一种适合表现它的新的形式。这就叫做内容和形式的统

---

① 柳青:《生活是创作的基础》,载《延河》1978 年第 5 期。

② 杜鹏程:《漫谈深入群众》,载《延河》1977 年第 12 期。

一。这是艺术的规律。"①

有人认为:"依靠间接经验同样能写出优秀作品,不必亲自去参加社会实践。"当然,间接经验很重要。"一切真知都是从直接经验发源的。但人不能事事都直接经验,事实上,多数的知识都是间接经验的东西,这就是一切古代的和外域的知识。"这些知识,对于我们来说是间接经验,但对于古人和外国人来说,则是直接经验。只要古人和外国人在直接经验时是科学地反映了客观事物的,那么这些经验对于作家就很有用处。不然,罗贯中凭什么写《三国演义》,郭沫若凭什么写《屈原》,姚雪垠凭什么写《李自成》呢?同时代人的实践经验也是如此,对于作家来说,从书本上、报刊上、别人口头上得到的间接经验都是很有用的。但这只是一个方面;另一个方面,起决定作用的方面,还是作家亲自参加社会实践得来的直接经验。有了丰富的直接经验,间接经验才能为我所用。鲁迅说过:

> 日本的厨川白村曾经提出过一个问题,说:作家之所描写,必得是自己经验过的么?他自答道,不必,因为他能够体察。所以要写偷,他不必亲自去做贼,要写通奸,他不必亲自去私通。但我以为这是因为作家生长在旧社会里,熟悉了旧社会的情形,看惯了旧社会的人物的缘故,所以他能够体察;对于和他向来没有关系的无产阶级的情形和人物,他就会无能,或者弄成错误的描写了。所以革命文学家,至少是必须和革命共同着生命,或深切地感受着革命的脉搏的。②

这就是说,必须自己有那一方面的直接经验,才能对有关的间接经验进行"体察"。如果压根儿不参加人民群众的火热斗争,不了解他们的思想性格,不熟悉他们的言行笑貌,不在思想感情上同他们打成一片,仅凭书面上或别人口头上介绍的间接材料,是既不可能塑造出现实生活中社会主义建设者的光辉形象,也不可能塑造出历史上人民群众的典型形象的。

艺术实践有赖于生活实践。目前,向四个现代化进军的新长征已在各条战线顺利展开,整个国家和人民生活都在发生深刻的变化,只靠过去的生活经

---

① 柳青:《生活是创作的基础》,载《延河》1978 年第 5 期。

② 《上海文艺之一瞥》,见《鲁迅全集》第 4 卷,第 300 页。

验,显然是不够了。必须投身于四化建设的伟大实践,使自己的生活库藏不断增加新的积累,才能写出无愧于新时代的新作品。

第四节　文艺高于社会生活

社会生活是文艺创作的唯一源泉,文艺是社会生活的反映。这是文艺与生活的关系问题的一个重要方面;不强调这一方面,就会滑向先验论的歧途。但仅仅承认这一方面是不够的。一般说来,客观社会生活中的真人,我们称之为"生活原型";反映在文艺作品中,我们称之为"艺术典型"。社会中本来存在着文学艺术的矿藏,我们称之为"生活真实";这些东西经过作家头脑的加工,反映在文艺作品中,我们称之为"艺术真实"。生活原型、生活真实,这是艺术典型、艺术真实的基础;而艺术典型、艺术真实,则是对生活原型、生活真实的提炼、改造、概括和升华。从这一意义上说,文艺源于生活,又高于生活。

我国古代的文学理论家,也探讨、论述过这个问题。陆机(261—303)说明作家在进行构思和创作的时候,"观古今于须臾,抚四海于一瞬","笼天地于形内,挫万物于笔端","虽离方而遁圆,期穷形而尽相"。[①] 就是说,文艺反映生活并不是依样画葫芦,对局部的、个别的生活现象作如实的摹写,而要在广阔的范围内对纷纭错杂的现象进行提炼、选择、加工和概括,做到既能"穷形"——尽可能具体地刻画其形象,又能"尽相"——尽可能深刻地揭示其本质("相,质也。"见《诗经·大雅·棫朴》"金玉其相"句《毛传》)。刘勰进一步指出:

> 诗人感物,联类不穷,流连万象之际,沉吟视听之区;写气图貌,既随物以宛转;属采附声,亦与心而徘徊。故灼灼状桃花之鲜,依依尽杨柳之貌,杲杲为出日之容,瀌瀌拟雨雪之状,喈喈逐黄鸟之声,喓喓学草虫之韵。皎日嘒星,一言穷理;参差沃若,两字穷形。并以少总多,情貌无遗矣。[②]

这里提出文艺创作并非照抄现实,而是既要"穷形",又要"穷理",做到

---

① 陆机:《文赋》,见《昭明文选》卷一七。

② 刘勰:《文心雕龙·物色》。

"以少总多,情貌无遗"。

刘熙载在《艺概》里讲得更简明:

> 赋以象物。按实肖物易,凭虚构象难。能构象,象乃生生不穷。

所谓"构象",指的是从现实中选择材料,进行加工、组织,构成新的形象。这种"构象",能够"以少总多",比起那种简单地摹写物象的"肖象"来,可以在更广更深的程度上反映现实。

我国古代的优秀作家都很善于"构象"。他们创作的许多不朽篇章,就其个别细节而言,当然也有"按实肖物"的因素,但就其整体而言,无一不是"构象"。例如白居易的《卖炭翁》,那是写"宫市"害民的情况的,写得很真实,但又不是"按实肖物"。让我们先引两段史料来看看。《资治通鉴》卷二三五里写道:

> ……以宦者为使,谓之"宫市"。抑买人物,稍不如本估。其后不复行文书,置"白望"数百人于两市及要闹坊曲,阅人所卖物;但称"宫市",则敛手付与。真伪不复可辨,无敢问所从来及论价之高下者。率用值百钱物,买人值数千钱物,多以红紫染故衣败缯,尺寸裂而给之;仍索进奉门户及脚价钱。人将物诸市,至有空手而归者。名为"宫市",其实夺之。……

"宫"指皇宫,"市"是"买"的意思,指采购。所谓"宫市",本指皇宫里需要的物品,派宦官到市场上去采购。派出的宦官叫"宫使",因其在市场上张"望",看见所需要的,就"'白'夺其物",所以又叫"白望"。《资治通鉴》作为历史著作,比较客观地叙述了唐代"宫市"害民的情况,并用"名为'宫市',其实夺之"两句加以评论,就很不错了。文学作品却不能满足于一般性的叙述,而要"构象"。韩愈是个文学家,他在《顺宗实录》(卷二)里先作了一般性的叙述,然后写道:

> 尝有农夫以驴负柴至城卖,遇宦者称"宫市",取之;才与绢数尺,又就索"门户",仍邀以驴送至内。农夫涕泣,以所得绢付之;不肯受,曰:"须汝驴送柴至内!"农夫曰:"我有父母妻子,待此然后食;今以柴与汝,不取

值而归，汝尚不肯，我有死而已！"遂殴宦者。街吏擒以闻，诏黜此宦者而赐农夫绢十匹；然宫市亦不为之改易。谏官御史数奏疏谏，不听。

这里的"就索'门户'，仍邀以驴送至内"，应和《资治通鉴》里所说的"仍索进奉门户及脚价钱"参看。本来是购买人家的货物的，现在却干脆要人家"进奉"；而且"进奉"到宫内去所经过的"门户"都要付进门费。"脚价钱"好懂，那就是要被掠夺者出搬运费。这个卖柴的农民因为有一头驴，所以没要搬运费，而要他用驴送柴。

感谢韩愈记述了那位农民的遭遇，使我们对"宫市"的罪恶能够有具体的了解。但《顺宗实录》仍然是历史著作，因而这段文字只是如实地记录了"宫市"害民的一个实例，没有艺术想象和典型概括，仍和文学作品有区别。白居易的《卖炭翁》却与此不同：

卖炭翁，
伐薪烧炭南山中。
满面尘灰烟火色，
两鬓苍苍十指黑。
卖炭得钱何所营？
身上衣裳口中食。
可怜身上衣正单，
心忧炭贱愿天寒。
夜来城外一尺雪，
晓驾炭车辗冰辙。
牛困人饥日已高，
市南门外泥中歇。
翩翩两骑来是谁？
黄衣使者白衫儿，
手把文书口称敕，
回车叱牛牵向北，
一车炭，千余斤，
宫使驱将惜不得，

半匹红纱一丈绫,

系向牛头充炭直。

　　韩愈所记农夫卖柴的事,发生于唐德宗贞元十九年(803)。韩愈当时做监察御史,上疏请罢"宫市",被贬为连州阳山(今广东阳山县)令。这时候,白居易正在长安做校书郎,与韩愈交好。因此,农夫卖柴被掠夺的事,他是知道的,而且正是他写《卖炭翁》的素材。但他不写"卖柴翁",而写"卖炭翁",结局也不同,在"构象"上表现了他的艺术匠心。

　　第一,"柴"和"炭"相比,"炭"更来之不易,更凝结着劳动人民的血汗,寄托着劳动人民的希望,所以改"卖柴"为"卖炭"。

　　第二,作者在长安城内做官,不可能目睹"卖炭翁"从"伐薪"、"烧炭"、盼雪、运炭直到被"宫使"掠夺的全过程。但只写卖炭被掠夺的那个场面,远不足以充分揭露"宫市"害民的罪恶,因而利用以往积累的生活经验驰骋艺术想象,进行典型概括。前四句,活画出卖炭翁的肖像,而其劳动之艰苦、劳动过程之漫长,已得到充分的表现。"卖炭得钱何所营"一问,"身上衣裳口中食"一答,清楚地说明卖炭翁别无衣食来源,把维持起码生活的希望全寄托在他经过漫长而艰苦的劳动才烧出的"千余斤"木炭能卖个好价上,这就为后面写"宫使"掠夺木炭的罪行作好了铺垫。"可怜身上衣正单,心忧炭贱愿天寒"两句扣人心弦。"身上衣正单",本应盼望天暖,然而卖炭翁既然把解决衣食问题的唯一希望寄托在"卖炭得钱"上,所以"心忧炭贱",在冻得发抖的时候一心盼望天气更冷。诗人如此深刻地理解卖炭翁的艰难处境和复杂的内心活动,又只用十个字就如此真切地表现了出来,还用"可怜"两字倾注了自己的同情,从而具有激动人心的艺术力量。"心忧炭贱",实际上是期待下雪。"夜来城外一尺雪",这场雪总算盼到了!卖炭翁"晓驾炭车辗冰辙"的时候想些什么,诗人没有写,但前面所写的一切,都在向读者暗示:这时候占据着他的全部心灵的,不是埋怨下面是冰、上面是"一尺雪"的道路多么难走,而是盘算着那"一车炭"能卖多少钱,能换多少"衣"和"食"。……而结果呢?一到市场,就遇上了"手把文书口称敕"("敕",皇帝的命令)的"宫使",他从"伐薪"、"烧炭"、"愿天寒"、"驾炭车"、"辗冰辙",直到"泥中歇"的漫长过程中所希望的一切、所盘算的一切,全部化为泡影。

　　第三,韩愈所记的那个实例,是以农夫斗争得胜而告终的。农夫在忍无可忍的时候打了充当"宫使"的宦官,被"街吏"抓了起来,最后直闹到皇帝那里。皇帝还很"公正",处罚了那个宦官,"赐"给农夫十匹绢。这肯定是当时发生过的真事,在朝廷里做校书郎的白居易知道得很清楚。但他在《卖炭翁》里,毅然抛弃了这个结局,这是为什么?因为"宫市"的本质是害民,而不是利民。农夫斗争得胜,只是偶然现象;而被"宫市"夺其财物的千千万万劳动人民不敢斗,或因斗争而招致更大的惨祸,则是普遍地反映了"宫市"本质的现象。皇帝偶尔处罚宦官、赏赐农夫,不过是装点门面,收买民心。实际上,搞"宫市"掠夺的罪魁并不是宦官,而是皇帝本人。韩愈紧接着写道:"然宫市亦不为之改易。谏官御史数奏疏谏,不听。"不但"不听",还处罚了请罢"宫市"的谏官。这就很充分地暴露了皇帝的真面目。白居易如果在《卖炭翁》的创作中采用农夫斗争得胜的结局,那就是用偶然现象掩盖了"宫市"害民的本质,与他要表现的"苦宫市也"的主题格格不入。如果把韩愈最后所记的那几句也写上去,那就谈不上有什么诗味了。作诗不同于记流水账,以《卖炭翁》为题,从"伐薪"、"烧炭"写起,直写到打宦官、被抓、得赏、谏官请罢"宫市"、皇帝不听、"宫市"不改,这还像诗吗?白居易的高明之处,在于他写到"半匹红纱一丈绫,系向牛斗充炭直(值)",就戛然而止,给读者留下了驰骋想象的广阔天地。从卖炭翁"市南门外泥中歇"的时候,已经是"牛困人饥";如今又"回车叱牛牵向北",送炭进宫,不用说牛更困、人更饥了。那么,当他饿着肚子,吆着困牛,踏着冰冻雪覆的道路走回终南山去的时候,又想些什么呢?他往后的日子又怎么过呢?这一节,诗人都没有写,然而读者却不能不想。当想到这一切的时候,就不能不同情卖炭翁的遭遇,不能不憎恨统治者的罪恶,而诗人从现实生活中提炼出来的"苦宫市也"的主题,也就得到了充分的表现,收到了预期的效果。

唐代"宫市"害民的情况,史书里多有记载;但历代传诵、脍炙人口的,却没有过于这篇《卖炭翁》。为什么?因为诗人没有简单地摹写"宫使"掠夺百姓财物的个别现象,而是在有感于个别现象的前提下动用丰富的生活经验进行艺术构思。如刘勰所说:"诗人感物,联类不穷……"由木柴被掠夺联想到千千万万其他物品被掠夺,而在千千万万被掠夺的劳动人民中,选出了一个"卖炭翁",又由木炭被掠夺联想到木炭的来之不易,联想到卖炭翁在木炭上所寄托的全部希望……于是运用诗的语言,概括了最有本质意义的东西,从而创造了卖炭翁的形象,既"穷"其"形",又"穷"其"理";既写其"貌",又写其"情",真称得上"以少总多,情貌无遗"了。而这种既"穷形"又"穷理"、"以少总多,情貌无遗"的"构象",既源于生活,又高于生活。说它"高",是因为它选材于广阔的生活领域,经过了提炼与概括,比个别的生活现象更典型,更能反映生活的本质;又因为它具体生动、貌真情切,具有强烈的艺术感染力,比个别的生活现象更能感动人。

毛泽东同志在《在延安文艺座谈会上的讲话》中指出:

> 人类的社会生活虽是文学艺术的唯一源泉,虽是较之后者有不可比拟的生动丰富的内容,但是人民还是不满足于前者而要求后者。这是为什么呢?因为虽然两者都是美,但是文艺作品中反映出来的生活却可以而且应该比普通的实际生活更高,更强烈,更有集中性,更典型,更理想,因此就更带普遍性。

这些论述,揭示了文艺源于生活又高于生活的原理。生活真实,"是最生动、最丰富、最基本的东西",但又"是自然形态的东西,是粗糙的东西"。其中既包含着主要的、本质的内容,也包含着次要的、非本质的内容。因此,人民要求作家把这种文艺的"原料"加工成为"艺术品"。毛泽东同志进一步指出:

> 革命的文艺,应当根据实际生活创造出各种各样的人物来,帮助群众推动历史的前进。例如一方面是人们受饿、受冻、受压迫,一方面是人剥削人、人压迫人,这个事实到处存在着,人们也看得很平淡;文艺就把这种日常的现象集中起来,把其中的矛盾和斗争典型化,造成文学作品或艺术作品,就能使人民群众惊醒起来,感奋起来,推动人民群众走向团结和斗争,实行改造自己的环境。

这里所说的"文艺把这种日常现象集中起来,把其中的矛盾和斗争典型化……"概括了形象思维和文艺的形象性、典型性等问题的特质。关于这些问题,我们将在后面逐一论述。

"四人帮"也经常讲"源于生活,高于生活",但实际上却根本不要生活。他们打着宣传六个"更"的旗号,肆意篡改毛泽东同志关于典型化问题的论述。他们不顾上下文之间的内在联系,从"……文艺作品中反映出来的生活却可以而且应该比普通的实际生活更高,更强烈,更有集中性,更典型,更理想,因此就更带普遍性。……"中孤零零地抽出六个"更"来,反复进行歪曲宣传,力图让人相信:"典型化"可以不从生活真实出发,可以、而且必须抛开生活原型,只要关在屋子里在"更"字上做文章就行了。可是,毛泽东同志提出的六个"更"是建立在坚实的辩证唯物论的认识论基础之上的,帮不了"四人帮"之流的忙。没有生活原型,怎能创造出艺术典型呢? 鲁迅说得好:"天才们无论怎样说大话,归根结蒂,还是不能凭空创造。描神画鬼,毫无对证,本可以专靠了神思,所谓'天马行空'似的挥写了,然而他们写出来的,也不过是三只眼,长颈子,就是在常见的人体上,增加了眼睛一只,增长了颈子二三尺而已。"①这说明任何艺术典型,都要从实际生活出发,不仅必须摄取生活原型,而且也必然保留某些生活原型的影像。倘若与真人没有一丝一毫相似之处,就不成其为艺术典型了。

要真正做到六个"更",必须首先深入生活,去"观察、体验、研究、分析"五个"一切"。比如要创造出比生活中的陈学孟"更高,更强烈,更有集中性,更典型,更理想,因此就更带普遍性"的艺术典型,那就不但要去找陈学孟,还要找许许多多像陈学孟那样的合作化的好带头人,在熟悉他们、了解他们的基础上进行"集中",进行"典型化",不然,像"四人帮"所鼓吹的那样离开生活真实,离开生活原型,在六个"更"上做文章,臆造什么"最高大最完美"的"英雄典型",典型也就不见了,创作也就枯萎了。

---

① 《叶紫作〈丰收〉序》,见《鲁迅全集》第6卷,第175页。

第二章　文艺的形象

第一节　形象是文艺反映生活的特殊形式

在理解了文艺与生活的关系之后,可以进而讨论文艺反映生活的特殊形式——形象。

形象这个术语有好几种含义。

一种是指语言的形象,例如"星星之火,可以燎原","坐井观天","骑虎难下","云破月来花弄影","红杏枝头春意闹","黑色的子弹头落在地下,就像密林里的鸟粪一样满擦擦地盖了一地"等等,把某些景象描绘得非常具体,能够给人以深刻的印象。这种语言的形象正是文艺所需要的,但还不是决定文艺的根本特性的形象。因为哲学或科学著作(如《孟子》、《列子》、《庄子》、《韩非子》、《吕氏春秋》和马克思、恩格斯、列宁、斯大林、毛泽东等革命导师的著作)中并不缺乏这样的形象,但仍然是哲学或科学著作,不是文艺作品。

另一种是指人物形象。文艺作品是写人的,因而人物形象当然可以决定文艺的特性;但文艺并不孤立地描写人,而是从人与环境的关系中描写人,所以真正决定文艺特性的形象是指文艺反映生活的特殊形式,即指从人物与人物、人物与环境的复杂关系及其发展中描绘出来的具有美学意义的完整的生活图画。

第二节　形象思维与抽象思维

形象思维是从文学艺术上掌握世界的特殊方式。马克思在《政治经济学批判》的《导言》中说:"在头脑中当作思维整体而出现的那样的整体,是思维着的头脑的一种生产物,这个头脑以它唯一可能的不同于对这个世界从艺术上、宗教上、实务精神上去掌握的方式,去掌握世界。"这里所说的"思维"是专指抽象思维而言,马克思指出从科学上掌握世界的抽象思维是和从艺术上掌握世界的形象思维大不相同的。

当然,抽象思维和形象思维也有其共同之处,例如第一,它们都是客观世界的反映,都是第二性的现象;第二,都以"感觉材料"为依据,同时都要概括地反映事物的本质的联系和关系;第三,都发生于社会实践,服务于社会实践,并以社会实践作为检验它们是否具有客观真实性的标准;第四,它们都要受世界观的指导。在文艺创作中,形象思维有赖于抽象思维的帮助,它们往往互相启发,互相渗透,互相转化,形成一种复杂的思考过程。但是无论如何,形象思维有它的特殊规律;在文学艺术的创作中,抽象思维可以帮助形象思维,却不应该代替形象思维。

因为艺术的基本对象是作为"社会关系的总和"的活的整体的人,所以形象思维的特点之一是不脱离具体的形象,主要是以处于特定环境中的人的形象(外在形象和内在形象)为对象进行思维的。

文艺创作的材料是人,而"人的复杂性的原因","人的性质之多样性及矛盾",又是那么"难解",所以高尔基要求作家"必须学习象阅读书本、研究书本那样地来阅读、研究人"①。毛泽东同志把"了解人、熟悉人的工作"确定为文艺工作者的"第一位的工作",并号召革命的文艺工作者"必须长期地无条件地全心全意地到工农兵群众中去,到火热的斗争中去,到唯一的最广大最丰富的源泉中去,观察、体验、研究、分析一切人,一切阶级,一切群众,一切生动的生活形式和斗争形式……"

艺术家只有像高尔基和毛泽东同志所说的那样深刻、那样全面地研究人,才有可能创造出各种各样的人物,用具体的、感性的形象形式反映生活,即通过个别的、具体的东西,反映一般的、本质的东西。而用具体的感性的形象形式反映生活,即通过个别的、具体的东西,反映一般的、本质的东西,乃是形象思维的根本特点。

形象思维和抽象思维的主要区别在于,后者通过概念的形式表述认识现实的结果,前者通过形象的形式体现认识现实的结果。抽象思维是经由具体而走向抽象,形象思维则并不离开具体,而正是通过具体来显示抽象;抽象思维是舍弃个性以建立普遍性的公式、规律、定理或科学理论,形象思维则并不舍弃个性,而正是通过个性鲜明的典型形象,揭示社会的本质及其规律性。

---

① 周扬编:《马克思主义与文艺》,解放社版,第105页。

具体地说:抽象思维是从一切具体感性的因素中理出事物的本质,舍弃一切具体感性的因素,用概念的形式表述事物的本质;形象思维则不但保留,而且选择那些明显地表现出某种社会历史现象的一般本质的感性因素,并把它们集中起来,创造典型的艺术形象。

上述原理,是不难用许多例子来加以证实的。例如,社会科学家在研究封建官僚地主阶级在逐渐形成的新的历史条件下必然走向崩溃这一问题时,观察、分析许多有关的事实,找出该阶级在新的历史条件下必然崩溃的客观规律,然后摈弃一切具体感性的细节,以便更充分地揭露这一规律,并用概念的形式把这一规律表达出来。至于官僚地主穿什么衣服,吃什么饭,住什么房子,怎样恋爱,怎样办理丧事,怎样过节,怎样收租,怎样勾心斗角互相冲突,各人的思想如何,感情如何,嗜好行动语言相貌等等各如何……这些都是与他不相干的东西。作家则不然。曹雪芹用他的杰作《红楼梦》表现了封建官僚地主阶级在新的历史条件下走向崩溃的必然趋势,但他保留了一切最鲜明、最突出、最富有感染力的细节:孔雀裘,莲蕊羹,大观园,秦可卿的丧事,元春的省亲,过年,过中秋,黑山村的租子,宝玉和黛玉、宝钗的恋爱纠纷,贾赦、贾珍、贾琏的荒淫无耻,贾政打宝玉,贾环用热油烫伤宝玉的眼睛,凤姐吃醋……都得到了具体生动的描写。而这一切,都是艺术形象的有机的组成部分。

形象思维和抽象思维一样,也是以感性材料为依据,同时又是事物和现象的本质的、必然的联系和关系的概括反映。也就是说,它同样要从感性认识跃进到理性认识,即"经过思考作用,将丰富的感性材料加以去粗取精、去伪存真、由此及彼、由表及里的改造制作工夫"。文学艺术家把从社会实践中得来的大量感性材料加以选择,抓住那些最能反映生活本质的东西,概括成艺术形象。这就是"去粗取精,去伪存真"。文学艺术家还要通过创造性的想象,由这一生活现象推想到另一生活现象,找出这些生活现象之间的内在联系,从而把许多生活现象提炼、熔铸到一个生动的具有个性特征的典型形象中去。这种典型形象,已经不是生活中的个别孤立的现象,而是反映了生活的某些本质方面的东西。这就是"由此及彼,由表及里"。一个成功的艺术形象,并不是感性材料的复写;一部成功的文艺作品,也不是某些感性材料的杂乱无章的堆积。它们是人类认识的理性阶段的产物。当然,文艺作品的理性认识又有它的特点,它不是用抽象概念来表达的,而是以具体形象来描绘的。

有些人认为不论是抽象思维还是形象思维,在将"丰富的感性材料"进行改造制作的方法上并没有什么区别。那就是,抽象思维是从具体到抽象,形成概念和理论的系统;形象思维也是从具体到抽象,形成抽象的主题思想。在他们看来,形象思维不同于抽象思维的只是它在形成抽象的主题思想之后,还需要给这种抽象的主题思想制造形象的外衣。显而易见,这种说法是错误的,是有很大的危害性的。按照这种说法,必然会在创作的一定阶段上用抽象思维代替形象思维,其结果是产生公式化概念化的作品。抽象思维有助于形象思维,但不能代替形象思维。艺术家如果和科学家一样,只重视领会生活现象的本质及其规律性,而忽略尖锐地表现这种本质及其规律性的典型的、独特的感性因素,特别是人的心灵的最复杂的活动,就不会创造出生动的、光辉灿烂的形象,只会干瘪地体现一些抽象的思想。同时,有些人是喜欢走捷径的。既然认为形象思维和抽象思维一样,也是由具体到抽象,形成主题思想,那么,干脆用现成的科学理论、政治观点或政策条文做主题好了,又何必浪费精力,深入生活呢? 对于他们来说,"第一位的工作"不是"了解人、熟悉人",而是使现成的、抽象的主题思想"形象化"。

上述说法的危害性,还不仅在于它给公式化概念化作品的"创作"提供了理论根据,而且在于它实质上是在艺术领域中宣传了唯心主义。如所周知,唯心主义的美学家也是承认艺术的形象性的,但他们却抽掉了艺术形象的客观内容。在他们那里,艺术形象并不是现实生活的反映,而是作者的观念世界的客观化。我们在谈文艺的对象问题时提到的黑格尔等唯心论者的论点就是这样的。在我国,所谓"主题先行"、"领导出思想",以及"诗要通过形象来表现思想"①之类的论调,也是一样的谬论。

形象思维的过程是抽象化和具体化、本质化和个性化的统一。科学家在将丰富的感性材料改造制作的过程中一面理出事物的本质,一面即抛弃感性材料;文学艺术家则不然,他们一面理出事物的本质,一面选择并集中具体事物中的那些表现某种现象的一般本质的感性因素,顺着这样的途径,逐渐地形成了形形色色的形象,也逐渐地形成了主题思想。所以,在艺术中,思想并不是抽象地存在的,而是作为形象,作为由全部形象的逻辑发展及其相互关系所交织成的生活图画而存在的。一部作品所描绘的生活图画既体现着生活的一般规律性,同时又是独特的、个体的生活景象。

——————————

① 郑季翘:《必须用马克思主义认识论解释文艺创作》,载《文艺研究》1979 年第 1 期。

总之,形象思维是以客观存在的具体可感的形象作为对象来思维的。艺术家在生活实践中密切地注意处于特定环境中的各种人物的典型特征,注意他们的行动表现和内心活动,注意他们做什么、怎样做以及为什么这样做……为自己积蓄生动具体的印象,并根据这些印象进行"思维",从而孕育人物,形成主题。主题思想本来就不是人物形象以外的东西,而是人物形象的思想意义。在现实主义的艺术作品中,主题思想总是跟着人物形象及其相互关系的逐步发展而逐步展开、逐步深化的。

在形象思维的整个过程中,抽象化和具体化是统一的,不应该先抽象出赤裸裸的"主题思想",然后再将它具体化。普列汉诺夫尖锐地指出:"倘若著作者不借形象而借理论的证明来写,或者那形象是为了显示一定的主题而想出来的,那末即使他并不写研究或论文,依然写着小说或戏曲,他也同样不是艺术家,而是评论家。"①

就个别形象的塑造来说,情形也是一样。有些人把在艺术创作中塑造形象的过程也形而上学地分为两个阶段:第一个阶段——概括化(抽象化),只抽取并概括"阶级的共同特征";第二个阶段——个性化(具体化),只寻找"个人的独特的性格",再将已经概括好了的"阶级的共同特征"贴到这种"个人的独特的性格"上面。按照这种方法"创造"出来的形象,自然是概念化、类型化的。属于同一阶级的人们具有那个"阶级的共同特征",例如地主有地主的共同特征,这是不用说的。但如果把这种共同特征简单化,认为所有地主的面貌、心理、习惯、嗜好、作风、言谈等等都完全相同,那是好笑的。地主阶级的阶级共性是存在于他们的个性之中,并通过他们的个性表现出来的。所以,离开个性化而单独进行的概括化,实质上是抽象化,所概括的只能是抽象的阶级特征,这是违反形象思维的特殊规律的。把这种抽象的阶级特征贴到"个人的独特的性格"上,只能产生类型。高尔基早就说过:"不应该把'阶级的特征'从外面粘贴到一个人的脸上去……阶级的特征不是疣子,这是一种非常内部的、神经——脑髓的、生物学的东西。"②

在形象思维中,典型的艺术形象并不是通过先概括抽象的"阶级的共同特征",再将它贴在"个人的独特的性格"上面去的过程创造出来的,而是通过选

---

① 周扬编:《马克思主义与文艺》,解放社版,第75页。

② 高尔基:《论剧本》,载《剧本》1953年9月号。

择、概括最充分、最尖锐地表现社会本质的感性因素的过程创造出来的。

通过具体的、个别的东西揭示本质的、一般的东西，这是形象思维的特殊规律。这个规律，导源于个别和一般相联系的辩证法。如列宁所说："一般的东西只在个别的东西之中，通过个别的东西才能存在。任何个别的东西都是（这样或那样地）一般的东西。任何一般的东西都是个别的东西（底一部分、一方面或本质）。"①所以，一般和个别的统一，乃是抽象思维和形象思维的共同属性。但由于科学的对象和艺术的对象不同，抽象思维通过一般的东西表现一般和个别的统一（逻辑的概念虽然是抽象的一般的东西，但它本身仍潜在地包含着具体的个别的东西的属性），形象思维则通过个别的东西表现一般和个别的统一。科学所要把握的只是整体的某些方面（现象的个别方面的本质或整个现象的本质），因而抽象思维并不需要完整地反映现象，依照巴甫洛夫的说法，科学家给予我们的是"生活的骨骼"；文学艺术所要把握的始终是具体的整体（活的整体的人以及与人相联系的各种现象），而整体，总是作为个别和一般、现象和本质的统一体而存在的，所以形象思维的特点就不能不是通过具体的个别的东西，揭示一般的本质的东西，不能不是用形象的形式，即车尔尼雪夫斯基所说的用"生活本身的形式"反映生活。

形象思维是从文学艺术上掌握客观世界的特殊形式，因而用抽象思维代替形象思维是不对的。但是，形象思维有赖于抽象思维的帮助，把形象思维和抽象思维对立起来也是错误的。有些人把形象思维和抽象思维对立起来，甚至反对在谈形象思维问题时接触"抽象"、"思想"一类的术语。在他们看来，仿佛在形象思维中只有感受，没有认识；只有形象，没有概念。果真这样，那么形象思维就不是"思维"了。

唯心主义美学家总是用各种理由否认或贬低文学艺术的认识作用。例如：黑格尔认为艺术与哲学比较起来，是人的思维的低级形式，所以它不能表达真理，至多只能揭示一部分真理。自然主义者以实证主义的主观唯心论为根据，断言艺术家不可能超出他们在直接观察的过程中所感受的现实的个别现象之外，因而只能零零碎碎地摹写个别现象，而不能进行艺术概括。被苏联文艺界批判过的"山路派分子"，把艺术创作归结为直观地、非理性地表现"直接印象"……所有这些论断的精神是：在形象思维的过程中，抽象思维是不起

---

① 列宁：《黑格尔〈逻辑学〉一书摘要》，人民出版社版，第216页。

任何作用的；作家只是消极地描写个别现象，不需要对各个现象进行分析、比较、研究。这样，艺术就失掉了正确地、深刻地揭示生活的本质及其规律性的职能，因而也就不成其为认识生活、改造生活的强大武器了。

第三节　赋比兴与形象思维

编成于春秋时代的《诗经》，是我国最早的诗歌总集，其中不少优秀的作品，运用了赋、比、兴的方法，成为此后诗歌创作的优良传统。从西汉以来，历代的诗人和诗歌理论家对赋、比、兴多有论述，元代诗人杨载，更把赋、比、兴称为"诗学之正源，法度之准则"①。

赋、比、兴是不是"诗学之正源，法度之准则"呢？如果是的，又为什么是"诗学之正源，法度之准则"呢？

毛泽东同志在《给陈毅同志谈诗的一封信》里说："诗要用形象思维，不能如散文那样直说，所以比、兴两法是不能不用的，赋也可以用，如杜甫之《北征》，可谓'敷陈其事而直言之者也'，然其中亦有比、兴。"又说："宋人多数不懂诗是要用形象思维的，一反唐人规律，所以味同嚼蜡。"很清楚，毛泽东同志认为形象思维是作诗的"规律"；而我国诗歌创作传统中的赋、比、兴方法，也就是形象思维方法，因而也就是作诗的"规律"；违反了这个"规律"，写出的诗就"味同嚼蜡"。"味同嚼蜡"的诗既没有"诗味"，也就不具备文艺的特质，算不得文艺作品。

把赋、比、兴和形象思维联系在一起，称为"规律"，这就比杨载的估价更高也更明确了。

赋、比、兴既然是诗歌创作的客观"规律"，那么它总要从诗歌创作中体现出来，不管是自觉还是不自觉；《诗经》中的一部分产生于三千年以前的作品已经具有赋、比、兴的特点，正是这个缘故。至于赋、比、兴的理论，最早出现于汉代，那是当时的经学家从《诗经》中概括出来的。此后，这种理论跟着诗歌创作的发展而发展，经历了一个相当漫长的过程。因此，不同时代、不同理论家对于赋、比、兴的解释并不一致，我们也没有必要给它们各下一个定义，然后按赋、比、兴的定义去评论三千年来的诗歌创作。但如果从形象思维的角度去考察，那么前人关于赋、比、兴的解释尽管纷纭错杂，却在主要之点上有其一致

---

① 杨载：《诗法家数·诗学正源》。

性,这一致性就在于:都接触到形象思维的特点。就汉代人的解释说,郑众认为"比者,比方于物;兴者,托事于物"①。郑玄认为"赋"是"铺陈今之政教善恶","比"是"取比类以言之","兴"是"取善事以喻劝之"。② 都告诉我们赋、比、兴方法的运用,离不开"事"与"物",而是跟事态、物象联系在一起的。

赋、比、兴和事态、物象相联系,正体现了诗歌创作的"规律"性。在前面,已经谈过我国古代对诗的解释:"哀乐之心感而歌咏之声发。""气之动物,物之感人,故摇荡性情,形诸舞咏。""人禀七情,应物斯感,感物吟志,莫非自然。"诸如此类,不胜枚举,都抓住了一个关键性的问题,即客观事物激发、感动人的情志,如鲠在喉,不得不吐,于是"饥者歌其食,劳者歌其事",歌咏那激发、感动了自己的事物,抒发被那事物激发、感动的情志,而赋、比、兴的方法,也就跟着产生了。在赋、比、兴三法中,"兴"是更根本的。晋代的挚虞说得好:"'兴'者,有感之辞也。"③"有感",就是被客观事物所感动而产生激情。到了刘勰,就既说"情以物迁"④,又说"'兴'者,起也。……起情,故'兴'体以立"⑤。此后,如"睹物有感焉则有'兴'"⑥、"因事有所激,因物'兴'以通"⑦一类的解释,都抓住了"兴"的本质。抓住了"兴"的本质,也就抓住了"赋"和"比"的本质。宋人胡寅曾说:"赋、比、兴,古今论者多矣,惟河南李仲蒙之说最善。"⑧李仲蒙之说是:

> 叙物以言情,谓之"赋",情物尽也;索物以托情,谓之"比",情附物者也;触物以起情,谓之"兴",物动情者也。⑨

"触物以起情"谓之"兴"。有了触物而起的实感真情,然后"叙物以言

① 《周礼注疏》卷二三。

② 《周礼注疏》卷二三。

③ 《文章流别论》,见《全上古三代秦汉三国六朝文》,中华书局影印本,第 1905 页。

④ 刘勰:《文心雕龙·物色》。

⑤ 刘勰:《文心雕龙·比兴》。

⑥ 李颀:《古今诗话》,见郭绍虞《宋诗话辑佚》,燕京本卷上,第 273 页。

⑦ 梅尧臣:《答韩三子华韩五持国韩六玉汝赠诗》,《宛陵集》卷二七。

⑧ 胡寅:《致李叔易》,见《斐然集》《四库全书珍本初集》本卷一八。

⑨ 胡寅:《致李叔易》,见《斐然集》《四库全书珍本初集》本卷一八。

情",就用上了"赋";"索物以托情",就用上了"比"。"兴"是根本的,"赋"和"比"则是从生的。所以南宋人罗大经中肯地指出:

> 诗莫尚乎"兴"。……盖"兴"者,因物感触,言在于此,而意寄于彼,玩味乃可识,非若"赋"、"比"之直陈其事也。故"兴"多兼"比"、"赋","比"、"赋"不兼"兴",古诗皆然。①

清人方东树又进一步说:

> 诗重"比"、"兴"。"比"但以物相"比","兴"则因物感触,言在于此而义寄于彼。……又有"兴"而兼"比"者,亦终取"兴"不取"比"也。若夫"兴"在象外,则虽"比"而亦"兴"。然则,"兴"最诗之要用也。②

既然"触物以起情,谓之'兴'",而"赋"和"比"则是适应"叙物以言情"、"索物以托情"的需要而从生的,那么在"物动情"的情况下作诗,就自然而然地用上了赋、比、兴。李梦阳在《诗集自序》里所引的王叔武的话,一针见血地说明了这个问题:

> 诗有"六义","比"、"兴"要焉。夫文人学子,"比"、"兴"寡而直率多,何也? 出于情寡而工于词多也,夫途巷蠢蠢之夫,固元文也。乃其讴也,哕也,呻也,吟也,行呫而坐歌,食咄而寤嗟,此唱而彼和,无不有"比"焉"兴"焉,无非其情焉,斯足以观义矣。③

明乎此,则收集在《诗经》里的许多古代民歌就已经具备了赋、比、兴的特点,也就不难理解了。

有人把赋、比、兴仅仅看成表现手法,甚至把比仅仅看成修辞技巧,这是值得商榷的。刘勰的解释很值得重视,他说:

---

① 罗大经:《诗兴》,见《鹤林玉露》卷一〇。

② 方东树:《昭昧詹言》卷一八。

③ 李梦阳:《李空同全集》卷五〇。

"比"者,附也;"兴"者,起也。附理者切类以指事,起情者依微以拟议。起情,故"兴"体以立;附理,故"比"例以生。"比"则蓄愤以斥言,"兴"则环譬以托讽。①

这说明"兴"和"比",都指带着"触物而起"的激情进行艺术构思和艺术表现,是和情联系在一起的,和物联系在一起的。没有触物而起的真情实感,单纯玩弄修辞技巧,写不出真诗。因此,刘勰特意把"诗人之比"和"辞人之比"加以区分。他从"辞人"的"赋颂"中举出许多例句,说明单纯作为一种修辞手法,"比"的天地十分广阔,既可以"比声"、"比貌",也可以"以物比理"、"以响比辩"、"以容比物"……然而如果离开了"附理"和"蓄愤以斥言",一味玩弄"喻于声"、"方于貌"、"拟于心"、"譬于事"的修辞手法,那就不是"诗人之比",而是"辞人之比",必然滑向形式主义的泥坑。

综上所述,可以看出我国古代的许多诗论家,都是从诗歌"感物吟志"、"触物言情"的特质出发,从情与物的联系上解释赋、比、兴的。

我们说文艺描写的对象是客观事物,是社会生活,这只是笼统的说法。确切地说,文艺描写的对象是感动了作者,使作者动情的客观事物、社会生活。我国古代文艺理论在对诗的解释和对赋、比、兴的解释上充分阐明了这一点,体现了十分可贵的民族特色。

文艺作品是人类复杂的精神活动的产物。这种复杂的精神活动,就叫"创作"。作家在生活实践中被某些事物所激动,燃起了感情的火花,这感情的火花就在内心深处照亮了那些事物,并引导他进行形象思维;"创作"活动于是乎开始。这"形象思维"中的"形象",首先是激动了他的那些事物的"形象",然后又会联想到与之有关的其他事物的"形象"。刘勰所说的"诗人感物,联类不穷",就是这个意思。由此可见,客观事物如果不激发作者的感情,就永远是客观的东西,引不起形象思维,进行不了文艺创作。赋、比、兴之所以具有形象思维的特点,首先由于"触物以起情"的"兴",在我与物、主观与客观之间,搭起了相互沟通、相互渗透、相互融合的桥梁。有了"触物以起情"的"兴",然后用"赋"来"叙物以言情",用"比"来"索物以托情",这就是形象思维的过程。在这个过程中,既离不开"物",也离不开"情"。在从生活到创作的每一个环

---

① 刘勰:《文心雕龙·比兴》。

节上，"情"都起着积极的作用。

我国古代文艺理论家有时候说"志"，如"诗言志"，有时候说"情"，如"诗缘情"①，"志"与"情"都属于主观方面，是二而一的东西，相当于我们所说的思想感情。所以刘勰既说"感物吟志，莫非自然"，又说"情以物迁，辞以情发"。"感物而动"的"情"或者"志"，随着人们的立场、观点和生活经历而转移，是一种复杂的高级的精神活动，推动着、指导着形象思维的进行。刘勰在《文心雕龙·神思》篇里说：

> 形在江海之上，心存魏阙之下，神思之谓也。文之思也，其神远矣。故寂然凝虑，思接千载；悄焉动容，视通万里；吟咏之间，吐纳珠玉之声；眉睫之前，卷舒风云之色；其思理之致乎。故思理为妙，神与物游。神居胸臆，而志气统其关键；物沿耳目，而辞令管其枢机。枢机方通，则物无隐貌；关键将塞，则神有遁心。是以陶钧文思，贵在虚静，疏瀹五脏，澡雪精神，积学以储宝，酌理以富才，研阅以穷照，驯致以绎辞。然后使玄解之宰，寻声律而定墨，独照之匠，阚意象而运斤；此盖驭文之首术，谋篇之大端。夫神思方运，万途竞萌，规矩虚位，刻镂无形。登山则情满于山，观海则意溢于海，我才之多少，将与风云而并驱矣。……②

这里所讲的"神思"，相当于我们所说的创造性的想象或艺术想象。按照高尔基的说法，这种想象也就是形象思维。刘勰指出："思理为妙，神与物游。""枢机方通，则物无隐貌。"这阐明了作家的想象活动是与具体的物象结合在一起的，是对现实生活素材进行分析、比较、研究与加工，因而实质上是形象思维。他又指出："神居胸臆，而志气统其关键；物沿耳目，而辞令管其枢机。"这阐明了"志气"和"辞令"在形象思维过程中起着决定性的作用。而所谓"志气"，也就是思想感情；所谓"辞令"，就是语言。不借助语言，思维就无法进行。思想僵化，感情枯竭，则"神有遁心"，想象活动也无法展开。

刘勰的《神思》是我国古代文艺理论中最系统最完整的形象思维论。那么，这与赋、比、兴又有什么联系呢？刘勰在《神思》的《赞》里回答了这个

---

① 陆机：《文赋》"诗缘情而绮靡"。

② 刘勰：《文心雕龙·神思》。

问题：

> 神用象通，情变所孕。物以貌求，心以理应。刻镂声律，萌芽"比兴"。结虑司契，垂帷制胜。

这说明形象思维的过程，也就是运用赋比兴的过程，其结果是创造出"情景交融"、"意广象圆"的艺术形象。吴乔指出：

> 人有不可已之情，而不可直陈于笔舌，又不能已于言，感物而动则为"兴"，托物而陈则为"比"，是作者固已酝酿而成之者也。所以读其诗者，亦如饮酒之后，忧者以乐，庄者以狂，不知其然而然。①

王夫之也说：

> 《小雅·鹤鸣》之诗，全用"比"体，不道破一句，《三百篇》中创调也。要以俯仰物理而咏叹之，用见理随物显，唯人所感，皆可类通。②

吴乔认为用"比"、"兴"作诗，要"酝酿而成"，使人读之如饮醇酒；王夫之认为"全用'比'体"也要"俯仰物理"，做到"理随物显"：都说明运用比、兴方法的过程，是一个相当复杂的形象思维的过程，而不是用一些简单的艺术手法、修辞技巧，给抽象思维的结论制造形象的外衣。

十年动乱之初发表过一篇讨伐形象思维论的文章，里面说：形象思维"在世界上是根本不存在的"，形象思维论"不过是一种违反常识，背离实际的胡编乱造"。那么，编造这种谬论干什么呢？回答很可怕："反党、反马克思主义、反毛泽东思想。"为什么？因为"所谓形象思维论，不是别的，正是一个反马克思主义的认识论体系，正是现代修正主义文艺思潮的一个认识论基础。"③这

---

① 吴乔：《围炉诗话》卷一。

② 王夫之：《薑斋诗话》卷二。

③ 郑季翘：《文艺领域里必须坚持马克思主义的认识论——对形象思维论的批判》，载《红旗》1966 年第 5 期。

些吓人的政治帽子,现在已失去威力,且不去管它。但形象思维是不是"根本不存在的",还需要搞清楚。从我国三千年前的民歌已具有赋、比、兴的特点来看,从三千年来的优秀诗歌也无一不具有赋、比、兴的特点,而不具有这些特点的诗歌就"味同嚼蜡"来看,赋、比、兴是诗歌创作的"规律"。而赋、比、兴方法,正如毛泽东同志所指出,不是别的,正是形象思维方法。由此可见,形象思维是存在的,只不过还需要我们作更深入的研究罢了。

第三章 典 型

第一节 典型环境和典型人物

典型问题是马克思列宁主义美学中的一个中心问题。这个问题,是同文艺理论、文艺创作的其他问题分不开的;正确地理解这个问题,对于争取提高文艺的思想水平和艺术水平是极其必要的。

文艺理论中的典型这个术语,容易和形象、性格、人物、角色等术语混淆,实际上,它们是有区别的。在作品中描写的人都可以叫人物或角色,这与描写得是否深刻、是否生动无关。形象和性格则不然,它们是指被作家写出了鲜明的性格特征的人物。至于典型,则具有更高的意义。它指通过高度的艺术概括创造出来的体现生活的本质和必然性的性格而言。

马克思列宁主义美学指出典型是对生活作现实主义反映的基本条件。一八八八年,恩格斯在《致玛·哈克奈斯》中总结了现实主义文学创作的经验,明确指出:"……现实主义的意思是除细节的真实外,还要真实地再现典型环境中的典型人物。"①现实主义的大师,都是通过典型环境中的各个典型人物的冲突,从现实的全部具体性和复杂性中揭示出现实发展的规律性的。

什么是典型环境呢? 简单地说,典型环境是指一定历史时代的总形势;在具体作品中,就体现在那总的形势下最足以造成主人公的性格特征和驱使他行动的一些社会关系和人物上面。而社会关系,也是通过人物的相互关系表现出来的。

对于主要人物,他周围的人物及他们所代表的社会关系,就是他的社会环境;他与这些人物的纠葛和联系,就是他与环境的关系。他们之间的本质意义的关系,就是典型环境。对于其他任何人物,其周围的人物也是他的环境。

---

① 《马克思恩格斯选集》第 4 卷,第 492 页。

什么是典型人物呢？简单地说，典型人物是典型环境中产生，以鲜明突出的个性特征体现一定历史条件下的社会关系，体现阶级、阶层、集团、民族乃至全人类的某些共同本质，反过来又作用于典型环境的人物形象。

典型环境与典型人物的关系是非常密切的，二者是辩证的统一。离开典型环境，就不可能塑造出典型人物；塑造不出典型人物，也就不可能表现出典型环境。

在现实生活中，人总是生活在一定的环境（主要是社会环境，也包括自然环境）之中的。"人创造环境，同样，环境也创造人。"①在文艺作品中，也必须处理好人物与环境的辩证关系，才能"真实地再现典型环境中的典型人物"。如果离开了人物所处的环境，孤立地写人物，那就无从揭示人物性格形成、发展的社会根源和历史根源，所写的人物性格，也就不可能是典型的。即使写了环境，但没有抓住本质，所写的人物性格也不可能是典型的。恩格斯在给玛·哈克奈斯的信中对现实主义作了经典性的理论概括之后，对哈克奈斯的小说《城市姑娘》提出了这样的批评："您的人物，就他们本身而言，是够典型的，但是环绕着这些人物并促使他们行动的环境，也许就不是那样典型了。在《城市姑娘》里，工人阶级是以消极群众的形象出现的，他们不能自助，甚至没有表现出（作出）任何企图自助的努力。想使这样的工人阶级摆脱其贫困而麻木的处境的一切企图都来自外面，来自上面。如果这是对一八〇〇年或一八一〇年，即圣西门和罗伯特·欧文的时代的正确描写，那么，在一八八七年，在一个有幸参加了战斗无产阶级的大部分斗争差不多五十年之久的人看来，这就不可能是正确的了。工人阶级对他们四周的压迫环境所进行的叛逆的反抗，他们为恢复自己做人的地位所作的剧烈的努力——半自觉的或自觉的，都属于历史，因而也应当在现实主义领域内占有自己的地位。"②这深刻地说明了典型环境与典型人物的辩证关系。哈克奈斯的《城市姑娘》把十九世纪八十年代战斗的无产阶级描写成像十九世纪初期那样的消极群众，未能"真实地再现典型环境中的典型人物"，所以恩格斯说它"还不是充分的现实主义"的。

社会主义文艺要努力塑造好站在时代前列的当代人物的艺术典型。而要塑造好这样的典型，就必须写好培育人物成长的典型环境。周恩来同志在百

---

① 《德意志意识形态》，见《马克思恩格斯选集》第3卷，第43页。

② 《马克思恩格斯选集》第4卷，第492页。

忙中先后九次观看《红灯记》的演出,对这个戏提出了许多极其宝贵的修改意见。他提到铁梅上北山时,北山要有人下山接应,以加强秘密工作和武装斗争的密切联系;又强调要写出李玉和一家与群众血肉相连、休戚与共的密切关系;特别指出要把东清铁路工人罢工改为中国共产党领导下的京汉铁路工人大罢工,以突出党的领导……这许多宝贵意见,对于写好李玉和成长的典型环境具有极其深刻的指导意义。创作人员汲取这些意见,通过正面和侧面的描写,表现了党领导的革命武装斗争的蓬勃发展,革命根据地的建立和巩固,地下斗争对武装斗争的紧密配合……从而把李玉和的活动放在更加广阔、更加典型的历史舞台上,从党领导的抗日民族解放战争的典型环境中展现了李玉和的典型性格,使这个戏从政治思想到艺术质量都出现了新的飞跃。由此可见,只有写好典型环境,才能写好典型人物。

第二节 典型是共性和个性(一般和个别、本质和现象)的辩证统一

文学艺术家所创造的典型,当然应该反映社会生活的本质。如果描绘的是工业战线上的先进人物,却不能从这个人物的全部活动中在某种方面和程度上表现出工人阶级这个先进社会力量的本质,那么,就不能说他已经完满地反映了生活的真实。但是,典型并不仅仅是一定社会力量本质的体现。文学艺术中的典型,与抽象地、赤裸裸地表现本质的哲学概念不同,它是具体感性的、个性化的,可以唤起美感的概括生活现象的形式。"把一般体现在个别之中",这是典型化的原则。完美的艺术典型,都表现着某种社会力量的本质,但同时是独特的个性。恩格斯曾经指出:在真正的艺术家的笔下,他的"每个人都是典型,但同时又是一定的单个人,正如老黑格尔所说的,是一个'这个'"[1]。别林斯基也讲过类似的话:文学家"既要使一个人物表现许多人物的完整的特殊世界,又要使他是一个完整的、具有个性的人物"[2]。

只要注意到生动的文艺实践,就可以了解丰富多彩的艺术典型,无论如何是不能仅仅被归结为阶级的共性,归结为一定社会力量本质的;它们既体现了一定的本质、一定的共性,又有血有肉,栩栩欲活,具有鲜明的个性。就我国的几部杰出的古典小说而言,已可以证明这一真理。而我国古代的一些文艺理

---

[1] 恩格斯:《致敏·考茨基》,见《马克思恩格斯选集》第4卷,第453页。

[2] 《别林斯基全集》俄文版第4卷,第73页。

论家,对此已作了相当准确的说明。李渔在《闲情偶寄·审虚实》中说:"欲劝人为孝,则举一孝子出名,但有一行可记,则不必尽有共事,凡属孝亲所应有者,悉取而加之。亦犹纣之不善,不如是之甚也,一居下流,天下之恶皆归焉。"这里强调了共性。但他又指出:"说何人,肖何人;议某事,切某事。""说张三要象张三,难通融于李四。"①这里强调了个性,和黑格尔所说的"这个"毫无二致。金圣叹也说:"《水浒》所叙一百八人,人有其性情,人有其气质,人有其形状,人有其口声。""任凭提起一个,都是旧时熟识。"②这和别林斯基所说的"每个典型都是一个熟悉的陌生人"③,又何其相似!所谓"都是旧时熟识",是指每个人物都具有同一类人物的共性而言,所谓"人有其性情,人有其气质,人有其形状,人有其声口",是指每个人物各有个性特征而言,共性即寓于个性之中。金圣叹还说:"别一部书,看过一遍即休,独有《水浒传》,只是看不厌,无非为他把一百八个人性格都写出来。《水浒传》写一百八个人性格,真是一百八样。若别一部书,任它写一千个人,但只是一样;便只写得两个人,也只是一样。"④这里所说的《水浒》人物的"性格",是寓共性于个性的性格,相当于我们所说的典型性格。当然,说《水浒》写出了各有特点的"一百八个人性格",显然有些夸张。

我国古代的文艺理论家还注意到在艺术大师们的笔下,即使写性格的某一方面大致相同的人物,也能写出彼此之间的差异。李贽(卓吾)曾说:

> (《水浒》)描写鲁智深千古若活,真是传神写照妙手。且《水浒传》文字,妙绝千古,全在同而不同之处有分辨。如鲁智深、李逵、武松、阮小七、石秀、呼延灼、刘唐等众人,都是性急的。渠形容刻画来各有派头、各有光景、各有家数、各有身分,一毫不差,半些不混,读去自有分辨。不必见其姓名;一睹事实,就知其某人某人也。⑤

① 李渔:《闲情偶寄·戒浮泛》。
② 金圣叹:《〈水浒传〉序三》,贯华堂本《水浒传》卷一。
③ 《别林斯基论文学》,第120页。
④ 金圣叹:《读第五才子书法》,贯华堂本《水浒传》卷一。
⑤ 李贽:容与堂本《水浒传》评语。

意思是：鲁智深、李逵、武松、阮小七等许多人都"性急"，有共同性，但"性急"的表现却"各有派头、各有光景、各有家数、各有身分"，"半些不混"，各有特殊性。李贽把这叫做"同而不同"，很好地说明了共性与个性的辩证统一。李贽特意赞扬《水浒》作者能够细致入微地写出人物的"同而不同之处"，表现了他卓越的艺术见解，金圣叹评《水浒》，也很注意人物的"同而不同之处"。他中肯地指出：

> 《水浒》只是写人粗鲁处，便有许多写法：如鲁达粗鲁是性急，史进粗鲁是少年任气，李逵粗鲁是蛮，武松粗鲁是豪杰不受羁勒，阮小七粗鲁是悲愤无处说，焦挺粗鲁是气质不好。……①

金圣叹注意从人物的"性情"、"气质"、"形状"、"声口"等方面分析人物的"性格"特征，从而高度评价了《水浒》"人有其性情，人有其气质，人有其形状，人有其声口"的艺术成就。"粗鲁"，属于气质方面，而"气质"，也和政治品质密不可分。他说"李逵粗鲁是蛮"，这"蛮"并非贬义词。他称赞道："李逵旁若无人，不晓阿谀，不可以威劫，不可以名服，不可以利动，不可以智取。"这样的"蛮"，显然表现了一种难得的政治品质。

金圣叹还注意从人物的"身分"方面分析人物的性格特征。他说《水浒》"写杨志便是旧家子弟，便有官体"。评东郭比武一回写"每一等人有一等人身分。如梁中书看呆了，是文官身分；众军官便喝采，是众军官身分；军士们便说出许多话，是众人身分"。各人的家庭出身、社会地位方面的差异，都表现为性格上的特点，从一言一动中流露出来。

在创作上说，把典型仅仅归结为一定社会力量的本质，就走上公式化概念化的道路。比如有些作者只抓人物的社会本质，却放弃了典型的个性化的要求，这就使得他们的作品中对工人、农民、战士和知识分子的描写出现了千篇一律的公式。

在文艺批评上说，把典型仅仅归结为一定社会力量的本质，就不可能对艺术作品进行深入的分析。比如有些批评家只分析艺术典型所表现的社会力量的本质，而不注意各个典型的独特性，这就使得他们只忙于给人物划阶级成

---

① 金圣叹：《读第五才子书法》，贯华堂本《水浒传》卷一。

分,不仅对读者没有帮助,而且常常闹出笑话。关于刘姥姥的阶级成分的争论,就是这样的。

总之,文学艺术中的典型要表现一般和本质,但不仅仅是一般和本质,而是一般和个别的统一,本质和现象的统一。"把一般体现在个别之中"这一典型化的原则,是不容许破坏的。

一般和个别在典型中的统一,反映着一般和个别在客观生活中的实在关系。正如列宁所说:

> 个体只有和一般相联系而存在。普遍的,只有在个体中,并通过个体而存在。一切个体是这样或那样普遍的,一切普遍的是部分或方面或本质的个体的。一切普遍的不过近似的包罗着一切个体的物体,一切个体的都不完全地进入于普遍。

在现实生活里,各种人物都有他们所属的时代、集团、阶级和民族的特点。在目前来说,战士有战士的共同特点,工人有工人的共同特点,农民有农民的共同特点,革命干部、革命知识分子,也各有共同特点;而一切新英雄人物,又有其总的特点。这些共同特点或总的特点(共性),即存在于他们每个人的个性之中,并通过个性表现出来。

既然说一个人的个性同时也表现他所属的时代、集团、阶级和民族的共性,那么,文学中的典型人物是不是现实人物的摄影呢? 不,文学中的典型人物是现实生活中的典型人物的反映,但不是机械的摄影似的反映。这因为文学中的典型,要反映出社会历史现象的本质,反映出客观事物发展的规律,而机械地、摄影似的反映现实人物,是不可能反映出社会历史现象的本质,反映出客观事物发展的规律的。如列宁所说,一方面,虽然"普遍的,只有在个体中,并通过个体而存在",但"一切个体是这样或那样普遍的"。这就是说,每一个个体并不都全部地体现着普遍。所以,除了极少数的具有高度典型性的人物而外,随意拿一个普遍的人物作为描写的对象,必然会使形象的普遍性不够强烈。另一方面,"一切个体的都不完全地进入于普遍"。这就是说,个人的个性并不仅仅体现着他所属的时代、集团、阶级和民族的共性,还包含着一些杂质、一些偶然的成分。所以,如果连这些东西都毫无选择地写入作品,就必然要使形象的普遍性降低,而形象的个性也不可能鲜明、突出。形象的普遍性不够强烈,个性不够鲜明、突出,就不可能很好地反映出社会历史现象的本质,不可能很好地反映出客观事物发展的规律,而这样的形象,也就谈不上有什么典型性。所以,作家的任务,不是机械地摹写现实人物,而是通过现实生活的典型化的方法,塑造通过鲜明突出的个性体现强烈的共性的典型形象。高尔基在《我的文学修养》中说:

> 文学家描写他所熟悉的商人、官吏和工人的时候,纵使能够制出某一人物的多少成功的照象,那也不过是一幅失掉社会教育意义的照象罢了。这样的照象,对于扩大和加深我们对人及生活的认识,是一点用处也没有的。
>
> 但是文学家如果能从二十个——五十个,不,几百个商人、官吏、工人的每个人之中,抽取出最特质的阶级的特征、习惯、趣味、动作、信仰、谈风等——拿来统一在一个商人、官吏、工人身上,那末,文学家就可以借着这样的手法,创造出"典型"来——只有这,才叫做艺术。……①

高尔基的这一段话,充分地说明了文学中的典型并不是某一个人物的照象,而是在概括个性特征的基础上创造出来的。

当然,对于高尔基的这一段话,不应该作教条主义的理解。有些理论家误解了这一段话的精神,认为把同一阶层的许多人的共同特征抽出来加在一起,就会创造出典型,这是错误的。高尔基所说的"每个人"的最特质的阶级特征,既然是"每个人"的,就是具体的、带有个性的东西。作家的任务不是去找共同特征,而是深刻地研究个性,研究个别事物。列宁深刻地指出:文艺创作"全部的关键在于个别的环节"②。歌德也认为"艺术的真正生命,在于对个别特殊事物的掌握和描述"③。作家如果看透了许多个别的人,理解了许多个别的事件,那么,他就能够从许多人、许多事件中找出带有根本性的具体的东西,通过创造性的想象,塑造出典型环境中的典型性格。如果不观察个别的人、个别的事件,只找共同的东西,就只能写出概念化的作品;因为单纯的共同的东西,本

---

① 周扬编:《马克思主义与文艺》,第99—100页。
② 《给印·阿尔曼德》,见《列宁选集》第35卷,第168页。
③ 爱克曼:《歌德谈话录》,人民文学出版社版,第10页。

来就是抽象的概念。对于这个问题,车尔尼雪夫斯基曾作过极其精辟的解释。他说:

> 人们惯常说:"诗人观察了许多活生生的个人。他们中间没有一个可以作为完全的典型,但他是注意了他们中间每一个人身上都有一种一般的典型的东西。他把个别的一切抛弃,把各式各样人所有的散在的特征连结成为一个艺术的整体,而这可以称为实在性格的精华。"假定这是完全正确的,而且实际也总是如此的罢。但是精华通常是全然不象事物的本身。酒精并不是酒。要是依照上面引用的法则,"著作者"会不以活生生的人却以无生气的人物性格将英勇或邪恶的精华给予我们。……只是这个秘诀并不总是被人墨守。在诗人"创造"性格的想象面前,通常总是浮现出一个甚么实在的人的形象,而且他是有意识地或无意识地在他的典型性格中"再现"这个人。①

车尔尼雪夫斯基的这一段话是和前引的高尔基的话并不矛盾的。高尔基强调了概括的一面,但所概括的仍然是具体的个性特征,而不是抽象的"性格的精华";车尔尼雪夫斯基强调了个性特征,但他也并没有否定艺术的概括。创造典型的手法是多种多样的,作家可以概括许多人的个性特征创造典型,也可以根据一个原型创造典型。高尔基的话适用于前者,车尔尼雪夫斯基的话适用于后者。对于后一种手法,高尔基也提到过。他在《论戏剧》一文中说:

> 我们知道人是千差万别的。有的人是饶舌的,有的人是沉默的,有的很执拗,有的很自满,有的很腼腆,有的毫无自信。文学者恰如生活在吝啬汉、俗物、狂热家、野心家、空想家、诙谐家、阴郁者、勤勉者、怠惰者、善良者、急躁者以及对一切事都不关心的人们之圆舞的圈中……
>
> 剧作家有这样的权利:从以上那些性质中抽出任何一种性质,加以深掘、扩大,赋以尖锐性和明确性,把戏剧中的各个人物的性格,当成主要的、确定的东西。所谓创造性格,正是指这样的工作。②

---

① 车尔尼雪夫斯基:《生活与美学》,第73页。
② 周扬编:《马克思主义与文艺》,第99—100页。

车尔尼雪夫斯基和高尔基的这些话有一个共同点,那就是,创造典型必须有模特儿——生活原型。按照鲁迅的分析归纳,作家选取生活原型来塑造典型形象,有两种方法:"一是专用一个人,言谈举动,不必说了,连微细的癖性,衣服的式样,也不加改变。……二是杂取种种人,合成一个。"①鲁迅说他自己"没有专用过一个人,往往嘴在浙江,脸在北京,衣服在山西,是一个拼凑起来的脚色"②。但他体会到用这种方法,也"有一种困难,就是令人难以放下笔","倘有什么分心的事情来一打岔,放下许久之后再来写,性格也许就变了样";而如果兼用前一种方法,"专用一个人做骨干,就可以没有这种弊病"。③ 由此可见,这两种方法是可以相互补充的。"杂取种种人"的方法,需要"用一人做骨干",即以一个主要生活原型为基础。有了这个基础,再在这个基础上概括其他生活原型的有关特征,就不会把典型的塑造弄成许多原型的简单相加或机械综合。许多著名作家的艺术典型,都是这样塑造出来的,鲁迅亦然。阿 Q "嘴在浙江,脸在北京",是"杂取种种人合成"的,但从有关回忆材料的具体细节来看,在鲁迅住过的新台门里打短工的那个阿桂,大约就是阿 Q 的主要原型。此外,《故乡》中的闰土的主要原型是鲁迅少年时代的小伙伴章运水,《狂人日记》中的狂人的主要原型是鲁迅的一个表兄弟。孔乙己、小 D、夏瑜、豆腐西施等等,也都是"用一个人做骨干",再"杂取种种人"创造出来的。

作家不管用什么方法,在他的创造性的想象面前,必须浮现出一个或许多个非常熟悉的生活原型,才能塑造出个性鲜明的典型来。

第三节　反对自然主义,反对类型化

典型是一般与个别的统一;破坏了这个统一,也就破坏了典型。个体的绝对化导向自然主义,导向对现实的歪曲;一般的绝对化则导向类型化,导向对艺术真实的破坏。所以,这二者都是应该坚决反对的。

(一)反对自然主义

自然主义者破坏了典型形象中个体与一般相统一的法则,把个体与一般对立起来而走向个体的绝对化。他们认为个性化的追求,是他们得救的希望。

---

① 《〈出关〉的关》,见《鲁迅全集》第 6 卷,第 423 页。

② 《我怎样做起小说来》,见《鲁迅全集》第 4 卷,第 394 页。

③ 《我怎样做起小说来》,见《鲁迅全集》第 4 卷,第 394 页。

当然,现实主义者也强调个性化,但自然主义的个性化的概念与现实主义个性化的概念有本质上的区别:现实主义的个性化是和典型化、和艺术的概括分不开的;而自然主义个性化则表现为拒绝艺术的概括。自然主义者用生物学、病理学的观点来看社会的人,把人写成脱离社会的动物,把人的生活和行为归结为生物学的现象。和这相联系,他们强调摄影性,机械地、照相式地描绘琐屑的、偶然的表面现象,摈弃概括和典型化。其结果,必然歪曲了社会历史现象的本质,贬低了文学的认识作用。高尔基曾经深刻地批判过自然主义的错误,他写道:

> 如果我选择一个六指的人作一个故事的主人公,使他的心灵上有一种经常为了这个多余物的丑恶而痛苦的情感,或者使他因为它而骄傲,这个自然会是真实的;六指的人存在着,而且很可能感到别扭,这是个性,因为它被我强调了。
>
> 这就正是现代文学(这篇论文是一九一二年写的——引者)里面的个性。它常是人工的将某种特别的多余物加在正常的心灵上面,他们以这个方式引起读者对它的注意。①

当然,在我们的文学领域内,公然拥护自然主义的作家是没有的,但是却不能说没有自然主义的倾向。有些初学写作者,急于跳出公式化、概念化的泥坑,却没有丰富的生活经验和足够的认识生活、概括生活的能力,冗长而烦琐地描写生活中的个别的不重要的事实,就很容易走上自然主义的道路。

(二)反对类型化

典型并不是类型,而是具有一般性的个性。这也是被文学对象的特殊性所决定的。文学的特殊性不仅在于把人作为它的基本对象,而且在于把人作为活的整体描写出来。仅仅写出时代、阶级、集团和民族的共性,就是只写出了人的一部分,而没有写出活的整体的人。这样的作品,当然算不上文学作品,正如只研究人的心理的心理学、只研究人的生理的生理学以及只记载人的思想作风的鉴定表之类都算不上文学作品一样。文学要反映现实的规律,因而文学的典型要具有强烈的一般性;文学要描写活的整体的人,因而文学的典

---

① 布洛夫:《马克思列宁主义的美学反对艺术中的自然主义》,新文艺出版社版,第15页。

型要具有突出的个性。成功的文学作品中的典型,都通过突出的个性表现了强烈的一般性。《真正的人》中的团政治委员谢苗·伏罗比尧夫和驱逐机驾驶员阿历克赛·密列西耶夫,虽然都是能够战胜疾病痛苦的非常坚强的人,但也有各自的特点。伏罗比尧夫是一个政治水平很高的党的工作者,而且年龄较大,有更多的战争生活的阅历,这就形成了他的乐观、愉快、肯帮助和影响别人的性格。密列西耶夫呢? 他没有那么高的政治水平,而且年纪较轻,阅历较少,他咬着牙战胜困难和痛苦,但毕竟是咬着牙,不像伏罗比尧夫那样乐观愉快,他一心只想飞、只想重回前线,却想不到像伏罗比尧夫那样去帮助和影响别人。《白毛女》中的杨白劳和赵大叔,虽然同是旧社会的农民,同具有一般农民所具有的忠厚、勤勉,热爱土地、热爱劳动的性格,但也有各自的特点。杨白劳比较懦弱、消极,对地主的剥削、压迫和欺凌采取"逆来顺受"的态度,赵大叔呢,却坚强、乐观,虽在极度悲愤的情况下也不表示失望和消极,而且从来也不放弃和地主斗争的愿望和机会。

　　一般性与个性,本来是辩证地统一的。比如我们的战士,都具有乐观、坚定、勇敢、顽强、不怕艰苦和困难、热爱党、热爱祖国、热爱人民、热爱和平等等的一般特征,但也各具有谨慎、豪迈、沉着、机敏等等的个性特征,而一般特征正是通过个性特征表现出来的,所以才显得那么丰富多彩。当然,一般性和个性统一的原则,差不多是谁都知道的,但并不是谁都理解。类型化的作品之所以产生,就是由于有些作家并不理解这个原则的缘故。他们在创造典型的时候,先根据书籍报纸之类的材料拼凑一些"一般性",然后再加上一些"个性",如规定这个人的个性为"三棒子打不出一个冷屁——不爱说话",规定另一个人的个性为"粗眉大眼,说话愣声愣气"之类。这样,他们的"典型"就"创造"出来了。好像既有一般性,也有个性;但二者并没有统一,所以这样的"典型"还是类型。我们知道,离开个性的共性只存在于书籍报纸之类的书面材料中,在现实生活中,则只有和个性相统一的共性,只有通过个性而表现的共性。当共性通过不同的个性而表现出来的时候,其本身就具有个性特征。比如当勇敢这种共性从千万个个性不同的战士身上表现出来的时候,就有着千万种不同的表现形式。关于这一点,我们还可以举《保卫延安》中的人物为例,加以说明。二班长马全有和一班长王老虎,都是出色的英雄人物,都燃烧着"保卫党中央、保卫毛主席、保卫延安"的激情,但当他们同时听到"我军退出延安"的消息时,两人的反应完全不同:性急的马全有压制不住汹涌的感情,一再地站起来讲话,发誓"战到最后一个人也要收复延安";而"最能把仇恨深深地埋在心底里"的王老虎,则一动也不动地蹲在那里,直到散会,还连半个字也吐不出来。团政治委员李诚和营教导员张培,都是部队中的非常优秀的政治工作者,都热爱自己的战士,但热爱战士的方式也各有不同。李诚比较严肃,他随时指出战士们的缺点并加以严厉的批评;张培呢,则比较温和可亲,对战士的启发、关怀较多,批评较少。这样的例子是举不完的,也用不着多举。总之,高尔基所说的把几百个人的特征统一在一个人身上,并不是一件简单的工作。这是"统一",而不是拼凑。

现实生活是丰富多彩的,人也是千差万别的。假如作者把典型变成类型,变成公式,这不单纯是方法问题、技巧问题,主要是由于没有全面深入地研究生活,没有"象阅读书本、研究书本那样的阅读、研究人"。因而也就不可能把握生活的丰富性和人物的多样性。

第四节　典型也是主观和客观的统一

在塑造艺术典型的过程中,作家的世界观和感情力量起着不可忽视的作用。

当作家接触生活、研究生活的时候,就已经在根据他们的立场观点、思想感情等等评价生活了。具有反动的立场观点和落后的思想感情的作家是不可能,甚至不愿意正确地认识生活、评价生活的。为了维护他们的反动的阶级利益,他们的任务倒是掩盖、歪曲生活的真相。"四人帮"炮制的阴谋文艺以瞒和骗为特征,把他们一伙写成神圣,把革命干部和革命人民诬蔑为走资派、叛徒、特务、反动学术权威等等,就足以说明这个问题。

在选择、概括生活事实的时候,也是一样。把什么看成典型的东西,把什么看成非典型的东西;选择什么,抛弃什么,削弱什么,有意识地夸张和突出地表现什么;把什么看成肯定的东西,概括成正面典型,把什么看成否定的东西,概括成反面典型……都不能不受艺术家世界观的制约。"四人帮"的御用文人在《反击》、《盛大的节日》之类的电影中,把坚持正确路线的党的领导干部歪曲成"走资派",而把"四人帮"一伙新老反革命分子美化为主宰人类命运的"英雄",这难道不是被他们的反动的世界观决定的吗?

唯心主义的美学家把典型说成表现"绝对观念"、"主观精神"的形式,这当然是荒谬的,但是如果认为典型的内容是纯客观的,不包括作家的主观因素,这也是片面的。典型乃至整个作品的形象中所反映的客观现象的特点,这是客观因素;典型乃至整个作品的形象中所反映的作家的个性、作家的思想感情以及对那些客观现象的态度,这是主观因素。

艺术上完美的典型,既是个别和一般的统一,也是主观和客观的统一。

所谓主观和客观的统一,是指主观和客观的一致性,是指作家的思想感情符合他所反映的生活真实,符合历史发展的规律。

古典作品中的完美典型,都具有主观和客观一致或基本一致的特点。《水浒》中的林冲,本来是八十万禁军的教头,却终于走上梁山,成为梁山农民军的杰出将领,屡败官军,反对招安。如果在坚持地主阶级反动立场的文人笔下,必然要把他写成一个被鞭挞的人物,把地主阶级的仇恨倾注在他身上,《荡寇志》的作者正是这样干的。《水浒》的作者却不是这样。他通过许多生动的情节,写出反动地主阶级的代表人物高俅仅仅为了让他的干儿子高衙内夺得林冲的妻子,对林冲一逼再逼,进行了接二连三的诬陷和迫害。而作者,就在这一逼再逼,逼得林冲"有国难投,有家难奔",最后被"逼上梁山"的过程中,令人信服地表现了林冲的思想转变,刻画了林冲的性格发展,真实地再现了北宋末年"官逼民反"的典型环境中的典型人物。同时,他写高俅父子及其爪牙诬陷、迫害林冲,读之令人发指;写林冲被诬陷迫害,终于火烧草料场、雪夜上梁山,读之令人同情。把憎恨倾注在地主阶级一边,把同情倾注在农民起义一边,这说明作家的思想感情符合他反映的历史真实。

《红楼梦》的作者以巨大的艺术才能展示了我国封建社会没落时期的历史画卷,通过无数典型环境中的典型人物,真实而又生动地揭露了封建制度的罪恶,同情和赞扬了在封建制度残酷压迫下的奴隶们的反抗,满怀激情地讴歌了贾宝玉、林黛玉的叛逆精神。这些典型人物,是个别和一般的统一,也是主观和客观的统一。在《阿 Q 正传》中,鲁迅塑造了一个具有高度概括性的典型——阿 Q;通过这个典型,真实地反映了在残酷的剥削压迫下一步步地走向死亡,却仍然自欺自骗,用"精神胜利法"麻醉自己的千千万万个阿 Q 的悲惨命运。而这样一个典型,就不能不激起具有人道主义和爱国主义精神的鲁迅先生的同情和愤怒:"哀其不幸,怒其不争"。而这种"哀其不幸,怒其不争"的思想光辉和感情色彩,就大大地提高了阿 Q 这个典型的真实性和感染力。请想想看,假如作者在创造这个典型的时候不是采取"哀其不幸,怒其不争"的态度,而是采取冷嘲热讽的态度,这个典型将会变成什么样子!

应该指出,形象思维有它的特点,在创造典型的过程中,作家的主观虽然起着不可忽视的作用;但现实主义的创作是从生活出发的,生活的逻辑往往会改变作家的思想逻辑。有些理论家认为在文学艺术作品中没有也不可能有不依赖艺术家的意志为转移的客观内容。这是和文学艺术的客观法则不相容的。这可以用许多具体的例子来说明。正如恩格斯所指出:巴尔扎克的同情本来在注定要灭亡的阶级方面,但当他让他所深切同情的贵族男女行动的时候,他的嘲弄却是最毒辣、最尖刻的;而对于他的政治上的死敌——圣玛利修道院街的共和主义的英雄们,却毫不掩饰地赞赏他们。尔柴诺夫在关于托尔斯泰的回忆录中记述的一段对话也是很有意思的。尔柴诺夫问托尔斯泰道:

> "人家说,您对安娜·卡列尼娜非常残酷,您叫她在火车底下碾死:他们说,她不能一辈子同这个'枯燥无味的人'亚历克赛·亚历克赛特罗维奇耽在一起啊。"

> 托尔斯泰笑了一笑,提起了普希金的一件事:"普希金有一次对自己的一位朋友说:'你想想看,塔吉雅娜同我耍的什么把戏!她结婚去了。我从来也没有想到她会这样的。'关于安娜·卡列尼娜,我能说的也就是这样。一般说,我的男女主角们有时做一些我不会希望他们做的玩意儿,他们做的是在现实生活中必须做的和象在现实生活中常有的一样,而不是做我所希望他们做的。"①

这就是说,世界观进步的作家,固然更善于创造主观和客观统一的典型。但主观反映客观的情况很复杂,不能一概而论,只要作家敢于面对生活真实,尊重生活逻辑,那么,即使他的世界观中本来有落后因素,而在形象思维的过程中,强大的生活逻辑也会改变他的思想逻辑,使他的世界观中的进步因素占上风,落后因素则在一定程度上受到压抑和修正。当然,这首先要敢于面对现实、尊重生活真实。而敢于面对现实、尊重生活真实,也正是世界观进步或包含着进步方面的表现。那些不敢面对现实,甚至蓄意掩盖、歪曲生活真实的作家,自然谈不上生活逻辑改变思想逻辑的问题。他们连形象思维都害怕,只乞灵于"主题先行",因而像托尔斯泰所说的"男女主角们……做的是在现实

---

① 《文艺理论学习小译丛》第四辑,第543—544页。

生活中必须做的和象在现实生活中常有的一样,而不是做我所希望他们做的"那样的现实主义创作实践,压根儿就不可能有。

在古典文学作品中,主观因素和客观因素在不同程度上具有矛盾性的典型屡见不鲜。在分析这种典型的时候,在指出客观因素的真实性及其社会意义之后也指出作家对这些客观因素的不正确的态度和评价,是十分必要的;但不应该根据作家的不正确态度和评价抹杀它的客观因素的真实性及其社会意义。

第五节　艺术的虚构

在典型的塑造中,艺术的虚构和创造性的想象起着决定性的作用。没有虚构和想象,就不可能创造出个别和一般统一、主观和客观统一的典型。

有些典型,是以一个或几个原型(模特儿)为基础创造出的;有些典型,则是像高尔基所说的从二十个、五十个、几百个工人、商人、官吏身上抽出最本质的特征统一在一个工人、商人、官吏身上创造出的。但是不管采用哪一种方法,作者都不是抄袭现实,而是从事艺术的创造。即使创造以一个原型为基础的典型,也是有虚构、有想象的。《儒林外史》中的马二先生,他的原型是冯粹中;《红楼梦》中的贾宝玉,他的原型是作者曹雪芹;《孽海花》中的李莼客,他的原型是李慈铭。但是事实证明,他们都包含虚构和想象的成分。

列宁在《怎么办?》中以赞赏的态度引了皮萨列夫谈幻想的一段话:"……如果一个人完全没有这样的幻想的能力,如果他不能间或跑到前面去,用自己的想象力来给刚刚开始在他手里形成的作品勾画出完美的图景,——那我就真不能设想,有什么刺激力量会驱使人们在艺术、科学和实际生活方面从事广泛而艰苦的工作,并把它坚持到底……只要幻想和生活有联系,那幻想决没有什么不好的地方。"引了这段话之后,列宁说:"可惜的是,这样的幻想在我们的运动中未免太少了。"这说明幻想、想象,是从事一切工作所必需的。在高楼大厦建成之前,工程师必先在自己的想象中把它们建造起来;在宇宙飞船登上月球之前,宇航专家早已在想象中作过多次月球旅行;任何科学研究中的假设、推断、探索,都带有想象的成分。这就是说,创造性的想象并非文学艺术所独有,问题在于文学艺术创作中的想象有它的特点。建筑工程、科学研究等等都需要想象,但其最后成果都不能由想象来构成。文学艺术家都需要根据生活的逻辑,通过想象创造出全新的人物形象和全新的生活图画。那全新的人物形象符合生活真实,但又不同于生活中的张三或李四,对于读者来说,他是一个"熟识的陌生人"。比如王熙凤、薛宝钗、堂·吉诃德、阿 Q、李双双、梁生宝、乔光朴,在生活中当然有在某一方面、某几方面同他们相似的人,但没有谁同他们完全相同,因为他们本来"嘴在浙江,脸在北京,衣服在山西",是艺术家通过创造性的想象"虚构"出来的。艺术家还可以通过想象,"虚构"出现实生活中根本不存在,也不可能存在的人物、事件和环境。例如《红楼梦》中的太虚幻境,《神曲》中的地狱、天堂,《西游记》中的孙悟空三打白骨精,《愚公移山》中的愚公和智叟,《中山狼传》中的中山狼。科学研究如果搞出这样的成果,那将是天大的笑话,但作为文学艺术,这却有它的认识价值和美学意义。

北宋大诗人兼画家苏轼提出过"论画以形似,见与儿童邻"的论点,引起了不少争论。这其实是符合艺术规律的。虾子的腹部本来有十只腿,但齐白石却只画六只,更好地表现出虾的透明的质感和弹跳的动感,从而达到了"神似"的更高境界,表现了本质的真实。艺术虚构的特点就在于不局限于"形似"、不满足于摄影,从而在更高的程度上做到"形神兼备",做到现象真实与本质真实的辩证统一。

所谓虚构和想象,并不是凭空捏造、随意幻想,而是建立在丰富的生活经验的基础上的,建立在精密的思考、推测和艺术概括的基础上的。果戈理的《外套》,是根据一件官场逸闻写成的,但和那件官场逸闻大不相同。安年科夫在他的回忆录中说:

> 有一次果戈里听到了官场中的一件逸闻。一个很穷的小官吏酷爱打鸟,他节衣缩食,在公务之外牺牲休息时间找额外工作来做,终于积到二百来个卢布,买了一支很好的猎枪。第一次当他坐了一艘小船到芬兰湾去打猎的时候,他把宝贵的枪放在船头,据他自己承认,当时简直有些得意忘形,直到他向船上看了一眼,不见了新买的宝贝时才清醒过来。原来在他的船走过一处芦苇丛的时候,枪被茂密的芦苇带到水里去了。怎么找也是白费气力。小官回到家里,躺到床上就再也爬不起来:发了高烧。亏得他的同僚们知道了这件事,大伙凑钱给他再买了一支猎枪,他才算恢复了生命,但是一想到这件可怕的事,他的脸色就白得象死人。……
>
> 这件逸闻是有事实作基础的,大家都把它当作笑话,发出了笑声,只有果戈里若有所思地倾听着,低下了头。这件逸闻是他那奇妙的中篇小

说《外套》的第一个动机，这篇小说就是那天晚上在他的心中萌芽的。①

果戈理改变了人物的命运和人物的环境。《外套》中的主人公阿卡基·阿卡基耶维奇的上司和同僚不像逸闻中所说的那么乐善好施，而是冷酷地对待他，施展全部的聪明才智来讥笑他、挖苦他。他含辛茹苦地积钱买来而又丢掉的也不是作为奢侈品的猎枪，而是生活必需的外套。外套被劫之后，虽然也有人提议募捐，"但是募来的钱很少，因为即使没有这件事，官吏们已经有很多花费了，例如订购司长的像，依科长的提议订购一本什么书，因为书的作者是科长的朋友——所以募来的钱数少得可怜"。于是这个受尽欺侮的小官吏终于送掉了性命。果戈理就这样把一个官吏失掉猎枪的普通故事发展成了具有多么深刻意义的社会悲剧。在这个发展过程中，虚构和想象是起着重要作用的，而作为虚构和想象的基础的，则是作者对小市民、特别是对下层官吏的可怜生活所作的许多观察和思考。果戈理如果没有在彼得堡的衙门里服过务，观察和思索过同僚们的生活，这样的典型是虚构不出来的。

所有一切想象的表象，都是由生活经验组成的。想象的活动始终是对感觉与知觉所给予的那些材料的改造。一个没有到过北极的人可以想象出北极的情况，那是由于他曾在图画中看到过它，和在实际当中看到过被云掩盖的平原、矮小的灌木林以及在动物园里看到过鹿的缘故。所以生活经验越丰富，想象力也就越强。艺术中的典型，就是在想象中根据一定的艺术构思从丰富的生活经验中改造出来的新的形象。因而如高尔基所说：艺术中的典型"在生活里是没有的，在过去存在着而现在还存在着的，只是和他们类似的人物，这些人物比他们更琐碎，更不完整，因此从他们，从这些渺小的人，虚构而且造出人类的典型——名义上的典型，这正象用砖头建造宝塔或者是钟楼一样"②。

想象不仅可以帮助作家改造、概括已有的生活经验，而且可以帮助作家去推测他所不知道的情况，以补充在事实的链条中不足的和没有发现的环节。高尔基说：在创造人物的时候，作家应该"用自己的经验的力量、自己的知识去琢磨他们，去替他们说尽他们所未说完的话，去替他们完成他们所未完成而按着他们的天资的力量应该完成的行为。这儿——是虚构的地方，也是艺术的

①　转引自多宾:《论情节的典型化与提炼》,作家出版社版,第5页。

②　高尔基:《我怎样学习写作》,三联书店版,第10页。

创作"①。

任何创造都需要想象，文学艺术的创造更需要想象。创造性的想象，实质上就是形象思维。高尔基说：

> 在生存竞争中自卫的本能，使人类发达了两种强有力的创造力：认识与想象。认识是观察、比较、研究自然现象及社会生活事实的能力。简单地说，认识便是思维。想象，在本质上，也是关于世界的思维。不过它特别是凭借形象的思维，是"艺术的"思维。想象，可以说是一种甚至能给予自然的自发现象和事物以人的性质、感觉和意图的能力。
>
> ……想象是创造形象的文学技术之最本质的一个方法。……想象，结束了研究和选择材料的过程，并且把它最后形态化为活生生的——肯定和否定的——重要的典型。文学家的工作也许是比象动物学者那样的学者专门家的工作更困难的。动物学者在研究牡羊的时候，没有必要把自己想象为牡羊，但是，文学家在描写吝啬汉的时候，虽然是不吝惜东西的人，也必须把自己想象作吝啬汉；描写贪欲的时候，虽然不贪欲，也必须感到自己是个贪欲的守财奴；虽然意志薄弱，也必须带着确信来描写意志坚强的人。有才能的文学家，借着他非常发达的想象力，常常能够达到如下的效果：他们所描写的主人公们成为比创造了它们的作者本身更显著、明了、心理调和的、完全的人而出现在读者之前。②

高尔基所说的写什么就把自己想象做什么，这是非常重要的。只有这样，才能深刻地揭示出人物的内心秘密。许多伟大的作家都有这样的经验。巴尔扎克说：他过着他所描写的人物的生活。据说他在描写高里奥老爹的死的时候，自己也觉得不舒服起来，甚至想叫医生。格林卡说：当他写到苏沙宁和波兰人在树林中的一幕时，他"如此深刻地把自己移到主人公的感情中，以致头发悚立，全身发抖起来"。屠格涅夫在对奥斯特洛夫斯基谈到写《父与子》的时候说："巴扎洛夫这个人折磨我到了极点：就是当我坐下来用餐时，他也往往在我面前出现。我在和人谈话的时候，就会想：要是我的巴扎洛夫在，他会讲

---

① 高尔基：《我的创作经验》，见《给青年作家》，生活书店版，第47页。

② 周扬编：《马克思主义与文艺》，第76—78页。

些什么?"狄更斯流着眼泪从书房走出来,因为他的小说的主人公死了。福楼拜说:"写作不是把自己关着,而是回到你所说的整个世界中去。例如今天,我——同时是男人和女人,爱人的和被爱的——在秋季的下午,在树林的黄叶下骑着马闲逛着,我是马、树叶、风,是紫红的太阳,而因为阳光,我的为爱情所重压的眼睛闭上了。"而当他写到波娃利夫人服毒的痛苦时,他自己也尝到了"真正的砒霜的味道",因而也病倒了。我国的文学艺术家也有类似的经验。赵子昂画马之前趴在地上摹拟马的形态和神情的故事,是人所共知的。① 明代大戏曲家汤显祖在创作《牡丹亭》的过程中,有一天忽然不见了。家里人找遍了所有的地方,最后发现他睡在柴堆上"掩袂痛哭"。家里人很吃惊,问他为什么哭。他说:写杜丽娘的唱词,写到"赏春香还是旧罗裙"的地方了。②

这许多例证,都说明伟大的艺术家是怎样在想象力的帮助下概括生活经验,创造栩栩如生的典型形象的。

第六节 典型不是统计的平均数

典型不仅是最常见的事物,而且是最充分、最尖锐地表现一定社会力量的本质的事物。依照马克思列宁主义的理解,典型绝不是某种统计的平均数。把典型看做某种统计的平均数,这本来是唯心主义美学的理论。康德在他的《纯粹理性批判》一书中写道:"有一个人看见过一千个成年男子,当他想作出一个比较正常的身材的判断时,他的想象力就会使大量(也许就是整整一千个)形象一个叠到另一个上面去,那么——如果这里我可以运用光学上的说法来比较的话——在大多数形象相吻合的地方,在颜色显得最浓的线条上,就可以得到平均的身材,这个身材的高度和宽度离开最大或最小的极限,都是一样距离。这就是一个美男子的身材。我们只要用这种纯机械的办法测量一千个人的身材,依次把它们的高度和宽度(还有厚度)加起来,然后以一千来除其总和,就能得到同样的结果。"③我们的文艺理论家,也有推演这种理论而且笔之于书的,例如《新美学》的作者在把"美的本质"确定为"事物的典型性"之后解

---

① 冯镇峦:《读聊斋杂说》"昔赵松雪好画马,晚更入妙。每次构思,便于密室解衣踞地,先学为马,然后命笔。一日管夫人来见赵,宛然马也。"

② 焦循:《剧说》卷五。

③ 《译文》1953 年 12 月号。

释道:"孟德斯鸠有一段话说:'毕非尔神父说:美就是最普遍的东西集合在一块所成的。这个定义如果解释起来,实是至理名言。他举例说:美的眼睛就是大多数眼睛都象它那副模样的,口鼻等也是如此。……'在他这段话里,说美就是最普遍的东西集合在一块所成的,并举实例说:美的眼睛就是大多数眼睛都象它那副模样的,叫我们更能明了所谓美的就是典型的,典型就是美。再引宋玉《登徒子好色赋》来说:'天下之佳人莫若楚国,楚国之丽者莫若臣里,臣里之美者莫若臣东家之子。东家之子,增之一分则太长,减之一分则太短,着粉则太白,施朱则太赤。'在这里很显然的,这位美人的形态颜色,一切都是最标准的,也就是概括了'臣里'、'楚国'、天下的女人的最普遍的东西了。由此可知她的美就是在于她是典型的。"①

列宁在《俄国资本主义的发展》中,猛烈地反对过官方统计所运用的平均数字。列宁反复说明"平均数"跟真实情况相差很远:"一般的和笼统的'平均'数字具有完全虚假的意义。""这样加起来而求得的'平均数'把分化的情形掩盖起来,因此是完全虚假的。"②列宁的这一段话虽然不是针对文学的典型说的,但对于理解文学中的典型问题也有很重要的意义。形象思维也像抽象思维一样,必须洞察现实生活的规律,把同一性质的现象归纳起来,进行概括;但把同一性质的现象用典型体现出来,无论如何也不是从这些同一性质的现象中采取一种"平均"的现象。真正的典型形象是把广阔的概括跟深刻的个性化有机地结合在一起的。《奥勃洛摩夫》中的奥勃洛摩夫、《堂·吉诃德》中的堂·吉诃德先生、《阿Q正传》中的阿Q、《红楼梦》中的林黛玉、《水浒》中的李逵、《三国演义》中的曹操,如果不是那样独特,而是一系列同类人物中的一个被修得四平八稳的"平均"人物,就不成其为典型了。

典型既不是统计的平均数,也不仅仅是最普遍最常见的事物。在我们的读者中间,把典型仅仅看成最普遍、最常见的事物的人是不少的。比如某些作家创造了在目前还不常见的新英雄人物或在目前已不普遍的落后分子或反动分子的形象,就有人说它们是不典型的。写了共产党员或老干部的缺点,就有人说歪曲了共产党员或老干部的形象。写了工人、农民中的某些落后因素,就有人说侮辱了工农群众。有人认为:"如果典型不是最常见的、最普遍的事物,

---

① 蔡仪:《新美学》,第68—69页。

② 转引自多宾:《论情节的典型化与提炼》,第84—86页。

那便不成为什么典型了。"①这其实是一种误解。艺术典型,不仅在于表现量的普遍性,更重要的,在于表现质的必然性。只要体现出生活中的某些必然规律,即使数量不多,也是典型的。车尔尼雪夫斯基《怎么办》中的拉赫美托夫、高尔基《母亲》中的母亲、鲁迅《狂人日记》中的狂人,在当时是还不普遍的新人物,但他们是典型。老舍的《西望长安》中的栗晚成在当时是不常见的反革命分子,但他也是典型。话剧《丹心谱》中的"风派"人物庄济生、《于无声处》中出卖灵魂的干部何是非,也不能说代表了我们生活中最普遍、最常见的人物吧,但他们也是"四害"横行之时"典型环境中的典型人物"。何况就艺术典型的特性说来,它总是把一定现象的本质体现在单个的、独特的东西的形式里的。所以不管它多么不常见、不普遍,只要它和合乎规律的生活现象相联系,只要它体现了一定的生活现象的本质,它就是典型。想一想看,《儒林外史》中的范进、周进和牛浦郎这些典型以及范进中举、周进撞号板和牛浦郎冒充牛布衣做起诗人来的情节,是多么独特,多么不常见,然而却多么生动、多么深刻地反映了社会生活的某些方面的本质啊!

对生活中普遍的、大量存在的事物进行高度的艺术概括,以揭示社会某一方面的本质特征,这当然是应该的,必要的,无可争论的。俄罗斯文学中的奥勃洛摩夫,我国文学中的阿Q,就是这种具有高度概括性的不朽的艺术典型。但绝不能说只有最普遍、最常见的事物才是典型的。把典型只看做普遍的事物、看做某种统计的平均数的观点,降低了文艺的社会作用,使它脱离了现实生活中最尖锐、最充分地表现一定社会力量本质的事物,无视于新事物的不可战胜性,也无视于旧事物的残余的危害性。我们必须彻底地扬弃这种错误的观点,不仅把最常见的事物看做典型,而且把最充分、最尖锐地表现一定社会力量的本质的事物看做典型。并以马克思列宁主义的认识论为武器,深入生活,研究并掌握现实发展的规律,以便认识并反映最充分、最尖锐地表现一定社会力量的本质的事物,用以教育人民,推动历史前进。具体地说:要创造最充分、最尖锐地表现新的社会力量的本质的正面典型,用以教育人民,促进新事物的发展和胜利;同时也要创造最充分、最尖锐地表现旧的社会力量的本质的反面典型,用以揭露并摧毁腐朽的旧事物的残余。

---

① 《新建设》1955 年 6 月号《信箱》。

第七节　多样化的典型与英雄典型

早在一九六二年,周恩来同志就在《对在京的话剧、歌剧、儿童剧作家的讲话》中指出:"现在一提就是英雄人物。文学作品总是提典型人物,典型人物包罗一切,包括英雄人物。……舞台、银幕上出现的应是各种各样的典型人物。不一定每个戏都搞英雄人物。各种人物都可以写,正面的反面的、大的小的,可以有各种典型。"客观世界的历史和现实本身是极其丰富多样的,作家所熟悉的生活知识和他们的个性、才能、风格、手法也不尽相同,人民群众精神上的需要也是多方面的。因此,要繁荣社会主义文艺,必须广开文路,写各种各样的题材,塑造各种各样的典型人物,"正面的反面的,大的小的",不一定每个戏、每篇作品里都搞英雄人物。

当然,周恩来同志的这段话,是针对"现在一提就是英雄人物"的"划一"化的偏向说的,并不包含轻视写英雄人物的意思。他不是明确地指出"典型人物包罗一切,包括英雄人物"吗?"四人帮"所鼓吹的"根本任务"论,其要害不仅在于反对写"中间人物"和其他人物,而且在于他们所要塑造、所要歌颂的,并不是无产阶级的英雄,而是无产阶级的敌人。因此,在我们批判了这种"根本任务"论之后,对于写真正的、人民群众中的英雄模范人物的问题,仍然应该给予足够的重视。榜样的力量是无穷的。努力塑造正面形象作为青年一代学习的榜样,这是社会主义文艺的显著特点。

在剥削阶级掌权的漫长的历史时期,为剥削阶级服务的文艺家总是把本阶级的代表人物写成正面典型,作为作品的主人公而加以歌颂;而创造历史的劳动人民,则被歪曲成反面典型,成了暴露的对象。自从无产阶级登上政治舞台以后,这种被颠倒了的正、反关系才逐渐重新颠倒过来。一八四四年,恩格斯在《大陆上的运动》一文中指出:"近十年来,在小说的性质方面发生了一个彻底的革命,先前在这类著作中充当主人公的是国王和王子,现在却是穷人和受轻视的阶级了,而构成小说内容的,则是这些人的生活和命运、欢乐和痛苦"。① 一八四六年,又在《诗歌和散文中的德国社会主义》一文中,要求文艺要歌颂"倔强的、叱咤风云的和革命的无产者"。② 在俄国一九〇五年革命高潮中,高尔基写成了长篇小说《母亲》,成功地塑造了战斗的工人阶级的英雄典

---

① 《马克思恩格斯全集》第 1 卷,第 594 页。

② 《马克思恩格斯全集》第 4 卷,第 224 页。

型,受到了列宁的高度赞扬。毛泽东同志在《看了〈逼上梁山〉以后写给延安平剧院的信》中指出:"历史是人民创造的,但在旧戏舞台上(在一切离开人民的旧文学旧艺术上)人民却成了渣滓,由老爷太太少爷小姐们统治着。这种历史的颠倒,现在由你们再颠倒过来,恢复了历史的面目,从此旧剧开了新生面,所以值得庆贺。"在《在延安文艺座谈会上的讲话》中,更一再强调表现"新的人物,新的世界","表现工农兵群众"。

《在延安文艺座谈会上的讲话》中关于歌颂什么和暴露什么的论述,对于我们塑造正面典型和反面典型,具有指导意义。"一切危害人民群众的黑暗势力必须暴露之,一切人民群众的革命斗争必须歌颂之。""对于革命的文艺家,暴露的对象,只能是侵略者、剥削者、压迫者及其在人民中所遗留的恶劣影响,而不能是人民大众。人民大众也是有缺点的,这些缺点应当用人民内部的批评和自我批评来克服,而进行这种批评和自我批评也是文艺的重要任务之一。但这不应该说是什么'暴露人民'。对于人民,基本上是一个教育和提高他们的问题。"这些论述,划清了正面典型和反面典型的阶级界限,要求文艺工作者把塑造无产阶级和劳动人民的英雄典型放在文艺创作的重要地位。

塑造人民英雄的典型形象,表现革命英雄主义精神,是我国社会主义文艺的优良传统。抗日战争、解放战争和抗美援朝战争时期,许多文艺工作者下连队、上前线,及时地反映了火热的斗争生活,歌颂了人民战士的高贵品质,赢得了群众的热爱,并在群众中发挥了鼓舞作用。许多反映社会主义革命和社会主义建设的先进人物、先进事迹的作品也是如此。让我们举一个典型的例子:中越边境自卫还击战斗中涌现出来的青年战斗英雄之一侯满厚说:"当年,董存瑞为了建立新中国,敢于舍身炸碉堡;黄继光在抗美援朝、保家卫国的斗争中,用身体堵枪眼。今天,为了保卫伟大祖国,保卫四个现代化建设,我也要象英雄们那样,勇往直前,无所畏惧!""为了祖国美好的明天,我愿贡献自己的一切!"他以自己的实际行动实践了他的诺言。正是像董存瑞、黄继光这样的光辉形象鼓舞着他舍生忘死,树立了新一代的"最可爱的人"的光辉榜样。

有的同志由于"四人帮"臆造的"高大完美"的"英雄典型"违反生活真实,令人厌弃,表示"今后要写普普通通的一般人"。如毛泽东同志早在《在延安文艺座谈会上的讲话》中所指出:"革命的文艺,应当根据实际生活创造出各种各样的人物来,帮助群众推动历史的前进。"只要能够起到"帮助群众推动历史的前进"的作用,"各种各样的人物"就都需要写;"普普通通的一般人"自然也需要写。但正像我们既主张题材多样化，又强调写现代革命题材一样，既主张"根据实际生活创造出各种各样的人物来"，又强调塑造先进人物、英雄模范人物的典型形象。这是社会主义文艺的方向决定的，也是由人民英雄辈出的现实生活决定的。毛泽东同志早在农业合作化时期就在一篇文章的按语中写道："这里又有一个陈学孟。在中国，这类英雄何止成千上万，可惜文学家们还没有去找他们。"半个多世纪以来，中国人民在中国共产党领导下进行了艰苦卓绝、翻天覆地的伟大斗争，在斗争中涌现了无数英雄和领袖人物，当前，为实现四化而奋战在各条战线上的先进人物、新英雄人物和为保卫四化而进行自卫还击战的战斗英雄更灿若群星。这一切，理所当然地应该得到文学艺术家们热情的描写和歌颂。

邓小平同志在中国文学艺术工作者第四次代表大会上的祝词中指出："英雄人物的业绩和普通人们的劳动、斗争和悲欢离合，现代人的生活和古代人的生活，都应当在文艺中得到反映。"又指出：

> 我们的文艺，应当在描写和培养社会主义新人方面，付出更大的努力，取得更丰硕的成果。要塑造四个现代化建设的创业者，表现他们那种革命理想和科学态度，有高尚情操和创造能力、有宽阔眼界和求实精神的崭新面貌。要通过这些新人的形象，来激发广大群众的社会主义积极性，推动他们从事四个现代化建设的历史性活动。

实现四个现代化的斗争是关系着整个国家和人民的命运，也关系着每一个人、每一个家庭的命运的伟大斗争。反映这一伟大斗争的壮丽图景，塑造站在时代前列的四化建设创业者的典型以鼓舞群众，这是时代的召唤，是文艺工作者应尽的职责。

当然，就是在写英雄人物这个问题上，也不应该把现代和历史对立起来。我们这个有几千年悠久历史的国家、民族，有很长时期在世界舞台上居于先进地位，出现过许多可歌可泣的人民斗争，涌现了许多伟大的农民革命领袖、政治家、军事家、科学家、文学艺术家。从一八四〇年到新中国建立的一百多年里，又经历了改变中国历史命运的旧民主主义革命和新民主主义革命两个历史阶段，千百万志士仁人前仆后继，为改变中国历史命运而献身。用各种文艺形式展现五彩缤纷的历史画卷，再现杰出的历史人物的斗争生活，必将极大地丰富我们的智慧和精神境界,提高我们的民族自豪感和民族自信心,对于激励我们奋发图强、实现四个现代化,也是具有不容低估的积极意义的。

第八节　批判"三突出"论,努力塑造好英雄人物的典型

"四人帮"既然在谁是英雄人物的问题上肆意颠倒敌我关系,千方百计利用文艺手段为他们一伙野心家、阴谋家、新老反革命分子树碑立传,制造个人迷信;那么在如何塑造英雄典型的问题上,也必然要肆意颠倒文艺与生活的辩证关系,杜撰一套反马克思主义的创作模式,用文艺来"造神"。所谓"三突出"和从属于"三突出"的"三陪衬",就是这样别有用心的谬论。"四人帮"倚仗他们窃取的权力,独霸文坛,硬把"三突出"说成"文学艺术的创作规律的科学总结",并强行规定为"无产阶级的创作守则","适用于各种艺术形式的根本原则"和评价文艺作品的"最高标准"。凡违反这个"原则"、不合这个"标准"的,都一棍子打死。于是,连抒情诗、山水画、单人塑像等等都要"三突出"的笑话也闹出来了。然而在"四害"横行的时候,谁敢笑!

按照"四人帮"钦定的条文,所谓"三突出"就是:"在所有人物中突出正面人物;在正面人物中突出英雄人物;在英雄人物中突出主要英雄人物。"随着"三突出"而来的是"三陪衬",即:"反面人物是正面人物的陪衬;一般正面人物是英雄人物的陪衬;一般英雄人物是主要英雄人物的陪衬。"这完全是违反生活规律和创作规律的先验论模式,是反动的英雄史观在文艺创作上的表现。只有冲出这个模式的牢笼,才能塑造好人民群众的英雄典型。

第一,要塑造好人民群众的英雄典型,必须根据实际生活,必须把现实生活中的矛盾斗争典型化。"四人帮"的"三突出"模式,则不准从实际生活出发,硬要从"四人帮"的反革命政治需要出发,先定主题,设立"一号人物",再根据突出"一号人物"的需要编造故事,设置"二号人物"、"三号人物"、一般人物、反面人物,如此等等。按照这个模式浇铸出来的"英雄",自然是毫无生活气息、毫无个性特征的僵尸。现实生活是无限丰富多彩的,现实生活中的矛盾斗争是无限复杂多变的,现实生活中人与人的关系绝不是"突出"与"陪衬"的关系,现实生活中的英雄人物也千姿百态,各有鲜明的个性。我们必须彻底抛弃"四人帮"臆造的歪曲生活的"三突出"模式,长期地投身到沸腾的生活洪流中去,在观察、体验、分析、研究五个"一切"上狠下工夫,才能从根本上扫除"四人帮"所造成的类型化、雷同化的帮风,真正塑造好血肉丰满、形神兼备、共

性与个性和谐统一的栩栩如生的英雄典型。

第二,要塑造好人民群众的英雄典型,必须正确地反映英雄与群众的关系、英雄与党的关系,从这些辩证关系中展现英雄性格。在实际生活里,并没有天生的英雄。半个多世纪以来,在中国共产党领导的惊心动魄的革命斗争中,涌现出无数英雄人物。这些英雄人物,当然都有各自的具体成长过程,但党的培养、教育和群众的支持、帮助,对他们的成长却起着决定性的作用。我们的优秀作家根据生活原型塑造出来的成功的英雄典型,都生动地反映了这种生活真实。《红旗谱》中的朱老忠,不正是在党的教育下从自发的反抗走上自觉的革命斗争道路,逐渐成长为英雄人物的吗? 就英雄和群众的关系说,剥削阶级的所谓"英雄"都是脱离群众、藐视群众、凌驾于群众之上的个人英雄主义者。而剥削阶级的文艺作品为了"突出"这种"英雄",或者不写群众,或者以群众的落后、渺小来反衬"英雄"的"高大完美"。这一切,都是反动的英雄史观的具体表现。在马列主义者看来,人民群众是真正的英雄,是人类历史的创造者。我们的新英雄人物都是历史唯物主义者、集体英雄主义者,都代表着群众的利益,都植根于群众的沃壤,从群众中吸取力量和智慧。他们在党的领导下和群众同呼吸,同命运,同生活,同战斗。他们依靠群众,向群众学习,不穿英雄衣,不戴英雄帽,不操英雄腔,不做英雄状,本身就是群众中的一员,永远不失普通劳动者的本色。如果说他们与一般群众有什么不同之处的话,那就是他们有更高的觉悟,时刻把群众的利益摆在个人利益之上,吃苦在前,享乐在后,不惜为群众的利益贡献一切,乃至生命,当然也不惜为群众的利益及时改正缺点和错误。我们的优秀作家,都是根据这种实际生活,从英雄和党的关系、和群众的关系中展现英雄人物的典型性格,塑造了成功的英雄典型的。《创业史》中的梁生宝,不就是在党的领导下紧紧依靠群众的集体智慧和力量,克服了前进路上的重重困难,取得了农业合作化的胜利,从而成长为英雄人物的吗?

"四人帮""钦定"的"三突出"模式,实际上是剥削阶级为了神化他们自己的代表人物以制造偶像崇拜而经常使用的一种艺术手法。它的荒谬之处,在于以反动的英雄史观为基础,要求塑造"生而知之"、无所不能、无所不晓、主宰人类命运的"救世主"。这种所谓"英雄",一降生就"高大完美",无所谓成长过程,因而写这种英雄,"起点要高",一出场就应当是"一尊完美的雕像"。出场之后,就要用"最好的语言,最美的音乐,最挺拔的表演动作,最重要的舞台位置和最突出的灯光、服饰",对这位"主要英雄人物"进行"最热烈的讴歌"。"四人帮"一再强调"在创作过程中,所有人物的安排和情节的处理,都要服从于突出主要英雄人物这一前提";在矛盾冲突中,主要英雄人物要"始终居于主宰地位","始终坐第一把交椅";而其他一切正面人物、英雄人物,包括党的领导和群众,只能处于"陪衬"与"铺垫"的地位,供"主要英雄"人物驱使,为"主要英雄"人物效忠。这种不仅不需要党的教育和群众的帮助,而且骑在党和群众头上作威作福的所谓"英雄",只不过是"四人帮"臆造的"神",哪里是什么无产阶级英雄的典型!无产阶级的英雄人物,不是神,而是人。他们不是一出生就全知全能,英雄盖世,而是在人民群众的斗争和长期的革命实践中锻炼成长起来的。马克思和恩格斯在成为社会主义者之前,曾经是民主主义者。毛泽东同志在少年时代信过神,信过孔夫子和康德。鲁迅在马克思主义传入中国以后的若干年,曾继续信奉过进化论。他们在成为革命领袖和杰出人物以后,也还不断地学习,不断地总结实践经验,不断地从人民群众中汲取营养,使自己的思想继续发展和提高。倘不然,也一样会犯错误。而这,正好使得人民群众对他们感到亲切,感到可以学习,而并非高不可攀,望望然而去之。既然如此,如果不是怀有政治阴谋,又有什么必要用文艺"造神",制造个人迷信呢?

神的观念,本来是社会生产力低下的历史阶段的产物。当人们还不能理解自然和社会的千变万化的奥秘,不能抵御自然灾害和从根本上解除社会压迫的时候,就产生宗教,产生对于神的迷信。而历史上的剥削阶级,就利用宗教、利用对于神的迷信来维护他们的反动统治。俄国在一九〇五至一九〇七年革命失败以后,资产阶级、小资产阶级知识界产生了"寻神说"和"造神说"的宗教哲学思潮,列宁当即予以尖锐的批判,指出这种思潮帮了剥削阶级的忙。因为"神的观念永远是奴隶状况(最坏的、没有出路的奴隶状况)的观念,它一贯麻痹和剥削'社会感情',以死东西偷换活东西。神的观念从来也没有'把个人同社会联系起来',而是一贯用对压迫者的神圣性的信仰来束缚被压迫阶级"①。"四人帮"用文艺"造神",神化他们自己,其目的也正是"用对压迫者的神圣性的信仰来束缚被压迫阶级",即在人民群众中制造迷信,提倡盲从,培植奴才主义,以便于实现他们的封建法西斯统治。

偶像崇拜,个人迷信,这和人民群众对卓有贡献的革命领袖和英雄人物的

---

① 列宁:《给阿·马·高尔基》,见《列宁全集》第35卷,第111页。

发自内心的崇敬和爱戴的珍贵感情毫无共同之处。个人迷信,它和科学社会主义水火不相容,它和人民群众是历史的创造者的思想水火不相容,它和民主集中制的原则水火不相容。所以,马克思主义的创始人坚决反对个人迷信。我们必须肃清"造神"文艺的流毒,正确地表现出个人和群众的关系,正确地表现出阶级、政党和领袖的关系,才能塑造好人民群众的英雄典型。

周恩来同志在《对在京的话剧、歌剧、儿童剧作家的讲话》中,对于如何写好英雄人物作过精辟的论述,他说:

> 英雄要和群众结合在一起。但现在不少戏中英雄与群众常常结合得不好。写英雄不是淹没在群众之中,就是高高在上,贬低了群众的作用。写群众就显不出领导来,或者显了出来,却又是指手划脚站在群众之上。群众的智慧必须经过领导的集中,才能发挥力量,应当把这两者很好地结合起来。领导和群众结合起来,这是很好的政治,把这表现在作品中,就是很好的艺术。可是我们的剧本总是偏在一边。这是指写我们时代,写历史剧又不同了。但历史人物,他的周围也是有人物的,否则就是孤家寡人,霸王别姬。勾践听了范蠡的话,最后成功了。范蠡说他可以共患难,不能共安乐。曹禺同志的《胆剑篇》这一点抓到了。项羽不听人家的话,只好别姬。李世民善于听反面意见,他看到魏徵一来,就如坐针毡,但听了他的意见,好象吃了一剂药。不要不听反面意见。剧本要写对立面,任何人都有局限性,都不那么完全。没有绝对正确的人。只有一个人的话正确,只好变成楚霸王。

以上谈的主要是在现代剧中如何处理好英雄与群众的关系问题,也涉及历史剧中的有关问题,发人深省。接下去,又讲了如何对待英雄人物的缺点和错误的问题,一针见血地指出:"不承认英雄有缺点,这是不合乎毛泽东思想,不合乎辩证法的。""英雄人物不犯错误,是新的教条。"不是不能写英雄人物的缺点、错误,"问题是怎么写"。接下去,又讲了关于表现英雄人物的感情和理智的问题。有人主张英雄人物不能哭,不能谈恋爱,一句话,不能有感情。周恩来同志尖锐地指出:这"也是新的教条"。"能不能哭,要看是什么时候。在艰苦的时候,同志牺牲了,要控制感情,不能牺牲一个哭一个。正如毛泽东说的:'他们从地下爬起来,揩干身上的血迹,掩埋好同伴的尸首,他们又继续战斗了。'但在接近胜利的时候,同志们牺牲了,情感就很难控制。王若飞等同志牺牲的消息传到延安,全党大哭。我们当时在重庆跟国民党开旧政协,在敌人面前我们面不改色,但一回到红岩,便泣不成声了。革命者在敌人面前是不哭的。……共产党人是有感情的,但感情是受理智支配的。问题是要看在什么时间,什么场合,什么对象。临危的时候似乎只能喊'共产党万岁',别的都不能讲,否则就是动摇,这种说法是奇怪的。有一个戏因为写了一位烈士在牺牲前对她的爱人说:'我们要是有一个孩子该多好呵!'就被批评为写了英雄的动摇,这是怪事。我想跟大家讲一个故事:大革命时期,广州起义中的赤卫队总司令周文雍,认识了一个女同志陈铁军,两人有了爱情,因为革命工作忙,不能很快结合。广州起义失败后,来不及撤退,两人被捕了,在国民党法庭上被判死刑。两人在堂上觉得总算恋爱了一场,周文雍把围巾从自己脖子上解下来,围到陈铁军的脖子上,亲了她一下,就双双走向刑场,同赴死难。把这个场面写成一场戏是很动人的。这样的举动是不是动摇呢?不是的。《关汉卿》中写了关汉卿希望与朱帘秀'生不同床死同穴',为什么现在就不能这样写?可能有新的教条!视死如归了,还谈恋爱吗?正是因为他们视死如归,所以他们的爱情才是最纯真最高尚的爱情。革命者是有人情的,是革命的人情。为什么不要这样优秀的品质呢?……"

周恩来同志举一反三,从生活中的英雄人物谈到如何在文艺作品中写好英雄人物,这对于我们肃清"造神"文艺的流毒,塑造真实生动、亲切感人的英雄形象,有着巨大的指导意义。

第三,在一部反映复杂的矛盾斗争的大型作品中,不能不出现为数众多的各种各样的人物。这各种各样的人物,除了一些没名没姓、偶然登场的角色之外,都应该是一定阶级、一定阶层、一定政治力量、一定思想性格的典型概括,都应该有自己独立的典型代表意义;而复杂的现实矛盾及其发展趋势,就是通过这许多人物与人物之间的复杂关系表现出来的。因此,在优秀的大型作品里,不仅主要人物写得栩栩如生,就是二三流人物、反面人物,甚至一闪即过、只写了寥寥几笔的人物,也都性格鲜明,能给读者留下深刻的印象。读完《水浒》或《红楼梦》,不是有几十个、成百个有血有肉的人物浮现在你眼前吗?而那种"三突出"模式,却歪曲现实生活中错综复杂的矛盾斗争,歪曲现实生活中人与人之间错综复杂的关系,硬要用"水落石出"的办法抬高"英雄",让正面人物、一般英雄人物、反面人物,统统去作"英雄"的"陪衬",因此,"英雄"之外的所有正面人物都不过是"铺垫""英雄"的垫脚石,没有独立的性格。至于写反面人物,则一律采用脸谱化的简单办法,以致敌人的面目一识即破,敌人的进攻一触即溃。用这种尽可能地压低所有其他人物的手段"突出""英雄"人物,而效果却适得其反。试想,一切群众都是阿斗,一切敌人都不堪一击,只有一个"英雄"人物纵横驰骋,为所欲为,能显示出"英雄"人物的英雄本色吗?能反映出人们在各种社会关系中的本质吗?事实证明,如果一部作品中的反面人物脸谱化,其他人物也只起"陪衬""英雄"的作用,而没有独立的性格,那就无法真实地反映现实矛盾,也就不可能在尖锐复杂的矛盾斗争中塑造英雄典型。

在我们的社会主义社会里,不仅有人民内部矛盾,还有敌我矛盾。因此,在文学艺术作品中深刻地表现生活中的矛盾与冲突,一方面创造正面典型,一方面也创造反面典型,用讽刺之火烧毁一切腐朽的、垂死的东西,正是用社会主义思想教育人民的有效手段之一。我们的文艺工作者在表现先进的新生事物的同时,决不应该忽视正在实行反抗的旧事物的力量。如斯大林所指出:"在我们的生活中,有些东西是在一点点的死亡。但是那些日趋死亡的东西,决不愿意简单地死亡的,它们要为它们的生存而挣扎,要坚决地保持它们的腐朽的事业。在我们的生活中,新的东西也在一天天地产生出来。但是,这些新的东西也不是简单地产生出来的。它们喧嚷着,叫喊着,坚决地要争取自己的生存权"。① 我们的生活,就是在新与旧的激烈斗争中,在新事物不断战胜旧事物的过程中向前发展的。为了反映新事物的胜利,必须大胆地揭露新与旧的矛盾斗争。斗争愈尖锐,阻力愈顽强,终于在斗争中获得胜利的社会主义新人的功勋就愈卓越,他们的优秀品质就表现得愈鲜明,他们给读者的积极影响也就愈巨大。所以真实地表现新英雄人物的性格,绝不排除同时也真实地描写反面人物的必要性。如果把反面人物脸谱化,那就不可能真实地表现阶级敌人阴险凶狠的复杂性格和奸诈狡猾的反革命手法,其后果必将导致麻痹轻敌思想的泛滥,从而降低了文艺的战斗作用;而与脸谱化的反面人物作斗争的"英雄人物",也自然显得苍白无力,不可能鼓舞读者的斗志。

---

① 《联共(布)党史简明教程》,第139页。

第四章　文艺的民族风格

第一节　民族风格的因素

民族是"人们在历史上形成的一个有共同语言,共同地域,共同经济生活以及表现于共同文化上的共同心理素质的稳定的共同体"①。作为稳定的共同体,"任何民族,都有它自己的根本特性,都有那种只能为它所有而为其它民族所无的特色"②。这些根本特性或特色,表现在文学艺术中,就构成文学艺术的民族风格。

在同一民族中,文学艺术家的个人风格和民族风格是个别和一般的关系。"一般只能在个别中存在,只能通过个别而存在。"个人风格是文学艺术家走向成熟的标志。一个成熟的、杰出的文学艺术家,他的创作才具有独特的个人风格。一个民族的文艺,只有在独特的个人风格百花竞放的时候,民族风格才会放出耀眼的光芒。唐代是我国诗歌发展史上的黄金时代。"诗盈数万,格调各殊……精思独悟,不屑为苟同。"(《〈全唐诗〉序》)"其格则高卑、近远、浓淡、浅深、巨细、精粗、巧拙、强弱,靡弗具矣;其调则飘逸、雄浑、沉深、博大、绮丽、幽闲、新奇、猥琐,靡弗诣矣。"(胡应麟《诗薮》)正因为无数诗人的个人风格如此独特,如此多样,所以寄寓其中的时代风格、民族风格,也才鲜艳夺目、光彩照人,使中外读者很容易把它们从世界诗坛上区分出来。李白的诗清新俊逸,杜甫的诗沉郁顿挫,高适的诗慷慨悲壮,王维的诗自然隽永……都自出机杼,不相蹈袭,各具一格,不相雷同。然而任何一个有中国文学修养的人读这许多诗中的任何一篇,都会辨认出那是"唐诗"、"唐音",而不是其他。这因为它们真实地反映了同一时代同一民族的生活,跳动着同一时代同一民族的脉搏,传达了同一时代同一民族的心声。

---

① 斯大林:《马克思主义和民族问题》,见《斯大林全集》第 2 卷,第 249 页。

② 转引自《斯大林论语言学的著作与苏联文艺学问题》,时代出版社版,第 112 页。

具体地说,构成文学艺术的民族风格的重要因素是民族题材、民族性格和民族形式。

(一)民族题材

民族题材,包括民族的现实生活、历史传统、风俗习惯、自然环境等等,是构成文艺的民族风格的重要因素。每一个民族的现实生活、历史传统、风俗习惯、自然环境等等都有它的特色,这种特色反映在文学艺术作品中,就构成文学艺术的特殊风格。写俄罗斯题材的作品就和写乌克兰题材的作品不同,写朝鲜题材的作品就和写中国题材的作品不同,这是显而易见的。梁斌根据他写《红旗谱》的体会,中肯地指出:"如果一本书深入地反映了一个地区的人民的生活,地方色彩(当然不仅仅是地方色彩)浓厚了,民族的风格、气魄就容易形成。"

民族题材是文学艺术的民族风格的重要因素,但不是决定性的因素。有许多写其他民族题材的作品,虽然具有由题材的特色所决定的特殊风格,但同时也具有作者所属的那个民族的文艺特色。莎士比亚的名剧《哈姆雷特》取材于十三世纪的丹麦史,但它具有英国文学的风格;高尔基的《意大利童话》发掘了意大利社会生活的本质,却带着浓烈的"俄罗斯风味";黄遵宪的《日本纪事诗》写的是日本题材,但一望而知那是中国诗人的作品;爱伦堡的《巴黎的陷落》是写巴黎题材的,但绝不会被看做法国文学。

(二)民族性格

对文学艺术的民族风格起决定作用的因素是民族性格。一个民族的社会生活、自然环境、历史传统和文化传统,在民族的心理素质上打上了深刻的烙印。不同民族的人们,在性格上有不同的民族特点。就我们中华民族来说,如毛泽东同志在《中国革命和中国共产党》一文中所指出:"中华民族不但以刻苦耐劳著称于世,同时又是酷爱自由、富于革命传统的民族。以汉族的历史为例,可以证明中国人民是不能忍受黑暗势力的统治的,他们每次都用革命的手段达到推翻和改造这种统治的目的。在汉族数千年的历史上,有过大小几百次的农民起义,反抗地主和贵族的黑暗统治。而多数朝代的更换,都是由于农民起义的力量才能得到成功的。中华民族的各族人民都反对外来民族的压迫,都要用反抗的手段解除这种压迫。他们赞成平等的联合,而不赞成互相压迫。"①一个民族的作家,只要真实地反映民族生活,就必然会刻画出有民族特点的人物性格。从文艺史上看,同一民族的同类典型人物,不管在时代内容和性格特征上存在着多大的差别,但只要把他们跟其他民族的同类典型人物相比较,本民族所共有的特色便立刻放出异彩。《西厢记》中的崔莺莺、《牡丹亭》中的杜丽娘、《红楼梦》中的林黛玉,各有独特的个性,但把她们同《欧根·奥涅金》中的达吉雅娜、《罗密欧与朱丽叶》中的朱丽叶相对照,就不难发现她们具有共同的民族性格。把《水浒传》中的李逵、鲁智深,《李自成》中的刘宗敏、郝摇旗,《红旗谱》中的朱老忠、伍老拔,同乔万尼奥里《斯巴达克思》中的斯巴达克思、普希金《上尉的女儿》中的布加乔夫相对照,其情况也是一样。文艺作品中的人物具有鲜明的民族性格,这是构成文艺的民族风格的重要因素。

同时,每一民族中具有代表性的文学艺术家,必然具有他那个民族中人民大众所共有的心理状态、思想感情、作风气派,而这,正是对他的创作起决定作用的东西。以鲁迅为例,如毛泽东同志所赞扬:"鲁迅的骨头是最硬的,他没有丝毫的奴颜和媚骨,这是殖民地半殖民地人民最可宝贵的性格。鲁迅是在文化战线上,代表全民族的大多数,向着敌人冲锋陷阵的最正确、最勇敢、最坚决、最忠实、最热忱的空前的民族英雄。"②正因为鲁迅是我们的空前的民族英雄,他的性格体现着我们全民族的大多数的最可宝贵的性格,所以表现着他的这种性格的小说、杂文、诗歌等文艺创作,也最能代表我们的文艺的民族特色。果戈理曾经说:"真正的民族性不在于描写纱罗纺(纱罗纺是俄国妇女常穿的一种民族服装,象长衫,但没有袖子。——引者),而是在于人民的精神本身。如果诗人描写另外一个世界,而以自己民族性格的眼光,以全体人民的眼光来观察它;如果他的感情和语言,在他的同胞们看来,也正如他们自己的感情和语言一样,那么,他也可能成为民族诗人的。"

(三)民族形式

上面讲的民族题材和民族性格,都是属于文学艺术的内容方面的东西。文学艺术的民族风格,既表现在作品的内容方面,也表现在作品的形式方面。每一个民族的文学艺术,都有自己所特有的民族形式。所谓民族形式,是指一个民族在特定的历史条件下所特有的表现手段和表现手法的总和。

---

① 《毛泽东选集》合订本,第586页。
② 《毛泽东选集》合订本,第658页。

先谈表现手段的民族特色。

就文学说,它的表现手段主要指文学语言、体裁、结构(就造型艺术说,则是色彩、形体、线条、光线等等;就音乐艺术说,则是音响、音速、音色、旋律等等;就舞蹈艺术说,则是表情、动作、姿态等等)。

民族语言是文学的民族形式的第一个要素,这因为语言是全民族的交际手段,能够有力地表现民族的生活、民族的思想感情。当意大利的一般作家都用拉丁文写作的时候,但丁第一个用意大利语言写了《神曲》,因而被推为意大利民族文学的创始者。当俄罗斯的许多作家用法文写作的时候,普希金用俄罗斯语言写了几部辉煌的文学巨著,因而被称为俄罗斯文学之父。

每一个民族的语言,都有其特有的语音、词汇、语法结构和修辞规律,都有其特有的表情达意的方式。比如毛主席《蝶恋花(答李淑一)》的头两句:"我失骄杨君失柳,杨柳轻扬,直上重霄九。"由于其中的"杨"、"柳"在汉语里既是两个姓,又指两种植物,所以诗人在这里巧妙地用了双关语。"我失骄杨君失柳"中的"杨"、"柳"当然指杨开慧、柳直荀两位烈士;而"杨柳轻扬"中的"杨"、"柳",又使读者从"轻扬"的姿态联想到迎风飘拂的杨枝、柳丝;再跟"直上重霄九"的形象结合起来,又使读者联想到皎洁轻盈、凌空直上的杨花、柳絮。正由于这种双关语的巧妙运用,一下子就从现实世界进入幻想世界,从而创造出革命现实主义和革命浪漫主义相结合的绚丽的艺术形象。这两句词,如果要用其他任何民族语言翻译的话,就只能意译,根本无法直译;而意译之后,诗的意境韵味也必然要大大减弱,因为那种含蓄蕴藉、传神绘色、悠扬婉转的语言风格,是别的语言无法取代的。

民族语言是民族形式的第一要素,但不是唯一因素。有人说"用民族的语言新鲜活泼地反映出了现实的真实的,就是民族形式",这实际上是贬低民族形式。英国文学和美国文学,所用的都是英语,但仍然各有独具特点的民族形式,不能混同。各民族的优秀文学作品,用其他民族语言翻译出来,其民族特色可能减弱,但不会完全丧失。

文艺的体裁也具有民族特色,这种特色是与一个民族的特殊的历史传统和文化传统密不可分的。就我国汉民族的古典文学来说,诗歌这种体裁,不论是诗、词、曲,都是由音节和韵脚构成韵律。音节的构成,主要是利用四声。韵脚的使用,在诗里,一般用在偶句,当然也有变化;在词、曲中,则必须按照各种词牌、曲牌的规定。至于诗里面的"近体诗"(绝句、律诗、排律),则不但讲平仄,而且讲对仗。这一切,都是和其他任何民族的诗歌不同的。小说这种体裁,不论是像"唐宋传奇"和《聊斋志异》那样的短篇文言小说,还是像"三言"、"二拍"那样的短篇白话小说和《水浒》、《红楼梦》那样的长篇章回小说,也都具有显著的民族特点。戏剧这种体裁,不论是京剧,还是评剧、越剧、川剧、楚剧、湘剧、秦腔、晋剧、粤剧等各种地方戏,都是由歌唱、音乐、舞蹈等多种艺术元素构成的极为复杂的综合艺术,其表演手段具有丰富的象征性质,故事性极强,又特别富于音乐性和舞蹈性,与其他民族的戏剧体裁大不一样。至于说唱文学,为弹词、子弟书、大鼓、快书、快板等许多文学体裁,则是外国文学所少有的。

结构是与文学体裁的特点密切联系的。我国"五四"以前的诗歌、小说、戏曲以及现代京剧和现代地方戏,其结构也有中华民族自己的特点,与欧洲的诗歌、小说、戏剧的结构不同。就长篇小说来说,欧洲的长篇小说一出现就是供读者阅读的,而不是供艺人讲说的。因此,它往往以一个人的一生或一件事的始末来安排结构,整个作品的情节一贯到底。我国的古典长篇小说,则是从民间艺人的"说话"发展而来的。艺人在说书的时候,为了能吸引听众,也为了在一场说书中能够给听众讲完一个比较完整的段落,因而在一回或者几回书中,重点刻画某一个人物。围绕这个人物,构成一个首尾完整的情节,有开端、发展、高潮、下降和结局。接着,又展开另一个段落。每一个段落有相对的独立性,能够紧紧抓住听众的心灵;而段落与段落之间,又有这样那样的联系,使听众听了前几回之后,还想继续听下去。茅盾把我们的古典长篇小说的这种"民族形式的结构",用十二个字来概括,即:"可分可合,疏密相间,似断实联。"他说:"如果拿建筑作比喻,一部长篇小说可以比作一座花园,花园内一处处的楼台庭院各自成为完整的小单位,各有它的格局,这好比长篇小说的各章(回),各有重点,有高峰,自成局面;各有重点的各章错综其间,形成整个小说的波澜,也好比各个自成格局、个性不同的亭台、水榭、池湖、山石、花树等等形成了整个花园的有雄伟也有幽雅,有辽阔也有曲折的局面。我以为我们的长篇古典小说就是依靠这种结构方法达到下列的目的:长到百万字,却舒卷自如;大小故事纷纭杂综,然而安排得各得其所。"

再谈文学的表现手法的民族特色。

文学的表现手法,有一些是各民族文学所共有的,但由于它们和一定民族的历史传统和文化传统相联系,所以也具有民族特点,比如虚拟、幻想的手法,各民族文学都使用,但如何虚拟、幻想,各民族的文学又各有特色。前面谈到,毛泽东同志的《蝶恋花(答李淑一)》以"我失骄杨君失柳,杨柳轻扬,直上重霄九"两句开头,巧妙地运用"杨柳"的双关意,由现实世界进入幻想世界。而幻想手法的运用,却是和我们悠久的文化传统中关于"月宫"、"吴刚"、"嫦娥"、"月桂"等等的神话传说联系在一起的,因而也具有鲜明的民族特点。

又如在小说中描写人物、环境的手法,也是有民族特色的。

在塑造人物形象时,西欧和俄罗斯的许多文学名著,常常用很大篇幅,由无所不知的作者对人物进行细致入微的心理分析,揭示人物的内心世界。而《三国演义》、《水浒》、《红楼梦》、《儒林外史》等我国古典文学作品,却常常通过人物的语言、动作以及对周围事物的反应等等,或以"形"写"神",或遗貌传神,逐步地揭示人物的精神世界,使人物的性格、人物的内心秘密,通过人物的语言、行动、音容笑貌而跃然纸上。茅盾的《子夜》吸收了外国文学细致地剖析人物心理的优点,但仍继承了我国古典文学的优良传统,即对人物的心理剖析,不单纯用作者直接叙述的手法,而是把这种手法和我国古典文学中通过人物的语言、行动以及对周围事物的反应等等揭示人物心理活动的手法结合起来。例如吴荪甫与赵伯韬最后一次会谈,吴荪甫被逼得走投无路,想在有利的条件下投降,而又于心不甘,这是情节如何发展的关键。于是在十七章后半部,作者对吴荪甫的心理活动作了淋漓尽致的描写:没有人在家,乌云满天,公馆里阴森可怖,吴荪甫在客厅里叫骂,到处"找讹头",暴厉的声音在满屋子震响——这是通过氛围和行动表现他内心的烦躁不安。接下去转入回忆对比,从两个月前的壮志宏图写到两个月后的满目凄凉,感慨万端,不言可知。这才由作者出面作冷静的心理剖析:"只有投降破产象走马灯似的在脑子里旋转,并且绝对没有挣扎反抗的泡沫在意识中浮出来……发展实业的狂热已经在他的血管中冷却……"但这冷静的心理剖析并没有用很多笔墨,接着即化静为动,插入语言、行动、环境的描写:"'然而两个月的心血算是白费了。'吴荪甫自言自语地哼出了这一句来,在那静悄悄的大客厅里,有一种刺耳的怪响。他跳起来愕然四顾,疑心这不是他自己的话,客厅里没有别人,电灯的白光强烈地射在他脸上。"寂寞、空虚、不甘失败的心情,都从这语言、行动和环境的描写中流露了出来。接着又通过主人公对周围人物的反应揭示他的心理状态:妹妹不听劝告,一定要出走;弟弟不仅不遵命放弃飞镖,还进一步玩起剑来;双桥镇又倒闭了十来家店铺,老板在逃,要求救济。一切都不如意,不称心,以前的权威一落千丈,"到处是地雷,一脚踏下去就轰炸了一个"。种种逆境的刺激使心理失常,幻为梦境:妹妹把头发剪光,要出家当尼姑;弟弟要分家,自立门户;阿萱和许多人在客厅里摆擂台,园子里挤满了奇形怪状的汉子;最后是刘玉英灼热的诱惑。梦境消失,当想到已经收买了女间谍这一得意之作时,"热烘烘的一团勇气又从他胸间扩散,走遍了全身"。可以看出,这一大段精彩的心理描写尽管吸收了外国文学的优点,但仍然表现出我们的民族特色。它不是静的,而是动的;不是把故事的发展停下来剖析人物的心理,而是在故事发展中通过人物自己的语言、行动及其对环境的反应揭示人物的心理活动,反过来,人物的心理活动又成为故事进一步发展的契机。如茅盾自己在《中国文学变迁史》中所说:"故事即人物心理与精神能力所构成。"

西欧和俄罗斯的小说常常连篇累牍地描写自然环境和社会环境,我国古典小说却不是这样单纯地描写环境,而是以写人物为主,通过人物的行动、语言、感受等等把环境勾画出来。比如在《红楼梦》里,作者对于大观园这一环境,并没有静止地孤立地描写、介绍,而是通过"试才题对额"的情节,从贾政、宝玉与众清客的行动、言论、题咏、感受中展现出大观园的全貌,使读者仿佛同贾政、宝玉等一起游历了这个繁华富丽、洋洋大观的所在,并且听了他们的议论,了解了他们的思想冲突。这样的环境描写,不是静的,而是动的;不是平面的,而是立体的;不是仅仅为人物的活动提供场所,而是人物描写和情节发展的一个组成部分。

文学的表现手段(语言、体裁、结构、韵律)和表现手法只是构成文学形式的要素,它们在进入具体的文学作品、为展示具体生动的艺术形象服务之前,还都不是文学作品的形式。这正像木石砖瓦等各种零散的建筑材料并不是高楼大厦一样。只有当作家把各种表现手段和表现手法按照它们特有的规律组织起来塑造艺术形象的时候,才能构成形式。在具体的文学作品中,内容和形式是统一的、不可分割的。因此,文学的民族风格,是从具有民族特色的内容和具有民族特色的形式的统一体中表现出来的。

第二节　在阶级社会里没有统一的民族文学

在阶级社会里的每个民族的文学中都有两种民族文学:一种是统治阶级的文学;另一种是属于被统治阶级的,即具有丰富的人民性的文学。列宁说:"在每个民族文化里有两种民族文化。"又说:

在每个民族里面,都有哪怕是不大发展的民主主义的和社会主义的文化成分,因为每个民族里面都有劳动的和被剥削的群众,他们的生活条件必然要产生民主主义的和社会主义的思想体系。但是在每个民族里面也都有资产阶级的文化……并且不仅是作为"成分"而已,而是作为统治的文化。①

列宁的"每个民族里有两种民族文化"的学说,对资产阶级所宣传的"民族文化统一"和"民族文学统一"的口号是一个致命的打击。资产阶级或其他剥削阶级,总企图用"民族文化统一"和"民族文学统一"的口号来掩盖阶级矛盾,以达到确保其统治地位的目的。比如为国民党反动派服务的王平陵等提倡的所谓"民族文学",就是一例。鲁迅先生曾揭穿他们的反动意图:"要剿灭革命文学,还得用文学的武器";"作为这武器而出现的是所谓'民族文学'。他们研究了世界上各人种的脸色,决定了脸色一致的人种,就得取同一的行为,所以黄色的无产阶级,不该和黄色的有产阶级斗争,却该和白色的无产阶级斗争。……"②

虽然在阶级社会里的每个民族的文学中都有两种民族文学,但真正表现民族特性的文学,总是具有人民性的文学。例如中国古典文学中的许多具有人民性的作品,都表现了与在全民族中占绝对多数的人民群众的根本利益相关联的优秀性格。它们歌颂敢于反抗压迫、反抗暴力、为自由幸福而奋斗到底的人物,歌颂富有智慧和创造精神的人物,歌颂大公无私、见义勇为的人物,歌颂保卫祖国、抵抗侵略的民族英雄。廉颇、蔺相如、信陵君、陈胜、吴广、苏武、诸葛亮、关羽、张飞、薛仁贵、包公、文天祥、岳飞、史可法以及李逵、武松、鲁智深、白蛇、青蛇、梁山伯、祝英台、孙悟空……在这些表现在各种文学形式(特别是戏曲、小说)中的历史人物以及虚构人物的身上,都反映着中国人民的、从而也是中华民族的优秀性格,又反转来在民族性格的发展过程中起了一定的作用。

相反的,统治阶级的文学,是民族"偏见"的宣传者,它把与剥削者的狭隘自私的利益相关联的民族"偏见"作为民族性格而加以宣扬,企图在人民身上

---

① 列宁:《关于民族问题的批评意见,论民族自决权》,苏联外文出版局版。

② 鲁迅:《中国文坛上的鬼魅》,见《鲁迅全集》第6卷,第121页。

培植奴颜婢膝的、消极屈服的性格。不用说,这种歪曲民族性格的文学,不应该列入我们的民族文学之内,因为它反映的不是我们民族的优秀性格,而是民族"偏见"。在那些具有丰富的人民性的作品中,总是一方面歌颂了人民所喜爱的人物,一方面鞭挞了人民所厌恶的人物。例如一面歌颂岳飞,一面鞭挞秦桧;一面歌颂史可法,一面鞭挞阮大铖;一面歌颂梁山英雄,一面鞭挞高俅、西门庆;一面歌颂白蛇、青蛇,一面鞭挞法海和尚。秦桧、阮大铖、高俅、西门庆、法海一类人的性格,不仅不能代表中华民族的民族性格,而且是它的直接对立物。

根据以上所谈,我们可以得出如下的结论:在阶级社会里的每一个民族文学中虽然都有统治阶级的占统治地位的文学,但真正表现民族特性的是具有人民性的属于人民的文学,我们继承民族文学传统,也就是继承这些具有人民性的东西。

第三节　民族风格是一种历史范畴

一定的民族特性,是一定的历史条件的产物,所以,民族风格是一种历史范畴。这就是说,它不是静止的,而是随着历史的发展而发展的。从构成文学的民族风格的各种要素看,不仅民族题材、民族语言(现代汉语不同于古代汉语)等都不断发展变化,而且民族性格也不断发展变化。中华民族,本来就具有勤劳、勇敢、坚忍、顽强、淳朴、忠实、深厚、爱和平、爱自由、富有革命性和正义感、富有智慧和创造力等非常优秀的民族特性。我们的古典文学,正反映了这种特性。"五四"以后,由于革命斗争的锻炼,由于马克思列宁主义的照耀,由于中国共产党的教育、培养,这种固有的民族特性得到了空前的发展,增添了新的内容,反映这种民族特性的新文学从而也得到了空前的发展。

民族风格是一种历史范畴,这就是说,它不仅不是静止的,而是发展的;而且,它也不是孤立的,而是互相影响的。在它的发展中,各民族文学的相互影响起着巨大的作用。我国的文学,本来具有善于接受外来影响的优秀传统,比如西汉以后从北方外族输入的鼓吹曲,东汉末期的胡笳十八拍,隋唐时的佛曲、变文和龟兹乐,南宋的戏文,元时的杂剧,这些文学形式的出现,都受了外来文学的影响;而"五四"新文学的发生与发展,则受外国文学,特别是俄罗斯文学和苏联文学的影响,更为显著。我们必须进一步地向外国学习,这是肯定了的。但要点在于:学习外国文学,正是为了丰富自己的文学;尊重别的民族传统,更要尊重自己的民族传统。否则,就不是真正的爱国主义者,也不是真正的国际主义者。真正的国际主义者,必须用具有自己的民族风格的文艺珍品去补充、丰富世界文艺的宝库,而不该两手空空、嗷嗷待哺,完全依赖别人提供精神食粮。

第四节　社会主义内容、民族形式的文艺

斯大林说:"我们建设无产阶级文化,这是绝对正确的。但是以社会主义为内容的无产阶级文化,在参加社会主义建设的各民族中间,依照语言、风俗等等的不同,而采取各种不同的表现形式和方法,这同样也是正确的。内容是无产阶级的,而形式是民族的,——这就是社会主义大步踏向的全人类共同的文化。无产阶级文化并不废弃民族文化,反而给它以内容。另一方面,民族文化并不废弃无产阶级文化,反而给它以形式。只要是资产阶级掌握政权,以及民族底巩固处在资产阶级政权保护之下的时候,民族文化的口号是资产阶级的口号。当无产阶级获得政权,以及民族底巩固处在苏维埃政权保护之下的时候,民族文化底口号就变成无产阶级的口号。谁要是不了解这两个不同的环境底主要区别,就永远不会了解列宁主义以及列宁主义观点下的民族问题底本质。"[1]

毛泽东结合中国的革命实际,发展了斯大林关于社会主义内容、民族形式的文化的学说。他告诉我们:"……马克思主义必须和我国的具体特点相结合,并通过一定的民族形式才能实现……洋八股必须废止,空洞抽象的调头必须少唱,教条主义必须休息,而代之以新鲜活泼的、为中国老百姓所喜见乐闻的中国作风和中国气派。把国际主义的内容和民族形式分离起来,是一点也不懂国际主义的人们的做法,我们则要把二者紧密地结合起来……"[2]又说:"中国文化应有自己的形式,这就是民族形式。"[3]我们的文艺工作者遵照毛主席的指示,在工农兵群众的斗争生活中学习群众的语言和萌芽状态的文艺,体验群众的思想感情,创造性地继承了我们民族的文学传统,从而创造了许多表现新生活新内容的新鲜活泼的为中国老百姓所喜见乐闻的具有中国作风和中

---

[1]　旖莫斐·罗可托夫编:《斯大林与文化》,人民出版社版,第29—30页。

[2]　《毛泽东选集》第2卷,第479页。

[3]　《毛泽东选集》第2卷,第679页。

国气派的优秀作品,如《李有才板话》、《小二黑结婚》、《白毛女》、《漳河水》、《王贵与李香香》、《红旗谱》、《林海雪原》等等。

马克思列宁主义关于民族文化问题的学说的辩证性在于:一方面主张在将来要使许多民族文化溶合成一种在内容和形式上基本相同的统一的文化;一方面又肯定地认为在一个或几个国家内无产阶级专政的时期,民族文化将大大地发展。斯大林明确地指出:

> 我们主张将来各种民族文化溶合成单一的使用共同语言的文化(在形式上和在内容上),然而同时,在现在无产阶级专政时期,我们又主张发扬各种民族文化,——这也许显得有些奇怪吧!但是并没有什么奇怪的。必须让各种民族文化发展起来,扩张起来,显出它们的一切内在力量,以便创造那些把它们溶合成单一的使用共同语言的文化的必要条件。在一个国家的无产阶级专政之下,发扬那内容是社会主义的而形式是民族的文化,以便当无产阶级在全世界胜利,社会主义变成日常东西的时候,把它们溶合成单一的使用共同语言的社会主义文化(在形式上和在内容上),——这正是在处理民族文化问题上的列宁主义底辩证法底本质。①

毛泽东同志在《同音乐工作者的谈话》中指出:"社会主义的内容,民族的形式,在政治方面是如此,在艺术方面也是如此。"又说:"艺术有形式问题,有民族形式问题。艺术离不了人民的习惯、感情以至语言,离不了民族的历史发展。艺术的民族保守性比较强一些,甚至可以保持几千年。古代的艺术,后人还是喜欢。"我们的国家,是一个多民族的大国,英勇勤劳的各族人民,千百年来就共同生活在这块美丽肥沃的土地上,共同创造着祖国的文化财富。但在长期的封建主义、帝国主义、官僚资本主义的黑暗统治之下,反动统治者为了便于对各族人民进行剥削、压迫,阴险地鼓吹大汉族主义,以各种暴力的、怀柔的、欺骗的、挑唆的方式来排挤、摧残各兄弟民族,使各兄弟民族生活在互相仇视的空气中,生活在被迫害、被剥削的痛苦里。新中国成立以后,党的民族政策不断取得胜利,各兄弟民族都亲密地团结在社会主义大家庭中,共同建设伟大的祖国。在文艺方面,各种形式的文艺创作取得了显著成绩,传统文艺的宝

---

① 啻莫斐·罗可托夫编:《斯大林与文化》,第35—36页。

藏也得到了开掘和整理。长诗《百鸟衣》、《阿诗玛》,小说《花的草原》、《欢笑的金沙江》,电影《秦美娘》,舞剧《召树屯与楠木婼娜》等的整理和创作,都受到了各族人民的重视与欢迎。我们的各兄弟民族的文艺,都各有特色。正由于各兄弟民族都把自己的独具特色的文艺带进社会主义祖国的文艺园地,所以祖国文艺百花园中,花朵才开得更美丽,更鲜艳,更丰富多彩、异香扑鼻。

第五节　反对民族主义和世界主义

我们所说的民族特性是和反动的资产阶级所鼓吹的民族主义毫无共同之处的。我们所说的民族特性是指民族中的进步的、美好的、成长发展的事物。民族主义者则与此相反,他们把民族中的落后的、丑恶的、逐渐衰亡的事物看成民族特性,加以宣扬。

当然,一个民族中有进步的、美好的、成长发展的事物,也有落后的、丑恶的、逐渐衰亡的事物。我们并不是只赞成写前者,不赞成写后者,而是主张肯定前者,鞭挞后者。而民族主义者呢,则无视前者,赞扬后者,从而走上复古主义的道路。

斯大林曾经尖锐地批判过某些人企图保存并发展落后的所谓"民族特点"的做法。他说:"请你们只要想一想吧:把外高加索鞑靼人每逢'夏赫赛——瓦赫赛'节互相殴斗的这样的'民族特点''保存'起来的情形罢!把格鲁吉亚人人人有'复仇的权利'的这种'民族特点''发展'起来的情形罢!"[①]苏联哈萨克的某些文艺评论家把哥哥死了、妻子由弟弟继承的这种封建宗法制度的产物说成"爱国主义的表现",这当然也是荒谬的。

无独有偶。国民党的大汉族主义者和帝国主义的"旅行家"曾经赞美旧社会流行于我国少数民族地区的"打冤家"(械斗)和图腾膜拜,把"指腹定亲"、"娶寡嫂为妻"的恶俗说成"爱情的崇高范例"。这一切,都和我们所说的继承民族文化传统毫无共同之处。

和民族主义相联系的是世界主义或大国沙文主义。世界主义或大国沙文主义,是一种使各民族思想消沉和破坏他们的民族意识的恶毒武器。它的目的,在于破坏各民族争取民族独立和解放的斗争力量,镇压他们对于霸权主义的掠夺和奴役的反抗,企图逐渐摧毁保卫民族生存的决心。这一切,都有利于

---

① 转引自《论苏联文学中的民族形式》,《文艺理论学习小译丛》第一辑,第23页。

实现以武力建立世界霸权的计划。从希特勒到勃列日涅夫,都是这样干的。

民族主义在文艺上的表现是打着"保存国粹"的旗号保存民族文艺中落后、反动的东西,反对革新和创造;世界主义在文艺上的表现是以虚无主义的态度对待优秀的民族文艺遗产,吹捧并传播为霸权主义效劳的文艺理论和文艺作品。当我们探讨文艺的民族风格,为繁荣具有自己民族特点的社会主义文艺而斗争的时候,对于这两种东西,必须坚决反对。

第五章　文艺的人民性

第一节　人民性的概念

我们在评价古典文艺作品的时候,从人民是历史的创造者这个历史唯物主义的基本原理出发,通常运用人民性原则。周恩来同志在一九五七年为河北省石家庄市丝弦剧团题词时写道:"发扬地方戏曲富有人民性和创造性的特长,保持地方戏曲的艰苦朴素和集体合作的作风,加强学习、努力工作,好好地为广大人民服务。"周恩来同志还曾高度评价了改编后的昆曲《十五贯》,赞扬它"具有丰富的人民性","是艺苑里的一枝兰花"。这就为我们用人民性的原则评价古典文学艺术作品提供了光辉的范例。

革命导师列宁从历史唯物主义观点出发,对文艺的人民性作了精辟的论述:

> 艺术是属于人民的。它必须在广大劳动群众的底层有其最深厚的根基。它必须为这些群众所了解和爱好。它必须结合这些群众的感情、思想和意志,并提高他们。它必须在群众中间唤起艺术家,并使他们得到发展。①

从列宁的精辟论述中,可以看出,文艺的人民性体现在两个方面:在内容上,它必须植根于"广大劳动群众的底层",反映人民生活,结合并提高"这些群众的感情、思想和意志";在形式上,"必须为这些群众所了解和爱好"。

毛泽东同志也从内容和形式两方面对如何运用人民性原则评价古典作品作过明确的论述。在内容方面,"无产阶级对于过去时代的文学艺术作品,也

---

① 《列宁论文学》,人民文学出版社版,第137页。

必须首先检查它们对待人民的态度如何,在历史上有无进步意义,而分别采取不同态度"①。"必须将古代封建统治阶级的一切腐朽的东西和古代优秀的人民文化即多少带有民主性和革命性的东西区别开来。"②在形式上,必须具有民族风格,新鲜活泼,为人民群众所喜闻乐见。这是衡量古典文艺的历史唯物主义的原则。

运用人民性这个概念,会不会模糊文艺的阶级性呢?不会的。在政治上,我们不是经常运用"人民"和"敌人"这两个概念吗?不是经常强调要严格区分、正确处理"人民内部矛盾"和"敌我矛盾"吗?毛泽东同志在《关于正确处理人民内部矛盾的问题》一文中对于"人民"这个概念所作的解释,对于我们分析不同历史时期文艺作品的人民性具有指导意义。他说:

> 人民这个概念在不同的国家和各个国家的不同的历史时期,有着不同的内容。拿我国的情况来说,在抗日战争时期,一切抗日的阶级、阶层和社会集团都属于人民的范围,日本帝国主义、汉奸、亲日派都是人民的敌人。在解放战争时期,美帝国主义和它的走狗即官僚资产阶级、地主阶级以及代表这些阶级的国民党反动派,都是人民的敌人;一切反对这些敌人的阶级、阶层和社会集团,都属于人民的范围。在现阶段,在建设社会主义的时期,一切赞成、拥护和参加社会主义建设事业的阶级、阶层和社会集团,都属于人民的范围;一切反抗社会主义革命和敌视、破坏社会主义建设的社会势力和社会集团,都是人民的敌人。

由此可见,马克思主义者是根据一定历史时期的阶级、阶层和社会集团能否承担特定的历史使命、推动社会前进来确定人民的范围的。因此,人民这个概念,还包括在一定历史条件下和劳动阶级有某种共同利益的阶级、阶层和集团;但在任何历史时期,作为人民群众的主体的是劳动群众。历史地了解人民的概念,从而历史地运用人民性原则评价不同历史时期的文学艺术作品,才能达到批判地继承遗产、古为今用的目的。

---

① 《在延安文艺座谈会上的讲话》,见《毛泽东选集》第3卷,第826页。
② 《新民主主义论》,见《毛泽东选集》第2卷,第668页。

第二节　人民性的标志

由于历史条件的不同,文学和人民的联系也不同,因此,文学上的人民性的表现形式也是多种多样的,我们姑且分为两大部分来谈:

(一)人民大众自己的创作具有丰富的人民性

文学起源于劳动,这就是说,远在肉体劳动和精神劳动没有分工的时候,劳动群众就创造了文学。当然,劳动分工是社会发展的必经之路,恩格斯在《反杜林论》中早有非常中肯的说明。由于劳动分工使特殊阶级内部有部分人得以脱身于体力劳动之外,以从事于文学艺术和科学等一切属于智力范围的事业,因而大大地发展了人类的文化。但这却是以牺牲广大劳动群众的精神生活做代价的,如马克思所说:"艺术的才能独一无二地集中在几个人身上,艺术才能的泉源是广大群众,可是艺术才能在广大群众中被窒息,这全是劳动分工的结果。"①在奴隶社会、封建社会和资本主义社会里,统治阶级垄断和控制着文学艺术事业,一切劳动群众,全处在被剥削被压迫的地位,过着非人的生活。他们的艺术才能是被窒息、被压抑着的。但他们生活在被剥削、被压迫的境地中,由于现实生活的激发,不能不产生用文学来传达自己的心声的要求。虽然他们被剥夺了受教育的权利,以至连文字都不能运用,但仍可以创造口头文学。这种口头文学,经过记录和加工,就成为极有价值的文学财富。例如《诗经》中的"国风",汉魏"乐府诗",南北朝民歌,唐代"曲子词",宋元"话本",宋金的鼓子词和诸宫调,明清的民歌、弹词和子弟书,以及元明以来的戏曲的一部分(主要是地方戏),都基本上是人民自己的创作。这类作品,都以人民喜见乐闻的艺术形式,真实地表现了人民的生活、斗争、思想、感情、愿望和要求,在内容和形式两方面都具有高度的人民性。

当然,这些作品也有历史局限性,而且在记录和加工的过程中必不可免地要遭受统治者的涂改甚至歪曲,因而它们虽然还闪耀着人民性的光辉,但也羼杂着封建性的精粕,所以,我们只能说它们基本上是人民自己的创作。真正人民自己的创作,只有在无产阶级推翻了人剥削人的制度,长久被窒息的人民的"艺术才能"被彻底解放出来以后,才有大量产生的可能。新中国成立以来,数以万计的工农兵文艺团体已经在他们自己的阵地上展开了广泛的文艺活动,而且已经产生了许多他们自己的优秀作家和优秀作品。如马克思所预言:到

---

① 《马克思恩格斯论文学与艺术》,平明出版社版,第81页。

了共产主义社会,每个人都将摆脱职业上的限制和对于分工的依赖,可以参加文艺活动。那时候,将"没有什么画家之类,只有人,这些人同别人一样,也可以从事绘画"①。同样,将没有什么作家之类,只有人,这些人同别人一样,也可以从事写作。

（二）文人们的创作通过许多间接环节和变形的分光镜而表现出来的人民性

文人们的创作中的进步倾向总是表现在更为复杂而矛盾的形式中,它仿佛被埋在深深的地下,不但不容易把握,有时甚至不是平常的眼睛所能看出的,这就不能不加以具体的研究、具体的分析。"检查它们对待人民的态度如何,在历史上有无进步意义",从而一分为二,区别其精华和糟粕,这应该是我们衡量古典文学作品的人民性的有、无、强、弱的最精确的标准。当然,要衡量得准确,仍然是一件非常困难的工作。第一,要有历史唯物主义的观点;第二,要有比较丰富的历史知识,熟知产生作品的历史环境——政治经济制度,阶级、民族斗争,以及人民的思想情绪和人民生活中的各种重大事件。但我们应该努力克服困难,而不应该回避困难,以致对祖国的文学遗产采取轻率的、无知的、随意抹杀的态度。下面我们试图分析人民性在文学作品中表现的几种(仅仅是几种)情况:

第一,人民的口头创作不断地丰富着世界文学的宝藏。歌德的《浮士德》、雪莱的《解放了的普罗米修斯》、屈原的《九歌》、施耐庵的《水浒》、罗贯中的《三国演义》等优秀作品,都是在人民口头创作的基础上进一步加工而创造出来的。这类和人民、和人民的创作相联系的作品,在内容和形式上都具有较高的人民性。

第二,站在革命的阶级立场的作家能够真实地反映现实,因而他们的作品具有历史的真实性,真实性是文艺的生命,也是文艺的人民性的基础,因而他们的作品具有人民性。为什么站在革命的阶级立场的作家能够写出具有真实性和人民性的作品呢? 这因为"进行革命的阶级——单就他与别一阶级的对立而言——从最初起,就不是作为一个阶级而出现的,而是作为整个的社会底代表者而出现的,它以社会的全体群众的资格,去对抗唯一的统治阶级。这是由于它的利益,最初的确是与一切其余的未占统治地位的阶级底公共利益更

---

① 《马克思恩格斯论文学与艺术》,平明出版社版,第81页。

加联系着的,是由于它的利益,在以前存在的关系的压迫下还没有顺利地发展为一个特殊阶级底特殊利益。"①所以,站在这个革命阶级立场的作家,就自然能够表达全体人民的利益。例如当资产阶级还没有完全取得统治地位,还是革命的阶级的时候,如恩格斯所指出,它曾创造了自己的,也是全体劳动人民的非常灿烂的文学——文艺复兴时期的文学。这种文学,它的资产阶级的阶级性和人民性不是相矛盾,而是相联系的。因为资产阶级的利益在推翻封建主义制度的斗争中和当时农民的利益有相一致的一面。至于无产阶级,更和其他曾在历史上完成过生产关系变革的阶级不同,它的阶级利益,是和社会绝大多数人的利益融合在一起的,因为无产阶级革命不是消灭这种或那种形式的剥削,而是消灭任何剥削。站在无产阶级立场的作家,是自觉地、公开地用自己的文学武器为人民服务的。因此,无产阶级文学的人民性,是最高类型的人民性。

第三,跟着城市经济的发展而产生的市民文学,也具有人民性。比如跟着希腊雅典城市经济的兴盛,产生了市民的戏剧。爱斯库罗斯和索福克勒斯的悲剧,为全体市民所欢迎。中国自唐宋以后,由于城市经济的繁荣和市民阶层的抬头,也产生了辉煌的市民文学(或平民文学)。评书、鼓词、弹词、小说、戏曲等非常发达,在它们的影响下终于产生了像《水浒》、《三国演义》、《西厢记》、《西游记》、《儒林外史》、《红楼梦》等优秀作品。市民文学之所以具有人民性,在于:当它不为贵族而为市民服务的时候,作为读者或听众的广大市民直接参与或影响文学的创作,这样,就自然地使它脱离贵族的性质,具有市民的或平民的性质。比如古代希腊的剧场,可容一万七千人。剧本的选择采取竞赛的方式。参加竞赛的作家,初选三人,这三人的作品便在节日上演。上演的时候,每个看戏的"自由市民"都是评判人。他们有时感动得流泪,有时会发出不满意的嘲笑、叫嚣。正式裁判是十个人,各代表希腊的一族。演剧完毕以后,评判者就把自己的意见写在纸上,投入一个瓮里。然后根据这些意见,评判剧本的等第。可见剧作家是不会违背市民的意见而进行创作的。不然,他的戏就要落选。我国宋元以来的说话人、演唱家和市民文学的写者,他们的文艺活动,也同样地受着广大市民群众的决定性的影响。这种决定性的影响,正是他们的作品具有丰富的人民性的重要原因。

---

① 周扬编:《马克思主义与文艺》,第16—17页。

第四，当统治阶级和人民的矛盾日益尖锐，人民在残酷的剥削、压迫之下过着水深火热的生活而以各种各样的方式进行反抗、进行斗争的时候，本来属于或依靠统治阶级的作家，由于种种原因，在不同程度上接近了人民，因而看到政治的黑暗、人民的痛苦而引起对统治者的不满和对人民的同情。如屈原、司马迁、杜甫、元稹、柳宗元、聂夷中、李绅、白居易、张籍、王建、杜荀鹤、皮日休、梅尧臣、杨万里、范成大、陆游、关汉卿等等，他们的许多作品，一方面这样或那样地反映了人民的生活、思想、情绪、愿望和要求；一方面也这样或那样地对当时的政治、当时的统治者、当时的社会制度进行了批判。它们的方向，是反剥削、反压迫、反对社会上的一切黑暗和罪恶的。它们具有人民性。

第五，也是在统治阶级和人民的矛盾日益尖锐的时候，有许多属于或出身于统治阶级的作家，虽没有直接地反映人民的生活，但却反映了统治阶级内部的矛盾与危机、黑暗与罪恶。这也有瓦解统治势力和帮助人民对统治阶级进行斗争的作用，因而也具有一定程度的人民性。《诗经》的"二雅"中，就不乏这样的作品（例如《小雅》中的《北山》："……或燕燕居息，或尽瘁事国。或息偃在床，或不已于行。或不知叫号，或惨惨劬劳。或栖迟偃仰，或王事鞅掌。或湛乐饮酒，或惨惨畏咎。或出入风议，或靡事不为。"如《大雅》中的《瞻卬》："人有土田，女反有之！人有民人，女复夺之！此宜无罪，汝反收之！彼宜有罪，女复说之！"）。而曹雪芹的《红楼梦》，则以惊人的艺术力量，揭露了统治阶级内部的矛盾与危机及其家庭生活中的矛盾与危机，作者对统治阶级的残酷与庸俗的批判是彻骨的、深刻的。

第六，在历史上，当本民族或异民族的上层统治者发动侵略战争，把各族人民推向痛苦的深渊的时候，有许多原来属于统治阶级的作家，由于目睹侵略战争酿成的灾祸，因而谴责统治者穷兵黩武的罪恶，歌颂人民群众和广大将士抵御侵略、保卫和平、誓与敌人血战到底的崇高品德，揭露上层统治者妥协媚敌、腐化享乐、不顾人民死活的丑恶行径。这样的作品，也符合人民的愿望和要求，具有较高的人民性。如高适、岑参、李白、杜甫、白居易、岳飞、张孝祥、张元幹、陆游、辛弃疾、谢枋得、文天祥、顾炎武、黄宗羲、孔尚任等人的一部分作品，就是这样的。

第七，有些作品（主要是抒情作品），虽没有反映较大的社会问题，但可以发扬人民的诗的情绪和美的感觉，可以丰富人民的精神世界。比如在李白的许多抒情诗里，人民对美丽的自然风物的感觉、对光明和自由的向往、对爱情和幸福的热望,以及为美好的生活而斗争的决心,都通过诗人自己的类似的感觉和情绪而无比鲜明地反映出来。人民的这些优美的感觉和感情,经过诗人的集中和提高,而又随着诗篇的广泛流传,注入人民的心灵,成为一种鼓舞人民争取美好生活的力量。这样的作品,也具有不容忽视的人民性。

第八,在我国古典文学中,有一部分这样的作品:它们以深切的感受和优美的文笔,描写我们祖国的山川胜景、自然奇观,在我们面前展开一幅动人的图画,使我们感到祖国的可爱。这些作品,由于可以培养我们热爱祖国的感情而具有一定程度的人民性。"暮春三月,江南草长,杂花生树,群莺乱飞。"①据说,丘迟凭这几句话竟招回了投降敌国的梁朝旧将陈伯之,那么,还有谁读了这样的作品而不热爱自己的祖国呢?

第九,在我国几千年的封建社会和半封建半殖民地社会里,广大青年在封建礼教和"门当户对"的封建婚姻制度禁锢下,完全失去了恋爱的权利,造成无数的悲剧。长期以来,劳动人民一直以自己的文艺创作歌颂青年男女为争取婚姻自主而进行的英勇斗争,鞭挞破坏纯贞爱情的封建势力。《孔雀东南飞》、《白蛇传》、《梁山伯与祝英台》以及各种地方戏中的许多爱情戏和各地民歌中的许多爱情歌,就是这类人民创作的结晶。有不少进步文人也创作了类似的作品,其中虽然不能没有封建性糟粕,但主要倾向是反封建的,是包含着民主性精华、具有不同程度的人民性的。例如唐人小说中的《李章武传》、《任氏传》、《李娃传》以及王实甫的杂剧《西厢记》、汤显祖的传奇《牡丹亭》等等。

以上所谈,只是人民性在文学作品中表现的几种情况,而不是所有的情况。比如作家在艺术上的优秀成就,作家吸收并提炼人民语言的成绩等等,都应该估计在人民性的范围以内。总之,在分析每一篇古典文学作品的时候,首先要看它对人民的态度和对历史的作用,不要轻率地一笔抹杀它。因为凡是或多或少地带有人民性的古典作品,都是我们的珍贵的遗产,只有资产阶级才抛弃它,人民自己是不肯轻易抛弃自己的遗产的。无产阶级,也正像在物质文化与精神文化的其他部门里一样,是世界文学宝库中全部优秀东西的唯一继承者。资产阶级浪费了文学遗产,我们必须把它仔细地收集起来,加以研究,而且批判地继承过来推陈出新。

文人们创作中的人民性,有的比较鲜明,还容易把握;有的比较隐晦,就不

---

① 丘迟:《与陈伯之书》,见《昭明文选》卷四。

容易把握。所以,对于这些作品,我们必须用历史唯物主义的观点去分析作者的处境和当时社会矛盾的具体情况,才能得到比较正确的理解。举例来说,假如我们不了解元朝对汉人的奴隶制半奴隶制的统治、压迫、剥削、残杀的具体情况,就无法理解元曲的人民性。如马致远的《汉宫秋》和白朴的《梧桐雨》,如果简单地认为都写的是皇帝老子的事情,与人民无关,那就错了。事实上,它们通过汉元帝和王昭君、唐明皇和杨贵妃的故事,反映了当时人民共有的亡国的感伤情绪。同样,如果我们把那些描写忠孝节烈和英雄豪杰的故事的作品,简单地认为是歌颂封建道德和个人英雄主义的,也就错了。那些描写自己民族的忠孝节烈(如狄君厚的《介之推》、纪君祥的《赵氏孤儿》)和英雄豪杰(如尚仲贤的《尉迟公》、张国宝的《薛仁贵》)的作品,正反映了在元朝残酷统治下压得喘不过气来的汉族人民反抗民族压迫的愿望和信心。

第三节　古典文学人民性的阶级局限性

我们已经说过,在阶级社会里,没有超阶级的文学。那么,在我们分析一篇作品的人民性的时候,就不应该忘记同时也分析它的阶级性。就阶级性方面说,由于统治阶级垄断并控制文学事业,杰出的古典作家,几乎全部是属于或依靠于统治阶级的人,他们的思想不能不是统治阶级的思想;而且,他们要完全挣脱统治阶级的思想的束缚,几乎是不可能的事情。这就是说,决定他们的阶级性的,是他们和统治阶级的联系。就人民性方面说,人民是历史的主人,人民的生活、斗争、思想、情绪、愿望、要求……有力地影响着他们和他们的创作。特别在统治阶级非常残酷地剥削和压迫人民,人民处在水深火热之中的时候,他们往往从人民的痛苦生活中意识到政治的黑暗和阶级的矛盾,从而不可能不在某些重要的方面突破他们原有思想的限制,产生一种带有革命因素的同情人民的思想倾向。这就是说,决定他们的人民性的,是他们和人民的联系。和统治阶级联系,又和人民联系,就造成了他们思想上的矛盾性。这种矛盾性,是现实生活中的矛盾斗争在他们思想上的反映。而这种思想上的矛盾性就必不可免地反映在他们的作品中。我们分析一篇作品的阶级性和人民性,就是分析这种矛盾的具体情况:一方面看它的人民性(和人民的联系)在什么程度上突破了它的阶级性(和统治阶级的联系);另一方面看它的阶级性在什么程度上限制了它的人民性。

在分析古典作品的时候,忽视阶级的局限性是错误的。错误的世界观和阶级偏见,甚至对十九世纪法国小说家巴尔扎克和俄国小说家列夫·托尔斯泰等这样伟大的作家,也不可避免地限制了他们的现实主义的力量和规模。但分析文学作品,并不等于简单地评价作家的政治思想。真实地反映生活,这是文学的客观法则。在伟大的现实主义作家的作品中,都反映了不依作家的意志为转移的客观现实的某些本质的方面。而且,当他们愈是正确地反映现实的时候,现实的逻辑,就愈有力地支配着他们的思想逻辑,而不是相反。所以,如恩格斯所指出:

> 巴尔扎克在政治上是一个保皇党。他的伟大作品是对于上等社会底必然崩溃的不断的挽歌;他的同情是在注定要灭亡的那个阶级方面。虽然如此,当他让他所深切同情的贵族男女行动的时候,他的讽刺却是最尖刻不过的,他的嘲弄却是最毒辣不过的。他以毫不掩饰的赞赏去述说的仅有的一些人物,正是他的政治的死敌,圣玛利修道院街底共和主义的英雄们,那时候(1830—1836年),这些人的确是人民群众底代表。巴尔扎克既是不得不违反他自己的阶级同情和政治偏见,他就看出了他所心爱的贵族底必然没落而描写了他们不配有更好的命运,他就看出了仅能在当时找得着的将来的真正人物。①

所以分析文学作品,主要是分析它所反映的现实内容。列宁在论托尔斯泰的许多论文中,给我们提供了在文学分析中应用反映论的辉煌范例。他从托尔斯泰的创作、观点、学说等的全部复杂性和矛盾性中分析了他的作品所反映的客观内容。指出:一方面,他"是一个因迷信基督教而变得傻头傻脑的地主";"他痴呆地鼓吹'不要用暴力去抵抗恶'";"鼓吹世界上最讨厌的一种东西,即宗教"。另一方面,他"是一个天才的艺术家,不仅创作了俄国生活的无比的图画,而且创作了世界文学的第一流作品"。他"对社会的扯谎和虚伪作了非常有力的、直率的和真诚的抗议";他"无情地批判资本主义的剥削,揭露政治的暴虐、法庭和国家管理机关底滑稽可笑,揭示财富的增加和文明的成就与工人群众的穷困、野蛮和痛苦的增加之间的矛盾是何等地深刻"。又指出:

---

① 《马克思 恩格斯 列宁 斯大林论文艺》,人民文学出版社版,第21—22页。

作为一个发明拯救人类的新的药方的先知,托尔斯泰是可笑的,——
所以那些想把他的学说中恰恰最弱的一方面变成一种教条的俄国的和外
国的"托尔斯泰主义者"是十分可怜的。作为俄国千百万农民在俄国资产
阶级革命到来时所具有的思想和情绪底表现者,托尔斯泰是伟大的。托
尔斯泰是富于独创性的,因为他的观点的总和整个说来却恰好表现了我
们的革命,即农民、资产阶级革命底种种特点。从这个观点看来,托尔斯
泰观点中的矛盾,的确是我们革命中的农民的历史活动所处的各种矛盾
状况的一面镜子。①

同样,我国封建时代的许多大作家,在他们的思想和作品中也都包含着这
种矛盾性。例如杜甫和白居易,就都是想"致君尧舜"的"仁政"主义者和"忠
君爱国者",他们一直没有挣脱封建主义的正统思想的束缚,但不能因此就抹
杀他们的作品所具有的进步内容。他们的作品,那样有力地揭露了统治阶级
的黑暗和罪恶,反映了人民的痛苦和斗争。对于这些作家,他们的从属于统治
阶级的思想是必须分析批判的,但那并不是最重要的东西,最重要的是他们矛
盾的思想中和人民联系的一面,即具有人民性的一面。我们应该强调的正是
这最重要的一面,而不是与此相反的一面。列宁早就抨击过那些想把托尔斯
泰的学说最弱的一面变成一种教条的"托尔斯泰主义者"。反动阶级的代言
人,总想把伟大的古典作家的最弱一面(即与统治阶级思想联系的一面)变成
教条,例如:由于在巴尔扎克的作品中,资本主义受到极尖锐的批判,因而有些
法国的资产阶级批评家,极力强调他的作品中的保守成分和阶级偏见,说他是
一个"旧政体和财产私有制、君主和僧侣的热烈的拥护者"。单单地强调他的
保守成分和阶级偏见,其目的是把他诽谤成一个过了时的作家,从而把他放逐
到一个叫人遗忘的荒岛中去。但这是徒劳无功的。巴尔扎克的作品,和其他
伟大的古典作品一样,已经变成了劳动人民的财富。

第四节　古典文学人民性的历史局限性

古典作家的阶级局限性是和他们的历史局限性相关联的。毛泽东同志在
《实践论》中指出"认识对生产和阶级斗争的依赖关系"之后说:

---

① 《马克思 恩格斯 列宁 斯大林论文艺》,人民文学出版社版,第21—22 页。

马克思主义者认为人类社会的生产活动，是一步又一步地由低级向高级发展，因此，人们的认识，不论对于自然界方面，对于社会方面，也都是一步又一步地由低级向高级发展，即由浅入深，由片面到更多的方面。在很长的历史时期内，大家对于社会的历史只能限于片面的了解，这一方面是由于剥削阶级的偏见经常歪曲社会的历史，另方面，则由于生产规模的狭小，限制了人们的眼界。人们能够对于社会历史的发展作全面的历史的了解，把对于社会的认识变成了科学，这只是到了伴随巨大生产力——大工业而出现近代无产阶级的时候，这就是马克思主义的科学。

可见在近代无产阶级出现以前，人们不可能对社会历史的发展作全面的历史的了解，因而古典作家对于现实的认识和反映，就不可能不受当时历史条件的限制。

中国封建时代的大作家，他们和人民的联系，主要就是和农民的联系。如毛泽东同志所说："中国历史上的农民起义和农民战争的规模之大，是世界历史上所仅见的。在中国封建社会里，只有这种农民的阶级斗争、农民的起义和农民的战争，才是历史发展的真正动力。因为每一次较大的农民起义和农民战争的结果，都打击了当时的封建统治，因而也就多少推动了社会生产力的发展。"所以，和农民联系的作家，就能写出具有人民性和进步性的作品，但也如毛泽东同志所指出："只是由于当时还没有新的生产力和新的生产关系，没有新的阶级力量，没有先进的政党，因而这种农民起义和农民战争得不到如同现在所有的无产阶级和共产党的正确领导，这样，就使当时的农民革命总是陷于失败，总是在革命中和革命后被地主和贵族利用了去，当作他们改朝换代的工具。"① 在"没有新的生产力和新的生产关系，没有新的阶级力量，没有先进的政党……"的历史条件之下，被封建制度、法律所束缚，被封建思想、道德所蒙蔽，以及被个体的劳动方式和极少变化的散漫的农村生活等一切物质条件所限制的农民，对于统治阶级的适当程度的剥削，从不否认它的合理性，只有当统治阶级的经济剥削和政治压迫非常残酷，以至忍无可忍的时候，才被迫而进行革命斗争。但在革命斗争中只能拿他们认为合理的封建道德和政治思想来作为号召群众的思想武器，以反对不合理的残酷剥削和黑暗统治；却不能创造

---

① 《中国革命和中国共产党》，见《毛泽东选集》合订本，第588页。

出阶级革命的有独立性和系统性的思想,不能提出从经济发展的根本关系上消灭地主阶级的政治纲领。这样,他们的失败是必然的。所以,和农民联系的作家,其思想上的进步性,也就很难超过农民在革命斗争中所反映的进步性。例如《水浒》,就它所反映的历史观、伦理观和政治理想等方面来看,它的作者的整个思想在根本上并没有脱离封建主义的思想体系,这是和当时的历史条件,即主要和农民的自发的革命思想中的幼稚性和不彻底性相联系的。

当然我们已经说过,分析文学作品,并不等于简单地评价政治思想。即如在《水浒》中,重要的不是封建主义的思想观点,而是它所反映的农民革命斗争和革命思想,我们在分析它的时候,当然要批判前者,但不要因为前者而抹杀了后者。正因为《水浒》的主要价值在于它所反映的农民革命斗争和革命思想,所以封建时代的统治者才那样痛恨它,骂它为"诲盗"之书;而许多农民革命的领袖,却从它那里得到了启发,受到了鼓舞。

第五节 社会主义文艺的人民性

文学艺术同人民群众的联系,是马克思主义美学中的一个根本性的问题。植根于人民之中,真实地反映人民的生活和情绪,是产生经得起历史检验的作品的前提。

在奴隶社会、封建社会和资本主义社会里,统治阶级把文学艺术及其他一切属于智力范围的事业据为己有,劳动人民被剥夺了受教育的权利,文艺才能得不到充分发挥。那些从属于统治阶级的文人,虽然其中有许多由于这样那样的原因和人民发生联系而创作了优秀的、不朽的作品;但他们毕竟受着阶级的和历史的局限,要完全靠拢人民是很困难的,何况他们的有利于人民的创作还时常受到统治者的干涉与压制。所以,在剥削阶级统治的社会里,文艺的人民性的发展是受着重重限制的。无产阶级革命推翻了剥削阶级,消灭了剥削制度,这才把文艺解放出来,还给人民群众,使文艺的人民性得到了高度的发展。

在文艺发展史上,列宁第一次提出文艺为"千千万万劳动人民"服务;毛泽东同志则要求文艺"为工农兵而创作,为工农兵所利用"。周恩来同志根据我国社会主义建设时期的历史特点,发展了列宁和毛泽东同志的上述思想,明确地提出:"艺术家要面对人民",文艺要"为无产阶级专政制度下的人民大众服务"。"无产阶级专政制度下的人民大众",包括工农兵,也包括作为工人阶级的组成部分的知识分子和一切参加、拥护社会主义事业的阶级、阶层和社会集团。如此空前众多的人民群众,其思想水平和科学文化水平,尽管同实现四个现代化的要求相比,还需要极大的提高,但就其总体来说,已超越了历史上的任何时代。他们已经不仅是文艺服务的对象,而且是文艺创作和文艺评论的主体。所以周恩来同志又中肯地指出:"艺术是要人民批准的","艺术作品的好坏,要由群众回答"。

以上所说,是社会主义文艺的人民性高度发展的一个方面。还有一个方面:

先进的文学艺术不仅是认识现实的特殊手段,而且是改造现实的特殊手段。而认识现实和改造现实,则有赖于科学世界观的指导。周恩来同志在批评了文艺界曾经出现过的对文艺工作者"从主观上的框子出发","抓辫子、挖根子、戴帽子、打棍子"的错误做法之后,又强调指出:"马克思主义是有框子的。我们有的是大框子,并不一般地反对框子。我们要改造整个社会,使之无产阶级化,这个框子该有多么大! 我们还要改造自然,这又是多么大的框子! 无产阶级世界观是最科学、最伟大的世界观,拿过去的种种世界观来比较,那些都渺小得很。只有我们才能改造整个社会、整个世界,揭示未来,我们有的是最伟大的框子。"这就是说,不应该用主观臆造的小框子去套我们的社会主义文艺,而应该把我们的文艺纳入无产阶级用最科学的世界观改造社会、改造自然、揭示未来的最伟大的框子之中。在社会主义新时期,无产阶级用最科学的世界观改造社会、改造自然、揭示未来的具体内容,就是实现四个现代化。实现四个现代化,这是人民的愿望,这是人民的根本利益所在,这是奔向共产主义未来、实现人类崇高理想的必经之路。人民是文艺的主人,人民生活是文艺的源泉,以雄伟的步伐向光辉的远景日夜进军的人民群众,把我们的社会主义文艺的人民性带到了空前的高度。社会主义文艺的人民性,是有史以来最高形式的人民性,是马列主义世界观所照耀的人民性,是闪烁着共产主义理想的灿烂火花的人民性。

"艺术家要面对人民"——这是时代的召唤。让那些妄图用"人性论"的棍棒摧毁社会主义文艺的人民性,把文艺和人民隔离起来的贵族老爷们见鬼去吧!

第六章　文艺的社会作用

第一节　文艺的认识作用

文艺的社会作用有其特殊性，这是被文艺的特殊性所决定的。

文艺以形象的形式反映生活。任何优秀的文艺作品，都会在我们面前展现出一幅具有美学意义的生活图画，既作用于我们的理智，又影响我们的感情；既能帮助我们认识生活，又能满足我们的审美需要。

《毛诗序》里说："正得失，动天地，感鬼神，莫近于诗。"孔颖达在《毛诗正义》里指出这是讲"诗之功德"的。把文艺的作用称为"功德"，表现了对这种作用的高度重视。

由于文艺作品以形象的形式反映社会生活，因而有认识作用。孔子所说的诗"可以观"[1]，即可以从诗歌中"考见得失"，"观风俗之盛衰"，指的就是文艺的认识作用。《汉书·艺文志》里说："自孝武立乐府而采歌谣，于是有代、赵之讴，秦、楚之风，皆感于哀乐，缘事而发，亦可以观风俗、知厚薄云。"又强调了文艺的认识作用。

现实主义诗人白居易非常重视文艺的认识作用，他说：

> 闻"元首明，股肱良"之歌，则知虞道昌矣；闻五子洛汭之歌，则知夏政荒矣。[2]
>
> 闻《蓼萧》之诗，则知泽及四海也；闻《禾黍》之咏，则知时和岁丰也；闻《北风》之言，则知威虐及人也；闻《硕鼠》之刺，则知重敛于下也；闻"广袖高髻"之谣，则知风俗奢荡也；闻"谁其获者妇与姑"之言，则知征役之废业也。故国风之盛衰，由斯而见也；王政之得失，由斯而闻也；人情之哀

---

[1] 《论语·阳货》。

[2] 白居易：《与元九书》。

乐，由斯而知也。①

马克思主义者从辩证唯物主义的反映论出发，认为文艺是一种认识世界、并从而改造世界的特殊手段。正如列宁在《托尔斯泰是俄国革命的镜子》一文中所说："如果站在我们面前的是一位真正的伟大艺术家，那末，他至少应当在自己的作品里反映革命的某些本质的方面。"在文学史上，一切有价值的作品，都真实地反映了当时的现实生活。例如《伊利亚特》和《奥德赛》，《诗经》和《楚辞》，都用艺术形象为我们揭示出古代人们的生活、风俗、习惯、观点、思想、感情、愿望等等，不仅使我们认识了当时的社会生活，而且也使我们认识了当时人们的内心生活（具体地表现人的内心生活，是文学的特点）。车尔尼雪夫斯基称文学为"生活的教科书"，是完全正确的。

作为认识的手段，文学的作用是很大的。杜甫的诗歌被称为"诗史"。普希金的《欧根·奥涅金》被称为"俄罗斯生活的百科全书"。而巴尔扎克的《人间喜剧》，则"给予我们一部法国社会底极堪惊异的现实主义的历史"。恩格斯说："从这个历史里，甚至在经济的细节上（例如法国大革命后不动产和私有财产之重新分配），我所学到的东西也比从当时所有专门历史家、经济学家和统计学家底全部著作合拢起来所学到的还要多。"②

如果说古典文学作品以其真实地描述当时的现实和最突出的生活现象而为我们保存了它的认识上的价值，那么，社会主义文艺作品在认识上的价值就更不可忽视。无产阶级作家由于凝神注视生活，更由于掌握了马克思列宁主义的世界观，因而在选择和表现典型事物时，能够达到空前高度的正确性与深刻性。"五四"以来，由于我们的作家和中国人民的革命实际相结合，因而使他们有可能写出无产阶级领导的中国人民革命的艺术编年史。从这些艺术编年史中，我们可以吸取无限丰富的生活知识和经验教训。

文学的认识作用，不仅在于给人们以社会生活的知识，更重要的，还在于培养人们的观察力、认识力、思考力、想象力等等，并通过知识的传授和观察力、认识力、思考力、想象力等等的培养，建立人们的科学的世界观。

古典现实主义作品都在一定程度上反映了当时的社会制度、阶级斗争，反

---

① 白居易：《策林六十九·采诗以补察时政》。

② 《马克思 恩格斯 列宁 斯大林论文艺》，人民文学出版社版，第21—22页。

映了人类社会发展的各个阶段上的某些本质的方面;而社会主义现实主义的作品,则更从革命发展中真实地、历史地、具体地反映了现实生活。这就是说,一部现实主义文学史,艺术地反映着不依人们的意志而存在,并依照其客观法则而发展的现实生活。分析、研究现实主义文学作品,不但能够培养人们的观察力、认识力、思考力、想象力等等,而且能够帮助人们逐渐掌握现实发展的规律,建立科学的世界观,从而相信共产主义不是"什么生吞活剥的东西,而是……从现代知识上看来必不可免的结论"①,并为其彻底实现而斗争。

第二节　文艺的教育作用

由于文学具有极大的认识作用,因而它可以教人们以知识,但要注意,文学的作用不仅是教人们以知识,更重要的是培养人们的道德品质。

文学是以形象的形式反映生活的。打开任何一篇优秀的文学作品,如果是叙事类或戏剧类的,就会在我们面前出现若干活动于特定环境中的栩栩如生的人物;如果是抒情类的,就会在我们面前出现一幅饱和着思想感情的鲜明图画。而我们,刹那之间就被吸引住了,不自觉地关怀那些人物的命运,体验那幅图画所表现的思想感情。这样,我们也就不自觉地受了深刻的教育。文学的教育作用是异常强大的。

对人们的道德品质、思想感情起着积极影响的首先是文学作品中的正面人物。例如长篇小说《水浒》和水浒剧《李逵负荆》等作品中所创造的梁山英雄的形象,一直活在人民心里,并成为此后无数次农民起义的旗帜。据《五石瓠》所记,张献忠听人读《水浒》,每次作战,都仿效梁山英雄"埋伏攻袭"的战术。据反动文人金连凯(清道光时人)在《灵台小补》中所记,嘉庆十八年林清的起义和道光十二年瑶民赵金龙的起义,都受了《水浒》和"水浒剧"的影响。他说:"该逆匪瑶匪,均苦苦欲蹑梁山泊之流弊耳。谁生厉阶,岂非戏场恶境耶!"又附录《七截八首》之一云:"罗鼓喧阗闹不休,李逵张顺斗渔舟。诸公莫认为儿戏,盗贼扬眉暗点头。"至于许多农民起义军的领袖人物以梁山英雄的绰号为绰号,也足以说明《水浒》和"水浒剧"对他们的影响。统治者把《水浒》诋为"诲盗"之书,并不是偶然的。

在我们的古典文学中,对读者产生过积极影响的正面形象是很多的。《西

---

① 《列宁全集》第30卷,俄文第3版,第408页。

厢记》中的张生、莺莺,《牡丹亭》中的杜丽娘、春香,都培养了封建社会中的青年男女的反礼教的性格。关于这,许多笔记中也是有记载的。而《红楼梦》中所写的宝玉和黛玉因看了《西厢记》、《牡丹亭》而更坚决地走上叛逆道路的事实,正是具体情况的概括反映。统治者把《西厢记》、《牡丹亭》诬为"诲淫"之书,也不是偶然的。

社会主义文艺作品中的正面典型,当然具有更深刻的教育作用。《钢铁是怎样炼成的》中的保尔,培养了无数个保尔,《普通一兵》中的马特洛索夫,培养了无数个马特洛索夫。而刘胡兰、董存瑞、黄继光、雷锋、焦裕禄等英雄人物的形象,也教育了而且继续教育着千千万万个青年,使他们变成具有共产主义道德品质的新人物。

在共产党领导下的英雄的中国人民在过去的各种革命斗争中和正在进行的"四化"建设斗争中已经形成并且继续形成着许多美丽、崇高的性格特征;及时地概括这些特征,创造英雄人物的艺术形象,用以教育群众,正是我们的文艺的光荣任务。高尔基说:"文学的任务……是要把新东西的火星吹成熊熊的大火。"[1]是的,我们的文艺,应该把新性格的火星吹成熊熊的大火。

反面形象也是一样,董卓、曹操、高俅、贾似道、秦桧、王熙凤等等,曾经激起封建社会中世世代代的人们仇恨暴虐、奸诈、邪恶的统治者的情绪(这只要提一下人民用"奸曹操"的称号鞭挞一切奸邪小人,就足以说明了),从而培养了他们反抗压迫、剥削的斗争意志。崔老夫人、陈最良、贾政、薛宝钗等等,曾经激起封建社会中千千万万的青年憎恶封建礼教的情绪,从而加强了追求个性解放的决心。赵太爷、黄世仁、钱文贵、韩老六等等,曾经激起新民主主义革命时代的无数农民反抗地主阶级的情绪,从而促使他们走上革命斗争的道路……

诗歌以其情景交融、言近旨远、一唱三叹的艺术特点扣人心弦。早在先秦时期,孔子就从《诗三百》中概括出著名的"兴、观、群、怨"说。"可以观"指诗的认识作用,"可以兴","可以群","可以怨",则指诗的审美教育作用。此后,《礼记·经解》篇更把"温柔敦厚"说成"诗教"。到了刘勰,则强调"诗者,持也,持人情性"[2]。所谓"持人情性",即指诗歌可以规范人们的感情和品格。

---

① 转引自《列宁与文艺学问题》,人民文学出版社版,第117页。

② 刘勰:《文心雕龙·明诗》。

杜甫用诗歌"陶冶性情"①。白居易在《读张籍古乐府》里说:"读君《学仙诗》,可讽放佚君;读君《董公诗》,可诲贪暴臣;读君《商女诗》,可感悍妇仁;读君《勤齐诗》,可劝薄夫淳。上可裨教化,舒之济万民;下可理情性,卷之善一身。"又在《和答诗十首序》中说他送给元稹的二十章诗可以"销忧憫","张直气而扶壮心"。

南宋爱国词人张孝祥写了一首《六州歌头》:

　　长淮望断,关塞莽然平。征尘暗,霜风劲,悄边声。黯销凝。追想当年事,殆天数,非人力,洙泗上,弦歌地,亦膻腥。隔水毡乡,落日牛羊下、区脱纵横。看名王宵猎,骑火一川明。笳鼓悲鸣。遣人惊。

　　念腰间箭,匣中剑,空埃蠹,竟何成。时易失,心徒壮,岁将零。渺神京。干羽方怀远,静烽燧,且休兵。冠盖使,纷驰骛,若为情?闻道中原遗老,常南望、羽葆霓旌。使行人到此,忠愤气填膺。有泪如倾。

词的前段描写沦陷区的凄凉景象和敌人的骄纵横行,后段抒发在主和派控制下报国无路、壮志难酬的愤憫,并对渴望北伐的中原父老寄以深切的同情。如陈廷焯所评:"淋漓痛快,笔饱墨酣,读之令人起舞。"事实也是这样,据《渚山堂词话》、《花草粹编》等书记载:这首词是作者在建康(今南京市)留守席上作的,作成后慷慨高歌,当时在席上的主战派将领张浚被感动得"流涕而起,掩袂而入"。类似的事例还可以举出许多,例如:

　　南唐李后主游宴,潘佑进词云:"楼上春寒山四面,桃李不须夸烂漫,已失了东风一半。"盖谓外多敌国,地日侵削也。后主为之罢宴。②

诗歌以情动人,影响人的精神世界,其艺术力量不可低估。当然,那"情"必须是纯真的、高尚的,而不是虚伪的、卑污的;那"情"必须寓于完美的艺术形象之中,做到情景交融,而不是干巴巴地说出来的。

文学史上的许多伟大作家,都重视文艺的教育作用。巴尔扎克在《致〈星

① 杜甫:《解闷》:"陶冶性情存底物? 新诗改罢自长吟。……"
② 沈祥龙:《论词随笔》,《词话丛编》本。

期报〉编辑意保利特·卡斯狄叶先生书》中说："教育他的时代,是每一个作家应该向自己提出的任务;否则,他是一个逗乐的人罢了。"高尔基讲得更全面:

　　文学的目的就是帮助人了解他自己;就是提高人的信心,激发他追求真理的要求;就是和人们中间的鄙俗作斗争,并善于在人们中间找到好的东西;就是在人们的心灵中唤起羞耻、愤怒和英勇,并想尽办法使人变得高尚有力,使他们能够以神圣的美的精神鼓舞自己的生活。①

第三节　文艺的审美作用

　　文艺具有审美作用。优秀的文艺作品,可以培养人的爱美感和审美能力,促使他们为实现美学理想而斗争。

　　美学观点属于上层建筑,具有历史性和阶级性。在阶级社会的不同历史阶段里,各个阶级的文艺反映着各自的美学理想、审美趣味和美学评价,需要根据不同的历史条件进行具体的分析。而人民的文艺,以及有人民性的一切优秀文艺,由于真实地反映了生活,反映了人民的爱憎,或者反映了某些"共同美",因而也就反映了人民的美学理想和美学评价。就是说,它表现了人民所追求的生活本身中的美以及为争取美在生活本身中的胜利而作的英勇斗争,也表现了人民所反对的一切丑恶事物以及为根除这些丑恶事物而作的英勇斗争。

　　由于过去的具有人民性的文艺在一定程度上反映了人民的利益,反映了人民的物质生活和精神生活,因而也体现了我们民族的健康的审美思想。社会主义文艺继承并发展了过去进步文艺的优良传统,从实现社会主义现代化的高度着眼,通过对社会生活的真实反映和审美评价来扬美抑丑,以发挥其特有的美育作用。具体地说:首先是表现一切美好的事物,特别是表现社会主义新人的美丽的灵魂、美丽的性格;同时,也抨击一切丑恶的事物,特别是抨击旧社会所遗留的毒疮和恶习。

　　文学之所以具有审美作用,是被它的特殊性,即反映生活的形象性和典型所决定的。它能够吸引读者进入它所反映的生活内部,使他看到生活的色彩,

① 《读者》,见《高尔基选集》第2卷,第195页。

听到生活的音响,感到生活的脉搏,嗅到生活的气味,从而给人以美学享受,从而培养人的爱美感和为现实美学理想而斗争的坚强意志。

敏锐而深刻的爱美感是和对丑恶现象的强烈的厌恶分不开的。在文学中表现丑恶的东西,其本身并非目的,它的目的是为了使读者由于对丑恶事物的厌恶而激起对于美好事物的渴望。一个反面人物,当他能够激起读者嘲笑他、憎恨他、鞭挞他的感情时,也就能给读者以美学享受(或艺术的满足),也就能够培养读者的爱美感和为实现美学理想而斗争的坚强意志。

车尔尼雪夫斯基对于文学的审美作用作过非常正确的估价,他说:"诗人,这是指导人们对于生活抱着高贵的观念,抱着高贵的感觉方式的领袖:在阅读他们的作品时,我们就养成了厌恶一切虚伪的和恶劣的东西,了解一切善和美的事物的魅惑力,爱好一切高贵东西的习惯;读了它们以后,我们自己也变得更好起来、善良起来、高尚起来。"①

文艺的认识作用、教育作用,必须结合着审美作用,才能充分发挥。因为文学的特殊职能是通过在特定的美学理想的指导之下形象地反映生活的方法,通过满足人的美学享受和发展人的审美能力的方法来陶冶人的思想感情,培养人的道德品质。不能给人以美学享受和不能发展人的审美能力的作品,如概念化、公式化的作品,绝不能感动人、教育人,因而也绝不能完成它应负的任务。

第四节　文艺的娱乐作用

文艺的认识作用、教育作用、审美作用,只有在文艺作品具有强烈的感染力和娱乐作用的前提下才能收到积极的效果。

优秀的文艺作品,描绘了有声有色的生活图画,塑造了有血有肉的人物形象,洋溢着炽热的激情,蕴含着发人深省的生活真理,提出了引人深思的社会问题,因而具有强烈的感染性。有无感染性,是区别艺术作品与非艺术作品的主要标志。"感染越深,艺术则越优秀。"②我国古代文艺理论非常重视文艺的感染性。孔丘听了一种音乐而"三月不知肉味",这是较早说明艺术感染力足

---

① 转引自《论文学中的典型与美学理想》,《文艺理论学习小译丛》第3辑,第26页。

② 列夫·托尔斯泰:《艺术论》,第150页。

以使人陶醉的例子。"诗之为道，可以理性情，善伦物，感鬼神……比兴互陈，反复唱叹，而中藏之欢愉惨戚，隐跃欲传。"①这很好地概括了诗歌的感染性。"论曲之妙无他，不过三字尽之，曰'能感人'而已。感人者，喜则欲歌、欲舞；悲则欲泣、欲诉；怒则欲杀、欲割。生趣勃勃，生气凛凛之谓也。"②这很好地概括了戏曲的感染性。"说话人当场描写，可喜可愕，可悲可涕，可歌可舞；再欲捉刀，再欲下拜，再欲决脰，再欲捐金；怯者勇，淫者贞，薄者敦，顽钝者汗下。虽小诵《孝经》、《论语》，共感人未必如是之捷且深也。"③这与《论语》等非文艺性的著作相对照，生动地说明了民间说书和通俗小说具有多么强大的感染力！优秀的文艺作品正因为具有如此强大的感染力，足以感人肺腑，移人性情，使人们于不知不觉之中受到教育和影响，所以才能发挥巨大的社会作用。

文学艺术的感染性和娱乐性是紧密地联系着的。一切优秀的文学艺术作品，都有娱乐作用。诗歌，这是最古老的文学样式，而诗歌在其开始的时候，则同音乐、舞蹈相结合。《毛诗序》和《礼记》中的《乐记》，都阐述过诗、乐、舞三位一体的关系。诗、乐、舞三位一体，正好体现了它的娱乐性。到了后来，文人们的诗歌创作有一部分还可以"入乐"，可以用于舞蹈的伴奏，大部分则与乐、舞分家，成为书面上供人阅读的东西；而民间歌曲，却始终与音乐结合，用于歌唱，甚至还与舞蹈结合，载歌载舞。我国的起源甚早的各种地方戏，就是具有深远的载歌载舞传统的劳动人民为了自我教育和自我娱乐而创造出来的一种诗歌、音乐、舞蹈相结合的综合艺术。清代学者焦循在《〈花部农谭〉序》里说："'花部'（指当时'昆曲'以外的各种地方戏，如秦腔、京腔、弋阳腔、梆子腔、罗罗腔、二黄调等等——引者）原本于元剧……其音慷慨，血气为之动荡。郭外各村，于二、八月间，递相演唱，农叟渔父，聚以为欢，由来久矣。"不仅各种地方戏如此，其他各种民间文艺形式，如说书、弹词、相声等等，都有劳动人民利用农闲时期"聚以为欢"的娱乐作用。旧社会农民自己组织的业余戏班子，不是就叫做"自乐班"吗？

我们的文艺界，长期以来在"五子登科"的威胁下，在理论上不敢谈文艺的

---

① 沈德潜：《说诗晬语》卷上。

② 黄周星：《制曲枝语》。

③ 绿天馆主人：《〈古今小说〉叙》。

娱乐作用,在创作上也放逐了文艺的娱乐职能。仿佛只有板起面孔进行干巴巴的说教,才能教育群众,而结果却适得其反。因为毫无娱乐性的文学艺术,已不成其为文学艺术,人民群众就不需要它们了。要学政治,自然有马列主义的经典著作可供研读,比那些丧失了文艺特性的所谓"文艺作品"强得多。

　　针对这种"左"的倾向,周恩来同志从文艺的特点出发,从为人民大众服务的目的出发,精辟地阐明了文艺的特殊职能。他明确地指出:"文艺的教育作用和娱乐作用是否统一的?是辩证的统一。群众看戏、看电影是要从中得到娱乐和休息,你通过典型化的形象表演,教育寓于其中,寓于娱乐之中。"正因为寓教育于娱乐之中,文艺作品才"不胫而走,不翼而飞,不叩而鸣;刺人脑球,惊人眼廉,畅人意界,增人智力;忽而庄,忽而谐,忽而歌,忽而哭,忽而激,忽而劝,忽而讽,忽而嘲;郁郁葱葱,兀兀矻矻,热度骤跻极点,电光万丈,魔力千钧,有无量不可思议之大势力……其感人也易,其入人也深,其化人也神,其及人也广"①,一句话,才能在使读者(听众、观众)满足艺术享受的过程中潜移默化,发挥极大的教育作用。

　　承认不承认、重视不重视文艺的娱乐作用,并不是一个无关得失的小问题。重视文艺的娱乐作用,就必然要千方百计去克服公式化、概念化的倾向,力求遵循文艺的特殊规律,通过典型化的生动形象去真实地反映生活,使文艺作品具有巨大的艺术魅力,让人喜闻乐见、赏心悦目,在尽情地陶醉于艺术享受之中的时候不自觉地受到深刻的思想教育和道德品质的熏陶。重视文艺的娱乐作用,就必然要考虑人民群众在艺术爱好、艺术需要上表现的多样性,因而必然要最大限度地发展我们的文艺在题材、形式、风格上的多样性,真正做到"百花齐放"。周恩来同志正是从充分满足人民群众日益增长的精神生活的需要这一点出发,批评了"一花独放,拿一个政治框子,把大家束缚住"的"左"的错误,恺切详明地指出:"有人爱看戏,有人爱看画","上海人喜爱评弹、淮剧、越剧",北方人则"愿听北方曲艺,爱看京剧等北方剧种。朱德同志打了一辈子仗,想看点不打仗的片子;而青少年们看戏看电影,却特别喜欢打仗的"。"又如电影,农村、工厂宜于看什么片子,要不同对待,但总要对生活有所调剂,一方面要歌颂劳动光荣,一方面也必须有些抒情的、轻松的东西。"……总之,

---

　　① 陶曾佑:《论小说之势力及其影响》,见《晚清文学丛钞·小说戏曲研究卷》卷一。

文艺的题材、形式、风格必须多样化，必须百花齐放，"必须考虑群众的需要"，让群众"各取所需"。

粉碎了"四人帮"，长期以来在文艺问题上只讲战斗作用，不讲美感作用；只讲教育作用，不讲娱乐作用，致使文艺作品千篇一律，千部一腔，千人一面，枯燥乏味，无人问津，以至派人看戏，拉人看电影，逼人读小说的可悲情景，应该彻底结束了。文学艺术家们奉献给新长征的战士们的礼品，不应该是令人精神疲劳的拙劣宣传，而应该是饱含精神营养的艺术享受。

第二编　文艺作品的构成

第一章　内容和形式

第一节　内容和形式的概念

在前面,我们已经谈过文艺的对象。文艺的对象是文学的内容的源泉,但还不是文艺的内容。文艺的对象——作为"社会关系之总和"的人及其复杂的社会联系和关系,反映在作家的头脑中,通过形象思维,用具体的形象的形式表现出来,这才是文艺作品的内容。简单地说:文艺的对象是生活的真实,文艺作品的内容是艺术的真实。如果把文艺的内容和文艺的对象等量齐观,就有导致镜子似的、死板地反映生活现象的自然主义倾向的可能。如所周知,艺术真实来自生活真实,但是"文艺作品中反映出来的生活却可以而且应该比普通的实际生活更高,更强烈,更有集中性,更典型,更理想,因此就更带普遍性"。文艺的内容既然不等于客观现实,而是客观现实的反映,那么,在反映的过程中,作家的主观就不能不发生作用。这种作用不仅表现在对于生活现象的理解、选择与概括上,而且也表现在对于生活现象的说明与评价上。因此,文艺作品的内容就包括不可分割的两个方面:客观方面和主观方面。不同的作家对相同的对象可能有极不相同的描写、说明和评价,但只有主观和客观一致的时候,才具有完美的客观真实性。而客观真实性,乃是文艺的生命。

文艺内容的客观方面指的是文艺所反映的现实生活,通常称为现实内容或生活内容;文艺内容的主观方面指的是作家在反映、评价现实生活之时所表现的思想倾向和感情态度,通常称为思想内容。有些人把文艺的内容等同于文艺的对象,忽视内容的主观方面,这显然是不正确的。社会生活固然是文艺的源泉,但仅仅有了生活,乃至有了对生活的某种认识,不一定就有创作欲望。

只有客观生活震撼作家的心灵,"非陈诗何以展其义,非长歌何以骋其情"①的时候,才有可能写出动人的作品。正因为这样,刘勰提倡"为情而造文",反对"为文而造情"。文艺作品中的思想不像哲学著作中的思想,而是饱和着激情的思想,即别林斯基所说的"诗的思想"。"诗的思想……不是教条,是活的激情,是热情。……在热情中,诗人是思想的爱好者,他把思想当作美丽的生命那样爱着,热烈地被它所浸润——用自己整个充沛的生命来体会它——因此思想在他的作品中不成为抽象的思想,并没有僵死的形式,而是活生生的创造。"

正由于文艺的内容包括着主观方面,所以在分析作品的时候,才有必要分析作家的思想倾向和感情态度。

当然,文艺内容的客观方面是更根本、更重要的,因为文艺毕竟是客观生活的反映。把作品的主观方面夸大到不适当的程度,以至完全代替了客观方面,这是错误的。唯心主义美学家把文艺的内容说成"绝对观念",庸俗社会学者把文艺的内容归结为"思想体系"或"社会观念和情操的总和","四人帮"把文艺的内容归结为"政治",鼓吹"主题先行"、"从路线出发",这都是违反了艺术规律,经不起艺术实践的检验的。即使并非唯心主义者,但在受着过于强烈的主观意愿的支配而缺乏对于客观生活的深切感受和正确理解的情况下,也会写出缺乏真实感和美感意义的作品。

在具体作品中,作家的思想感情渗透于所反映的现实生活。对生活的反映符合客观真实,渗透于其中的作者的思想感情也符合历史发展的趋向,就达到了主观和客观的一致。从文艺发展史看,在不同程度上代表了人民利益的作家,敢于面对现实,他们的优秀作品,能够达到主观和客观的一致或基本一致。此外的许多作家,情况就千差万别。大体说来,他们的作品,主观和客观往往不一致,甚至表现为尖锐的矛盾。因此,对于文艺作品,既要把它的主观方面和客观方面联系起来加以考察,又要把它的主观方面和客观方面区别开来加以考察,然后作出全面的实事求是的评价。如果把思想内容看成文艺作品的全部内涵,以贴阶级标签为能事,那么,一方面,对于那些只表现了作家的某些进步的、革命的思想,但并没有遵循文艺的规律、形象地反映出生活真实的概念化作品,就必然给予高度的评价;另一方面,对于虽然表现了作家的某

---

① 锺嵘:《诗品·序》。

些剥削阶级思想,却在一定程度上艺术地反映了生活真实的作品,就必然给予全盘否定。这不论对于当前的文艺创作,还是对于古典文艺的评论和批判地继承,都是不利的。

我国的古典作家,一般都出身于剥削阶级。哪怕是其中最杰出的,在他们的文艺创作中也会表现出某些剥削阶级的思想。比如像杜甫的《北征》和《自京赴奉先县咏怀五百字》那样的名作,不也表现了忠君思想吗? 如果不去分析这些无愧"诗史"的名作在什么样的广度和深度上艺术地再现了生活真实,从而概括出它们的客观意义,只抓住忠君思想予以否定,就未免太简单化了。

但是,这种简单化的做法确实出现过。比如高则诚的《琵琶记》,其中的封建糟粕比较多,当然不能与杜甫的名篇相提并论,然而如《糟糠自餍》等等,还是相当生动地反映了生活真实的。但由于作者宣扬了封建道德观念,就被判处了死刑,连婴儿同污水一起泼掉了,至今无人过问。

让我们再举一个比较特殊的例子。晚唐诗人韦庄有一篇长达一千六百余字的叙事诗,题目叫《秦妇吟》。全诗通过一个长安少妇的口吻诉说她在长安城中陷"贼"的经过,对黄巢起义军进行了攻击,地主阶级的思想情感表现得十分露骨,这当然是应该严加批判的。但黄巢起义军攻入长安之时,韦庄正在长安城中目睹了所发生的一切,他的长篇叙事诗,不是出于凭空虚构,而是叙述和描写了他所目睹的真实情况。由于他站在地主阶级的立场,所以对起义军和官军的叙述和描写,不能没有歪曲和掩饰,然而纵观全诗,仍然具有一定的客观真实性。例如:

> ……华轩绣毂皆销散,甲第朱门无一半。含元殿上狐兔行,花萼楼前荆棘满。昔时繁华皆埋没,举目凄凉无故物。内库烧为锦绣灰,天街踏尽公卿骨。……

作者这样写,当然意在诅咒农民军的"残暴",但不也是对反动政权在农民军的猛烈冲击下土崩瓦解的真实写照吗?

诗中写那个少妇逃出长安,路遇一位老翁对她的谈话更值得注意:

> ……千间仓兮万斯箱,黄巢过后犹残半。自从洛下屯师旅,日夜巡兵入村坞。……入门下马若旋风,罄室倾囊如卷土。家财既尽骨肉离,今日

残年一身苦。一身苦兮何足嗟，山中更有千万家：朝饥山草寻蓬子，夜宿霜中卧荻花。……

前一段诗，写出了农民军对京城里的最高统治阶层的毁灭性打击。这一段诗，则写出了官军对农村中的劳苦大众罄室倾囊的掠夺。这不能说没有反映出生活真实吧！而这生活真实的客观意义，是不利于统治者的。韦庄在晚年官高爵显的时候，似乎也意识到了这一点，告诫子孙不许"悬《秦妇吟》障（帐）子"①，甚至把这首诗从他的《浣花集》里删掉了。

我国封建社会里发生过大小数百次农民起义，而直接反映农民起义的文艺作品，却寥若晨星。对于《秦妇吟》这样绝无仅有的反映唐末农民起义的长篇叙事诗，是应该给予足够重视的；但在新中国成立以来的任何一部《唐诗选》中，都没有它的地位。原因何在？在于作者反对农民起义。在封建地主阶级出身的所有文人中，赞成、拥护农民起义的，只是个别的（如李岩）；而这个别的，又其实并非文学家。连杜甫那样"穷年忧黎元"的伟大诗人，不是也反对农民起义吗？如果我们不把作者的思想情感看成文艺作品的全部内容，对于一篇作品，既考察它的主观方面，又考察它的客观方面，然后作出全面的实事求是的评价，就不会对《秦妇吟》一类的作品不屑一顾了。

在这个问题上，列宁早已为我们作出了榜样，只是由于极"左"思潮的泛滥，未能引起我们的重视罢了。托尔斯泰的作品艺术地、典型化地反映了生活真实，但他本人对他所反映的生活的评价以及他的社会理想，却是极端错误的。列宁尖锐地批判了那些错误；但又称赞他是"伟大艺术家"，说他"创作了无与伦比的俄国生活的图画"，"是俄国革命的镜子"，"创作了世界文学中第一流的作品"。更突出的例子是：有个"忿恨得几乎发疯的白卫分子"写了一本《插到革命背上的十二把刀子》，列宁读了这本小说集，指出由于作者对革命怀有"切齿的仇恨"，"有的地方写得非常糟"；但同时又指出由于这本小说集中有作者"亲身经历过、思考过和感受过"的生活真实，"有的地方写得非常好"，"精彩到惊人的程度"，"极有才气"，"真是妙极了"。这种不仅仅从作品内容的主观方面着眼，更注意于分析它所反映的生活真实的做法，是值得提倡的。

---

① 孙光宪：《北梦琐言》。

概括以上所谈,文艺作品的内容就是作家根据一定的社会理想和美学理想描绘出来的生活现象及其对生活现象所作的解释与评价。它的要素是:主题、思想、人物、环境和情节。

文艺作品的内容是通过一定的形式表现出来的。文艺作品的形式的要素是:语言、结构、体裁和韵律。

内容决定形式,形式反作用于内容。一篇文艺作品的内容与形式是有机地联系着的。车尔尼雪夫斯基说得好:

> 当形式是内容的反映时,它和内容是这样地密切,以致把形式和内容分割开来,就是毁灭内容的本身;反过来也是一样,要是把内容和形式分割开来,也就意味着形式的毁灭。①

因此,和内容分离的形式只存在于抽象的概念之中。我们所说的"形象的形式",是形式,但也是内容。是内容,因为它是现实生活的反映;是形式,因为它以特殊的形式反映着现实生活。

第二节　内容的主导作用

在内容和形式的有机联系中,主导的因素还是内容。没有充实的内容,就不可能有完美的形式;因为形式是内容的外现。当形式主义者从形式中夺去内容的时候,同时也就破坏了形式。

在我国,孔子提出的"质胜文则野,文胜质则史,文质彬彬,然后君子"②的论点,虽然不是直接讲文艺的,但也适用于文艺;后代的一些文论家论述文艺的内容和形式问题,都受到"文质彬彬"的启发,沿用"文"、"质"的术语。"质",本指"质朴",后来用以指文艺的内容;"文",本指"文采",后来用以指文艺的形式。"野"指粗陋,"史"指浮华。"文质彬彬",则指形式与内容结合得十分完美;"文胜质"或"质胜文",都有缺点,不可能达到完美的高度。然而"质"与"文"又不是并列的关系;刘勰讲得很明确。他说:

---

① 转引自《文艺理论译丛》第1辑合订本,第122页。

② 《论语·雍也》。

夫水性虚而沦漪结，木体实而花萼振，文附质也。虎豹无文，则鞟同犬羊；犀兕有皮，而色资丹漆，质待文也。……夫铅黛所以饰容，而盼倩生于淑姿；文采所以饰言，而辩丽本于情性。故情者文之经，辞者理之纬；经正而后纬成，理定而后辞畅，此立文之本也。①

夫才量学文，宜正体制，必以情志为神明，事义为骨髓，辞采为肌肤，宫商为声气，然后品藻玄黄，摛振金玉，献可替否，以裁厥中。斯缀思之恒数也。②

刘勰是"质"、"文"并重的，但在用一系列形象的比喻阐述"质"、"文"并重的论点的同时，也阐明了"质"与"文"的主从关系。以水为喻，水上有"沦漪"才好看，这强调了"文"的必要性；然而必须"水性虚"，才能"沦漪结"，"质"是决定"文"的，"质"为主，"文"为从。以树为喻，树上有"华萼"才美观，这强调了"文"的必要性；然而必须"木体实"，才能"花萼振"，"质"是决定"文"的，"质"为主，"文"为从。虎豹之皮，"文质彬彬"，很完美，如果上面没有文采，就和"犬羊之皮"差不多；但那"文采"毕竟还是附在虎豹之皮上的，是从属的。"铅黛所以饰容，而盼倩生于淑姿"，把"铅黛"搽在驴粪上，并不能增加美。文艺作品，"必以情志为神明，事义为骨髓"，才能有生命；再以"辞采为肌肤，宫商为声气"，就构成了有机的整体，像一个活生生的人。"肌肤"、"声气"都是重要的，但必须先有"神明"和"骨髓"。应该说，刘勰对于内容和形式的关系的论述是相当全面、相当中肯的。

刘勰的内容与形式并重，而以内容为主导的理论，是针对晋宋以来"为文造情"、"淫丽烦滥"的形式主义文风而发的。在我国文学史上，忽视内容而追求形式的人屡见不鲜。他们虽然耗费了毕生精力，但没有写出多少有艺术生命的作品。"四声八病"说的倡导者沈约、明代复古派的领袖李攀龙等等，就是例子。李攀龙模拟秦汉古文，内容贫乏，形式也支离破碎。且看他的《送赵处士还曹序》的首段："赵子为获鹿者垂三年矣，则处士自曹来问获鹿状也，曰：'尔为获鹿则良哉！将下车视事而百姓姁姁自昵乎？宁能闷闷俟去后思也？维此多士，从游甚欢，而亦谔谔不可致乎？欲焉而丞若簿以至它县之令丞若

---

① 《文心雕龙·情采》。

② 《文心雕龙·附会》。

簿,不一其才而一其衷乎? 宁能倾夺不肖,从事独贤也? 欲焉而秋毫是析,察其渊中,称神明乎? 宁百里翕然,示慈敷惠,如我视尔于此也?……"真是聱牙戟口,不知所云。公安派的袁中郎骂他"粪里嚼渣,顺口接屁",并不算过分。

与形式主义者相反,我国古代的许多杰出的文论家,都要求作家首先在内容方面下工夫。司空图在《诗品》中讲"雄浑"一品,一开头就说:"大用外腓,真体内充。"孙联奎《诗品臆说》指出:"文以意为'体',词为'用'。"这是说"体"指内容,"用"指形式。又指出:"然非'真体内充',则理屈辞穷,何以穷'大用外腓'乎? 故欲'大用外腓',必先'真体内充'。"就是说,欲求形式完美,先求内容充实;离开内容而片面地在形式上用力气,无异于舍本逐末、缘木求鱼。在这个问题上,明代的散文家唐顺之发表过相当精辟的议论。茅坤怀疑他不在文字(形式)上用工夫,他回答说:

> ……其不语人以求工文字者,非谓一切抹杀,以文字绝不足为也;盖谓学者先务,有源委本末之别耳。……只就文章家论之,虽其绳墨布置,奇正转折,自有专门师法,至于中间一段精神命脉骨髓(内容)则非洗涤心源,独立物表,具古今只眼者,不足以语此。……以诗为喻:陶彭泽(陶渊明)未尝较声律、雕句文,但信手写出,便是宇宙间第一等好诗,何则? 其本色高也。自有诗以来,其较声病、雕句文,用心最苦而立说最严者,无如沈约,苦却一生精力,使人读其诗只见捆缚龌龊,满卷累牍,竟不曾道出一两句好话。何则? 本色卑也。……然则,吾之不语人以求工文字者,乃其语人以求工文字者也。①

在内容和形式的有机联系中既然内容是主导因素,那么,作家想写出优秀的作品,就应力求获得先进的立场观点和崇高的思想感情,力求深入生活、认识生活,在创作实践中锻炼认识生活和表现生活的能力,而不应该仅仅在形式上下工夫。

第三节　形式的相对独立性和对内容的影响

文艺作品的形式决定于内容,同时又区别于内容。把内容和形式混为一谈,认为一有内容,就自然而然地带来相适应的形式,也是不正确的。形式在

---

① 唐顺之:《荆川集·答茅鹿门知县论文书》。

发展中具有相对的独立性。形式能够促进内容的发展，能够加速内容的发展，但也能够阻碍内容的发展。

形式的相对独立性，从下面的几种情况中可以看出来：

一、新的历史时代要求文艺表现新的内容，因为内容是和形式联系着的，所以新内容必然导致旧形式的变化和新形式的出现。但在开始阶段，新形式不可能一下子创造出来，因而新内容就不得不暂时表现在旧形式之中。晚清时代梁启超、黄遵宪等人提倡的"熔新意境于旧风格之中"的"新体诗"就是这样的。关于这一点，斯大林早就指出过。他说："在发展过程中，内容先于形式，形式落后于内容。"又说："但问题在于这种或那种形式因落后于自己的内容，始终不能完全适合于这个内容，于是新的内容'不得不'暂时包藏在旧的形式中，因而引起它们之间的冲突。"①

二、作为形式的要素的体裁（诗歌、戏剧、小说等等）有其自身的规律，在将特定的生活反映于特定的体裁之中的时候，形式不仅服从于内容的表达，同时也服从于体裁的规律。所以形式虽然总是具体作品的形式，但在相同体裁的作品中，也可以看出构成形式的某些共同特点和原则。如果写诗的人不研究构成诗歌形式的共同特点和原则，写戏的人不研究构成戏剧形式的共同特点和原则，写小说的人不研究构成小说形式的共同特点和原则，只等待内容给他决定形式，那他就很难成为杰出的诗人、杰出的剧作家或杰出的小说家。

不估计到形式的相对独立性而把它和内容混为一谈，只能给公式化、概念化的倾向助长声势。但是，把形式的相对独立性看成绝对独立性，也只能导致形式主义。

正因为形式和内容相联系，而又具有相对的独立性，所以，形式可以积极地帮助内容，也可以严重地损害内容。为了内容的缘故，我们反对形式主义；同时也是为了内容的缘故，我们又非常重视形式。毛泽东同志指出，我们的文艺，要求"内容和形式的统一，革命的政治内容和尽可能完美的艺术形式的统一"，因为"缺乏艺术性的艺术品，无论政治上怎样进步，也是没有力量的"。②

---

① 《斯大林全集》第1卷，第291页。

② 《毛泽东选集》第3卷，第891页。

第二章 题材和主题

第一节 素材、题材和主题

通常所说的题材,有广狭二义。广义的题材,指的是可以作为写作材料的社会生活、社会现象的某些侧面,如所谓工业题材、农业题材、科技题材、文教题材、战争题材、神话题材、爱情题材、历史题材、外国题材等等。这只是就作品表现对象的范围和性质所作的大体分类。

狭义的题材,则是从素材中选择、提炼出来的,它已经不像广义的题材那样只是客观的社会生活的某一侧面,而是经过文艺家加工过的东西。

文艺家从社会实践中积累起来、尚未经过加工的原始材料,叫做素材。

素材有直接间接之分。文艺家亲自看见过、经历过、体验过的人物和事件等等,这是直接素材。文艺家听到过的,或者通过文字、图片之类的记载、介绍而掌握的人物和事件等等,这是间接素材。写反映现实生活的作品,并不排斥间接素材,但必须主要依靠直接素材。我们正处在一个伟大的历史性转变时期,生活中不断涌现新的人物、新的情况、新的问题,只有深入到生活洪流中去,才能使自己的思想适应客观形势的发展变化,从而汲取丰富的直接素材,为题材和主题的提炼打好坚实的基础。写反映历史的作品、科学幻想作品以及神话、寓言之类的作品,不能不依靠间接素材,但必须以熟悉现实生活为前提,必须依赖直接素材的帮助。不管掌握了多么丰富的间接素材,如果没有现实生活的丰富知识和对各种人物性格的深刻观察、深入理解作依据,也不可能创作出有价值的文艺作品。

有人把直接素材理解为文艺家亲身经历过、体验过的生活材料,这当然抓住了重点,但这只是重点,而不是全面。直接素材,还包括亲自看见过的东西。亲身经历总有一定的限制,因而,必须扩大眼界,去看,去调查研究。茅盾写《蚀》三部曲的时候,已经"经验了动乱中国的最复杂的人生一幕",以至"凝神片刻,便觉得自身已经不在这个斗室,便看见无数人物扑面而来","试写小说的企图也就一天一天加强"。① 写《子夜》的情况却有些不同。他说:"那些无意中积聚起来的原料用得差不多了,而成为我的一种职业的小说还不得不写,于是我就特地去找材料。我于是带了'要写小说'的目的去研究'人'。"其"日常课程就变做了看人家在交易所里发狂地做空头,看人家奔走拉股子,想办什么厂……"② 而"朋友中间,有实际工作的革命党,也有自由主义者,同乡故旧中间,有企业家,有公务员,有商人,有银行家,那时我既有闲,便和他们常常往来,从他们那里,我听了很多……当时我便打算用这些材料写一本小说"③。《子夜》所写的生活,主要是作者有目的地通过"看"、"听"和"研究"得来的。由此可见,亲身经历过、体验过的生活素材固然很重要,但不应以此为满足,还必须不断开拓新的领域。

素材是题材的基础。有了丰富的素材作基础,才能取精用宏,对那些素材进行选择、集中和提炼,形成题材。

题材是作品内容的基础,主题则是作品内容的灵魂。

对于什么是主题,历来有各种各样的解释。车尔尼雪夫斯基说:

> 当一个人,他的精神活动被由于观察生活而来的问题所强烈地激发,而又恰巧赋有艺术才能的时候,他的作品就有意识地或无意识地表现出一种企图,想要对他所感到兴味的事物给以活生生的判断。在他的绘画、小说、诗或戏剧里,搅扰有思想的人们的问题就会被提出或解答。他的作品可以说是在生活所提出的主题上构成的。④

高尔基说:

> 主题是孕育在作家的体验中的一种思想,这种思想是生活暗示给作家的,它潜伏在作家的印象仓库里还未成形,它需要用形象来体现时,它

---

① 茅盾:《几句旧话》。

② 茅盾:《我的回顾》。

③ 茅盾:《〈子夜〉是怎样写成的》。

④ 车尔尼雪夫斯基:《生活与美学》,第155—156页。

会唤起作家心中要形成这种思想的欲望。①

　　车尔尼雪夫斯基指出主题是作家在被那些由于观察生活而来的问题所强
烈地激发的情况下形成的,因而在作品里,搅扰有思想的人的问题就会被提出
或解答,对于内容比较广阔的优秀作品来说,这是确切的。所以阿布拉莫维奇
认为"作家在作品中提出的基本问题,那个把作品内容的各个方面组织成一个
整体的问题,就叫作主题"。这意见是值得参考的,但应该指出,文学作品是各
种各样的。有些抒情小诗,就很难说它们提出了什么问题,但它们并不是没有
主题。

　　素材、题材来自生活,主题也同样来自生活。文艺家深入现实生活,积累
了丰富的素材,那素材中印象最深的人和事,就会"扑面而来",激发他的创作
热情,他于是根据自己的立场观点,对丰富的素材进行选择、集中与提炼,形成
了作品的题材。在对素材进行选择、集中与提炼的过程中,他事实上已经对选
择、集中与提炼的生活材料所包含的社会意义有所认识、有所评价。也就是
说,在形成题材的过程中,主题也在酝酿。再对题材作进一步的开掘,主题就
形成了。简单地说,主题就是作者从题材中开掘、提炼出来的题材本身所蕴含
的社会意义和作者对它的评价。题材来自生活,其本身具有客观意义;但作者
对这种客观意义的认识和评价,则因立场观点和认识水平的不同而不同。

　　魏巍曾讲过《谁是最可爱的人》的主题形成过程。他说:"这篇文章的主
题,我很久以来就在脑子里翻腾着。我在部队里时间较长,对战士有这样一种
感情,觉得我们的战士是最可爱的人。……这次我到朝鲜去,在志愿军里使这
种感情更加深入一层。我觉得战士的可爱。我看见他们在朝鲜战场上,虽然
面临的任务这样艰巨,作战环境这样艰苦,但我们战士的英雄性格,比起我过
去在抗日战争和解放战争中所看到的,都有着更高的发展,特别是这种英勇的
普遍性,更是空前的。……使我有一种更强烈的愿望来表现'谁是最可爱的
人'的主题。"②

　　魏巍的经验,是跟车尔尼雪夫斯基和高尔基关于主题形成过程的论述完
全一致的。可以看出,主题不是作家头脑里所固有的,也不是像"四人帮"所鼓

---

　　① 　高尔基:《论写作》,人民文学出版社版,第 5 页。
　　② 　魏巍:《我怎样写〈谁是最可爱的人〉的》,见《作家谈创作》,中国青年出版社版,第 58 页。

吹的那样由"领导"规定的,或者"从报纸上"找来的,而是作家不断深入生活、认识生活、提炼素材和题材的结果,是形象思维的产物。

第二节　题材的多样性

社会生活是文学艺术的源泉,也是题材的源泉。社会生活十分广阔,文艺的题材范围也十分广阔;社会生活多种多样,作家的社会实践多种多样,文艺的题材也自然多种多样。文艺题材的多样性,是被社会生活的多样性、作家们的生活实践的多样性和人民群众的艺术爱好的多样性所决定的;因此,这是文艺的规律。符合这个规律,文艺就能够发展,能够繁荣,能够百花竞艳,春色满园;违反这个规律,题材单一化,即使开出鲜艳的花朵,毕竟不能和"百花齐放"的盛况媲美。

文艺题材的多样化,是文艺繁荣的标志。在我国文艺史上,诗歌创作源远流长,出现过几个高峰,为世界文艺宝库提供了许多珍品。在那几个高峰时期,诗歌的题材都是多样化的。我国古代的许多诗论家总结诗歌创作的实践经验,都提倡题材的多样化,反对题材的单一化,形成了我国诗论的优良传统。

我国最早的诗歌总集《诗经》,其题材就相当多样,因而所能发挥的社会作用也相当全面。孔子的"兴、观、群、怨"说,是从《诗经》的实际情况出发阐述诗歌的社会作用的,但也间接地涉及题材问题。就是说,凡是可以起到"兴、观、群、怨"的社会作用的题材都可以写。黄宗羲在解释孔子的这一论点时,就着重从题材多样化方面立论。他说:

> 昔吾夫子以"兴、观、群、怨"论诗。孔安国曰:"兴,引譬连类。"凡景物相感,以彼言此,皆谓之兴。后世咏怀、游览、咏物之类是也。郑康成曰:"观风俗之盛衰。"凡论世采风,皆谓之"观"。后世吊古、咏史、行旅、祖德、郊庙之类是也。孔曰:"群居相切磋。""群"是人之相聚,后世公讌、赠答、送别之类皆是也。孔曰:"怨刺上政。""怨"亦不必专指上政,后世哀伤、挽歌、遣谪、讽谕皆是也。盖古今事物之变虽纷若,而以此四者为统宗。①

------

① 黄宗羲:《汪扶晨诗序》,见《南雷文定》四集卷一。

黄氏在举例说明了"兴、观、群、怨"的题材范围之后又总起来说:"盖古今事物之变虽纷若,而以此四者为统宗。"以"兴、观、群、怨"四者统摄纷纭复杂的"古今事物之变",不正是强调题材的多样化吗?

我国古代诗论家之所以提倡诗歌题材多样化,还由于他们注意到了诗歌"感物吟志"的特点。《文心雕龙·物色》云:"岁有其物,物有其容,情以物迁,辞以情发。"《诗品·序》云:

> 若乃春风春鸟,秋月秋蝉,夏云暑雨,冬月祁寒,斯四候之感诸诗者也。嘉会寄诗以亲,离群托诗以怨。至于楚臣去境,汉妾辞宫,或骨横朔野,魂逐飞蓬。或负戈外戍,杀气雄边。塞客衣单,孀闺泪尽。或士有解佩出朝,一去忘返,女有扬眉入宠,再盼倾国。凡斯种种,感荡心灵,非陈诗何以展其义?非长歌何以骋其情?

如此纷纭复杂、千汇万状的客观现实既然都和作为"社会关系之总和"的人发生密不可分的关系,那么处于特定环境之中的人对于他感受最切、认识最深,以至"感荡"他的"心灵",不得不"形诸歌咏"的那些事物、那种现实,用诗歌的形式反映出来,而这反映又具有艺术的完美性和生活的真实性,那就不管它写的是什么题材,都具有不同程度的艺术价值。我国古代的诗论家,正是从题材多样化的创作实际出发进行诗歌评论的。萧统把凡是符合"事出于沉思,义归乎翰藻"①的作品,不管写的是什么题材,都选入他的《文选》;锺嵘把"陈思赠弟"、"公干思友"、"茂先寒夕"、"安仁倦暑"、"景阳苦雨"、"谢客山泉"等写各种一般题材的作品,跟"仲宣《七哀》"、"阮籍《咏怀》"、"越石感乱"、"鲍照戍边"、"太冲《咏史》"、"陶公《咏贫》"等写各种重大题材的作品相提并论,统称为"篇章之珠泽,文采之邓林"。②

肯定题材的多样性,并不等于主张题材无差别。我国古代诗论家中的有些人,是注意到题材的差别问题,并强调写有重大社会意义的题材的。例如白

---

① 萧统:《文选·序》。

② 锺嵘:《诗品·序》。

居易,就为了使诗歌发挥"救济人病,裨补时阙"①的积极作用,宣称"惟歌生民病"②,强调写关于时政缺失、人民痛苦方面的题材,并和元稹、张籍等诗人一同搞起了一个新乐府运动,在诗歌发展史上写下了光辉的一页。在诗歌评论方面,白居易特别赞扬杜甫的《新安吏》、《石壕吏》、《潼关吏》一类的诗篇和"朱门酒肉臭,路有冻死骨"一类的诗句,而对陶渊明的"偏放于田园"和谢灵运的"多溺于山水"感到不满。③ 当然,田园、山水诗也各有自己的特色,不应轻视,但在人民受剥削、压迫的封建社会里把"惟歌生民病"作为高标准公开地提到诗人面前,的确是难能可贵的。

我国古代诗论家对于偏重某种题材而取得成就的诗人固然给予应有的肯定,但对那些对社会生活有更广泛、更深入的了解,善于兼写多种题材、取得多方面成就的诗人,则给予崇高的评价。例如对杜甫,则称为"诗圣",称为"大家",对白居易,则称为"广大教化主"。宋人喻汝砺在《杜工部草堂记》里说:"少陵之诗……陈古悼今,劝直而惧佞,抑淫侈幸巧而崇节义恭俭,橘焉曾伤,恻怛当世。妇子老孺之骚离,赋敛征戍之棘数,哀怨疾痛,惝慜隐闵无聊之声,不啻迫及其身而亲遭之。其于治、乱、隆、废、忠、佞、贤、否、哀、乐、忻、惨、起、伏之变,愆迤纵肆,无乎不备。"④宋人胡铨在《僧祖信诗序》里说:

> 少陵杜甫耽作诗,不事他业。讽刺、讥议、诋诃、箴规、姗骂、比兴、赋颂、感慨、忿懥、恐惧、好乐、忧患、怨怼、凌遽、悲歌、喜怒哀乐、怡愉、闲适,凡感于中,一以诗发之。仰观天宇之大,俯察品汇之盛,见日月霜露丰隆列缺屏翳沆瀣烟云之变灭,云岩邃谷悲泉哀壑深山大泽龙蛇之所宫,茂林修竹翠筱碧梧鸾鹄之所家,天地之间,诙诡谲怪,苟可以动物悟人者,举萃于诗,故甫之诗,短章大篇,纤余妍而卓荦杰,笔端若有鬼神,不可致诘。后之议者,至谓书至于颜,画至于吴,诗至于甫,极矣。⑤

① 白居易:《与元九书》,见《白氏长庆集》卷四五。
② 白居易:《寄唐生》,见《白氏长庆集》卷一。
③ 白居易:《与元九书》,见《白氏长庆集》卷四五。
④ 《成都文类》卷四二。
⑤ 胡铨:《胡澹庵先生文集》卷一三。

明人江进之在《雪涛小书》①里说:

> 白香山诗……意到笔随,景到意随,世间一切,都着并包囊括入我诗内。诗之境界,到白公不知开扩多少! 较诸秦皇、汉武开边启境,异事同功,名曰"广大教化主",所自来矣。

题材是主题的物质基础。社会生活的不同侧面所包含的社会意义是不相等的,因而题材对主题有一定的制约性。一般地说,包含社会主要矛盾的重大题材比一般题材更集中、更强烈地体现着社会的本质,更有条件表现深广的主题,反映时代跳动的脉搏。正因为这样,我们并不赞同"题材无差别"论。但是,题材只对主题有一定的制约性,而不能完全"决定"作品的优劣成败,同样的题材,不同的作家可以写出截然不同的作品。正因为这样,我们也反对"题材决定"论。从血管里流出的都是血,从水管里流出的只是水。文艺创作,是一个主观反映客观的问题。客观生活是文艺的源泉,当然很重要,但生活要通过作家的头脑来反映,所以作家的主观也重要。清人叶燮从"文章者所以表天地万物之情状也"的唯物观点出发,强调了作者的主观条件。他说:

> 诗之基,其人之胸襟是也。……千古诗人推杜甫,其诗随所遇之人、之境、之事、之物,无处不发其思君王、忧祸乱、悲时日、念朋友、吊古人、怀远道,凡欢愉、幽愁、离合、今昔之感,一一触类而起;因遇得题,因题达情,因情敷句,皆因甫有其胸襟以为基。如星宿之海,万源从出;如钻燧之火,无处不发;如肥土沃壤,时雨一过,天矫百物,随类而兴,生意各别,而无不具足。……由是言之,有是胸襟以为基,而后可以为诗文。不然,虽日诵万言、吟千首,浮响肤辞,不从中出,如剪彩之花,根蒂既无,生意自绝,何异乎凭虚而作室也。②

这就是说,主观条件优越的诗人,"因遇得题,因题达情",能够写出好诗。

---

① 《雪涛小书》又名《亘史外编》,原署冰华生辑,有襟霞阁主人重刊本。唐人张为《诗人主客图》"以白居易为广大教化主"。

② 叶燮:《原诗》卷一。

反之,"浮响肤辞,不从中出",写出的东西像"剪彩之花",没有艺术生命。

我国古代诗论中没有"题材"这个术语,但仔细分析起来,有许多论述都涉及题材问题。这些涉及题材问题的论述,就其精华部分而言:第一,从"感物吟志"、主观反映客观的唯物观点出发,把多方面地反映现实和多方面地影响现实(文学的社会作用)联系起来,提倡题材的多样化而反对单一化。第二,承认题材有差别,强调写有重大社会意义的题材,但又认为题材本身不能决定作品的成败优劣,从而强调作者要有"识、才、胆、力",要有崇高阔大的"胸襟",这一切,都对我们有借鉴意义。

"四人帮"把"反'题材决定'论"列为"黑八论"之一,大张挞伐,叫嚷"在题材问题上不能百花齐放"。他们挥舞"题材决定"论的大棒,只准写"重大题材"。而他们所说的"重大题材",并不是真正的重大题材,而是"斗走资派"的题材,所以在"四人帮"法西斯文化专制主义的统治下,要真正写重大题材也不可能。如果由于"四人帮"鼓吹写"重大题材",便反其道而行之,那其实是一种误解。题材不能完全"决定"作品的成败优劣,这是事实。但题材确有"重大"和"一般"之分,并对主题的提炼具有一定的制约性,这也是事实。因此,我们既要提倡题材多样化,又要重视写重大题材。用写重大题材排斥题材多样化,固然违反艺术创作的规律,用题材多样化贬低写重大题材的必要性,也不符合艺术创作的规律。我们需要的是提倡题材多样化与重视写重大题材相结合。涉及时代主流的重大题材也多种多样,题材问题上的百花齐放,是包括重大题材的多样化在内的。

第三节　主题的阶级性和时代性

一篇作品的主题既然是作者对他所反映的生活的认识和评价,自然就表现着作者的立场观点、思想感情。在阶级社会里,作家的立场观点、思想感情是有阶级性的,因此,阶级社会里的文艺有阶级性,文艺作品的主题有阶级性。大致相同的题材,在不同作家的笔下,可以表现不同的主题。恩格斯把"真正的社会主义诗人"卡尔·倍克和德国革命民主主义诗人海涅作了比较,指出:

> 情节大致相同的同样题材,在海涅的笔下会变成对德国人的极辛辣的讽刺,而在倍克那里仅仅成了对于把自己和无力地沉溺于幻想的青年

人看做同一个人的诗人本身的讽刺。①

类似的例子是不胜枚举的。《枯木逢春》和"四人帮"炮制的电影《春苗》，同以农村医疗工作为题材，但前者歌颂社会主义春天，后者则诬蔑社会主义制度，其主题截然相反。

不同阶级的作家对于同一生活现象有不同的看法，可以形成截然相反的主题，但只有揭示了生活的本质，把握了生活的客观意义的主题，才是正确的，符合生活真实的。也只有这样的主题，才能保证作品达到倾向性与真实性的统一。

当然，写大致相同的题材，同样站在无产阶级和人民大众立场的作家也可能表现互不相同的主题，这是因为题材所蕴含的社会意义是丰富的，而非单一的，所以尽管写的是大致相同的题材，但对其社会意义的发掘，却既有深浅的差异，也有侧重点的不同。即使是同一作家写同一题材，也会有类似的情况。例如歌剧《白毛女》，开始只打算通过揭开"白毛女"的秘密来表现破除迷信的主题，这当然是符合那一题材的客观意义的，然而开掘得还不够深广。后来经过作者对同一题材的进一步开掘，才又形成了"旧社会把人变成鬼，新社会把鬼变成人"的深刻主题。这既说明了作家对题材必须深入开掘，力求抓住最本质的、带规律性的东西，从而形成有深刻社会意义的主题，又说明了作家应该不断提高思想水平和认识能力，才能洞幽烛微透过现象抓住最本质的、带规律性的东西。丁玲曾说："从作品的主题是可以看出作家的思想水平的，就是看作家所注意的、关心的是今天人民生活中的重要矛盾，还是琐细的无关紧要的矛盾；这个矛盾的解决是新的战胜了旧的呢，或是为旧的作了宣传。"②

这里所说的"今天人民生活中的重要矛盾，还是琐细的无关紧要的矛盾"，指的是写什么的问题，选题材的问题。这里所说的"这个矛盾的解决是新的战胜了旧的呢，或是为旧的作了宣传"，是指如何写的问题，如何从题材中提炼主题的问题。从题材的选择到主题的提炼，作家的思想水平都在起作用，这充分说明了提高思想水平的必要性。

现实生活是不断发展的，现实生活中的矛盾也是不断变化的，因而文学的

---

① 《马克思恩格斯全集》第 4 卷，第 236 页。

② 丁玲：《要为人民服务得更好》，载《人民文学》1952 年第 6 期。

主题也就不得不跟着发展,跟着变化,这就使文学的主题打上了时代的烙印。高尔基说:

> 有一种主题,如死、爱之类,一般称做"永久的主题";此外还有建立在个人主义之上的社会所创造的其他主题,如嫉妒、复仇、吝啬等等。但甚至在古代就已经有人说过:"一切都在变化","月光之下无永久之物",在太阳之下也是一样。……在创造无产阶级的社会主义社会的条件下,文学的"永久的"主题,一部分正完全死灭,一部分在变更它的意义,现代正提出了比个人死亡更有千百倍意义的悲剧的主题。不管那个个人死亡的社会价值是如何大,这种主题并不博取个人主义者的欢心;而个人主义,正在被历史判处死刑。①

我们了解了主题的时代性,第一,在阅读作品的时候,就不会责备过去的作家没有写出今天的主题;第二,在进行创作的时候,就不会选择已经过时的主题。

有些人认为过去的文学作品没有表现今天的主题,因而没有现实意义,这种认识是错误的。过去的文学作品只要正确地反映了当时人民生活中的重要问题,它的主题就是积极的,它对于当时的人民固然具有现实意义,对于今天的我们,也一样具有现实意义。因为文学所反映的问题,就是生活中的新与旧的矛盾,而旧事物不断地消亡,新事物不断地涌现,就是现实发展的基本规律,也就是人民群众的基本愿望。所以反映每一历史时代的重要矛盾,鼓舞人民去消灭旧事物、建立新事物的文学作品,不论在什么时候,都具有推动现实发展的作用,都具有激励人民为实现自己的愿望而斗争的巨大力量。《水浒》、《儒林外史》、《红楼梦》等古典作品一直为人民所热爱,就是这个道理。

我们不应该责备过去的作家没有表现今天的主题,却应该要求今天的作家首先表现今天的主题,反映当前现实生活中的重要问题。因为现实生活中的矛盾既然不断克服,又不断产生,那么只有跟着现实的发展反映不断产生的新的矛盾,才能及时地教育人民,推动历史前进。比如在土地改革以前和改革期中,农村中的主要矛盾是农民需要土地与没有土地的矛盾,是地主残酷的压

---

① 周扬编:《马克思主义与文艺》,解放社版,第96页。

榨与农民渴望翻身的矛盾。《白毛女》、《暴风骤雨》、《太阳照在桑干河上》等作品反映了这个矛盾,因而发挥了教育人民的作用。在土地改革以后,这个矛盾已经解决,而新的农村又产生了新的矛盾,如提高产量和个体劳动的矛盾、农业合作化与农民私有观念的矛盾等等,那么,我们的作家就应该以主要的力量来创作反映新阶段的各种矛盾的作品,及时地教育人民,推动历史前进。如《不能走那一条路》、《三里湾》、《创业史》、《山乡巨变》等等,就都是反映这些矛盾的作品,因而受到了人民的欢迎。在当前,反映实现"四化"与阻碍"四化"的矛盾斗争的作品如《未来在召唤》、《乔厂长上任记》、《报春花》等等之所以特别受到人们的赞扬,其原因也是一样。

我们要求今天的作家首先表现今天的主题,并不等于反对写过去的主题、写历史文学作品。以艺术形象再现历史上的重要人物(如历代农民革命的领袖、为国家的独立和统一而舍身奋斗的民族英雄,以及用自己在科学或艺术上的创造对人民作了贡献的伟大的科学家、艺术家等)和重大事件,不仅可以帮助人民认识过去,继承自己民族的光荣传统,培养爱国主义情感,而且可以帮助人民更清楚地认识现在,用过去的经验理解那些驾驭现在的法则。所以,历史文学作品是需要写的。但写历史文学作品,必须用马列主义的观点重新估价历史上的重要人物和重大事件,既不能丑化历史,也不能美化历史。历史是不容许歪曲的。这就是我们为什么必须严肃地批判文学创作中的反历史主义倾向的原因。

第四节　基本主题和小主题

我们通常所说的主题,是指一篇作品的基本主题(又叫正主题)。在短篇作品中,可能只有一个主题,但在长篇作品或较长篇的作品中,往往围绕着基本主题,还有许多小主题(又叫副主题)。

在长篇或较长篇的作品中之所以有许多小主题,是被它们所反映的生活的复杂性所决定的。毛泽东同志说:"在复杂的事物的发展过程中,有许多的矛盾存在,其中必有一种是主要的矛盾,由于它的存在和发展,规定或影响着其他矛盾的存在和发展。"①因而作家为了全面而深刻地反映主要矛盾,就不可避免地要反映被主要矛盾所规定所影响的次要矛盾,这就产生了围绕着基

---

① 《矛盾论》,《毛泽东选集》第 1 卷,第 310—311 页。

本主题的小主题。

作品中的小主题必须服从基本主题,这因为现实生活中的次要矛盾服从主要矛盾。毛泽东同志说:"任何过程如果有多数矛盾存在的话,其中必定有一种是主要的,起着领导的、决定的作用,其他则处于次要和服从的地位。因此,研究任何过程,如果是存在着两个以上矛盾的复杂过程的话,就要用全力找出它的主要矛盾。捉住了这个主要矛盾,一切问题就迎刃而解了。"①作家在研究生活的时候,必须用全力找出它的主要矛盾,形成基本主题,才能了解由主要矛盾的存在和发展规定或影响着的次要矛盾的存在和发展,形成小主题。在进行创作的时候也是一样。必须使基本主题处于领导的、决定的地位,使小主题处于次要的、服从的地位,才能正确地反映生活。比如在《钢铁是怎样炼成的》中,贯串着它的全部内容的是它的基本主题——新人的形成与成长问题,而许多小主题,如爱情与友谊的主题、劳动的主题等等,都服从基本主题,它们只代表着基本主题的某些方面。

作家如果没有捉住生活中的主要矛盾,就不可能形成基本主题,也自然不可能着力地表现基本主题,其结果不是人为地制造矛盾,就是把次要矛盾提到主要矛盾的地位,以致歪曲了生活。

作家不仅应该分清生活中的主要矛盾和次要矛盾,正确地处理基本主题和小主题的关系,而且应该分清各种矛盾的主要方面和次要方面,正确地解决作品中所反映的各种矛盾。毛泽东同志指出:"在各种矛盾之中,不论是主要的或次要的,矛盾着的两个方面,又是否可以平均看待呢?也是不可以的。无论什么矛盾,无论在什么时候,矛盾的诸方面,其发展是不平衡的。有时候似乎势均力敌,然而这只是暂时的和相对的情形,基本的形态则是不平衡。矛盾着的两方面中,必有一方面是主要的,他方面是次要的。其主要的方面,即所谓矛盾起主导作用的方面。事物的性质,主要的是由取得支配地位的矛盾的主要方面所规定的。"又说:"任何事物的内部都有其新旧两个方面的矛盾,形成为一系列的曲折的斗争。斗争的结果,新的方面由小变大,上升为支配的东西;旧的方面则由大变小,变成逐步归于灭亡的东西。而一当新的方面对于旧的方面取得支配地位的时候,旧事物的性质就变化为新事物的性质。由此可

---

① 《矛盾论》,《毛泽东选集》第 1 卷,第 310—311 页。

见,事物的性质主要的是由取得支配地位的矛盾的主要方面所规定的。"①作家必须分清矛盾的两个方面,把新的方面看成起主导作用的力量,着重地加以描写。

在多主题的作品里,基本主题处于主导的地位,它是贯串于全部内容之中,统摄从属于它的小主题的主干。小主题并不是可有可无的,而是基本主题这个主干上的必不可少的枝叶。主干与枝叶相得益彰,使作品的内容更为丰满。

法捷耶夫曾经说明过《毁灭》的基本主题和副主题:

> 长篇小说《毁灭》的主要思想是什么呢? 我可以把这些思想这样确定。第一个亦即基本的思想:在内战中进行着人才的精选,一切敌对的都被革命扫荡掉,一切不能从事真正的革命斗争的,偶然落到革命阵营的都被淘汰掉,而一切从真正的革命根基上、从千百万人民大众中间站起来的都在这次斗争中受到锻炼,并且不断壮大和发展。人的最巨大的改造,正在进行着。
>
> 人的这种改造所以进行得顺利,是因为领导革命的是工人阶级的先进代表——共产党员,他们清晰的有运动的目标,他们带领着比较落后的人,帮助他们改造。
>
> 我可以这样确定这个长篇的基本主题。
>
> 但是在这个长篇里,还有其他的几个副主题。副主题之一就是我注意到,在一些描写游击运动的小说中,游击运动都被描写成纯自发的运动,在城市和工人的非常微弱的影响下面展开的独立的农民运动。但是我根据自己的游击斗争的经验,认为在游击运动中即使有很大的自发因素,但其中起决定性的组织性的作用的仍是工人布尔什维克。为了驳斥别人对游击运动的写法,我在长篇小说《毁灭》中强调了这种看法。②

文艺作品的主题,是通过一定的艺术形象展现出来的。如鲁迅所指出,它"不是作品后面添上去的口号和矫作的尾巴,而是那全部作品中的真实的生

---

① 《矛盾论》,《毛泽东选集》第 1 卷,第 310—311 页。

② 《苏联作家谈创作经验》,中国青年出版社版,第 52—53 页。

活,生龙活虎的战斗,跳动着的脉搏,思想和热情"①。因此,当我们分析多主题的文艺作品的时候,必须从作品的人物、情节乃至整个生活图画中概括出它们的思想意义,才能抓住贯串于全部作品内容之中的基本主题和从属于它的副主题,对作品的思想性作出全面而中肯的评价。不然,只着眼于某一局部,顶多只能把握某一副主题,而不可能把握统摄副主题的基本主题。例如鲁迅的著名短篇小说《药》,有人只根据吃人血馒头,认为它的主题是反对巫、医不分,破除封建迷信;还有人只根据老栓夫妇关心小栓、夏四奶奶怀念夏瑜,断言它的主题是表现亲子之爱;等等。如果概括全部艺术形象的思想意义,就会得出不同的结论。夏瑜这个旧民主主义革命者为了民族、民主革命而献身,却不但没有被一般劳苦大众所理解和同情,而且遭到人们的嘲讽;更有惨者,小栓吃了夏瑜的血企图治病,仍不幸死去。作者把这两个不同的牺牲者安排在一个可怕的关系里,就更有力地突出了悲剧的深刻意义。就这样,作者通过全部艺术形象,深刻地批判了辛亥革命的严重脱离群众。没有使广大人民群众觉悟起来参加革命运动,仅仅是一些革命者在进行孤立的战斗,其失败是必然的。这就是《药》的基本主题。至于批判封建迷信等等,则是从属于基本主题的副主题。

第五节　怎样分析作品的主题

对于作家来说,他的主题,就是他对于他所反映的生活的客观意义的认识和评价;对于读者和评论家来说,一篇作品的主题究竟是什么,不能完全接受作者的有关说明,而要作出自己的分析。这因为,第一,作家描写的生活现象所显示的客观意义,有时是作家没有完全意识到的,甚至是和作家的主观意图之间存在着某些矛盾的;第二,作家不仅借助于所描写的生活现象表达思想,而且往往以隐喻、象征、议论等手法暗示或直接说出某种思想,而作品所描写的生活现象的客观意义,并不一定和作家的思想完全一致、完全吻合。所以,在分析作品主题的时候,必须把作品所描写的生活现象的客观意义和作家的思想联系起来,而又区别开来。

有些人仅仅根据作家的主观意图(作家在作品中所提出的主张和对所描述的事物的说明等等)衡量作品。例如有人认为《红楼梦》的基本观念是"色

---

① 鲁迅:《且介亭杂文附集·论现在我们的文学运动》。

空",有人认为《琵琶记》是一部宣传封建道德的反现实主义作品,都用的是这种方法,这当然是片面的。但是,只分析作品的客观意义,也不能得出准确的全面的结论。在《红楼梦》中,"色空"观念显然是存在的;在《琵琶记》中,作者宣传封建道德的意图也在某些地方削弱了艺术形象的真实性。不承认这一面,也不是实事求是的态度。

在内容丰富的作品中,围绕着基本主题,还有许多小主题。基本主题所显示的思想,我们管它叫基本思想;这种基本思想,是和那些小主题所显示的思想联系在一起的,它像一条红线似的贯串着作品的全部内容。因此,要概括地指出一部文学巨著的基本思想是很不容易的,必须弄清每一个人物,每一桩事件,每一个场景,甚至每一个细节的思想意义,才能作出正确的结论。别林斯基说得好:

> 有人以为,指出一部艺术创作的基本思想何在,是容易不过的事情——这种人是错了:这是件困难的事,只有那种与思想能力结合起来的审美感才能做到的事。①

---

① 转引自《文学作品中的主题和思想》,载《文艺学习》1954 年第 3 期。

第三章 人 物

第一节　人物是展示主题的动力

　　除了抒情诗中的少数作品而外，小说、戏剧、叙事诗等叙事类的作品一般地都反映着社会矛盾。而社会生活中的一切矛盾，归根到底都表现于人与人（阶级与阶级）之间和人与自然之间。生活发展的过程，也就是人与人（阶级与阶级）、人与自然之间的矛盾斗争的过程。所以，文学创作的主要对象是人，展开主题的主要动力也是人。毛泽东同志指出："革命的文艺，应当根据实际生活创造出各种各样的人物来，帮助群众推动历史的前进。"正充分地说明了创造人物的重要性。

　　现实生活中的人是千差万别的，描写人物的方法也是各种各样的，不可能有固定的公式。要写好人物，首先要了解现实生活中的人。"我们的文艺工作者需要做自己的文艺工作，但是这个了解人熟悉人的工作却是第一位的工作。"①文学作品的主题既然是通过人物展开的，那么，仅仅懂得生活发展的规律而不理解作为生活发展的动力的人，不理解人的思想、感情、道德品质等等在生活发展过程中所起的作用，是不能写出有价值的文学作品的。文学家必须了解活的具体的人，了解社会环境、阶级地位所决定但又属于某一个具体的人所特有的思想、感情、道德、品质、习惯、嗜好、语言等等，才能创造出具有典型特征的生动的人物形象。文学家的所谓深入生活，是要深入到人的精神世界中去，仔细地观察、体验和分析；而且要仔细到像跟爱人进行恋爱的时候一样，她的一颦、一笑、一句话、一个眼神都引起极大的注意，并研究其所以如此的心理活动。这样，才能达到完全了解人物的精神世界的目的。

　　了解人，然后才能描写人，这是一条不可变易的规律。一切伟大作品中的

_____

　　① 《毛泽东选集》第 3 卷，第 872 页。

人物都是作者在概括现实生活中的人物特征的基础之上创造出来的。鲁迅在写到阿Q坐牢时,曾想喝醉酒到马路上打警察,让自己去坐牢,以便设身处地地体验阿Q坐牢的情景。富尔曼诺夫曾说他写《恰巴耶夫》的时候,"亲爱的夏伯阳从来不曾离开过我的脑海"。周立波谈得更明确,他说:"准备创作时,我有时也在记事本子上写上一些看见的和听到的东西,可是写作时主要依靠的是我十分熟悉,不用记录也能记忆的人物和事件。要是叫我们写自家兄弟姊妹,我们还得临时查看记录吗?不用的。因此,我以为作者要象熟知他的手足似的熟悉他要描写的正面人物。就是写反面人物,也必须眼光如炬,照彻他的心底。"①这段话非常中肯。《暴风骤雨》中的许多人物,都是作者根据他最熟悉的人物创造出来的。比如赵玉林是东北土地改革中好些贫雇农积极分子的特点的综合,老孙头则是以尚志县一个屯子里的一个五十岁的穷老头为主要模特儿,再综合好多同样年纪、同样气质和同样出身的人的特点创造出来的。

第二节　描写人物的方法

描写人物不可能有固定的公式,但从许多成功的作品中总结出来的一些方法,还是值得我们借鉴的。

(一)肖像描写

文艺作品所写的是整体的活生生的人。活人的形象,是他的外貌特征和内心特征的统一。因而描写人物的外貌特征——肖像,就成为创造人物形象的一个必要条件。有些作品,因为没有很好地写出人物的外貌特征,以致损害了人物形象的完整性。一切优秀作品中的人物,都具有鲜明的外貌特征。例如《水浒》中的李逵、武松、鲁智深,《三国演义》中的关羽、张飞、许褚,果戈理的《死魂灵》中的乞乞科夫、梭巴开维支、泼留希金,鲁迅的《阿Q正传》中的阿Q、《离婚》中的七大人、《故乡》中的豆腐西施……这些人物都由于他们的和内心特征密切结合着的外貌特征的鲜明性而使读者永远不忘。

人物肖像的描写,有静态的和动态的两种手法。静态的描写,往往在将人物介绍给读者的时候就将他的外貌特征勾画出来。比如阿·托尔斯泰在《卡佳》的开头就这样地描写着卡佳的肖像:

---

① 周立波:《关于写作》,载《文艺报》第2卷第7期。

画家会把她的肖象画成这样：卡佳站着，微笑着，细发是蓬松的，似乎它们被五月的风戏弄过一般，花布的衣服穿在这样苗条的姑娘身上很为悦目，她的身后，在云彩中间——温暖的阳光透过来，脚下是一片绀青色，是一种好象是车前和蒲公英的东西，而最主要的——是脸：询问的略微扬起的眉毛，深信地翘起的鼻子，闪着难以熄灭的生命力的、幻想的、聪明的、天真的、热情的眼睛，娇嫩的、微肿的嘴——脸是这样的，以致画家甚至没法结束画象就会爱上这个十八岁的姑娘，如果他即使有一点常识的话。

在人物登场的时候，就把他的肖像生动地勾画出来，会使读者在他以后的性格发展中时时想起他的外貌，从而加强人物形象的鲜明性与感染性。但文学上的肖像不同于绘画上的肖像：文学家不仅可以描写静态中的肖像，而且可以描写动态的肖像；不仅可以描写人物的形体，而且可以传达人物的声音。所以，文学家在描写人物肖像的时候，更多地采用着动态的手法。静态的描写如果不能扼要地抓住人物外貌的特征，往往不免流于平冗，使读者感到乏味。而且人物的外貌特征（如表情之类），常常是跟着内心的变化而变化的，所以动态的描写，更能够表现出人物的内心特征。比如巴尔扎克笔下的葛郎台（《欧也妮·葛郎台》中的人物），他平时并不口吃，但一到和别人做交易时，就结结巴巴地说不出话来。这种口吃是他的伪装，他之所以在做交易时要伪装口吃，是想在说出话来以前有更多的时间考虑问题，以达到从对方获得更多便宜的目的。巴尔扎克写出了葛郎台在做交易时伪装口吃的外貌特征，就有力地揭露了他的内心特征。

比起西洋小说来，我国古典小说更多地运用动态的肖像描写手法。例如《红楼梦》中的林黛玉，从初进贾府到"焚稿断痴情"，她的肖像跟着遭遇的变化而变化，给读者留下了多么深刻的印象。鲁迅吸取了这一传统表现手法的优点而加以发展。大致说来，他的肖像描写可分两类。一类是在情节发展中写人物肖像，如在《祝福》中，结合情节的发展，多次描写了祥林嫂的肖像：丈夫死后，她逃到鲁四老爷家做帮工，"头上扎着白头绳，乌裙，蓝夹袄，月白背心，年纪大约二十六七，脸色青黄，但两颊却还是红的"。再嫁的丈夫贺老六死去，儿子阿毛被狼吃掉，被迫又到鲁家当佣人，"她仍然头上扎着白头绳，乌裙，蓝夹袄，月白背心，脸色青黄，只是两颊上已经消失了血色，顺着眼，眼角上带些泪痕,眼光也没有先前那样精神了"。"手脚已没有先前一样灵活,记性也坏得多,死尸似的脸上又整日没有笑影"。当她听了柳妈讲的"阎罗大王只好把你锯开来"的那段鬼话以后,"脸上就显出恐怖的神色来","第二天早上起来的时候,两眼上便都围着大黑圈"。当她捐了门槛赎过"罪",但女主人仍不准她拿祭品时,"她像是受了炮烙似的缩手,脸色同时变作灰黑。也不再去取烛台,只是失神的站着。……这一回她的变化非常大,第二天,不但眼睛窈陷下去,连精神也更不济了。而且很胆怯,不独怕暗夜,怕黑影,即使看见人,虽是自己的主人,也总惴惴的,有如在白天出穴游行的小鼠;否则呆坐着,直是一个木偶人。不到半年,头发也花白起来了……"最后,当"我"见到祥林嫂时,"五年前的花白的头发,即今已经全白,全不象四十上下的人;脸上瘦削不堪,黄中带黑,而且消尽了先前悲哀的神色,仿佛是木刻似的;只有那眼珠间或一轮,还可以表示她是一个活物。她一手提着竹篮,内中一个破碗,空的;一手拄着一支比她更长的竹竿,下端开了裂,她分明已经纯乎是一个乞丐了"。

很清楚,这种动态的肖像描写,是更能以"形"写"神",反映生活真实的。情节的发展,也就是矛盾冲突的发展;矛盾冲突的发展必然引起处于矛盾冲突中的人物的内心变化;而内心的变化,又必然引起人物的面容、表情的变化。所以,结合情节的发展描写人物的肖像变化,就可以从肖像的变化中形象地反映出人物的内心变化,反映出引起人物内心变化的矛盾冲突。鲁迅在《祝福》中描写的祥林嫂在不同遭遇中的几幅不同肖像,真实地反映了她一生的苦难历程和性格、心理的变化,描绘出旧社会劳动妇女被政权、族权、神权、夫权四根绳索摧残致死的惨象,暗示出造成祥林嫂悲剧结局的社会根源。可以设想,如果没有这几幅肖像描写,那么祥林嫂这个人物形象以及整个作品的艺术质量,必将大大减色。

另一类动态的描写手法,是从人物与人物的相互照映中,或从人物与人物的共同行动中描写人物的肖像。例如鲁迅的短篇小说《药》中有这样一段:

"老栓只是忙。要是他的儿子……"驼背五爷话还未完,突然闯进了一个满脸横肉的人,披一件玄色布衫,散着纽扣,用很宽的玄色腰带,胡乱捆在腰间。刚进门,便对老栓嚷道:——

"吃了么?好了么?老栓,就是运气了你!你运气,要不是我信息灵……"

只这么简单的几笔,就把康大叔的肖像活画出来了。而这幅肖像,真实地表现了一个才杀过人的得意洋洋的刽子手的外在特征和内心特征。

肖像描写包括服装描写。服装的华贵或褴褛,表现着人的阶级身份(如七大人的"闪光的红青缎子马褂"和阿Q的"破棉袄"——七大人是鲁迅的短篇小说《离婚》中的人物);而服装的整洁或肮脏、朴素或艳丽……也表现着人的个性。所以描写一个人的服装的特征,可以表现出他的性格特征。例如在果戈理的《死魂灵》中,乞乞科夫的燕尾服不是黑色的,也不是灰色的,更不是深绿色的,而是带着"闪光的橘红色的";伊凡·伊凡诺维奇则有一件特别出色的长的皮外衣,"多么漂亮的小羊皮呵!你,他妈多么漂亮的小羊皮呵!深蓝里带着寒霜色!"它的鲜明的色彩"简直不可描写:天鹅绒般的!银一般的!火一般的!"泼留希金的睡衣,"无论用什么方法,也不可能知道……是用什么东西做的!袖子和前襟都已经醒醒到发光,好似做靴子用的漆黑的皮子;背后拖着的不是两片衣襟,而是四片,上面还露着一些棉花团"。他的"颈上也围着一种莫名其妙的东西,很难断定究竟是袜子、吊带还是裤腰带,不过绝不是领带"。至于那个"象一头中等大小的熊"的梭巴开维支,"连他身上穿的燕尾服也完全是熊皮色,袖子裤子都很长,他走起路来总是东倒西歪,因此常要踏到别人的脚"。所有这些人物的服装,多么生动地表现着他们的性格。

描写肖像的手法虽有静态的和动态的两种,但都应服从一个原则,即:描写人物的某些外貌特征,是为了揭露他的某些内心特征。例如法捷耶夫不止一次地描写莱奋生(《毁灭》中的主人公)的"又大又深的湖水似的眼睛",是为了更有力地揭露他的敏慧的洞察力及其对人的深刻注意的性格特征。有些作者不理解这一点,随意地给他的人物以奇异的外貌特征。有一位作者给他所创造的区委书记勾画了这样的一幅肖像:

> 他有一个微微笨重的大脑袋,两面鬓角已经灰白,他稍微斜侧地支持着它。小小的一块卵月形黑天鹅绒恰巧盖住了左眼,可是右眼却是活泼的、固执的、炯炯有光的,时时细眯、询问、探求……

可以设想,假如这位区委书记不是有着这样"微微笨重的大脑袋"和"时时细眯"的眼睛,而是有着一般的脑袋和正常的眼睛,在揭示他的性格特征上又有什么损害呢?

（二）概括的性格描写

作家往往在人物还未登场的时候,概括地描写人物的性格特征,使读者对这个人物先有一个一般概念。巴尔扎克就常用这种方法。比如在《欧也妮·葛郎台》中,巴尔扎克对葛郎台的性格有非常出色的概括描写:

> 葛郎台老爷兼有虎和蟒的性质,他知道匍下,蹲起来,长时间地瞅着他的捕获品,而猛然扑了上去;接着他张开了他的钱袋般的大嘴,把那笔财帛吞了下去,随后他就象一条消食过了的蛇似地,静静地卧下,是很冷静的,不动情的,很有规矩的。看见他的人,没有一个不感到一种混合着尊敬和恐惧的叹美的感情⋯⋯

像这样先把人物的性格概括地介绍出来,使读者有一个一般的概念之后再引出人物,这和有些人在替别人介绍朋友时先将被介绍者的性情(以及其他)暗中讲明,然后叫他们见面的办法大致相同。

有些作家不在人物登场之先介绍人物性格,而在人物登场之后把故事暂停一下,再介绍人物的性格。果戈理写《死魂灵》常用这种手法。例如他是在乞乞科夫会见了玛尼罗夫之后介绍玛尼罗夫的性格的。他这样写道:

> 两个朋友彼此亲密的接过吻,玛尼罗夫便引他的朋友(指乞乞科夫)到屋里去,从大门走过前厅,走过食堂,虽然快得很,但我们却想利用了这个极短的时间,成不成自然说不定,来讲讲关于这主人的几句话⋯⋯

底下,果戈理先给玛尼罗夫画了一幅肖像(肖像描写常常和概括的性格描写联结在一起),然后概括地描写他的性格:

> 玛尼罗夫是怎样的性格呢,恐怕只有上帝才能够说出来吧。有这样的一种人:恰如俄国俗谚所谓的不是鱼,不是肉,既不是这,也不是那,并非城里的波格丹,又不是乡下的绥里方。玛尼罗夫大概就可以是排在他们这一类里的。他的风采很体面,相貌也并非不招人喜欢,但这招人喜欢里,总夹着一些甜腻味;在应酬和态度上,他总显出些竭力收揽着对手的欢心模样来。他笑起来很媚人,浅色的头发,明蓝的眼睛。和他一交谈,

在最初的一会，谁都要喊出来道："一个多么可爱而出色的人呵！"但停一会，就什么话也不能说了，再过一会，便心里想："吓，这是什么东西呀！"于是离了开去；如果不离开，那就立刻觉得无聊得要命……

作者就这样介绍玛尼罗夫的性格，差不多写了两千字，才回到故事的发展上来：

> ……那玛尼罗夫夫人……不，老实说，我是很有些怕敢讲起大家闺秀的，况且我也早该回到这本书的主角那里去，他们都站在客厅的门口，彼此互相谦逊，要别人先进门去，已经有好几分钟了。

概括地介绍人物性格的任务，也可以由作品中的人物负担起来。例如在《红楼梦》第六回中周瑞家的向刘姥姥介绍王熙凤的性格道：

> 这位凤姑娘年纪虽小，行事却比别人都大呢！如今出挑得美人般的模样儿，少说些有一万个心眼子。再要赌口齿，十个会说话的男人，也说不过呢……就这一件，待下人未免严了些。

在六十五回中，兴儿又向尤二姐介绍王熙凤的性格道：

> 他说一是一，说二是二，没人敢拦他。又恨不得把银子钱省了下来，堆成山，好叫老太太、太太说他会过日子。殊不知苦了下人，他讨好儿。或有好事，他就不等别人去说，他先抓尖儿。或有不好的事，或他自己错了，他就一缩头，推到别人身上去，他还在旁边拨火儿。……嘴甜心苦，两面三刀：上头笑着，脚底下就使绊子；明是一盆火，暗是一把刀：他都占全了……

曹雪芹所采用的这种由作品中的人物介绍人物性格的方法是很高明的，它的最大优点是不致由于介绍人物性格把故事的发展搁置下来，相反，这种人物性格的介绍，也正是故事发展的组成部分。

概括的性格描写，只是表现人物性格的方法之一，为了突出地刻画人物性格,还得依靠其他方法。

（三）用人物的语言表现人物的性格

人物的语言是展开他们的个性的形式。高尔基曾说："我在巴尔扎克的《鲛皮》中，读到描写银行家宴会的地方，完全吓住了。差不多有二十个人，闹轰轰的吵杂着，同时说话，我好象听见各式各样的声音。而且最重要的一点是巴尔扎克并没有描写一个聚集在银行家家中的客人的面影和姿态，可是我却觉得不但实际在耳朵中听见谁怎样的说话，而且那些人们的眼波、笑容，以至一举一动，都好象历历在目。"①不止巴尔扎克，一切伟大的文学家，都善于借助人物的语言展开人物的个性。

作品中的人物语言，有间接语言和直接语言的区别。

1. 间接语言

为了叙述上的简洁、紧凑，作者可以只传达人物讲话的内容而改变其讲话的形式。如在鲁迅《祝福》中有这样一段：

> 我是正在这一夜回到我的故乡鲁镇的。虽说故乡，然而已没有家……寓在鲁四老爷的宅子里。一见面是寒暄，寒暄之后说我"胖了"，说我"胖了"之后即大骂其新党……

这里只传达了鲁四老爷讲话的内容，这叫做"间接语言"。间接语言，也可以表现人物的性格。例如在"寒暄之后说我'胖了'，说我'胖了'之后即大骂其新党"等几句话中，即表现了鲁四老爷的伪善、顽固等性格特征。

2. 直接语言

把人物的语言按照其原来的形式写出来，叫做"直接语言"。直接语言有"对话"和"独白"两种。

登场人物的谈话叫做"对话"。对话是揭示人物性格特征的最有效的方法之一，通过对话，可以把各个人物的内心世界同时展示出来。例如《儒林外史》中汤知县和范进、张静斋谈刘基故事的一段对话：

> 张静斋道："……你我做官的人，只知有皇上，那知有教亲？想起洪武

---

① 高尔基：《我的文学修养》。

年间，刘老先生……"汤知县道："那个刘老先生？"静斋道："讳基的了。他是洪武三年开科的进士，'天下有道'三句中的第五名。"范进插口道："想是第三名？"静斋道："是第五名，那墨卷是弟读过的。后来入了翰林，洪武私行到他家，就如'雪夜访普'的一般。恰好江南张王送了他一坛小菜，当面打开看，都是些瓜子金。洪武圣上恼了，说道：'他以为天下事都靠着你们书生！'到第二日，把刘老先生贬为青田县知县，又用毒药摆死了。这个如何了得！"知县见他说的口若悬河，又是本朝确切典故，不由得不信……

刘基就是中国妇孺皆知的刘伯温，他是元末至元间的进士，并非洪武三年的进士。他是青田县人（所以人们称他"青田先生"），并非贬到青田做知县。张王送瓜子金，是赵普的故事，并非刘基的故事。我们把这些历史事实弄明白之后，就可以看出以上的那段对话是多么可笑了。老举人张静斋带着死了母亲的新举人范进到汤知县那里去打秋风，张静斋为了夸示自己的博学，大谈刘基的故事，范进也不肯示弱，而进士出身的汤知县，见张静斋说得"口若悬河"，竟"不由得不信"。从这段对话中，作者多么深刻地揭露了那些进士举人们的庸妄无知而又自作聪明的性格特征。

鲁迅是极善于通过人物的对话表现人物的性格的。比如在《药》中有这么一段：

"老栓，你有些不舒服么？你生病么？"一个花白胡子的人说。
"没有。"
"没有？——我想笑嘻嘻的，原也不象……"花白胡子便取消了自己的话。

这花白胡子的人是个终日坐茶馆，嗑闲牙，无话找话的人。他看见老栓的脸色不好，就问他是否生病，是否不舒服。等老栓说"没有"，他立刻顺风转舵，说什么"笑嘻嘻的，原也不象（生病）"了。等到刽子手康大叔说出吃人血馒头治痨病的一段话以后，这个花白胡子又插嘴了："原来你家小栓碰到了这样的好运气了。这病自然一定全好，怪不得老栓整天的笑着呢。"
在这一段对话中，我们可以看出一个嗑闲牙、拍马屁的人物的典型形象。

《钢铁是怎样炼成的》中保尔与冬妮亚的一段对话,也是很典型的:

"保尔——你好吗?"冬妮亚对他说,"实在说,我从没有想到你会这样可怜,难道你不该在现政府中弄到更好一点的差事,只好做挖地的工作吗?我以为你早就做了委员或是什么同样的职务了。你的生活怎么变得这样恶劣啊?……"

她的步子跟不上他,当她说完了这句话的时候,他突然站住,惊奇地回头看着她说:

"同样我也没有想到你会这么……这么酸臭!"他想了一想,才找到这个比较温和的字眼。

"你还是那么粗鲁!"冬妮亚的脸红到耳朵尖。

保尔掮住铲子,大踏步向前,在走了好几步路之后,他才回答道:

"不,杜曼诺娃同志,依我说来,我的粗鲁比你们的礼貌还要豪爽些。你用不着担心我的生活,它倒是过得满好的,只是你的生活比我所想的还要腐化。一两年之前,你还好一点,那时你还不怕羞,敢和一个工人握手;现在呢,倒遍身发出臭丸子的味道。说句良心话,现在我和你之间,已经没有共同的地方了。"

在这一段对话中,一方面表现了冬妮亚的腐化、酸臭,一方面表现了保尔的高度原则性。当保尔发现冬妮亚不是与他志同道合的人时,他就斩钉截铁地割断了和冬妮亚之间的友情。

梁斌在《漫谈〈红旗谱〉的创作》一文中谈到他从生活中体会到人物的对话最能体现人物的性格。他说:"我们日常生活中也有这样的情况:两个人在屋里说话,你在外边听着,根据屋里说话的粗细高低,抑扬顿挫,谈吐的内容,大致可以判断这两人的文化水平和政治修养。更微妙的,甚至可以联想到他的外表和精神面貌,这些当然要依靠我们的社会生活经验。"他根据他的这些体会,在生活里同人们接触时,就留心揣摩各人的性格特征和语言特点。在《红旗谱》的创作中,大量运用了通过人物对话来刻画人物性格的手法,有时通过对话写对话者本人的性格,有时通过两人的对话写另一个人的性格。他自己举了这么一段:

话音刚落，门外有人搭讪。是一个尖脆的少女的声音："志和叔，运涛呢？"

严志和在门外头问："清早立起，找他干吗？"

"有个事儿，问问他。"

严志和问："昨儿后晌，他不是到机房里去睡觉吗？"

"是呀，今儿一早他就跑啦！"

严志和说："许是下地了。"

那闺女笑了一声，说："我来看看你们来的客人。"一溜说，一溜跑，小跑蹓丢儿跑进来。

贵他娘一看，是谁家的姑娘。细身腰，脸盘黑黑儿的，两只大眼睛，骨碌骨碌转着，就是脸庞长得长了一点儿。心上一喜，笑嘻嘻儿问：

"谁家这么好的大闺女？"

涛他娘低声说："老驴头家春兰。"

说着，春兰到了眼前。她说："看看你们来的客人！"

贵他娘闪开眼睛瞟着她，说："看吧，这不是。你来干吗？"

春兰说："找运涛。"

贵他娘问："找他干吗？他下地了。"

春兰说："找他问个字儿。"

贵他娘又问："你倒是问字儿，还是来看客人？"

春兰看这人新来乍到，倒不怯生，就说："都是。"

涛他娘嘟哝说："问什么字？成天在一块儿，也问不够？"

春兰乜斜眼睛瞄了瞄，见涛他娘不高兴，也不说什么，只是咯咯的笑。

涛他娘说："回来再问吧！"

春兰说："我得上你们屋里看看去。"

贵他娘说："看去吧，门上又没有绊脚绳！"

从这段对话中，大致可以捉摸出春兰、贵他娘、涛他娘等人的性格和年龄大小。

没有对方而自己讲话或冗长而不被对方打断的话叫做"独白"。人在有着极度强烈的感触和紧张的心情的时候，才会"独白"。这种独白，往往表现出非常深刻的思想和感情。例如鲁迅的《祝福》中有这么一段：

"我真傻，真的！"祥林嫂抬起没有神采的眼睛来，接着说："我单知道下雪的时候野兽在山墺里没有食吃，会到村里来，我不知道春天也会有。我一清早起来就开了门，拿小篮盛了一篮豆，叫我们的阿毛坐在门槛上剥豆去。他是很听话的，我的话句句听；他出去了。我就在屋后劈柴，淘米，米下了锅，要蒸豆。我叫阿毛，没有应，出去一看，只见豆撒得一地，没有我们的阿毛了。他是不到别家去玩的；各处去一问，果然没有。我急了，央人出去寻。直到下半天，寻来寻去寻到山墺里，看见刺柴上挂着一只他的小鞋。大家都说糟了，怕是遭了狼了。再进去，他果然躺在草窝里，肚里的五脏已经都给吃空了，手上还紧紧地捏着那只小篮呢……"她接着只是呜咽，说不出成句的话来。

在这段独白里，深刻地表现着祥林嫂的深沉的悲哀和不幸的遭遇，从而激起了读者对她的无限同情。

(四) 细节描写

如王朝闻所说："没有细节，没有具体描写，就没有形象。任何主题具有伟大意义的作品，总是和那些能够充分刻画人物和适当展开情节的具有独特性的细节描写相结合的。……没有富于特征性的细节和具体描写的履历表或鉴定表性质的作品，由于不符合客观实际的多样性和具体性，如同虽然冗长、啰苏而不能充分表现描写对象的特征的作品一样，不能塑造人的形象。因为它丧失了构成典型的重要因素（感性的特征），不能吸引读者，不能产生感动和说服读者的作用，不能成为强有力的思想武器。如果主题是具有积极意义的，这种积极意义也会落空。"[1]

我国的几部伟大的古典现实主义小说，都善于通过特征的细节描写塑造人物形象，展开主题思想。例如《三国演义》中的曹操，他的奸诈、毒狠、"宁教我负天下人，休教天下人负我"的性格，是通过无数富于特征性的细节刻画出来的。让我们举几个例子：

操有叔父，见操游荡无度，尝怒之，言于曹嵩（曹操的父亲）。嵩责操，操忽心生一计：见叔父来，诈倒于地，作中风之状，叔父惊告嵩，嵩急视之，

---

[1] 王朝闻：《细节、具体描写》，见《面向生活》第231—232页。

操故无恙。嵩曰:"叔言汝中风。今已愈乎?"操曰:"儿自来无此病;因失爱于叔父,故见罔耳。"嵩信其言。后叔父但言操过,嵩并不听,因此,操得恣意放荡。(第一回)

二人(曹操和陈宫)至庄前下马,入见伯奢。奢曰:"我闻朝廷遍行文书,捉汝甚急,汝父已避陈留去了。汝如何得至此?"操告以前事曰:"若非陈县令,已粉骨碎身矣。"伯奢拜陈宫曰:"小侄若非使君,曹氏灭门矣。使君宽怀安坐,今晚便可下榻草舍。"说罢,即起身入内。良久乃出,谓陈宫曰:"老夫家无好酒,容往西村沽一樽来相待。"言讫,匆匆上驴而去。

操与宫坐久,忽闻庄后有磨刀之声。操曰:"吕伯奢非吾至亲,此去可疑,吾窃听之。"二人潜步入草堂后,但闻人语曰:"缚而杀之,何如?"操曰:"是矣! 今若不先下手,必遭擒获。"遂与宫拔剑直入,不问男女,皆杀之;一连杀死八口。搜至厨下,却见缚一猪欲杀。宫曰:"孟得心多,误杀好人矣!"急出庄上马而行。行不到二里,只见伯奢驴鞍前悬酒两瓶,手携果菜而来,叫曰:"贤侄与使君何故便去?"操曰:"被罪之人,不可久住。"伯奢曰:"吾已吩咐家人宰一猪相款,贤侄、使君何憎一宿? 请速转骑。"操不顾,策马便行。行不数步,忽拔剑复回,叫伯奢曰:"此来者何人?"伯奢回头看时,操挥剑砍伯奢于驴下。宫大惊曰:"适才误耳,今何为也?"操曰:"伯奢到家,见杀死多人,安肯干休? 若率众来追,必遭其祸矣。"宫曰:"知而故杀,大不义也!"操曰:"宁教我负天下人,休教天下人负我。"陈宫默然。(第四回)

却说曹兵十七万,日费粮食浩大,诸郡又荒旱,接济不及;操催军速战,李丰等闭门不出。操军相拒月余,粮食将尽……管粮官任峻部下仓官王垕入禀操曰:"兵多粮少,当如之何?"操曰:"可将小斛散之权且救一时之急。"垕曰:"兵士倘怨,如何?"操曰:"吾自有策。"垕依命,以小斛分散。操暗使人各寨探听,无不嗟怨,皆言丞相欺众。操乃密召垕入曰:"吾欲问汝借一物,以压众心,汝必勿吝。"垕曰:"丞相欲用何物?"操曰:"欲借汝头以示众耳。"垕大惊曰:"某实无罪。"操曰:"吾亦知汝无罪,但不杀汝,军心变矣,汝死后,汝妻子吾自养之,汝勿虑也。"垕再欲言时,操早呼刀斧手推出门外一刀斩讫,悬头高竿,出榜晓示曰:"王垕故行小斛,盗窃官粮,

谨按军法。"于是众怨始解。(第十七回)

例子不必多举,只看看这几个生动的细节描写,"奸曹操"的形象,就栩栩如生地出现在我们面前。

任何优秀作品中的动人的艺术形象,都是通过有机地联系起来的许多富于特征性的细节塑造成功的。在《普通一兵》中,描写某一天黄昏的休息时间,学生都向俱乐部跑去,马特洛索夫也跟着去了。但当他走到俱乐部门口的时候,猛然想起辅导员柯拉甫克对他说过的话:"如果不愿工作的时候,要强迫自己工作!"又想起自己曾答应他要努力做个有毅力的人。于是就强迫自己,回去预备功课。从这个细节中,我们可以看到马特洛索夫是如何在平常的生活和学习中,按照他所接受、所理解的真理来鞭策自己。在《暴风骤雨》中,描写老孙头分到了一匹小马,他高兴地骑上,谁知小马狂跳乱蹦,把他摔了下来。他生气地说:"这小家伙回头非揍它不解!"他跑到柴火垛子边抽了根棒子,"一手牵着它的嚼子,一手狠狠抡起木棒子……棒子落在半空却扔在地上。"从这个细节中,我们可以看到农民分到牲口后的喜悦及其热爱牲口的感情。

当然,我们强调细节描写,并不等于说任何细节都有描写的价值。有些作家醉心于个别的细节,而不把典型的和非特征的细节区别开来,在他们的作品中也可以找到单纯描写的成分。现实主义的艺术,要求对于每个形象的刻画都具备富有巨大意义的艺术细节的真实性。但是在具有特色的细节和个别的、不需要的细节之间是存在着差别的。屠格涅夫说得好:"谁要把所有的细节都表达出来,准要摔跟头,必须善于抓住那些具有特色的细节。"①充塞着次要的细节的作品,总是沉闷而枯燥的。

(五)行动描写

通过人物本身的行动表现人物的性格,是创造人物的重要方法。某一人物的性格如何,光靠作者的概括介绍是不够的,主要地是要依靠人物本身的行动去说明。王熙凤的机诈、残忍、狠毒、泼辣等性格特征之所以浮雕似的凸现在读者面前,不在于兴儿等人的概括的介绍,而在于她本身的行动表现。如果不是在《王熙凤弄权铁槛寺》、《弄小巧借剑杀人》、《瞒消息凤姐设奇谋》等回深刻地描写了她的行动,则兴儿等人的介绍是没有任何力量的。所以伟大的

---

① 《译文》1953 年 10 月号。

作家,都很少冗长地、抽象地介绍人物的性格,而是在人物的行动中具体地表现他们的性格。

人物的语言固然是展开人物性格的形式,但光堆砌人物的语言,是很难写出生动的人物的。如高尔基所说:"为了使艺术作品有教育、说服的力量,必须尽可能地使主人公多行动,少说话。"同时,一个人的语言绝不是和他的行动隔离开来的。所以必须把人物的语言和行动紧密地扣合起来,才能更有力地表现人物的性格。伟大的作家都善于把富于特征性的行动跟相关联的语言配合起来表现人物的性格。例如《阿Q正传》中的一段:

> 阿Q在形式上打败了,被人揪住黄辫子,在壁上碰了四五个响头,闲人这才心满意足的得胜的走了。阿Q站了一刻,心里想:"我总算被儿子打了,现在世界真不象样……"于是也心满意足的得胜的走了。

> 阿Q想在心里的,后来也每每说出口来,所以凡有和阿Q玩笑的人们,几乎全知道他有这一种精神上的胜利法,此后每逢揪住他的黄辫子的时候,人就先一着对他说:

> "阿Q,这不是儿子打老子,是人打畜生。自己说,人打畜生!"

> 阿Q两只手都捏住了自己的辫根,歪着头,说道:

> "打虫豸,好不好?我是虫豸——还不放吗?"

> 但虽然是虫豸,闲人也并不放,仍旧在就近什么地方给碰了五六个响头,这才心满意足的得胜的走了。他以为阿Q这回可遭了瘟。然而不到十秒钟,阿Q也心满意足的得胜的走了。他觉得他是第一个能够自轻自贱的人,除了"自轻自贱"不算外,余下的不就是"第一个"吗?"你算是什么东西呢?"

在这一段中,突出地表现了阿Q的精神胜利法——奴隶失败主义。在《卓娅和舒拉的故事》中,有这样一段:

> 卓娅的学习成绩很好,虽然某些功课她学着很吃力。有时候她作数学和物理学功课作到深夜,可是始终不肯让舒拉帮助她。有好多次是这样:舒拉早已预备完功课了,可是卓娅仍旧伏在桌上。

> "你做什么哪?"

"代数,算不好这个题。"

"来,我算给你看。"

"不用,我自己想想吧。"

过去半点钟了,过去一点钟了。

舒拉气忿地说:"我睡觉去了!答案在这里。你看,我放在这里了。"

卓娅连头也不转,舒拉遗憾的一挥手就睡去了,卓娅还要坐很长时间,在十分困倦了的时候,她就用冷水浇脸,浇完了仍旧在桌旁坐下,算题的答案就在旁边放着,伸手就可以取来,可是卓娅连往那边看都不看。

第二天她的数学分得了"很好",这事并不使级里的任何人惊异,可是我和舒拉都知道这些"很好"的代价是什么。

在这一段文字中,作者通过卓娅的行动和语言,表现了她的严肃认真的学习态度和不向困难低头的坚强意志。

心理学家把人的性格定义为"被人的人生观、信念、道德、观点和理想所决定的行动的特性"[1]。一个人的性格即表现在他的自觉的行动之中。因而描写特征的行动,就成为表现人物性格的必要条件。恩格斯曾指出:"人物底性格不仅表现在他做的什么,而且表现在他怎么样做。"[2]描写人物的行动,就是描写他"怎么样做"。《卓娅和舒拉的故事》中的挖马铃薯一章,描写卓娅和她的同学同时挖马铃薯,但有些同学"只图快",结果只刨了浅层的马铃薯,却把深层的那些最大最好的忽略了。而卓娅呢,却刨得很深,把最深的马铃薯都刨了出来。作者就通过她们"怎么样"刨马铃薯的行动表现了不同的劳动态度,不同的政治品质。

当然,并不是随便什么行动都可以很好地表现人物的性格。作家必须严格地选择最特征、最典型的行动,才能借以创造出有生命的人物。有些作家像傀儡戏后面的牵线人一样任意牵动线索,叫他的人物乱跳乱动,似乎很热闹,但并不能显示人物的性格。像这样描写行动的办法,自然是应该反对的。

(六) 侧面烘托

侧面烘托,也是创造人物的方法之一。比如《陌上桑》的作者描写秦罗敷

---

① 柯尔尼洛夫:《意志与性格的培养》,中国青年出版社版,第16—17页。

② 《马克思 恩格斯 列宁 斯大林论文艺》,第14页。

的美丽,就用了侧面烘托的方法。他没有正面地描写她的眉目口鼻等等长得如何好看,却侧面地描写了她的好看所引起的反应:"行者见罗敷,下担捋髭须。少年见罗敷,脱帽著帩头。耕者忘其犁,锄者忘其锄。来归相怨怒,但坐观罗敷。使君从南来,五马立踟蹰。"这样,在我们眼前出现的不仅是一个活的美人,而且是在许多活人中间的美人,由此构成的罗敷的美丽的印象是异常充实而复杂的。荷马在《伊利亚特》中写海伦的美丽,王实甫在《西厢记》中写莺莺的美丽,都用的是这种方法。

用侧面烘托的方法描写人物,也是新文学作品中常见的现象,在赵树理的《小二黑结婚》中,就可以找出好几个例子。比如他这样描写着小二黑的漂亮:

> 小二黑是二诸葛的二小子……说到他的漂亮,那不只在刘家峧有名,每年正月扮故事,不论去到那一村,妇女们的眼睛都跟着他转。

他描写小芹的美丽,也用了同样的方法:

> 小芹今年十八岁了,村里的轻薄人说比她娘年轻时好看得多。青年小伙们,有事没事,总想跟小芹说句话。小芹去洗衣服,马上青年们也都去洗,小芹上树采野菜,马上青年们也都去采。

最精彩的是写小芹的娘三仙姑到区上去的一幕:

> 刚才跑出去那个小闺女,跑到外边一宣传,说有个打官司的老婆,四十五岁了,擦着粉,穿着花鞋,邻近的女人们都跑来看,唧唧哝哝说:"看看,四十五岁了!""看那裤腿!""看那鞋!"三仙姑半辈子没红过脸,偏这回撑不住气了,一道道热汗在脸上流。交通员领着小芹来了,故意说:"看什么! 人家也是人吧,没有见过,闪开路!"一伙女人们哈哈大笑。
>
> 把小芹叫来了,区长说:"你问问你闺女愿意不愿意!"三仙姑只听院里人说"四十五","穿花鞋",羞得只顾擦汗,再也开不得口。院里的人们忽然又转了话头,都说"那是人家的闺女","闺女不如娘会打扮"。也有人说"听说还会下神",偏又有个知道底细的断断续续的讲"米烂了"的故事。这时三仙姑恨不得一头碰死。

侧面烘托虽不是描写人物的主要方法,但却有它的特殊功能:第一,有些场合不适于正面描写而适于侧面烘托。比如要从正面去描写一个雄辩家,就难免弄巧成拙,这因为足以表现雄辩家的辩才的演说词和演说时候的姿势、音调等等,是很难写好的。屠格涅夫在他的小说《罗亭》中写罗亭的辩才,就采取了侧面烘托的方法。他没有正面描写罗亭如何雄辩,只侧面地描写了罗亭的雄辩对娜达丽亚、巴西斯托夫以及其他人所造成的印象(他写罗亭演说以后听者如何睡不着觉,写听者到处引用罗亭的演说词……),而读者就因此产生罗亭具有惊人的辩才的观念。又如要表现某个人物多么声势显赫,也不便于过多地从正面落墨,而侧面烘托却很容易收到强烈的艺术效果。《子夜》前半部写吴荪甫,就成功地运用了这一手法。吴荪甫一出场,连并非吴记的戴生昌轮船局的大小职员都"霍地一齐站了起来",肃然起敬,奔走效劳,轰走闲杂人等,一片喊脚夫声。吴老太爷中风,周围一片慌乱,有的惊叫,有的失手打碎茶杯,有的满屋乱跑,有的泪流满面,没有人敢说话,只听到吴荪甫威厉的斥骂声和一系列的命令声。吴荪甫周围的男女仆人和办事员们,任何时候都"小心翼翼,蹑手蹑脚"。或者是一个"长方脸在门缝中探一下,挨进身来,又悄悄地将门关上",或者是"门悄悄地开了,探进了一个头来",连屠维岳也是"悄悄地开门"。……这一切,都从侧面烘托出吴荪甫显赫的声势和威严的气派。第二,侧面烘托可以加强正面描写的力量。比如《水浒》中《青面兽北京斗武》一回,从正面描写杨志的武艺是如何的高强,已经很生动,很突出,再加上侧面烘托(如写杨志、索超比武时,"月台上梁中书看得呆了,两边众军官喝采不迭,阵面上军士递相厮觑道:'我们做了许多年军士,也曾出了几遭征,何曾见这等一对好汉厮杀!'李成、闻达在将台上不住声叫道'好斗!'……"),就更加强了正面描写的力量。

(七)习惯、脾气的描写

习惯、脾气的描写,也是创造人物的一个方法。一个人的习惯、脾气是和他的性格分不开的,因而描写人物的习惯、脾气,也可以表现他的性格。例如《小二黑结婚》中的二孔明,抬脚动手都要论阴阳八卦,看黄道黑道,这表现着他的封建迷信思想。契诃夫的《装在套子里的人》中的别里科夫,即使在顶晴朗的天气里,也穿着夹大衣、雨鞋,带着雨伞,并且把脸藏在竖起的衣领里。他的床上挂着帐子,晚上睡觉的时候还要穿上睡衣、戴上睡帽、用帐子蒙上脑袋。

总之，他把自己完全装在套子里，生怕和外界生活接触。这表现着他的保守思想和憎恨、拒绝新事物的感情。

一个人能否自觉地培养好习惯，克服坏习惯，是和他有无坚强的意志分不开的。在《钢铁是怎样炼成的》中，有这么一段描写：有一次，当着保尔·柯察金的面，青年团员们争论着这样一个问题：一个人能否克服自己的坏习惯，例如吸烟。保尔说，当然能够，是人支配习惯，而不是习惯支配人。当时一个同志挖苦他说："漂亮话，柯察金就喜欢说漂亮话……他自己吸烟吗？吸烟。他知道吸烟没有好处吗？知道。而戒掉，力量又薄弱……"柯察金从嘴里拔出香烟说："我再不吸了。"果然，他后来永远再没有吸过烟。在这一段关于克服坏习惯的描写中，有力地表现了保尔的坚强意志。

（八）心理描写

心理描写是创造人物的主要方法，前面所谈的许多方法，都应该从属于它，并被它统一起来。人的表情、语言、行动等等，都决定于人的心理活动。作家应该通过人物的表情、语言、行动等等揭示人物的心理活动，而不应该停留在表情、语言、行动的本身。寒风的短篇小说《尹青春》，写一个战士在不分昼夜追击敌人的长途行军里面，忍受着各种不可想象的艰苦，并且在各方面起着模范作用。但作者并没有单纯地描写这种行动的本身，而是在描写这种行动的同时描写了支配这种行动的心理活动：在行军中考验自己，争取光荣入党。这样，作者就把他的人物的精神世界展示在读者面前。

列夫·托尔斯泰的老朋友米尔斯基在一次讲演中说：

> 托尔斯泰在小说的组织上引起了一种改变，即是从旧式的戏剧的方法而进到新的方法——"观点的方法"。戏剧的方法是描写人物行动和语言而不加解释。托尔斯泰从他的早期起，即对人物的行动和语言从未不加解释，对于他，心理解释是一件要务。重要的不是人物所做的行为，而是人物为什么要做那种行为。

"心理解释"的确是一件要务。因为同样的行为、语言，常常导源于不同的心理。要两面派的人，即使在社会主义社会，也还没有绝迹。在"四害"横行时期，尤其是这样。话剧《丹心谱》中的庄济生，初上场时似乎以一个正面人物的形象出现在观众面前。满口"革命"言论,在家庭中的行动表现也很不错,体贴妻子,尊敬岳父、岳母,因而赢得妻子的钟情、岳母的喜爱、岳父的信任。然而在庄济生身上,这一切都是假象。在复杂、尖锐的斗争面前,他为了向上爬,不惜出卖灵魂,投靠"四人帮",参与了反对周总理的罪恶活动。原来他的"革命"言论和讨好妻子、岳父、岳母的行动表现,都不过是用来掩盖丑恶本质的画皮。所以,只描写人物的语言、行动,而不去揭示出引起这种语言和行动的心理,就不能表现出人物的精神世界。《丹心谱》的成就之一,就在于它剥去画皮,揭示出庄济生的心灵秘密,从而创造了一个风派人物的典型。

在特定的生活环境中,正面人物与反面人物可能有类似的语言行动,但心理各不相同。《人民日报》的《丙辰清明纪事》栏发表过一篇精彩的短文,题目叫《一位胖警察》,内容是:在天安门事件中,一位小伙子贴悼念周总理的诗稿,一位胖警察质问他:"为什么还要贴?"并且说:"我是来抓人的。"小伙子和周围的群众把他看做"四人帮"的鹰犬,投以讽刺、嘲弄和哄笑,他只好走开。天将傍晚,小伙子去拍照,几个便衣围了上来,要抓他。这时,胖警察忽然钻出来,一把夺去小伙子的照相机,大声说:"真行呵!又跑到这儿来了!这回不客气了,跟我走吧!"带出去很远,忽然把照相机塞给小伙子,悄悄地说:"快走吧!"并且告诉小伙子:"我也是不得已才来的。这些人都是悼念总理的,有什么罪?让我抓这样的人,我是不干的。"……这篇文章真可谓短而精,寥寥几笔,就勾勒出一位人民警察的崇高形象。这位警察的有些语言、行动,和"四人帮"的鹰犬的语言、行动没有什么区别,因而就被看做"四人帮"的鹰犬,受了委屈。直到他最后在环境许可的情况下作了解释,人们才一下子弄懂了他在特定场合的语言、行动的真正含义,而他那不得不掩藏在假象下面的高洁的灵魂,立刻放射出耀眼的光芒。

要创造出"形神兼备"的人物形象,重要的不在于写出人物在说什么、做什么,而在于要表现出为什么那样说、那样做,即进行"心理解释",揭示出那样说、那样做的心理根据。当然,这所谓心理解释,不一定要由作者用自己的语言来作。高明的作家,常常是通过人物的语言、行动,来揭示人物的内心世界的。

作家不仅应该钻到人物的灵魂深处,把握其心理活动的结果,而且应该住在人物的灵魂深处,把握其心理活动的过程。一切优秀的作家,都不仅根据人物心理活动的结果表现其"形于外"的表情、语言和动作,而且在必要的时候,也根据人物心理活动的过程表现其内心中的矛盾与斗争。内心中的激烈的矛盾与斗争,总是当人面临着很难解决而必须解决的重大问题的时候展开的,而斗争一旦胜利,矛盾一旦解决,他的思想感情就会发生本质上的变化,因而描写这个内心矛盾与斗争的过程,就成为描写人物成长或转变的必要条件。比如《被开垦的处女地》中的中农梅谭尼可夫,他参加过红军,为社会主义革命流过血,在农业集体化运动中,也表现得很积极。但在内心中,他却和私有观念进行着艰苦的斗争。这种内心中的艰苦斗争,旁人(连达维多夫在内)是很难觉察出来的,作者就用两段生动的内心描写把它揭露了出来,使读者了解梅谭尼可夫由旧农民变成新的集体农民"可真不容易! 他含着泪与带着血,撕破了他与财产、与牡牛、与亲身耕种着的田地所结合着的脐带"。

《钢铁是怎样炼成的》中描写保尔内心斗争的一段也非常精彩:

在遥远的地平线上,汽船的烟柱象一条黑云似的在舒展。成群的海鸥嘶叫着钻进海里去。保尔双手捧着他的头,沉浸在阴郁的思索中。

他的全部生涯,由孩提时代到最近几天,象电一样在他面前闪过。他是很好地过了这二十四年的生涯,还是错过了它? 他想了一年又一年,象一个铁面无私的判官,逐年加以评判,结果他非常满足的自己承认,他的生活过的还不算怎样坏。它充满着许多的错误,愚蠢的错误,年青的错误,虽然大半是无知的错误,但主要的是在斗争火热的时期中,他并没有睡觉,他晓得在那争夺政权的铁的斗争中,怎样去尽他的本分,而且在那革命的红旗上,也还有着他的几点鲜血。

此外,他始终没有放弃斗争……但是现在呢,他已负伤,被迫退出前线了,而且只有一条路——进入后方医院。他想起在华沙附近,一粒子弹射倒了一个人,那个人刚好倒在马蹄的下面。同志们当时匆忙绑扎他的伤口,把他送给红十字的人员,随后就赶去攻击敌人。那战队并未因丧失一个战士而停止前进。为着伟大的思想而作的斗争,就象这一样,而且应当象这一样。不错,也有例外。他曾看过好些失去双脚的机关枪手,坐在带着机枪的小车上,这些人是敌人碰到的最可怕的战士,他们的机枪扫着死亡与损害,而他们的铁样的容忍和眼力的锐利,使他们成为战队的光荣。但象这样的人是稀有的。

现在,已受了伤,永远没有返回队伍的希望的他,要怎样办呢?他不是曾经叫伊林娜·巴赞娜芙承认他的将来是极惨淡的吗?他要怎样办?这没有解决的问题,就象一个摆在他面前的吓人的黑洞。到底为什么要生活,当他现在已失去了最可宝贵的东西——进行斗争的才能?在现在,在他的忧郁的将来,他的生命还有什么用处?他要怎样对付它?只为着吃喝和呼吸吗?只做一个无助的证人,目击同志在斗争中前进吗?只做他的同志们的一个累赘吗?他应不应该抛弃这个现在已背叛了他的肉体呢?朝他的心口开一枪——让它完结!他以往的日子过得还算光荣,所以他应该能够在适当的时期结束它。谁能斥责一个不愿挨过不幸生涯的战士?他的手伸进口袋里,摸着那光滑的勃朗宁手枪,他的手指做着射击的姿势——紧紧地抓着枪柄,缓缓地他把手枪从袋里摸出来,他大声对自己说:

"谁想到你会有这样的下场?"

枪口轻蔑地瞪着他的脸。接着,他把手枪放在膝头,狠命地诅咒,并且对自己说:

"孩子,你是一个假英雄!任何一个傻瓜在任何时候都能杀他自己,这是最懦怯的也是最容易的出路。把手枪藏起来,永远不要叫别人知道你有过这个想头。即使到了生活实在是难以忍受的时候,也要找出活下去的方法来,使你的生命有用处吧!"

(九)突出地描写主要的性格特征

一个人的性格特征是多样的,作家不应该把它单一化、贫乏化。但必须了解:一个人的多样的性格特征,并不是各种不同的性格特征在数学上的总和;相反,它是被某种主要特征凝固在一起的不可分割的整体。《三国演义》中的曹操有许多性格特征,但都从属于"奸诈"这一主要特征。《阿Q正传》中的阿Q有许多性格特征,但都从属于"精神胜利"这一主要特征。只有抓住这个主要特征,并加以突出的描写,才有可能充分而明晰地表现被它凝结在一起的其余特征,才有可能创造出浮雕似的人物形象。不然,如果不分主从、不分轻重地把许多性格特征罗列起来,就会使人物形象模糊不清。许多著名作家,都谈到过这方面的经验。别林斯基说:"诗人从所写的人物身上采取最鲜明、最足以显示出特征的面貌,把不能渲染人物个性的一切偶然的东西都一齐抛开。"列夫·托尔斯泰说:"我们正是应该从某人那里取来他的主要的、有代表性的特点,并且用观察到的另一些人的有代表性的特点来补充,那时才会是典型的。"①绥拉菲摩维奇谈《铁流》的创作经验时也说:"我认为应当把人物性格最重要的一面清楚地表现出来;如果我从各个方面描写人物,那么这个最典型的一面势必就要大大削弱了。"②这些经验之谈,值得借鉴。

---

① 《古典文艺理论译丛》第 11 期,第 116 页。

② 绥拉菲摩维奇:《〈铁流〉的创作经过》,见《论写作》第 115 页。

第四章 环境(背景)

第一节 环境的概念

环境有广狭二义。广义的环境是指作品产生的社会环境,它包括某一特定地区的生产关系、阶级关系、社会制度、文化教育组织以及风俗习惯等等。(应该注意:生产关系、阶级关系、社会制度、文化教育组织以及风俗习惯等等,都是通过作为社会关系总和的人而表现出来的,所以,我们所说的社会环境,并不是抽象的东西。对于作品中的主要人物,他周围的人物及其所代表的社会意义,就是他的社会环境;他们之间的本质意义的关系,就是典型环境。对于其他任何一个人物,其周围的人物也是他的环境。没有人物就没有社会生活,自然也就没有社会环境。)狭义的环境是指人物所在的"氛围",它包括自然风景、住室、用具乃至家畜、鸟兽等等。

第二节 社会环境与人物描写

关于社会环境与人物描写这个问题,我们准备分三点来谈。

(一)不要孤立地描写人物

现实的人永远是生活在社会中的,生活在跟别的人们的一定关系中的,如果离开人所生活的社会环境而孤立地描写人物,则所创造出来的人物必然是不真实的,不可理解的。曾经有人写过一篇这样的作品:从一九四五年起,童大妈母子两人在勤苦的劳动中从喂养母鸡渐渐富裕起来。母鸡生蛋,蛋孵小鸡,鸡长大了换谷子,谷子换牛,牛生小牛,小牛换田地。最后引起大家的赞扬,传为"老母鸡发家"的美谈。至于故事发生在什么地方,童大妈母子所处的社会环境如何,却一点也没有提到。可以看出,作者是企图表现劳动人民的刻苦、勤劳的优秀品质的,但由于作者离开人物所处的社会环境而孤立地描写人物,因而他的这个企图就落了空。他所写的童大妈母子是不真实的,不可理解的。因为就他所写的蛋变鸡,鸡变粮食,粮食变牛,牛变田地这些事情看,童大妈母子所处的社会环境不可能是解放区。但如果是蒋管区,那么,童大妈母子在地主的威胁下,在苛捐杂税的剥削下,能够由于刻苦、勤劳而发家致富吗?如果能够,那就不必革命,不必进行土地改革,因为刻苦、勤劳可以解决一切问题。

(二)表现典型环境中的典型性格

马克思和恩格斯把人物的性格赖以形成发展的积极背景称为"典型环境",并赋予它以非常重要的意义。在马克思、恩格斯分别给拉萨尔的两封信①中,都指出:拉萨尔由于没有"介绍那时候五光十色的平民社会",没有把"农民(特别是他们)与城市革命分子的代表"作为他的剧本《弗朗茨·冯·济金根》的"积极背景",以致使他不能"在更大的程度上把最现代的思想表现在最朴素的形式中",不能使他的人物"更加莎士比亚化"。恩格斯在《给哈克纳斯的信》②中更明确地规定"现实主义是除了细节底真实之外还要正确地表现出典型环境中的典型性格",并批评哈克纳斯说:"你所描写的性格,在你所给与的范围之内,是充分典型的了,但是关于环绕他们、驱使他们行动的环境,那就不能够说是典型。"哈克纳斯在《城市姑娘》中所犯的错误是:她所描写的工人是受苦的、消极的群众,不能帮助自己,甚至不企图帮助自己。如果对于十九世纪初叶来说,这是正确的描写,那么在十九世纪末,"一个人已经获有参加了五十年光荣的战斗的无产阶级斗争的荣誉,而且一直被'解放工人阶级应当是工人阶级本身的事业'这个原则指导着的时候,这样的描写就不正确了。工人阶级对于压迫他们的环境的革命的反抗,他们的争取自己的人底权利的紧张的企图——不论是半自觉或自觉的——都是属于历史底一部分,而且可以在现实主义底领域中要求一个地位"。在这时候,哈克纳斯所写的作为全书的基础的一个受中产阶级男子诱骗的、受苦的和叫人怜悯的青年女工的陈旧故事,已经不可能是充分典型的了,即充分反映这个社会力量的本质的了。正由于这个缘故,这个女作家忽视了工人阶级生活中所发生的变化,而不能够创造出真正的典型环境,歪曲了发生行动的"积极背景"。性格的典型性在这儿受到了贫乏的环境的典型性的限制。

---

① 见《马克思 恩格斯 列宁 斯大林论文艺》,人民文学出版社版。

② 见《马克思 恩格斯 列宁 斯大林论文艺》,人民文学出版社版。

要表现"典型环境中的典型性格",应该注意两点:第一,要从典型环境中去表现人物的典型性格。如捷普洛夫所说:"性格的最重要的特征,是决定于一个人所处的社会条件、他的世界观和他的信仰。因此可以说,典型的性格是一定社会历史条件底产物。"①这就是说,典型性格是在"一定社会历史条件"下形成、发展着的,即在典型环境中形成、发展着的。那么,离开典型环境的描写,要表现典型性格是不可能的。第二,要通过典型性格去表现典型环境。文学是通过个体表现一般的,也就是说,它是通过有血有肉的人物、通过人物与人物之间的关系来表现社会(阶级)、表现社会关系(阶级关系)的矛盾及其发展的真实面貌的。那么,只有作品中的人物具有产生于典型环境的典型性格,即具有足以表现一定社会的本质的性格,才能完成这个任务:通过个体表现一般,通过典型性格表现典型环境。

从典型环境中表现典型性格,必须写出产生典型性格的"社会条件";离开或缺少必要的"社会条件",就不可能表现或不可能很好地表现人物的典型性格。例如徐光耀的《平原烈火》,无疑是一部相当优秀的小说,其中的人物如周铁汉、钱万里、薛强等都写得相当生动,这因为作者从部队内部给予这些人物的性格形成以必要的"社会条件"(如党的领导和革命斗争的锻炼等等)。但严格地说,这部作品还缺少必要的"社会条件",因而就在一定程度上限制了人物性格的丰富性和完整性。这部作品对于群众的描写很不够,除了和周铁汉有血缘关系的老大娘一家人以外,其他几个群众都是为了情节的需要临时出现的。但是在这部作品所反映的日寇疯狂地扫荡冀中平原的时期(即一九四二年"五一"大扫荡时期),冀中平原的群众在对敌斗争中占着特殊的地位。他们像河水哺育着游鱼一样,使革命武装和革命政权在任何困难情况下都得以坚持、得以发展,如果不把群众作为必要的"社会条件",作为展开行动的重要的"积极背景",则无论是写党的领导力量,写人物性格的形成、发展,写游击队的神话般的战斗奇迹,就都要受到不可避免的限制。而这种限制,就给《平原烈火》这部相当优秀的小说带来了损失。就人物而论,由于缺少他们的行动赖以展开的"积极背景",作者不可能在接近抗日战争胜利的前夜,把周铁汉等人的英雄性格加以发展、加以提高,预示出在未来的斗争中,他们仍然是永远走在前头的坚强的骨干。

---

① 捷普洛夫:《心理学》,东北教育出版社版,第 246 页。

（三）从人物的行动中写出环境

社会环境和人物性格的关系既然是这样密切，那么，应该怎样写出社会环境呢？回答是：从人物的行动中写出环境。

我们曾经指出，认识人才能描写人。人是在特定的社会环境中活动着的，不认识人所活动的环境，就不可能认识人。所以作家对于环境的认识是随着对于人物的认识而进行的；在创作的时候，对于环境的描写也是随着对于人物的刻画而进行的，有些作家并没有从人物与环境的密切关系中认识人物、认识环境，因而在作品中把人物和环境作了机械的描写：环境好像是为了人物登场而搭的戏台，人物好像是为了故事扮演而装的傀儡。

人物和环境的关系是有机的，而不是机械的。茅盾说：

> "人"是在"环境"中行动的。"环境"固然支配了"人"，但由于这被支配而发生的反作用，能使"人"发生破坏束缚的思想而形成改造环境的行动。由此可知"人"和"环境"的关系不是片面的，"人"与"环境"之间的作用是交流的，是在矛盾中发展的。
>
> 因此，倘使从"人"和"环境"的固定关系上去观察，就只能看到一半，而这一半也不是"真实的人生"，由这样的观察所达到的文艺表现的方法往往是"人在环境中行动"。读者对于用了这样表现方法的作品所得的印象是：环境是固定的基盘，而人在这固定的基盘上行动，"人"和"环境"的关系被写成机械的了。……
>
> 应该从交流的、在矛盾中发展的关系上去观察"人"和"环境"。从这样的观察，可以灼见现象的过去、现在和未来。当你截取"现在"一段来写，你的目光当然不以"现在"为限；你的最大的努力当然是要从"现在"中透露出"过去"，并且暗示着"未来"。同时，你也自然而然会觉得如果将"环境"作为一个固定的基盘而使"人物"在这上面动作，那就和你所要努力达到的目标（从"现在"中透露出"过去"，并且暗示着"未来"）不相适合。因为问题既是要在"人"和"环境"的活泼泼的交互关系上着眼写作，则任何一方面的固定化，都于你的目的有害。
>
> 最初是"人"创造了"环境"，其次是"人"的思想行动被这"环境"所支配，又次是由这被支配而发生的反作用又反拨了"人"的思想而产生改造这环境的意志和行动——这是一串的矛盾发展。在这中间，"人"的动的

地位无论如何不能被忽视的。这是一个要点。把握住这个要点,就会达到另一表现方式:从"人"的行动中写出"环境"来。

这和"人在环境中行动"有根本的差别,"人在环境中行动"这一表现方式是把"人"从属于环境,而"从人的行动中写出环境来"便是把"环境"和"人"的关系放在交互发生作用的基础上来表现。

照这说法,本位依然不能不是"人物"了。因为"人"要改造环境的意志和努力固然不能不由"人物"的行动中表现,而"环境"的支配"人的行动"也不能不由"人物"的行动中表现。也只有如此,"人物"才是活的人,"环境"才是活的环境,而且这也是不使一篇作品成为披了文学形式的社会科学论文的要点。①

茅盾的这一段话是非常重要的。"从人物的行动中写出环境"的确是一个要点。所谓"从人物的行动中写出环境",就是从人物的行动中表现出环境怎样影响着人,而人又怎样影响着环境。这样,人物和环境才能在矛盾斗争中同时向前发展。以鲁迅的《祝福》为例,一开始,就介绍了两个主要人物(祥林嫂和鲁四老爷)和其他人物,同时从他们的行动中开展了社会环境。只要看一看人们筹办"祝福"的福礼的那种忙碌情形,一幅落后的被封建文化和迷信思想统治着的农村社会图画,就浮现在我们面前。接着,即一步一步地描写"政权"、"族权"、"神权"、"夫权"对祥林嫂的迫害、侮辱和祥林嫂的反抗、挣扎,而环境和人物的性格也就一步一步地向前发展,直至祥林嫂被旧社会吃掉为止。可以看出,鲁迅是从人物的行动中写出环境的。他通过"政权"、"族权"、"神权"、"夫权"对祥林嫂的肉体和灵魂的摧残和毒害,深刻地暴露并猛烈地抨击了宗法社会的罪恶,从而激发读者去掀掉那吃人的筵席,推翻那吃人的社会。

社会环境与人物描写这个问题,我们虽然就以上三点加以说明,但要点只有一个,就是:从现实社会的矛盾与斗争中描写人物。所谓社会环境,简单地说,就是社会生活中的矛盾与斗争;而社会生活中的一切矛盾与斗争,归根到底,都表现在人与人(阶级与阶级)之间和人与自然之间。因而只有把人物放在剧烈的斗争之中,才能真实地、全面地表现他的性格;反过来,只有从剧烈的斗争中真实地、全面地表现了人物的性格,才能从人物的性格中集中地、突出

---

① 茅盾:《创作的准备》,三联书店版,第48—51页。

地反映出社会生活中的矛盾。

第三节　氛围与人物描写

适当地描写氛围,也是创造人物的条件之一。关于氛围描写的重要性,秦兆阳在《论形象与感受》一文中有恰当的说明:

> 在读作品的时候,读者不仅希望从中看见活生生的人物,而且想看见人物以外的许多东西,听见各种愿意听见的声音,从而感觉到存在于人物周围的那种生活的气氛。因为这些东西和声音都跟人物有着不可分离的关系,跟作品内容有着不可分离的关系;它表示人物是在一种什么样的环境和情况下存在与活动,表示作品是在反映生活。总之,读者希望在作品里有着令人如身历其境的(或者可以想象到的)境界。特别是对于人所创造的、巨大而有特色的事物和自然界奇伟的景色,他们总是希望身历其境地感觉到。
>
> 这就需要作者在作品中描绘出一个天地来。这所谓天地,包括某时某地人们的生活特点,某些场面,风景地形,光、色、声等等。①

氛围描写的重要性,在这段话中已讲得很清楚。现在,我们再通过一些实例,谈一下氛围描写的原则。

(一)住室描写

住室的富丽或简陋,表现着人的阶级地位,而室内外的陈设和布置,也表现着人的个性。所以描写人物的住室,也是表现人物性格的条件之一。人有很多的时间是生活在他的住室里的,住室和人的关系非常密切。因而一切现实主义的作家,对于人物住室的描写都非常留心。以《红楼梦》为例,李纨只适宜住在"稻香村",黛玉只适宜住在"潇湘馆",宝玉只适宜住在"怡红院",惜春只适宜住在"蓼风轩",探春只适宜住在"秋掩书斋"……如果把他们的住室随意掉换,就会和他们的性格发生矛盾。茅盾《蚀》三部曲《动摇》里的住室描写也与此异曲同工。先看陆梅丽的客厅:"厅的正中有一只小方桌,蒙着白的桌布,淡蓝色的瓷瓶高踞在桌子中央,斜含着腊梅的折枝。右壁近檐处有一个小

---

① 秦兆阳:《论公式化概念化》,人民文学出版社版。

长方桌,供着水仙和时钟之类,还有一两件女子用品,一盏四方形的玻璃宫灯,从楼板挂下来,玻璃片上贴着纸剪的字,是'天下为公'。"这里既流露着古雅的旧家情调,又洋溢着新鲜的时代气氛,从而烘托出陆梅丽端庄娴静、细腻玲珑的性格特征。孙舞阳的住处却是:"一株梅树疏疏落落开着几朵花,方梗竹颓丧地倚墙而立,头上满是细蜘蛛网,孙舞阳的衣服用具杂乱地放着。靠窗户有一张放杂物的小桌,闻得一阵奇特的香,放着一个黄色的小方盒,很美丽,很惹眼,很香。方罗兰揭开一看,恍然大悟地说:'原来是香粉!'(其实是一种新式避孕药。)"这一切都衬托着孙舞阳浮躁、懒散、轻率、放浪的性格特征,与陆梅丽形成鲜明的对比。

果戈理对于梭巴开维支的客厅的描写,是非常出色的:

乞乞科夫坐下了,但又向挂在壁上的图画看了一眼。全是等身大的钢版象,真正的英雄角色,即希腊的将军们……这些英雄们,都是非常壮大的腰身,非常浓厚的胡子,多看一会,就会令人吓得身上发生鸡皮皱。……这家的主人,自己是一个非常健康而且茁壮的人,所以好象也愿意把真正健康而且茁壮的人物挂在那家里的墙壁上。……紧靠窗户,还挂着一个鸟笼,有一匹灰色白斑的画眉,在向外窥视,也很象梭巴开维支。……乞乞科夫又在屋子里看了一转:这里的东西也无不做得笨重、坚牢,什么都出格的和这家的主人非常相象,客厅角上有一张胖大的写字桌,四条特别稳重的腿——真是一头熊。凡有桌子、椅子、靠椅——全都带着一种沉重而又不安的性质,每种东西,每把椅子,仿佛都要说:"我也是一个梭巴开维支。"或者"我也象梭巴开维支。"

对于像一头熊的梭巴开维支来说,这样一个客厅是最合适的。

在《祝福》中,鲁迅对于鲁四老爷的书房,也作了非常出色的描写:

我回到四叔的书房里时,瓦楞上已经雪白,房里也映得较光明,极分明的显出壁上挂着的朱拓的大"寿"字,陈抟老祖写的:一边的对联已经脱落,松松的卷了放在长桌上,一边的还在,道是"事理通达心气和平"。我又无聊赖的到窗下的案头去一翻,只见一堆似乎未必完全的《康熙字典》,一部《近思录集注》和一部《四书衬》。

只看看壁上挂的字画,案头放的书籍,就会知道这个书房的主人是一个道学先生,是一个旧礼教的化身,是一个封建制度、封建社会的代表。

冈察洛夫写奥勃洛摩夫的屋子,突出地表现了它的主人的懒惰性格:

> ……他在家时——大抵总是在家的——总是躺着。而且我们常可看到他在原来那间屋子里躺着。那屋子是寝室,是书斋,又是会客室。……
>
> 挂在墙壁上的画框,旁边有上灰的蛛网,如同齿形的装饰,黏着。镜子与其说供照映,无宁说是代石板用的;满面积着灰尘,准可写下什么备忘录。绒毯沾满了污点。沙发上抛着忘却收拾的面布。桌上每早大概总留着前一晚上的食器、盐盂和嚼剩的残骨,还放着小片面包之类。
>
> 要是没有这项食器,没有放在被上供抽烟的烟袋,或者没有那吊着烟袋的主人,那么谁都以为这屋子是没有人住的。什么东西,全都蒙上灰尘,全都褪了色。全没有那人住的生气的痕迹。尤其是书架,二三册书本,尽那么开着页子,抛着,放着报纸。写字桌上摆着墨水瓶和钢笔。打开着的书页为尘埃所染,变成黑色——仿佛是好久以前给抛在这里的。报纸的日子是去年的。要是把钢笔插进墨水瓶去,其中的苍蝇就会吃惊地嗡的飞起。

赵树理在《李有才板话》中对李有才的窑洞的描写,也非常出色:

> 李有才住的一孔土窑,说也好笑,三面看来有三变:门朝南开,靠西墙正中有个炕,炕的两头还都留着五尺长短的地面。前边靠门这一头,盘了个小灶,还摆着些水缸、菜瓮、锅、匙、碗、碟;靠后墙摆着些筐子、箩头,里面装的是人家送给他的核桃、柿子(因为他是看庄稼的,大家才给他送这些);正炕后墙上,就炕那么高,打了个半截套窑,可以铺半条席子。因此你要一进门看正面,好象个小山果店;扭转头看西边,好象石菩萨的神龛;回头来看窗下,又好象小村子里的小饭铺。

如周扬所说:"这岂止是在写窑洞呵! 他把李有才的身份和个性写出

来了。"①

从上面的许多例子中可以看出描写人物的住室对于表现人物的性格有着非常重大的意义。安东诺夫曾说："大家知道,表现人物性格的最好方法,是描写他的居住环境。您记得,普希金怎样用一句话写出了《铲形皇后》里的伯爵夫人守旧的寂寞的生活:'镀金脱落了的、褪了色的锦缎安乐椅和有羽毛垫子的锦缎沙发处在凄凉的和谐中。'很可惜,这个把主人公的环境的描写和性格的描写结合起来因而对简短的体裁极有用处的辞简意赅的描写方法,您没有采用。我觉得轻视这种方法是不应该的。"②

(二)景物描写

景物描写也是创造人物的必要条件。

1. 景物描写可以表现人物行动的时间和空间。在《真正的人》中,一开头就有一段对雪季大森林的描写,作品中的主人公密列西叶夫就从此时此地开始行动,做出了惊人的英雄事迹。《保卫延安》的开头,也同样有一段景物描写:

> 一九四七年三月开初,吕梁山还是冰天雪地。西北风滚过白茫茫的山岭,旋转啸叫着。黄灿灿的太阳光透过干枯的树枝桠照在雪地上,花花点点。山沟里寒森森的,大冰凌柱象帘子一样挂在山崖沿上。
>
> 陈兴允和他的纵队就在这样严寒的季节,这样崎岖的山区出现,顶着比刀子还利的大风,不分日夜向西挺进,去保卫党中央,保卫毛主席,保卫延安。

2. 景物描写并不只单纯地表现人物行动的时间和空间,也往往是行动发展的关键。例如《水浒》中《吴用智取生辰纲》一回,有这么一段:

> 正是六月初四日时节,天气未及晌午,一轮红日当天,没半点云彩,其实十分大热,当日行的路都是山僻崎岖小径,南山北岭……约行了二十余里路程,那军人们思量要去柳荫树下歇凉,被杨志拿着藤条打将来,喝道:

---

① 周扬:《表现新的群众的时代》,第132页。
② 《文艺理论学习小译丛》第3辑,新文艺出版社版,第19页。

"快走！教你早歇！"众军人看那天时,四下里无半点云彩,其实那热不可当。杨志催促一行人在山中僻路里行。看看日色当午,那石头上热了脚痛,走不得。

这里描写天气的炎热和山路的难行,正是后来众军汉在黄泥岗歇凉喝酒,被蒙汗药麻翻的关键。又如《林教头风雪山神庙》一回,有关于风雪的描写:"林冲……觉得身上寒冷……何不去沽些酒来吃?……信步投东,雪地里踏着碎琼乱玉,迤逦背着北风而行,那雪正下得紧。"这风雪正是林冲不被陆虞侯等放火烧死(当他们放火的时候,林冲已因草厅被雪压倒,迁入山神庙中),后来得上梁山的关键。

3. 景物描写的重要性还在于烘托人物的心情。

景物描写之所以能够烘托人物的心情,是由于人对景物的看法和感受,正反映着他的心情。例如鲁迅的《故乡》开头的一段:

> 时间既然是深冬,渐近故乡时,天气早阴晦了,冷风吹进船舱中,呜呜的响。从篷隙向外一望,苍黄的天底下,远近横着几个萧索的荒村,没有一些活气。我的心禁不住悲凉起来了。

在这里,作者勾画出阴冷、荒凉、死寂的农村景象,用以烘托出"我"的悲凉心情。

又如丁玲在《太阳照在桑干河上》中对于果树园的描写:

> 当大地刚从薄明的晨曦中苏醒起来的时候,在肃穆的、清凉的果树园子里,便飘着清朗的笑声。鸟雀的欢噪已经让步到另外一些角隅去。一些爱在晨风中飞来飞去的有甲的小虫,便更不安的四方乱闯。浓密的树叶在伸展开去的枝条上微微蠕动,却隐藏不住那累累的稳重的硕果。看得见在树丛里还有偶尔闪光的露珠,就象在雾夜中耀眼的星星一样。而那些红色果皮上的一层茸毛,或者是一层薄霜,便更显得柔软而润湿。云霞升起来了,从那重重的绿叶的罅隙中透过点点的金色的彩霞,林中回映出一缕一缕的透明的淡紫色的、淡黄色的薄光。梯子架在树旁了。人们爬上了梯子,果子落在粗大的手掌中,落在篾篮子里,一种新鲜的香味,便

在那些透明的光中流荡,这是谁家的园子呀!李宝堂在这里指挥着。李宝堂在这里看着别人下果子,替别人下果子已经二十年了,他总是不爱说话,沉默的,象无所动于衷的不断工作。象不知道果子是又香又甜似的,像拿着的是土块,是砖石那末的毫无喜悦之感。可是,今天呢,他的嗅觉也和大地一同苏醒过来,象第一次才发现这葱郁的、茂盛的、富厚的环境,如同一个乞丐忽然发现许多金元一样,果子都发亮了,都在对他映着眼呢……

作者在这幅色彩鲜艳的图画中,交织着翻身农民的愉快的感觉和欢乐的心情。李宝堂发现的不是"金元"而是自己的觉醒。自己成了大地的主人,也同大地一起苏醒过来,用自己的劳动自觉地创造幸福的世界。

4. 从下面的例子中可以看出由景物描写而造成的气氛对人物形象及某种行动起着积极的烘托作用,从而加强了对于读者的感染力量。在《保卫延安》第四章中,对于大沙漠的描写是很精彩的:

正晌午,蓝蓝的天上没有一丝云彩,挂在天空的太阳猛烈地喷火,沙漠被烧得滚烫,空气灼热。人象跳在蒸笼里一样难受。没有一点水,没有一棵树,没有一丝风,战士渴得嘴唇都裂口了,喉咙里直要生烟冒火,头昏眼花。很多人流鼻血。马尿下来,人们都眼红地瞅,生怕那混浊的马尿被沙漠吸去。

远处刮来黄风。那黄风,就象平地起了洪水,浪头有几十丈高,从远处流来。战士们盘算:"这许凉快点!"他们把帽沿往下扯扯,让帽沿遮住眼睛,等着黄风刮来。

大黄风裹住了战士们,天地间灰濛濛的,太阳黄惨惨的挂在天空。可是战士一点也不觉得凉快,反倒象从火坑跳到开水锅里了。这呀,是沙漠地的热风啊!战士们闷热得喘不过气,沙粒把脸打得生痛。他们睁不开眼,迎头风顶住,衣服被吹得鼓胀胀的。大伙定定地站稳,象是脚一动,人就会被风卷到天空去。

热风过去了,太阳又发泼地喷火。暴热、口渴、疲劳在折磨人!

由于这种气氛的渲染、烘托,战士们的英雄形象更加鲜明、突出。当老孙

昏倒在沙漠之中,壮烈牺牲,战士们把他埋葬了之后,作者写道:

> 突然,李诚向战士呼喊:
>
> "同志们!一个战士倒下了,千百个战士要勇敢前进!一个共产党员倒下了,千百个共产党员要勇敢前进!大山沙漠挡不住我们;血汗死亡吓不倒我们。前进!哪里有人民,我们就要到哪里去;哪里有苦难,哪里就更需要我们。前进,勇敢前进!战胜一切困难!"
>
> 这用全部生命力量喊出的声音,掠过战士们的心头,在无边无际的沙漠上空雷也似地滚动。
>
> 战士们踏着沙窝,急急地向前走去。他们那黑瘦的脸膛上,眼窝里,耳朵里,嘴唇上,都是厚厚的一层沙土,两腿沉重的象灌满了铅。但是,他们都挺起胸脯扬起头,加快脚步,一直向前走去。他们都坚毅地凝视迎面移来的沙漠,凝视远方。
>
> 沙漠的远方,一阵旋风卷起了顶住天的黄沙柱。就算它是风暴吧,就让它排山倒海地卷来吧!

读到这里,我们就知道作者并不是写沙漠,而是写战士们的战胜沙漠、战胜一切困难的英勇行动和伟大精神。

景物的描写(服装、住室的描写也是一样)必须与人物的行动和心情联系起来,孤立地描写景物,便成为贴在人物背后的一张"布景"。描写景物的方法虽然是多种多样的,但通过人物的行动、人物的眼睛、人物的思想感情与当前景物的交互感应来描写景物,却是一个应该遵守的原则。以上所举的许多例子,都是符合这个原则的。

第五章 情节(故事)

第一节 人物、环境与情节

高尔基把语言、主题、情节称为文学的三个要素。他说:"文学的第三个要素是情节,即人物之间的联系、矛盾、同情、反感和一般的相互关系——某种性格、典型的成长和构成的历史。"①很清楚,既然情节是"性格、典型的成长和构成的历史",那么,在写了人物之间的关系、写了人物性格发展的叙事类作品中,才会有情节,而在抒情小诗之类的作品中,没有人物,或者没有人物之间的关系和性格发展,也就没有情节,或者没有完整的情节。例如韦应物的《滁州西涧》:"独怜幽草涧边生,上有黄鹂深树鸣。春潮带雨晚来急,野渡无人舟自横。"这里面没有情节。王维的《杂诗》:"君自故乡来,应知故乡事。来日绮窗前,寒梅着花未?"这里面虽有情节,但并不完整。

我们所说的情节(故事),一般是就小说、戏剧等叙事类作品而言的。在小说、戏剧等叙事类作品中,我们可以看到,所谓情节,就是从人物与环境、人物与人物的错综复杂的关系中产生,并反转来展示人物性格、表现社会关系的具体事件。

为了具体地了解情节的概念,我们有必要谈一下人物、环境与情节的关系。

文艺作品中的情节,和人物、环境一样,应该是具有典型性的,应该是从生活中来的,不能凭作者的主观随意编造。当然,故事性强的作品更能吸引读者,但不能因此而追求故事的离奇,以致损害了作品的真实性。中国的旧小说中有一部分低劣的作品,故事离奇古怪,完全没有现实性,这是一些无聊文人为了供人消遣而硬编出来的。这些作者由于无法解释"为什么这样巧合",就

---

① 高尔基:《论文学·和青年作家谈话》,人民文学出版社版,第335页。

归之于"命运",因为这是命里该着或前生注定的,所以就"必然如此"。又恐还不能使读者信服,就让太白金星在暗中引导。正是"万事由天定,无巧不成书"。把"万事由天定"这一唯心论的观点与"无巧不成书"的创作方法结合起来,就产生了一些硬编故事的公式。如"恩怨巧报"、"千里姻缘一线牵"、"大团圆"等等。但中国的一些优秀的古典现实主义小说,虽然故事性很强,却不能说是硬编故事的。它们的故事性总是跟人物和环境的典型性一致的,即人物的性格、人物与环境的关系决定了故事的发展;而故事的发展,又突出了人物的性格,表现了人物与环境的关系。

现实主义要求作家要写出生活的真实,决不能硬编故事。作品中的故事应该是根据人物性格与性格、性格与环境的逻辑的发展,以及它们的相互关系构成的。倘要使故事的发生、发展、结局具有必然性,就非很好地刻画人物的性格、很好地描写故事主人公的性格与环境的关系不可。如果忽视了性格与性格、性格与环境的相互关系的描写,读者就无从知道故事"为什么"要这样发展而不那样发展,"为什么"要这样结局而不那样结局,这几个"为什么"如不通过形象描写给以回答,那么,这个故事不管如何曲折离奇,它仍然不会感动读者。

作品中的人物有他自己的意志,要求作者这样地或那样地写出他要做的事情,所以作者没有权利预先编好故事,叫人物出来扮演。法捷耶夫在自述他写《毁灭》的经过时说:"根据我原来的计划,美谛克结果要自杀,但开始写这一典型时,我渐渐地相信他不能以自杀告终,也不应当如此。"鲁迅在《阿Q正传的成因》一文中说:"《阿Q正传》作了两个月,我早想收束了,但我自己不清楚,似乎伏园不赞成,或者是倘我一收束,他会来抗议,所以将'大团圆'藏在心里,而阿Q已经渐渐向死路上走。到最末一章,伏园倘在,也许会压下,而要求阿Q多活几星期的罢,但是'会逢其适',他回去了,代庖的是何作霖君,于阿Q素无爱憎。我便将'大团圆'送去,他便登出来,待伏园回京,阿Q已经枪毙了一个多月。"其实"大团圆"不是"随便"给他的,阿Q的性格与客观环境的矛盾发展,使阿Q已一天一天走向死路,虽然孙伏园要让他多活几个星期(把故事拉长些),也不可能了。

如上所说,作者本来想把某一个人物写死的,结果却不能不让他活下来;本来想把某一个人物写得多活些日子的,结果却不能不让他早死。故事是人物与环境互相作用的必然结果,作者没有权力任意拉长它或缩短它,更没有权力

预先编好故事,再让人物扮演。为了容易了解,让我们举《死魂灵》中乞乞科夫与玛尼罗夫进客厅的一节为例,加以说明:

他们都站在客厅的门口,彼此互相谦逊,要别人先进门去,已经有好几分钟了。

"请呀,您不要这样客气,请呀,您先请,"乞乞科夫说。"不能的,请罢,保甫尔·伊凡诺维支,您是我的客人呀。"玛尼罗夫回答道,用手指着门。

"可是我请您不要这么费神,不行的,请请,您不要这么费神;请请,请您先一步。"乞乞科夫说。

"那不可能,请您原谅,我是不能使我的客人,一位这样体面的,有教育的绅士,走在我的后面的。"

"那里有什么教育呢! 请罢请罢,还是请您先一步。"

"不成不成,请您赏光,请您先一步。"

"那又为什么呢?"

"哦哦,就是这样子!"玛尼罗夫带着和气的微笑,说。这两位朋友终于并排走进门去了,大家略略挤了一下。

这个情节是不是作者为了有趣而故意编排的呢? 不是的。这是人物性格与性格、性格与环境的逻辑的发展,以及他们的互相关系构成的。乞乞科夫是一个虚伪的对谁都恭维的人物,而玛尼罗夫呢,却是个"在应酬和态度上总显出竭力收揽着对手的欢心模样"的人物。具有这种性格的人物碰在这样一个特定的环境——客厅门外,互相"谦让"至好几分钟之久,最后相持不下,终于并排"挤"进客厅,也是必然的。我们设想:假如这个客厅的门再小些,不是会比"略略挤一下"的情节更有趣吗? 但果戈理并没有把这个情节写得更有趣,因为把地主的客厅的门写得再小些,就不够真实了。

第二节　故事的单位和基本因素

故事的基础是生活中的矛盾与冲突,也就是人与人(阶级与阶级)的相互关系。在作品中被处理在某一时间、某一地点的矛盾与冲突——人物与人物的相互关系,叫做"场面"。这是构成故事的单位。例如马烽的短篇小说《一架弹花机》,可以分为三个场面:第一个场面通过新中国成立后宋师父和宝宝、和群众的关系,表现宋师父的明朗、愉快的性格;第二个场面通过宋师父和宝宝、小娥等的矛盾,表现宋师父和新事物(弹花机)的矛盾;第三个场面是矛盾的解决,宋师父终于接受了新事物(使用弹花机)。

生活中的矛盾与冲突不是静止的,作品中的场面也是有转换有发展的。从场面的转换和发展中,我们可以看出故事的序幕、开端、发展、高潮和结局。序幕、开端、发展、高潮和结局,这就是被描写的矛盾与冲突在发展上的几个主要步骤,也就是构成故事的几个基本因素。

(一)序幕

序幕(引子、楔子、破题),原是戏剧术语,指某些多幕剧在第一幕以前的一场戏,用以介绍剧中人物的历史和剧情发生的原因,或预示全剧的主题。后来泛指某些叙事类作品在矛盾冲突尚未展开之前,对人物的历史、人物所处的时代背景和社会环境,以及主要人物之间的关系所作的交代或提示。

序幕只构成故事情节发生的背景、条件,不能确定故事情节的性质。高尔基《母亲》的第一章,描写了工人区的生活以及形成小说中人物性格的某些条件,算是序幕。鲁迅小说《风波》的第一段,也是序幕:

临河的土场上,太阳渐渐地收了他通黄的光线了。场边靠河的乌桕树叶,干巴巴的才喘过气来,几个花脚蚊子在下面哼着飞舞。面河的农家的烟突里,逐渐减少了炊烟,女人孩子们都在自己门口的土场上泼些水,放下小桌子和矮凳;人知道,这已经是晚饭时候了。

老人男人坐在矮凳上,摇着大芭蕉扇闲谈,孩子飞也似的跑,或者蹲在乌桕树下赌玩石子。女人端出乌黑的蒸干菜和松花黄的米饭,热蓬蓬冒烟。河里驶过文人的酒船,文豪见了,大发诗兴,说:"无思无虑,这真是田家乐呵!"

很清楚,这只提供了故事发生、发展的背景,并不能确定故事的性质。

(二)开端

开端是情节的开始阶段,作品的矛盾冲突初步展开,主人公的性格特点开始显露,因而它可以确定情节的性质和发展途径。如《阿Q正传》的第一章

《优胜纪略》，描写了阿Q被打和他赢得的钱被抢以及他对这一切的反应，矛盾冲突已经出现，阿Q的主要性格特征——精神胜利，已露端倪，这就是"开端"。高尔基的《母亲》写伯惠尔在革命党人中出现，也是"开端"。伯惠尔参加了革命组织，从事于和现存社会制度的斗争，往后自然是和这制度的不可避免的冲突，未来事件的性质和途径，便由此确定了。

（三）发展

从"开端"出发，循着一定的中心逐渐展开情节，叫做"发展"。故事的发展是由人物性格的发展所规定的，故事的合理发展是人物性格的合理发展的必然结果。《一架弹花机》的第二个场面，是故事的发展，而这种发展是宋师父的保守思想和宝宝的进步思想矛盾发展的必然结果。人物性格的发展有其连续性，故事的发展（场面的转换或发展）也有其连续性。安东诺夫说："如果主人公的性格表现在一个情节中，而下一个情节是不连续的，那么这篇短篇小说就会给分割成一块块：在它里面，正如编者们所说的'接缝是看得出的'。"①故事的发展虽有了连续性，但如果人物的性格并没有什么发展，则故事的发展是没有真实性也没有说服力的。安东诺夫说："要是情节是为了说明下一个事件的原因而写，而主人公这时候却在'抽烟休息'，意思就是说，他并没有用新的方式来表现自己的性格——这篇短篇小说似乎是给拉长了，可是趣味是消失了；我凭自己的经验知道，编者的铅笔总是在这样的情节上面打了记号。"②当然，下一个场面应当是从上一个场面产生的，上一个场面具有说明下一个场面的原因的职能，但这仅仅是辅助的职能，每一个场面的基本职能是用这种或那种方法表现人物的性格。

故事的发展可能是单线的，也可能是复线的。《母亲》的故事发展就是复线的。故事的发展如果是复线的，那么其中必有一条主要线索，由它把其余的线索联络起来、统一起来。在《母亲》中，伯惠尔的革命活动（他参加工厂的党组织之后，把自己的家作为组织活动的"舞台"，并且与城市中的上级组织保持经常的联系，读书、开会、策划革命活动、谈论人生理想、组织印刷传单的地下工厂……以至在第一次工厂工人反对厂方征收修建厂外沼地费用的斗争展开之后被捕、被审判），是故事发展的主要线索。此外，故事的发展也沿着伯惠尔

---

① 《文艺理论学习小译丛》第三辑，新文艺出版社版，第30页。

② 《文艺理论学习小译丛》第三辑，新文艺出版社版，第30页。

母亲的经历和逐渐走向革命,沿着伯惠尔身上所产生的个人的及社会的斗争(例如他和莎霞的关系),沿着次要人物(如雷宾、维索夫希契科夫等)的活动等次要线索而进行着。但这些次要线索都和伯惠尔的革命活动有关,都是从他的革命活动中引申出来的。

(四)高潮

故事的发展接近结尾,矛盾与冲突达到极紧张、极尖锐、亟待解决的程度,叫做"高潮"(或叫焦点、顶点、最高峰)。"高潮"是人物性格(从而也是主题思想)发展的决定性的关键。在《一架弹花机》中,宋师父由于合作社的弹花机夺了他的生意大闹情绪,乃至做梦、装病(宋师父和新事物的矛盾尖锐化),就是故事的发展到了高潮,宋师父(小生产者)性格中保守落后的一面和新事物——用弹花机代替弹花弓——发生矛盾,并逐渐发展,直到合作社的弹花机完全夺了他的生意,而合作社方面又积极动员他学弹花机的时候,这个矛盾可以说发展到了顶点:宋师父或者是接受新事物,学习弹花机;或者是保守到底,终于拒绝新事物;二者必居其一。可见高潮是人物性格发展的关键。

在《母亲》中,伯惠尔组织的"五一"示威大游行,就是故事的高潮。在这次游行中,伯惠尔领导的革命群众与军警发生了激烈的冲突;而这冲突,也正是母亲尼洛娜的性格发展的决定性的关键。从此以后,她担任了党组织的工作,成为一个积极的革命者。

(五)结局

故事的发展经过高潮,解决了矛盾,就由"下降"走向"结局"。"结局"的性质是由开端、发展、高潮等所规定的。在"结局"部分,作家要写出故事发展所得到的结果。《母亲》的"结局"是革命党人暂时受到打击,被捕和流亡。《一架弹花机》的"结局"是宋师父学会弹花机,接受了新事物。

开端、发展、高潮和结局,是情节的基本因素,序幕则可有可无。除了这几个因素,在大型的戏剧作品中,有时在写结局的最后一幕之后,还写一场戏,用以表现人物的归宿、事件发展的远景,或作者的一些感想愿望,叫做"尾声"(孔尚任《桃花扇》后面的《余韵》一出,也就是我们所说的尾声)。在其他叙事类作品中,也可以有这样的尾声,如小说《李有才板话》后面的"'板人'作总结",故事影片《白毛女》后面展望喜儿和大春幸福生活的镜头之类,就都是尾声部分。

有些作品的尾声部分,只由作者发了一些议论,抒发了一些感想,表现了一些愿望,与情节无关,那就是非情节因素。

第三节 故事的基本因素的省略和倒置

构成故事情节的基本要素——序幕、开端、发展、高潮和结局,在不同作品中,往往表现在异常分歧的形式中:有时候,其中的某些要素可以被省略;有时候,它们的次序也可以被颠倒。

短篇作品,由于"简短",往往不用"序幕"。比如鲁迅的《端午节》,是这样开头的:

> 方玄绰近来爱说"差不多"这一句话,几乎成了"口头禅"似的;而且不但说,的确也盘踞在他脑子里。他最初说的是"都一样",后来大约觉得欠稳当便改为"差不多",一直使用到现在。

又如沙汀的《在其香居茶馆里》,是这样开头的:

> 坐在其香居茶馆里的联保主任方治国,当他看见他从东头走来,嘴里照例扰嚷不休的那么吵吵的时候,他简直立刻冷了半截,觉得身子快要坐不稳了。

这都是所谓"单刀直入"或"开门见山"的方法,一来便是故事的"开端",并没有"序幕"。

构成故事的某些基本因素被倒置的例子是很多的。

在《祝福》的开始,鲁迅以故事叙述者的身份,说明他怎样会见祥林嫂,不久又听见她的死讯,因而记起她半生惨痛的历史,这就是倒叙的方法。就故事发展的步骤来说,祥林嫂的死应该是"结局",但在小说的结构上,它却是一个"开端"。又如在《死魂灵》的开始,果戈理并没有报道乞乞科夫出现之前的情况,也没有指出乞乞科夫活动的要旨究竟何在,即描写乞乞科夫的已经确定的活动:他到达省会 NN 市,开始购买死魂灵。而他的一切活动的意义,直到该书结尾的第十一章才予以阐明。这就是说,《死魂灵》的"序幕"和"开端",不在开头,而在结尾。

某些要素的被省略,固然是决定于人物,决定于作品所反映的生活;某些要素的被倒置,其意义也并不在于这被倒置的本身,而在于更有力地刻画人物性格,更充分地表现主题思想。因而在分析作品的时候,仅仅指出这些因素的位置,是没有意义的;只有把它们和人物的性格,和作品所反映的生活,并从而和作品的主题思想联系起来,才能理解到它们的作用。《祝福》的倒叙,就不单纯是一个形式问题。在《祝福》的开始,描写当鲁四老爷家中正在杀鸡宰鹅地"祝福"的时候,祥林嫂死了。这就使此后对祥林嫂的哀痛历史的叙述带上了凄惨的音调;而开头的这个倒叙和结尾部分的连绵不断的爆竹声呼应起来,又造成了笼罩全篇的一种讽刺性的凄惨氛围,有力地映衬出祥林嫂的悲剧的深刻性和封建社会的残酷悖理,从而加强了主题思想的感染力。如果用顺序的手法,从祥林嫂还很健壮的时候写起,就很难收到这样的效果。《死魂灵》的"序幕"和"开端"的倒置,也不单纯是一个形式问题,《死魂灵》的故事基础是封建农奴社会与资本主义的新兴势力之间的矛盾与斗争。果戈理在乞乞科夫身上指出了资本主义的新兴势力不但侵入了平静的、怠惰的、宗法的贵族社会,而且破坏了它,使它陷于迷惘之中;乞乞科夫,这个贪婪的,靠着贵族的愚昧和惰性而营生的"买办人",是为贵族社会所不了解的陌生人物,他的出现和活动,惊扰了那个贵族社会,这是反映了生活的真实的。如果不把"序幕"和"开端"放在故事的结尾,而放在故事的起头,一开始就说明乞乞科夫的出身、教养以及他的各种活动的用意,要有力地表现乞乞科夫惊扰贵族社会的事实及意义,将是不可能的。所以,把"序幕"和"开端"放在结尾,使读者直到最后才了解乞乞科夫的来历和他的活动用意,正是作者所采用的刻画性格、反映生活、表现主题思想的一种有效的手段。

第六章　结　构

第一节　结构与情节的联系和区别

结构(章法、布局)是指文艺作品的组织方式和内部构造。文艺家根据对生活的认识,在展开和深化主题的目的之下,运用各种艺术表现手法,把作品内容的各个部分分为轻重主从,加以合理而匀称的安排和组织,使之既符合生活的规律,又适应一定体裁的特点,从而构成一个"天衣无缝"的整体,达到艺术上的完整与和谐。

我国古代文论家非常重视作品的结构。刘勰在《文心雕龙》的《熔裁》、《章句》,特别是《附会》篇里,都谈了结构问题。这里的"附会",也就是刘逵在《〈三都赋〉序》里所说的"傅辞会义",略等于我们今天所说的"结构"。《附会》篇里说:

> 何谓附会?谓总文理,统首尾,定与夺,合涯际,弥纶一篇,使杂而不越者也。若筑室之须基构,裁衣之待缝缉矣。……务总纲领,驱万途于同归,贞百虑于一致。使众理虽繁,而无倒置之乖,群言虽多,而无纷丝之乱;扶阳而出条,顺阴而藏迹,首尾周密,表里一体,此附会之术也。

刘勰所谈的这些"附会之术"——结构作品的方法,还是值得参考的。

有些人把作品的结构和情节的结构混为一谈,认为情节的结构也就是整个作品的结构,这是不确切的。情节是人物性格的发展史,属于作品的内容范围;而结构,则是组织材料的方法,属于作品的形式范围。在抒情类的作品中,可能没有情节,但不可能没有结构。当然,在叙事类的作品中,情节的结构——序幕、开端、发展、高潮、结局的安排,是和作品的结构有联系的。比如鲁迅的小说《祝福》和夏衍改编的电影文学剧本《祝福》,其中的故事情节,作为人物性格的发展史,是大致相同的。但夏衍用的是顺叙的方法,即按照人物性格发展史的顺序结构作品;鲁迅却用的是逆叙的方法,即把人物性格发展的结局放在作品的开端。从这里可以看出,情节结构的顺置或倒置,是和作品结构的顺叙或逆叙分不开的。

但就是在叙事类的作品中,也往往有非情节因素,所以作品的结构,往往大于情节的结构。

所谓非情节因素,是指作品中与情节没有直接联系的部分,最常见的是离开情节本身的对大自然的描写和作者的旁白及结束语。对大自然的描写属于非情节因素,这是不难理解的,下面谈谈旁白和结束语。

(一)旁白

在作品中间的适当场合插入一些故事以外的抒情语、议论语或其他补充语,叫做"旁白"或"插入语","旁白"虽是故事以外的插入语,但它的含意必须和故事内在的要求具有密切的关系。这样,它才能加强故事的效果,帮助读者更深刻地理解故事的意义。在巴巴耶夫斯基的《金星英雄》中,就有很出色的"旁白"。例如在谢尔格依要去看古班河之前,作者先插入一小段抒情描写:

> ……喧嚣吧,骄傲吧,古班河! 当人们还在默默地掘土的时候,当和你并排躺着的还是浅浅的窄窄的流水的时候,当你的去路还没有被挡住的时候,沿着你的老路奔驰吧! 但是这里很快很快就要筑起堤堰,把你的水位提高,你就要沿着新的河道行进了。看,那就是你的新路,它在雪上发着黑色,掘土的人们聚集在那里!

又如当谢尔格依和伊林娜在月色中走上古班河畔的一座山岗时,作者紧接着插入一段旁白:

> 我知道我们有这样的读者:把书页翻了又翻,已经跑到后边去了。他们不管古班河涨水时发着怎样的光亮,雨后的草呈现着什么样的色彩这类事的。他们愿意很快地知道山岗上出了什么事……这里任何琐细事物都不应放过,要是谢尔格依开始向伊林娜表示爱意,——这是十分可能的,——那么,一定要把这个时候的情节全部详尽地写出来……

(二) 结语

作者在写完故事的结局之后,也往往写一段结束语。在结束语中,常常直接地表达着作者的思想、感情或希望。例如在《阿Q正传》的最后,鲁迅用两小段文字叙述了阿Q被枪毙之后的影响和舆论:

至于当时的影响,最大的倒反在举人老爷,因为终于没有追赃,他全家都号咷了。其次是赵府,非特秀才因为上城去报官,被不好的革命党剪了辫子,而且又破费了二十千的赏钱,所以全家也号咷了。从这一天以来,他们便渐渐的都发生了遗老的气味。

至于舆论,在未庄是无异议,自然都说阿Q坏,被枪毙便是他坏的证据;不坏又何至于被枪毙呢?而城里的舆论却不佳,他们多半不满足,以为枪毙并无杀头这般好看,而且那是怎样的一个可笑的死囚呵,游了那么久的街,竟没有唱一句戏:他们白跟一趟了。

又如在《死魂灵》的最后,果戈理用抒情的语言,说出了自己的理想和对于祖国的美好前途的憧憬:

你不是也在飞跑,俄国呵,好象大胆的,总是追不着的三驾马车吗?地面在你底下扬尘,桥在发吼。一切都留在你后面了,远远地留在你后面。被上帝的奇迹所震悚似的,吃惊的旁观者站了下来,这是出自云间的闪电吗?这令人恐怖的动作,是什么意义?而且在这世所未见的马里,是蓄着怎样不可思议的力量呢?唉唉,你们马呵!你们神奇的马呵!有旋风住在你们的鬃毛上面吗?在每条血管里,都颤动着一只留神的耳朵吗?你们倾听了头上的心爱的、熟识的歌,现在就一致的挺出你们的黄铜胸脯的吗?你们几乎蹄不点地,把身子伸成一线,飞过空中,狂奔而去,简直象是得了神助!……俄国呵,你奔到那里去,给一个回答罢!你一声也不响。奇妙的响着铃子的歌,好象被风所搅碎似的,空气在咆哮,在凝结,超过了凡在地上生活和动弹的一切,涌过去了;所有别的国度和国民,都对你退避,闪在一旁,让给你道路。

对大自然的描写、旁白、结语等等,虽然是故事以外的因素,但必须和故事本身取得密切的联系,不然,就会变成多余的东西。

第二节 结构对于体裁的从属性

我们在前面指出:所谓"结构",是在表现主题思想的目的之下将作品的各个部分作有机而合理的安排,组成一个"天衣无缝"的整体,这不过是笼统的说法。必须补充说明:结构对于体裁,是有其从属性的。不同的文学体裁,有不同的结构方法。这在后面讲文学种类的时候,还要讨论。大体说来,在抒情诗中,不描写或不着重描写客观事件的矛盾的发展和解决(外在的情节),而着重描写抒情主人公被客观事件激起的思想情绪的矛盾的发展和解决(内在的情节),它不会有过多的对人物和事件的叙述和描写,因而它也没有复杂的结构。在剧本中,只有人物的语言而没有叙述人的语言,故事的发展完全依靠人物的语言和行动,依靠场面的转换和发展。因而结构剧本,更注意人物语言和行动的驾驭,更注意场面的展开、转换和发展的处理。在小说中,有叙述人的语言。小说中的人物和事件都是叙述人从他的观点、用他的语言叙述出来、组织起来的。短篇小说和长篇小说在结构上也各有特点:长篇小说的容量很大,因而联系人物、表现人物相互关系的演进——即故事,就更为重要;短篇小说容量较小,因而不像长篇小说那样侧重故事的纵的演进,而侧重于故事的横的展开。

第三节 结构的要点

结构对于体裁是有其从属性的,因而要一般地说明结构的方法,就不大可能。现在只谈结构的几个要点。

(一)一切为了表现主题思想

一篇作品的所有构成部分——人物、故事、环境等等,都是根据主题思想的需要组织起来的,它们都为展开那统一的、基本的主题思想而服务。所以,结构不仅从属于体裁,而且从属于主题思想。不同的主题思想要求不同的结构,离开主题思想的需要而谈结构的方法和技术,就会掉进形式主义的泥坑。如茅盾所说:"作品的结构和人物的描写本身就是思想的表现。离开思想内容,只依靠技术,是不能表达什么的。因此我们必须坚决反对资产阶级那种纯技术观点和形式主义。"[①]但内容决定形式,形式也反作用于内容,内容和形式

---

① 茅盾:《新的现实和新的任务》,载《人民文学》1953 年第 11 期。

是彼此联结而不可分割的。形式必须是某种内容的形式,否则便是不可思议的;内容若是存在的话,必须有确定它的外形的形式,否则便不可能出现。黑格尔说道:"我们可以说,《伊利亚特》的内容是特洛伊战争……这说出了一切,但同时也什么都没有说出,因为《伊利亚特》之所以为《伊利亚特》,是由于表现它内容的形式。"这说明了形式的重要性。如果为了反对形式主义而轻视形式,就等于因噎废食。为了更有力地表现主题思想,必须精心地结构作品。茅盾指出:"在我们目前的创作中,对于技巧问题的注意是太不够了。结构的混乱和松懈……成为相当普遍的现象,许多很好的题材,往往因此而损害了。"他以为要避免结构的混乱和松懈,必须注意"剪裁"。他说:

> 一篇作品应当是一个完整的有机体。这就是说,作品的人物、情节的描写,都不是可以随便增删的。也就是说,作家在处理人物、情节、环境描写等等的时候,应当精心计划,该有的就必须有、该去的就必须去、该长的就必须长、该短的就必须短。这样的工作,叫做"剪裁",是写作中一个重要问题。①

结构的混乱和松懈,的确是未加"剪裁"之故。但"剪裁"也得有个标准,什么是"剪裁"的标准呢?不用说就是主题思想。一篇作品的结构,是决定于主题的发展形态的。材料的组织与剪裁,都应以表现主题为目的。一切与主题无关的东西——不管是多么生动的人物,多么美丽的场景,多么有趣的情节,都应该毫不吝惜地删掉。所有成功的作家,都是这样做的。

老舍的剧本《春华秋实》改写过十次。他在改写中体会到:狠心地删改是必要的。必须"抓紧主题","狠心地删去一切不必要的东西"。他说:"在前九稿里,每一稿都有些相当好的戏和漂亮的对话。可是,第十稿并非前九稿中所有的好戏与漂亮话的堆积。不管前九稿中有多么好的戏与对话,用不到第十稿中去的就一概抛弃,毫不留情。勉强留下来的情节与对话会变成作品的疮疖。好药也许有毒,假若用错了地方。"②

删去一切与主题无关的东西,使每一人物、每一事件,甚至每一细节,都为

---

① 茅盾:《新的现实和新的任务》,载《人民文学》1953 年第 11 期。

② 老舍:《我怎么写的〈春华秋实〉剧本》,载《剧本》1953 年第 5 期。

表现主题思想而服务,这是结构作品的一个要点。法捷耶夫说得好:

> 在我们的散文作品中,常常可以看见并不应有的松懈,这就是说明作者没有注意他的作品的各个方面应当服从主要目的、主要思想的表现。直到现在还有很多人有这样想法:我见得很多,搜集了许多材料,现在只要把这一切随便凑一下写出来就行了。岂不知道是一个大错。不论在长篇小说、短篇小说里面,特别是在戏剧中——我们不论涉及主人公的私生活的各个侧面也好,插进一个补充的,甚至是第十等的人物也好,——我们都应抱着一定的目的去做,应完全清楚的想象到,用这个事件或这个人物将要表现主要思想的那一侧面。不然的话,把无数记不清的人物填进去,只能使情节松懈而已。①

(二)抓住主要矛盾

我们说一切为了表现主题,是因为作品的结构决定于主题的发展形态。为什么说作品的结构决定于主题的发展形态呢? 这只要联系我们在《主题》一节中所谈的道理就会明白。我们在《主题》一节中说过主题是作品中所反映的矛盾,可见主题的发展形态,就是矛盾的发展形态。结构作品,就是正确地处理矛盾发展的形态。我们在《主题》一节中也说过,假如作品中所反映的不止一种矛盾,就要分清主从,使反映次要矛盾的小主题从属于反映并解决主要矛盾的基本主题。可见要正确地处理矛盾的发展形态,首先要抓住主要矛盾,才能正确地处理被主要矛盾所规定、所影响的其他矛盾。试以《太阳照在桑干河上》的结构为例,来说明这个道理。

《太阳照在桑干河上》是写土地改革的作品。在土地改革之前,农村中存在着贫雇农与地主、中农与地主、中农与富农、富农与地主、富农与贫雇农相互间的错综复杂的矛盾。而贫雇农与地主之间的矛盾,是主要的矛盾。土地改革首先要解决的就是这个主要矛盾。写土地改革的作品首先要反映的也就不能不是这个主要矛盾,如果不深刻地理解这个主要矛盾两方面的内容和实质,不把这个主要矛盾作为结构作品的主干,则那些次要的、从属的矛盾就无所附丽,因而也就不可能把各种矛盾的复杂关系通过人与人的复杂关系综合成一

---

① 法捷耶夫:《论艺术家的劳动》,见《作家与生活》,文艺翻译出版社版,第16页。

幅具体的人生图画。

《太阳照在桑干河上》的结构是用五条线索交织而成的。活动在第一条线索上的人物是富裕中农顾涌和富农兼小商人胡泰;活动在第二条线索上的是恶霸地主钱文贵、地主江世荣、地主李子俊和他的老婆、地主阶级的狗腿子小学教员任国忠等;活动在第三条线索上的是区委会派下来的土地改革工作组;活动在第四条线索上的是张裕民、程仁、赵得禄、张正国、董桂花等一群村干部及与村干部相联系的许多农民;活动在第五条线索上的是县委会的宣传部长章品。但非常明显,作者是根据土地改革中农村阶级斗争的实际情况,把第二和第四条线索作为主要线索来结构作品的。第二条线索(地主)和第四条线索(村干部和农民群众),这是代表农村中主要矛盾的两个方面。第三条线索(工作组)和第五条线索(宣传部长),是作为领导斗争的力量而处理的,它从属于第四条线索。第一条线索(富农和富裕中农)是为了显示恶霸地主与富农、富裕中农之间的复杂关系而展开的,它从属于第二条线索。所以,这部作品虽然是由五条线索组织成的,但组织作品的干线则是第二和第四条线索——即主要矛盾的两个方面。

抓住主要矛盾,这的确是结构作品的一个要点。王朝闻在论连环画的结构时曾说:

> 吸引读者的旧连续画的故事性如何? 我没有研究过。但按照读小说和看戏的经验,至少可以证明一切小矛盾必须服从大矛盾,一切次要的纠葛必须围绕着中心问题。没有小问题,故事会平板单调,但小问题不集中于大问题,就会芜杂而不单纯。不论是突如其来的开门见山也好,不论是渐进的千里来龙也好,故事一开场就必须提出问题。事件发展中可以奇峰突起,但一切变化都要与中心关联;可以"欲擒故纵"以宽放求紧密,但总不宜远离中心线索而要趋向一定的结局。几个事件可以并行发展,但并行中总要有主从,不可因此而失却线索的单纯。不论多么强调偶然性的插曲,也不能中断故事的线索。一切变化为了使中心主题更有力的说服读者,不能把芜杂与丰富混淆。①

---

① 王朝闻:《新艺术创作论》,新华书店版,第208页。

这段话虽然是针对连环画的结构说的,但所谈的道理,则是从"读小说和看戏的经验"中总结出来的,因而也适用于文学作品的结构。次要矛盾服从主要矛盾,换句话说,也就是小主题服从基本主题。结构的目的,就是有力地表现基本主题。法捷耶夫说:

> ……最后,在作家面前还摆着一件可以说最大的复杂任务:必须把全部已有的、往往是巨大的材料组织成一个统一的整体。面临许多事实、事件、思想,其中有些思想是好的和大的。但要想使这一切都有声有色,对于达到既定目的有所帮助,需要找到匀称的配合比例,需要确切的知道什么是比较重要的,什么是并不十分重要的;什么地方要抓得紧些,什么地方要放得轻些。托尔斯泰把这个称为文学作品中"总体"与"枝节"的结合,"总体"的意思是指概括,"枝节"——指具体的细节。以他看来,组织材料是最困难的任务:有时细节会使作家离开主题,有时相反,主要的东西没有体现到必要的形式中,并且在事件和形象的全部逻辑没有准备好的时候,就过早地从笔尖滑了出来。在这种情形下,还没有得出必然结论的读者就不可能感受这主要的东西,他会漠然的忽略过去的。①

这里所说的"主要的东西",就是基本主题。在结构作品的时候,必须分清主、从、轻、重,把"总体"和"枝节"很好地结合起来,才能有力地表现基本主题。

(三)突出地描写重要人物

抓紧主要矛盾,把"总体"和"枝节"很好地结合起来,才能有力地表现主题思想,这是完全正确的。但必须进一步说明:文学作品是通过人与人(阶级与阶级)的矛盾与斗争反映社会的(阶级的)矛盾与斗争的,因而要抓紧主要矛盾,就得突出地描写重要人物。在《太阳照在桑干河上》这部小说中有很多人物,但作者着重描写的是站在主要矛盾两方面的重要人物。在地主阶级一方面,作者大力地刻画了恶霸地主钱文贵的形象。因为钱文贵是地主阶级的代表,是农民要斗争的主要对象。其他几个地主,如江世荣、李子俊,特别是李子俊的老婆,虽然都写得很成功,但都由于或和钱文贵相勾结,或和钱文贵相

---

① 法捷耶夫:《论作家的劳动》,见《作家与生活》,文艺翻译出版社版。

矛盾而显得重要;至于小学教员任国忠,虽然作为一个独立的人物看,也写得很生动,但他主要是为了展开钱文贵这个具有政治阴谋的恶霸地主的性格及其活动而创造的。这就是说,作者并没有平均主义地描写这些反派人物,而是突出地描写了他们中间的主要人物。其他几个人物,对于钱文贵来说,都是处于次要的、从属的地位的。

我们已经说过,矛盾的两方面中,必有一方面是主要的,另一方面是次要的。在主要矛盾的两方面中,更应该着重描写站在主要方面的人物。(我们说应该着重描写站在主要方面的人物,是因为有些作品中把反面人物写得很突出、很生动,却把正面人物写得软弱无力才这样说的。这样说并不意味着不应该着重描写站在次要方面的人物。因为站在主要方面的人物是解决矛盾的主人,这样的人物是在解决矛盾,夺取其敌人一向占于主要方面的地位的激烈斗争中成长起来的,把敌人的顽强斗争,敌人的阶级性格、阶级仇恨、阶级阴谋等等写得愈显明,就可以把终于在斗争中取得胜利的正面人物的性格写得愈突出、愈生动。)在《太阳照在桑干河上》中,作者生动地描写了所有村干部以及和他们相联系的许多农民。谁都知道,这部作品是以写农民为主题的。但在农民这一方面,作者也并没有平均主义地描写所有农民,而是更着重地描写了几个农民干部和几个农民群众中的积极分子,如张裕民、程仁、赵得禄、张正国、李昌、董桂花、周月英等等。

资产阶级社会的基本精神是个人主义,因此,资产阶级文学是将个人利益、将个人的关系提在前面的。无产阶级社会的基本精神是集体主义,因此,无产阶级文学是将社会利益、将巨大的社会的错综关系提在前面的。在我们的社会中,个人与群众的联系越来越密切了。我们很难设想还会出现只有两三个人物的长篇作品,——"他"和"她",或是那种为人熟知的三角关系。因为"他"和"她",以及任何的第三者跟社会上其余的人们都有着重要的关系,而这些关系决定着他们的性格与行动。要把他们从所处的环境隔离开来的任何企图都将会把他们造成片面的和不完整的形象,都将会歪曲了生活的真实。但一篇作品有一定的容量,绝不能把所有的人们都包括进来,也不能把所有放进作品的人物都加以突出的描写。所以分清轻重主从,突出地描写重要人物,是结构作品的要点之一。法捷耶夫说:

    ……由于我们生活的特点,现在这个工作(指结构作品)的复杂性更增加了：大量的人物被吸引到事件中；一个人与其他许多人发生最多样性的联系，在这些联系之外来表现这个人是困难的。如果你写一个工厂委员会的主席，那么他就会把那些与他有联系的党支书、厂长、普通工人——大队人马拖了进来。但在这儿重要的就是不要弄得松散，不要太注意次要的而损害了主要的。作品好比一所房屋：住得太满是很危险的。当然，也不可能在过满的屋子里把所有的人都安排得能够得到充分的描写。这么一来，就会出现一些只有姓名的人物，失去了任何的个性，更不用说典型性了。这也是不善于结合"总体"和"枝节"的结果。①

法捷耶夫的这段话非常正确、非常重要。《春华秋实》的创作实践就证明了它的正确性和重要性。老舍在《我怎么写的〈春华秋实〉剧本》一文中曾说：

戏剧不是平平地叙述事实。假如以叙述为主，一切事实就都可以放进去；结果是哪件事都可有可无，不会有戏剧性。第八、九两稿就吃了这个亏：讲到团结工人，就有三场戏；讲到不法资本家，就有好几位，各要一套花样。这就犯了不分轻重宾主，有闻必录的毛病。为矫正此弊，第十稿只很简单地交代了工人的团结和如何争取高级职员，资本家也以一人为主，别人都听他的指挥。这就简练集中了。假若写得好，斗争一个资本家，也就是斗争一百个资本家，不必在一出戏里，东斗一个西斗一个；把"百家姓"都斗完了，并不见得成为好戏。……这个剧本中的人物很多，有话可说的就有二十四个。在八、九两稿里，对待人物取了平均主义，唯恐冷淡了任何人。于是，全剧的组织就零散琐碎；人物出来进去，不过是些"过场戏"。第十稿取了不同的态度，重要的人物戏多，次要的人物戏少，甚至没有戏。这样，主题才能通过重要人物继续发展，不至于被次要的情节给搅乱。起初，我想尽量的"裁员"，可是只能由二十七八个减到二十四个，不能再少。资本家既要施行有组织的进攻，既要攻守同盟，就不能只出现一两个人；为了表现工人有组织地积极参加"五反"，也不能只出现一两个人；检查组是代表政府的，也不能太寒酸。这样，全剧用二十四人（只算有戏词的）实在不算多。二十四个人可不能人人有戏——一出戏不能

---

① 法捷耶夫：《论作家的劳动》，见《作家与生活》，文艺翻译出版社版。

演八个钟头。好，没戏的就没戏吧。主要人物老有戏一定比教次要人物喧宾夺主强。这个主意拿定就减去了许多过场戏，举个例说：在第八、九两稿里，为了人人有戏，描写了检查组工作人员和工人怎样在一块儿画漫画、贴标语，连怎样打浆糊也没忘下。可是，后来细想了想，这有多么大的用处呢？有什么戏剧效果呢？不错，它确是能够烘托出一点运动中的生活来；可是，工人们和检查组都忙着画图、贴标语、打浆糊，并不足以有力的表现出他们的斗争力量，而且，处理得不好，倒减少了力量。这是因人设事，好教没机会说话的角色说几句话。这种场面很容易写，而容易写的也就往往是败笔。一个伟大的天才作家可以用许多场面表现生活的多方面，而还能产生总的戏剧效果。没有多少天才的人，象我自己，就顶好不冒险去铺张。抱定了主题，集中力量去写，还是保险的办法。①

---

① 老舍：《我怎么写的〈春华秋实〉剧本》，载《剧本》1953 年第 5 期。

第七章 文学语言

第一节 文学语言的概念

文学之所以区别于其他艺术,在于它用以创造形象的材料和其他艺术用以创造形象的材料有所不同:音乐用音响、旋律等创造形象;绘画用线条、色彩等创造形象;舞蹈用动作、姿态等创造形象;雕刻和建筑用木石、铜铁等创造形象……文学则用语言创造形象。所以,高尔基说:"文学的根本材料是语言——是给我们的一切印象、感情、思想等以形态的语言。文学是借语言来作雕塑描写的艺术。"①又说:"文学的第一要素是语言。它和文学的根本工具——生活现象的事实——同为文学的材料。"②

文学有广义狭义的分别,因而文学语言也有广义狭义的分别。广义的文学,包括各种文章:如诗歌、小说、剧本、散文、科学著作、政治论文以及报章杂志上的各种文章……狭义的文学,只包括诗歌、小说、剧本、散文。广义的文学语言,即指各种文章所用的语言;狭义的文学语言,即指诗歌、小说、剧本、散文所用的语言。苏联的文学家把广义的文学语言叫文学语言,把狭义的文学语言叫艺术语言。我们所讲的文学是狭义的文学,因而我们所讲的文学语言也是狭义的文学语言,即艺术语言。

文学语言是加工过的人民语言,但并不限于书面语言,因为它不跟口头语言对立。凡是加工过的人民语言,写在书面上固然叫文学语言,用嘴说出来也叫文学语言。高尔基说:"语言是由人民创造出来的,我们把语言分为文学的语言和人民的语言,这只是说语言中有'未经加工'的语言和由巨匠们加工改造过的语言。"③这就是说,人民的语言是文学语言的原料,没有原料是不行

---

① 周扬编:《马克思主义与文艺》,解放社版,第99—100页。

② 周扬编:《马克思主义与文艺》,解放社版,第116页。

③ 高尔基:《怎样学习写作》,三联书店版。

的;但原料究竟是原料,文学家必须从这种原料中提炼出最精粹的东西,才能用以塑造出明朗的艺术形象。

第二节　怎样提炼文学语言

文学语言既然是从人民语言中加工提炼出来的,那么,怎样提炼呢?

怎样提炼文学语言,这是一个很复杂的问题,但简单地说:提炼文学语言的原则,决定于文学创作对于语言的要求。现在,我们就根据文学创作对于语言的要求来谈一谈提炼文学语言的原则。

(一)根据文学创作对于语言的基本要求,提炼文学语言

语言是一种有效地表达思想的工具,斯大林说:"不论人的头脑中会产生什么样的思想,它只有在语言的材料的基础上、在语言的术语和词句的基础上才能产生和存在。完全没有语言的材料和完全没有语言的自然物质的赤裸裸的思想,是不存在的。'语言是思想的直接现实'(马克思)。思想的真实性是表现在语言之中,只有唯心主义者才能谈到与语言的'自然物质'不相联系的思维,才能谈到没有语言的思维。"①又说:"语言是工具、武器,人们利用它来互相交际,交流思想,达到互相了解。"②

语言是一种有效地表达思想的武器,具有全民性,但不同的阶级却对于它采取不同态度。例如反动阶级努力使它变得迟钝,以阻止革命思想的交流;③革命阶级则努力把它磨得锐利,以加速革命思想的传播。

要把这种武器磨得锐利,具体的办法,就是要加强语言的正确性、纯洁性、精练性、多样性和普遍性。

1. 正确性

早在五十年代之初,《人民日报》就发出"正确地使用祖国的语言"的号

---

① 斯大林:《马克思主义与语言学问题》,解放社版,第22页。

② 斯大林:《马克思主义与语言学问题》,解放社版,第44页。

③ 作为现代资产阶级思想在世界主义方面的最新发现之一的所谓语义美学,宣称语言是声音和符号的任意结合,没有任何民族特性。宣称任何单字如"美"、"丑"等等,只不过是一些空洞的符号,其本身不反映任何东西。这种"理论"的反动性非常明显:比如把"美"和"丑"说成不反映任何东西的空洞符号,是企图使人民相信为争取美好的事物(和平、民族独立、人民民主和社会主义)和为反对丑恶的事物(资本主义的剥削、帝国主义的侵略)而斗争是没有任何意义的。

召:"正确地运用语言来表现思想。在今天,在共产党所领导的各项工作中具有重大的政治意义……党的组织和政府机关的每一个文件,每一个报告,每一种报纸,每一种出版物,都是为了向群众宣传真理、指示任务和方法而存在的。它们在群众中影响极大,因此必须使任何文件、报告、报纸和出版物都能用正确的语言来表现思想,使思想为群众所正确地掌握,才能产生正确的物质力量。"①

要加强语言的正确性,必须选择最适当的词,组织最适当的句子。要选择最适当的词,组织最适当的句子,必须具备语法的知识;但仅仅具备语法的知识,还是不够的;对于文学家来说,更重要的是必须具备生活的知识,掌握客观事物的规律。高尔基曾从一个初学写作者给他的信中摘出这样一个句子:"于是我走开了,象一只挨了打、被开水烫了的狗一样地走开了。"评论道:"关于狗的话写得很不好。假如挨了打,它不是走开,而是跑开,它决不会等着再挨烫;假如是已经挨了烫,它也决不会等着再挨打。"②又从另一个人给他的信中摘出这样一个句子:"我在您耳边大声对您说……"评论道:"在我看来,这句话是笨拙的:如果凑近耳边讲,干吗要大声讲呢? 我不是一个聋子呀。"③被高尔基指摘的这两个句子之所以不正确,是由于它们不符合客观事物的规律。巴甫洛夫研究人类的高级神经活动,把语言叫做信号的信号。前一个"信号"指客观事物,后一个"信号"指语言。客观事物之所以被称为信号,是由于客观事物可以引起我们的反应;语言之所以被称为信号的信号,是因为反映客观事物的语言,也可以引起我们的反应。那么,只有当语言正确地反映了客观事物的时候——即只有当语言所引起的反应和它反映的客观事物本身所引起的反应完全一样的时候,才具有高度的正确性。

在我国,关于语言反映客观事物的问题,早在先秦时代就已经提出了。到了晋代,陆机在《文赋》中更从文学创作的角度谈到这个问题。他说:"恒患意不称物,文不逮意,盖非知之难,能之难也。"在文学创作中经常苦于主观意念不能正确地反映客观事物,而文辞又不能完全表达意念,这真是甘苦之言。要克服这种困难,必须付出巨大的劳力。毛泽东同志曾经严肃地指出:"我看重

---

① 《人民日报》1951 年 6 月 6 日社论:《正确地使用祖国的语言,为语言的纯洁和健康而斗争》。

② 转引自林诺卜尔的《语言和性格》,载《文艺报》1953 年第 24 号。

③ 高尔基:《论文学》,载《人民文学》1953 年第 7、8 期。

要的文章不妨看它十多遍,认真地加以删改,然后发表文章是客观事物的反映,而事物是曲折复杂的,必须反复研究,才能反映恰当;在这里粗心大意,就是不懂得做文章的起码知识。"①

概括地说,争取语言的正确性,就是争取语言准确地反映客观事物。如列夫·托尔斯泰所说:"每一件事物和每一个动作,都有一个名字,而且只有一个名字。"文学家在描写每一件事物和每一个动作的时候,必须寻找每一件事物和每一个动作的唯一的名字。

2.纯洁性

文学家不仅要争取语言的高度正确性,而且也要争取语言的高度纯洁性。

针对某些实际情况,我们要争取文学语言的纯洁性,首先要克服原封不动地搬用社会生活中的一些不纯洁的语言的倾向和滥用歇后语的倾向。

在社会生活中本来有一些不纯洁的语言。在这些不纯洁的语言之中,最不纯洁的是骂人语言。文学家把这些语言原封不动地搬到作品中,就损害了文学语言的纯洁性。尼·奥斯特洛夫斯基说:

> 人们会说,作家必须说自己的主人公的真正的语言。如果所描写的主人公说的是,就说吧,盗贼的行话,那么这并非作者的过错,——不这样写,就是歪曲了真实,但是我以为,我们不能采取摄影的办法。
>
> 真正的艺术家可以寻找出无穷无尽的真实的、生动的、使人难忘的形象和图画,在多方面反映出我国的过去以及现在的实际生活,但同时却不损害我们十分响亮的、优美的、丰富的俄罗斯语言。什么还能比苦心琢磨出来的恶骂更讨厌的吗?我们大家谁听见骂妈(这个沙皇俄国的"国粹"),不觉得象受了鞭打一样呢?但是这种"妈的"有时还被某些文字制造家用心的制造出来,然后就完全被努力求知识的青年所吞食下去。
>
> 列夫·托尔斯泰在自己的小说《复活》里描写了沙皇俄国的监狱及其全部黑暗和丑恶,描写了妓女、窃贼。——没有恶骂,然而却是何等明显、何等准确地描写了这些人物。因此,问题不在于用字,而在于技巧。……②

---

① 《反对党八股》,见《毛泽东选集》第3卷,第865页。
② 尼·奥斯特洛夫斯基:《争取语言的纯洁》,载《文艺报》第3卷第12期。

尼·奥斯特洛夫斯基的这些话对于我们也完全适用。那些污秽的骂人的语言,是旧社会遗留下来的语言垃圾;但"四人帮"及其追随者却专门搬用这些垃圾,作为侮辱他们的"敌人"的武器,污染社会,殃及文学。我们必须像在所有其他方面坚决彻底地清除旧社会和"四人帮"遗留的垃圾一样,坚决彻底地清除这些污秽的语言垃圾,而不能把它们和优秀的文学财富一起,当做遗产留给和旧社会的一切污毒完全绝缘的下一代。

另外,在我们的民族语言中,有许多"歇后语"。"歇后语"的起源很早,在陶渊明的诗中,就有以"友于"代"兄弟"的例子①。"友于兄弟"是个成语(见《书经·君陈篇》),从这个成语中"歇"掉"后"面的"兄弟"二字,只用前面的"友于"二字以代"兄弟",这是正规的歇后语。后来又演变出一种利用谐声关系的变格的歇后语,如"猪头三——牲(生)","胡里胡——涂(赌)"、"乡下人不识桂圆——外黄(外行)"等等。这两种歇后语比较少。最常见的是"泥菩萨过江——自身难保"一类。这类歇后语是先设比喻,后作解答,用时把譬喻和解答都说(写)出来。严格地说,这已不合歇后语的规格,不过现在都把这叫做歇后语。所有这几类歇后语,都带有语言游戏的性质,所以只能构成文学语言的材料,却不能算文学语言。在歇后语中,有很精彩的,所以在必要的时候,也可以选用,但也有带着封建意识的、带着庸俗趣味的或并不精彩的,所以不应该滥用。在我们的文学创作中,滥用歇后语的倾向还没有完全克服。例如有的作品,堆积了许多并不精彩的歇后语,像"真是冻豆腐,难拌(办)","我又不是盐店掌柜的,谁当咸(闲)人","我看你是贾家姑娘嫁贾家,贾(假)门贾氏"等等,既没有表现出丰富的思想,也不符合人物的口吻,这有什么必要呢?

3. 精练性

和语言的正确性、纯洁性不可分的是语言的精练性。

语言的精练性,是指用经济的语言表现丰富的生活、丰富的思想。我们在使用语言的时候,必须排除语言的杂质,把最精粹的东西压缩、集中,凝成发光的结晶体。这种发光的结晶体,就是我们所说的最"精练"的语言,也即是阿·托尔斯泰所说的"金刚钻的语言"。

使用最精练的语言,对于文学创作有着非常重大的意义。车尔尼雪夫斯基说:

---

① 陶渊明《庚子岁从都还》:"一欣侍温颜,再喜见友于。"

艺术性就在于每个字句都不仅要用得恰当,而且它还应该是必须的,不可避免的。要尽量少用字,没有简炼,就没有艺术性……用五页或十页来描写人的面孔,使人知道他的所有特征,这是最无能的小说家才会做的事。不,只有当你只用五行字就在读者想象中唤起对一件事物的同样完整的印象时,你才是艺术家。①

那么,怎样才能使语言精练呢?

第一,要选择最精练的词汇

生活中本来有许多最精练地表现特定生活、特定思想的词汇,我们必须选择这种词汇。比如当我们要说"胡须"的时候,假如不知道"胡须"这个词,就势必说成"丛生在嘴上嘴下的毛"。当我们要说"她把饭碗揿在她丈夫面前"的时候,假如不知道"揿"这个词,就势必说成"她生气地、用力地把饭碗推到她丈夫面前"。

第二,要删去繁复重叠的部分

文章不是一下子就能写得精练的,必须反复推敲,删去纵然没有而仍无损于文章的正确性和明了性的一切词句。所有的文学大师们,都是这样做的。比如鲁迅,他"写完后至少看两遍,竭力将可有可无的字、句、段删去,毫不可惜。宁可将可作小说的材料缩成速写,决不将速写材料拉成小说"②。

我们初学写作的人,最容易犯语言拖沓的毛病。比如在学生的习作中,就可以找出这样的句子:

开会的人真多呀!真是人山人海,黑鸦鸦的一片,数也数不清,大概总有几万人。

一个党员只要他一脱离群众,那么毫无疑问,他一定会和群众丧失了密切的联系。

在第一例中,五个部分全是写人多,真是"叠床架屋"。在第二例中,后两部分是废话。

---

① 《车尔尼雪夫斯基论作家的技巧》,载《文艺报》1953 年第 15 号。

② 《答北斗杂志社问》,见《鲁迅全集》第 4 卷。

毛主席把"空话连篇,言之无物"当做"党八股"的第一条罪状。他说:"我们有些同志喜欢写长文章,但是没有什么内容,真是'懒婆娘的裹脚,又臭又长'。为什么一定要写得那么长,又那么空空洞洞的呢?只有一种解释,就是不要群众看。因为长而且空,群众见了就摇头,哪里还肯看下去呢?……我们应该禁绝一切空话。但是主要的和首要的任务,是把那些又长又臭的懒婆娘的裹脚,赶快掷到垃圾桶里去。"①

当然,对语言的精练性是不应该作教条主义的理解的。如果把语言的精练性看成无原则的节约文字,那就错了。

第一,精练性是和明了性结合在一起的;简而不明,就不算精练。欧阳修和宋祁同修《新唐书》,一味地节约文字,以致叙事不够明畅,曾引起后人的批评,这是得不偿失的。

第二,精练性也是和生动性结合在一起的,且看下面这首脍炙人口的古诗:

江南可采莲,

莲叶何田田?

鱼戏莲叶间:

鱼戏莲叶东,

鱼戏莲叶西,

鱼戏莲叶南,

鱼戏莲叶北。

如果仅仅为了文字的节约,把后面五句合成一句,那就不成诗了。鲁迅的《秋夜》也可以作为例子。它的开头是这样的:"在我的后园,可以看见墙外有两株树,一株是枣树,还有一株也是枣树。"如果把它缩成"在我的后园,可以看见墙外有两株枣树。"那就索然无味了。

第三,文学语言还要服从人物个性的表现,假如某个人物的语言特征是拖沓、噜苏,那么,作者就有权还他个本来面目。元人武汉臣的戏剧《散家财天赐老生儿》中的刘从善,说话总是重三复四;而他的个性,他的心情,正好从那重

---

① 《反对党八股》,见《毛泽东选集》第3卷,第855页。

三复四的语言中表现了出来。鲁迅《祝福》里的祥林嫂，多次重复"我真傻，真的，我单知道雪天是野兽在深山里没有食吃……"也深刻地表现了她的遭遇和心境。如果有人因此说武汉臣和鲁迅不懂得语言的精练性，那是好笑的。

4.多样性

语言正确了，纯洁了，精练了，但如果词汇贫乏，句法缺少变化，其作品必然"只有死板板的几条筋，象瘪三一样，瘦得难看"。这样的作品，自然枯燥乏味，没有强烈的吸引力，所以，语言的多样性是非常重要的。

怎样才能加强语言的多样性呢？

第一，要掌握丰富的词汇量

要丰富自己的词汇，除了向人民、向文学作品吸取词汇之外，还应该研究造词的方法，以便铸造新词。托尔斯泰就是这样做的。他一方面贪婪地学习，掌握基本的、活了数世纪的俄国语言的词汇，另一方面也研究词汇的来源，推断它是怎样丰富起来并且怎样继续丰富的，从而自铸新词。

有了丰富的词汇，就可以加强语言的多样性。比如只掌握了"说"这个词，而没有掌握"说"的许多同义词，那么，一旦遇到要插入人物对话的地方，就只能无限制地反复着"他说"和"他又说"，这多么单调！但如果掌握了"说"的许多同义词，就可以克服这个缺点。

第二，要学习各式各样的句法

在作品中构造几个精彩的句子，并不困难，困难的是在构造后面的句子时避免雷同。假如老反复着几种句式，就会使读者像打秋千一样地荡来荡去，感到头痛了。所以，我们必须经常练习构造各式各样的句子，掌握各式各样的句法。

5.普遍性

语言的正确性、纯洁性、精练性和多样性都应该从属于语言的普遍性。如斯大林所指出："语言作为交际的工具，从来就是并且现在还是对社会是统一的，对社会的所有成员是共同的。""没有全社会懂得的语言，没有社会成员共同的语言，社会便会停止生产，便会崩溃，便会无法继续生存。"[①]所以，文学语言必须具有普遍性，必须使全社会的成员都能了解，即必须服从全民语言的规范，而不能破坏它。

---

① 斯大林：《马克思主义与语言学问题》，第22—23页。

怎样才能加强语言的普遍性呢？

第一，不要滥用文言、方言和外来语

不要滥用文言：作家为了刻画特定的人物性格，需要用文言。如鲁迅的《孔乙己》中，就用了"多乎哉？不多也"之类的句子。但文言中有许多词，早已死亡了；有许多词，早已被新词代替了。所以无原则地滥用文言，必然会妨害语言的普遍性。比如不用"猪"而用"豕"，不用"懒"而用"慵"，不用"打水"而用"汲"，就很难使一般读者了解。

不要滥用方言：在从氏族、部落及部族发展成为民族的过程中，语言在各氏族、部落、部族、民族的内部总是统一的、共同的，这就是语言的全民性。文学语言应该是规范化了的全民语言，它必须体现全民性的要求。所以，文学家必须避免滥用方言土语。当然，避免滥用并不等于不用，在文学作品中使用方言土语，必须具体地处理。如果某一地方性的概念，在全民语言中没有确切的名称，或者这个概念用方言来表示，能够传达特殊的地方性的事物特征，而这些特征在作品中又很重要的时候，使用方言是合理的。

不要滥用外国语：我们要吸收外国语言中的好东西，但不要硬搬或滥用外国语言。上海的"洋泾浜"，可以说是硬搬或滥用外国语言的典型，我们必须予以清除，以免损害我国语言的纯洁和健康。其次，也应该避免采用和汉语的结构习惯距离太远的外国词、句。比如与其采用"习明纳尔"，不如采用"课堂讨论"，与其采用"他有着对她的实际的而不是形式的了解"，不如采用"他真了解她，不是形式地了解她"。

第二，不要随意"创造"一些只有自己或只有一个小圈子里面的人才能懂得的各种词

斯大林指出："工业和农业的不断发展，商业和运输业的不断发展，技术和科学的不断发展，就要求语言用工作需要的新的词和新的语来充实它的词汇，语言也就直接反映这种需要，用新的词充实自己的词汇，并改造自己的语法构造。"①所以，为了适应需要，就不能不铸造新词。但要铸造新词，必须按照全民语言中的造词法则，有人随意"创造"新词，比如把"悲伤"、"失望"拼成"悲失"，把"疯狂"、"野蛮"拼成"疯蛮"……这些违反全民语言规律的词，是不会通行，而且也不应该让它们通行的。

---

① 斯大林：《马克思主义与语言学问题》，第9页。

（二）根据文学创作对于语言的特殊要求，提炼文学语言

文学作品对于语言有着和非文学性著作相同的基本要求，即正确性、纯洁性、精练性、多样性和普遍性的要求；但文学由于具有用形象的形式反映现实的特点，所以对于语言又有其特殊要求，即形象性、音乐性、感染性的要求。

1. 形象性

我们在谈文学的形象性的时候所说的狭义的形象性，实际上就是语言的形象性。语言的形象性虽然不等于文学的形象性，但具有形象性的语言，却是创造文学形象的根本材料。

使语言形象化，通常用如下的几种方法：

第一，艺术地形容

刘勰在《文心雕龙·物色》篇里提出诗人"写气图貌"，必须"随物以宛转"，做到"穷理"、"穷形"，"情貌无遗"。他举的例子是："'灼灼'状桃花之鲜，'依依'尽杨柳之貌，'杲杲'为出日之容，'瀌瀌'拟雨雪之状"。"灼灼"，见于《诗经·桃夭》："桃之夭夭，灼灼其华。""灼灼"一词，把桃花火红的鲜艳之状全表现出来了。"依依"，见于《诗经·采薇》："昔我往矣，杨柳依依"。"依依"一词，把杨枝柳丝依依袅袅，仿佛惜别的情态也表现出来了。至于《诗经·伯兮》中的"其雨其雨，杲杲日出"和《诗经·角弓》中的"雨雪瀌瀌"，一用"杲杲"写"日出"，一用"瀌瀌"写"雨雪"，都能给人以明晰的印象。像"灼灼"、"依依"、"杲杲"、"瀌瀌"等等，就是我们所说的"艺术的形容语"。如果用得恰当，就可以把作家所描绘的人生画面、人物性格鲜明突出地呈现于读者面前。且看鲁迅《故乡》中的一段描写（加黑点的是艺术形容语）：

> 这时候，我的脑里忽然闪出一幅神异的图画来：深蓝色的天空中挂着一轮金黄色的圆月，下面是海边的沙地，都种着一望无际的碧绿的西瓜，其间有一个十一二岁的少年，项带银圈，手捏一把钢叉，向一匹猹尽力的刺去。……

这一段，是写"我"回忆与天真活泼的闰土一起度过的童年生活的，回忆中充满着激动、幸福的情感。那几个形容语的运用，生动地展现了"一幅神异的图画"，有力地烘托出童年的幸福生活。假如去掉那些形容语，只剩下"天空挂着圆月，下面是沙地，都种着西瓜"，那幅图画就平淡、单调，引不起"神异"的

感觉,因而也烘托不出童年的幸福生活了。

第二,具体化

形象地反映生活是文艺的特点。因此,文学语言要尽可能具体化,把本来抽象的概念变成具体的形象。王安石有一首诗《泊船瓜洲》:"京口瓜洲一水间,钟山只隔数重山。春风又绿江南岸,明月何时照我还。"其中的第三句,是王安石讲究修辞的有名例子。据洪迈在《容斋续笔》卷八里说:王安石在草稿上改了十几次,才选定这个"绿"字。最初用"到"字,改为"过"字,又改为"入"字,又改为"满"字等等。现在看来,就是"绿"字最好,因为它有形象性,把抽象的"春风"具体化了。

在杜鹏程的《保卫延安》中,有这么个句子:

毛主席住的窑洞对面的山头上,一早一晚就漫过牛群和羊群。……

用"走过"、"跑过"都比较抽象。"漫过"就具体化了。它跟"牛群和羊群"联系起来,就立刻使你想象出一幅生动的图画:一片片黄白相间、色彩鲜明的牛群和羊群,在晨光或暮霭中像汹涌的波涛一样忽起忽伏地漫过来,漫过一个山岗又一个山岗。……

第三,比喻

"比"是《诗经》以来我国文学创作中常用的表现手法之一,它的特点是"以彼物比此物"。我们可以用熟悉的比陌生的,从而使陌生的变得熟悉;可以用具体的比抽象的,使抽象的变得具体;可以用浅易的比高深的,使高深的容易理解。

比喻又有明喻、隐喻、借喻之分。"彼物"与"此物"同时出现,用"如"、"像"、"比"、"仿佛"、"似"、"若"一类的比喻词连接起来的修辞方法,叫做明喻。在旧体诗、词里,往往省去比喻词,但在解释时,还需要加上去。例如:

山舞银蛇,

原驰蜡象,

欲与天公试比高。

这三句,描写在大雪覆盖下,蜿蜒曲折的群山,犹如飞舞的银蛇;上下起伏的高原,好似奔驰的蜡象。远远望去,它们与天相接,好像要和天公比一下高低。很显然,由于把山峰高原比作银白色的飞驰的动物,因而勾画出了鲜明、生动的形象。秦晋高原本来就高,山峰则更高,在冰天雪地中看来,真像高与天齐了,因而说"欲与天公试比高",这么一"比",就不是一般的生动,而是更加活跃了。

> 日出江花红胜火,
> 春来江水绿如蓝。
>
> ——白居易《忆江南》

日出江花红,春来江水绿,已经有色彩、有形象了,再用"火"、"蓝"一"比",色彩就越发鲜艳,形象就更加丰满。

孙犁在《荷花淀》里写白洋淀长大的青年妇女"摇的小船飞快",为了把抽象的"飞快"具体化,用了个明喻:"活象离开了水皮,一条打跳的梭鱼。"由于这么一"比",那小船像一条打跳的梭鱼离开水面疾驰的动态,就生动地呈现在读者面前。

明喻的一般形式是"甲像乙",隐喻的一般形式是"甲是乙"。魏巍在《谁是最可爱的人》中写道:

> 我的思想感情的潮水在放纵奔流着,使得我想把一切的东西都告诉给祖国的朋友们。

不说思想感情像潮水,干脆说"思想感情的潮水",用了隐喻,把思想感情激动的程度和状态鲜明地表现了出来。

借喻不但不用比喻词,而且连被比的事物也被用来作比喻的事物所代替。用这种修辞法,可以使语言更经济、更含蓄、更富于一种使人想象和玩味的力量。王安石的《木末》诗有这么两句:"缲成白雪桑重绿,割尽黄云稻正青。"其中的"白雪"代丝,"黄云"代麦,这是典型的借喻。又如楼适夷的《送公粮》:

> 白色的长裙迎着新秋的风
> 一群天鹅在田野飞舞。

诗人用飞舞的"天鹅"来借喻那些穿着"白色的长裙",给人民军赶送公粮的朝鲜妇女。由于用了借喻手法,突出地表现了朝鲜妇女的轻盈、纯洁和美丽。

屈原的作品,大量运用借喻手法。在《离骚》里,以香草比贤士,以种植香草比喻培养贤才,以佩戴香草、服食香花比喻志行高洁;又以香草喻美女,以美女自比,等等。反之,则以恶草、恶鸟等等比坏人。而所有借喻中的草木花鸟等自然现象,又常常是拟人化的。《橘颂》则把橘树的特性作拟人化的描写,加以歌颂。屈原的这种借喻手法,为以后的诗人所继承和发展。陈毅同志的五言绝句:"大雪压青松,青松挺且直。欲知松高洁,待到雪化时。"也可以说是这种手法的创造性的运用。

比喻是古今中外艺术家普遍运用的修辞手法。在我国,早在《礼记》的《学记》篇中就已经指出:"不学博依,不能安诗。"所谓"博依",就是"多用比喻",后人叫做"博喻"。宋朝人陈骙在《文则》里举了《书经》、《荀子》中的例句,说明写散文也要"博喻"。在外国,早在亚里士多德的《诗学》中就有"比喻是天才的标帜"的说法。所谓"博喻",是指用一连串的比喻构成五光十色的形象来表现一件事物的一个方面或一种状态。这有点像旧小说里所讲的"车轮战法",用接二连三的比喻,搞得那件事物无处藏身,本相毕现。《诗经·小雅》中的《天保》篇,一连用了"如日之升"、"如松柏之茂"等九个比喻表示祝颂之意,被后人称为"天保九如"。唐代韩愈的《送无本师》先用"蛟龙弄角牙"等四个比喻来表现诗胆的泼辣,又用"蜂蝉碎锦缬"等四个比喻来表现诗才的秀拔。宋代苏轼《百步洪》诗的这一段是很精彩的:

有如兔走鹰隼落,
骏马下注千丈坡,
断弦离柱箭脱手,
飞电过隙珠翻荷。

四句诗连用七个比喻、七种形象,来表现水波冲泻的动态,令人眼花缭乱,应接不暇。

这种"博喻",在西洋文学作品中也可以看到。莎士比亚在他的《十四行诗》里,就爱用这种手法,被西洋人称为"莎士比亚式的比喻"。

当然,比喻要新鲜、贴切、生动,服务于艺术形象的塑造,不宜一味贪多。刘勰在《文心雕龙·比兴》篇中就已经指出:

> 且何谓为比? 盖写物以附意,飏言以切事者也。故金锡以喻明德,珪璋以譬秀民,螟蛉以类教诲,蜩螗以写号呼,浣衣以拟心忧,席卷以方志固,凡斯切象,皆比义也。……

> 夫比之为义,取类不常:或喻于声,或方于貌,或拟于心,或譬于事。宋玉《高唐》云:"纤条悲鸣,声似竽籁",此比声之类也;枚乘《菟园》云:"焱焱纷纷,若尘埃之间白云",此则比貌之类也;贾生《鹏赋》云:"祸之与福,何异纠纆",此以物比理者也;王褒《洞箫》云:"优柔温润,如慈父之畜子也",此以声比心者也;马融《长笛》云:"繁缛络绎,范、蔡之说也",此以响比辩者也;张衡《南都》云:"起郑舞,茧曳绪",此以容比物者也。若斯之类,辞赋所先,日用乎比,月忘乎兴,习小而弃大,所以文谢于周人也。至于扬、班之伦,曹、刘以下,图状山川,影写云物,莫不纤综比义,以敷其华,惊听回视,资此效绩。又安仁《萤赋》云"流金在沙",季鹰《杂诗》云"青条若总翠",皆其义者也。故比类虽繁,以切至为贵;若刻鹄类鹜,则无所取焉。

这里分类举例,对比喻的运用作了系统的说明,强调既要"切象",又要"附意"、"切事",反对"刻鹄类鹜"、"习小弃大",其意见相当通达,值得重视。

除了运用比喻手法之外,诸如象征、拟人化、艺术夸张等修辞方法,如果用得好,也都可以加强语言的形象性。

2. 音乐性

人类的美丽的语言,它的高低抑扬,它的表现感情的无穷尽的力量,是可以胜过音乐的。所有语言艺术的大师,都非常注意语言的音乐性。这因为语言的音乐,反映着生活的音乐。如高尔基所说:"所谓'诗人'就是'反响'。诗人必须响应一切的音响,一切生活的呼喊。"

刘勰在《文心雕龙·物色》篇里从"诗人感物"谈到"属采附声",举例说:"'喈喈'逐黄鸟之声,'喓喓'学草虫之韵。"前者见于《诗经·葛覃》:"黄鸟于飞,集于灌木,其鸣喈喈。"后者见于《诗经·草虫》:"喓喓草虫,趯趯阜螽。"诗人反映感动了他的生活,既要绘色,也要摹声。"逐黄鸟之声","学草虫之韵",很好地说明了语言的"声"、"韵",反映着生活的"声"、"韵"。在《诗经》中,如"坎坎伐檀"、"呦呦鹿鸣"、"伐木丁丁"、"鸟鸣嘤嘤"之类,其例甚多。后代诗人"逐"客观事物之"声","学"客观事物之"韵",写出了许多名句,如杜甫的"落日照大旗,马鸣风萧萧",柳宗元的"烟销日出不见人,欸乃一声山水绿",都历来传诵,脍炙人口。更进一步,不仅"逐声"、"学韵",而且抒情达意。古诗中的许多"禽言"诗,就都是这样的。例如《新安文献志》所载江天多的《三禽言》,其中有一首写"鸠"的:

> 布布谷,哺哺雏。雨,苦!苦!去去乎?吾苦!苦!吾苦!苦!吾顾吾姑。

全诗摹"鸠"之声,传"鸠"之意,声意相宜,而又颇有比拟人事的味道,是诗,不是文字游戏。

"禽言"诗之外,还有其他方面的例子。如苏轼《大风留金山两日》:"塔上一铃独自语:'明日颠风当断渡'。"窦巩《忆妓东东》:"惟有侧轮车上铎,耳边长似叫'东东'。"阮大铖《春灯谜》第十五折:"这鼓儿时常笑我,他道是:'不通!不通!又不通!'"也都既摹其声,又达其意。

不过仅仅借助这样的摹声词,还不能构成语言的音乐性。要构成语言的音乐性,必须每一个词、每一个句子都恰如其分地负担起自己的任务,构成完整的旋律,这才能反映生活的旋律,才能振荡读者的心灵。且看下面的例子:

> 不管黄风怎样吼,天气怎样暗,步兵、炮兵还是一蹓一行的由北向南,朝沙家店以东的常高山一带急急地运动……

> 闪电撕破昏暗的天,炸雷当头劈下来,仿佛地球爆裂了。大雨从天上倒下来!霎时,满山遍野,变成白茫茫的一片。山洪暴发了响声就象黄河决了堤。

> 狂风暴雨中,西北战场决定性的战斗展开了……
> ——杜鹏程《保卫延安》

在这里,语言的旋律生动地反映着生活的旋律,从闪电炸雷、狂风暴雨中响起了战斗的进行曲。又如:

> 昵昵儿女语,
> 恩怨相尔汝。
> 划然变轩昂,
> 勇士赴敌场。
> ……
>
> ——韩愈《听颖师弹琴》

前两句中,除"相"字外,没有开口呼,语音轻柔细密,和儿女私语的意境相合。后两句以开口呼的"划"字领头,语音高亢,和勇士奔赴战场的意境相合。从这四句诗中,我们不仅听见了琴声的抑扬变化,而且也感到了弹琴者的情绪的抑扬变化。

从以上的两个例子中,我们可以体会到应该怎样用语言的音乐,反映生活的音乐。

3. 感染性

语言的形象性和音乐性必须结合着它的感染性。

文学家必须利用具有形象性的、音乐性的语言,真实地描绘出生活的图画,传达出生活的音乐,从而把读者带到主人公的体验和感受之中,分担主人公的悲哀和痛苦,分享主人公的幸福和欢乐。

文学语言的感染性是被文学形象的感染性所决定的。形象是一种直接感性所能感受的形式,它本身具有巨大的感染力量。例如:一翻开《保卫延安》,我们的整个身心,就立刻跟着为保卫延安而进军的人民战士的队伍,进入庄严而美丽的革命圣地,进入一场又一场的激烈的战斗。始终离不开紧张气氛,压不下复仇的情绪。我们自己就变成了那个革命集体中的一员,和周大勇、王老虎等一同痛苦,一同欢乐,一同翻山、过岭、踏沙窝,一同经受着革命斗争的锻炼,一同沐浴着马克思列宁主义思想的光辉。所以,文学作品不仅能丰富读者的思想,而且能陶冶读者的性情,锻炼读者的意志,培养读者的品德。

当然,对于读者来说,文学作品实际上也是间接经验的对象,但从形式上看,文学是以直接感性所感受的形象的形式提供认识结果的。通过形象,作者把读者带进他所感受、所认识的生活领域,让读者去感受、去认识。所以,作者对生活的感受越强、认识越深，他所创造的形象，就越能感动读者，教育读者。这就是说，文学形象的感染性，文学语言的感染性，是和作者对于生活的感受分不开的。刘勰中肯地指出："风、雅之兴，志思蓄愤"，所以运用"比"这种使语言形象化的手法，也要"蓄愤以斥言"，抒发对生活的强烈感受和激情。假如对生活没有强烈的感受，没有分明的爱憎，冷冰冰地客观主义地反映生活，即使用了有形象性和音乐性的语言，也不可能打动读者的心灵，比如有人用如下的语言描写在敌机轰炸下烧死的人民：

　　黑魆魆的，烧的正旺……嗞嗞直冒油。

　　这些语言有形象性和音乐性，但没有感染性。这因为作者没有强烈的感受和分明的爱憎，只把人民的灾难和敌人的罪行，作了客观的描写。和这相类似，有人用"鬼哭狼嚎"一类的字眼描写人民在敌人轰炸下的情形，用"像切西瓜般的"一类的字眼描写敌人对人民的残杀……像这样客观的甚至观点错误的描写，只能引起读者的反感。

　　只有在思想感情上和群众打成一片的作家，才能有正确的感受，才能有饱和着群众感情——革命感情的语言，才能创造出足以感动群众、教育群众的形象。

　　总起来说，文学语言是从人民语言中提炼出来的精华；未经提炼的人民语言，绝不能完成文学创作的任务。高尔基说：

　　语言是一切事实、一切思想的衣服。但事实里边还藏着它的社会意义，各种思想里边也藏着为什么这个那个思想是这样而不是那样的理由。把藏在事实中的社会意义，在其一切重要性、完全性和明了性上描写出来，——以这件事为目的的艺术作品，必须有明白正确的语言，经过慎重选择的语言。"古典"作家们，用这样的语言写作，在数百年间，把它日臻完善了。只有这种语言，才真正是文学的语言。这样语言是从劳动大众口头上采取来的，但和它最初的来源，已经显然不同。因为它在作叙述的描写时，从口头话的原素中，舍弃了一切偶然的、一时的、不确实的、紊乱的、发音学上歪曲了的、因种种原因和根本的"精神"——即和一般民族语

言构造不一致的部分……①

　　文学语言是从人民语言中提炼出来的,是人民口语的特别精粹的规范化和统一化了的表现形式,所以,它能促进全民语言的发展,使全民语言更优美、更精确、更富有表现力、更规范化和统一化。而民族语言是民族文化的形式,所以语言的发展,又能促进整个文化的发展。我国的古典作家,如屈原、司马迁、陶潜、李白、杜甫、韩愈、柳宗元、白居易、苏轼、陆游、王实甫、关汉卿、施耐庵、罗贯中、曹雪芹、吴敬梓……曾经在提炼文学语言方面有过巨大的贡献,他们创造了精确、优美的语言,表现了全民语言的丰富性,并反转来推进了民族语言和民族文化的发展。我国现代的文学语言,继承了古代文学语言的优秀传统,并不断地从人民语言和外国语言中吸收养料,因而比古代的文学语言更活泼、更丰富、更优美、更富于表现力了。而这种更活泼、更丰富、更优美、更富于表现力的文学语言,在提高人民的语言和文化方面,正起着不可估量的积极作用。

第三节　人物的语言和作者的语言

(一)人物的语言

　　作品中人物的语言,必须服从塑造形象——典型的原则,即个性原则和概括性原则。

　　1.人物语言的个性原则

　　我们已经谈过,文学中的典型人物既具有强烈的共性,又具有鲜明突出的个性。没有鲜明突出的个性,就不像一个活生生的人,就没有强烈的感染力。所以,文学语言的首要任务是刻画人物的个性。

　　语言是全民的巨大财富,但由于人的生活经验、年龄、文化程度和其他许多情况各有不同,人与人之间交际的性质各有不同,所以,掌握和使用这一财富的程度和方式便各有不同,这就使语言带上了个性色彩。在现实生活中,没有任何两个人具有相同的个性,也没有任何两个人说着完全相同的语言。在伟大的现实主义文学作品中,也是如此。例如在《水浒》和《红楼梦》中,每一个人都有他自己的独特的语言,使读者借助语言的独特性去把握人物的个性,

---

　　①　周扬编:《马克思主义与文艺》,第116—117页。

从而通过人物的个性进一步把握作品的思想。鲁迅曾说:"《水浒》和《红楼梦》的有些地方,是能使读者由说话看出人来的。"①

人物的语言是展开他们的个性的形式。马克思在《神圣家族》中谈到欧仁·苏在小说中引用罪犯的语言时写道:"描写罪犯的巢穴和他们的语言可以反映出罪犯的个性。这一切是一个不可分的整体,描写它们便成为描写罪犯的一部分……"为了展开人物的个性,作家必须给他的人物以独特的个性化的语言。当然,独特的个性化的语言,并不是由作家任意安排的,而是由人物的个性和他们所处的情况所决定的。现实主义的作家在从生活中分析、研究人物个性的同时,也分析、研究人物的语言,因为语言就是个性的一部分,个性转入语言,因而确定了语言的个性特征。例如《真正的人》中的团政治委员谢苗·伏罗比尧夫,有着愉快、乐观的个性,这就决定了他的语言的特点。他的病状恶化了,给他注射樟脑油、嗅氧气,很久不能苏醒。可是他一醒过来,马上就说笑话:

> 亲爱的护士,您不要着急,我即使到了地狱里也要回来的,因为我要把那边的鬼用来除雀斑的药带给您。

有一天半夜,他又突然没有声息了,大家给他摸着脉,注射樟脑油,把盛氧气的橡皮管插到他嘴里。忙乱了将近一小时,仿佛觉得没有希望了。最后,他总算睁开了眼睛。而一睁开眼睛,就向护士微笑了一下,轻轻地说:

> 原谅我。我害您受惊了,而且又是白吃一惊。我根本没有能走到地狱,所以治雀斑的油膏也没有弄到。所以,亲爱的,毫无办法,您只好让您的雀斑出出风头了。

当护士劝他不要在痛得那么厉害的时候说笑话,不要拒绝单独的病房的时候,他又说:

> 啊——呀——呀,亲爱的护士……你的眼泪淌下来了,这是不可以

---

① 鲁迅:《花边文学·看书琐记(一)》。

的，或者，我们来吃安眠药吧！

当他又一次从死神手里挣脱，睁开眼睛的时候，护士不禁说了一声"谢天谢地"，然后想把屏风收拢。他阻止说：

不要收拢，亲爱的护士，这样我们可以舒服些，哭也不必哭，您不哭世界上已经太潮湿……喂，您怎么啦，苏联的天使……多么可惜，甚至象您这样的天使我也只能在阴曹地府的门口来迎接。

政治委员一贯地爱说笑话，这是被他的愉快、乐观的个性所决定的；他在从死神手里挣脱的时候，还要挣扎着说笑话，这也是被他的克制病痛、体贴旁人的优秀品质所决定的。如护士所说，他总是在"该哭的时候反而笑"，在"自己心里烦得要命的时候，反而来安慰别人"。作者就抓住这种在"该哭的时候反而笑"，在"自己心里烦得要命的时候，反而来安慰别人"的语言特征展现了他的性格特征。

作品中的人物有时说着大致相同的语句，但因说话时的语气不同而各有其显著的个性特征。比如在刘白羽的《无敌三勇士》中，李发和、阎成福、赵小义三个人闹不团结。班长找他们三个谈话。先找战斗英雄阎成福，阎成福说：

我为人民服务，我可不受谁气，有种没种反正火线上见吧！

说完后就站起来走了。再找老油条李发和，李发和一面抽烟一面听，听班长说完话，他说：

我反正为人民服务到底，没问题。

又找刚解放过来的赵小义，小义说：

咳，班长，从前我不明白，解放过来，现在可接受教育啦！我为人民服务，还说啥呢！

三个人都说"为人民服务"，但有三种不同的语气，阎成福有股二虎劲，刚直坦率，他的话也显出他这种刚直坦率的性格；李发和说"没问题"，显得毫不在乎，有股吊儿郎当劲；赵小义吞吞吐吐，虽然嘴里说"为人民服务"，但肚子里有鬼，是个看风使舵的角色。作者巧妙地写出三个人的语言特征，我们可以从这三个人的语言中看出他们的个性，看出他们说话时的态度和表情。

有些人总喜欢讲特定的语句。例如：《被开垦的处女地》中的达维多夫爱说"事实如此"，这显示了他的坚持真理、服从事实的性格；《真正的人》中的伏罗比尧夫把所有的人都叫"大胡子"，这显示了他的有风趣、善于团结群众的性格；《阿Q正传》中的阿Q爱说"儿子打老子"，这显示了他的"精神胜利"、自欺欺人的性格。

有些人老重复着同一类型的表达方式。比如契诃夫的《文学教师》中的伊波里特·伊波里狄奇，永远讲着"一加一等于二"似的最简单的真理。他说：

夏天可就不是冬天。冬天你得生火，夏天么，不生火也很热。

过一会儿又说：

结了婚的人，可就不是单身汉了，他要开始新的生活。

过了一会儿，又向刚结婚的朋友说：

你一向都是没有结婚，过单身生活，现在结了婚，要两个人一块啦……

这种无味的语言，正暴露了他的苍白的思想。

有些人喜欢拾别人的牙慧来点缀自己的语言。比如契诃夫的《结婚》中的收生婆兹梅尤金娜，就是这样的。她说："给我大气！"她想用"大气"这个对她说来非常陌生的科学名词把自己装饰一下，但这个词却牢牢地粘在她的身上，休想取下，并且有声有色地把她的精神上的贫乏，小市民的自命不凡以及为了表示"高贵"、"有教养"的可怜的挣扎，完全暴露了出来。

有许多人在一间屋子里说话，如果有人在窗外听，准可以从各自的语言特点了解到各人的个性特征。在生活中,这原是司空见惯、不足为奇的事。但在文学创作中要做到这一点,却连卓越的语言艺术大师都感到困难;试读驰誉全球的许多世界文学名著,就可以得到证明。比较起来,曹雪芹的《红楼梦》在这方面取得的成就是惊人的。让我们随便引一段:

次日湘云便请贾母等赏桂花。……贾母因问:"那一处好?"王夫人道:"凭老太太爱在那一处,就在那一处。"凤姐道:"藕香榭已经摆下了,那山坡下两棵桂花开的又好,河里的水又碧清,坐在河当中亭子上,不敞亮吗?看看水,眼也清亮。"

……

一时进入榭中……贾母忙笑问:"这茶想的很好,且是地方、东西都干净。"湘云笑道:"这是宝姐姐帮着我预备的。"贾母道:"我说那孩子细致,凡事想的妥当。"一面说,一面又看见柱子上挂的黑漆嵌蚌的对子,命湘云念道:

芙蓉影破归兰桨,
菱藕香深泻竹桥。

贾母听了,又抬头看匾,因回头向薛姨妈道:"我先小时,家里也有这么一个亭子,叫做什么枕霞阁。我那时也只象他姐妹们这么大年纪,同着几个人,天天玩去。谁知那日一下子失了脚掉下去,几乎没淹死,好容易救上来了,到底叫那木钉把头碰破了。如今这鬓角上那指头顶儿大的一个坑儿,就是那碰破的。众人都怕经了水,冒了风,说'了不得了';谁知竟好了。"凤姐不等人说,先笑道:"那时要活不得,如今这么大福可叫谁享呢?可知老祖宗从小儿福寿就不小:神差鬼使,碰出那个坑儿来,好盛福寿啊!寿星老儿头上原是个坑儿,因为万福万寿盛满了,所以倒凸出些来了。"

未及说完,贾母和众人都笑软了。贾母笑道:"这猴儿惯的了不得了,拿着我也取起笑儿来了!恨的我撕你那油嘴!"凤姐道:"回来吃螃蟹,怕存住冷在心里,怄老祖宗笑笑儿,就是高兴多吃两个,也无妨了。"贾母笑道:"明日叫你黑家白日跟着我,我倒常笑笑儿,也不许你回屋里去。"王夫人笑道："老太太因为喜欢他，才惯的这么样；还这么说，他明儿越发没理了。"贾母笑道："我倒喜欢他这么着，——况且他又不是那真不知高低的孩子。家常没人，娘儿们原该说说笑笑，横竖大礼不错就罢了。没的倒叫他们神鬼似的做什么！"

……

凤姐和李纨也胡乱应了个景儿。凤姐仍旧下来张罗，一时出至廊上，鸳鸯等正吃得高兴，见他来了，鸳鸯站起来道："奶奶又出来做什么？让我们也受用一会子！"凤姐笑道："鸳鸯丫头越发坏了！我替你当差，倒不领情，还抱怨我，还不快斟一钟酒来我喝呢！"鸳鸯笑着，忙斟了一杯酒，送至凤姐唇边，凤姐一挺脖子喝了。琥珀、彩霞二人，也斟上一杯，送至凤姐唇边，那凤姐也吃了。平儿早剔了一壳黄子送来，凤姐儿道："多倒些姜醋。"一回也吃了，笑道："你们坐着吃罢，我可去了。"鸳鸯笑道："好没脸，吃我们的东西！"凤姐儿笑道："你少和我作怪，你知道你琏二爷爱上了你，要和老太太讨了你做小老婆呢。"鸳鸯红了脸，啐着嘴，点着头道："哎！这也是做奶奶说出来的话！我不拿腥手抹你一脸算不得！"说着，站起来就要抹。凤姐道："好姐姐，饶我这遭儿罢！"琥珀笑道："鸳丫头要去了，平丫头还饶他？你们看看，他没吃两个螃蟹，倒喝了一碟子醋了！"

平儿手里正剥了个满黄蟹，听如此奚落他，便拿着螃蟹照琥珀脸上来抹，口内笑骂："我把你这嚼舌根的小蹄子儿……"琥珀也笑着往旁边一躲。平儿使空了，往前一撞，恰恰的抹在凤姐腮上。凤姐正和鸳鸯嘲笑，不防吓了一跳，"哎哟"了一声，众人撑不住都哈哈的大笑起来。凤姐也禁不住笑骂道："死娼妇！吃离了眼了。混抹你娘的！"平儿忙赶过来替他擦了，亲自去端水。鸳鸯道："阿弥陀佛！这才是现报呢！"

贾母那边听见，一叠连声问："见了什么了，这么乐？告诉我们也笑笑。"鸳鸯等忙高声笑回答："二奶奶来抢螃蟹吃，平儿恼了，抹了他主子一脸螃蟹黄子，主子奴才打架呢！"贾母和王夫人等听了，也笑起来。贾母笑道："你们见他可怜见儿的，那小腿子、脐子，给他点子吃罢。"鸳鸯等笑着答应了，高声的说道："这满桌子的腿子，二奶奶只管吃就是了！"……

这是三十八回藕香榭吃螃蟹的场面。七嘴八舌，谈笑风生，或三言两语，或长篇大论，无不切合各人的身份，毕肖各人的口吻。真是闻其声如见其人！

鲁迅在《花边文学·看书琐记》里曾说:"高尔基很惊服巴尔扎克小说里写对话的巧妙,以为并不描写人物的模样,却能使读者看了对话,便好象目睹了说话的那些人。"我们看了《红楼梦》中的人物对话,不仅好像目睹了那些说话人的"模样",而且简直可以把握他们的个性、窥见他们的内心。

例子不必多举。总之,每个人都有他自己的语言特征:有些人喋喋不休;有些人爱说教条;有些人爱说俏皮话;有些人沉默寡言,但往往会突然说出笑坏人或气坏人的话来;有些人说话婉转;有些人说话率直;有些人满口新名词;有些人满口陈词滥调;有些人言语简洁明快;有些人啰里啰唆,纠缠不清……如果不掌握语言的个性,要创造出个性鲜明的艺术形象是不可能的。

2. 人物语言的概括性原则

文学作品中的人物虽具有鲜明的个性,但绝不是生活中的某一人物的写真,而是具有高度概括性的艺术形象。文学作品中的人物的语言虽具有鲜明的个性,但也绝不是生活中的某一人物的语言的记录,而是具有高度概括性的艺术语言。为了更有力地说明这一问题,回忆一下高尔基关于创造典型的名言,是非常必要的。高尔基说:"文学家如果能从二十个——五十个,不,几百个商人、官吏、工人的每个人之中,抽取出最特质的阶级的特征、习惯、趣味、动作、信仰、谈风等——拿来统一在一个商人、官吏、工人身上,那么,文学家就可以借着这样的手法,创造出'典型'来……"在这段话中,高尔基把"谈风"(语言的风格)列为艺术概括的项目之一,可见语言的概括性原则包括在艺术的概括性原则之中。每一个人有他自己的独特的"谈风",作家在创造典型的时候,从几百个商人、官吏、工人的每个人之中,抽取出最特质的"谈风",拿来统一在一个商人、官吏、工人身上,就这样创造出典型人物的语言。

更具体地说,要了解语言的概括性原则,应该注意如下几点:

第一,典型人物具有时代、阶级、集团的共同特征,典型人物的语言也应该如此。语言没有阶级性,但如斯大林所指出:"……个别的社会集团、个别的阶级对于语言远不是漠不关心的,他们极力想利用语言为自己的利益服务,把自己的特别的词汇、特别的术语、特别的用语加到语言中去,在这方面,那些脱离人民并且仇视人民的有产阶级上层,如贵族、资产阶级上层分子表现得特别厉害,他们'创造'阶级的习惯语、同行语、宫廷'语言'……"[1]所以,不同阶级、不

---

① 斯大林:《马克思主义与语言学问题》,第11页。

同集团的人物的语言总带有阶级的、集团的特色。就目前来说，工人、农民、战士、知识分子都各有其语言上的特色；这首先表现在用词、用语上，例如在开讨论会的时候一般青年人说"我先发言"，而老一辈的知识分子却喜欢说"我抛砖引玉"，战士呢，则说"我打冲锋"或"我放头炮"；干部说"思想改造"，农民却说"换脑筋"，工人呢，则说"脑瓜子回炉"……其次，也表现在语气和组织语言的方式上，一般地说，农民谈话比较纯朴，战士比较干脆，知识分子比较有条理……文学作品中的人物语言，应该反映出这种阶级的、集团的语言特色。

第二，语言的概括是和艺术形象的概括一道进行的，从许多同一阶级、同一集团的人物语言中抛弃偶然的、非本质的东西，选择最特征最典型的东西，概括成典型人物的语言。

人们掌握语言财富的能力是各不相同的，有些人的语言很丰富、很精练、很生动，有些人却完全相反。而且，在日常谈话中，由于未加考虑或来不及考虑，往往说着繁琐的、冗杂的，甚至不合语法、不合逻辑的语言。如果把这样的语言原封不动地搬到作品中，就会模糊人物的形象，破坏作品的情节，冲淡作品的思想。所以，不仅有加以选择的必要，而且也有加以提高的必要。许多伟大作品中的正面人物的语言，大都是机智的、动人的、丰富多彩的，正因为如此，才更有力地表现了正面人物的典型性格。例如巴甫连柯的《幸福》中的主人公伏罗巴耶夫，当他说话的时候，我们可以在他的话里听见鼓动员的语言所特有的最精彩、最典型的东西。这种语言能够鼓舞人们去冲锋陷阵。又如电影《创业》中的政委华程，当他讲话的时候，我们可以从他的话里认出一个大建设工程领导人所具有的那些特征：思想的明确性和条理性，不喜欢说废话，善于究明事情的主要困难和决定性的任务。这些人物的语言，不仅具备着他们的个人特征，而且也具备着党的领导者的一般特征。这和他们的性格是完全一致的，因而更突出地表现了他们的性格。在文学作品中，正面人物的精辟、深刻的语言，往往成为千百万人传诵的"警句"。人们喜爱这种人物，也喜爱他们所说的"警句"。所以正面形象的教育作用也包括语言的教育作用。人们在学习他们的崇高的思想感情的同时，也学习他们用以传达思想感情的语言。比如读过《钢铁是怎样炼成的》的人，有谁不把保尔的如下一段话铭记在心里：

人生最宝贵的就是生命，这生命，人只能得到一次。人的一生应当这样来度过：当他回忆往事时，不致因为自己虚度年华而痛苦悔恨……临死的时候能够说：我的整个生命和精力，都已经献给世界上最壮丽的事业——为人类的自由解放而作的斗争了。

（二）作者的语言

1. 作者语言的个性

每一个作家的语言都有其个人特点。比如同是古典现实主义作家，但施耐庵、曹雪芹、吴敬梓等，各有其独特的语言风格；同是社会主义现实主义作家，但高尔基、爱伦堡、法捷耶夫等，也各有其独特的语言风格。

作家的语言风格是作家的风格的一部分。布丰说过："风格就是整个的人。"作家的风格，这是他的精神面貌的显现，即是他的世界观、他的创作个性、他对现实生活的态度的表现。反动阶级用暴力压制个人风格，马克思在反对普鲁士的检查法令的文章中说：

> 法律允许我写作，但是有个条件，就是我需要用别人的而不是自己的风格去写，我有权利露出我的精神面貌，但是我首先须把它安排在指定的表情里！……你们赞赏自然界那种悦人的千变万化，那种无穷无尽的宝藏。你们不要求玫瑰花和紫罗兰要发出同样的香气，但是一切中最丰富的东西，精神，却只准生存在一个形式里。我是幽默家，但法律却命令我要写得严肃。我是大胆的，但法律却命令我的风格要谨慎谦卑。灰色，更多的灰色，这是唯一的规定的自由的色采。太阳映照着的每一滴露珠，都闪耀着无穷无尽的色采，但是精神的太阳可以照彻这样多不同的人与物，而它却只准产生一种色采，官方的色采。①

在社会主义社会里，人的个性能够得到全面的发展，作家的风格的多样性，也有着无限发展的可能性。

2. 作者语言的全民性

作家的语言虽有其独特的个人风格，但它仍然是服从于全民语言的规范的。一个作家如果想创造特殊的、人民不懂的语言，那他的作品就注定要被人忘记。一切形式主义的文学派别之所以被忘记，正是由于他们一股劲地制造

---

① 《马克思恩格斯论文学与艺术》，五十年代出版社版，第73—74页。

"自己的"语言而破坏了全民的语言。作家的语言的个人风格之所以能够显示出来,是因为在全民语言里面有着选择表现方法的充分可能性。全民语言给作家提供了无限丰富的词汇和配合词、句的方法,也提供了在这些词汇和配合词、句的方法之中任意选择的可能性。每个作家所使用的词汇,大部分是别人用过的,但由于配合的方法不同,仍可以显示出独特的风格。如普希金所说:"理智——在思考概念时是不会枯竭的,正如语言在联接单字时是没有穷尽的一样。所有的字都可以在字典中找到,但每分钟都在出版的书决不是字典的重复。"

作家的语言愈能反映出全民语言的丰富性和多样性,就愈具有高度的全民性。斯大林把"普希金的语言"和"全民语言"当做两个同等意义的概念使用,就是这个道理。

3. 人物的语言与叙述人的语言

作者的语言风格是贯串在作品中的整个的艺术体系。这个体系是由作品中人物的语言和叙述人的语言交织而成的。

在前面,我们已谈过人物的语言,但除戏剧、电影而外,在叙事类的作品中,光有人物的语言是不够的,还必须有叙述人的语言。叙述人的语言是作者所采取的一定的语言形式。这种叙述人的语言,是作品语言结构中的黏结素,它使作品中的各个人物的语言从属于它而结合成一个语言的统一体。所以,作者的语言风格,主要是借叙述人的语言显示出来的。读者可以通过叙述人的语言辨认出作者的性格,作者的形象,作者对于现实生活的态度。托尔斯泰说:"主要的目标是创造在作品中出现的作者的个性……最可喜的作品,它的要点是在于:作者好象隐藏起自己的观点,可是同时却又无处不忠实于他自己。"

第四节　文学工作者应下苦功学习语言

语言是交际的工具,因而也是社会斗争和发展的工具。所以,学习语言,对于每一个人都是重要的,对于文学工作者——语言艺术家,就更为重要。在《反对党八股》中,毛泽东同志早就号召我们下苦功学习语言。他说:"语言这东西,不是随便可以学好的,非下苦功不可。"[①]并要求我们:第一,要学习人民

---

① 《反对党八股》,见《毛泽东选集》第3卷。

的语言;第二,要学习外国的语言;第三,要学习古人的语言。

(一)学习人民的语言

人民语言是文学语言取之不尽的宝库。"人民的语汇是很丰富的,生动活泼的,表现实际生活的。"①为了争取文学语言的丰富性和多样性,作家必须倾听人民语言的声音,下苦功学习人民的语言。怎样学习呢? 一句话,这还是一个深入生活的问题。人民的语言是和人民的生活、人民的思想感情密切地联系着的,所以毛泽东同志说:"什么叫大众化呢? 就是我们的文艺工作者的思想感情和工农兵大众的思想感情打成一片。而要打成一片,就应当认真学习群众的语言。如果连群众的语言都有许多不懂,还讲什么文艺创造呢?"②我们只有在生活上,在思想感情上和人民群众打成一片,才能学好人民的语言,才能运用跟人民群众的生活、思想和感情相联系的人民语言来表现人民的生活、思想和感情。

(二)学习外国的语言

我国的文学语言具有善于从外国语言中汲取营养的优良传统。比如魏晋以来的佛经的翻译,晚清以来的外国文学作品的翻译,五四运动以后的马列主义经典著作的翻译,都给我国的文学语言提供了新鲜的词汇和语法。毛泽东同志提出:"要从外国语言中吸收我们所需要的成分。我们不是硬搬或滥用外国语言,是要吸收外国语言中的好东西,于我们适用的东西。"③

(三)学习古人的语言

毛泽东同志说:"我们还要学习古人语言中有生命的东西。由于我们没有努力学习语言,古人语言中的许多还有生气的东西我们就没有充分的合理的利用。当然我们坚决反对去用已经死了的语汇和典故,这是确定了的,但是好的仍然有用的东西还是应该继承。"④在古人的语言中还有生气的东西是很多的,我们的许多古典现实主义的作家都是善于使用语言的巨匠。我们应该从他们的作品中吸收有生命的语言和运用语言的方法,把一切有用的东西继承下来。

吸收古人的语言,在历史剧、历史小说的创作上具有特殊的意义。在鲁迅

---

① 《反对党八股》,见《毛泽东选集》第3卷。

② 《反对党八股》,见《毛泽东选集》第3卷。

③ 《反对党八股》,见《毛泽东选集》第3卷。

④ 《反对党八股》,见《毛泽东选集》第3卷。

的《起死》中,当庄子请司令神把一个空髑髅变成一个精赤条条的汉子,那汉子拉住庄子讨衣服的时候,庄子说:"……你先不要专想衣服吧! 衣服是可有可无的。也许是有衣服对,也许是没有衣服对。鸟有羽,兽有毛,然而王瓜茄子赤条条,此所谓'彼亦一是非,此亦一是非'。你固然不能说没有衣服对,然而你又怎么能说有衣服对呢……"这一段话在基本词汇和语法构造上与现代汉语很少区别,而"鸟有羽,兽有毛",以及引自《庄子》的"彼亦一是非,此亦一是非"等句,却在风格上造成了历史距离的感觉。

人民的、外国的和古人的语言,经过选择、提炼,都可以成为文学语言,都可以在文学作品中使用,但要遵守两个原则:第一,任何一个词都要明了易懂;第二,任何一个词都要适当地为作品的内容服务。

毛泽东同志指出:"现在中党八股毒太深的人,对于民间的、外国的、古人的语言中有用的东西不肯下苦功去学,因此,群众就不欢迎他们枯燥无味的宣传,我们也不需要这样蹩脚的不中用的宣传家。什么是宣传家? 不但教员是宣传家,文艺作者是宣传家,我们的一切工作干部也都是宣传家。比如军事指挥员,他们并不对外发宣言,但是要和士兵讲话,要和人民接洽,这不是宣传是什么? 一个人只要他对别人讲话,他就是在做宣传工作,只要他不是哑巴,他就总有几句话要讲的。所以我们的同志都非学习语言不可。"①几十年来,我们在学习语言,为祖国语言的纯洁和健康而斗争方面,做了很多工作,取得了很大成绩。然而从"文化大革命"以来,林彪、"四人帮"把持宣传阵地,帮八股猖獗一时,流毒全国,极大地玷污了祖国语言的纯洁,摧毁了祖国语言的健康。专横武断,棍子乱舞;辱骂恐吓,帽子横飞;隐晦曲折,含沙射影;生搬硬套,东拉西扯;弄虚作假,自我吹嘘;造谣诬蔑,贼喊捉贼;千篇一律,面目可憎。假话、绝话、大话、空话、套话,泛滥成灾。

林彪、"四人帮"的帮八股,在政治上为反革命修正主义路线制造舆论,祸国殃民,对于祖国语言,也起了不能容忍的破坏作用。我们每一个人都有责任肃清帮八股的流毒,以建立正确地运用语言的严肃的文风。作为教育人民的有力武器之一的文学,在全民语言的发展、丰富、精练和优美方面,起着巨大的作用。文学工作者在纠正语言混乱现象、建立严肃的文风这一点上,比别人肩负着更重大的责任,必须下苦功学习语言,为祖国语言的纯洁和健康而斗争,为文学语言的丰富和优美而斗争。

---

① 《反对党八股》,见《毛泽东选集》第3卷。

第三编　文学的种类

第一章　诗　歌

第一节　诗歌是最初的和最基本的文学样式

原始社会的人们在集体劳动中配合着有节奏的运动发出有韵律的呼声，这是诗歌的起源（人体在集体劳动中的有节奏的运动有两个构成部分——身体的和嘴巴的。前者发展为舞蹈，后者发展为诗歌和音乐。舞蹈、诗歌、音乐三种艺术在开头是互相联结而不可分割的），也是文学的起源，所以，诗歌是最初的文学样式。后来由于生产力的提高，生产范围的扩大以及生产关系的发展，人的社会生活日趋复杂，而诗歌也跟着趋于复杂化。于是，从抒情诗的发展中产生文学的散文，从叙事诗的发展中产生传奇或小说，从诗剧、歌剧的发展中产生话剧，所以，诗歌又是最基本的文学样式。

我们现在常常把"诗歌"当做一个词、一个概念，从而把"诗"叫"诗歌"，把"歌"也叫"诗歌"。其实就其起源和发展来看，歌早于诗，诗和歌是有区别的，"诗歌"应该是"诗"和"歌"的总称。艾青在他的《新诗论》中说："所有文学样式，和诗最容易混淆的是歌。应该把诗和歌分别出来，犹如应该把鸡和鸭分别出来一样。歌是比诗更属于听觉的，诗是比歌更深沉的，因此也更永恒。"[①]简单地说，唱的、合乐的叫歌，不唱、不合乐的叫诗。

最早的文学样式是原始社会的人们在集体劳动中创造的劳动歌。《淮南子·道应训》上说："今夫举大木者，前呼邪许，后亦应之，此举重劝力之歌也。""邪许"是劳动呼声。闻一多认为介乎音乐与语言之间的一声"啊"，便是

---

① 艾青:《新诗论》,天下出版社版,第91页。

歌的起源①，这是很有道理的。"歌"和"啊"都从"可"得声，古音没有分别，所以"歌"就是"啊"。古代歌辞中的"兮"、"我"、"猗"等字与"啊"字原来读声相同，可能是"啊"的若干不同的写法。在有了比较复杂的语言之后，劳动者在"啊"、"兮"之类的劳动呼声之前加上几个字或几句话做冒头，以表示对劳动的态度，这就产生了劳动歌。如：

> 坎坎伐檀兮！置之河之干兮，河水清且涟猗。不稼不穑，胡取禾三百廛兮！不狩不猎，胡瞻尔庭，有县（同悬）貆兮！彼君子兮，不素餐兮！……
>
> ——《诗经·伐檀》

在世界文学发展的各个阶段中，劳动歌都很丰富。中华民族是一个爱劳动，也爱歌唱的民族，如何休在《公羊传》的注解中所说："饥者歌其食，劳者歌其事。"我们的劳动人民本来唱出了无数支优美的歌，可惜由于封建统治阶级及其文人们的轻视，记录、保存下来的并不很多。但从记录、保存下来的以及现在流行的民歌中，我们仍可以得到很丰富的材料，用以说明我们的民族是一个爱好歌唱的民族。那些直接从劳动中迸发出来的歌，反映了劳动人民的生活和思想，愿望和要求。它们精确地适应着各种各样的劳动生产的节奏，以协同集体的动作，减轻工作的疲劳，提高生产的效率，如牧歌、渔歌、吆号子、打夯歌、拉纤歌、摇船歌、车水歌、插秧歌、采茶歌、砍樵歌等等。其他许多民歌，也往往是和劳动结合着的。比如陕北的脚夫在赶着牲口的时候，陕北的妇女在摇着纺车的时候，就常常唱起《信天游》来。但在剥削阶级与被剥削阶级对立的社会里，劳动对于人民是一种沉重的负担，所以人民在劳动歌中时常吐露对剥削者的诅咒、愤怒，也吐露他们的反抗意志，前面所引的《伐檀》就是一个很好的例子。在人民当家做主的新社会中，对于人民，劳动不再是强制性的沉重的负担，而是荣誉、豪迈和英勇的事业。新中国成立后广大的工农兵群众所创造的新的劳动歌是很多的。例如河北省某军分区生产部队的集体创作《打夯歌》②，流露着宏壮的集体劳动的韵律和部队参加筑堤工程的劳动热情。又如

---

① 闻一多：《神话与诗》（《闻一多全集》选刊之一），古籍出版社版，第181页。

② 见《初级中学语文课本》第二册，人民教育出版社版，第40—43页。

在治淮工程中民工王朝锡等集体创作的《抬土号子》①,充分地表现了民工们对旧社会黑暗统治的痛恨、对新现实的喜悦和对美好的未来的希望。

上面所举的《伐檀》、《打夯歌》、《抬土号子》等都带有劳动呼声,这是劳动歌的标准样式。在诗歌发展的历程中,当歌唱艺术离开劳动过程也一样被创造出来的时候,歌唱的范围渐渐扩大,而有意义的实字也渐渐扩充,以至于完全取代了那些表示劳动呼声的虚字,这就产生了各种各样的歌。民歌告诉我们劳动人民需要唱歌的理由是各种各样的。"种田郎辛苦唱山歌","山歌不唱不宽怀","唱个山歌做媒人","唱支歌子来充饥","唱条山歌做点心","唱个山歌当老婆","唱个山歌散散心","无郎无妹不成歌",以及"信天游,不断头,断了头,穷苦人就无法解忧愁"等等,正说明了民歌的各种不同的作用:为了解除劳动中的疲乏,为了发抒对现实不满的感情,为了达到恋爱的目的……在解放战争中和在新中国成立以后,人民的思想感情起了新的变化,他们用歌来歌颂革命,歌颂共产党,歌颂积极的创造性的劳动,歌颂新的男女爱情……

歌是要唱的。在歌中,诗(歌词)是音乐(乐曲)的内容,音乐是诗的形式。《尚书·尧典》里所说的"诗言志,歌永言,声依永,律和声",就是这个意思。孔颖达在《毛诗正义》卷一里所说的"诗述民志,乐歌民诗",则讲得更简明。

在歌中,诗(歌词)和音乐(乐曲)分了家,诗(词)的形式成为它的有节奏的结构(这是从歌中的音乐部分遗留下来的,但已经简单化而集中在逻辑的内容上),这就变成了诗。诗不是歌唱的,而是朗诵的。

第二节　诗歌的特征

关于诗歌的特征,从《毛诗序》以来,我国古代的文论家作过各式各样的说明,有一些很值得参考。例如沈德潜在《说诗晬语》里说:

> 事难显陈,理难言罄,每托物连类以形之;郁情欲舒,天机随触,每借物引怀以抒之;比兴互陈,反复唱叹,而中藏之欢愉惨戚,隐跃欲传,其言浅,其情深也。倘质直敷陈,绝无蕴蓄,以无情之语而欲动人之情,难矣。

这和北宋诗人梅尧臣"状难状之景如在目前,含不尽之情见于言外"的说

---

① 见《人民文学》总第33期,第84页。

法是一致的,但讲得更周详。其要点是:通过"托物连类"、"比兴互陈"——形象思维,来创造诗的形象,以抒发诗的感情,达到言浅意深、含蓄蕴藉的艺术境界。如果"质直敷陈",像散文那样直说,没有诗的形象,没有含蓄不尽的诗情诗意,没有足以很好地传达诗情诗意的音乐性的语言使人"反复唱叹",就无法"动人之情",因而也就不是好诗。

应该说,这种解释是很不错的。"托物连类"、"比兴互陈",把形象思维过程中联想与想象的作用、触景生情的作用,都表达得很确切。而"以无情之语而欲动人之情,难矣"的论断,又明确揭示了诗歌在社会职能上的特点:以浓烈的诗情,打动读者的感情。如果把诗歌和政论文、哲学论文相比较的话,那么它们在社会职能上的区别是:前者以感情诉诸读者的感情,"以情动人",后者以理智诉诸读者的理智,"以理服人"。这当然不是绝对的,但的确应该各有侧重。

吴乔在《答万季野诗问》中所说的一段话也值得一提。当人家问他诗歌和散文有什么区别的时候,他回答道:

> 二者意岂有异? 唯是体制辞语不同耳。意喻之米,文喻之炊而为饭,诗喻之酿而为酒。饭不变米形,酒形质尽变。啖饭则饱,可以养生,可以尽年,为人事之正道;饮酒则醉,忧者以乐,喜者以悲,有不知其所以然者。如《凯风》、《小弁》之意,断不可以文章之道平直出之,诗其可已于世乎?

他打了个比喻,来说明诗与文的区别:诗与文的原料是一样的,都是"意"。但如果把"意"比成"米"的话,那么写散文,就好比把米做成饭,而写诗,则好比把米酿成酒。读散文,就像吃米饭,能使人饱;读诗歌,则像喝美酒,能使人醉。他举了《诗经》中的两篇作品,说明像那样的内容如果用写散文的办法"平直"地说出来,就不能"醉"人了。正是从这一意义上说,诗歌是不可缺少的。他这段话的主要意思是强调写诗的时候,要把诗的材料充分酝酿,使它具有浓郁的诗味,让读者读了它,如饮美酒,不知不觉地陶醉了,直陶醉得"忧者以乐,喜者以悲"。

把沈德潜和吴乔的说法结合起来研究,对于掌握诗的特点,是很有帮助的。何其芳在《关于写诗和读诗》一文中给诗歌下了一个定义:

诗是一种最集中地反映社会生活的文学样式,它饱和着丰富的想象和情感,常常以直接抒情的方式来表现,而且在凝炼与和谐的程度上,特别是在节奏的鲜明上,它的语言有别于散文的语言。①

这个定义,概括地说明了诗歌在内容和形式两方面的主要特征,可供参考。现在,让我们分别从内容和形式两方面进行讨论。

(一)内容方面

1. 通过形象思维,用鲜明、生动的形象,最集中地反映生活

无论就题材说还是就写作方法说,集中是文学艺术的特点。然而以诗为最。例如张碧的《农父》:

> 运锄耕劚侵晨起,
> 陇畔丰盈满家喜。
> 到头禾黍属他人,
> 不知何处抛妻子!

杜荀鹤的《再经胡城县》:

> 去岁曾经此县城,
> 县民无口不冤声。
> 今来县宰加朱绂,
> 便是生灵血染成!

张俞的《蚕妇》:

> 昨日入城市,
> 归来泪满巾。
> 遍身罗绮者,
> 不是养蚕人!

---

① 何其芳:《关于写诗和读诗》,作家出版社版,第27页。

像这些诗所揭露的社会矛盾,不论就其深度说或者就其广度说,在小说、剧本之类的文学样式中,是需要相当长的篇幅才能表现出来的。

诗歌之所以能够最集中地反映生活,是因为它可以不像小说戏剧那样细致地描写人物的外貌特征和内心特征,描写人物之间的冲突和构成这种冲突的详情细节,而概括地表现生活的典型现象和诗人的思想情感。比如《老残游记》通过酷吏虐民的事实所揭露的生活矛盾及其思想意义,是和杜荀鹤的那首诗完全一致的;但是它创造了刚弼和玉佐臣两个酷吏的形象,刻画了许多被酷吏害死的人物,叙述了许多伤心惨目的事件,最后描写了酷吏的血腥罪行竟博得上司的喜欢,说什么"办强盗办得好",专折保奏,升了大官,这才通过书中人物老残的口作出了这样的结论:"冤埋城阙暗,血染顶珠红!"

当然,杜荀鹤的那首诗是抒情诗,至于长篇叙事诗,就需要创造各种人物典型,叙述复杂的事件。但是叙事诗比起小说戏剧来,还是更其集中的。比如白居易的《长恨歌》,如果改成小说或戏剧,就需要增加许多新的东西。

我们说诗歌是最集中地反映生活的文学样式,并不等于说它是最好的文学样式。各种文学样式,是各有长处,各有短处的。在具体地表现过于复杂的生活和细致地刻画人物的性格方面,诗歌就比不上小说和戏剧。这只要把《长恨歌》和洪昇的剧本《长生殿》比较一下,就看得出来。

2. 强烈的情感

强烈的燃烧着的情感,这是诗歌的主要特征。当然,我们强调情感,并不是说诗歌不需要思想,而是相反。因为情感是和思想血肉相连的,情感愈强烈,思想自然也愈丰满。别林斯基说:"显而易见,作品可以有思想而无情感,但诗是不是也可以这样呢?相反地,凡是有情感的作品,便不可能没有思想。自然,情感愈是深挚,思想也愈深刻,反之亦然。……从诗人的头脑诞生出来的思想,好像给了他的有机体一个冲击,搅动并且燃烧了他的血,最后在胸中波动着。普希金的《精灵》便是这样的……我还没有谈到他的伟大的永恒的作品《奥涅金》:这里的每一行都是思想,因为每一行都是情感……只要作品是艺术作品的话,有此而无彼是不可能的。"①

《毛诗》的《大序》中说:"诗者志之所之也,在心为志,发言为诗。情动于中而形于言;言之不足,故嗟叹之;嗟叹之不足,故咏歌之;咏歌之不足,不知手

_____

① 转引自季摩菲耶夫:《文学发展过程》,平明出版社版,第149页。

之舞之,足之蹈之也。"这说明诗歌是人受了生活事件的刺激,其情感达到沸腾程度的产物。这种沸腾着的情感非普通的,即散文的语言所能表达,它要求"嗟叹"、"咏歌"的特殊的,即诗的语言。最早的诗歌一般都有着比较显明的韵脚和比较有规律的节奏,就是这个缘故。

一篇好诗必然具有饱满的诗的感情。劳动人民在旧社会中为了解除被剥削的劳动中的疲乏,为了发抒对现实生活的愤懑,为了反抗封建婚姻制度,达到自由恋爱的目的……在解放战争和新中国成立以后,为了歌颂革命、歌颂共产党,为了歌颂创造性的劳动和新的男女爱情……唱出了无数支充满激情的歌,就是因为他们在火热的斗争生活中被生活所刺激,所感动,情绪达到燃烧的程度,因而才吐出了烈火似的语言。未央的《祖国,我回来了》那首诗,就是这样产生的。作者在寄给《人民日报》编辑部的《稿末附言》中写着:"我是一个志愿军战士,回到祖国,真有很多话要说。"有很多话要说,而且非说不可,这就是说,他"情动于中"而必须要"形于言";而他那沸腾着的爱国主义与国际主义的热情又非普通语言所能表达,于是他不得不为它寻找和创造最有力的表现形式——诗的形式。

饱满的诗的情绪,这是诗之所以为诗的决定性的因素,所以抒情诗固然是抒情的,叙事诗也一样是抒情的。电影剧本《雷锋》和贺敬之的《雷锋之歌》,都是写雷锋英雄事迹的作品,但我们读了之后,有显然不同的感受。白居易的《长恨歌》和陈鸿的《长恨歌传》,都写的是唐明皇和杨贵妃的故事,而且《长恨歌传》就是"传"《长恨歌》的,但当我们读了这两篇作品之后,不同的感受更其显然。在《雷锋之歌》和《长恨歌》的诗的形式中,沸腾着荡人魂魄的诗的情绪(当然,《雷锋之歌》中的情绪和《长恨歌》中的情绪有本质上的不同),它们不是在叙述故事,而是在歌唱故事,抒情的成分是十分浓厚的。中国过去的诗人们不说"写"诗而说"吟"诗,不说"叙"事而说"咏"事,"吟"和"咏"正是不仅从内容上而且从形式上抓住了诗歌的特点的。诗和散文的区别,就在这里。不然,既有了散文、小说,又何必还要诗,特别是叙事诗呢?

既然诗的感情就是诗的生命,那么,没有真情实感,自然就写不出好诗。一个真正的诗人创作一篇诗的情形大概是这样的:首先,某种生活事件强烈地感动了他,激起了歌唱的意念,达到"如鲠在喉,不得不吐"的境地,然后,才锤炼诗的语言,把它生动地表达出来。这就是说,该事件在他未歌唱之前,已经通过了他的意识、他的灵魂、他的整个存在。因此,当诗人歌唱事件的时候,就一定得把自己对于该事件的理解、态度、希望等等,都放进诗里。一个伟大的诗人不仅用他的笔写诗,而且用他的全部生命和血液写诗。诗人放进诗里的对于特定事件的理解、态度、希望以及他自己的心血,就是我们所说的诗的情绪的构成因素。

我国古代的某些比较明智的统治者,为什么不用"以言治罪"的办法去"防民之口",而要广泛地收集民歌(所谓"采风"),用来"观民风"呢?就因为人民的诗歌表达了人民的真情实感,从那里最能看出人民的意志、人民的愿望、人民的爱憎、人民的选择、人心的向背。

在我们今天来说,只有"为革命者,才能为诗人"。做人民的代言人,才能反映时代的精神,写出为人民所欢迎的诗。诗人必须战斗在人民革命的最前线,才能深切地感受时代的脉搏,才能被重大的生活事件激起歌唱的意念;而当他歌唱特定事件的时候,他对于该事件的理解、态度、希望等等,才能与人民合拍,他流进诗里的血,才会是革命的血。马雅可夫斯基在诗中写道:"一万万五千万人,从我嘴唇中说话。"这正是这位杰出的无产阶级诗人写出好诗的秘诀。

总起来说,诗是诗人受了客观事件的感动,其情绪达到紧张与沸腾时的产物。它首先要有饱满的诗的情绪。但诗人被某种事件所激起的情绪,是和他对于该事件的理解、态度、希望等等分不开的。把一般的生活经验加以选择、概括,成为"只有你,而不是任何别人才能那样说"的具有独创性的诗,诗人的性格、立场、观点起着决定性的作用。为了容易了解,不妨以苏金伞的《三黑和土地》一诗为例,加以说明。例如第一节:

> 农民一有了土地,
> 就把整个生命投入了土地,
> 活象旱天的鹅
> 一见了水就连头带尾巴钻进水里。

仅在这四行诗里,作者的立场、观点就表现得十分明显:第一,当土地掌握在地主手里的时候,被剥削的劳动是农民的负担;第二,土地对于农民,正好像水对于旱天的鹅,但新中国成立前的农民就没有土地;第三,农民一有了土地,生产热情就马上提高了。在这四行诗里,已体现了土地改革法第一条——废除地主阶级封建剥削的土地所有制,实行农民的土地所有制,借以解放农村生产力——的基本精神。

当然,这种政策精神是通过诗的形象体现出来的,作者并没有用抽象的概念或直接说理的方式来向读者说教。很显然,作者不但熟悉他所歌唱的事件,而且被这事件强烈地感动了,所以才能通过生活的真实形象来表达生活的真实情绪。而他的立场、观点也就自然而然地从这种情绪中流露出来。再看第十至第十二节:

> 荞麦地里
> 还有两个蝈蝈儿在叫唤,
> 吱吱吱……
> 叫得人心里痒抓抓的好喜欢。
>
> 小时候因为喜欢逮蝈蝈儿,
> 常常挨骂。
> 爹娘骂:不好好地拾柴。
> 地主骂:蹚坏了我的庄稼。
>
> 现在
> 蝈蝈儿就在自己的地里叫,
> 他想招呼从地头路过的那个孩子:
> "快去逮吧! 你听,叫得多么好!"

在这里,作者的感情完全渗透了他所歌唱的事件,写三黑就好像在写自己,也就是说,作者从思想到感情,已经完全跟农民打成一片了。农民的痛苦,就是自己的痛苦;农民的快乐,就是自己的快乐。让我们分析一下:

三黑小时候因为喜欢逮蝈蝈儿,常常挨骂。爹娘骂他是不得已的骂,因为他们受地主剥削压迫,生活很苦,只得强迫小孩劳动。地主骂他才是真正的骂,因为一方面穷孩子在地主眼里连猪狗都不如,想骂就骂;另一方面,地是"我的",庄稼是"我的",你竟敢在里面蹚,也自然要骂。两个"骂"写出了三黑小时候的痛苦,这是第一层。现在,蝈蝈儿就在"自己的地里叫",这跟小时候的情形比起来，真使人兴奋，所以作者写道："吱吱吱……叫得人心里痒抓抓的好喜欢。"如何能不喜欢呢？他小时候为了逮蝈蝈儿挨骂之后，听到蝈蝈儿叫，就不会像现在这样喜欢的，这是第二层。当他正在喜欢的时候，看见"地头路过的那个孩子"，于是设身处地地想：自己小时候喜欢逮蝈蝈儿，那么，别的孩子也一样喜欢逮蝈蝈儿，这是第三层。从前自己为逮蝈蝈儿挨骂，现在"蝈蝈儿就在自己的地里叫"，别的孩子逮它不会挨骂，这是第四层。于是他情不自禁地想招呼那个过路的孩子："快去逮吧！你听，叫得多么好！"表现出深厚的阶级感情，这是第五层。农民受剥削压迫的时代已经一去不返了，新社会的孩子过着快乐的生活，不会再受三黑小时候所受的痛苦，这是第六层。当然，我们还可以从这里体会到更多的东西。

作者正因为对于农民有了土地这件事的理解是正确的，感情是健康的，因而才能够对这件事寄予远大的理想和希望：

> 他又在打算：
> 明年要跟人家合伙，
> 把地浇得肥肥的，
> 让庄稼长得更好，收得更多。
> ……

这首诗写的是土改后不久农民的生活，然而作者在这里已指出了农业集体化的道路。

我们反复强调了和人民的感情相一致的强烈的感情，是诗歌的生命，这是不是说在诗歌中就绝对不能讲道理、发议论呢？当然不是。在诗中，不但可以讲道理、发议论，而且需要讲道理、发议论，问题是必须要注意诗的特点，即寓讲道理、发议论于诗的形象之中，并且与感情的抒发紧密结合，还要用诗的语言。简单地说，最理想的境界是：熔叙事、写景、抒情、议论于一炉，凝成一个整体。试读杜甫的《石壕吏》、《新安吏》、《无家别》、《新婚别》、《茅屋为秋风所破歌》等著名诗篇，就发现叙事、写景、抒情、议论是融合无间的。以《石壕吏》为例，似乎没有一句话发议论，完全是叙事和抒情；然而当你被那情打动了之后，你就发自内心地憎恨统治阶级而同情人民，你就对统治阶级的昏庸、腐朽、残暴的本质有所认识，对人民的苦难及其根源有所了解，你就懂得了应该争取什么,反对什么。这是因为诗人实际上通过叙事和抒情,讲了道理,发了议论。"暮投石壕村,有吏夜捉人",这是写景、是叙事,然而诗人不说"征兵"、"点兵"、"招兵",却说"捉人",已经于如实叙述、如实描绘中抒了情,发了议论,对统治者进行了揭露和批判。再加上一个"夜"字,含意更丰富。第一,表明"捉人"之事经常发生,人民白天躲藏或者反抗,无法"捉"到;第二,表明县吏很有"捉人"的经验,于人民已经入睡的黑夜,搞突然袭击。其揭露、批判之意多么深刻,憎恨、谴责之情多么强烈!"老翁逾墙走,老妇出门看"两句,也是叙事、是写景,但它表现了人民长期以来深受抓丁之苦,昼夜不安,即使到了深夜,仍然寝不安席,一听到门外有了响动,就知道县吏又来"捉人","老翁"立刻"逾墙"逃走,由老妇开门周旋,因为在一般情况下,抓丁是不抓妇女的。这里面当然也有抒情,有议论。

> 吏呼一何怒! 妇啼一何苦!
> 听妇前致词:"三男邺城戍。
> 一男附书至,二男新战死。
> 存者且偷生,死者长已矣!
> 室中更无人,惟有乳下孙。
> 有孙母未去,出入无完裙。
> 老妪力虽衰,请从吏夜归。
> 急应河阳役,犹得备晨炊。"

这十六句,是诗的主要部分。"吏呼一何怒! 妇啼一何苦!"极其概括、极其形象地写出了"吏"与"妇"的尖锐矛盾。一"呼"、一"啼",一"怒"、一"苦",形成了强烈的对照,两个"一何",加重了感情色彩,有力地渲染出县吏如狼似虎、叫嚣隳突的横蛮气势,并为老妇以下的诉说酝酿出悲愤气氛。"听妇前致词"一句,承上启下。作者为了节省笔墨,惯于言外见意。老妇的"致词"(回答)是一口气写下去的,中间并没写县吏的插话,然而"致词"的内容,分明表现出多次转折,暗示了县吏的多次"怒"吼。"吏呼一何怒! 妇啼一何苦!"这不仅发生在事件的开头,而且持续到事件的结束。从"三男邺城戍"到"死者长已矣",是第一次转折。可以想见,这是针对县吏的第一次"怒"吼诉苦的。县吏一进门,贼眼四处搜索,找不到一个男人,便"怒"吼道:"你家的男人到哪去了？快交出来!"老妇泣诉道:"三个儿子都当兵守邺城去了。一个儿子刚刚捎回一封信,信中说另外两个儿子已经牺牲了!……"她很希望以此博得县吏的同情,不料县吏又大发雷霆:"难道你家再没有男人了,都死光了?"她只得针对这一点继续诉苦:"家里再没有男人了,只有一个吃奶的小孙儿。小孙儿的母亲还没有改嫁(丈夫已在邺城战死),穷得连一件完整的裙子也没有,见不得人。"县吏仍不肯罢手,老妇怕守寡的儿媳妇被抓,饿死孙子,也怕逾墙躲避的老翁难脱虎口,只得挺身而出,自己去当一个炊事兵。

结尾像开头一样,只写了四句,却照应开头,涉及所有人物,写出了事件的结局和作者的感受。"夜久语声绝,如闻泣幽咽",表明老妇已被抓走,儿媳妇低声哭泣。"夜久"二字,反映了老妇一再哭诉,县吏一再威逼的漫长过程。"如闻"二字,一方面表现了儿媳妇因婆婆被"捉"而泣不成声,一方面也表现了诗人以关切的心情隔墙细听,通夜未能入睡。"天明登前途,独与老翁别"两句,照应开头,于叙事中含无限深情。试想昨日傍晚投宿之时,老妇与老翁双双迎接,然而时隔一夜,老妇被捉走,儿媳妇泣声幽咽,只能与逃走归来的老翁作别了! 老翁是何心情? 诗人是何心情? 给读者留下了想象的余地,真是"含不尽之情,见于言外"!

仇兆鳌在《杜少陵集详注》里说:"古者有兄弟始遣一人从军,今驱尽壮丁,及于老弱。诗云:三男戍,二男死,孙方乳,媳无裙,翁逾墙,妇夜往。一家之中,父子、兄弟、祖孙、姑媳惨酷至此,民不聊生极矣! 当时唐祚,亦岌岌乎危哉!"这就是说,杜甫在这首著名的叙事诗里,通过叙事、抒情,发了许多议论;尽管从表面上看,他没有发议论。

由此可见,真正的诗,即用形象思维的方法最集中地反映了生活的诗,不仅是写了景,叙了事,而且是抒了情,发了议论的,但那情感,那议论,寓于诗的形象之中,并不是抽象地发议论。

有些写景抒情的小诗,如王之涣的《登鹳雀楼》:"白日依山尽,黄河入海流。欲穷千里目,更上一层楼。"写的是登高望远的情和景。后两句,写诗人并不满足已经看到的近景,虽然已近黄昏,但兴致正浓,根据登高望远的生活经验,要"更上一层楼",远眺更广阔的天地,饱览千里之外的美景。"欲"和"更",有力地表现了对美好景物的慕恋和追求,反映了诗人开阔的胸襟和愉快的心情。然而还不仅如此,这两句诗,也体现了一种人生哲理:站得高,才能看得远;要看得远,就得不怕艰苦,不怕费气力,勇于向更高处攀登。这不也在发议论吗？再如：

> 横看成岭侧成峰，
> 远近高低各不同。
> 不识庐山真面目，
> 只缘身在此山中。
>
> ——苏轼《题西林壁》

> 半亩方塘一鉴开，
> 天光云影共徘徊。
> 问渠（它，指"方塘"）那得清如许？
> 为有源头活水来。
>
> ——朱熹《观书有感》

> 昨日入城市，
> 归来泪满巾。
> 遍身罗绮者，
> 不是养蚕人！
>
> ——张俞《蚕妇》

发议论的色彩更其明显，但也不失为好诗，原因在于它们不像散文那样"质直敷陈"。有些人不加分析，笼统地反对在诗歌中发议论，那其实是片面的。对于这个长期争论不休的问题，沈德潜在《说诗晬语》里发表过中肯的意见，值得参考。他说：

> 人谓诗主性情，不主议论。似也；而亦不尽然。试思《二雅》中何处无议论？杜老古诗中《奉先咏怀》、《北征》、《八哀》诸作，近体中《蜀相》、《咏怀》、《诸将》诸作，纯乎议论。但议论须带情韵以行，勿近伧父面目耳。

即如杜甫《自京赴奉先县咏怀五百字》中的"彤庭所分帛，本自寒女出。鞭挞其夫家，聚敛贡城阙"等句，以及"朱门酒肉臭，路有冻死骨。荣枯咫尺异，惆怅难再述"等句，的确是"纯乎议论"，但又的确是千古名句，原因在于这种议论"带情韵以行"。就是说,诗人是带着来自生活的真情实感发议论的,是用具有音乐性的诗的语言发议论的。在诗中,特别在抒情诗中,这类例子俯拾即是。诗是反映生活的。在生活中,当你带着激情摆事实、讲道理的时候,那讲道理也就是抒情。试想,假如把土改时期贫雇农向恶霸地主进行说理斗争的那些有代表性的话用诗的语言加以概括,不就是很好的抒情诗吗?

　　3.丰富的想象

　　诗的情感是和诗的想象紧密地联系着的。在创作过程中,一方面,诗人的情感鼓舞着他的想象,比如当他被日益高涨的社会主义现代化建设高潮激起喜悦之感的时候,他的想象就会鼓翼而飞,把他带进光辉灿烂的社会主义远景;另一方面,诗人的想象也强化着他的情感,比如当他想象到光辉灿烂的社会主义远景的时候,他对于日益高涨的社会主义现代化建设高潮就会感到更大的喜悦。没有想象,就不可能成为伟大的诗人。因为没有想象的人不可避免地要被封锁在狭小的个人情感的框子里。要成为伟大的为人民服务的诗人,就应该熟悉人民的生活;在创作的时候,也应该借着植根于人民生活的沃壤之中的想象,进入人民的精神世界,和人民共感受、同呼吸,乐人民之所乐,忧人民之所忧,爱人民之所爱,恨人民之所恨,然后才有可能用诗的形式,表达这种乐与忧、爱与恨的情感。

　　想象对于一切文学艺术的创作都很重要,但对于诗歌的创作尤其重要(正如情感对于一切文学艺术的创作都很重要,但对于诗歌的创作尤其重要一样)。在诗歌的创作中,是容许而且需要大胆的然而合理的想象的。例如郭沫若在《地球,我的母亲!》一诗中写道:

　　　　地球! 我的母亲!
　　　　我想这宇宙中的一切都是你的化身:
　　　　雷霆是你呼吸的声威,
　　　　雨雪是你血液的飞腾。

　　　　地球! 我的母亲!
　　　　我想那漂渺的天球,是你化装的明镜。
　　　　那昼间的太阳,夜间的太阴,
　　　　只不过是那明镜中的你自己的虚影,

地球！我的母亲！
我想那天空中一切的星球，
只不过是我们生物的眼球的虚影；
我只相信你是实有性的证明。

在这三节诗中，我们感受到诗人被热爱地球的情感所激起的想象力的飞跃。诗人把地球想象成养育自己的母亲：雷霆是她的"呼吸的声威"，雨雪是她的"血液的飞腾"，天球是她的"化装的明镜"，太阳、太阴，则是她在明镜中的"虚影"。

马雅可夫斯基的有名的讽刺诗《开够了会议的人们》，同样是富于想象力的。诗人被那些为了"要消费合作社买一小瓶墨水"之类的琐事而忙着"开甲、乙、丙、丁、戊、己、庚、辛会议"，却放下正事不管的人们激怒了，愤怒的情感引起了奇异的想象，在他面前出现了"半截的人们"。他写道：

……
我看见：——
半截的人们坐在那里。
啊，鬼怪！
还有半截在什么地方？
"斩断了
杀死了！"
我叫喊着东张西望。
理智被可怕的情景吓得脱出了常轨。
于是我听见
秘书极其安静的小声：
"他们一下子开两个会，
一天
我们要赶
二十个会。
无奈，只得把身子分开：
齐腰半截在这里；

其余的

在那里。"

……

李季在歌唱《油沙山》的时候,他的被雄伟的建设计划和建设者的劳动热情所激起的喜悦之情同样鼓舞了他的想象力,在他眼前,展开了一幅未来的油沙山的壮丽图画:

那时候,你将被建设成一座城市,
涌泉似的石油,从你的脚下流过。
……
那时候,从你身边经过的汽车,
会比草滩上牧放的骆驼还要多。

在诗的创作中,想象和情感的联系是异常明显的。当诗人所要描写的对象并没有使他激动起来的时候,他的创造的想象就无法展开。相反,当他被他所要描写的对象激起强烈的情感的时候,他的想象就会鼓翼飞翔;而飞翔起来的想象,又会把原来的情感带入更高的境界。所以情感是诗的根本。白居易曾说:"诗者:根情,言苗,华声,实义。"就是这个意思。

(二)形式方面

一定的诗的内容必须通过一定的诗的形式才能表现出来。《三黑和土地》这篇诗的内容要叫我们写成散文,感染力一定会大大地减弱。比如第五节吧,如果我们只说,"三黑把地耙得很平",虽然并没有违背原作的意思,但几乎不会给人留下任何印象。读了原作:

地翻好,又耙了几遍,
耙得又平又顺溜。
看起来
好象娘儿们刚梳的头。

这就完全不同了。三黑以前也翻地,也耙地,但那是给地主干的,被剥削、被压迫的困苦生活累得他透不过气来，所以只管翻地、耙地，却从来没有注意耙得是否平，是否顺溜。这是第一层。现在有了自己的地，这才享受到劳动的喜悦，这才平生第一次发现了耙过的地是这样的美丽；他不仅在愉快地工作，翻了又耙，而且耙了"几"遍，同时在津津有味地欣赏他的工作成绩。这是第二层。农民翻地、耙地，这该是一件平凡的小事吧，而作者就从这件小事的背后看见了比在表面可以看见的大得多的东西——农村生产力的解放，并且为他的表达创造了生动的、具有强烈的感染力的诗的语言、诗的形式。

诗的形式，可以分几点来谈：

1. 语言

语言问题是整个文学的问题，但和诗歌的关系更大，因为诗是语言艺术中更其为语言艺术的东西，马雅可夫斯基说：

> 诗歌的写作……
>> 如同镭的开采一样。
> 开采一克镭
>> 需要终年劳动；
> 你想把
>> 一个字安排得停当，
>>> 那么，就需要几千吨
>>>> 语言的矿藏。
> 而这些恰当的字句
>> 在几千年间
> 都能使
>> 亿万人的心灵激荡。

诗人要写出"在几千年间都能使亿万人的心灵激荡"的诗，必须从"几千吨语言的矿藏"中提炼最足以表达诗的内容的字句。我们的劳动人民千百年来所创造的无限丰富的语言是表现我们民族的生活和思想感情的最完美的工具，这给我们提供了提炼诗的语言的最大可能性。为了加强我们的诗歌作用于革命斗争的力量和持久性，我们应该像马雅可夫斯基一样辛勤地劳动，为我们的诗歌提炼最恰当、最富于表现力的语言。

诗的语言还需要具有强烈的音乐性,具有鲜明的节奏和韵律。人类的美丽的语言,本来是具有音乐性的。所以所有语言艺术的大师,都非常注意语言的音乐性。高尔基说:"有力的作用的语言之真正的美,是由于形成作品底思想、情景、性格的语言之正确性、明了性、美的音响等创造出来的。"①因而他劝告语言艺术家从语言中缜密地选择"明了、正确、有色彩、有音响的部分"②。如果语言的"音响"对于文学语言非常重要,那么,对于文学语言中的诗的语言就加倍地重要,如高尔基所说:"所谓'诗人',就是'反响'。诗人必须响应一切的音响,一切生活的呼喊。"③比起散文来,诗在语言的音响上的完整性要大得多。诗不仅是阅读的,而且是朗诵的,不仅爬在纸上,而且响在空中。它的节奏,它的韵律,就像一条潺潺的小溪,或一道浩浩荡荡的大河一样,带着浓郁的诗的情感,流入读者的内心,洗涤着、震荡着读者的精神世界。

2. 节奏

诗的语言应该比散文的语言具有更鲜明的节奏,而这种鲜明的节奏,是由诗的内容决定的。一般地说,一定的诗的节奏,决定于一定的诗人由一定的社会生活(或自然景象)所激起的情绪波动的状态和方向。

如马雅可夫斯基所指出:"节奏——这是诗的基本力量,基本动力。"④所谓节奏,是由诗的音节的长短、轻重以及音节与音节之间的或久或暂的停顿所构成的。节奏的多样性导源于生活的、诗的内容的多样性;节奏的变化,决定于诗的内容的变化,决定于诗人被生活所触发的情感波动的状态和方向。诗人的每一首诗,必须要有鲜明的、恰当的节奏,不然,他的诗的内容的变化,他的被生活所触发的情感波动的状态和方向就不可能充分地表现出来,自然也就不可能激起读者的共鸣。我们读每一首诗,都要把它的节奏很好地读出来。比如:

看起来

好象娘儿们刚梳的头。

---

① 周扬编:《马克思主义与文艺》,解放社版,第117页。

② 周扬编:《马克思主义与文艺》,解放社版,第117页。

③ 高尔基:《给初学写作者》,三联书店版,第21页。

④ 《译文》1955年第5期。

由一音节构成的前一行在节奏上平衡了由四音节构成的后一行。因此，"看起来"这一音节，一定要读得很重，并继之以长久的停顿。这不仅在节奏上是需要的，而且在意义上更是需要的。三黑首先看到的是耙得又平又顺溜的地，然后才欣赏它，"看起来"就是他欣赏的过程，这就非读得重而且非给它以长久的停顿不可，同时，欣赏的结果如何呢？于是把"好像……"另提一行，以吸引读者的注意力。如果我们不这样读，而把两行连在一起，作为五个相等的音节，那就歪曲了它的节奏，因而也就贫乏化了它的意义。

3. 韵律

诗行末尾的主要停顿是和韵律有联系的。韵律帮助读者把各行贯通起来。马雅可夫斯基说："没有韵律……诗就零落分散了。韵律把我们送还到前一行，迫使我们忆起它，使形成一个观念的所有的诗行保持在一起。"[①]所以他非常注意韵律，他告诉我们："我总是把最特征的字放在一行的末尾，并且无论如何使它有韵。结果，我的押韵几乎总是异乎寻常的……"[②]他为"无论如何使它有韵"，紧张地然而愉快地劳动着。现在还保存着一个文学家的记录，说马雅可夫斯基为了一首鼓动诗的开端曾当着他的面打了六十次草稿，目的是使几个字押韵。[③]在《如何写诗》中，马雅可夫斯基用如下的话说出了他的经验："一个你未能好好抓住的韵律能够毁坏你底全部生活，你讲话不知道在讲些什么，吃东西不知在吃些什么，而且不能睡眠，而且也似乎只看到韵律的声音在你的眼前。"[④]

以《三黑和土地》为例，全诗十五节，每节四行，都是二、四行押韵。这二、四行的韵脚便把形成一个观念的四行诗（一节）保持在一起，无法分散。同时，当我们读完第二行的时候，韵律使我们期待着第四行，这就提高了我们的注意力；当我们读完第四行的时候，韵律又把我们送还到第二行，这就加强了我们的记忆力。

当然，押韵的作用还不止此，它也是加强节奏的一种手段。韵愈密，节奏愈急，反之，韵愈疏，节奏愈缓。节奏决定于情绪，韵律也决定于情绪。散文中

---

① 转引自季摩菲耶夫：《苏联文学史》，海燕书店版。

② 转引自季摩菲耶夫：《苏联文学史》，海燕书店版。

③ 转引自季摩菲耶夫：《苏联文学史》，海燕书店版。

④ 《大众文艺丛刊批评论文选集》，新中国书局版，第 414 页。

每到情绪高涨之时,常常出现节奏起伏,甚至有某种韵律格式的迹象,也就是这个道理。

韵有头韵、内韵、脚韵等等,最主要的是脚韵。例如何其芳的《生活是多么广阔》一诗的第一节:

> 生活是多么广阔,
> 生活是海洋。
> 凡有生活的地方就有快乐和宝藏。

第一行的"活"与"阔"押韵,"活"是内韵;第一行的"生活"与第二行的"生活"押韵,是头韵;第二行的"洋"与第三行的"藏"押韵,是脚韵;第三行的"方"又与"洋"、"藏"押韵,"方"是内韵。

一般地说,读到有韵的地方,应该有一个或长或短的顿歇。长短的标准,取决于诗的情绪和节奏。

对于诗,韵律并没有节奏重要,在自由诗中,是可以没有韵律的;但却不应该因此贬低韵律的作用。

4.排列

诗为什么要分行排列呢？密斯特·洋说:"就为了这种不同的排列,使诗行与诗句在这样一种形式之下展开,比较它们印作散文的样子,我们至少也可以得到一种较好的观感。比较在散文中,文字是更调匀了的;它们不但象标准散文中的文字一样,可以有功于全文的效果,而且在进展中,这些文字为了他们自身的缘故,就要求着我们的注意。"这只说明了排列的一个比较消极的作用。他所指的这种排列,有人叫做"美的排列"。美的排列,讲得极端些,在视觉方面要求绘画的美、建筑的美,在听觉方面要求音乐的美。

当然,排列的目的并不是仅仅为了追求形式上的美。诗的一句、一节、一篇,为什么要这样排列而不那样排列,我们在谈了诗的节奏、韵律之后,已有了初步的了解。诗的形式上的排列是由诗的情绪上的起伏决定的,由诗的节奏、韵律决定的。比如前面举出的《三黑和土地》的第五节,为什么要那样排列呢？第一,这是由"溜"和"头"两个脚韵组织在一起的"形成一个观念"的一节诗,不能把前两行排入上一节,把后两行排入下一节;第二,第一行中间的"又"字把"耙了几遍"紧紧地跟"地翻好"连在一起,无法分开,而重点自然在"耙了几遍"上,所以不可能也用不着另提一行;第三,第四两行为什么要那样排,在前面已经说过了。总之,我们觉得只有这样排列,才能把诗的情绪、节奏、韵律准确地表现出来。如果把它调动一下:

> 地翻好,
> 又耙了几遍,
> 耙得又平又顺溜。
> 看起来好象娘儿们刚梳的头。

仍然是四行,标点又都放在行尾,由前到后,一行比一行长,看起来也很有一点"建筑美",但你读一遍试试看,情绪、节奏、韵律,统统给歪曲得不像话了。

在我们粗略地谈了一下诗歌在内容和形式上的特征以后,必须指出:诗歌的形式上的特征是由它的内容上的特征决定,而又反作用于内容上的特征的,如果不把语言、节奏、韵律、排列等当做传达诗的情绪的媒介,而把它们本身当做一种目的物,亦即仅仅用它们来表征所写的是"诗"的时候,那它们就注定成为空虚的完全多余的东西了。清代乾隆时期的史学家兼文学批评家章学诚说得好:

> 学者惟拘声韵之为诗,而不知言情达意,敷陈讽谕,抑扬涵泳之文,皆本于诗教……演畴皇极,训诰之韵者也,所以便讽诵,志不忘也;六象赞言,爻系之韵者也,所以通卜筮,阐幽玄也。六艺非可皆通于诗也;而韵言不废,则谐音协律,不得专为诗教也。传记如《左》、《国》,著说如《老》、《庄》,文逐声而遂谐,语应节而遽协,岂必合诗教之"比"、"兴"哉!焦贡之《易林》,史游之《急就》,经部韵言之不涉于诗也;《黄庭经》之七言,《参同契》之断字,子术韵言之不涉于诗也。后世杂艺百家,诵拾名数,率用五言七字,演为歌诀,咸以取便记诵,皆无当于诗人之义也;而文指存乎咏叹,取义近于比兴,多或滔滔万言,少或寥寥片语,不必谐韵和声,而识者雅赏其为《风》、《骚》遗范也。故善论文者,贵求作者之意旨,而不可拘于形貌也。①

---

① 章学诚:《文史通义·诗教》。

第三节 诗歌的分类

因为诗歌是最初的和最基本的文学样式,所以西洋自亚里士多德以来,把所有的文学样式都叫做诗。亚里士多德的《诗学》,主要讲戏剧(以悲剧为主),其次才是史诗。自小说闯进文坛之后,有人把小说也叫诗,例如果戈理就称他的小说《死魂灵》为长诗。

我们这里谈的诗歌,不是文学的总称,而是文学的一类。作为文学种类之一的诗歌,就它的性质来说,可分为抒情诗、叙事诗和戏剧诗三种。就它的体裁来说,中国的旧诗可分为古体诗(古诗、乐府)、近体诗(绝句、律诗)、词、曲等类;"五四"以来的新诗可分为格律诗、自由诗和歌谣体(或叫民歌体)三类。此外,如歌词、朗诵诗、政治诗、讽刺诗、新闻诗、街头诗、岩壁诗、枪杆诗等等,只是就其用途取名的,不能算作诗歌的类。因为它们的性质,不外是抒情的、叙事的或者戏剧的;它们的形式,也不外是格律体的、自由体的或者歌谣体的。这里仅就诗歌的性质分类进行讨论。

(一)抒情诗

对于什么是抒情诗,有各种各样的解释,有人说"抒情诗是诗人真实的思想感情的抒发",有人说"抒情诗是诗人情感世界的再现",等等。顾名思义,抒情诗当然要抒诗人之情,但不仅仅是抒诗人之情,同时还反映生活。抒情诗和其他任何文艺样式一样,也是社会生活在诗人头脑中的反映和加工的产物。

我国古代文论家的一些论述,是值得批判地吸取的。《文心雕龙·明诗》里说:"人禀七情,应物斯感,感物吟志,莫非自然。"锺嵘《诗品序》里说:"气之动物,物之感人,故摇荡性情,形诸舞咏。"这里都提到了激动诗人感情的客观事物。诗人无动于衷,就不需要抒情,他不得不抒的情,总是由客观事物激起的。同时,诗人被客观事物激起的情,也不便于赤裸裸地拿出来;空喊"我很高兴","我很悲伤",是构不成动人的诗的图画、诗的意境的。一首好的抒情诗,抒情主人公不是带着被客观事物激起的情感诉说激起他的情感的客观事物,就是在抒发他的情感的时候提到激起他的情感的客观事物。这样,构成抒情诗的素材仍然是现实生活(和自然界)。

由于把抒情诗仅仅看成诗人情感的抒发,因而也就逻辑地把抒情诗的形象说成诗人的"自我形象",这种忽视诗中源泉的广阔性和诗中形象的多样性的看法是有害的。它不符合复杂的艺术事实,缩小了诗的艺术性能。任何一首好的抒情诗中的形象,都是这样或那样地反映了生活的,因而就不能单纯看成诗人自己的形象。

有些抒情诗中的形象,可以说以诗人自己的形象为主体。例如杜甫的《春望》:

> 国破山河在,城春草木深。
>
> 感时花溅泪,恨别鸟惊心。
>
> 烽火连三月,家书抵万金。
>
> 白头搔更短,浑欲不胜簪。

诗人是处在战火弥漫、山河破碎、城廓荒凉、骨肉流离的社会环境中的,而他的情也正是从这里产生、从这里表现出来的。读这首诗,我们不仅看见了一个"白头搔更短"的抒情人物的形象,而且看见了这个人物为之"溅泪"、为之"惊心"的时代。

优秀的抒情诗人不仅可以创造像《春望》这样以自己为主体的艺术形象反映生活,表达情感;而且可以创造以各种各样人物为主体的各种艺术形象,反映各种生活矛盾。例如白居易的《重税》:

> ……
>
> 国家定两税,本意在爱人。
>
> 厥初防其淫,明敕内外臣:
>
> 税外加一物,皆以枉法论。
>
> 奈何岁月久,贪吏得因循!
>
> 浚我以求宠,敛索无冬春。
>
> 织绢未成匹,缲丝未盈斤,
>
> 里胥迫我纳,不许暂逡巡。
>
> 岁暮天地闭,阴风生破村。
>
> 夜深烟火尽,霰雪白纷纷。
>
> 幼者形不蔽,老者体无温,
>
> 悲喘与寒气,并入鼻中辛。
>
> 昨日输残税,因窥官库门:
>
> 缯帛如山积,丝絮似云屯。

号为"美余物",随月献至尊。

夺我身上暖,买尔眼前恩;

进入琼林库,岁久化为尘!

　　这首诗中以第一人称身份出现的"我",显然不是诗人自己,而是控诉贪官污吏罪恶的农民。又如李白的《春思》:

燕草如碧丝,秦桑低绿枝。

当君怀归日,是妾断肠时。

春风不相识,何事入罗帏!

　　在这首诗里,面对读者倾诉感情的,也不是诗人,而是思妇。

　　其他如杜甫的《捣衣》,李贺的《老夫采玉歌》,梅尧臣的《陶者》、《田家》,苏轼的《吴中田妇叹》,陆游的《农家叹》等等,都和这相类似。至于海涅的《西利西亚的纺织工人》和《中国皇帝》,前者中的"我们"是纺织工人的集体形象,后者中的"我",则是被讽刺的那个皇帝的形象。

　　在我们的新诗人所写的抒情诗中,也很有一些创造了工人、农民和战士形象的好作品。

　　另外一些抒情诗,其中的人物虽然不是面对读者直接抒他自己的情,但也并非诗人自己。例如李白的《赠孟浩然》中刻画的"红颜弃轩冕"的形象,当然是孟浩然,杜甫的《春日怀李白》中的那个"飘然思不群"的人物,当然是李白,王安石的《杜甫画像》中的那个"宁令吾庐独破受冻死,不忍四海赤子寒飕飕"的人物,当然是杜甫……

　　也许有人说:像《春日怀李白》之类的诗,直接抒情的还是诗人自己,因而诗的形象也还是诗人的形象。不错,诗人的形象是清晰可见的,但是诗中所刻画的形象,确实是李白等等。比如小说,作者给我们介绍人物、叙述事件,还往往表示他对人物、事件的态度,因而作者的形象也是清晰可见的,但难道我们就把小说的全部形象归结为作者的形象吗?又如山水、花鸟、虫鱼之类的绘画,只要是成功的作品,就不能不表现出画家的思想感情,但难道我们就把这些绘画中的形象归结为画家的形象吗?大家知道,抒情诗中是有许多类似这些绘画的作品的。王维的《渭川田家》、孟浩然的《春晓》、李白的《独坐敬亭山》和《望庐山瀑布》、杜甫的《画鹰》和《房兵曹胡马》,就是例证。古人说,"诗是无形画,画是有形诗",就是这个道理。

有些抒情诗的形象是更其特殊的,例如曹植的《七步诗》:

> 煮豆持作羹,漉豉以为汁。
>
> 萁在釜下燃,豆在釜中泣。
>
> 本是同根生,相煎何太急!

作为诗的主要形象的是"萁豆相煎"。诗人通过"萁豆相煎"的形象表现了封建社会中上自朝廷、下至闾里,为了争夺皇位、家产而引起的骨肉残杀的悲剧。类似这样的抒情诗是很多的。高尔基的《海燕之歌》表现了对那即将到来的革命高潮的预感和欢乐,但直接出现在诗里的是暴风雨中雄飞的海燕和吓得无处藏身的企鹅等等的形象;郭沫若的《炉中煤》表现了高度的爱国热情,但直接出现在作品中的是"炉中煤"的形象。……

抒情诗中的形象的源泉是激动诗人的客观事物,客观事物是各种各样的,因而抒情诗中的形象也是各种各样的。把抒情诗中的形象归结为诗人的"自我形象",这不仅在理论上不能说明丰富的艺术事实,而且会在实践中把抒情诗的创作带向贫乏化、简单化的道路。

同时,既然抒情诗中的形象是激动诗人的客观事物,那么,客观事物是复杂的,抒情诗中的形象也就有其不可忽视的复杂性。优秀的抒情诗,往往反映出客观世界中各种现象相互制约、相互联系的悲剧。前面提到的《蚕妇》,表现了"遍身罗绮者"与"养蚕人"的剥削与被剥削的关系,《七步诗》表现了"骨肉相残"的悲剧。因而认为抒情诗负担不起反映社会矛盾的任务是不公允的。像杜甫的《自京赴奉先县咏怀五百字》那样有分量的作品且不必说,就是用五绝、七绝这样短小的形式写成的抒情诗,也未尝不可以深刻地反映重大的社会矛盾。例如李绅的《悯农》:

> 春种一粒粟,秋收万颗子。
>
> 四海无闲田,农夫犹饿死。

张碧的《农父》:

运锄耕劚侵晨起，陇畔丰盈满家喜。
到头禾黍属他人，不知何处抛妻子！

梅尧臣的《陶者》：

陶尽门前土，屋上无片瓦，
十指不沾泥，鳞鳞居大厦。

我们能说这些抒情诗没有反映重大的社会矛盾吗？

有些抒情诗的确没有表现矛盾的双方，诗人径直地歌颂了什么或者批判了什么，但从歌颂的一面或批判的一面中，仍然可以看出这一面和与之对立的另一面的关系。例如梅尧臣的《村豪》：

日击收田鼓，时称大有年。
烂倾新酿酒，包载下江船。
女髻银钗满，童袍氁氊鲜。
里胥休借问，不信有官权。

这里只刻画了一个乡村大地主的形象，然而他和农民、和官府的关系如何，不是也透露出来了吗？

当然，我们不同意抒情诗中的形象就是诗人自己的说法，并不是要否认抒情诗的"抒情"特点，并不是要取消诗人形象的存在。像《春望》一类以诗人自己的形象为主体的诗且不必说，就是以别的人物为其形象主体的抒情诗，也不能不表现诗人自己的思想感情。例如张俞的《蚕妇》，直接面对读者抒情的是蚕妇；然而那首诗毕竟是张俞写的，所以实际上还是张俞代蚕妇抒情。张俞如果不痛恨"遍身罗绮者，不是养蚕人"的那种不合理的社会现象，如果不理解、不同情蚕妇的处境和心境，是抒不好她的情的。所以，那首诗所抒的情是蚕妇的情，也是诗人的情。那些创造了许多以劳动人民为抒情主人公的优秀诗篇的进步诗人，他们的思想感情是和那些抒情主人公的思想感情打成一片的。我们可以说他们代抒情主人公抒了情，也可以说他们通过那些抒情主人公抒了自己的情。

诗的形象不能不表现诗人的思想感情,而诗人总是社会的人,因而他的思想感情是他自己的,同时又是有社会性、时代性、典型性的。从这一点上说,认为抒情诗中的形象就是诗人自己,也是不妥当的。其次,就诗的构思的实质来说,即使写最单纯的抒情诗,也不妨碍想象力的飞跃和艺术的概括。

诗人可以借助想象,虚构某些景况,也可以改造、概括自己的和旁人的生活事实,此处的和别处的自然景物,使其更便于表现某种思想感情;这样创造出来的诗境,是典型化了的。即如《春望》,认为其中的抒情人物是诗人杜甫,当然没有人反对,但是更确切地说,那是个典型,他的环境也是典型化了的。比如“城春草木深”,不过写城廓寥落,人迹稀少,事实上,长安的春天,草木是不会很深的;“白头搔更短”,不过是表现忧时念乱的情感,事实上,当时杜甫才四十多岁,头发即使白而且稀,但不管怎么“搔”,未必就稀、短到“不胜簪”的地步(他在两年以后写的《同谷七歌》里还有“白头乱发垂过耳”的句子)。至于《石龛》中的“熊罴咆我东,虎豹号我西,我后鬼长啸,我前狨又啼。天寒昏无日,山远道路迷。”更不应该作自然主义的理解;不然,有十个杜甫,也被野兽吃掉了。

抒情诗的艺术魅力在于诗人通过艺术概括,表现了具有典型性的某种境况下某一类人的思想感情。比如陆游的《示儿》诗:“死去元知万事空,但悲不见九州同。王师北定中原日,家祭无忘告乃翁。”其中的抒情主人公是作为一个处于民族压迫时期的爱国志士的典型形象感动读者的。又如柯仲平的《杀贼去》:

> 抢我粮,
> 烧我门窗,
> 鸡猪牛羊都杀光,
> 奸淫我妇女,
> 拉走我儿郎。
> 蒋胡贼!
> 不杀你贼,
> 我无脸活在世上!

这个“我”的形象,对于解放战争时期的千百万农民来说,固然是典型的,对于千百万革命战士和革命干部来说,也是典型的。它包括了诗人自己,但不仅是诗人自己。

总起来说,抒情诗中的形象是生活的客观和诗人的主观的统一体。只要是好的抒情诗,它总向读者展现一幅生活图画,而这幅生活图画,是用形象思维的方法、典型化的方法创造出来的,具有典型性。如果说抒情诗与小说、戏剧、叙事诗等叙事类的文学作品有什么不同的话,那不同点主要表现在:小说、戏剧、叙事诗等必须有完整的故事和性格完整的一定数量的人物,而抒情诗则不需要这些。这是因为前者要求表现"典型环境中的典型性格",而后者则着重表现"典型环境中的典型情绪"。也就是说,抒情诗不是以叙事为主的,而是以抒情为主的。

抒情诗,依据其中表现的典型情绪性质的不同,可分为颂歌、哀歌、情歌、讽刺诗等。

抒情诗具有强大的教育力量。我们需要能够"动人之情"的从多方面表现我们的新时代、新生活和人民群众的新思想、新感情的抒情诗。

(二)叙事诗

别林斯基说:"叙事诗是关于当时已经完成的事件的客观的描写,是艺术家为我们选好最确当的观点,显示出一切方面,表现给我们看的一幅图画。……叙事诗人躲藏在吸引我们去直观的事件底背后,是这样的一个人物:没有他,我们就无法知道已经完成的事件,他甚至不常是一个暗中存在着的人物,他也容许自己发言,讲述自己,或至少对于他所描写的事件发抒意见。"①

就其性质说,抒情诗和叙事诗是有显著的区别的,但应该指出,抒情的和叙事的这两种成分并不是水火不相容的,而是完全可以并存的。在优秀的叙事诗中,叙事的成分和抒情的成分常常紧密地结合在一起,比如杜甫的《三吏》、《三别》,白居易的《长恨歌》、《琵琶行》,就都是这样的。又如马雅可夫斯基的长诗《列宁》和《好!》,它们所展示的伟大历史转变的广阔画面,就是由叙事的和抒情的两条线索交织而成的。

世界文学史上的长篇叙事诗,有希腊的《伊利亚特》(一万八千行)和《奥德赛》(一万二千行),法国的《罗兰之歌》,俄国的《罗莎达》,印度的《罗摩衍那》(二万四千余行)和《摩诃婆罗达》(二十余万行)等等。有人怀疑中国古代

---

① 《别林斯基选集》第 1 卷,时代出版社版,第 322—323 页。

没有产生长篇叙事诗(或史诗),其实,中国古代也产生过长篇叙事诗,只是很少保留下来而已。(在中国,"诗"和"志"——史——原来是一个字。韵文的产生早于散文,因而最早的"志"必然是用韵文写的。这种,用韵文写的"志"——叙事诗——后来失传了,所以孟子说:"《诗》亡然后《春秋》作。")短篇叙事诗被保留下来的还很多,如《诗经》中的《生民》、《公刘》、《绵》、《采芑》、《六月》和乐府民歌中的《孔雀东南飞》、《木兰辞》、《陌上桑》等等。

一般把叙事诗分为三种形态:

第一种形态是英雄歌谣,它产生最早,属于群众性的口头创作,用来歌颂群众所崇拜的英雄、勇士的功勋和业绩。《诗经》中的《生民》、《公刘》、《绵》,就属于这种形态。

第二种形态是史诗,它是在古代英雄歌谣基础上经过集体编辑而最后形成的大型叙事诗,表现古代人民生活中具有重要意义的人物和事件,充满着幻想与神话的色彩,是人类童年期的社会生活与精神面貌的艺术反映。希腊的《伊利亚特》和《奥德赛》,印度的《罗摩衍那》和《摩诃婆罗达》,合称世界四大史诗。我国少数民族地区世代相传的人民口头创作异常丰富。"文化大革命"前经过大力发掘,记录、整理,已经出版或准备出版的长篇叙事诗很多,其中就有几部史诗。例如《格萨尔王传》,就是藏族的史诗作品,长达一百五十万行,约一千二百万字,体制宏大,文辞瑰丽,可与世界著名史诗媲美。

第三种形态是个人创作的叙事诗,它是叙事诗的主要形态。

革命现实主义要求诗人用叙事诗篇深刻地表现人民生活中的历史性的伟大事件,要求诗人在叙事诗篇中创造出为新世界而斗争的正面人物的形象。

诗体小说(例如普希金的《叶甫盖尼·奥涅金》和拜伦的《唐璜》)是叙事诗的一个支流。为了展现社会生活、社会关系的广阔画面,我们也需要诗体小说。

(三)戏剧诗

别林斯基说:"戏剧诗是这两个方面,主观的或抒情的和客观的或叙事的方面的协调。展呈在我们面前的,不是已经完成的,而是正在完成的事件;不是诗人向你报道它,而是每一个登场人物向你现身说法,为自己说话。你同时从两个观点看到这人物:他沉醉于一般的戏剧漩涡,自愿与不自愿地适应其对于其他人物以及整个创作底概念而行动——这是他的客观方面;他在你面前打开自己底内心世界,暴露出心灵底一切隐秘曲折,你偷听到他跟自己进行无声的谈话——这是他底主观的方面。因此,你在戏剧里常常看见两种因素:整个行动底叙事的客观性,和独白中的抒情的放纵和流露——抒情到这种地步,以致非用诗体写不可,翻译成散文之后,就丧失掉抒情的香味,变成了夸张的散文,译成散文的莎士比亚戏剧底最优秀的章节就是证明。……在戏剧中,诗人底人格完全消失了,甚至仿佛并不存在似的,因为在戏剧中,事件为自己说话,显现为已经完成的东西,每一个登场人物也为自己说话,从内部和外部双方面发展起来。"①

戏剧是一种综合性的艺术,这里所说的戏剧诗,是指诗歌体戏剧的诗歌部分。如果把诗和歌区别开来,那就还有诗剧和歌剧的区别。诗剧的诗歌部分是朗诵的,歌剧的诗歌部分是歌唱的。我国的古典现实主义歌剧中的诗歌部分(曲),都是非常优美的诗歌(如《西厢记》、《牡丹亭》、《桃花扇》等作品中的曲文),新歌剧《白毛女》中的歌词,也是很精彩的诗歌。至于德国诗人歌德的《浮士德》、英国诗人拜伦的《曼弗雷德》,我国诗人郭沫若的《女神之再生》,则是著名的戏剧诗。

戏剧诗就其表现事件的开端、发展、高潮、结局等而言,是叙事的;就其人物的说唱和剧情介绍者的介绍等部分而言,又含有许多抒情的因素。所以,戏剧诗可以说是叙事诗和抒情诗的综合体。例如阿丽格尔献给女英雄卓娅的诗剧《真理的故事》,其剧诗的全部,是在描画苏维埃人民的这位女英雄的形象及其英雄事迹,当然是叙事的;但其中却到处洋溢着情感的浪涛。例如第二幕揭幕前剧情介绍者在幕前的介绍诗:

> 我们的生活自由而舒畅,
> 我们没想到它会有什么变动,
> 甚至有时忘记了我们是青年团员,
> 一个青年团员该做些什么事情。
>
> 我们诞生在和平年代,
> 从不知什么是障碍,什么是苦痛。
> 在这酷热的夏夜,

---

① 《别林斯基选集》第 1 卷,时代出版社版,第 322—323 页。

当法西斯巳向我们发动了战争，
我们却没有忘记共产主义青年团的传统。

考验的时刻到了，
青年团员要站在战斗的最前线。
现在祖国有权利质问我们，
是否遵从了团章和每一句誓言。

激动的天空在我们头上旋转，
战争已逼近了你的身边。
我们不必再用卢布去缴团费，
要用我们的生命和鲜血，
来回答列宁共产主义青年团。
……

又如第三幕卓娅和鲍里斯分手以后（分别到比特利切夫和布洛塔梭夫去放火）的一段台词：

万籁俱静，啊，一切都象死一样的沉静！
树枝儿低头不语，风儿啊也默默无声。
好象这世界上只剩下我一个人。
我还有十五分钟。
十五分钟不短哪——不，要抓紧这十五分钟。
要烧着马棚，让德寇的战马在火中嘶鸣，
要引起一片混乱和骚动。
我自己一个人。啊，周围是死一样的沉静！
只有老松树在摇头诉说它的苦痛。
多么静啊，只要你倾耳细听，
就会听见战争在全国的土地上滚动。
瞧，这就是我从未见过的英雄城，
列宁格勒啊，我决不让任何敌人侵占你，

我听见你隆隆的炮声。

克伦什塔啊,我听见你在低声鸣唱,

玛拉霍夫在用大炮回答敌人的进攻。

塞瓦斯托波尔啊,我看见你在熊熊火焰中,

火光照亮了狂涛骇浪,

战舰向你的怀中飞奔。

我没见过你呢,英勇的塞瓦斯托波尔城。

塞瓦斯托波尔啊,我要遵照命令,

焚毁敌人的马棚,把仓库烧得干干净净!

塞瓦斯托波尔啊,我明天就去帮助你,

我灵活机动,碰不上敌人的眼睛!

你不会碰见敌人的眼睛,可是如果万一……

那时可怎么办? 你是否有了充分的准备?

啊,寂静啊,寂静笼罩着世界。

在这寂静的子夜里,隐蔽着多少人世的悲痛……

亲爱的人们,我愿意帮助你们,

下命令吧,同志们,

我坚强有力,我决心似铁

阿丽格尔在《真理的故事》中描写卓娅的英雄事迹,是通过抒情来完成的。

郭沫若的诗剧《女神之再生》,其叙事因素和抒情因素相结合的特点更其明显。就整个作品来说,它叙述了上古时代共工、颛顼争夺帝位,共工失败,怒而触不周之山,天柱折裂,两方同归毁灭的过程,但在叙事的过程中,到处洋溢着浓郁的抒情意味。比如在共工触折天柱之后,善于炼石补天的神女们不屑再做修修补补的工作,而要建造新的宇宙,她们表示:

新造的葡萄酒浆,

不能盛在那旧了的皮囊

我为享受你们的新热新光,

要去创造个新鲜的太阳!

像这样的抒情片段,在整部诗剧中是随处可见的。

第四节　中国新旧诗的重要体裁及其特点

(一)旧诗(古典诗歌)

我国的古典诗歌体裁很多,重要的有古体诗、近体诗、词、曲等等。

1.古体诗

古体诗包括古诗和乐府两种。先谈古诗。

古诗产生很早,《诗经》就是一部古诗总集。从《诗经》以后,古诗一直是中国古典诗歌中的重要体裁。

古诗大体上是格律诗,但比较自由,这表现在下面几点上。

第一,古诗没有固定的平仄(平声调为平声,上、去、入三个声调为仄声),只要音节响亮,适于朗读就行了。清代的赵执信虽然给古诗也制了《声调谱》,但没有人理会它。

第二,古诗中有一部分诗(如"歌"、"行"之类)的句子长短自由,不受限制。例如李白、杜甫的许多古诗,一篇之中往往包括三字句、五字句、七字句乃至十一字句,因而能够表现复杂的情绪。(古诗中的另一部分是句子整齐的,有二言诗、三言诗、四言诗、五言诗、六言诗、七言诗、八言诗、九言诗等等。《诗经》以四言诗为主,汉魏之际及其以后,则以五言诗、七言诗为主。)

第三,平上去入的韵都可以押(但不能互协),其押韵的方法也没有严格的限制。可以句句有韵,可以隔一句或隔几句押韵,可以一韵到底,也可以随时换韵。

第四,篇幅长短也不固定:有两句成篇者,如《易水歌》;有三句成篇者,如《大风歌》;有四句成篇者,其例甚多;有五句成篇者,如杜甫的《曲江》;有长至百余句或数百句者,如杜甫的《北征》、韩愈的《南山》……

乐府本来是汉武帝设立的一个官署,职责是采集诗歌,配制乐曲,供朝廷祭祀和饮宴时演奏。后来便把入乐的和从乐府民歌中汲取养料和形式、不一定入乐的诗歌叫做乐府诗。宋人郭茂倩编《乐府诗集》一百卷,是一部很有价值的乐府诗总集。

乐府诗有古乐府、拟古乐府、新乐府之分。它在句法、押韵等方面,和古诗相同。

2. 近体诗

六朝时期,沈约等人提倡诗律,讲究四声(平、上、去、入)八病(平头、上尾、蜂腰、鹤膝、大韵、小韵、正纽、旁纽)。到了唐代,便形成了一种格律很严的新诗体,文学史家称它为近体诗。近体诗又分为绝句和律诗两种。

绝句有五、七言两种(也有六言的,但不多见),每首只有四句。有人认为它是截取律诗的一半而成的,所以又叫截句。就起源说,绝句先于律诗,截句之说当然不能成立;但就格律说,绝句的确等于律诗的一半。

绝句一般押平声韵,也有押仄声韵的。其押韵方法有两种:一、二、四句押韵;二、四句押韵。

绝句每一字该平该仄,都有规定。五绝、七绝,都有平起和仄起两种格式。

五绝平起式:

平平平仄仄(如首句起韵,则为平平仄仄平)
仄仄仄平平
仄仄平平仄
平平仄仄平

诗例(字下"。"表示平声,"."表示仄声,下同)

鸣筝金粟柱,
素手玉房前。
欲得周郎顾,
时时误拂弦。

——李端《听筝》

五绝仄起式:

仄仄平平仄(如首句起韵,则为仄仄仄平平)
平平仄仄平
平平平仄仄
仄仄仄平平

诗例:

白日依山尽,
黄河入海流。
欲穷千里目,
更上一层楼。

——王之涣《登鹳雀楼》

七绝平起式:

平平仄仄平平仄(如首句起韵,则为平平仄仄仄平平)
仄仄平平仄仄平
仄仄平平平仄仄
平平仄仄仄平平

诗例:

朝辞白帝彩云间,
千里江陵一日还。
两岸猿声啼不住,
轻舟已过万重山。

——李白《早发白帝城》

七绝仄起式:

仄仄平平平仄仄(如首句起韵,则为仄仄平平仄仄平)
平平仄仄仄平平
平平仄仄平平仄
仄仄平平仄仄平

诗例：

> 月落乌啼霜满天，
> 江枫渔火对愁眠。
> 姑苏城外寒山寺，
> 夜半钟声到客船。
>
> ——张继《枫桥夜泊》

五绝中每句的一、三两字和七绝中每句的一、三、五三字可以变通，所以有"一三五不论，二四六分明"的说法。但也有限制：如"月落乌啼霜满天"，第五字应该是仄声，现在用了个平声字"霜"，这是可以的；但"轻舟已过万重山"的"万"字，却不能换成平声字，一换，连下面的两个字合在一起，就成了三个平声字，这叫做"下三连"（下三字是仄声也是一样）。"下三连"是应该避免的。

律诗也有五言、七言两种，每首八句，只能押平声韵。通常中间四句是两组对偶，首尾四句不拘。也有平起、仄起两种，其平仄的格式，等于重叠起来的两首绝句。第五句要用不起韵的句式。例如毛泽东同志的《长征》：

> 红军不怕远征难，
> 万水千山只等闲。
> 五岭逶迤腾细浪，
> 乌蒙磅礴走泥丸。
> 金沙水拍云崖暖，
> 大渡桥横铁索寒。
> 更喜岷山千里雪，
> 三军过后尽开颜。

这首七律，就其平仄说，等于联结起来的两首平起式七绝，只是第五句用的是不起韵的句式而已。

律诗中还有一种排律，可以长至百余韵（两句一韵）。就格律说，它是律诗的扩大：第一，首尾四句不拘，中间都是两句一组的对偶，第二，按绝句的平仄，以四句为单位,继续重叠,直至结束。

3. 词

词是唐代在民间"曲子词"的基础上形成、到宋代非常发达的一种可以歌唱的新诗体。它在格律方面的特点是:第一,句子长短不齐(有少数例外),所以又叫"长短句";第二,有固定的词牌,每一个牌子的句数、字数、声韵都是固定的,只能按谱填词;第三,一首词通常分做两段(上段又叫"上片"或"上半阕",下段又叫"下片"或"下半阕"),也有少数一段的和三段、四段的;第四,因字句的多少而有小令、中调、长调之分,小令只讲平仄,中调、长调中有许多要讲四声(只讲平仄的叫二声调,讲四声的叫四声调);第五,有的词牌全押平韵,一韵到底,有的全押仄韵,一韵到底,有的中途换韵。下面举一个例子:

菩萨蛮

平/仄平平/仄仄平平仄(首句仄韵起)

平/仄平平/仄仄平平仄(协仄韵)

平/仄仄仄平平(三句换平韵)

平/仄平平/仄平平(协平韵)

平/仄平平平仄仄(仄韵起)

平/仄仄平/仄平仄(协仄韵)

平/仄仄仄平平(换平韵)

平/仄平平/仄平平(协平韵)

词例:

茫茫九派流中国,

沉沉一线穿南北。

烟雨莽苍苍,

龟蛇锁大江。

黄鹤知何去,

剩有游人处。

把酒酹滔滔,

心潮逐浪高。

　　"菩萨蛮"是词牌名,填词者可于词牌下写出自己的题目。毛泽东的这首词的题目是《黄鹤楼》,是他在黄鹤楼上写的。这首词"黄鹤知何去"句的平仄略有变通,另一首(题名《大柏地》)的"当年鏖战急",则完全合律。

　　词的牌子很多,仅《钦定词谱》所载,就有八百二十六种,二千三百〇六体。关于各种词牌及其格律,清初人万树(字红友)所著的《词律》二十卷,考证精详,可供参考。

　　4.曲

　　曲是盛行于元、明两代的一种配合音乐的歌词。有剧曲和散曲的分别:剧曲是演唱故事的歌剧,如《西厢记》、《牡丹亭》等等;散曲是清唱的,因此又叫清曲。这里只谈散曲。

　　散曲分小令和套数(又叫套曲)两种。小令也就是小曲,每首一个曲牌,一韵到底,有点像词中的小令。套数是用同一宫调的若干曲牌按规定组织起来的,也必须一韵到底。

　　散曲的曲牌也有一定的谱子,不过比词自由些。这主要表现在下面的两点上:

　　第一,在押韵方面,平上去入四声(北曲无入声)通协。例如张养浩的题作《潼关怀古》的小令《山坡羊》:

峰峦如聚,

波涛如怒,

山河表里潼关路。

望西都,

意踌躇。

伤心秦汉经行处,

宫阙万间都作了土。

兴,

百姓苦!

亡，

　　百姓苦！

　　其中"望西都"的"都"和"意踟蹰"的"蹰"两个平声韵和"聚"、"怒"、"路"、"处"、"土"、"苦"等仄声韵互协。

　　第二，曲中可加入很多衬字。例如睢景臣的《高祖还乡》套曲的"尾"：

　　　　少我的钱，
　　　　差发内旋拨还；
　　　　欠我的粟，
　　　　税粮中私准除。
　　　　只道刘三，
　　　　谁肯把你揪捽住？
　　　　白甚么改了姓、更了名，
　　　　唤做汉高祖！

标黑点的是正谱，其余都是衬字。另一个没有加衬字的"尾"是这样的：

　　　　叹此愁，
　　　　能几许！
　　　　看看更有伤心处——
　　　　梅子黄时断肠雨。

　　曲有南曲、北曲之分。南北曲的曲牌及其格律，也有曲谱一类的书可供查考。如《南九宫十三调曲谱》、《北词广正谱》、《九宫大成南北词宫谱》等等。

　　我国古典诗歌音律节奏很美，概括性很强，艺术性很高。但这不仅仅是表现手法的问题，而是作家深入生活，对生活有深刻的体会的结果。古典诗歌虽有上述优点，但是这种体裁，特别是其中的律诗和词，格律限制太严，易于束缚思想，学不好或学得不到家，勉强去运用它，便会落入陈套，认真学起来又很不容易。毛泽东同志指出："诗当然应以新诗为主体，旧诗可以写一些，但是不宜在青年中提倡，因为这种体裁束缚思想，又不易学。"又在《给陈毅同志谈诗的一封信》中强调"律诗要讲平仄,不讲平仄,即非律诗",并指出写律诗而"不讲平仄",那就是"还未入门"。这是指作旧体诗中的律诗而言的。旧体诗中的律诗,其格律早已定型。我们当然可以突破它,但在很大程度上突破之后,就产生了新的体裁,不再是那种长期定型了的律诗,因而也不该标上"五律"、"七律"之类的题目。现在有不少人喜欢给自己写的既不讲平仄、又不讲对仗的诗标上"五律"、"七律"之类的题目,这是不必要的。既不合"律",何必叫它"律诗"呢?

(二)新诗

"五四"以后的新诗,有格律诗、自由诗和歌谣体三种。

1. 格律诗

艾青在《诗的形式问题》一文中说:

> 什么叫"格律诗"?简单地说,这种诗体大体上是一句占一行,或一句占两行;每一行有一定音节,每段有一定行数;也有整首诗不分段的。
>
> "格律诗"的押韵,有的行行押,有的隔行押,有的交错着押,也有整首诗押一个韵的。
>
> 有各种不同的建行的意见,有的主张以统一的字数为标准,有的主张以统一的节拍为标准,字数则可伸缩。
>
> "格律诗"总的解释是:无论分行、分段、音节和押韵,都必须统一,假如有变化,也必须在一定的规格里进行。①

艾青对于格律诗的解释是比较确切的。关于建行问题,他转述了两种不同的意见,但"以统一的字数为标准"的意见是违反现代语言的规律的,因而一般人都不同意。何其芳在《关于写诗和读诗》一文中说:"格律诗不能采用古代的五七言体(我认为有些同志想用五七言体来建立现代的格律诗,那是一种可悲的误解,事实已证明走不通),而必须适合现代的口语的特点,现代的口语的基本单位是词而不是字,而且两个字以上的词最多,因此我们的格律诗不应该是每行字数整齐,而应该是每行的顿数一样,而且每行的收尾应该基本上是

---

① 《人民文学》1954 年第 9 期。

两个字的词。"①

　　"文革"以前,许多诗人和读者都主张建立中国现代的格律诗,这是应该的,但必须指出,建立中国现代的格律诗,并不等于制造一套死硬的规格,让大家遵守。诗歌和其他文学样式一样,是反映生活、表达思想感情的,生活和思想感情的多样性决定了诗歌形式的多样性。格律诗虽然要有一定格律,但同时也要保证诗人的独创性,保证形式、风格的多样性。马雅可夫斯基在《如何写诗》一文中说得很透辟:

　　　　我不是要来定出如何成为诗人或如何写诗的什么规律。这样的规律是没有的。诗人的定义就是一个为他自己创造出这样规律的人。再说一遍,让借助于我自己所爱好的相似体吧:
　　　　一个数学家——这个字底专门意义——即是创造、完成或发展数学定律的人,是增加着新的东西到我们数学知识上的人。第一个以公式表明二加二等于四的人是一个伟大的数学家,纵使他是由于四根香烟加在一起而得出这个真理的。任何后来的人也把四样东西加在一起——纵使他们加的是再大一些的东西,譬如说火车引擎吧——但他们都不是数学家。②

2. 自由诗

艾青在《诗的形式问题》一文中说:

　　　　什么叫"自由诗"? 简单地说,这种诗体,有一句占一行的,有一句占几行的;每行没有一定音节,每段没有一定行数;也有整首诗不分段的。"自由诗"有押韵的,有不押韵的。

　　　　"自由诗"没有一定的格式,只要有旋律,念起来流畅,象一条小河,有时声音高,有时声音低,因感情的起伏而变化。③

---

①　何其芳:《关于写诗和读诗》,作家出版社版,第49页。
②　《大众文艺丛刊批评论文集》,新中国书局版,第402页。
③　艾青:《诗的形式问题》,载《人民文学》1954年第3期。

世界诗歌史本来是以格律诗为主流的。自由诗的抬头，乃是近代的事情。在近代，以写自由诗出名的是《草叶集》的作者美国民主诗人惠特曼。当时的美国是一个新兴的、充满朝气的国家，惠特曼的自由诗，是适应表现这个新兴国家的新的生活和新的思想感情的要求而产生的。它突破了旧形式的束缚，对于原来的格律诗来说，是一种解放。

中国的古典诗歌和民间歌谣，基本上是格律诗，但其中也有接近自由诗的。"五四"时代，在表现新的生活、新的思想感情的要求下，一方面发展了中国诗歌传统中的接近自由诗的部分，一方面也接受了外国自由诗的影响，产生了新的自由诗。

"五四"以来的新诗，从形式方面概括地讲，是从格律诗和自由诗两者之间曲折地走过来的。

"五四"以来的格律诗、自由诗，是不断发展的。有各种各样的自由诗，也有各种各样的格律诗。格律诗与自由诗，又互相影响，互相促进。我们的社会生活是那么丰富多彩，很难设想反映丰富多彩的社会生活的诗歌只有一种形式。在我国文学史上，唐代是诗歌空前繁荣的时代，而繁荣的具体表现之一，就是在题材、形式、风格、流派等方面的百花齐放。那时的诗歌形式、诗歌体裁，是多种多样的，又何况我们今天！有些人偏爱自由诗，有些人偏爱格律诗，这是正常的。我们应该促进各种体裁、各种形式的诗歌百花齐放，让人民群众各取所需。

3. 歌谣体

歌谣体这种新诗歌的体裁，是在继承和发扬民间歌谣的基础上形成、发展起来的，具有为我国人民喜闻乐见的优点。我们的民间歌谣是丰富多彩的，我们的歌谣体的新诗也是各式各样的。总的说来，歌谣体新诗大都押比较整齐的韵，节拍也相当匀称，可以归入格律诗的范围之内。

我国"五四"以来的新诗创作，很有成绩。不论是自由体，还是歌谣体、格律体，都有许多有代表性的优秀作品，在一定时期内产生过积极影响。如《女神》、《火把》、《王贵与李香香》、《边区自卫军》、《甘蔗林——青纱帐》、《石油诗》、《天安门诗抄》、《中国的十月》、《周总理，你在哪里?》、《一月的哀思》等，都受到广大读者的欢迎。

毛泽东同志在《给陈毅同志谈诗的一封信》中说："将来趋势，很可能从民歌中吸引养料和形式,发展成为一套吸引广大读者的新体诗歌。"我国古代的伟大诗人,无一不从民歌中吸引养料和形式。在今天,从民歌中吸引养料和形式来发展新诗,这自然是很重要的。但绝不能从这里得出这样的结论:发展新诗,只能"从民歌中吸引养料和形式"。毛泽东同志提出的"古为今用,洋为中用"的方针,同样适用于新诗,这应该是不成问题的。毛泽东同志又强调今天是从昨天发展而来的,"决不能割断历史",那么我们要发展新诗,就不能割断"五四"以来的新诗传统,这也应该是毫无疑义的。毛泽东同志还说过:"中国诗的出路,第一条民歌,第二条古典,在这个基础上产生出新诗来";新诗要"精炼、大体整齐、押韵","要作今诗,则要用形象思维的方法,反映阶级斗争和生产斗争"。这一切,都需要互相联系起来加以考虑。总之,我们应该认真研究民歌和古典诗歌,应该借鉴外国诗歌,也应该认真研究"五四"以来的新诗传统和"四五"革命诗歌运动,总结出带规律性的东西,以促进社会主义诗歌在题材、形式、风格、流派方面的百花齐放。

第二章　戏　剧

第一节　戏剧的特征

戏剧的主要特征是它的综合性和集体性。

（一）综合性

谁都知道戏剧是一种综合艺术，也都把综合性看做戏剧的特征。但具有综合性的艺术并不止戏剧。戏剧的特征不仅在于它的综合性，而且在于它的综合性与其他综合艺术的综合性不同。

艺术在传达思想感情时所依靠的道路有二：一条是依靠空间，通过人的视觉而诉之于思想感情，凡走这条道路的被称为空间艺术，如舞蹈、绘画、雕刻等等；另一条是依靠时间，通过人的听觉而诉之于思想感情，凡走这条道路的被称为时间艺术，如诗歌、小说、音乐等等。时间艺术一类的各种艺术因为道路相同，可以互相综合，如综合音乐和诗歌而成歌曲；空间艺术一类的各种艺术因为道路相同，也可以互相综合，如综合雕刻和绘画而成建筑。但时间艺术的任何一种和空间艺术的任何一种因为道路不同，都无法综合，如诗歌和雕刻，音乐和绘画，都无法综合而成一种新艺术。

但戏剧却与此不同。戏剧是演员艺术，而演员艺术是既具有空间性又具有时间性的，所以在戏剧中，时间艺术和空间艺术便通过演员而综合在一起了。不过一切不同道路的艺术除了通过演员而综合起来之外，互相之间仍没有直接关系，它们都是为演员艺术服务的。因此，任何艺术一经加入戏剧艺术之后，就失掉了它原有的独立性而从属于演员艺术了。

（二）集体性

因为戏剧是综合性的艺术，所以各种艺术家都集中在戏剧工作中从事创作，这就形成了戏剧的集体性。戏剧的集体性在于参与戏剧工作的各种艺术家如剧作家、作曲家、导演、演员、美术家、灯光师、服装师以及其他一切舞台工作人员有一个共同的工作目标：创造舞台形象，表现一个戏的基本思想。当然,从生活中寻找范本,在观众面前,用自己的全部内心体验、用自己的独一无二的个性来创造人物形象、表现剧本的基本思想的是演员,所以戏剧又叫做演员艺术。但说戏剧是演员艺术,并不等于说除演员之外,别人就没有创造的余地。在创作中应该表现什么思想,是由整个集体决定的。只有在这个问题上整个集体取得一致认识的时候,只有整个集体的成员都愿意为体现这一基本思想而努力的时候,大家才能用自己的创造去补足演员的创造。集体的创造并不是为演员服务,而是为戏剧的基本思想服务;不过在表现基本思想方面,演员的任务最重要罢了。正因为在戏剧这种综合艺术中演员的任务最重要,所以周恩来同志反复强调演员要“掌握基本规律,加强基本训练”。

第二节 戏剧的种类

戏剧的种类是异常繁多的。就表现的手段分类,有诗剧、歌剧、舞剧(舞踊)、歌舞剧、话剧、默剧(哑剧)等等;就表现的场所分类,有舞台剧、广场剧、街头剧等等;就幕数的多寡分类,有独幕剧、多幕剧,活报剧(不分幕,用简单的戏剧形式报告当前发生的重大事件,所以又叫“新闻报道剧”)等等;就题材的时代分类,有历史剧、现代剧等等。但从本质上去考察,便可以发现一切戏剧的基础是悲剧或喜剧。所以历来的戏剧理论家或把戏剧分为悲剧和喜剧两大类,或加上悲喜剧分为三大类。我们就根据三大类的分法,谈一下悲剧、喜剧和悲喜剧的特质。

(一)悲剧

悲剧一词,在古希腊文中意为“山羊之歌”。古希腊人把山羊献给酒神狄奥尼斯的时候,常常载歌载舞,颂扬酒神。古希腊的悲剧,就起源于这种酒神颂。据传说:忒斯庇斯首先把一个演员引进酒神颂,让他轮流扮演几个人物,这就有了戏剧的雏形。爱斯库罗斯(前525?—前456)对这种形式加以改造和提高,便产生了希腊的悲剧。爱斯库罗斯是我们根据作品直接了解到的古希腊第一个悲剧作家,被恩格斯誉为“悲剧之父”和“有强烈倾向的诗人”。他同索福克勒斯(前495—前406)、欧里庇德斯(前480—前406)一起,被称为希腊三大悲剧家。

亚里士多德认为“一个人遭遇不应遭遇的厄运”,引起人们的“怜悯和恐惧之情”,这就是悲剧。黑格尔认为悲剧的特性,其根源在于两种对立理想和势力的冲突。鲁迅的解释与此不同。他在《再论雷峰塔的倒掉》一文中说:

"悲剧将人生的有价值的东西毁灭给人看。"从流传下来的伟大的、优秀的悲剧作品看,鲁迅的这一论断有高度的概括性。正因为把崇高的、有价值的东西毁灭给人看,所以能使人悲愤,给人力量。例如爱斯库罗斯的著名悲剧《被缚的普罗米修斯》,写天神宙斯为了在大地上传播另一种生物,要毁灭人类。普罗米修斯则违反宙斯的命令,从亚灵匹斯山(诸神居住的地方)上偷来了火,给人类造福,并经常教导人类以木匠的技术和农耕、医疗、航海等方法。这激起了宙斯的愤怒,把他锁在峭壁上,用楔子钉入他的胸膛,并以更大的苦难来威胁他,但他毫不妥协。于是又派大鹰啄他身上的肉。全剧以普罗米修斯在宙斯的雷电轰击下陷入大地深处而结束。普罗米修斯的形象,受到了古今进步人士的称赞,被马克思誉为"哲学日历中最高尚的圣者和殉道者"。很显然,这个悲剧,能够激发人们对普罗米修斯的同情和敬仰,从而产生向邪恶势力作斗争的强烈愿望。

欧洲文艺复兴时期,英国的戏剧大师莎士比亚以人文主义的观点宣扬新兴资产阶级的政治理想和生活愿望,发展了悲剧艺术。他的《罗密欧与朱丽叶》、《哈姆雷特》、《李尔王》、《奥赛罗》等悲剧作品,在全世界享有很高的声誉。

在我国戏剧发展史上,元人杂剧中的《窦娥冤》和《赵氏孤儿》,是早有世界影响的悲剧;地方戏中的《白蛇传》、《梁山伯与祝英台》等,也都是激动人心的悲剧。

在马克思主义产生以前,历史上存在过各种类型的悲剧理论。归纳起来,主要有如下三种:

(1)命运说——人的意愿与神(命运的代表)的力量相冲突而产生悲剧。古希腊的悲剧,被认为属于这一类型,即所谓"命运悲剧"。

(2)性格说——人的性格本身内在的矛盾冲突造成悲剧。莎士比亚的悲剧,被认为属于这一类型,即所谓"性格悲剧"。

(3)社会说——由于社会原因造成悲剧。这种社会悲剧说当然比前两种高明,但在具体解释悲剧的社会根源时,又往往陷入唯心主义。

顾名思义,正像喜剧的特点是"喜"一样,悲剧的特点当然是"悲"。但在阶级社会里,对于悲和喜的概念,不论是从伦理学的角度,还是从美学的角度上说,都从来没有过一致的认识和统一的判断标准。所以,从古以来,被称为悲剧的作品也就纷纭复杂,不可能有一种囊括所有悲剧的悲剧定义。但如果从人民群众的角度看，从进步人类的角度看，那种把代表邪恶势力的反面人物作为主人公的所谓悲剧，可能引起恐怖，却不可能引起悲悯与同情。正因为这样，那些不符合进步人类、人民群众审美要求的所谓悲剧，或者已经被淘汰，或者引不起人们的重视。综观流传至今的许多优秀的悲剧作品，虽然各有特色，但仍然可以找出它们的共同点：（1）剧中的矛盾冲突具有一定的社会意义；（2）主人公为之斗争的理想、愿望或事业，是善良的、美好的、正义的，有一定进步性的；（3）由于处于强大地位的邪恶势力的摧残或压制，主人公的合理要求和正义斗争导致了悲剧结局；（4）悲剧结局能够激起读者、观众对主人公的同情和对邪恶势力的愤慨，并从主人公的斗争中得到鼓舞、受到教育。鲁迅所说的"悲剧将人生的有价值的东西毁灭给人看"，是可以概括这些共同点的。

马克思和恩格斯，科学地总结了过去时代优秀的悲剧作品，并根据新的历史条件，分别在写给拉萨尔的信中，提出了科学的悲剧理论。

恩格斯认为：悲剧的基本性质，在于反映"历史的必然要求和这个要求的实际上不可能实现之间的悲剧性的冲突"。①

"历史的必然要求"，是指那种顺应历史发展过程、符合社会发展规律的要求，也就是"人生有价值的东西"。

"这个要求的实际上不可能实现"指的是产生悲剧的社会根源，即两种社会力量的对比悬殊。在一定的历史进程、一定的社会条件下，先进的正面力量一方，暂时还敌不过反动势力那一方，因而它的符合社会发展规律的"必然要求"，"实际上不可能实现"，其矛盾冲突，就是"悲剧性"的，其结果，常常以代表先进势力的正面人物的失败或牺牲而告终。社会生活中的这种"悲剧性的冲突"，就是决定悲剧性质的首要因素。

恩格斯的这一悲剧理论，固然是针对济金根的悲剧提出来的，但对于我们衡量过去时代的优秀悲剧作品和从事历史题材和现代题材的悲剧创作，都具有启发意义。

"文革"以前，有些人认为社会主义社会已经没有悲剧性冲突，因而悲剧这种艺术样式已经失掉了生命。悲剧创作，也因此成为禁区。林彪"四人帮"制造的十年浩劫，驳斥了这种论调。那么多干部和群众，乃至为人民作出了巨大贡献的老一辈无产阶级革命家，惨遭打击和迫害，冤案、错案、假案，数不胜数，

---

① 恩格斯：《致斐·拉萨尔》，见《马克思恩格斯选集》第4卷，第346页。

这就是悲剧;把社会主义的东西硬当成资本主义的东西来批,这也是悲剧;全力以赴地批"封、资、修黑货",而封建法西斯专制主义却洪水横流,泛滥成灾,人民民主备受凌辱和践踏,这也是悲剧。

粉碎"四人帮"以后,禁区被冲破,新中国成立以来从未出现过的悲剧作品如宗福先的《于无声处》、李婉芬和朱琳的《老师呵! 老师》等等在全国各地上演,引起了极大的反响。在《老师呵! 老师》中,多年辛勤工作的老教师由于不肯违背良心去"揭发"过去是自己的学生、现在是自己的领导的好同志,被迫离开教学岗位;另一个敢于同"四人帮"的倒行逆施作斗争的体育教师被送去劳改;忠诚于党的教育事业的党支部书记,为了捍卫革命真理而献出了宝贵的生命。在《于无声处》中,为党为人民革命几十年的老干部梅林,被逼得无处容身,敢于同反对周总理、反对四化、镇压天安门革命群众运动的反动势力作斗争的革命青年欧阳平,竟被打成"反革命",等着他的是被捕、坐牢和杀头。这些优秀的悲剧作品,反映了历史真实,具有激动人心的悲剧力量。

在林彪、"四人帮"窃取了党和国家的一部分最高权力,疯狂实行法西斯专政的历史条件下,广大人民进行社会主义四个现代化建设的"历史的必然要求",被加上"复辟资本主义"的罪名,备受摧残;为实现这一"必然要求"而进行斗争的正面人物,横遭迫害,其结局是失败或牺牲。这就是"文革"期间我们的社会生活中随处可见的"悲剧性的冲突"。而《于无声处》、《老师呵! 老师》等悲剧作品,就是这种生活中的"悲剧性的冲突"在革命作家头脑中的反映的产物。

应该指出:社会生活中的"悲剧性的冲突",不是永恒不变的,它随着社会历史的变化而变化。在反动的剥削阶级居于统治地位的社会里,体现"历史的必然要求"的进步力量——人民群众处于无权的地位,他们的正义斗争遭到镇压,其结局总是悲剧性的。自从工人阶级及其政党登上历史舞台,领导人民群众进行革命,夺取了政权,推翻了剥削制度以后,悲剧的性质就起了根本性的变化。在过去时代,"悲剧性的冲突"是剥削制度的必然产物;在社会主义社会,"悲剧性的冲突"却不是社会主义制度的必然产物。在我们的社会主义社会里,还有敌我矛盾,还有阶级斗争,还有官僚主义和旧制度、旧意识的残余等等;在工作指导上,由于缺乏社会主义建设的经验及其他原因,也可能出现缺点、错误。这一切,如果解决不好,就难免在局部地区、个别问题、个别事件上产生一些"悲剧性的冲突"。但是,这些"悲剧性的冲突",是能够通过无产阶级专政和党的领导加以解决的。只有当阶级敌人篡党夺权,变无产阶级专政为封建法西斯专政的时候,才会出现"文革"时期的那种局面。而林彪、"四人帮"一伙能够篡党夺权,横行一时,乃是一种特殊历史条件下出现的非常特殊的现象。在九亿人民要求实现四化的社会主义社会里,那种篡权复辟的黑暗势力是逆历史潮流而动的,不得人心的,短命的。《于无声处》以"四人帮"的爪牙何是非受到正面人物的唾弃,陷于雷轰电击、众叛亲离的绝境而收场,就显示了亿万人民粉碎"四人帮"的决心和信心,也显示了社会主义社会的悲剧不同于历史上的悲剧的特点。在党中央粉碎了"四人帮",拨乱反正,大力发扬社会主义民主,加强社会主义法制,巩固安定团结的局面,带领九亿人民同心同德搞四化以后,像"文革"期间冤狱遍全国的悲剧,再也不会重演了。

文艺是反映现实,从而改造现实的。既然社会主义社会的现实生活中已经产生过许多悲剧,还有可能继续产生悲剧,那么悲剧这种艺术样式就还有生命力。坚定地站在无产阶级立场,坚持社会主义方向,真实地反映生活,深刻地揭示出产生悲剧的历史根源和社会根源,就有助于铲除这些根源,有助于减少悲剧,以至最后消灭悲剧。马克思认为:一种历史形态的最后阶段便是它的喜剧,而不是悲剧,因为人类总是"笑着"同自己的过去,同过了时的生活方式告别的,而不是"哭着"告别的。①

(二)喜剧

喜剧一词,在古希腊文中意为"醉酒的村人之歌"、"狂欢之歌"。古希腊的农民在葡萄节日(收葡萄的季节),戴上面具,装成鸟兽,狂欢歌舞,敬奉酒神。每唱完一节,领队者总是向大家说些谐谑之词,使大家发笑。这时节,一切道德的、宗教的束缚,完全打破了,大家尽情狂欢。这种原始的歌舞一经艺术化,便成为喜剧。希腊的喜剧分旧喜剧、中喜剧和新喜剧三个时期。阿里斯托芬(前446—前385),就是旧喜剧的卓越的代表作家,被恩格斯誉为"喜剧之父"、"有强烈倾向的诗人"。

喜剧是以滑稽的形式嘲笑、讽刺生活中的反面现象、不良倾向和人的恶劣品质、乖谬行为或性格中的道德上的缺点和弱点,用鲁迅的话说,就是"将那无价值的撕破给人看"②。

---

① 《马克思恩格斯论文学与艺术》,平明出版社版,第126页。
② 鲁迅:《再论雷峰塔的倒掉》,见《鲁迅全集》第1卷,第279页。

嘲笑和讽刺,在喜剧中往往是并存的,如高尔基所说:"喜剧需要冷嘲热讽。"①但由于或偏于嘲笑,或偏于讽刺,因而又有幽默喜剧(谐剧、笑剧、滑稽剧)和讽刺喜剧的区别。

1. 幽默喜剧

正像悲剧的特点是"悲"、讽刺喜剧的特点是"讽刺"一样,幽默喜剧的特点是"幽默"。通常以"笑"为手段,揭发并嘲笑生活中的丑恶现象、人物性格和行为上的缺点和弱点,以达到教育观众的目的。契诃夫曾说他的《三姊妹》是一部笑剧。《三姊妹》中的许多主人公都对未来的生活怀着美丽而合理的幻想,但又都软弱无力,甚至经常要"用自杀来结束自己"的生命。幻想与幻想者之间的矛盾,这就是《三姊妹》的笑剧性的根源。那些关于美丽的幻想的谈话,在缺乏为实现幻想而进行实际斗争的条件下,就显得非常好笑了。川剧《评雪辨踪》,就是我国地方戏传统剧目中优秀的喜剧作品。

幽默喜剧的主人公,不是反面人物,有的甚至还是先进人物。李准原作、邵力改编的《李双双》中的主人公李双双,虽然有点天真和稚气,却是一个思想先进、性格爽朗的新型农村妇女;她的爱人喜旺,思想作风虽然有点保守,但本质好、能力强,也是个正面人物。可是就由于他的思想作风有点保守,同李双双的新思想之间发生了喜剧冲突。在这种喜剧冲突中,每当李双双取得胜利,她的新性格在稚气中得到成长,喜旺的旧意识受到冲击,从窘态中前进一步的时候,就引人发笑。而观众,也就在这笑声中不自觉地受到了教育。

社会生活不断发展,不断推陈出新,反映社会生活的艺术实践也不断发展,不断推陈出新。艺术创作,是一种最需要发挥独创性的精神劳动。所以,对各种文艺形式、文艺体裁的特点,只能在概括一定时期的艺术实践经验的基础上作大致的说明。有人要求制定"放之四海而皆准,百世以俟圣人而不惑"的"通则",而这种"通则",实际上是制定不出来的。比如最近上海曲艺剧团演出的《出色的答案》,若要归类,不妨归入幽默喜剧的范畴;但它别开生面,具有不同于传统幽默喜剧的许多新的特点。第一,它的主要内容是揭露"四人帮"迫害科研人员、摧残科学文化事业的罪行。科研人员遭到迫害,科学事业受到摧残,这是一场悲剧。这个戏的情节是带悲剧性的,但却采用了喜剧性的表现手法,使场内笑声不绝;当然,有些地方,使观众在笑的同时流出了热泪。

---

① 高尔基:《论剧本》,《剧本》1953 年第 9 期。

第二，传统幽默喜剧，通常是通过揭发生活中的丑恶现象、人物性格中的缺点和弱点来挖掘笑料的，《出色的答案》却不然。这表现在两方面：一方面，由于它的内容、它的情节，是悲剧性的，所以出现了反面人物——"四人帮"的爪牙。作者在这个反面人物身上也挖掘了笑料，但并不是嘲笑他的什么缺点，而是鞭挞他的丑恶灵魂。例如那个名叫马家骏的"四人帮"的爪牙装腔作势地向科研人员作"就职讲话"，却误把"开门见山"说成"开山见门"。别人给他纠正，他却强辩道："因为我是到你们这儿来领导运动的，你们科研所，有许多大山，要把它们开掉；开掉山之后，就看见门了。"这既表现了他的愚蠢与蛮悍，又揭露了他要在科研所滥施淫威的狼子野心。另一方面，作者在正面人物身上也挖掘笑料，但不是嘲笑他们的缺点和弱点，而是表现他们的优秀品质。例如第二幕中，曾晓荣的女助手谷兰来到曾家，曾晓荣因为谷兰做了马家骏的秘书，误以为她跟了"四人帮"，所以不愿见她，叫母亲把他反锁在里屋，佯说不在家。但当谷兰对曾母说明自己是来送一把上面有周总理题词和科研数据的折扇时，曾晓荣从里屋听见，急得从气窗探出头来，大叫妈妈开门。他拿到珍贵的扇子，很感激谷兰，但一想到她是马家骏的秘书，又不客气地下了逐客令。最后，直至谷兰拿出金书记鼓励他继续搞科研的字条和搞实验用的显微镜时，曾晓荣才完全信任了这位姑娘。话儿越谈越热火，两人坐的椅子由原来离得很远而越挪越近，妈妈的椅子也不知不觉地随着他俩的挪近而挪近……这许多喜剧动作和语言，突出地表现了曾晓荣爱憎分明、憨直忠厚的性格特点。

随着社会的不断发展，所有文艺形式、文艺体裁都需要不断地革新。《出色的答案》，在为幽默喜剧的革新方面作出了有益的尝试。

2. 讽刺喜剧

讽刺喜剧的特点是：它的主人公是反面人物；它所描写的反面人物、反面现象不只可笑，而且可憎；对于反面人物、反面现象，不只嘲笑它，而且辛辣地讽刺它、愤怒地鞭挞它。希腊"喜剧之父"阿里斯托芬的《骑士》，就是最早的讽刺喜剧的代表作。剧中的德谟斯（意为"人民"）新买了一个绰号"皮匠"的奴隶，名叫帕佛拉工，这家伙很快摸透了主人的脾气，使他听任自己的摆布。德谟斯的另外两个奴隶感到"皮匠"的可怕，找了一个腊肠贩来取代他。"皮匠"和腊肠贩一碰面就辩论起来，竞相表现自己的无耻、偷窃和耍赖的本领。腊肠贩更善于奉承、长于欺骗，因而在辩论中占了上风，德谟斯便委派他做自己的管家……剧中的"皮匠"是作者着力描绘的一个讽刺漫画式的人物，他凶狠,贪婪,狡猾,诡诈,惯于欺骗人民,诬告同伴,接受贿赂,侵吞公款,是个政治阴谋家的典型形象,实际上是当时雅典政治舞台上红极一时的大工商奴隶主的代表人物克勒翁的化身。

果戈理的《钦差大臣》是著名的讽刺喜剧。公元一八三六年在彼得堡首次上演,获得了惊人的成功,作者对统治阶级的辛辣讽刺,轰动了整个俄国,也影响到国外。剧本描写一个"最无聊的家伙"赫列斯达科夫由彼得堡途经某城,被误认为"钦差大臣"而引起了一场惊慌。市长为了掩盖其贪污盗窃行径而拼命巴结这个"钦差大臣",两人之间互相欺诈,钩心斗角:一个招摇撞骗,肆意勒索;一个吹牛拍马,营私舞弊。加以法官、邮政局长等官吏和当地土绅的炫聪明、献殷勤,市长夫人和女儿的争风吃醋,构成了沙皇统治下的官场百丑图。

我国讽刺喜剧的萌芽,可以上溯到先秦时代。《史记·滑稽列传》中所记的优孟、优旃等"优人"对君主的即兴讽刺,就带有讽刺喜剧的性质。到了宋代,已有了讽刺喜剧的雏形,有的演员,竟为了尖锐地讽刺秦桧的卖国求荣而送掉性命。元人杂剧中,如关汉卿的《望江亭》、《救风尘》等,地方戏中,如京剧《打面缸》、川剧《拉郎配》等,都是很优秀的讽刺喜剧。在我国现代文学中,陈白尘的《升官图》、老舍的《西望长安》,都是讽刺喜剧中有代表性的作品。

(三)悲喜剧

悲喜剧又叫正剧,它所描写的是尖锐的,但在某程度上能够解决的矛盾,因此主人公的命运是各种各样的,不能一概而论。但总的说来,它兼有悲剧和喜剧的因素,这两种因素相互渗透、相互补充,形成一个有机的统一体。而先悲后喜的格局,则较有代表性。反面人物终于受到惩罚,正面人物终于获得胜利,是悲喜剧的一般规律。新歌剧《白毛女》,就是这方面的典型。

在戏剧发展史上,悲喜剧出现得比较晚。我国现存的元人杂剧中,王实甫的《西厢记》、白朴的《墙头马上》,都反映了封建社会中青年男女为争取婚姻自主而进行的正义斗争。在剧本中,主人公的合理要求受到封建势力的压制,出现了悲剧性的冲突,但经过斗争,终于取得胜利,赢得了喜剧性的结局。这是典型的悲喜剧。

在欧洲,悲喜剧是近代社会的产物。早在古希腊就已经成熟的悲剧和喜剧,发展到古典主义时期,限制愈严,区别愈趋极端,反映生活的范围愈狭窄,不能满足观众的要求。到了启蒙运动时期,狄德罗、莱辛都认为需要有一种介乎悲剧与喜剧之间的戏剧,以便广泛地反映生活,表现普通人的命运,并自己着手写了这样的剧本。此后,这种戏剧得到了充分的发展,成为戏剧中的主要品种。挪威的大剧作家易卜生(1828—1906)的《玩偶之家》(或译《娜拉》、《傀儡家庭》)、俄罗斯批判现实主义作家契诃夫(1860—1904)的《樱桃园》,就是这种戏剧的代表作。

悲喜剧也没有固定的格式。在悲喜剧中,悲剧因素和喜剧因素互相渗透、互相补充,其形式是多种多样、千变万化的。仅就结局而言,《西厢记》的结局是大团圆,张生中状元后与莺莺"有情人终成眷属",正面人物皆大欢喜。《玩偶之家》却以娜拉的出走而告终,喜剧式地摆脱了玩偶地位,悲剧式地抛弃了家庭和孩子。《日出》的结局是:方达生迎着太阳,昂首走去,《轴号》高唱,石碾击节,阳光耀眼,生命浩荡。打夯工人们高亢而雄壮地合唱:"日出东来,满天的大红! 想要吃饭,可得做! ⋯⋯"《白毛女》以喜儿得到解放,与大春结婚而终场,是纯粹的喜剧结局。《丹心谱》的矛盾冲突虽然以反面人物的败退而解决,其结局有喜剧性,但正当矛盾解决之时,"四人帮"的凶焰更盛,又传来了支持正面人物取得了斗争胜利的周总理逝世的噩耗,给喜剧性的结局又投上了悲剧性的阴影。

第三节　戏剧的文学要素——剧本

戏剧是一种综合文学、音乐、舞蹈、绘画、建筑等因素而成的综合性的艺术,所以不能包括在文学之内;文学所能包括的只是作为戏剧要素之一的剧本——戏剧文学。因此,我们准备着重地谈一下有关剧本的几个重要问题。

(一)戏剧冲突

没有冲突,就没有戏剧,因为没有冲突,就不可能有情节,不可能深刻而全面地表现人物的性格。一切优秀的剧本,都是建筑在大胆地反映生活矛盾的基础上的,建筑在尖锐的冲突上的。当然,一切文学艺术,都需要反映生活中的矛盾与冲突,但这对于戏剧更为重要。因为戏剧是要当众演出的,它必须要有足以抓住观众的强烈的戏剧性,而戏剧性的基础是生活中的矛盾与冲突。冲突愈尖锐,戏剧性就愈强烈,戏剧情节就愈紧张,戏剧效果也就愈巨大。高尔基在《论剧本》中说:"我们是生活在非常的、空前的、全面戏剧性的时代里,是生活在破坏和建设过程的紧张的戏剧性的时代里。⋯⋯在我们的时代,人遭受着狂暴的旋风般的现实的各种各样的影响,他心中体验到个人主义者和社会主义者的斗争,体验到不可调协的矛盾,体验到他在小市民阶层几世纪的暴力压迫下继承下来的品质和历史的坚决的、严峻的要求的冲突，——和工人阶级的政党的要求的冲突……"①这说明现实中的矛盾与冲突，是戏剧性的基础。

戏剧必须反映足以构成情节的紧张性和形象的凸出性的尖锐的矛盾与冲突，这是它的重要特征之一。

笼统地反对"写真实"，不准"干预生活"，不准"揭露生活的阴暗面"的"理论"和实践，曾经给我们的文艺，尤其是戏剧造成了严重的损害。剧作家不敢正视现实、揭露生活中的矛盾冲突，而要回避它、掩盖它，于是反映在创作中，不是粉饰现实，就是伪造戏剧冲突，如何能写出激动人心的作品来？曾经有过这样的剧本：作者把戏剧冲突庸俗地处理成争吵、打架和误会，剧中人物在开幕时就被一些不合理的纠纷所纠缠。而这些纠纷，又往往是由日常生活中的无关紧要的偶然事件引起的。假如在生活中，这样的纠纷即使发生，也不难解决；但剧中人物似乎都很不聪明，他们为这一类小事争吵、打架甚至造成严重的误会，闹得难解难分。这是因为剧作者对现实生活中的矛盾和人物的思想感情缺乏深刻的理解，就只好围绕一件无关得失的偶然事件，用"编剧法"的老套子，人工地布置"冲突"，安排"情节"，制造"高潮"了。这样编出来的剧本，不用说是没有真实性，因而也没有任何教育意义的。

（二）剧本的语言

剧本的语言主要的是人物的台词，此外还有剧情的说明。

1. 台词

剧本区别于其他文学样式的特征之一是只有人物的语言而没有叙述人的语言（我国戏剧的前身是说唱文学，所以在地方戏和京戏中，还残留着以第三人称叙述故事的痕迹，像引子、定场诗、自报家门、上下场诗等等；但从元人杂剧起，基本上已经是"代言体"）。所以人物的语言（台词），是剧本的基本材料，它一方面要表现事件的发展，一方面又要揭露人物的性格，塑造人物的形象。表现事件的发展，这是比较容易的；但同时要揭露人物的性格，就非常困难了。所以高尔基说：

剧本（悲剧和喜剧）是文学的最困难的一种样式，其所以困难，是因为

---

① 高尔基：《论剧本》，载《剧本》1953 第 9 期。

戏剧要求每个剧中人物用语言和行动表现出自己的特征,而不用作者的提示。在长篇小说里,在中篇小说里,作者所描写的人物是借作者的帮助而活动着,他经常和他们在一起,他暗示读者必须怎样了解他们,给读者解释他所描写的人物的动作的神秘的思想和隐藏的动机,借自然界与环境的描绘来衬托出他们的心情,总之,经常把他们保持在自己目的底轴线里,自由地和常常地(读者所不注意到的)、很巧妙地、然而随意地掌握他们的动作、言语、行动和相互联系,极力关怀着把长篇小说的人物写成最有艺术性的、明朗的和有说服力的人物。

剧本不容许作者这样随便的干涉。在剧本里,用不着他对观众提示。剧本的登场人物的产生,特别依靠而且只有依靠他们的话语,即纯粹口语,而不是用叙述的语言。明白这点是很重要的,因为要使剧本的人物在舞台上,在它的演员的扮演方面,具有艺术的价值和社会的说服力量,就必须使每个人物的台词是有严格的独特性和极富有表现力的,——只有在这条件下,观众才明白,剧本中的每个人物的一言一动,才会象作者所确定的和舞台上演员所表现的那样。我们拿俄国优秀的喜剧的主人公们法莫索夫、斯卡洛佐勃、莫尔查林、列彼契洛夫①、赫列斯达科夫、市长、拉斯普留耶夫②等等做例子吧,这些人物中每一个都是靠少量的话语产生的,他们当中每一个人都提供出关于自己的阶级、自己的时代的非常准确的概念。这些性格的格言成了我们的日常用语,正因为在每一句格言里非常准确地表现出一种无可争辩的、典型的东西。我觉得,由此很清楚地看出,剧本的人物的口语对于剧本具有多么巨大的、甚至有决定性的意义,加强口语的研究,对于青年作家是多么迫切的需要。③

关于剧本语言的独特性和人物台词的重要性,高尔基说得异常明白,所以不必重复,现在只谈一下台词的形式。台词的形式,约有下列数种:

第一,对白

第二,独白(对白和独白,前面已经谈过)

---

① 格里波耶夫的喜剧《聪明误》中的四个人物。

② 果戈理的喜剧《钦差大臣》中的三个人物。

③ 高尔基:《论剧本》,载《剧本》1953 年第 9 期。

第三,旁白　　前面已谈过旁白,但那是根据小说谈的。戏剧中的旁白跟小说中的旁白稍有不同:在小说中,作者离开作品中的人物而向读者说话,就叫旁白;在戏剧中,旁白是独白的形式之一,它的特点是剧中人物离开其他人物而向观众说话。在中国旧剧中,丑角最喜欢用旁白,西洋的喜剧也往往用旁白。

第四,同白　　两个人或更多的人同时说话,如果所说的话各不相同,则应该把各个的话都写出来,再注明"同时";如果所说的话相同,只要把几个人的姓名合写在相同的台词上就行了。

第五,抢白　　不等别人说完就抢着说。

第六,内白　　在后台说话。

第七,默白　　又叫潜台词。这是人物没有说出口的语言,在剧本上应该注明它的主要内容,好让演员用表情表现出来。潜台词是很重要的,因为它可以深刻地揭露人物的内心世界。

第八,半语　　只说一半话,下面用省略号。

第九,重语　　重复同样的话,如一方提出许多不同的问题,一方老用相同的话回答。

第十,装腔语　　学旁人的腔调说话,在喜剧中常见。如男角学女角的腔调,女角学男角的腔调。

剧本的台词虽有许多形式,但主要的是对话,其次是独白。其他的形式,也都可以附属在对话或独白之下。

2. 说明

剧本的语言,除台词之外,还有帮助导演和演员掌握剧情的"说明",如:

第一,时间、地点、人物、布景的说明;

第二,人物的动作、表情的说明;

第三,人物上场、下场的说明;

第四,"效果"的说明(环境的变化如打雷、刮风、下雨等等,在戏剧中叫做"效果"。需要什么"效果",在剧本中应该注明);

第五,幕开、幕闭的说明(如"幕急闭"之类)。

3. 剧本的分幕、分场

剧本的分幕和幕内分场,是为了划分故事发展的阶段而必要的;也是为了更换舞台布景,改变演员化装及给观众和演员以休息的机会而必要的。在分幕、分场时,应该把从生活中得来的故事按照舞台上发生最大效果的需要,并抓住其中人物的性格,重新布局。即把主要的部分集中起来,其余的部分,则只在幕后或台词中用明示或暗示的方法加以介绍,使每幕每场在全剧中既不感到浪费,也不感到松懈,既是一个精彩的片段,又是全故事的一个有机的组成部分。一幕接一幕,一场接一场,故事在一条主要行动线上发展着、变化着,没有旁见侧出的不必要的情节,而故事发展变化的过程,也就是人物性格发展变化的过程。

幕有广狭二义。广义的幕是指全剧结构的大段落,这样的幕因为里面常常有时、地、景的变更,所以又需要分场,每场结束也闭幕。狭义的幕是把场当做幕,由开幕到闭幕,算做一幕,闭几次幕,就是几幕戏。这样的幕一般不再分场;即使分场,也是小场,并不闭幕。

独幕剧必须表现一段最有典型性、戏剧性的情节,结构必须更加集中。两幕剧不多见,因为很难找到一个适当的题材,可以恰好平均地分为两幕。最常见的多幕剧是三幕、四幕或五幕。第一幕是故事的发端、主要人物,主要问题和发展上应有的线索都应该在这里伏下根子;发端以后是故事的发展,等到一切可能的发展都已经展开之后,就可以达到故事的顶点,导向故事的结局了。

不管是独幕剧或多幕剧,也有在前面加"序幕",在后面加"尾声"的。"序幕"介绍本事发生前的情况,"尾声"介绍本事结束后的情况。

幕的开闭,因剧情的需要,也有几种形式。比如故事正在进展、或准备急转、或正达高潮,闭幕要急;在矛盾已经解决,故事的高潮已经下降,观众的心情也已经平静的时候,闭幕要缓。

4. 剧本与剧院(剧团)的关系

从戏剧艺术的历史看,戏剧艺术中文学要素的发展,促进了戏剧艺术的发展。原始状态的戏剧,只是"即兴表演",没有独立的剧本。"即兴表演"无论发展到如何高的形式,也不可能有效地表达一个完整的具有一定深度的思想。这因为:第一,没有事先的准备,创作太匆促;第二,没有共同的目标,只能随机应变,迎合观众的心理,因而演员之间的努力,也常常相互矛盾。剧本的产生,克服了"即兴表演"的缺点,把戏剧艺术推向更高的发展阶段。戏剧的内容是剧本所给予的。戏剧艺术,特别是演技,没有丰富的内容,就无法继续发展;反之,当内容丰富到固有的形式不能把它适当地表现出来的时候,就会突破旧形式的束缚而创造适于表现它的新形式。比如斯坦尼斯拉夫斯基的演剧体系,是从契诃夫的剧作中产生的。契诃夫的现实主义的剧作要求现实主义的演剧体系，这是很自然的事情。

　　剧本对于剧院、对于演剧体系的影响，是剧本中的人物形象以及通过形象而体现出来的基本思想对于舞台技术的影响。斯坦尼斯拉夫斯基体系中的主导部分，便是把表现剧作的基本思想作为"最高任务"的原理。所以，要提高戏剧艺术的水平，首先应该写出优秀的以活生生的人物形象体现深刻的思想内容的剧本。契尔卡索夫说："没有剧本或是电影脚本，就不会有演剧艺术和电影艺术，也不会有演员这项职业了。在剧场和电影创作中，戏剧创作有着首要的意义，演员从剧作家的作品的主题思想中汲取自己想象力的源泉，当他一旦体现了作者的形象，他就成了大师和艺术家。"[1]另一方面，剧院对于剧作也有着重大的影响，如果没有斯坦尼斯拉夫斯基的演剧体系，就不能演好契诃夫的剧本，也就无从证明契诃夫的剧作的确在戏剧史上开辟了一条新道路。戏剧是要当众演出来的，演的好坏，自然决定着戏剧的价值，因而好的剧院和卓越的演技，就非常重要了。事实证明，剧本中的形象常常是和演员的名字分不开的。一提起《列宁在十月》，大家就会记起伟大的艺术家史楚金（演列宁），一提起《钢铁战士》，大家就会记起英雄气概的张平（演张志坚），而《牡丹亭》中的杜丽娘、《宇宙锋》中的赵艳容、《白蛇传》中的白娘子……这些人物在观众的心目中常常是和梅兰芳的名字连在一起的。这是因为通过演员的创造性的表演，剧本的形象就更加完美地呈现在观众的面前，剧本的思想就更加有力地震撼着观众的心灵。正因为剧院（导演、演员等）在戏剧艺术的创作上有这么大的作用，所以剧作家应该热爱剧院，应该和剧院合作，应该考虑、接受剧院的意见，修改、提高自己的创作。契尔卡索夫在指出剧本的重要性之后说："另一方面，剧作家如果尊重演员的天才表演，尊重他所创造的文学戏剧形象的体现，他就能使自己在创作上得到进一步提高和成长的推动力。如果没有现代的戏剧创作，就不会有现代剧场，那么，如果没有作家同剧场、电影制片厂的密切合作，也就不可能有现代的戏剧。"[2]这些话，讲得很中肯，值得参考。

---

① 契尔卡索夫：《我对戏剧的一点体会》，载《文艺报》总第 77 期。
② 契尔卡索夫：《我对戏剧的一点体会》，载《文艺报》总第 77 期。

第三章 小 说

第一节 小说的特征

小说和其他文学样式一样,具有文学的一般性,也具有区别于其他文学样式的自己的特征。它的特征是:

(一)语言方面

在抒情诗中,通常只有抒情主人公的语言,在戏剧中,只有人物的语言,而在小说中,则兼有叙述人的语言和人物的语言。不仅如此,小说中的叙述人的语言,并不同于抒情诗中的抒情主人公的语言,小说中的人物的语言,也不同于戏剧中的人物的语言。

抒情诗的语言是抒情主人公直接诉说他自己的感受的语言,小说中的叙述人的语言,则是作为叙述作品中的人物、事件并同时表达对于人物、事件的态度的语言。

在小说和戏剧中虽然同样有人物的语言,但在戏剧中,人物的语言是独立的;在小说中,人物的语言则从属于叙述人的语言,它们仿佛是叙述人从人物的口中引出来,作为自己叙述故事的材料的。

由于没有叙述人的语言,所以在剧本中,人物只能用自己的语言表现自己,这就使剧本成为一种最困难的文学样式;而在小说中,人物除用自己的语言表现自己而外,还可以得到叙述人的帮助。叙述人可以用自己的语言给读者介绍人物的经历,介绍人物与人物的关系,说明人物的每一句话、每一个动作的动机,甚至把藏在人物心底的不可告人的秘密揭示出来……

从这一点上说,小说比戏剧有更充分的条件从其全部的丰富性上刻画人物的性格,描写人物的精神世界。

但戏剧也有它特有的优点,小说家只能用语言创造形象,而戏剧是有舞台性的,剧作家除用语言之外,还可借助灯光、布景、效果,特别是演员的声音、动作、表情、服装等等创造形象,因而它比小说有更充分的条件使形象具体化。

（二）容量方面

戏剧的舞台性一方面给剧作家在形象的具体化上提供了有利的条件，一方面也给剧作家在反映生活的广阔性上造成了很大的困难。戏剧的演出，必须受时间和空间的限制。在时间方面，由于要顾及演员和观众的体力，戏剧的演出最多也不应超过四小时；在空间方面，由于舞台的容量有限，不能把必要的东西无限制地搬上舞台。所以，在剧本中不能描写很多的人物，不能无限度地表现人物之间的复杂关系，不能容纳大段的详情细节，而小说则与此相反。别林斯基说：

> 我不知道，为什么戏剧在我们的时代不能有象长篇小说和中篇小说一样巨大的成功。是不是因为戏剧要求，如果不是莎士比亚，就至少非由歌德、席勒来写天地间罕有的名文不可，或者因为一般地戏剧才能是特别稀少的原故？我不能解答这个问题。也许，长篇小说更适合于诗情地表现生活吧。的确，它的容量，它的界限，是广阔无边的；它比戏剧更不矜持，更不苛刻，因为它用以吸引人的不是局部和片断，而是整体，包容着这样的细节，这样的琐事，分开看时似乎是不足道的，但和整体联系起来看，在作品的全盘性上看时，却有着深刻的意义和无边的诗情；至于戏剧，它那直接或间接，或多或少地总是屈服于舞台条件的狭窄的界限，却要求着行动进展底特别的迅速和活泼，不能容纳大段的细节，因为戏剧和一切其他诗歌体裁比较起来，主要的是在最崇高和最庄严的形态上来表现人类生活。这样，长篇小说的形式和条件，用来诗情地表现一个从其对社会生活的关系中所看到的人，是更方便的，我以为它底异常的成功，它底无条件的支配权底秘密，便在这儿。①

（三）结构方面

戏剧由于受演出的时间和空间的限制，它的结构必须做到人、景、时的高度集中。剧作家必须把实际表现给观众的部分和间接到场外去交代的部分分别处理，恰如其分地把他所要反映的生活组织成若干场戏；而在每一场戏中，

---

① 别林斯基：《论俄国的中篇小说和果戈理君的短篇小说》，见《别林斯基选集》第 1 卷，时代出版社 1952 年版，第 198 页。

又必须把人物的行动、故事的发展集中在同一场景、同一时间。小说则比较自由。

第二节　小说的叙述方式

如前所说,小说中有叙述人的语言,任何一部小说,都是由一定的叙述人叙述出来的。

叙述人是一个艺术范畴,并不一定就是作者。假如作者把叙述的任务交给作品中的人物(作品中的人物也可能是作者自己,如自传体的小说中的主人公就是作者自己),那么,叙述人就是作品中的人物。这种由作品中的人物叙述的小说,是第一人称的小说。假如作者自己负担叙述的任务,那么,叙述人就是作者。这种由作者叙述的小说,是第三人称的小说。

(一) 第一人称的小说

第一人称的小说都是由作品中的人物之一直接叙述的。这种小说除普通的形式之外,还有以下几种比较特殊的形式:

1. 自传体小说

自传体小说是用第一人称写的,但其中的"我"既是作品中的人物,又是作者自己。例如高尔基的《童年》、《在人间》、《我的大学》,郭沫若的《我的幼年》,高玉宝的《高玉宝》等。

2. 日记体小说

这是用日记的形式写的小说。这种形式只适于写短篇,如鲁迅的《狂人日记》。

3. 书信体小说

这是用一个人物的若干封书信或几个人物互相来往的若干封书信构成的小说。这种形式也只适于写短篇、中篇,如歌德的《少年维特之烦恼》,冰心的《寄小读者》。

4. 回忆录体小说

采取回忆的形式。如普希金的《上尉的女儿》,就是用其中的人物之一格利尼约夫回忆往事的形式叙述出来的。

第一人称的小说的特征是由人物用自己的观点叙述事件。优点是:第一,它帮助作者把早已熟识的人物和事件从不常见的和出乎意料的角度表现出来,就仿佛是第一次出现一样,使读者感到新鲜;第二,它帮助作者把人物的性格和他对事件的态度迅速而明朗地表现出来,使读者感到亲切。缺点是:第一,如果要描述作为叙述人的那个人物没有参加的或不可能知道的事件,就会遇到不易克服的困难;第二,作者必须根据作为叙述人的那个人物的词汇、观点、感受、文化程度等叙述事件,因而在创作上会受到限制。

小说家为了利用第一人称小说的优点而避免它的缺点,创造了许多第一人称小说的变体。比如:有在第一人称小说的前面加上一个"序",用以介绍作品中的那个"我"的,如鲁迅的《狂人日记》;有由几个人物接替着叙述的,如梅里美的《卡尔曼》(载《译文》一九五三年十月号。前三段中的"我"叙述怎样在旅途上遇见了另一个人物唐·霍塞·李查拉本耶哥,并对这个人物加以必要的介绍、描写,到第三段的末尾,用"下面的这个忧郁的故事,是我从他口中听到的"一句话来一个转折,从第四段开始,原来的那个"我"变成了听故事的人,而原来的那个"他"——唐·霍塞·李查拉本耶哥——却开始用第一人称的口吻讲述他和卡尔曼等人的故事);有由第三人称叙述,忽然又转由第一人称叙述的,如斯米梁斯基的短篇小说《翼》:

　　　　小公鸡们的啼叫声还不是坚强有力的。低低的月儿直照进窗子。乌里扬娜光着脚轻轻地走到小房间里去,坐在女儿床头边的一条长凳上。

　　　　屋子很闷热。迦尼卡睡得很甜,在床上舒展着身子。她那淡黄色的头发下垂到地板上。微笑仿佛在嘴唇上凝结着,乌里扬娜觉得女儿在对她微笑——她那睡梦中的脸庞是这么容光焕发而讨人喜欢。她把迦尼卡的头发从地板上撩起来,放在手掌上,拿脸把它们贴了一下。晚上她用碱把它们洗过。这样的柔软、蓬松。现在她将不回家来。只要她来探望娘就好喽。唉,要是我年轻,没有病,我也要向那儿去!可惜安得烈不在家,要不我们三人都去参加那二十五万瓩的建设,可不是说笑话!在维索科耶,人们建造了一座十二万瓩的,而且他们都不觉得辛苦呢。当共青团和劳动组合在村子里相继建立的时候,人们所梦想的就只有电力。而现在……迦尼卡可真了不起啊……"妈,"她说,"难道自己的院子就是整个世界吗?现在心长了膀翅,它嫌自己的院子和自己的村子不够大,别阻挡吧。"去吧,姑娘——去吧,心肝儿!当狂喜降到你身上,充满你的心的时候,你就会象鹌鹑似的在破晓时候飞过我们屋子上空,叫喊吧——娘会听见和知道……

第一人称的小说用什么样的人物作叙述人,有很重要的意义,因为叙述人的立场观点,可以影响,甚至决定作品的思想倾向。比如普希金在《上尉的女儿》中一方面表现了对人民的人道态度,对人民的爱和尊敬,另一方面又不同意农民暴动,而企图证明"不经过任何暴力的震动,仅仅由于改善风俗而产生的改革,是最好的和最可靠的改革"。这种思想倾向自然可以用故事的叙述人贵族的儿子格利尼约夫的立场观点去解释。

(二) 第三人称的小说

这是作者从旁叙述的小说,常见的形式是先提出人物的姓名,然后用第三人称——"他"或"她"——来代替。例如赵树理的《传家宝》:

> 有个区干部叫李成,全家一共三口人,一个娘,一个老婆,一个他自己。他到区上做工作去,家里只剩下婆媳两个,可是就只这两个人,也有些合不来。……

第三人称的小说虽没有第一人称的小说所有的那些优点,但也没有那些缺点,叙述人(作者)可以根据自己的观点任情地叙述所要叙述的一切,他仿佛是无所不知的。

为了兼有第一人称小说的优点,有些作家采取这样的形式:虽然是用作者的观点写的,但作者好像跟人物融成一体,用人物的语言表达思想,用人物的眼睛观看事物。例如契诃夫的短篇小说《草原》中有这么一段:

> 叶果鲁希卡想起来,每逢樱桃树开花,那些白补钉就连同花朵化成一片白色的海;等到樱桃熟透,白色的墓碑和十字架上点缀了红色的斑点,象是血迹一样。在墓园里的樱桃树下面,叶果鲁希卡的父亲和祖母希娜伊达·丹尼罗芙娜一天到晚躺在那儿。祖母去世的时候,人们把她放进一口又长又窄的棺材里,拿两个铜板压在她那不肯合起来的眼睛上。在她去世以前,她是活着的,常从市场上带回来松软的面包卷,上面撒着罂粟子。现在呢,她光是睡觉、睡觉……

这篇小说是用第三人称即用作者的观点写的,但在上面的这一片段中,作者仿佛跟作品中的人物叶果鲁希卡融成一体。叶果鲁希卡是一个九岁的孩子,对事物的看法是很天真的,"在她去世以前,她是活着的……现在呢,她光是睡觉、睡觉……""人们把她放进一口又长又窄的棺材里……"这些话都表现了一个九岁的孩子所特有的观点。

第三节 小说的分类

小说的分类方法很多:就题材的时代分类,有历史小说、现代小说等等;就文体的区别分类,有白话小说、文言小说、诗体小说等等;就体裁的区别分类,有日记体小说、传记体小说(包括自传体小说)、书信体小说、回忆录小说、笔记小说、童话小说、章回小说等等;就内容的区别分类,有哲理小说、家庭小说、社会小说、工业小说、心理小说、探险小说、侦探小说、侠义小说、言情小说、神魔小说、狭邪小说、谴责小说、公案小说、科学幻想小说等等(文学是社会生活的反映。社会生活是无限复杂的,因而从内容的差别上分类,不能解决问题,反可以引起问题。比如有人把戏剧从内容的差别上分为思想剧、心理剧、社会剧、神秘剧、梦幻剧、奇迹剧、道德剧、复仇剧、问题剧、机巧剧等等,但任何剧中都应该有思想,有问题,有心理描写)。最常见最合理的分法是根据反映生活的容量与特征,分为短篇小说、中篇小说和长篇小说三种。

(一)短篇小说

简单地说,短篇小说是一种短小精悍的叙事作品。它的特征是:

1. 短而深

有些人认为短篇小说的特征之一是它的压缩性,所以在短篇小说中可以,而且应该表现和长篇小说同样丰富的内容。这种看法当然是错误的,因为长篇小说也应该写得精练。认为短篇小说可以,而且应该表现和长篇小说同样丰富的内容,一方面低估了长篇小说的价值,另一方面是给短篇小说提出了在实际上不可能完成的任务,试想,有谁能把《红楼梦》、《战争与和平》所表现的内容压缩到万把字的短篇中去呢? 别林斯基说:

> 有一些事件,一些境遇,不够拿来写戏剧、长篇小说,但却是深刻的,在一瞬间集中了这么多的生活,在一世纪里也过不完:中篇小说(现在我们称之为短篇小说的,别林斯基用当时的说法,称为中篇小说——编者)

抓住它们,把它们容纳在自己底狭隘的框子里。①

别林斯基对于短篇小说的理解是完全正确的。短篇小说所写的是不够用来写长篇或中篇的材料,所以它"短"。短篇小说所写的是深刻的、具有巨大社会意义的材料,所以他同样可以体现深刻的、具有巨大社会意义的思想。鲁迅的许多短篇小说,就都是这样的。

主张应该把长篇小说的内容"压缩"到短篇小说中去的人,说什么短篇小说是一种最困难的文学形式,这种论调是有害的。初学写作的人如果听信这种论调,一开头就写长篇小说,那是很危险的。高尔基说得好:

> 开始就写大部头的长篇小说,这是笨拙的办法。我国所以出了大堆语言的垃圾,正由于这个缘故。要写作,首先学习写短篇,西欧和我国几乎所有最伟大的作家都是这样,因为短篇小说用字经济,材料容易合理分配,情节清楚,主题明确。我曾劝一位有才能的文学家暂不写长篇小说,等短篇小说写了一个时期以后再写长篇,他却回答说:"不,短篇小说的形式太困难。"这个结论就是说:制造大炮比制造手枪简便些。②

2. 单纯、精练

短篇小说因为短,所以它要求用精练的语言和精练的手法表现单纯的主题。有许多短篇小说,只描写生活的一个片段,这就很符合精练的要求。例如鲁迅,就善于抓住一些生活的片段,用极精练的手法把它描写出来,他的《一件小事》,就是一个典型的例子。有些短篇小说也描写人物的一生,但它不像长篇小说那样铺开来写,而是只描写人物性格发展中的几个重要环节,像《祝福》中的祥林嫂的一生,就是通过几个重要环节(第一次逃到地主家做工,被迫第二次嫁人,丈夫和孩子的死,二次到地主家来,最后做了乞丐……)的描写表现出来的。

短篇小说的结构和风格是多种多样的,但内容比较单纯:或者是一个生活

---

① 别林斯基:《论俄国的中篇小说和果戈理君的短篇小说》,《别林斯基选集》第1卷,时代出版社版,第198页。

② 高尔基:《论写作》,人民文学出版社版。

片段,或者是一个单一的事件,人物比较少,着力描写的常常是一个主要人物,而且只描写他的性格发展中的主要环节……这却是带有一般性的特点。而这种内容上的单纯性,就自然要求特别精练的语言和表现手法。

短篇小说虽然不能说是最困难的文学样式,但也绝不是最容易的文学样式,事实上,正像我国古典诗歌中的绝句和小令"易作而难工"一样,短篇小说并不是随便可以写好的。高尔基就对短篇小说的写作提出了很严格的要求:

短篇小说必需这些条件:鲜明地描写事件底环境,活泼地表现作品中的人物,选择正确而生动的语言。

短篇小说,一切必须写得象浮现在读者眼前一般。画家生动地、浮雕似地描写人物和故事,要画得象现在就要从画面里跳出来一般;小孩子却不懂得"远近法",只画出事物底平板的轮廓和外表的素描。这就是两种画的差别。①

用不着解释,短篇小说的作者应该做高尔基所说的"画家",而不应该做高尔基所说的"小孩子"。

新中国成立以来,与瞬息万变的现实生活相适应,产生了一种"小小说",为我国社会主义文艺的百花园里添了新品种。

小小说综合了短篇小说和文艺性散文的某些特征而形成自己的特点。茅盾曾经指出:"其一,'小小说'的故事极简单,有的乃至竟可以没有故事,而只有人物在一定场合中的片断行动。其二,可是这样的'镜头'却勾勒出人物的风采及其精神世界。从它们的故事并非全然虚构这一点说,它们和短篇小说的创作过程不一样;但是从它们的人物之并非真人的写照、更多些概括性这一点说,它们和一般的'特写'也不一样。"②

(二)长篇小说

长篇小说是一种容量最大的大型叙事形式。它的特点是:

1. 广泛地反映社会生活

长篇小说因为篇幅长,容量大,所以不像短篇小说那样只描写生活的片段

---

① 高尔基:《给青年作者》,中国青年出版社版,第78页。

② 茅盾:《短篇小说的丰收和创作上的几个问题》,载《人民文学》1959第2期。

或单一的生活事件,而是反映广泛的现象,揭露复杂的矛盾。有经验、有才能的作家,利用这种形式,甚至可以把整个历史时代的社会生活从其全部的丰富性和复杂性中描绘出来。

2. 细致地多方面地刻画人物

长篇小说中往往出现极其众多的各色各样的人物(例如《红楼梦》中有四百多个人物),这些人物因为处在错综复杂的关系中,所以能够得到细致的多方面的刻画。

(三)中篇小说

中篇小说是中型的叙事作品。一般地说,它的容量比长篇小说小,比短篇小说大。但在中篇和长篇之间、中篇和短篇之间并没有不可逾越的鸿沟。例如《阿Q正传》、《李有才板话》等,都是中篇小说。

第四章　电　影

第一节　电影的特征

截至现在,电影是唯一把艺术和科学技术有机地结合起来的一种新的艺术品种。从一八九五年在法国巴黎影院放映全世界第一部影片《工厂大门》以来,许多艺术家和科学家为这个新的艺术品种的丰富、提高,进行了一系列刻苦钻研和发明创造,不断取得可喜的成果:从无声电影发展到有声电影,从黑白片发展到彩色片,从平面片发展到立体片;现在,已经从窄银幕片发展到宽银幕片、立体声片以及全景电影的新时期。

比起戏剧来,电影是一种具有更高度的综合性和更广泛的群众性的艺术。它不仅融合了造型艺术、表演艺术、语言艺术所使用的各种材料和手段,而且还利用现代科学技术作为自己的手段,在银幕上展现生活图画,因而在表现时间、空间方面,比戏剧有更大的自由。它通过蒙太奇,造成活生生的具体可感的艺术形象,广泛而深刻地反映社会生活,给观众以身临其境的感觉。一部影片,能够同时在许多地方放映,使千百万观众得到艺术享受,受到教育和鼓舞。因此,列宁曾经指出:"一切艺术部门中最最重要的便是电影。"①

电影艺术的主要特征:

(一)综合性

电影是艺术和现代科学技术的综合,它不同于任何艺术的特点是:利用各种科学技术,把人物、故事和环境等变成一系列具体的视觉形象,映现在银幕上。从这个特点出发,又吸收文学、戏剧、音乐、绘画、雕刻等各种艺术的特长而加以创造性的综合,就形成了一门综合性最强的全新艺术。

电影和戏剧,都需要有戏剧性,即尖锐的矛盾冲突,都需要真实地刻画典

---

① 《列宁论文学与艺术》第2卷,第928页。

型环境中的典型性格。而这，又都需要通过导演艺术和演员的表演艺术，才能搬上舞台或银幕，与观众见面。电影这门年轻的艺术，主要从戏剧中吸取了导演艺术和演员的表演艺术，为自己服务。

电影文学剧本，不仅吸取了戏剧文学剧本通过人物的台词、动作等刻画人物性格的特长，还吸取了诗歌、小说的许多表现手法而加以灵活运用。例如小说、诗歌常用景物描写来烘托人物的心情，达到情景交融的艺术境界。电影吸取了这种手法，所不同的是前者用语言，后者则用"空镜头"（即没有人物，只有自然景物的画面）。又如小说可以细致地描写人物的精神世界，无微不至地揭示人物的内心活动。电影在这一点上不如小说，但也创造性地吸取了这一特长。所不同的是前者用语言，后者则用"叠印"、"画外音"、"插曲"，以及倒叙、插入等表现手法。

电影还从绘画艺术中吸取了构图、色彩、线条和色调等手段，为电影造型服务。

至于电影综合了音乐艺术，更是显而易见的。例如故事片《农奴》，生动地描绘了农奴强巴所承受的深重的压迫，最后被共产党派来的"金珠玛米"从死亡线上解救出来，被迫做哑巴的强巴终于说话了："我说，我说！我有许多话要说啊！……"紧接着，在出现蓝天白云、高山大河的"空镜头"的同时，满怀激情地唱出了《翻身农奴把歌唱》。这首歌，唱出了百万翻身农奴的心声，对于深化主题、塑造人物，起了很大的作用。

（二）运动性

电影是一种动的艺术，这是由它特有的表现手段决定的。

文学的表现手段是语言，造型艺术的表现手段是色彩、形体、线条和光线，而电影的表现手段则是镜头和镜头的组接，即所谓"蒙太奇"。一部电影，是由许多镜头组接起来的（如《东进序曲》，就有四百八十六个镜头），通过镜头的大、小、远、近、推、拉、摇、跟的拍摄，用视觉形象展示人物、环境和事件的运动过程。凡生活里动的东西，在电影里同样是动的：旭日冉冉东升，江水滔滔奔流，桃李灼灼开放，杨柳依依飘扬……

蒙太奇，法语 montage 的音译，原意为构成、装配，用于电影方面，有剪辑和组合之意，现在一般意译为组接。

拍一部电影，电影导演必先根据视觉艺术的要求，在电影文学剧本的基础上创作出"分镜头剧本"。电影摄影机每拍摄一次所摄取的一段连续画面，叫

"镜头"。导演按照自己在电影剧本基础上形成的导演构思,将整个影片所要表现的内容分切为许多准备拍摄的镜头,注明每个镜头的景别、摄法、画面内容及对话、音乐、音响处理、镜头长度等等,叫"分镜头"。用文字记录这些镜头的剧本,就叫"分镜头剧本",这是导演对一部未来影片的总体设计和施工蓝图。为了节省人力、物力和时间,一般不完全按照故事发展的顺序依次拍摄,而将分镜头剧本中的所有镜头,加以合理的编组,制订拍摄计划,然后按计划拍摄。蒙太奇的作用,就在于把在变化繁多的时间、地点分别拍摄下来的无数零散镜头,再按分镜头剧本的构思,合逻辑地、有节奏地组接起来,从而使观众对故事的发展、人物的性格,得到明确而生动的印象。例如《创业》中,北京街头背着煤气包奔跑的公共汽车的镜头与黎明之前壮丽雄伟的天安门的镜头,当然是在同一段时间里拍摄的,但是前者,跟第三本中周挺杉回忆参加群英会的镜头组接在一起,用以衬托出周挺杉为祖国争光、为中国人民争气,甩掉我国石油落后帽子的决心;而后者,则跟第六本中周挺杉从华程手中接过毛泽东著作的镜头组接起来,形象地表现出石油工人崇高的思想境界。

蒙太奇组接技法和表现手法是多种多样的,下面举几个例子。

渐显渐隐——又叫"淡入淡出",是处理时间和空间转换的一种技法。"渐显"(淡入)是一个画面从完全黑暗到逐渐显露,再到完全清晰的过程,表示剧情发展的一个段落的开始。"渐隐"(淡出)与此相反,是一个画面从完全清晰到逐渐转暗,再到完全隐没的过程,表示剧情发展的一个段落的结束。从显露到隐没,与舞台演出的从开幕到闭幕相似,相当于戏剧中的一场。"显"和"隐"都来得"渐",表现出舒缓自然、循序渐进的节奏。例如电影《创业》第一大段戏,即以"〔渐显〕一望无际的大沙漠,在连绵无尽的沙丘上,有一支骆驼队缓缓走来……"开始,直到"周挺杉:'解放啦!'工人们喊'解——放——啦!'祁连山雪峰。碉堡倒塌下来,山谷引起了巨大回声。〔渐隐〕"为止。表现了新中国成立前夕国民党反动派阴谋破坏裕明油矿和工人群众在党的领导下保护油矿的斗争,是全剧的开端。这里通过"渐显"、"渐隐"的镜头画面,使观众一看便知这是全剧的一个段落,获得完整的印象。

化出化入——合称"化",又叫"溶出溶入",是处理时间和空间转换的又一种技法。其特点是在一个画面逐渐隐去(化出)的同时,另一个画面逐渐显露出来(化入),从而使上一场景徐徐过渡到下一场景,显出从容、柔和的节奏。例如电影《创业》,在前引的那一段落之后:"〔渐显〕茫茫的云海,祖国山河壮丽。〔化〕〔化〕转盘飞转。周挺杉入党。转盘飞转。〔化〕〔化〕周挺杉在钻台上劳动。〔化〕〔化〕转盘飞转。〔化〕周挺杉在钻台上扶刹把。"这里连"化"三组镜头,分别表现了周挺杉入党、劳动、担任钻井队长三个具体情节,结构紧凑,层次分明,中间省略了许多烦琐的无须表现的过程,但又使人感到前后联系,十分自然。

划入划出——合称"划",也是用蒙太奇处理时间和空间转换过程的一种技法。"划"的样式很多,有爆破型、扇面型等等。比较常用的是:用一条明晰的或模糊的直线,从画幅边缘开始,或横、或直、或斜地将前一个画面迅速抹去,同时展现下一个画面,大致与快速翻阅或撕开画册的动作相似。这适用于表现场景的迅速转换,造成爽利、明快的节奏。

切入切出——也是处理时空转换的技法,适用于从前一个场景直接转换到后一个场景。即将前后两个场景不同的画面首尾相衔接,使前一场景刚一结束,后一场景迅即出现,从而收到节奏紧凑、对比强烈的效果。

叠印——蒙太奇的一种表现手法。将两个或更多不同画面的底片叠印在一条胶片上,使这些画面同时在银幕上重叠显现,用以表现剧中人的回忆、想象及梦幻。

对照——把不同地点、不同时间,性质上完全相反的事物形象并列在一起,形成鲜明的对照。

平行——两件事齐头并进,如《白毛女》中,一面表现喜儿受苦,一面表现大春投奔八路军。

交叉——两件事交叉进行,如《南征北战》中敌我双方争先抢占摩天岭制高点。

象征——如用冰消雪化象征严冬过尽,用松柏参天象征人格高洁,用海浪翻滚象征心潮澎湃。

运用蒙太奇,可以缩短或拉长现实生活中的时间。如《创业》中连"化"三组"转盘飞转"的镜头,在几十秒钟的时间里,就概括地表现了周挺杉十年间从一个普通油娃成长为共产党员、党的干部的漫长过程,既形象生动,又真切感人。《青松岭》中万山大叔惊车,原是一刹那间的事,电影里却连用了八个镜头:(1)惊马叫;(2)惊马奔驰;(3)社员呼喊"惊车了!";(4)钱广躲在一边观望,十分得意;(5)方纪云和社员闻讯赶去;(6)惊马奔驰,绳断,万山大叔推秀梅下车;(7)万山大叔下决心挥鞭打马;(8)制止惊马,脱险。由于插入各种镜头和画面,大大延长了"惊车"的时间,从而使万山大叔顽强机智、公而忘私的优秀品质得到了充分的表现,收到了强烈的艺术效果。

运用蒙太奇,也可以缩小或放大现实生活中的空间。如《创业》第三本中,仅仅通过汽笛长鸣,列车进出山洞、驰过平原、奔向雪野等几个镜头,就把人们从祖国大西北的崇山峻岭带到了数千里之外的东北雪原,既缩小了现实生活中的空间,又具有强烈的真实感。至于放大现实生活中空间的例子,更为常见,如人像、物象的特写镜头等等。

蒙太奇分切、组合各种镜头和画面的作用,在于真实地表现典型环境中的典型人物,有力地表现主题思想,从而收到更加理想的艺术效果。蒙太奇是电影艺术特有的一种艺术手段,应该很好地运用;但决定一部电影成败优劣的,主要还在于有无高水平的电影文学剧本。有了好的文学剧本,这种艺术手段才有用武之地;反之,仅凭蒙太奇的运用,不可能创造出有质量的电影艺术。资产阶级艺术家鼓吹蒙太奇万能,那是不合实际的。

(三)集体性

诗歌、小说等文学作品,都是个人创作。一部电影,则是剧作家、导演、演员和摄影、录音、美术、音乐等许多文艺工作者以及科学技术人员的集体创作。这是由电影艺术的综合性决定的。通过集体的创造性劳动,充分发挥姊妹艺术和科学技术的作用,为塑造人物形象,表现主题思想服务。

第二节　电影的文学要素——剧本

电影和戏剧虽然都是综合艺术,但各有特点。因此,它们的文学要素——剧本,也各有特点。

电影文学剧本,虽然可供读者案头阅读,但它主要是为拍摄影片而创作的,所以,它既要受文学创作的一般规律的指导,又要受拍摄影片要求的制约。电影剧本的作者,必须了解电影艺术特有的表现手段,必须重视移动摄影对电影剧本提出的一系列特殊要求,才能写出适合电影拍摄工作的优秀剧本。

电影文学剧本的主要特征:

(一)电影剧本必须鲜明地体现视觉形象

电影是以视觉形象为主要表现手段的艺术。画面上所表现的内容,首先要求具有造型的表现力,要能给人以视觉形象。影片在一个黑暗的大厅里或广场上放映,主要是让人用眼睛来看的,不是叫人闭上眼睛用耳朵来听的。人物的对白和音响、音乐,在加强影片的表现力上虽然起着重大的作用,但到底不是主要的,而是从属于视觉形象的创造的。电影中的视觉形象,对观众来说,它具有直接性,和文学作品中的形象大不相同。文学作品中的形象是借助语言描绘出来的,对于读者来说,具有间接性。我们阅读文学作品的时候,必须在语言描绘的基础上通过积极的思维和想象,用自己的生活经验去补充,才能在头脑中"再创造"出相应的艺术形象来。例如宋人林和靖咏梅的著名诗句"疏影横斜水清浅,暗香浮动月黄昏",我们吟诵时只能根据自己的经验,在头脑里想象出那美好的诗的意境,眼前并没有出现清晰可见的视觉形象。《红楼梦》中的林黛玉或者任何其他小说中的人物形象,对于读者也是这样的。由于这些用语言描绘的形象具有间接性,需要读者在头脑里"再创造",所以,不同的读者"再创造"的形象也就各不相同。鲁迅曾说:"文学虽然有普遍性,但因读者的体验不同而有变化,读者倘没有类似的经验,它就失去了效力。譬如我们看《红楼梦》,从文字上推见了林黛玉这个人,但须排除了梅博士的《黛玉葬花》照相的先入之见,另外想一个,那么,恐怕会想到剪头发,穿印度绸衫,清瘦,寂寞的摩登女郎;或者别的什么模样,我不能断定。但试去和三四十年前出版的《红楼梦图咏》之类里面的画像比一比吧,一定是截然两样的,那上面所画的,是那时读者的心目中的林黛玉。"① 电影中的形象则与此不同,它是具体地、清晰地出现在银幕上的,不需要观众去"再创造",一睁眼就可以看得一清二楚,视力正常的人所看见的都完全相同。这就是电影形象的视觉性(或称视象性、能见性)。视觉性是电影形象的主要特征,也是剧作家写电影剧本时所要掌握的一条基本规律。电影剧作家应有敏锐的"银幕感",在塑造人物、表现主题思想的前提下把适于搬上银幕的东西用具体鲜明的形象体现出来。

电影剧本是未来银幕形象的基础。写小说,可以连篇累牍地对环境作客观介绍,可以在相对静止的状态中细致入微地描写人物的内心活动,还可以由作者出面大发议论;写电影剧本却不能这样做,而必须提供实在的、具体的、可见的造型材料,不然,就违反了电影剧本的基本要求。例如某一电影剧本中有这样一段描写:"炮火连天,烟雾迷漫,剩下的二十几个游击队员虽然已被敌人重重包围,但英雄们一个个面无惧色,视死如归。他们不断砍杀,左冲右突,终于杀开了一条血路,一口气跑了十来里地……"这段文字,如果作为文学描

---

① 鲁迅:《看书琐记》,见《鲁迅全集》第5卷,第428页。

写,还是不错的,但电影导演必然感到很棘手。那"重重包围",到底是怎么个包围法?"一个个面无惧色,视死如归",又是怎样的表情?"终于杀开了一条血路",难道真要布置一条血肉横飞的道路么?"一口气跑了十来里地",又如何搬上银幕呢?

电影剧本一开头,就碰到这个创造视觉形象的问题。

一般地说,一部影片只能放映百十来分钟(再长,就得分集放映)。如果已经放映了十分钟,可是主要人物还没有介绍出来,剧中人物之间的相互关系以及时间、地点、历史背景都还没有交代清楚,那么,这部影片十之八九是要失败的。

在小说的开头,作者可以借助文学语言,从容不迫地介绍时间、地点、人物和社会背景;在戏剧的开头,作者可以通过人物的对话来介绍人物,点出时间、地点和社会背景。电影剧本则不然,它固然也可以利用字幕和画外音,但更主要的是要用造型材料来解决。让我们看看描写爱尔兰革命的美国进步片《告密者》的开头:画面一开始,渐显,伦敦的街道,远处有房子的轮廓,但很不清楚,因为伦敦的雾很大,这远远的房子像水墨画。画面的右边是古老的伦敦的煤气灯,画面的下面是地,地上铺着古老的砖,砖发潮,灯光照在地上有点发亮。忽然一声枪响,一个人穿着雨衣跑出来,镜头跟着他进入了地下道,他靠墙站住,回头一看,没有人,然后掏出一支香烟,擦火柴,火光照出这个人的脸,还照出在他背后墙上贴着一条标语,写着"要为爱尔兰人的独立而奋斗"。这个开头,只用了极经济的画面,就把要表现的东西都表现出来了。第一,古老的灯,伦敦的陋巷,都很典型地表现了时代和地点;有灯,雾很大,表明是晚上;一声枪响,一个人跑入地道,靠着墙,回过头来一看,表明他是被追的人;火柴的光照出了这个人的脸,也就是把这个人物介绍给观众。第二,背后的标语表现出时代背景和政治气氛,说明爱尔兰的独立运动正在开展。大约只需要十来米长的胶片,就把人物、时间、地点、历史背景以及地方色彩有机地结合起来,用视觉形象表现得清清楚楚。

正因为电影是一种视觉艺术,所以它的一个极大的特点是逼真性。影片中的人物、情节、环境、时代气氛以及其他种种细节,都要通过造型材料来体现在银幕上,供广大观众来鉴别真伪。一有偏离或违反生活真实的地方,就会引起观众的批评;一有偏离或违反人民意愿的地方,就会激起观众的反感。"四人帮"编造的那些违反生活真实、违反人民愿望的"电影骗子",恰恰成了人民群众识破他们假马克思主义真面目的一面面镜子。这从反面告诉我们,电影创作,一定要坚持从生活真实出发,容不得一丝一毫的虚假和谎言;电影剧作者必须永远说人民的心里话,做人民的代言人。

一切文艺创作之所以叫"创作",就因为贵在独创、贵在创新。电影作为直接面对观众的视觉艺术,尤其贵在创新。雷同化、老一套的东西,谁愿意看?艺术无公式,艺术无"样板"。"四人帮""钦定"艺术公式,硬树艺术"样板",诱骗文艺工作者脱离现实生活,按照他们的公式、"样板"胡编乱造,致使雷同化、公式化的东西泛滥成灾。要创新,必须深入到生活源泉里去。在向四个现代化进军的新时期,我们的生活是日新月异的。站在新时代的尖端,和广大群众一起参加新的战斗,熟悉新长征突击手们的新思想、新品格、新风貌,从中汲取新的题材,新的主题,新的造型材料,孜孜不倦地探索用新的形式表现新的内容,就能开一代新风。

(二)电影剧本中的人物必须具有强烈的动作性

电影剧本必须集中地表现社会生活中的尖锐的矛盾和冲突,而这种尖锐的矛盾和冲突,又必须通过人物的行动表现出来。在小说、戏剧中,通过人物自身的行动表现人物的性格,本来是创造人物形象的重要方法。但因为电影是一种视觉艺术,所以对于电影来说,这种方法就显得特别重要。写电影剧本,如果以烦琐冗长的对话代替人物的动作、表情,就必然要失败。

电影中人物的动作要求高度的典型性。只有熟悉生活,熟悉各种人物的一言一行、一举一动,并充分了解那一言一行、一举一动的心理根据,才能概括出典型的动作,通过这典型的动作表现人物性格,揭示人物的内心活动。以故事片《红色娘子军》中的吴琼花为例,她拼命逃出南府的一系列强烈动作,有力地体现了她的反抗性格和复仇愿望。她不停地跑着、找着、喊着,投奔娘子军连、要求参加娘子军的一系列强烈行动,进一步强化了她的反抗性格和复仇愿望。此后,她违反纪律枪打南霸天,深入虎穴捉拿南霸天,以及与所有阶级敌人血战到底的一系列鲜明的动作,使她的英雄性格的发展得到了生动突出的表现。

动作是内心活动的外现,不能深刻揭示内心活动的动作是没有意义的。因此,要写出表现人物性格的动作,必须深入探索人物心灵深处的东西。电影《创业》的作者之所以能塑造出周挺杉的英雄形象,是在认识铁人、学习铁人上狠下了一番工夫的。同时,人物的内心活动受着社会环境的制约,因而必须把人物放在典型环境中,才能写出具有典型性的动作,才能通过典型的动作表现人物的精神世界。电影《创业》是在霸权主义者给我们制造了巨大困难,中国工人阶级以革命加拼命的英雄气概克服困难、高歌猛进的典型环境里刻画周挺杉等"油田主人"的英雄性格的。因此,周挺杉的行动,具有高度典型性。例如他用还债苹果教育工人的动作,不征得同意,孩子般地"抢"走了华程的《列宁选集》的动作,充分表现了中国工人阶级不怕封锁,不怕禁运,不怕逼债,更高地举起列宁主义旗帜奋勇前进的英雄性格和崇高品质。

电影中的人物是不断行动着的。电影剧作者必须坚持从生活出发,根据典型化原则,从典型环境中概括出典型动作,通过不断行动着的人物的典型动作塑造典型形象,才符合电影这种视觉艺术的要求,因而也才能更好地发挥电影艺术的教育作用。

(三)电影剧本中的人物语言必须个性化、口语化,富于表现力,而又异常简练

电影剧本对人物语言的要求和戏剧相类似,但必须更为简练。由于电影不像戏剧那样受舞台的局限,具有更加丰富灵活的表现力,因而不需要像在戏剧中那么多的人物语言。语言过多,就成了电影的赘疣,使观众感到沉闷、厌烦,甚至使尖锐的戏剧冲突受到削弱,从而降低了电影的思想性和艺术质量。

在电影中,"无声成分"占重要地位,这是它和戏剧的显著区别。电影用它特有的蒙太奇手法,可以通过演员的动作、表情,以及自然景物的烘托等等,把人物的复杂的心理活动展现在观众面前。例如在《难忘的战斗》中,那个暗藏的反革命分子账房先生,出场四次,没有一句话,但他对新政权的刻骨仇恨和阴险狡猾的心理,却通过他的反革命行动淋漓尽致地表现了出来。又如在《林则徐》中,当道光皇帝任命林则徐为钦差大臣去湖广禁烟时,镜头转为林则徐的近景:林则徐听到命令,陡然一惊,抬起头来,仰视皇帝,从炯炯有神的目光中流露出意外、惊喜、沉重的复杂情感,即使坐得最远的观众,对他的心理变化过程也历历在目。又如在歌剧影片《江姐》中,江姐离开了雾重庆,来到根据地,正盼望与爱人彭政委见面,却忽然知道了爱人牺牲的消息,反动派还把人头挂在城门口示众。影片运用了丰富的表现手法:江姐向城墙走去,背影,然后从城门向外拍,通过江姐面部的特写,真切地表现了她悲恸的心情。接着采用了主观镜头,天、地、树木、城墙都在摇晃,金星闪动,景物也模糊起来。然后,江姐退至青松旁,双手紧扶树身,雾雨蒙蒙,松针上落下了滴滴晶莹的水珠……山川草木都在为彭政委掉泪！镜头的变化，景物的烘托，有力地表现了江姐无限悲悼的心情。不难看出，在戏剧舞台上有一些需要用人物的对话或独白讲述出来的东西，在银幕上则是用视觉形象表现出来的。

当然，这绝不是说，在电影中人物的语言不像在戏剧中那么重要。恰恰相反，正因为在电影中人物的对白比较少，所以要求就更高。电影《创业》中，周大娘重复多次的台词只有六个字："去吧，孩子，娘懂！"而在不同的几个关键时刻面对她的儿子周挺杉说出这六个字，不仅深刻地展现了她的崇高的精神世界，而且也烘托了周挺杉的英雄性格。周挺杉在拿下大油田、原油基本自给的情况下自豪地说："离开美孚，顶住现代修正主义的压力，我们这里是一片光明！"寥寥几句话，使观众联想到他从憋气到争气的一系列艰苦斗争，从而进入了他的内心世界，分享胜利的喜悦，和他一起扬眉吐气。

在电影中，人物的对白比较少，这是相对而言的，绝不是说越少越好。语言是人物的心声，是塑造人物、表达思想的一个重要手段。电影之所以从无声发展到有声，连卓别林这位电影艺术大师那样坚韧的奋斗也无法阻止无声电影的退休，正说明毕竟是有声胜无声。对话的多少，既决定于电影艺术的特点，也决定于塑造人物、表现主题的需要。该说话的时候偏不说，观众闷得慌；不该说偏说，观众烦得慌。电影剧作者在人物不需要或不太需要说话的场合，必须"惜墨如金"；但在十分需要说话，而且需要多说的场合，也何妨"用墨如泼"。关键是要说在点子上。电影《创业》中的政委华程，往往一下子抓住周挺杉思想上闪出的革命火花，加以发挥，形成舆论，总结提高，加以推广，指导群众运动。不让他多说几句，显然是不行的。"帮"电影中的主人公不分时间、不看空间、不论身份，一律发表政见演说，长篇大论，滔滔不绝，当然引起观众的反感。而精彩的、表现正面人物优秀品质的台词，却可以迅速流传，变成群众语言。

从视觉艺术的特点着眼，从电影具有广泛的群众性着眼，电影中人物的语言，必须能够突出地表现人物的个性，应该具有简练、准确、鲜明、生动的特点，还应该口语化，通俗易懂。

（四）电影剧本的"情景说明"

电影文学剧本既有戏剧的特点，又有小说叙述、描写的特点；前者是主要的，后者是从属的。这从属的部分，就是"情景说明"。它和戏剧的"舞台说明"有些类似，但不完全相同，因为它是夹在对白中间，前后结成一体的。从这一意义上说,电影剧本是一种戏剧性的散文。

电影剧本中"情景说明"部分的作用是:它要把在银幕上的所有"无声成分",全部用语言表达出来。例如《创业》中的一段:

> 配电房里,一只抖颤的手伸向电闸箱,企图合闸。
>
> "谁敢合闸!"一声怒吼,恰似当年的周老师傅。
>
> 那人手缩回来,猛然转身,是冯超。
>
> 他眼珠子通红,象要冒出眼眶,脸色苍白,没有一点人色。
>
> 周挺杉的身躯当门而立,威武雄壮。
>
> ——一双愤怒的眼睛!
>
> 冯超歇斯底里地狂叫:"周挺杉,快救火去吧! 你们井毁人亡啦!"猛转身双手合闸。他就等电灯全亮,灯泡撞碎,遇到天然气燃起熊熊大火。他焦急地往外看看。
>
> 电源早已被掐断。
>
> 冯超最后的恶毒阴谋彻底破产,他象一摊泥瘫在地上。这个工贼、野心家、修正主义分子结束了他的丑恶表演。
>
> 周挺杉迈着坚定的步子逼了上来。

在这个场面中,除了几句对话而外,其他全是"情景说明"。导演、演员、摄影师等许多电影艺术工作者,就是根据这些说明,把被说明的情景变成银幕上的视觉形象(无声成分)的。这段"情景说明"本身就表现了尖锐的戏剧冲突,而几句简练、准确、个性化的对话,则起了画龙点睛的作用。二者相辅相成,构成了有机的整体。从这里,可以清楚地看出电影剧本中"情景说明"部分的重要性,看出它和戏剧中"舞台说明"的显著区别。

(五)电影放映时间的要求决定了电影剧本高度集中、高度凝练的特点

一部电影,是从头至尾,连续不断地放映给观众看的。不像小说,读者可以看一会搁下来,过一阵再看。也不像戏剧,在分幕分场的时候,给观众以休息的机会。看电影的时候,观众坐在漆黑的放映场内,聚精会神,精神达到高度集中,如果超过两小时,就会感到疲劳。所以,写电影剧本,在篇幅的使用上,就不可能像写小说那样无拘无束,甚至不能和写舞台剧本相比。他必须把他所要表现的一切,限制在二千七百米胶片长度之内,也就是放映时间约一小时四十分钟之内。

那么,一部电影剧本,究竟写多少字才合适呢?一般地说,是三万字到五万字。但用字数来估计,并不准确,因为这要看怎么写。例如有个剧本写苏北游击战争时期,民兵在敌人的兵力处于优势的情况下撤退到草荡里隐蔽起来。过了几天,派人去探听消息:

> 一条小船,两个民兵,到庄上去侦察。一看,没敌人,喊:回来吧! 回来吧! 庄上没人了!

字是只有三十一个,但拍摄起来,至少要换三次场景,耗费五六十米胶片。另一剧本里有这样一段:

> 伯爵夫人心中爱着举止文雅的工程师,伯爵是个庸俗而粗鲁的人。他们三人坐在花园里喝着酒。一个小蜜蜂飞到伯爵手拿的有甜味的酒杯口。伯爵用粗壮的指头一弹,可怜的小蜜蜂摔倒在草地上,扑打着翅膀挣扎;伯爵伸过那只方头的笨重的大皮鞋,狠狠地踩在小蜜蜂身上。伯爵夫人看见了,不禁皱起了眉头。这时,又有一只小蜜蜂飞到工程师的酒杯口上,工程师慢慢地把酒杯举到嘴边,轻轻一吹,那小蜜蜂随风飞走了。小蜜蜂在蓝天白云下自由地飞舞着。伯爵夫人看着看着,眼睛里流露出对工程师钦慕的神色。

字数多了好几倍,但只有一个场景,所需胶片比前者要少得多。

可见,问题的关键不在于字数的多寡,而在于是否高度集中,是否善于通过展开人物性格的冲突来反映生活。如果是出于展示人物性格冲突的需要,那么,我们正希望电影剧本能有生动详尽的文学描写,来帮助启发导演和演员的创作。

电影放映时间的要求,决定了电影剧本高度集中、高度凝练的特点。电影剧本冗长的缺点,常常是场景变换频繁、细节描写过多、角色过多、对话冗长等原因造成的。就场景说,电影观众自然要求看到人物在更广阔的背景中活动,但场景变换也不宜过于频繁。在一场新背景出现的时候,不得不用中景、全景甚至远景向观众交代清楚;如果环境气氛需要强调、突出的话,还得使用缓慢的移动镜头。假如一部影片有一百个场景,而百分之八十需要交代、介绍背景的变换,那就至少把四百米胶片消耗在既不表现人物内心活动,又不展开戏剧冲突的用途上了。场景繁多,而影片长度不变,每场势必很短促,不可能写得结结实实、酣畅淋漓,于是全部影片看起来就像是一本流水账。过多的细节描写和冗长枯燥的对话,也和这相类似。至于角色的多少,这也必须考虑电影剧本的容量。一部像《红楼梦》那样的长篇小说,可以描写几百个有名有姓的人物,而且其中的大多数,可以写得性格鲜明,有血有肉。而一部电影,即使分上、下集,也没有这么大的容量。角色一多,每个人都要求一些渲染,结果连主要人物的眉目也勾画不清。

所以,要避免电影剧本冗长的缺点,必须在场景、细节、人物、对话的处理上做到集中、经济。而要做到集中、经济,必须把全部力量用于通过展开人物性格的冲突来反映生活、表现主题思想。一切文学艺术作品,都要求把现实生活中的矛盾斗争典型化,要求通过典型性格的冲突,高度概括地反映生活中的矛盾斗争。而作品的主题思想,并不是外加的,正是从典型性格的冲突中流露出来的。电影剧作者,如果充分运用电影艺术的特殊表现手段,通过表现典型性格的冲突来高度概括地反映生活中的矛盾斗争,那么,一切与表现人物性格冲突无关或关系不大的场景、细节、对话,自然就淘汰了,一切与主要的戏剧冲突无关或关系不大的角色也自然就精简了。这样一来,并不会由于减少了场景、细节、角色、对话而有损于影片的艺术质量,恰恰相反,正是大大提高了影片的艺术质量。事实证明,一部在一小时四十分钟内放映的优秀影片,是可以塑造出典型性很高的艺术形象,通过典型的性格冲突,表现具有深刻社会意义的主题思想的。

第五章　散　文

第一节　散文的范围和特征

散文有广狭二义：广义的散文包括和韵文、骈文相对的不押韵、不讲对仗的一切"散文"作品（也有指诗歌、戏剧以外的以小说等为主的文学作品的）；狭义的散文则专指诗歌、戏剧、小说以外的文艺性的作品。我们在这里要谈的是狭义的散文。狭义的散文，重要的有杂文、报告文学等等。先谈杂文。

鲁迅在《〈且介亭杂文〉序言》中说："其实'杂文'也不是现在的新货色，是'古已有之'的，凡有文章，倘若分类，都有类可归，如果编年，那就只按作成的年月，不管文体，各种都夹在一处，于是就成了'杂'……"可见杂文的范围是非常广阔的。在鲁迅的十六本杂文集中，就包括诗歌、戏剧、小说以外的各种体裁的散文。冯雪峰在《谈谈杂文》中，也指出杂文"决不是某种文体或笔法所能范围和固定的"。他认为在中国，先秦诸子的文章是很好的、最本质的杂文，"古文"中的议论文和带有议论文性质的叙述文也是杂文；在外国，自柏拉图的对话录、西塞禄的演说、蒙泰纳和培根的哲学随笔、伏尔泰和别林斯基的政论、普希金和海涅的旅行记和评论，一直到高尔基的社会论文，基希和爱伦堡的报告文学、小品文和批评论文，都是最好的、最本质的杂文；而马克思、恩格斯、列宁、斯大林以及毛泽东的著作中的"那些散篇的政论和演说，则尤其是具有我们所要求的杂文所应该具有的那种最高的本质的"。

以上是就杂文的广义而言。我们通常所称的杂文，是就狭义而言，如小品文、杂感、随笔等等，它的特征是：犀利、明快、精悍，具有和浓烈的抒情性相结合的思想性、战斗性、政论性和艺术性。

（一）思想性

鲁迅曾说："我是爱读杂文的一个人，而且知道爱读杂文的还不只我一个，因为它'言之有物'。"①"言之有物"，这是杂文的生命。所谓"有物"，就是要有充实的社会内容和先进思想，使杂文作品具有进步的、革命的思想性。

(二) 战斗性

杂文的主要特征是它的战斗性。中国传统的杂文，就具有这个特征。鲁迅说："唐末诗风衰落，而小品文放了光辉。但罗隐的《谗书》，几乎全部是抗争和愤激之谈；皮日休和陆龟蒙自以为隐士，别人也称之为隐士，而看他们在《皮子文薮》和《笠泽丛书》中的小品文，并没有忘记天下，正是一塌胡涂泥塘里的光彩和锋芒。明末的小品虽然比较的颓放，却并非全是吟风弄月，其中有不平，有讽刺，有攻击，有破坏。这种作风，也触着了清朝君臣的心病，费去许多助虐的武将的刀锋，帮闲的文臣的笔锋，直到乾隆年间，这才压制下去了。"②鲁迅创造性地继承了这个光荣的传统，建立了新的杂文。他曾说："到五四运动的时候……散文小品的成功，几乎在小说戏曲和诗歌之上。这之中自然含有挣扎和战斗……以后的路，本来明明是更分明的挣扎和战斗，因为这原是萌芽于'文学革命'以至'思想革命'的。"③这指出了新的杂文正是作为战斗的武器而建立、发展起来的。瞿秋白在《鲁迅杂感选集序言》中，更从社会基础上说明了新的杂文产生的原因和它的战斗性能：

> 鲁迅的杂感其实是一种"社会论文"——战斗的"阜利通"（Feuille-ton）。谁要是想一想这将近二十年的情形，他就可以懂得这种文体发生的原因。急遽的剧烈的社会斗争，使作家不能够从容的把他的思想和感情熔铸到创作里去，表现在具体的形象和典型里；同时，残酷的强暴的压力，又不容许作家的言论采取通常的形式。作家的幽默才能，就帮助他用艺术的形式来表现他的政治立场，他的深刻的对于社会的观察，他的热烈的对于民众斗争的同情，不但这样，这里反映着五四以来中国的思想斗争的历史。杂感这种文体，将要因为鲁迅而变成文艺性的论文（阜利通——Feuilleton）的代名词。自然，这不能够代替创作，然而它的特点是更直接更迅速地反映社会上的日常事变。

---

① 鲁迅：《且介亭杂文二集·徐懋庸作〈打杂集〉序》。

② 鲁迅：《南腔北调集·论小品文的危机》。

③ 鲁迅：《南腔北调集·论小品文的危机》。

比诗歌、戏剧、小说等更迅速、更直接地反映、评论社会上的日常事变,这正是杂文富有战斗性和机动性的特点。鲁迅说:"生存的小品文,必须是匕首,是投枪,能和读者一同杀出一条生存的血路的东西。"①我国思想战线上的杰出战士,如恽代英、萧楚女、鲁迅,就都是最有效地运用这种武器的能手。他们把这种匕首和投枪,投向一切人民的敌人,其猛烈与锋利,真是所向披靡,令人神往。

尖锐的战斗性决定着杂文的幽默与讽刺的素质。瞿秋白指出:"鲁迅是竭力暴露黑暗的,他的讽刺和幽默,是最热烈最严正的对于人生的态度。"萨斯拉夫斯基指出:"恩格斯对幽默的重视,正如对于讽刺的重视一样,幽默是坚强乐观的阶级的特色,这个阶级怀着战斗意志,对自己胜利具有信心,比敌人占着优势。"他引了恩格斯的话说:"幽默是我们工人常常用以对警察阴谋进行斗争的手段","幽默是表明工人对自己事业具有信心并且表明自己占着优势的标志","它首先支持了我们青年对敌人的轻蔑态度"。② 在马克思、恩格斯、列宁、斯大林、毛泽东等革命导师和高尔基、鲁迅等革命作家的作品中,幽默与讽刺,正是作为坚强而乐观的阶级特色而表现着的。鲁迅由于创造性地继承并发展了中国杂文的战斗传统,因而如法捷耶夫所说:"他才给全世界文学贡献了很多民族形式的、不可模仿的作品。他的语言是民间形式的。他的讽刺和幽默虽然具有人类共同的性格,但也带有不可模仿的民族特点。"③

当然,鲁迅并不是为讽刺而讽刺,为幽默而幽默的,其目的是为了战斗。讽刺与幽默,首先要站稳立场,认清目标,不能"无的放矢"。鲁迅是站在坚定的革命立场上的,所以他的锋利的匕首才能瞄准敌人,迎头痛击。如瞿秋白所说,"他的神圣的憎恶和讽刺的锋芒都集中在军阀、官僚和他们的叭儿狗,却不曾投向革命政党和革命人民"。毛泽东同志明确指出:"鲁迅处在黑暗势力统治下面,没有言论自由,所以用冷嘲热讽的杂文形式作战,鲁迅是完全正确的。我们也需要尖锐地嘲笑法西斯主义、中国的反动派和一切危害人民的事物,但在给革命文艺家以充分民主自由,仅仅不给反革命分子以民主自由的陕甘宁边区和敌后的各抗日根据地,杂文形式就不应该简单地和鲁迅的一样。我们

---

① 鲁迅:《南腔北调集·论小品文的危机》。

② 萨斯拉夫斯基:《论小品文》,见《萨斯拉夫斯基文集》,三联书店版,第13—65页。

③ 法捷耶夫:《论鲁迅》,载《文艺报》第1卷第3期,第5页。

可以大声疾呼,而不要隐晦曲折,使人民大众不易看懂。如果不是对于人民的敌人,而是对于人民自己,那末,'杂文时代'的鲁迅,也不曾嘲笑和攻击革命人民和革命政党,杂文的写法也和对于敌人的完全两样。对于人民的缺点是需要批评的,我们在前面已经说过了,但必须是真正站在人民的立场上,用保护人民、教育人民的满腔热情来说话。如果把同志当作敌人来对待,就是使自己站在敌人的立场上去了。我们是否废除讽刺?不是的,讽刺是永远需要的。但是有几种讽刺:有对付敌人的,有对付同盟者的,有对付自己队伍的,态度各有不同。我们并不一般地反对讽刺,但必须废除讽刺的乱用。"①讽刺与幽默,是杂文的重要因素,但首先要站稳立场,分清敌我,必须废除讽刺的乱用。苏联的杂文家别德内依在他的杂文《从热炕上爬下来吧》、《不讲情面》等作品中,开始用一片漆黑的颜色来描写俄罗斯的过去和现在,不分青红皂白地咒骂俄罗斯的一切,并认为"惰懒"和想"躺在热炕上"几乎是俄罗斯人的民族特性。斯大林曾严厉地指出了别德内依的错误和反爱国主义的狂言暴语的危害性。他告诉别德内依:"这就是你所谓的布尔什维克的批评!不是的,可敬的杰米扬同志,这不是布尔什维克的批评,而是对我们人民的诽谤……"②无产阶级的立场、观点以及由此产生的强烈的爱憎与敏锐的观察,是杂文创作的先决条件,也是使用讽刺武器的先决条件。作家必须善于看出新事物的萌芽而且支持它,善于看出阻碍新事物发展的落后的、反动的东西而且消灭它。真正的讽刺不能也不应该是片面的——没有理想,不肯定新事物。讽刺在抨击敌人或社会生活中的恶习和人民意识中的封建的、资产阶级的残余的时候,是从社会发展的主导倾向,是从为新事物的发展而斗争的观点出发的。讽刺必须指出在社会上斗争着的力量的真实对比,肯定新事物的优越性和不可战胜的力量。鲁迅就是这样做了的,如他所说,他的杂文是"任意而谈,无所顾忌,要催促新的产生,对于有害于新的旧物则竭力加以排击。"③。杂文的战斗性,就表现在它以轻骑兵的姿态参加新与旧的斗争上,写得准确的杂文,是在新与旧的斗争中支持新事物取得胜利的重要武器之一。

---

① 《在延安文艺座谈会上的讲话》,见《毛泽东选集》第3卷,第894页。

② 《马克思 恩格斯 列宁 斯大林论文艺》,人民出版社版,第147—148页。

③ 鲁迅:《三闲集·我和〈语丝〉的始终》。

（三）政论性

瞿秋白称杂文为"文艺性的社会论文"，冯雪峰称杂文为"诗和政论相结合的小品"，政论性是杂文的特征之一。

政论必须根据事实，根据当前的政治事件。所以杂文是以事实为基础的。萨斯拉夫斯基在《怎样写小品文》中指出写小品文首先要选择事实，而"选择事实的基本原则，就是以布尔什维克的精神来武装自己的观察力。谁亲自参加了生活，参加了斗争，谁知道党在一定时期内提出了什么任务，谁就会从日常事物里选择有趣的事实"。在前面我们说杂文要"言之有物"，这个"物"一方面是共产主义的思想性，一方面也是这种思想性赖以表现的事实。鲁迅之所以能写出那么丰富多彩的极富战斗性的"诗和政论相结合的小品"，主要由于他掌握了选择事实的原则。他是"革命军马前卒"，他"和革命共同着生命"，因而他能够清楚地掌握国际的、国内的政治斗争的形势，能够深刻地解剖、分析复杂的社会现象，能够在日常的事实中敏锐地体会到这些事实与当前整个政治斗争的密切联系，从而能够通过某一事实的描述和评论，表现出具有典型意义的主题思想。

杂文并不是空发议论的，它的特点是提出事实，然后加以评论。这种事实可以是真人真事，也可以是许多真人真事的概括，重要的是必须具有典型性。

（四）艺术性

如鲁迅所说，杂文的任务"是在对于有害的事物立刻给以反响或抗争"，它"是感应的神经，是攻守的手足"。这当然要刺痛那些代表反动势力的所谓为艺术而艺术的文学家，对杂文进行污蔑，说它算不上文学作品。鲁迅在《做杂文也不容易》中驳斥反对杂文的林希隽时说："不错，比起高大的天文台来，'杂文'有时确很像一种小小的显微镜的工作，也照秽水，也看浓叶，有时研究淋菌，有时解剖苍蝇。从高超的学者看来，是渺小污秽，甚而至于可恶的，但在劳作者自己，却也是一种'严肃的工作'，和人生有关系，并且也不十分容易做。"好的杂文，不仅要有思想性、战斗性和政论性，而且也要有艺术性。没有艺术性，它的思想性、战斗性、政论性就不能有力地表现出来。萨斯拉夫斯基指出艺术性是小品文不可缺少的属性，他说："没有艺术手段，没有锋利的文笔，没有幽默，没有图景，就没有小品。"①这说明了艺术手段对于杂文的重要

---

① 萨斯拉夫斯基：《怎样写小品文》，见《萨斯拉夫斯基文集》，三联书店版。

性。当然,艺术手段是多样的,任何作者都有他自己的纲领,但归结起来,杂文也应该具有特定的形象性、典型性和简洁明了的文学语言。

杂文不仅可以抨击腐朽的事物,而且也可以歌颂新生的事物,所以在杂文中有反面形象,也有正面形象。当然,杂文的形象不同于小说戏剧的人物形象,那不同之处,就在于它不是通过性格的细致刻画塑造出来的,而是通过对腐朽事物的有力的揭穿,通过对新生事物的热烈的歌颂展现出来的。鲁迅的杂文具有鲜明的形象性,他自己说:"记得《伪自由书》出版的时候,《社会新闻》曾经有过一篇批评,说我的所以印行那一本书的本意,完全是为了一条尾巴——后记。这其实是误解的。我的杂文,所写的常是一鼻,一嘴,一毛,但合起来,已几乎是一形象的全体。不加什么原也过得去的了。但画上一条尾巴,却见得更加完全。所以我的要写后记,除了我是弄笔的人,总要动笔之外,只在要这一本书里所画的形象,更成为完全的一个具象,却不是'完全为了一条尾巴'。"①

杂文也应该具有典型性,当然,这不同于小说中的典型人物的典型性。鲁迅曾说:"……然而我的坏处,是在论时事不留面子,砭锢弊常取类型,而后者尤与时宜不合。盖写类型者,于坏处,恰如病理学上的图,假如是疮疽,则这图便是一切某疮某疽的标本,或和某甲的疮有些相象,或和某乙的疽有点相同。而见者不察,以为所画的只是他某甲的疮,无端侮辱,于是就必欲制你画者的死命了。例如我先前的论叭儿狗,原也泛无实指,都是自觉其有叭儿性的人们自来承认的。"②

鲁迅极善于用很少的笔墨刻画具有典型性的形象,用以揭露腐朽的社会力量的本质,例如他说那些自以为得了"中庸之道"的"叭儿狗","虽然是狗,又很象猫,折中、公允、调和、平正之状可掬,悠悠然摆出别个无不偏激,唯独自己得了'中庸之道'似的脸来"③。就这么短短的几行,便画出了市侩的典型形象。又如他说为统治阶级帮忙的那些"山羊","脖子上还挂着一个小铃铎,作为智识阶级的徽章……能够领了群众稳妥平静地走去,直到他们应该走到

① 鲁迅:《〈准风月谈〉后记》。

② 鲁迅:《〈伪自由书〉前记》。

③ 鲁迅:《论"费厄泼赖"应该缓行》。

的所在……这是说:虽死也应该如羊,使天下太平,彼此省力"①。也是这么简单的几句,便描绘出为统治阶级服务的那些知识分子的典型形象。如瞿秋白在《鲁迅杂感选集序言》里所说,"现在的读者往往以为《华盖集》正续编里的杂感,不过是攻击个人的文章,或者有些青年已经不大知道'陈西滢'等类人物的履历,所以不觉得很大的兴趣。其实,不但'陈西滢',就是'章士钊(孤桐)'等类的姓名,在鲁迅的杂感里,简直可以当做普通名词读,就是认做社会上的某种典型。他们个人的履历倒可以不必多加考究,重要的是他们这种'媚态的猫','比它主人更严厉的狗','吸人的血还要预先哼哼地发一通议论的蚊子','嗡嗡地闹了半天,停下来舐一点油汗,还要拉上一点蝇矢的苍蝇'……到现在还活着……"(这篇文章是一九三三年写的——编者)。

语言是构成杂文的艺术性的一个重要因素,如萨斯拉夫斯基所说:"任何报纸都必须采用简单的、正确的文学语言。对于小品文的写作,这个一般性要求是在一再地被强调着。用难懂或乏味的语言来写的文章,总算还是文章,虽然是不好的文章。用粗劣或灰色的语言来写的小品,简直就不成其为小品。"②鲁迅是使用语言的巨匠,他的杂文之所以那么尖锐,那么精悍,那么如匕首一样地锋利,是和他使用语言的艺术分不开的。

第二节 报告文学(速写、特写、文艺通讯)

报告文学是第一次世界大战后才发展起来的年轻的文学样式。在中国,它是在一九三一年"九·一八"和一九三二年"一·二八"事变中产生,而在抗日战争、抗美援朝和社会主义建设中得到巨大发展的。如茅盾所说:"'报告'是我们这匆忙而多变化的时代所产生的特殊的文学样式。读者大众急不可耐地要求知道生活在昨天所起的变化,作家迫切地要将社会上最新发生的现象(而这是差不多天天有的)解剖给读者大众看,刊物要有敏锐的时代感,——这都是'报告'所由产生而且风靡的根因。"③

所谓报告文学,顾名思义,就是"报告"兼"文学"。因为它是"报告",所以它的作者应该是一个"记者",它的写作必须根据事实,它具有浓厚的新闻性;

---

① 鲁迅:《一点比喻》。

② 萨斯拉夫斯基:《怎样写小品文》。

③ 茅盾:《关于报告文学》。

因为它又是"文学",所以它的作者也应该是一个"诗人",它的写作必须有艺术的加工,它具有充分的形象性。杰出的报告文学家基希把报告文学定义为"艺术文告"①,这是十分恰当的。

报告文学作为文艺战线的轻骑兵,在我国文学中有着光辉的战斗传统。它以能够迅速反映具有迫切现实意义的创作题材、真实描绘人民斗争中不断涌现的优秀人物、尖锐揭示社会生活中为广大群众所关心的重大矛盾、强烈体现新的历史条件下的时代精神而见长。然而在"四人帮""不准写真人真事"的大棒摧残下,鲜艳的报告文学之花,一时凋零殆尽。粉碎"四人帮"之后,才又得到新生。徐迟的报告文学集《哥德巴赫猜想》一出版,就在广大读者中激起了强烈的反响。这除了艺术表现的出色而外,很大程度上是因为作者通过对人物形象和历史环境的真实描绘,强烈地体现了新的历史条件下的时代精神。可以预言,在我国人民的新的伟大长征中,革命文艺工作者一定会充分发挥报告文学的优点,写出更多更好的富有战斗性的报告文学作品,为动员和鼓舞亿万人民实现新时期的总任务而奋斗。

报告文学有两种:一种是记录性的,一种是概括性的。

(一)记录性的报告

这是一种写真人真事,有真实姓名、地点、时间的作品。因为它所写的是有真实姓名、地点、时间的真人,所以从广阔的时代场景到人物、事件的每一个细节,都要力求真实,倾向性必须与真实性高度统一。穆青等的三篇著名报告文学作品——《焦裕禄》、《为了周总理的嘱托……》和《一篇没有写完的报导》,就都是这样的。但这并不等于说记录性的报告就是真人真事的原原本本的"记录"。如果是原原本本、巨细无遗的"记录",那就是流水账,而不是文学作品了。所写的一切都得根据事实,不能凭空虚构;但对于事实,仍然有取舍、有提炼。有些细节,可以略去,也可以写得特别细,关键是要能更好地表现人物的性格、反映人物的本质。例如《哥德巴赫猜想》里所写的关于一袋苹果的那个细节,是有事实根据的,但作者徐迟却把它写得特别细。不妨看看这段细

---

① 基希(1885—1948),捷克的共产党员,著有《秘密的中国》(周立波译)、《天堂美国》、《中央亚细亚的和平》、《从东京到上海》等报告文学作品。他于1935年在巴黎举行的"国际作家拥护文化大会"上的讲演《一种危险的文学样式》中指出作家必须把报告文学作为艺术文告——艺术地揭露罪恶的文告。

节描写：

　　大年初一早晨，周大姐和几个书记，包括李书记，一行数人，把头天买好了的苹果、梨子装进一些塑料网线袋子。若干袋子大家分头提了，然后举步出发，慰问病人。他们先到陈景润那里。他住得最近。

　　陈景润正从楼梯上走下来。大家招呼他。他很惊讶，来了这许多的领导同志。周大姐说，"过春节，我们看你来了，你的病好点了吧？"李书记也说，"新年好，给你贺新年。"陈景润说，"噢，今天是新年了呵？我很高兴，谢谢你们，谢谢你们。新年好，你们好。"李书记说，"到你屋里去坐坐吧。""不，不行，"陈景润说，"你没有先给我打招呼，不能进。"周大姐沉吟了一下，说，"好吧，我们就不去了。李书记，你给他送水果上楼吧。我们还上别家去，你回头再赶上我们好了。"李书记说，"好。"周大姐和陈景润握手，并祝他早日恢复健康，然后转过身走了。李书记把水果袋递给陈景润说，"春节了。这是组织上送给你的。希望你在新的一年里，多给党做点工作。""不要水果，不要水果，"陈景润推却了，"我很好，我没有病，没有什么……这点点病，呃……呃，谢谢你，我很高兴。"说着说着他收下了水果。李书记说，"上你屋聊聊？"他又张手拦住，"不，不要进屋了，你没有给我打招呼。"李书记说，"那好，我不上去了。你有什么事，随时告诉我。我也得去追上他们，到别家去看望看望。"于是握手作别，他返身走。刚走两步，后面又叫，"李书记，李书记！"陈景润又追过来，把水果袋子给了李书记，并说，"给你家的小孩吃吧。我吃不了这多。我是不吃水果的。"李书记说，"这是组织上给你的，不过表示表示，一点点的心意罢了。要你好好保养身体，可以更好地工作。你收下吧，吃不下，就慢慢的吃吧。"

　　他默然收下了。他噙着泪送李书记到大楼门口。李书记扬手走了，赶上了周大姐他们的行列。陈景润望着李书记的背影，凝望着周大姐一行人的背影模糊地消失在中关村路林荫道旁的切面铺子后面了。突然间，他激动万分。他回上楼，见人就讲，并且没有人他也讲。"从来所领导没有把我当作病号对待，这是头一次；从来没有人带了东西来看望我的病，这是头一次。"他举起了塑料袋，端详它，说，"这是水果，我吃到了水果，这是头一次。"

他飞快地进了小屋。一下子把自己反锁在里面了。

他没有再出来。直到春节过去了。头一天上班,陈景润把一叠手稿交给了李书记,说:

"这是我的论文。我把它交给党。"

这个细节,多么真实、多么深刻地表现了陈景润以及周大姐、李书记的精神世界,多么具体、多么有力地鞭挞了林彪、"四人帮"的罪行,歌颂了周恩来同志排除林彪、"四人帮"的干扰破坏,贯彻党的正确路线的历史功绩。

(二)概括性的报告

这种报告虽然也从事实出发,但并不是记录具体的真人真事,而是提出生活中的问题,概括一定的社会现象,帮助人民发现和解决生活中的矛盾与冲突。它容许作家有更大的可能去想象、虚构。在这种报告中的人物是按照创造形象的方法创造出来的,不是真人,自然也没有真实的姓名,人物活动的时间和地点也是假想的。

概括性的报告在人物的创造、环境的描写和氛围的渲染等方面很像小说,它和小说的区别在于:它不必像小说一样有完整的故事——序幕、开端、发展、高潮和结局;它在形式上比小说更自由,它容许作者当描写一种现象到一定段落的时候出头说话,发表自己的意见,容许带有政论性的叙述。巴克在《基希及其报告文学》一文中说:

在小说里,人生是反映在人物的意识上。

在报告文学里,人生却反映在报告者的意识上。

小说有它自己的主要线索,它的主角们的生活。

而报告文学的主要线索就是主题本身。

报告文学在表现手法上和电影颇有相似之处。因为它的主要线索是主题本身,所以它不像小说一样必须有一个完整的、一线到底的故事,而可以用主题的红线把若干片段的故事或特殊的场面贯串起来,像电影一样,一个镜头接着一个镜头地展示在读者面前。例如魏巍的《谁是最可爱的人》,就包括三个片段的故事:第一个故事借书堂站战斗说明战士的勇敢;第二个故事从马玉祥要求到步兵连说明战士对敌人的仇恨,从马玉祥抢救儿童说明战士的国际主义精神;第三个故事从战士的艰苦生活说明他们的爱国主义精神。这三个互不相连的故事是由一条"爱我们的战士"的主题红线贯串起来的。又如耐因的《站在战斗最前列的人》,这种特点更为明显。它更像电影一样,把志愿军中许多共产党员的英雄事迹一个镜头接着一个镜头地放映了出来。

文艺通讯是一种具有文艺性的通讯,所报道的是真人真事,具有强烈的新闻性。它实质上是一种记录性的报告文学,因而可以归入报告文学的范围。

速写(素描)和特写都属于报告文学的范围。它们的区别是速写简单明快,与绘画上的"速写"一样,很快地写出事件的某一点或某一个片段,充分地利用描写和形象的手法,在性质上它富于新闻性,在形式上它有浓厚的散文性,在内容上,它常常反映某一个特殊的场面,某一件事的一个断片和动作,某一个人的影像和心情。它也像绘画上的"剪影"或电影上的"一个镜头"。特写的性质和速写相似,相当于电影上的"特写镜头"。常常是突出地描写某一种情形,某一种事实,某一个人像,某一个物件,以增强艺术效果。两者都是抓住客观事实中的特点,构成一个明确的主题,用轻松和经济的笔法,予以生动具体的描写,使主题突出,给读者一个明晰正确而又深刻的印象。

报告文学、文艺通讯、特写、速写(素描)等的基本特征是相同的,因而这几个名称也往往是混用的,很难划出明确的界线。

第三节　传记、游记和童话

文艺性的散文,除了杂文和报告文学,还有很多样式,这是很难细分,也没有必要细分的。即使细分,也还是分不完、分不清楚。现在只谈一下比较重要的传记、游记和童话。

(一)传记

在我国,传记是一种有着悠久传统的文学样式。早在西汉时代,司马迁就把传记文学发展到相当高的水平。他的《项羽本纪》、《李将军列传》、《魏公子列传》、《廉颇蔺相如列传》、《魏其武安侯列传》等脍炙人口的作品,不仅真实而生动地塑造出在特定历史环境里活动的各种人物形象,而且具有浓郁的抒情色彩。正因为这样,鲁迅称赞包括这些作品在内的《史记》是"史家之绝唱,无韵之《离骚》"。在《史记》的影响下,在《汉书》及其以后的许多史书和许多古文家的文集里,有不少相当好的传记文学作品。

这种传记文学作品,有记人的一生的,如班固的《苏武传》;有记人一生中的几件事或一两个生活片段的,如柳宗元的《段太尉逸事状》、方苞的《左忠毅公逸事》。

在新文学作品中,如《随周恩来副主席长征》、《志愿军英雄传》、《董存瑞的故事》等,也都是传记文学的新形式。由于加强革命传统教育、继承和学习革命先辈崇高品质的需要,传记文学有了进一步的发展,烈士传记、革命回忆录大量出现。许多烈士传记和革命回忆录,记录了革命先辈们的光辉事迹,歌颂了他们艰苦奋斗、英勇不屈、全心全意为人民的革命精神,给今天的社会主义建设者以巨大的教育和鼓舞力量,受到了广大群众的热烈欢迎。

(二)游记

这是指文艺性地描述社会情况或自然风景的散文。这种散文,在我国也有优良传统。南北朝时期郦道元的《水经注》和杨衒之的《洛阳伽蓝记》,文笔简洁精美,对祖国秀丽的山川、雄伟的建筑以及民情风俗等等,作了细致生动的描绘,对后代游记文学有很大影响。唐代著名文学家柳宗元的山水记,文笔秀美清新,富有诗情画意,达到了情景交融、形神兼备的艺术境界。南宋陆游的《入蜀记》、明代徐宏祖的《徐霞客游记》等,也都是游记文学中的珍品。"五四"以来,如茅盾的《苏联见闻录》、蒋光慈的《饿乡纪程》、郭沫若的《列宁格勒参观记》、朱自清的《荷塘月色》和《桨声灯影里的秦淮河》、叶圣陶的《从西安到兰州》、杨朔的《到玉门去》等等,也都是游记作品。

(三)童话

这是写给儿童看的故事。写这种作品,必须从教育儿童的目的出发,同时要适合儿童的特点。语言要通俗,内容要浅显,含义要深刻。它往往用奇丽的幻想来结构故事。它的角色可以是人,也可以是动物、植物或别的东西,举凡花、鸟、草、树,风、云、雷、雨,一切自然现象,无一不可以用拟人化的手法,写成童话作品中的"人物"。这种"人物"必须具有人的、儿童的性格、思想、语言、行动。所以,优秀的童话作品总是新奇而有趣的,能够抓住儿童的心灵,起到潜移默化的作用。在西洋文学中,安徒生的童话(如《国王的新装》等)是很有影响的。在我国儿童文学创作中,叶圣陶的《稻草人》,张天翼的《宝葫芦的秘密》和《不动脑筋的故事》,严文井的《三只骄傲的小花猫》,孙幼军的《小布头奇遇记》,金近的《小鲤鱼跳龙门》等,都是优秀的童话作品。

现在我国有两亿少年儿童,再过十几年,他们就是实现四个现代化的中坚。我们要努力创作更多更好的童话,为培养实现四个现代化的中坚作出贡献。

第六章　人民口头创作

第一节　人民口头创作的特征

人民口头创作(现在通称"民间文学")和书面文学是文学的两种形态。它们都是语言艺术,但前者是口头创作、口头流传的,后者是书面创作、书面流传的。和书面文学比较起来,口头创作具有如下的几个重要特征:

(一)人民性

口头创作是人民创造和为人民而创造的,人民用自己喜爱的文学形式来讲述自己所喜爱的故事,歌颂自己所敬仰的英雄,发抒自己的感情,提出自己的要求……所以从内容到形式,口头创作都具有强烈的人民性。

(二)创作的集体性

书面文学一般是个人创作的,口头文学则是集体创造的。我们往往不可能知道口头文学的作者是哪一个人,因为它从这一个人的口上传到另一个人的口上,从这一个地区传到另一个地区,这一个人加进了某些东西,另一个人又修改了某些部分。正因为口头文学是集体的创作,所以它里面包含着人民群众的智慧,它的艺术力量是异常强大的,如高尔基在《个性的毁灭》一文中所说:"只有在全体人民缜密思考的条件下才能够创造如此广泛的,像普罗米修斯、撒丹、海拉克尔、斯维亚多戈尔、伊里亚、米库拉以及其他数百个人民生活经验的巨大综合的典型。集体创作的威力可由下列事实给予最显明的证明;在数世纪中,个人的创作并未创造出像《伊利亚特》或《卡列伐拉》的东西。"又说:"只有用集体的力量才能够解释那直到现在还是不能超越的神话和史诗的深刻的美。"

(三)口头性、变异性

书面文学是比较固定的;口头文学则口口相传,随时被修改,在被书写下来以前,永远不会定型。下面的这首民歌正说明了这种情况:

你唱的歌是我的，

我从云南学来的，

我在河边打瞌睡，

你从我口袋里偷去的。

民歌如此，其他形式的人民口头创作也如此。比如孟姜女的故事、牛郎织女的故事、梁山伯与祝英台的故事等等，各地流传的就不大一样；它们是不断流传，也不断演变的。

（四）具有乐观主义的精神

因为口头文学是人民集体创造的，人民群众相信他们能够战胜一切敌人，而且为了战胜一切敌人，一直在进行着生产斗争与阶级斗争，所以在口头文学中表现着乐观主义精神，这是和那些代表垂死的统治阶级利益的文人们的悲观颓废、逃避现实的作品完全不同的。高尔基说："民谣是与悲观主义完全绝缘的，虽然民谣的作者们生活得很艰苦，他们的苦痛的奴隶劳动曾经被剥削者夺去了意义，以及他们个人的生活是无权利和无保障的，但是不管这一切，这个集团可以说是特别意识到自己的不朽并且深信他们能战胜一切仇视他们的力量的。"①

第二节　人民口头创作的价值

人民口头创作是人民群众在千百年中创造出来的巨大的精神财富，它具有很高的历史价值、文学价值和教育价值。

（一）历史价值

人民口头创作是广大的人民群众在长期的生产斗争和阶级斗争中创造出来的，它真实地反映着人民的物质生活和精神生活，反映着生产斗争和阶级斗争的状况。而这一切，正是统治阶级的文人避而不谈或恶意歪曲的。所以高尔基说："如果不知道人民的口头创作，那就不可能知道劳动人民底真正的历史。"②列宁认为人民的口头创作是研究人民的热望与希冀的源泉，他曾经建议把那些民间的诗歌、故事、传说和谚语记录下来，并且说："使用这些材料，可

---

① 周扬编：《马克思主义与文艺》，解放社版，第45—46 页。

② 周扬编：《马克思主义与文艺》，解放社版，第45—46 页。

以写成人民思潮和愿望的很好的研究著作。"

（二）文学价值

人民口头创作不仅具有历史价值，同时也具有文学价值。高尔基说："最深刻，最鲜明，在艺术上达到完美的英雄典型乃是民谣（劳动人民底口头创作）所创造的。这些完美的形象，如赫尔古列士、普罗米修斯、米古拉·塞拉尼诺维赤、司华道戈尔，其次是浮士德博士，华西里沙智者，讽刺的幸运者伊凡傻子，最后如战胜了医生、牧师、警察、魔鬼甚至死神的彼得洛斯加，——这一切形象都是理性和直觉、思想和情感融合一起而创造出来的。这样的混合仅只在创作者直接参加创造现实的工作，参加革新生活的斗争时才有可能。"[①]

语言艺术的开端是人民的口头创作，因为最早的文学是由劳动产生的。在有了书面文学之后，人民的口头创作一直是书面文学的养料，它不断地和决定地影响着伟大的书面文学作品的创造，如列宁所指出："我们的古典作家无疑常从这些人民创作中汲取创作的灵感。"（《列宁论民间文学》）譬如我国的古典文学名著《三国演义》、《西游记》、《水浒》等，都是在人民口头创作的基础上创造出来的。我国新文学中的优秀作品如《白毛女》、《王贵与李香香》等，也是一样。高尔基说得好："米尔顿和但丁，米茨凯维奇，歌德和席勒，当他们装上了集体创作之翼，当他们从民间诗歌，那无比深刻的、难以胜计地多样的、强力的智慧的诗歌中吸取了灵感的时候，就比谁都更为扬名了。"[②]所以，人民口头创作，不仅给我们以艺术的享受，而且值得我们去学习和取材，我们应该把它看成产生和发展新文学的基础。社会主义的文学应当为人民而创作，并且应当根据人民自己的文学而产生而发展。我们要发展社会主义的文学，必须学习，继承一切优秀的文学遗产，而人民的口头创作，正是这种遗产中的重要部分。斯大林在接见苏维埃作家的时候劝告他们向人民口头创作的宝库中搜求新的体裁与风格。毛泽东号召我们的作家学习人民群众的萌芽状态的文艺。高尔基劝告青年作家去搜集和研究口头文学。他说："我确信，熟悉童话故事，一般的熟悉民间口头创作的掘取不尽的宝藏，对于青年作家们是极端有益的。"又说："深入到民间的创作中去——这是很好的：好象是山涧的清水，地下的甘泉。接近民间语言吧，寻求朴素、简洁、健康的力量，这力量用两三个字

---

① 周扬编：《马克思主义与文艺》，解放社版，第45—46页。

② 高尔基：《个性的毁灭》。

就造成一个形象。"又说:"我向青年作家们提议,要注意'山歌'——这是工人和农民的连续不断的和真正的'民间'创作。"①鲁迅非常重视民间文学,他认为民间文学"刚健清新",为士大夫文学所不及。他在号召学习民间文学的时候说:"我相信,从唱本说书里是可以产生托尔斯泰、弗罗培尔的。"

社会主义文学的特征之一是社会主义内容、民族形式。我们要解决民族形式问题,更非研究并吸取民间文学形式的长处不可(当然还要研究并吸取古典文学形式的长处)。从延安文艺座谈会以后,我们的作家在学习与改造民族形式,特别是民间形式上,已作出了显著的成绩,创作了许多人民群众喜闻乐见的具有中国作风、中国气派的优秀作品:在戏剧方面,如《白毛女》、《血泪仇》、《十五贯》等;在小说方面,如《李有才板话》、《小二黑结婚》、《李勇大摆地雷阵》、《无敌三勇士》等;在诗歌方面,如王希坚的《翻身民歌》,张志民的《死不着》、《王九诉苦》,阮章竞的《漳河水》,李季的《王贵与李香香》,赵树理的《石不烂赶车》,以及中国人民解放军"八一"建军节二十五周年文艺竞赛得奖的许多说唱诗如《荆江蓄洪区说话》、《青年英雄潘天炎》、《侦察英雄韩起发》、《战士之家》等等。我们的人民口头创作在形式方面和在内容方面一样,是异常丰富多彩的。为了发展并丰富新文学的民间形式,以期更好地、多方面地表现社会主义的内容,我们必须更进一步地向人民口头创作学习。

对于我们,人民口头创作的文学价值不仅存在于文学创作方面,还存在于文学史和文学理论方面。如果忽视了人民口头创作,要建立正确的文学史和文学理论,几乎是不可能的。

(三)教育价值

在人民口头创作中,有对于自然和社会的正确而深刻的认识,有对于美好事物的衷心的爱护和热烈的追求,有对于丑恶事物的无情的嘲笑和愤怒的鞭挞……这一切,汇成人民群众的智慧、经验、思想、感情和道德品质的海洋,我们的人民,从在摇篮中开始,就沐浴在这个海洋中,从这里吸取所需要的一切。所以,人民口头创作在教育人民方面,曾起过而且还起着巨大的作用,它具有不可忽视的教育价值。

当然,人民口头创作也不是完美无缺的:第一,在传到我们手中的民间文学材料的总体里,有一部分是被统治阶级歪曲的东西;第二,在民间文学材料

---

① 转引自《高尔基与民间文学》,见《民间文艺新论集》。

的总体里,有一部分甚至是统治阶级伪造的东西;第三,真正由人民创作的东西基本上是健康的,但生活在封建社会的人民不能不受封建意识的影响,因而在他们的创作中,也就不可避免地羼杂着一些"封建性的糟粕"。所以,当我们搜集整理、研究人民口头创作的时候,应该根据马克思列宁主义的立场观点,剔除"封建性的糟粕",吸取"民主性的精华"。

为了批判地继承人民口头创作这份珍贵而丰富的文艺遗产,早在毛泽东和周恩来亲自主持制定的我国社会主义经济建设第一个五年计划中,就明确规定了发掘整理和研究各民族民间文艺的任务。与此相适应,成立了民间文艺研究会,出版了民间文学丛书和民间文学刊物。十七年中,广泛搜集了从党诞生以来半个世纪中歌颂党、歌颂老一辈无产阶级革命家的民歌、革命故事传说、红色歌谣和红色革命故事;搜集了包括太平天国、捻军、小刀会、义和团等历代农民起义的民歌和故事传说,抗日战争、解放战争时期的歌谣和革命故事;搜集了各地区、各民族世世代代创作和流传的各种形式的民间创作,包括神话、史诗、民歌、民间故事、地方传说、寓言、笑话、民间叙事诗、民间艺人的说唱材料和民间小戏等等。我国少数民族地区,民间口头文学尤为丰富。五十多个少数民族,大都搜集出版了作品。神话、史诗和长篇叙事诗,汉族保留下来的很少,少数民族口头流传下来的却很丰富,已经记录的,或已经出版的,就有《格萨尔》(藏族),《玛纳斯》(柯尔克孜族),《创世纪》(纳西族),《梅葛》(彝族),《逃婚调》(傈僳族),《苗族古歌》(苗族),《召树屯》(傣族),《百鸟衣》、《刘三姐》(壮族),《嘎达梅林》、《江格尔》(蒙古族),《阿诗玛》(撒尼族)等等,不下几十部。

十年浩劫期间,民间文学事业遭到林彪、"四人帮"的全面摧残,损失十分严重。粉碎"四人帮"以来,由恢复而发展,已取得了显著成绩。

第三节　人民口头创作的种类

人民口头创作的种类异常繁多,在这里不可能逐一论述,只谈一下比较重要的。

(一)歌谣类

歌谣中除普通的歌谣外,还有儿歌和童谣。我国各地区、各民族的民间歌谣的形式是各种各样的,但最基本的是两句式和四句式,比较大篇的,是两句式和四句式的扩展。

1. 两句式

两句式歌谣的普通形式是两句联韵,第一句是"起兴",第二句才是歌唱的本意。陕北的"信天游"就是这样的。如:

> 鸡娃子叫来狗娃子咬,
> 当红军的哥哥回来了!

2. 四句式

这是一种最普遍的、存在于古今各民族的民歌体裁。它的基本韵式是"甲甲乙甲",即一、二、四三句押韵。但也有四句都押韵或仅二、四两句押韵的。如江西民歌《十二月里想红军》中的:

> 二月里来想红军,
> 想绿一片柳树林,
> 抬头看见山鹰飞,
> 红军不久要回村。

四句式的第三句可以扩大,由此产生五句式。如江苏传统民歌《看看情哥看看郎》:

> 吃吃粥粥,呷呷汤,
> 看看情哥看看郎:
> 情哥好象正月里个梅花、
> 　　二月里个杏花、
> 　　三月里个桃花、
> 白里泛红,红里泛白人样好;
> 我郎好象四月里个菜花黄。

二句式和四句式变化、重叠,就产生了各种各样的形式。例如一九二七年上海工人武装起义中流传的一首民歌《敢把皇帝拉下马》,形式就比较复杂、比较活泼:

天不怕，

地不怕，

那管铁链子下面淌血花。

拼着一个死，

敢把皇帝拉下马。

杀人不过头落地，

砍掉脑袋只有碗大个疤。

老虎凳，

绞刑架，

我伲咬紧钢牙。

阴沟里石头要翻身，

革命的种子发了芽。

折下骨，

当武器，

不胜利，

不放下。

（二）故事类

故事类的人民口头创作，主要有神话、传说、故事、寓言等。

1. 神话

神话是"人类社会底童年"时代的产物。鲁迅曾说："昔者初民，见天地万物，变异不常，其诸现象，又出于人力所能以上，则自造众说以解释之：凡所解释，今谓之神话。"①这和马克思的意见是大致相合的。马克思在《〈政治经济学批判〉导言》中说："任何神话都是在想象中间和经过想象而控制自然底威力，压倒自然底威力，赋予自然底威力以形体的；因此，随着这些自然底威力之实际上被支配，神话就消灭了。"

如高尔基所说："神话底创造在自己的基础上乃是现实主义的。""初民"所创造的那些"控制自然底威力"、"压倒自然底威力"的"神""并非一种抽象的概念，一种幻想的存在，而是一种武装着某种劳动工具的完全现实的人物，

———————————

① 鲁迅：《中国小说史略》。

是某种手艺的能手",是某种生产工具或某种文化的发明家。比如中国神话中的舜在雷泽打鱼,在河滨制陶器,在历山用象耕地;禹是治洪水的英雄,他"身执耒臿以为民先"①,"疏河决江,十年未阚其家"②;后羿是神圣的射手,他"诛凿齿于畴华之野,杀九婴于凶水之上,缴大风于青丘之泽,上射十日而下杀猰貐,断修蛇于洞庭,擒封豨于桑林,万民皆喜"③;羲和发明占日;常仪(嫦娥)发明占月;亥发明服牛;稷发明种植;土发明垦地;有巢氏发明架木为巢;燧人氏发明钻燧取火;赤冀(一说雍父)发明杵臼;浮游(一说垂,一说般,一说后羿)发明弓矢;番禺(一说虞姁)发明做船;伯余发明衣裳;伯益发明掘井;仓颉发明文字;昆吾发明陶器;巫彭发明医术……这些"神"的确是"人们的教师和同事"④。对"神"的礼赞,实际上是表现了人对劳动的歌颂,对智慧的崇拜,对自己的生产成就的赞美。

神话和迷信是有本质上的区别的。神话产生自体力劳动的人们,神话中的神是"劳动成绩底艺术的概括"⑤。迷信产生自脱离劳动的剥削阶级,迷信中的神是劳动人民的智力和意志的统治者,是剥削阶级统治人民的工具。所以"奴隶主愈有力量和权威,神就在天上升得愈高,而在群众中间就出现了一种反抗神的意愿,这种反抗神的意愿体现在普罗米修斯爱沙尼亚底卡列维,以及其他英雄们的身上,他们认为神是仇视他们的最高的统治者。"⑥

2. 传说

传说产生在神话之后,鲁迅说:"迨神话演进,则为中枢者渐近于人性,凡所叙述,今谓之传说。传说之所道,或为神性之人,或为古英雄……"⑦中国古代的传说有尧、舜、禹的"禅让",黄帝与炎帝的"阪泉之战",黄帝与蚩尤的"涿鹿之战"等等。此后的传说很多,如关于宋江等三十六人的传说,关于梁山伯与祝英台恋爱的传说,关于刘伯温八月十五日杀鞑子的传说,都是比较流行的。到现在,民间仍不断流行新传说,如《民间文学》一九七九年第二期上刊载

---

① 见《尸子》。

② 见《韩非子·五蠹》。

③ 见《淮南子·本经训》。

④ 高尔基:《苏联的文学》,新中国书局版,第6页。

⑤ 见《韩非子·五蠹》。

⑥ 周扬编:《马克思主义与文艺》,解放社版,第23页。

⑦ 鲁迅:《中国小说史略》。

的《龙大爷巧骂"四人帮"》之类。

3. 故事

故事一般是比较简短的散文体的东西。最主要的是反映阶级斗争、表现人情世态的作品。在先秦诸子及秦汉以后直到清朝的许多书籍中，被记载下来的民间故事很丰富。"五四"以后，特别是延安文艺座谈会以后，在民间故事的搜集与整理方面，和在其他民间文学的搜集与整理方面一样，已做出了许多成绩，整理出版了很多民间故事集。

民间故事的特点是：第一，强烈地表现着人民的思想感情。大多数的民间故事，对于剥削者、压迫者的凶残、贪鄙、刻薄、狡猾、淫荡予以无情的揭露和愤怒的鞭挞，对于被剥削者、被压迫者的穷苦、善良、团结、斗争寄以深厚的同情；第二，语言精练，结构完整，人物行动的有力的记述多于人物姿态的静止的刻画。比如《摆谱》，只有四百五十来个字，却很生动地刻画了人物的形象，很突出地表现了主题思想。这个故事的梗概是这样的：地主老婆上穷人家串门，穷人请她吃饺子，她嫌呼埋汰，又说没香味，吃了几个，就不吃了。这是白天的事，下晚吹灯以后，就发生了另外的事：地主老婆饿得慌，赤身露体起来偷饺子，饺子筐挂在磨盘顶上一个钩子上，磨盘上放半盆菜汤。她爬上磨盘，一手挟汤盆，二手摘筐子，身子一晃，疙瘩髻挂在钩子上了。她心一慌，手一松，菜盆摔地下，把穷人惊醒。穷人点灯一看："哎呀，原来是摆谱的富家太太，光腚拉擦地偷吃饺子呢。"

只用很少的话，便把剥削者的虚伪的衣裳剥下来，叫她光腚拉擦地站在灯光底下、穷人面前，让大伙瞧瞧。嫌穷人饺子埋汰的太太，自己是多么干净！嫌穷人饺子没味的贵人，自己是多么有味！这真是一幅绝妙的讽刺画。

新中国成立以来，在批判地继承民间故事传统的基础上发展起来的革命故事，是一种新型的社会主义文学样式。它讲的是革命人，说的是革命事，既富有革命性，又富有故事性，通过故事员口述的方式，达到宣传教育的目的。许多精彩的革命故事，都是故事员从群众中收集素材，编好提纲，再到群众中去讲述，广泛听取意见，反复加工写成的。从群众中来，到群众中去，千锤百炼，精益求精。这种创作经验，也是很宝贵的。

4. 寓言

"寓"是"寄托"的意思，把自己认为正确的道理，寄托在故事里面，让人们从故事中去体会那个道理，叫做寓言。寓言和故事，都是小说的前身。

寓言的特点是:第一,往往以动物或无生命的自然物为角色(有许多也是以人为角色的)。这些角色像人一样,有思想,有感情,会说话,也会做各种事情,实际上代表着社会上的某一种人。而他们所代表的某种人的特点又和他们作为动物或无生命的自然物的固有特点在一定程度上相吻合。比如《井底之蛙》中的井底蛙,本来是所见不广的,因而用它代表那些见识狭隘的人;第二,常常带有讽刺或劝诫的意味。比如《刻舟求剑》、《愚公移山》、《叶公好龙》、《拔苗助长》、《守株待兔》和《瞎子摸象》等等,就都是这样的。

寓言是一种有力的战斗武器,所以文人们也很喜欢采用这种形式,先秦诸子中,就有很多寓言。现代作家,写寓言的也不少。《雪峰寓言》中的某些篇章,就相当精彩。

(三)曲艺类

我国特有的曲艺,在民间流传了很久,植根于人民群众之中,积累了丰富的艺术成果。它的主要特点是:文学、音乐和表演相结合,而以文学为基础,所以又叫"说唱文学"或"讲唱文学"。掌握传统曲艺的这个特点,对于繁荣社会主义新曲艺,是十分重要的。第一,曲艺创作,当然文学价值越高越好,但必须要能说能唱。如果忽略了它的"说、唱"特点,写得像一般的诗歌或小说,就不适于演员说、唱,也就不成其为曲艺作品了。第二,曲艺表演,以说、唱为主,音乐只起伴奏作用,所以一般都是说唱演员自弄乐器。如果违背了这个特点,脱离说唱的需要而加强曲艺音乐,由乐队来伴奏,必将弄得曲艺演员手足无措,说、唱效果也必然受到损害。

我国曲艺的历史,可以上溯到唐代的"说话"和"转变"。"转变"的底本叫"变文",其特点是韵、散夹杂,唱、白并用。有的先用散文讲故事,再用韵文歌唱,如《降魔变文》等;有的只用散文作引子,主要用韵文叙述,如《目莲救母变文》等;有的是散文、韵文并用,不可分割,如《伍子胥变文》等;有的纯用散文,如《秋胡变文》等。变文中韵文以七言为主,杂有三言、五言、六言等句式。这种文艺形式,以其生动的表演和充满生活气息的有趣故事而受到当时广大人民群众的欢迎,也给当时的文人以强烈影响。在白居易、白行简等人的作品里,可以看到这种影响的痕迹。

到了宋代,"说话"分为"四家",十分发达。变文的名称虽已消失,但韵、散相间的讲唱文学形式,却得到进一步的发展,"陶真"、"唱赚"、"鼓子词"、"诸宫调"等十分流行。金代董解元的《西厢记诸宫调》,是流传至今的大型讲唱文学的杰作。到了元代，有所谓"词话"，"话"是散文，"词"则相当于后来的"鼓词"和"弹词"中的"词"。到了明代，"陶真"与"词话"演变成为流行于南方的"弹词"和流行于北方的"鼓词"。出版于嘉庆十四年的长篇弹词《义妖传》，是根据长期流传于民间的白蛇故事编写而成的，具有相当高的人民性和艺术性。鼓词多是长篇巨著，主要写战争题材，如《杨家将》、《呼家将》、《说岳全传》等等。清代的民间曲艺"子弟书"，是鼓词的一个支流。比起鼓词来，它的篇幅短，而题材范围则非常广泛。

在长期的历史发展过程中，经过劳动人民的口头创作和优秀艺人的精雕细琢，各种说唱文学水平不断得到提高，深受人民群众的喜爱。

我国幅员辽阔，在不同方言基础上发展起来的具有地方特点的说唱形式，多种多样，名目繁多。据不完全统计，全国约有三百多个曲种（少数民族地区的曲艺尚未计算在内），这是一批珍贵的文艺遗产，应该很好地发掘和整理，推陈出新。

曲艺中比较常见、比较重要的有以下几种：

1. 大鼓、渔鼓、弹词、琴书、走唱

大鼓（如京东大鼓、乐亭大鼓、西河大鼓、京韵大鼓）、渔鼓（如湖北渔鼓、河南坠子）、弹词（如长沙弹词、苏州弹词、扬州弹词）、琴书（如北京琴书、山东琴书、四川琴书）、走唱（如安徽的凤阳花鼓、东北的二人转、西北的二人台）等曲种，唱法和伴奏的乐器不同，但唱词的体裁没有多大区别，我们可以总称为鼓词。其特点是：

第一，必须合辙。

所谓"辙"，就是韵脚；合辙，就是押韵。民间说唱文学工作者为了便于押韵，把收音相同的字归纳成十三大辙、两小辙。十三大辙是：

辙　名	代　字	收　音	字　例
中　东	东	eng, ueng, ing, ong, iong	声翁英红雄
言　前	南	an, ian, uan, üan	安天宽冤
衣　其	西	i, ü	西衣迁区
灰　堆	北	ei, ui	飞梅归挥
梭　波	坐	e, o, uo	歌科坡活
遥　条	俏	ao, iao	高烧挑飘

辙 名	代 字	收 音	字 例
沙 花	佳	a, ia, ua	他虾夸麻
壬 辰	人	en, in, uen, ün	伸新温晕
尤 求	扭	ou, iou	洲头忧楼
乜 斜	捏	ie, üe	贴跌靴决
姑 苏	出	u	读书骨珠
江 阳	房	ang, iang, uang	康江光堂
怀 来	来	ai, uai	该开怀乖

凡语尾有卷舌音"儿"的(所谓"儿化音"),归为两小辙。两小辙是：

小壬辰辙 { 壬辰韵(如明儿、纳闷儿、嘴唇儿)
灰堆韵(如味儿、来回儿)
衣其韵(如鱼儿)

小言前辙 { 言前韵(如拐弯儿、花圈儿)
怀来韵(如一块儿)
发花韵(如没法儿)

十三辙中,有鼻音收音的叫阳辙,其余的叫阴辙。

阳辙包括中东、言前、壬辰、江阳四辙,由于鼻音收音,共鸣的强度大,唱起来声音洪亮,适于表现威武、雄壮、激烈、昂扬等情绪和气氛。阴辙中除发花辙外,响亮度较差,适于表现委婉、柔和、静谧等气氛和意境。因此,搞曲艺创作,必须根据要表现的题材、情绪的特点来选辙。

以上几个曲种的唱词合辙的规律是:头一句开辙,用平声韵;以后每逢双句都必须合辙,用平声韵;单句一般不合辙,末一字要用仄声。这叫"上仄下平"。例如京东大鼓《老两口庆胜利》的开头：

朝霞满天东方红,

雄鸡高唱鞭炮鸣。

王大爷看场回家后,

背上捎马子要起程。

他套上了一身新裤褂,

口里直把皮影哼。

如果单句也合辙(必须用仄声韵),那么声调就更加抑扬顿挫,易唱动听。例如:

> 原来是炝锅的宽条儿面,
> 霎时间开锅往上翻;
> 又打上两个鲜鸡蛋,
> 把那勺子碗筷拿手间。
> 盛一碗来又一碗,
> 一碗一碗往上端。

第二,掌握音节。

鼓词分上下句。一篇鼓词,都是由双句构成。最基本的句式是"二、二、三"的七字句,分句头、句腰、句尾三部分,共三个音节。"三、四、三"和"三、三、四"的十字句,"三、四、四"的十一字句,"三、二、三"和"二、二、四"的八字句,"三、三、七"的十三句等句式,也都由三部分组成。"四、四"的八字句和"五、五"的十字句,则只有句头、句尾,没有句腰。如:

> 望着军旗——怀念总理。
>
> 银针驱病魔——草药引春光。

在一个唱段里,如能交错使用多种句式,就会使节奏富于变化,唱腔丰富多彩,取得良好的艺术效果。

第三,运用衬字和嵌字。

在唱词中,为了加强语气,充实内容,提高表现力,还可以加衬字和嵌字。衬字只能加在句头或句腰,不能加在句尾。七字句加衬字的,如:

> 眼见(着)总理走过来,
> (我)热血沸腾满胸腔。
> 有心上前(向总理)问声好,
> (怎奈我)执行任务在站岗。

"三、四、三"十字句加衬字的,如:

> 他不顾(身边的)风化岩石(扑簌簌簌)往下掉,
> 他不顾(脚下的)树根枯朽(咔哧哧哧)断枝摇。

嵌字(也叫嵌句或垛句)有二字嵌、三字嵌、四字嵌、五字嵌等,多用于情节紧张,需要渲染情绪、烘托气氛、加强描写的地方。用三字嵌的,如《悬崖峭壁绘新图》写地质员洪茂春的两段:

> 老洪他一颗红心向党交,(矿山图,已画好,坠山下,何足道,)人亡图在虽死应含笑,愿同志接力朝前跑,把锦绣山河去画描。

> (兴冲冲,忘疲劳,下山来,寻旧道,攀峭壁,挽藤条,踏石棱,脚登牢,)险峰视作平川道,(撑雾伞,跨云桥,)放眼前程无限好,笑把未来瞧!

第四,这几种曲艺往往一开头先念"引子"(又叫"诗篇"、"上场诗"),然后再叫板、唱。"引子"有用诗的,有用词的(如《西江月》),也有用几句话说出故事梗概的(又叫"提纲"),如《挑对象》的"引子":

> 娶媳妇不在丑俊,
> 能生产劳动就强。
> 身子骨结实有力,
> 学会了耕耩锄耪,
> 小伙子心中高兴,
> 站在大街开了腔。
> 三婶子,二大娘,
> 你看俺媳妇真棒!

"引子"(现多不用)后面是"正文"和"煞尾"。"正文"中又分若干段,有层次地展开内容,每段用一"甩板"来收腔结束。"煞尾"是使整个故事结束,或用来下结论的。

2. 时调小曲、牌子曲

时调小曲是民间歌唱的曲子，都有弦乐伴奏；有的乐器相当复杂，如天津时调，由一人演唱，一至数人伴奏，乐器有三弦、四胡、琵琶等等。所谓牌子曲，是一种以多种曲牌连串演唱的形式，包括单弦、大调曲子、四川清音、湖南丝弦、广西文场等等。一般由一人演唱，也有多至五六人的。伴奏乐器不一，流行于北方的牌子曲，多以三弦为主，南方的，则多以扬琴、琵琶、二胡为主。

3. 快板

快板是最流行的有广泛群众性的一种曲艺。短小精悍，合辙押韵，易编易演，能迅速地反映生活，进行宣传。在抗日战争、解放战争中，曾涌现过许多战斗"板人"。毕革飞的《"运输队长"蒋介石》、《急行军捎带睡大觉》等，就曾风行一时，很有影响。新中国成立以来，快板诗人更不断涌现。在抗美援朝战争和对越自卫还击战中，快板也发挥了积极的战斗作用。

快板的特点在于：它既不是唱的，也不是说的，而是"数"的。"数"快板的人用竹板打拍子，数一拍子，打一下竹板。快板的句式灵活，长短不拘，但必须节奏鲜明，朗朗上口。快板的节奏，一般三字句是二拍，五字句是三拍，七字句是四拍，个别长的也有超过四拍的；各种句式都可以加"衬字"。

快板的头一句要押韵，而且要用平声韵，可以一韵到底，也可以不断换韵，使用"花辙"。一般要求换韵时，一连两句都要押韵，否则"数"起来不顺口。

快板的种类：

（1）小快板（又叫单口快板）

小快板内容简单，形式短小精悍，适宜即兴编演。一般只有十几句，一韵到底。

（2）对口快板

由两人"数"，各自打板，甲"数"一段，乙"数"一段，互相轮换，有时合"数"。有的与相声类似，甲"逗"乙"捧"，展开故事。

对口快板既可抒情，也可叙事。通篇用"花辙"，常用夹白以增加风趣。例如《海上歼敌记》：

> 甲　打竹板，心高兴，
> 　　把我乐得直想蹦。
> 乙　打竹板，心好恼，

　　　　气得我咬牙又跺脚。

甲　我高兴，

乙　我生气。

甲　我真高兴，

乙　我真生气。

甲　你存心跟我过不去！

乙　（白）谁跟你过不去呀？

甲　（白）你生什么气呀？

乙　我气的是万恶的反动派，
　　　　时刻妄想搞破坏。

甲　我乐的是人民海军力量大，
　　　　它搞阴谋诡计咱不怕。

乙　我气的是无论陆地天空和海面，
　　　　它们经常偷袭来捣乱。

甲　我乐的是不管天空海面和陆地，
　　　　来了它就回不去。

乙　我气的是敌人派遣特务要登岸，

甲　我乐的是咱海军打了个歼灭战。

乙　（白）我……我还生气，

甲　叫同志你消消气儿，
　　　　咱俩唱的是一码事儿。

乙　（白）一码事儿？

甲　你这个脑子实在慢，
　　　　这是一个矛盾的两方面。

乙　对，我一个人唱也唱不完，
　　　　干脆咱俩一块谈吧！

甲
乙　好！咱唱一段水兵海上歼敌船。

　　　　……

（3）群口快板

群口快板由三个或更多的人表演，交替"数"唱，有合有分，场面较大，红火热闹,生动活泼。

（4）快板书

用快板的形式叙述故事、刻画人物。一般篇幅比较长,多是一辙到底,由一个人表演。例如快板书《奇袭白虎团》。

（5）快板剧

剧中人物的主要对话以快板形式出现。有角色,有布景。适于歌颂社会主义的新人新事新风尚。例如《不差半分毫》（见《少年儿童剧本曲艺集》）、《工农友谊桥》（见《工农兵演唱材料》）。

（6）锣鼓快板

快板加锣鼓伴奏,由数人表演,容量大,气势大,气氛活跃,情绪高昂,最适于歌颂幸福欢乐的生活。例如《下厂服务好》（见《工农兵演唱》）。

4. 快书

快书是一种韵诵类的曲艺。山东快书流行全国,原名"武老二",以说武松故事得名。至今仍保持山东方言的节奏、口音和某些词语。旋律快,线条粗,适于描写英雄人物,也适于讽刺反面人物。陕西快书是在"练子嘴"（方言快板）基础上发展而来的一个新的曲艺品种,用关中方言演奏,具有高亢激越的特点,其表现手法与山东快书大致相同。

快书由一人表演,具有"一人多角"的特点。演员不仅以叙述人的身份叙述情节,描绘环境,渲染气氛,而且要扮演所有人物,灵活地改变自己的身份、语气、动作、表情来刻画各个人物的性格特征。

快书要合辙押韵,节奏鲜明。以七字句为基础,两句一辙,上句不押韵,下句押韵。通篇一辙到底,不换韵。

快书要系好"扣子",即在情节发展时,要适当地布置"悬念",用以突现人物,吸引听众。在一段好的快书中,一般有一个大扣子,还有许多小扣子,环环相扣,构成引人入胜的情节。例如《紧急电话》一开头,单刀直入,写邮电所营业员李秀娥正在工作,忽听电话铃响,于是拿起话筒:

　　（白）"喂,是,我是邮电所。

　　　　啊? 什么?"

　　话筒里的声音很紧迫。

李秀娥越听越觉得事严重，
不由得浑身紧张脸变色。
"是，同志，放心吧，
这件事情交给我。
人命关天这么大的事，
我一定想尽办法来解决。
嗐，不用谢，
这是我应当尽的职责。"
"啪！"秀娥这里挂了电话，
顾客们我看你来你看我：
"怎么回事呀！""不知道哇！"
电话里的事情费琢磨。

　　这就是一个大扣子，引得听众以十分急迫的心情等待故事的发展。接着，主要矛盾就从这里展开。打电话的人因公出差，在火车飞驰二百多里以后打开包裹，"呀！"了一声，直说"糟糕！"这是个小扣子。列车员见他急得满身冒汗，忙问原因。他说他母亲给他收拾行装时，错装了一瓶三岁小孩当晚十二时就要吃的治感冒的药水，而把他要带的有毒的癣药水留在家里，如果孩子误吃，就会送命。列车员一看表，已经十点多了，距孩子吃药只有一个多小时。这又是个扣子。就这样，扣子层出不穷，情节不断发展，先进人物李秀娥及民警小罗的共产主义风格，也跟着得到了充分的表现。最后，差两分钟十二点，老大娘正拿起调羹要给孩子喂药，这又是个扣子。突然，"啪啪啪！叫门的声音很急迫。"而老大娘却叫等一等，"我先给孩子把药喝"。这时候，听众紧张万分，这又是个扣子。打门声更急，只听大娘说：

"到底啥事这么急呀？
只好把药水放在桌。"

　　至此，听众才把提到嗓门的心放了下来，扣子解开了，矛盾解决了（系扣子叫"悬念"，解扣子叫"释念"）。
　　在快书中，也需要有"包袱"（笑料），以加强艺术效果。

5. 数来宝

数来宝是流行于我国北方的一种曲艺形式。它的基本句式是"六、七"单尾句。如"要打眼,要放炮,要把危石清除掉",先是"三、三"的六字句,后是"二、二、三"的七字句。在这个基础上,发展出各种或长或短的句式,富于变化。

数来宝也必须合辙,但与快书不同。快书要一韵到底,数来宝可以不断换韵。快书要求同辙而不同声,数来宝则要求同辙同声。例如:"看到的平地真不少,大的大来小的小。大的足有二亩半,小的能栽三头蒜。"两句换韵。前两句韵脚"少"、"小"属"遥条"辙,都是第三声;后两句韵脚"半"、"蒜",属"言前"辙,都是第四声。

数来宝有几种形式:

(1)单数:由一人表演。

(2)对数:由两人表演。演唱前,一人打竹板,一人摇节子,二人合奏,打开头板。演唱中单用节子伴奏,打句与句之间的小过门。两个演员一"逗"、一"捧",逗的以"诵"为主,捧的以"白"为主。逗的往往唱词连篇,捧的只有少数插白。

(3)群数:由三人以上表演。甲作为一方;其余的作为另一方,轮流接替。是从对数发展而来的。

数来宝作品为了有力地表现主题,常常运用"包袱"。它的"包袱"安排在"诵"的下句,上句起铺垫作用,即所谓"上句垫,下句抖"。如《青海好》中描写新中国成立前汽车又少又破的一段:

> 甲　汽车一走乱摆头儿,
>
> 　　人在车上摇煤球儿。(包袱)
>
> 　　车又小,人又挤,
>
> 　　一天只走七八里。
>
> 　　乘客们,发了愁,
>
> 　　坐汽车不如骑老牛。(包袱)
>
> 乙　青海省,过去的交通真够呛,
>
> 　　只有汽车十四辆。
>
> 甲　十四辆也不算少,

乙　倒有十辆不能跑。(包袱)

甲　(白)这跟没有一样啊!

乙　哎,有的汽车还"不赖",
　　　就是没有胶皮带。(包袱)

　　这样一抬一扒,包袱接二连三地出现,突出地揭示了新中国成立前青海的落后面貌,烘托出新中国成立后的美好生活。

　　6. 相声

　　传统的相声,是一种以讽刺、诙谐为主要特征的曲艺,从北京流行全国。它最适于暴露和打击敌人,揭批林彪、"四人帮"的许多优秀作品充分发挥了相声这一艺术形式的特长,受到了广大群众的热烈欢迎。新中国成立以来,根据革命需要,又赋予它以歌颂正面事物的新特点,产生了一些好作品,如《社会主义好》、《英雄小八路》、《高原彩虹》、《友谊颂》、《线路畅通》、《学铁人》、《革命传统代代传》等等。

　　相声有三种表演形式:单口相声、对口相声、群口相声。对口相声生动活泼,是目前流行的主要形式。

　　对口相声的特点是:由甲、乙两个演员表演,一"逗"一"捧"。虽然"逗哏"是主要表演者,"捧哏"是辅助表演者,但"捧"的作用绝不能忽视。他的任务是:有时质疑,有时与甲争论,有时对甲所表述的内容加以补充或发挥,借以起到深化或衬托的作用。

　　相声的表现手法,主要是"说"、"学"、"逗"、"唱"四种。此外,还往往用韵文垛句、小贯口(一口气说出很多人名、书名、地名或其他事物,累累如贯珠)、绕口令、对口词、朗诵诗等来刻画人物、表现主题。

　　创作相声作品,必须掌握它的诙谐幽默的艺术特点。既要有健康的思想内容,不能为逗笑而逗笑;又要"寓庄于谐",巧妙地运用"包袱",在有分寸的笑声中不断提出矛盾、解决矛盾,紧紧地抓住听众。在一段好的相声中,往往要有十几个甚至更多一些的"包袱",先"结"后"抖"。"结"包袱,就是酝酿笑料,为"抖"包袱作好铺垫。"抖"包袱,就是把包袱"甩响",引起哄堂大笑。"结"得好才能"甩"得响。例如《帽子工厂》的开头:

甲　最近有家工厂的货卖不出去了。

乙　工厂的货还有卖不出去的？

甲　没人要。

乙　什么产品？

甲　帽子。

乙　我要！我正好没帽子。

甲　那帽子可大！

乙　帽子大点戴着痛快。

甲　分量重！

乙　那戴着多暖和啊！

甲　你戴上可受不了。

乙　戴帽子有什么受不了的？……我受得了！

甲　戴上可就摘不下来了！

乙　什么帽子？

甲　反革命帽子。

乙　受不了！哪家工厂卖这样帽子？

甲　就是"四人帮"开设的帽子工厂。

　　乙一直认为甲说的是人们保暖用的帽子，所以硬要戴，大也不怕，重也不怕，这就是"结包袱"；及至包袱一抖开，原来甲说的是"四人帮"帽子工厂特制的反革命帽子，就觉得乙硬要戴这种帽子十分好笑，立即迸发出笑声，"包袱"就算"甩响"了。

　　结包袱，多是交叉运用大实话、俏皮话、言出意外、谐音打岔、异物相混、巧妙重复、妙语双关、对比、倒反、比喻、夸张、"误会式"和"解题式"等手法来形象地表达思想，揭示某些事物的本质。例如《狗头军师张》，通篇以"解题式"手法为主，说明张春桥为什么叫"狗头军师"。《解剖》一开头，甲就说"我把江青解剖了"，用的是"妙语双关"手法，乍一听，以为他把江青的肉体解剖了，自然大吃一惊；继续听下去，才知道他是从政治上解剖江青的反革命本质。《帽子工厂》中，甲说"四人帮"制造的帽子花样翻新，名目繁多，其中有一批"马拿扒"帽子，乙纠正说："不，那叫'巴拿马'的草帽。"甲坚持说是"马拿扒"帽子，因为"不管你是革命的老干部，还是青年干部或新干部，只要你不顺着'四人帮'，他们就给你戴上一种帽子，并且马上就能把你的职务扒下来"。这用的是

"谐音打岔"手法。在《写总结》中,甲说他向王代表学习:"王代表挑土我打夯,王代表送饭我端汤,王代表破竹我编筐,王代表上房我上房……"最后这一句就是"言出意外"。乙问:"别忙,上房干什么呀?"甲说:"那是一天晚上,风大雨急,房盖被掀掉了,我和王代表上房加盖。"经过这样解释,听众才觉得"王代表上房我上房"合乎情理,从而了解了王代表和甲的优秀品质。

有些"包袱"不一次抖开,而是经过反复诘问和解释,最后才抖开,这叫"三翻四抖"或"三顶四撞"。例如《鸡蛋哪儿来的》:

甲　最近我经过反复调查,认真思索,才弄清一个不好了解的问题。

乙　什么问题?

甲　现在我才明白,鸡蛋是怎么来的啦。

乙　嗐! 就这个事费这么大劲儿啊? 这谁不知道哇。

甲　你说鸡蛋哪儿来的?

乙　鸡蛋……鸡下的。

甲　对,你吃的鸡蛋是鸡下的,我说的是我们连里的鸡蛋。

乙　噢,你们连里的鸡蛋……那也是鸡下的呀。

甲　不,不是!

乙　不是鸡下的,那就不是鸡蛋。

甲　没错儿,是鸡蛋。

乙　鸡蛋不是鸡下的? 不可能。

甲　我亲眼看见的嘛,下鸡蛋的那个东西这么大个儿。

乙　够肥的,那是"九斤黄"。

甲　老了才黄呢,小的是绿的。

乙　变色的,外国鸡呀! 毛挺长的是吧?

甲　没毛,上边有刺儿。

乙　那是刺猬。有刺猬下蛋的吗?

甲　不,这么大个儿,绿色的,一棱儿一棱儿的,上边有个把儿,把儿上有刺,用它包饺子最好吃啦。

乙　那是南瓜。

甲　对,就是南瓜。我们连里的南瓜下蛋啦!

乙　我越听越糊涂了,到底怎么回事?

甲　是这么回事，拉练宿营北山洼，我帮伙房切南瓜，一刀下去两半啦，哟，叽哩咕噜滚出一堆鸡蛋来，不多不少二十仨。我说："连长，你瞧这南瓜下蛋了。"

乙　啊？南瓜这样儿下蛋啦！

甲　连长过来仔细一瞧："……噢，这是塞进去的。"

甲　南瓜上旋了拳头大小一个洞，把南瓜籽、南瓜瓢掏出来，塞进鸡蛋去，把旋的那块又盖上，外面涂点儿泥，一点看不出来。

乙　这主意真高啊。

甲　连长说："事情很明白，这鸡蛋一定是村里的老乡送给咱们的，怕咱们不要才这么办的。"

乙　这是贫下中农热爱子弟兵的心意啊。

　　甲说鸡蛋不是鸡下的，究竟是怎么回事呢？经过"三翻四抖"，最后才弄清鸡蛋是南瓜下的，是老乡塞在南瓜里，送给连队的；从而生动地表现了贫下中农热爱子弟兵的深情厚谊。

　　"包袱"是相声反映生活的重要手段。优秀相声中成功的"包袱"，都具有强烈的政治思想性和深厚的社会生活内容，既能引人发笑，又能发人深省，从而产生巨大的艺术感染力。所以，精心安排"包袱"，对提高相声作品的质量，具有十分重要的意义。

　　相声作品的结构，也有自己的特点。

　　相声一般由"顶"（或叫"垫话"）、"正话"（或叫"正文"）、"底"（又叫"攒底"或"包袱底儿"）三个部分组成。

　　"顶"是相声的开头，是"垫"在"正话"前面的对话，它必须和正话紧密联系，为正话服务。"顶"写得好，就能给情节的发展创造有利条件，巧妙而自然地引入正题，紧紧地吸引听众的注意力。

　　"正话"是相声的主体，由若干小段落组成。段与段必须环环相扣，"包袱"层出不穷，一浪高一浪地把情节推向高潮，从而有力地表现主题。

　　"底"是相声的收尾。收尾是情节发展的必然结果，收尾有力，可以起到画龙点睛、突出主题的作用。必须把"包袱"甩响，使听众放声大笑，回味无穷，收到十分强烈的艺术效果。如果收尾平淡无奇、枯燥乏味，引不起笑声，那就失败了。相声演员不愿说没有好"底"的相声，因为"无底难下台"。

7. 评书

评书又叫评话或评词,是传统曲艺中历史最悠久、积累最丰富的一种。四川评书有韵脚,但篇幅不长。苏州评话、扬州评话以及北方的评书,因产生地域不同,表演方式也不尽相同。评书与弹词结合成为评弹;评弹与大鼓结合,成为评鼓书。

评书基本上是说故事,它的主要特点是"说",这就决定了它的其他特点:(1)故事性强;(2)人物性格鲜明突出;(3)语言明快活泼、通俗易懂。具备了这些特点,"说"的时候,才能引人入胜,富有感染力,寓教育于娱乐,发挥应有的社会作用。

8. 对口词

对口词是由两个人采取对口接应的表现形式,通过语言和动作的紧密配合,来叙事、抒情、说理、塑造人物形象,从而表现一定主题的曲艺形式。对口词形式短小,语言简洁有力,具有生动活泼、灵活机动的艺术风格。

对口词多用对偶句,而且要押韵。例如《一架望远镜》的开头:

> 合　旭日东升,碧波万顷,
> 　　海鸥飞翔,鹰击长空。
> 甲　一杆火红的军旗迎风招展,
> 乙　一艘威武的战舰破浪航行。
> 甲　江水,滚滚东流一泻千里,
> 乙　蓝天,阳光灿烂万里晴空。

广大工农兵群众在对口词的基础上,又创造了群口词和对口剧的新形式。群口词一般是由一人领,众人合(众人中有时也分甲、乙,参与对词),同样要押韵。

对口剧主要是以对口朗诵形式演出的独幕剧,一般没有布景和道具。情节单一,进展迅速,适于在工农兵群众中随时演出。

第四编 创作方法

第一章 对于创作方法的一般理解

第一节 创作方法和世界观

世界观是人们对于周围世界、对于自然现象和社会现象的一切观点（哲学的、社会政治的、伦理学的、美学的、自然科学的，以及其他一切的观点）的总和，它取决于人们在一定历史时期所处的阶级地位、社会实践和所达到的知识水平。在阶级对抗的社会里，不同阶级的人不可能有统一的世界观。

存在决定意识，意识又反作用于存在。人们的世界观是在一定的阶级地位、一定的社会实践中形成的，反转来又指导着人们的各种实践，包括艺术创作实践。文学艺术的创作方法，是作家在世界观指导下长期从事社会实践和艺术实践的产物，是作家在世界观指导下运用形象思维来反映生活、塑造艺术形象的原则和方法。

世界观与创作方法的关系，可以分两点来说：(1)世界观指导创作方法；(2)创作方法形成之后，又具有相对独立性。

(一)世界观指导创作方法

毛泽东同志总结了文艺创作的规律，阐明了世界观对创作方法的指导作用和创作方法的相对独立性。他一方面要求革命文艺工作者必须"用辩证唯物论和历史唯物论观察世界，观察社会，观察文学艺术"；另一方面又明确指出："马克思主义只能包括而不能代替文艺创作中的现实主义"，"一般的宇宙观也并不等于艺术创作和艺术批评的方法"。这就科学地解决了世界观与创作方法的辩证统一关系问题。

对"马克思主义只能包括而不能代替文艺创作中的现实主义"这句话，必须全面理解。我们必须首先注意"只能包括"；"只能包括"，这就明确地揭示了世界观对创作方法的指导作用。

世界观对创作方法的指导作用,可以从这样几个方面来理解。

（1）作家采用或倾向于哪一种创作方法,一开始就受着世界观的制约。具有进步的世界观或世界观中含有较多的进步因素的作家,才愿意正视现实,才敢于揭露生活中的矛盾与冲突,因而才有可能采用艺术地、不加粉饰地反映生活真实的现实主义的创作方法。具有完全反动的世界观的人,根本不愿和不敢面对现实,更不愿和不敢揭露生活中的矛盾与冲突,因而也就不可能倾向于现实主义。例如拉马丁,他是和巴尔扎克同国度、同时代的作家,但他却违反生活的真实,把资产阶级的"文明"吹得天花乱坠。又如夏多勃里昂,他也是和巴尔扎克同国度、同时代的作家,但他却是消极浪漫主义的代表,幻想拖着历史的尾巴往后拉;如恩格斯所指出,他的作品是"一大堆谎话,不论在形式或是在内容,根本是无中生有"①。而巴尔扎克呢,他尽管在政治上原来是一个保皇党人,但包括工人运动在内的人民运动给他以巨大的影响,使他的世界观发生了转变,产生了进步的因素,因而才走上和拉马丁、夏多勃里昂完全相反的现实主义的道路。

（2）古典作家的世界观往往是矛盾的,不仅世界观中的哲学观点、政治观点、伦理观点、美学观点等各种观点之间有矛盾,而且各种观点本身也可能有矛盾。而这种世界观的矛盾,也必然要鲜明地表现在他们的创作上。一方面,他们的世界观中的进步因素,使他们能够作为现实主义的作家,描写生活的真实;另一方面,他们的世界观中的落后因素,又常常妨碍他们对生活的真实作正确的理解和评价:这样,就使得他们的作品中除了生活的真实反映以外,还会有着体现错误思想的不真实的形象。托尔斯泰、巴尔扎克和曹雪芹的艺术实践,正可以说明这个事实。

托尔斯泰和巴尔扎克的世界观并不是像有些人所说的那样完全反动的,而是有着越来越显著的进步因素,所以他们才能成为伟大的现实主义者。托尔斯泰从小生长在故乡的农村,熟悉农民的生活,因而开始同情农民的命运;在上大学的时代,已经在一篇论文中指出专制和奴役是俄国生活中的"沉重的罪恶"。所以在他早期的创作里,就出现了揭露统治者的罪恶,维护人民的利益的进步倾向。而愈到后来,由于"农村俄国的一切'旧基础'之尖锐地破裂,

_____

① 《马克思恩格斯论文学与艺术》,平明出版社版,第201页。

加强了他的注意力,加深了他对于四周所发生的事情的兴趣,使他的整个世界观发生了一个转变",转而站在"家长制的天真的农民的观点上";①所以在他后期的作品中,对沙皇俄国的各种国家的、教会的、社会的、经济的制度,作了更猛烈、更深刻的批判,成为千百万农民的代言人。

巴尔扎克也是一样。他所关心、所注意的法国工人运动的高涨,给他指出资产阶级社会的不人道和反人民性,教导他懂得了历史的活的辩证法,使他的世界观中成长着进步的因素,这可以从他所写的许多随笔和论文中看出来。比如他在《论工人》这篇论文中,指出那个"商人的国家"是用对金钱的贪欲来支持的,他坚决相信那个由投机者所组成的新贵族必将被愤怒的群众驱逐出去,他认为在即将来临的人民群众与法国统治阶级的冲突中,工人阶级将是革命的突击力量。而这篇论文中的基本思想,鲜明地表现在他的小说《幻灭》中。在这部小说中,他创造了极能吸引人的工人的形象。

另一方面,托尔斯泰和巴尔扎克的世界观中是存在着落后因素的,而那些落后因素,也时常给他们的作品带来损害,有时甚至使他们在某些地方离开了现实主义。例如托尔斯泰的"不抵抗恶"和"迷信基督"的错误观点,有害地表现在他的作品中。《战争与和平》中的卡拉他耶夫,简直是托尔斯泰的宿命论和"不抵抗恶"学说的现身说法人(他爱一切人,甚至爱他的敌人。他毫不以被俘的处境为苦,成天跟同伴们讲他那个"上帝知道真理,但不说出来"的故事。最后,他用乖乖地让法国侵略者开枪打死的结局,实践了"不抵抗恶"的学说)。《复活》中的聂赫留道夫的种种"自我完成"的行为和思想,则简直是"托尔斯泰主义"的形象化。巴尔扎克的在君主政体保护下调和阶级对抗的幻想,也有害地从《人间喜剧》中流露出来。当他描写贵族时,凡是在错误的观点影响下避开生活真实的地方,就只能依据德·阿尔德萨(《卡迪那安王妃的秘密》)或德·爱斯伯尔(《关于托管的事件》)那样的"活的德行"的逻辑思维的公式来写作了。

现实主义杰作《红楼梦》的成就和局限性,同样可以说明世界观对创作方法的指导作用。曹雪芹出生于一个数世显赫的封建贵族家庭,早年有过一段繁华的贵族生活。但他的家族遭受了两次来自统治者的惨重打击——革职、

---

① 列宁:《托尔斯泰与现代工人运动》,见《马克思 恩格斯 列宁 斯大林论文艺》,人民文学出版社版,第104—105页。

削爵、抄家,他亲身经历了从富贵到贫困的急剧变化。晚年住在北京西郊,穷困潦倒,依靠卖画和亲友的接济维持生活。"蓬牖茅椽,绳床瓦灶","满径蓬蒿老不华,举家食粥酒常赊"。社会地位的深刻变化促使他的世界观发生了深刻的转变,使他同情受剥削压迫的下层人民,看清了封建统治者及其卫道士的丑恶嘴脸,从而卓越地运用了现实主义的创作方法,对封建社会展开了多方面的揭露和批判,表现了强烈的反封建的政治倾向。

但是,曹雪芹的世界观中仍然有明显的落后因素。这些落后因素,使他用因果报应、虚无梦幻和精神解脱的陈腐、消极思想去解释他所描写的社会悲剧,以致在某些环节上离开了现实主义的创作方法,给他的创作带来了损害。

世界观对创作方法具有指导作用,这是为古今中外的艺术实践证明了的真理。因此,争取掌握先进的世界观,应该是艺术家的当务之急。那种把世界观和创作方法对立起来,鼓吹反动作家也能写出伟大作品的谬论受到了严肃的批判,乃是理所当然的事。

(二)创作方法一旦形成,就有相对的独立性

毛泽东同志关于世界观不能代替创作方法的论述,关于"诗要用形象思维"的论述,揭示了文艺创作的特殊规律,阐明了创作方法的相对独立性。世界观包括创作方法,这是必须首先肯定的;但它本身并不等于创作方法。创作方法受世界观的制约,同时也受作家的生活实践和艺术实践的制约。先进的创作方法,总是在先进世界观的指导下长期从事生活实践、艺术实践和批判地继承文艺遗产的过程中逐渐形成、逐渐掌握的,决不是脱离社会实践和艺术实践,一伸手就可以拿来的。就是先进的世界观本身,也是在学习马列主义、从事社会实践和艺术实践的过程中逐渐形成、逐渐确立的,而不是头脑中固有的,或者一伸手就可以拿来的。生活实践,包括创作实践,不但影响创作本身,也影响世界观,引起世界观的变化和飞跃。"四人帮"不准作家深入生活,不准谈艺术修养,空喊"世界观决定创作方法",其反动逻辑是:"有了先进的世界观,就自然有了先进的创作方法"。这是十足的先验论。由他们的"先进世界观"决定的所谓"创作方法",不就是"主题先行"、"三突出"、"三陪衬"吗?这一套先验论的货色,对于"四人帮"的御用文人来说,的确是一伸手就可以拿来的。然而这不过是根据"四人帮"的反革命政治纲领编造出来的炮制阴谋文艺的模式,和先进的创作方法毫无共同之处。而这种模式,既然是从"四人帮"的世界观中演绎出来的,也就无所谓独立性。

现实主义的创作方法却与此不同。恩格斯在《致玛·哈克奈斯》中指出："巴尔扎克在政治上是一个正统派"，"他的全部同情都在注定要灭亡的那个阶级方面"。但又指出：巴尔扎克"看到了他心爱的贵族们灭亡的必然性，从而把他们描写成不配有更好命运的人"；"他经常毫不掩饰地加以赞赏的人物，却正是他政治上的死对头，圣玛丽修道院的共和党的英雄们，这些人在那时（1830—1836）的确是代表人民群众的。……他在当时唯一能找到未来的真正的人的地方看到了这样的人，——这一切我认为是现实主义的最伟大胜利之一，是老巴尔扎克最重大的特点之一。"列宁在论托尔斯泰的许多文章中阐明的主要论点，与恩格斯的上述论点也是完全一致的。

"现实主义甚至可以违背作者的见解"而取得"最伟大的胜利"，这说明了古典作家的世界观本身往往存在着矛盾和克服矛盾的斗争，说明了现实主义创作方法具有相对的独立性乃至能动性。巴尔扎克在《〈人间喜剧〉前言》里既声明他"在两种永恒真理的照耀之下写作，那是宗教和君主政体"，又强调作家不仅要"严格摹写现实"，而且要"进一步研究产生这些社会现象的多种原因或一种原因，寻求隐藏在广大的人物、热情和故事里面的意义"。前者表现了他世界观中的落后的政治"见解"，后者则表现了他世界观中进步的唯物观点。由此可见，巴尔扎克的世界观存在着矛盾，并非铁板一块。而他之所以能够遵循现实主义的艺术原则，正是由他世界观中的唯物观点决定的。

那么，创作方法的相对独立性表现在哪里呢？

第一，世界观与创作方法并不是融为一体的、始终一致的东西。有些人在强调世界观对于创作方法的决定作用的时候，没有充分估计到世界观本身可能存在的矛盾及其与创作方法的复杂关系，以致把二者弄成始终一致的、融成一体的东西，仿佛有什么程度的先进的世界观，就跟着有了什么程度的先进的现实主义创作。这尽管貌似革命，实际上却是有害的。在文艺批评方面，这种观点会使批评家单纯根据作家的创作意图评价作品，而无视于作品的艺术性和艺术形象的客观意义。在文艺创作方面，这种观点会使作家孤立地追求先进的世界观，而忽视生活实践和艺术修养。

第二，作家在唯物观点的指引下选择了现实主义的创作方法；而在艺术创作中要严格地遵循现实主义的创作方法，就得正视现实，认真地观察、研究、思考社会生活中的人物、事件以及与此相关的一切，从而产生符合客观实际的感受和认识，纠正、克服原有的"阶级同情和政治偏见"。巴尔扎克的情况正是这样的。他选定了现实主义,而且坚持现实主义忠于生活真实的基本原则。他说:"同实在的现实毫无联系的作品以及这类作品的全属虚构的情节,多半成了世界上的死物,至于根据事实、根据观察、根据亲眼看到的生活中的图画、根据从生活中得出来的结论写的书,却享有永恒的光荣。"他为了"根据事实、根据观察、根据亲眼看到的生活中的图画、根据从生活中得出来的结论"从事创作,不惜"到每一个家庭,到每一个火炉旁去寻找"。他自己曾说:在他笔下,不仅重要人物"确有所本",重要故事"是真的","就是连那些最富于浪漫蒂克气息的、最最少见的事实",也"都取自生活"。① 如列宁所指出:生活、实践的观点,是认识论的首先的和基本的观点。巴尔扎克既然坚持现实主义的创作方法,在进入创作之前深入生活,进行观察和研究,然后"根据亲眼看到的生活中的图画,根据从生活中得出来的结论"从事创作,那么他世界观中原有的落后部分就不能不受到冲击。恩格斯两次用了"看到了",所强调的就是来自生活的东西和先验的东西之间的矛盾及其对先验的东西的冲击。巴尔扎克所爱的、所深切同情的是"贵族们",但"他看到了他心爱的贵族们灭亡的必然性",所以在创作中"就不得不违反自己的阶级同情和政治偏见","从而把他们描写成不配有更好命运的人","当他让他所深切同情的那些贵族男女行动的时候,他的嘲笑是空前尖刻的,他的讽刺是空前辛辣的"。巴尔扎克"在政治上的死对头",是"圣玛丽修道院的共和党的英雄们",但"他在当时唯一能找到未来的真正的人的地方看到了这样的人",所以在创作中也"不得不违反自己的阶级同情和政治偏见",对"这样的人"——"共和党的英雄们","毫不掩饰地加以赞赏"。而这,就是"现实主义的最伟大胜利之一"。

对于一切坚持现实主义创作方法、坚持根据亲眼看到的生活真实进行创作的古典作家来说,现实主义对世界观中的落后部分取得胜利的情况都会发生。认识这一点,而且旗帜鲜明地指出这一点,并不是像有些人所指责的那样"鼓吹修正主义",而是宣传辩证唯物主义的认识论。高尔基在这个问题上发表的意见是十分精辟的,他说:

　　经验愈广大,它里面的主观的、个人的地位就愈狭小……艺术家的社会形象就愈鲜明地显示出来……我们再看一看托尔斯泰:他的任务——

---

① 巴尔扎克:《〈古物陈列室·钢巴拉〉初版序言》。

是给贵族寻找在生活上的应有地位。因此这位作家不能不接触到生活底一切方面，陷入在我们是显明的、具有教育意义的，和他的思想底基础抵触着的一些矛盾，不能不许多次破坏他的思想底完整性，最后，他，人生消极态度底宣教者，不能不承认，而且在《复活》里几乎证实了积极斗争的正确性。①

由此可见，所谓"现实主义的胜利"，并不是什么神秘的东西，这实质上是生活实践的胜利，是无可辩驳的生活逻辑对于违反生活实际的思想逻辑的胜利。这"胜利"是有条件的，条件就是：作家的世界观中确有进步的唯物观点，才能选择现实主义的创作方法；选择了现实主义的创作方法，还必须恪守忠于现实的原则，深入生活，观察、研究生活，积累丰富的生活经验，"根据亲眼看到的生活中的图画，根据从生活中得出来的结论"进行艺术创作。这"胜利"也是有限度的，限度就是作家"看到了"的生活范围；超出了这个范围，现实主义就无能为力，只好让他的"阶级同情和政治偏见"主宰一切了。

现实主义的胜利"是老巴尔扎克最重大的特点之一"，类似巴尔扎克的古典现实主义作家也会有这样的特点。至于自觉地掌握最先进的马克思主义世界观的革命作家，情况就大不相同，他们本没有像巴尔扎克那样的"阶级同情和政治偏见"，他们有条件站在人民的、无产阶级的立场，用马克思主义的世界观认识生活、反映生活。然而尽管如此，仍不应该把世界观和创作方法混为一谈，认为有了先进的世界观，就自然而然地有了先进的创作方法。对于作家来说，先进的世界观是在学习马克思主义、参加社会实践和艺术实践的过程中逐渐形成、逐渐提高的，不强调深入生活，不重视艺术修养，不坚持忠于生活真实的现实主义原则，空喊"世界观决定创作方法"，其结果是既掌握不了先进的世界观，也掌握不了先进的创作方法。

作家柳青根据他的切身经验，多次强调文艺工作者应该上三个"学校"。一是"生活的学校"，就是长期地无条件地全心全意地到工农兵群众的火热斗争中去，和工农兵群众相结合。二是"政治的学校"，就是学习马列主义毛泽东思想和党的方针政策。三是"艺术的学校"，就是向古今中外的典范作品学习。一方面进入生活的境界，另一方面进入艺术的境界，并以当代最先进的世界观

---

① 高尔基：《苏联的文学》，新中国书局版，第77—78页。

将二者结合起来。柳青的这些经验是很宝贵的。同时上好这三个"学校",才能越来越有效地掌握革命现实主义与革命浪漫主义相结合的创作方法,创作出无愧于我们的伟大时代的文艺作品。

第二节　基本的创作方法

正如高尔基在《我的文学修养》中所指出:"文学上有两种基本的潮流或倾向,便是现实主义和浪漫主义。"[①]而在这二者之中,更基本的是现实主义。

对现实主义这一概念,通常有三种用法:一种是指十九世纪欧洲文学发展史上出现在古典主义、浪漫主义之后的一种文学流派,即以巴尔扎克、狄更斯等人为代表的批判的现实主义;一种是指在古今中外文学史上形成和发展的反映现实和构造形象的特定的创作方法,也就是高尔基所说的作为文学的两种基本倾向之一的现实主义;还有一种是把它和真实性,甚至艺术性的概念等同起来,从而用以指一切具有真实性和艺术性的文学作品。

第一种用法,既然是指欧洲文学发展史上的特定的文学流派,因而就不便于用来指具有更大的普遍性的创作方法;第三种用法显然是不妥当的,把现实主义和真实性、艺术性的概念等同起来,那就抹杀了其他的创作方法,特别是浪漫主义的创作方法,其结果是把文学发展史简单地看成现实主义和反现实主义的斗争史。所以,在这里,我们只采取现实主义的第二种用法。

浪漫主义这个概念也有几种用法:一种是指欧洲文学发展史上出现在古典主义之后的一种文学流派;一种是指古今中外的许多作家在艺术地反映现实的时候所采用的基本上一致的创作方法;另一种是指作品的浪漫主义性或浪漫主义色彩(现实主义的作品也可以有浪漫主义性或浪漫主义色彩)。同样的理由,我们在这里只采用浪漫主义的第二种用法。

现实主义和浪漫主义的创作方法,虽然是在文学艺术的创作实践积累了许多经验之后在特定的历史条件下形成的,但它们的某些因素,却在遥远的古代已经出现了。没有那些早已存在的因素,它们的形成是不可能的。

高尔基明确地指出,在古代的神话创作中,就已经产生了现实主义方法和浪漫主义方法的萌芽。他说:

---

① 周扬编:《马克思主义与文艺》,解放社版,第80页。

神话乃是一种虚构。所谓虚构，就是说从既定的现实底总体中抽出它的基本的意义而且用形象体现出来——这样我们就有了现实主义。但是，如果在从既定的现实中所抽出的意义上面再加上——依据假想底逻辑，加以推想——所愿望的，所可能的东西，这样来补充形象，那末我们就有了浪漫主义，这种浪漫主义乃是神话的基础。①

又说：

在原始人底观念中，神并非一种抽象的概念，一种幻想的存在，而是一种武装着某种劳动工具的完全现实的人物，神是某种手艺底能手，人们底教师和同事，神是劳动成绩底艺术的概括……是一种纯粹艺术的创作……神话底创造在自己的基础上乃是现实主义的。②

从古代就已经萌芽的现实主义和浪漫主义的创作方法当然是继续发展的，在不同的历史时期有着不同的特点，但是，从总的倾向上看，它们也有基本的特点。

现实主义的基本特点是：通过对于本质的、具有特征性的生活现象的艺术概括，提供现实的真实图画。具体地说：第一，现实主义所描写的是客观的现实；第二，现实主义在描写现实的时候并不是机械地抄录生活现象，而是对本质的、特征性的生活现象加以典型化；第三，现实主义用生活本身的形式反映生活，它所提供的生活图画，就像生活本身一样真实。

恩格斯在《给哈克奈斯的信》里，提出了现实主义的定义。他说："照我看来，现实主义是除了细节的真实之外，还要正确地表现出典型环境中的典型性格。"③这个定义，无疑是我们研究现实主义的依据。但是对于这个定义，也不应该作教条主义的理解。第一，这个定义，主要适用于戏剧、小说和大型的叙事诗（恩格斯的这个定义，本来是在评论哈克奈斯的小说《城市姑娘》的时候提出的），至于小型的叙事诗和抒情诗，就很难满足这个定义的要求。特别是

---

① 高尔基：《苏联的文学》第28页，新文艺出版社版。
② 高尔基：《苏联的文学》第6页，新中国书局版。
③ 《马克思 恩格斯 列宁 斯大林论文艺》，人民文学出版社版，第20页。

抒情诗,它只要表现出典型环境中的典型情绪,就够得上现实主义的条件。第二,恩格斯的这个定义是对现实主义的最严格的要求,这可以从他给哈克奈斯的同一封信里看出来。在那封信里,他一方面批评《城市姑娘》没有描写出"典型环境中的典型性格",另一方面却承认《城市姑娘》具有"现实主义的真实性",并且赞扬其中的人物之一格朗特先生"是一个杰作"。不过由于没有写出"典型环境中的典型性格",所以他认为"这篇小说还不是充分地现实主义的"。"不是充分地现实主义的",就意味着还是现实主义的。

在我国的文学史上,戏剧、小说出现得比较晚,所以完全符合恩格斯的定义的作品,也只能产生于戏剧、小说发达的时期,像《西厢记》、《水浒》、《红楼梦》、《儒林外史》、《桃花扇》等等,就当得起严格的现实主义的称号而无愧色。至于广义的现实主义,则早在《诗经》时代就已经开始了。在《诗经》中,像《魏风》中的《伐檀》、《硕鼠》,《豳风》中的《东山》,《小雅》中的《正月》、《大东》,《卫风》中的《氓》,《邶风》中的《柏舟》、《谷风》等等,都应该说是现实主义的作品。而汉代乐府民歌中的《战城南》、《十五从军征》、《病妇行》、《东门行》、《羽林郎》、《陌上桑》,特别是长达一千七百八十五字的《孔雀东南飞》,都刻画出鲜明的人物形象,反映了社会生活中的矛盾与冲突,其现实主义的精神是更其明显的。从《诗经》开始的现实主义,在诗歌方面,经过建安诗人、陶渊明、陈子昂而到了杜甫、白居易的手里,已得到很大的发展。在其他方面,司马迁的《史记》中的许多文学性的传记,唐宋的许多传奇小说,宋元话本和元人杂剧中的许多作品,也都具有现实主义的基本特点,为明清戏曲小说中的严格的现实主义的形成提供了必要的条件。

在西欧,广义的现实主义也不是到了文艺复兴时代才有的,早在荷马的《奥德赛》和《伊利亚特》中,就已经具备了现实主义的某些因素。在这两部作品里,我们不仅看见希腊氏族社会瓦解时期的生活方式、风俗习惯、军事制度等等的细节描写,而且看见通过一些写实的场面表现出来的许多英雄人物(如阿契里、奥德赛斯、涅斯托尔等)的典型性格。

当然,现实主义是到了文艺复兴时代才得到充分的发展的,因为艺术地认识和反映现实的创作方法,必然要受人类社会经济和文化技术的发展的制约。文艺复兴时代的反封建的解放运动、资产阶级民族的形成、先进文化和科学的全部发展以及个性解放的斗争,都给现实主义的发展开辟了广阔的道路。但是因此得出现实主义只能从文艺复兴时代开始而不能更早的结论,却是难于令人置信的。

浪漫主义的基本特点是：以现实生活为依据，按照假想的逻辑构造形象，以表现作家的（也可能是人民群众的）理想和希望。具体地说：（1）浪漫主义所描写的主要是希望有、可能有的东西；（2）浪漫主义往往不是用生活本身的形式反映生活，而是用假想的形式反映对于生活的理想。

关于浪漫主义描写理想的这个根本性的特点，许多人都指出过。爱克曼在《歌德谈话录》中提到浪漫主义者席勒的创作是"把观念抬得高过一切自然"①。歌德也指出浪漫主义者雨果的作品是"依着他自己所追求的"来描写的，"全然没有自然和真实"。② 而席勒本人在给朋友的信中也说："从前我在波萨及卡罗斯等人物上，试图用美丽的理想去代替那不足的真实。"③浪漫主义者乔治·桑在《魔沼》中更明确地提出了自己的主张："艺术并非在检视已存的现实，而是在追求理想的真实。"④

浪漫主义由于主要是反映对生活的理想，所以往往（不是常常）采取假想的表现形式。例如屈原的《离骚》，其中的主人公由于忠而见忌，抑郁彷徨而莫知所适，于是渡沅湘南征，在重华的灵魂面前诉说衷曲，重华却默无一语，于是乘虬鹭凭埃风而上达天门，但帝阍紧闭，不能进去；于是渡白水，登阆风，寻求宓妃与有虞之二姚，而理弱媒拙，一无所成；但他仍不绝望，最后从灵氛之吉占，打算"远逝以自疏"，于是又升到天上，"聊假日以娱乐"；然而他并不是一个遁世主义者，在天上望见故国，又悲伤起来，"仆夫悲余马怀兮，蜷局顾而不行"……这种"上下求索"理想的假想的表现形式，是和现实主义所采取的生活本身的形式迥然不同的。

浪漫主义作品的假想的形式也是依据现实生活创造出来的，因而可以塑造典型形象，反映生活真实。《离骚》中的热烈地追求理想的主人公及其遭遇，是有典型性的。

必须指出：浪漫主义也可以采取生活本身的表现形式（像歌德的《少年维特之烦恼》）；而采取假想的表现形式的，也并不都是浪漫主义的作品（像许多

---

① 爱克曼:《歌德谈话录》,第22页。

② 爱克曼:《歌德谈话录》,第266页。

③ 《席勒评传》,国际文化服务社版,第55页。

④ 勃兰兑斯:《法国作家评传》,第1页。

寓言类的作品）。所以表现理想，表现希望，还是浪漫主义的最根本的特点。

因为浪漫主义主要是表现对生活的理想；而理想，有合于生活发展倾向的，也有违反生活发展倾向的，所以浪漫主义在本质上就有积极的和消极的区别。高尔基说：

> 在浪漫主义里面，我们也必须分别清楚两个极端不同的倾向：一个是消极的浪漫主义，它或者粉饰现实，想使人和现实相妥协；或者是使人逃避现实，堕入到自己内心世界的无益的深渊中去，堕入到"人生的命运之谜"，爱与死等思想中去，——堕入到不能用"思辨"、直观的方法来解决，而只能由科学来解决的谜之中去。积极的浪漫主义，则企图加强人的生活的意志，唤起他心中对于现实、对于现实的一切压迫的反抗心。①

积极的浪漫主义是一种优秀的创作方法。一方面，它是建立在现实的基础之上的，它写的是合乎现实发展倾向的理想；另一方面，因为它写的是合乎现实发展倾向的理想，它在艺术形象中竭力表现人的崇高的使命及其为实现理想而作的斗争，所以能够强有力地激起人们对于现实的革命态度，从而走向改变现实的斗争。

积极的浪漫主义这种创作方法是更适合于诗歌，特别是抒情诗的创作的。在应用于小说、戏剧之类的创作的时候，因为过于看重理想的表现，就有可能写出概念化的人物。席勒的某些作品就有概念化的缺点，所以马克思劝告拉萨尔不要像席勒那样把人物写成"时代精神的单纯号筒"，恩格斯也告诉拉萨尔"不应该为了理想而忘掉现实，为了席勒而忘掉莎士比亚"。但是，这绝不是说浪漫主义的方法不可能写出真实的人物来。汤显祖在《牡丹亭》中塑造的"为情而死，为情而生"的杜丽娘的形象，吴承恩在《西游记》中塑造的大闹天宫的孙悟空的形象，都是十分真实的，都具有显明的个性特征。

积极的浪漫主义在文学史上是一个具有独立性的创作方法，把它作为现实主义的特征之一而包括在现实主义之内是不应该的；但是积极的浪漫主义和现实主义也并不是绝对对立的。许多优秀的作家，时而写出现实主义的作品，时而写出浪漫主义的作品，时而在一部作品中把现实主义和浪漫主义结合

---

① 高尔基：《我怎样学习写作》，三联书店版，第12页。

起来。例如巴尔扎克,既写过像《高老头》、《欧也妮·葛郎台》这样的现实主义作品,也写过像《驴皮记》、《朱安党人》这样的浪漫主义色彩很浓的作品。又如李白,他是公认的浪漫主义诗人,写过《将进酒》、《梦游天姥吟留别》等许多著名的浪漫主义诗篇,但他的《丁督护歌》、《古风·大风扬飞尘》等,却是现实主义的。法国古典小说《巴黎圣母院》,我国古典小说《水浒》,则都兼有现实主义和浪漫主义的特点。至于杜甫,这是公认的现实主义诗人,但在他的诗集中,浪漫主义的作品和结合着浪漫主义因素的现实主义作品也并不少。例如《凤凰台》:

> 亭亭凤凰台,北对西康州。西伯今寂寞,凤声亦悠悠。
> 山峻路绝踪,石林气高浮。安得万丈梯,为君上上头。
> 恐有无母雏,饥寒日啾啾。我能剖心血,饮啄慰孤愁。
> 心以当竹实,炯然无外求。血以当醴泉,岂徒比清流。
> 所重王者瑞,敢辞微命休?坐看彩翮长,举意八极周。
> 自天衔瑞图,飞下十二楼。图以奉至尊,凤以垂鸿猷。
> 再光中兴业,一洗苍生忧。深衷正为此,群盗何淹留?

这篇诗中的那个愿意拿自己的心血喂养凤雏,使它从天上衔来"瑞图","再光中兴业,一洗苍生忧"的抒情主人公的形象,是和高尔基所创造的把自己的心摘下来高举在头上,让它烧得像太阳那样辉煌,以赶走人间的黑暗的唐柯的形象十分相像的。至于关汉卿的杂剧《窦娥冤》,汤显祖的传奇《牡丹亭》,洪昇的传奇《长生殿》,以及地方戏中的《天仙配》、《白蛇传》、《梁山伯与祝英台》等等,都是现实主义和浪漫主义相结合的作品。

第三节　创作方法的继承和革新

"艺术地认识现实"的方法和"科学地认识现实"的方法虽然各有不同,但却是互相关联的。随着社会经济和文化的发展,"艺术地认识现实"的方法和"科学地认识现实"的方法一样,也在不断地发展。而这种发展,一方面是对以前的方法的继承,一方面是对以前的方法的革新。而革新,也是在继承的基础上进行的。

从《诗经》开始的诗歌中的现实主义方法,到杜甫手里得到了显著的发展,而杜甫之所以能够显著地发展现实主义的方法,除了得益于他的生活条件和思想条件而外,还由于他不知疲倦地学习文学遗产,对《诗经》以后的现实主义传统加以综合。从他的"论诗"的作品中,可以看出他是对以前的所有重要诗人、重要作品都进行过研究,从而吸取了有用的东西的。

马克思和恩格斯都指出:要进一步地促进现实主义的发展,必须将艺术传统加以广泛的综合。马克思在给拉萨尔的信中要求"把最现代的思想表现在最纯粹的形式中",要求"必须更加莎士比亚化"。① 恩格斯在给拉萨尔的信中提出:应该把"巨大的思想深度和意识到的历史内容,同莎士比亚式的情节的生动性和丰富性"完美地融合起来。②

"巨大的思想深度和意识到的历史内容",这在启蒙运动时代的现实主义创作中已经得到了表现,但启蒙运动时代的现实主义的弱点是缺乏个性化。因此,恩格斯主张把启蒙运动时代的现实主义传统和莎士比亚的现实主义传统综合起来,加以继承。

社会主义现实主义,正是在新的历史阶段上,在新的高度综合中继承了优秀的艺术传统而产生的新的创作方法。

无产阶级是一切优秀的文学艺术遗产的合法的继承者。日丹诺夫说:"无产阶级,也正像在物质和精神文化的其他部门里一样,是世界文学宝库中全部优秀东西的唯一继承者,资产阶级浪费了文学遗产,我们必须把它仔细地收集起来,加以研究,而且批判地接受下来,向前推进。"③毛泽东也说:"我们必须继承一切优秀的文学艺术遗产,批判地吸收其中一切有益的东西,作为我们从此时此地的人民生活中的文学艺术原料创造作品时候的借鉴。有这个借鉴和没有这个借鉴是不同的,这里有文野之分,粗细之分,高低之分,快慢之分,所以我们决不可拒绝继承和借鉴古人和外国人,那怕是封建阶级和资产阶级的东西。"④这都说明了继承遗产的重要性。苏联的文艺学家都强调指出苏联的社会主义现实主义是在继承俄国古典文学和世界古典文学遗产的基础上形

---

① 《马克思 恩格斯 列宁 斯大林论文艺》,人民文学出版社版,第7页。

② 《马克思 恩格斯 列宁 斯大林论文艺》,人民文学出版社版,第12页。

③ 日丹诺夫:《在第一次苏联作家代表大会上的讲演》,见《苏联文学艺术问题》,人民文学出版社版,第28页。

④ 《毛泽东选集》第3卷,第882页。

成、发展起来的;苏联作家协会的章程上就明确地指出社会主义现实主义的创作方法,"一方面是过去文学遗产的批判的摄取之结果"①。我国"五四"以来的社会主义现实主义,也是如此。它是适应着中国革命的性质和任务,在批判地继承中国古典现实主义文学传统和创造性地吸收外国文学经验的基础上形成、发展起来的。有些人认为"五四"新文学中的现实主义是完全来自外国的东西,完全否认"五四"新文学运动对于中国文学传统的继承关系,这种对待祖国文学遗产的虚无主义的态度是非马克思主义的。

社会主义现实主义对于过去的现实主义有继承的一面,但也有革新的一面。我们通常所说的"批判地继承"或"创造性地继承",就意味着革新,而不意味着"硬搬"。毛泽东说:"……继承和借鉴决不可以变成替代自己的创造,这是决不能替代的。文学艺术中对于古人和外国人的毫无批判地硬搬和模仿,乃是最没有出息的最害人的文学教条主义和艺术教条主义。"②社会主义现实主义绝不是旧现实主义的"毫无批判地硬搬和模仿"。无产阶级根据新的现实,根据革命实践的任务,根据自己的立场、观点,把旧现实主义加以改造和革新,吸收了它的优点而扬弃了它的缺点,并给它以科学的革命的共产主义的世界观,给它以为无产阶级和人民大众服务的立场,给它以党性原则。这样,就把旧现实主义变成了新现实主义——社会主义现实主义。苏联作家协会的章程上说:

> 在无产阶级专政的几年间,苏维埃文学和苏维埃文学批评,与工人阶级齐步前进,而且由共产党所领导,已经创造出了自己新的创作的原则。这些创作的原则,一方面是过去文学遗产的批判的摄取之结果,另一方面根据对于社会主义的胜利建设与社会主义文化的成长之研究,在社会主义现实主义的原则中找出了它们的主要表现。③

这段话对社会主义现实主义的继承性和革新性说得非常明白。有些人认为"前社会主义时代的现实主义与社会主义时代的现实主义在创作方法上是

---

① 周扬编:《马克思主义与文艺》,解放社版,第 326 页。

② 《毛泽东选集》第 3 卷,第 882 页。

③ 周扬编:《马克思主义与文艺》,解放社版,第 326 页。

没有、也不可能有什么区别的"①,因而主张用"社会主义时代的现实主义"这个概念代替社会主义现实主义的概念,这显然是不正确的。

第四节 创作方法与文学的风格、流派

文学的创作方法是作家认识、选择、概括和评价生活事实,以构造艺术形象的基本原则。构造形象的原则不同,文学作品的风格也自然不同。浪漫主义作品的风格和现实主义作品的风格显然是各有特点的。

但这并不等于说一种创作方法只能产生一种文学风格。同是古典现实主义诗人,杜甫、白居易、陆游、辛弃疾的文学风格存在着多么大的差别;同是批判现实主义作家,巴尔扎克、狄更斯、果戈理、契诃夫的文学风格又显示出多么大的殊异;同样是社会主义现实主义作家,高尔基、马雅可夫斯基、奥斯特洛夫斯基、法捷耶夫的文学风格又多么不同;我国的革命文艺工作者,柳青、赵树理、周立波、曲波、梁斌、吴强、杜鹏程、王汶石、茹志鹃等等都具有多么显著的个人风格。根据风格的特点,我们用不着看他们的署名,就可以丝毫不差地把他们的作品区别开来。

作家的个人风格是由他的创作个性决定的。每一个作家都有他的独特的创作个性,所以每一个作家的作品都有独特的个人风格。

作家的独特的性格、气质、生活和斗争的经验、政治态度和思想倾向,乃至艺术技巧、艺术爱好、艺术手法和他所处的社会环境,都会表现在他的作品中,给他的作品打上独特的烙印。

作家的风格既然是作家的创作个性的表现,所以作家是一个什么样的人,就关系着风格的高下。鲁迅说得好:"我以为根本问题是在作者可是一个'革命人',倘是的,则无论写的是什么事件,用的是什么材料,即都是'革命文学'。从喷泉里出来的都是水,从血管里出来的都是血。"

在具体作品里,作家的创作个性表现在材料的选择和主题的提炼上,表现在人物、情节的典型化上,表现在对于被描写的性格和生活现象的评价以及叙述的语言上,也表现在艺术结构上,所以作品的风格,是从作品的内容和形式、思想和艺术的统一中表现出来的,它在很大的程度上决定着作品的艺术价值。

---

① 周勃:《论现实主义及其在社会主义时代的发展》,载《长江文艺》1958 年 12 月号。

马克思是十分重视作品的风格的,他在评论普鲁东的《什么是财产》一书时说:"在这部作品中……还有强有力的风格占着优势。这种风格,我认为是它的主要优点。"在评论同一作者的另一部书《贫困的哲学》时,则指出它的风格"完全是浮夸的……投机分子唱高调的胡说八道……菜市上大吹大擂做广告的口吻"①。他指出这种浮夸的风格,正暴露了作者哲学思想的贫乏。

因为风格是作者的创作个性的表现,所以有多少作家便有多少风格。没有个人风格,那就算不了作家。公式化的作品是没有独特的风格的,因为它的作者并没有表现出他的独创性,而只是模拟别人;模拟别人的作者怎么能算作家呢?关于这一点,我国的许多古典批评家和文学家都尖锐地指出过。例如公安派的袁宗道在《论文》中说:

> 爇香者,沉则沉烟,檀则檀气,何也?其性异也。奏乐者,钟不借鼓响,鼓不假钟音,何也?其器殊也。文章亦然。有一派学问,则酿出一种意见;有一种意见,则创出一般言语。无意见则虚浮,虚浮则雷同矣。故大喜者必绝倒,大哀者必号痛,大怒者必叫吼动地,发上指冠。惟戏场中人,心中本无可喜事,而欲强笑;亦无可哀事,而欲强哭;其势不得不假借模拟耳。

袁宗道在这里指出作家如果有独到的见解和深切的感受,自然就有独特的风格;没有独到的见解和深切的感受,就只能模拟别人,只能写出公式化(所谓"雷同")的作品,是很有见地的。

我国古代的批评家,很注意风格的多样化。刘勰在《文心雕龙》的《体性》篇中指出:由于作者的"才有庸隽,气有刚柔,学有浅深,习有雅郑",所以他们的文章,"各师成心,其异如面"。并且举例说:

> 贾生俊发,故文洁而体清;长卿傲诞,故理侈而辞溢;子云沉寂,故志隐而味深;子政简易,故趣昭而事博;孟坚雅懿,故裁密而思靡;平子淹通,故虑周而藻密;仲宣躁锐,故颖出而才果;公干气褊,故言壮而情骇;嗣宗

---

① 转引自《斯大林论语言学著作与苏联文艺学问题》,时代出版社版,第18页。

傲傥，故响逸而调远；叔夜俊侠，故兴高而采烈；安仁轻敏，故锋发而韵流；士衡矜重，故情繁而辞隐……

这说明不模拟别人的作家，总是有独特的个人风格的。

一个优秀作家在创作上形成与其他作家相区别的独特艺术风格，这是他的创作趋于成熟的重要标志。

作家的独创性表现在每写一部作品，都要深入现实，发现并提炼前人尚未发现、尚未提炼过的生活矿藏。所以他既不模仿别人，也不抄袭自己。别林斯基曾说："在真正艺术的作品中，所有形象都是新颖的、独创的，没有任何形象重复其他形象，而是每个形象，都有其各自的生命，一个艺术家的作品尽管如何多种多样，他在任何一部作品或任何一笔线条上都不会重复自己的。"因此，一个成熟作家的所有作品，与其他作家的作品相比较，都有其独特的风格，这是他的艺术风格的统一性；而他的每一篇、每一部作品，又各有特色，互不雷同，这又是他的风格的多样性。王安石曾说杜甫的佚诗，"每一篇出"，他"辄能辨之"。就由于杜甫的诗歌风格具有统一性。王安石又说杜甫的诗，"有平淡简易者；有绵丽精确者；有严重威武，若三军之帅者；有奋迅驰骤，若罢驾之马者；有淡泊闲静，若山谷隐士者；有风流蕴藉，若贵介公子者"。这说明了杜甫的诗歌风格的多样性。茅盾曾经指出：鲁迅作品的统一风格是"洗炼、峭拔而又幽默"。又指出："统一的独特的艺术风格只是鲁迅作品的一面，在另一面，鲁迅作品的艺术意境却又是多种多样的。举例而言，金刚怒目的《狂人日记》不同于谈言微中的《端午节》，含泪微笑的《在酒楼上》亦有别于沉痛控诉的《祝福》。"一切成熟的作家都是这样。陈毅同志的诗，如"此去泉台招旧部，旌旗十万斩阎罗"，多么悲壮！如"刀丛出入历艰辛，且喜刀丛自有春"，多么豪迈！如"试看千里春波绿，宜林宜牧宜稻粱"，又何其秀丽！

一定时代的文学反映一定时代的社会生活，又受一定时代的物质文明、精神文明等许多条件的制约和影响，因此，某一时代的许多作家各有个人风格，但又在不同程度上体现着时代风格。刘勰在《文心雕龙·时序》篇中从"歌谣文理，与世推移"，"文变染乎世情，兴废系乎时序"的唯物观点出发，叙述、说明了自陶唐至南齐各个不同时代的文学具有不同的面貌和特色。例如他讲到"建安文学"时说："观其时文，雅好慷慨，良由世积乱离，风衰俗怨，并志深而笔长,故梗概而多气也。"这实际上阐明了时代风格。如果再溯其渊源,那么《毛诗序》和《礼记·乐记》里所说的"治世之音安以乐"、"乱世之音怨以怒"、"亡国之音哀以思";究其发展,那么严羽在《沧浪诗话·诗体》里所说的"以时而论,则有建安体、黄初体、正始体……"以及胡应麟在《诗薮·内编》里所说的"风格体裁,人以代异"等等,都谈的是时代风格。

艺术风格既有时代性,又有阶级色彩和民族特点。我们所要求的是建立在"社会主义内容、民族形式"这个共同基础上的表现新的时代精神的个人风格。每一个作家都应该形成自己的独特风格,又必须体现我们的时代精神和"新鲜活泼,为中国老百姓所喜闻乐见的中国作风和中国气派"。

风格的多样性,是和题材、形式(体裁)的多样性联系在一起的。一个时代的文学如果在题材、形式、风格方面表现出多样性,那就是那个时代文学繁荣的标志之一。胡应麟在《诗薮·外编》里说得好:

> 甚矣,诗之盛于唐也!其体,则三、四、五言,六、七、杂言,乐府、歌行、近体、绝句,靡弗备矣;其格,则高、卑、远、近、浓、淡、浅、深、巨、细、精、粗、巧、拙、强、弱,靡弗具矣;其调,则飘逸、雄浑、沉深、博大、绮丽、幽闲、新奇、猥琐,靡弗具矣。……

从其体、其格、其调的多样性着眼,赞叹诗之"盛",这是很有眼力的。

既然"风格即人",有什么样的人格,就有什么样的艺术风格,那么艺术风格就必然有优劣高下之分。我国古代的文论家如刘勰等人,正是从"才有庸俊,气有刚柔,学有浅深,习有雅郑",因而其文艺创作"各师成心,其异如面"的观点出发,既提倡风格的多样性,又批判"轻靡"、"浮艳"、"猥琐"等不健康的风格的。

对于不同作家的一切好的风格,我国古代优秀的文论家都反对"偏嗜",而主张相互推重。尚镕在《持雅堂文集·书〈典论论文〉后》里认为"才学兼众人之长,斯赏识忘一己之美"。他举例说:"少陵(杜甫)于李白、元结、王、孟、高、岑,无不推重。香山(白居易)于张籍之古淡、昌黎之雄奥、李义山之精丽,无不推重。"像杜甫、白居易这样对同时代的诗人们的一切好的风格"无不推重",不存门户之见的作风,一向为人们所赞赏。与此相反的,则受到人们的批评。

薛雪在《一瓢诗话》里说：

> 从来偏嗜最为小见。如喜清幽者，则绌痛快淋漓之作为愤激，为叫嚣；喜苍劲者，必恶宛转悠扬之音为纤巧，为卑靡。殊不知天地赋物，飞潜动植，各有一性，何莫非两间生气以成此？

> 人之诗犹物之鸣。莺鸣于春，蛩鸣于秋。必曰莺声佳，可学，使四季万物皆作莺声，又曰蛩声佳，当学，使四季万物皆作蛩声；是因人之偏嗜，而使天地四时皆废，岂不大怪乎？

在封建社会和资本主义社会里，统治阶级常常用各种手段压制作家的个人风格。马克思在《略论最近的普鲁士检查法令》一文中说："法律允许我写作，但不是用我自己的本来所有的风格，而是用一种别的什么风格来写作。我有权利显现自己的精神面貌，但是应该给它添上几道规定的皱纹。"又说："我是幽默作家，但法律吩咐我严肃地写。我热情，但是法律命令要我的风格朴素。灰色中的灰色——这就是唯一获得批准的自由的颜色。"[1]国民党统治时期的中国也是一样。例如鲁迅的杂文，因为要避免审查官的注意，就不得不写得"隐晦曲折"，甚至不得不预先"抽去几个骨头"。万恶的"四人帮"继承了地主资产阶级反动统治者的衣钵，独霸文坛，在政治上规定反动内容，在艺术上规定僵死的框框，指令文艺工作者依法炮制，造成了千篇一律、千部一腔、千人一面的八股文风，美其名曰"一花独放"，实际上是毒草丛生，百花都没有了。

正如列宁在提出文化事业的任务时所说：不是为"几万上等人"服务，而是为千千万万劳动人民服务的无产阶级文化是真正自由的文化，在这一方面，"绝对必须保证个人创造性、个人爱好的广大的空间，思想和幻想、形式和内容的广大的空间"。[2] 毛泽东同志早在《讲话》中就明确指出："在团结抗日的大原则下，应该容许各种各色艺术品的自由竞争。"在社会主义革命时期，又提出了"百花齐放，百家争鸣"的方针，极大地促进了社会主义文艺的发展。我们必须坚决清除"四人帮"的法西斯禁锢政策的余毒，大力贯彻"双百"方针，在共

---

① 转引自《斯大林语言学的著作与苏联文艺学问题》，时代出版社版，第18页。

② 《马克思 恩格斯 列宁 斯大林论文艺》，人民文学出版社版，第71页。

同体现社会主义时代风格的前提下,发展各有特色的个人风格。我们的原则是革命方向的一致性和艺术风格多样性的统一。每个作家,都应该用自己独特的艺术风格反映丰富多彩的社会生活,为社会主义文艺园圃增加新的花色品种。

不同的创作方法,当然产生不同的文艺流派。在同一种创作方法的指导下,也可以产生不同的文艺流派;某些作家由于在生活经验和艺术爱好等方面彼此近似,可以形成一个流派;另一些作家由于在生活经验和艺术爱好等方面彼此近似,可以形成另一个流派。同一流派的作家各有其个人风格,但和另一流派的作家比较起来,他们的风格又有某些类似的特征。不同流派的创作竞赛,是有利于促进社会主义文艺的发展的。

第二章 古典主义

第一节 古典主义的历史环境

如在前一章所说,现实主义是最基本的文学潮流。它成为有意识的创作方法,虽然是十九世纪以后的事,但它的萌芽,早在古代就已经产生了。到了文艺复兴时代,由于新的资本主义关系已经开始形成,因而在艺术中产生了现实主义的新形式。这一时期的现实主义在思想内容上有反封建的倾向和人道主义的性质。艺术家力图摆脱中世纪的经院哲学的宗教观念,而把现实世界和活生生的个人作为创作对象。

古典主义并不是非常独特的创作方法,而是现实主义在发展中受了特定的历史环境的制约而产生的一个支流。古典主义者是向古代的希腊、罗马文学学习的,同时又继承了文艺复兴时期的现实主义者反对经院哲学和教会教义的传统。他们描写具有重大社会意义的主题,宣扬英雄主义,宣扬个人利益服从社会利益的公民理想。

古典主义风行于十七、十八世纪的欧洲,特别是法国。在十七世纪时,欧洲的许多国家,特别是法国,由于商业资本的发达,货币被视为主要的财富。为了获得并积累大量的货币,所以要发展国外贸易。作为国家贸易的主要商品是谷物和工业生产品(主要是奢侈品)。而买卖谷物的是一部分贵族地主,经营工业生产的是商业资产阶级。这就使一部分贵族地主和商业资产阶级结合起来,成为国家的支柱。他们反对教皇统治和等级的君主政体,拥护王国,使其从教皇和贵族的手里夺得政权,以确立其有利于发展工商业和国外贸易的所谓"重商主义"的经济组织。这种经济组织,要求严格的规则法制:就对国外的关系而论,要求制定保护关税、限制外国商品输入的法规,以便有利于使本国货物卖于外国;就对国内而论,国家使加工工业依从法律规定,这种法律规定独裁地处理生产者们的资本,它决定了能许可何人劳动,以及在生产的时候,能够使用何种材料等等。农业生产品的买卖,也得服从政府的法规。

适应着这种"重商主义"的经济组织,便产生了"绝对主义"的或"独裁"的君主政治。它要求地方组织绝对地服从中央。中央所制定的法规,指导着一切生活。

古典主义,就是这种"重商主义"的经济组织和"绝对主义"的政治组织在文学创作上的反映。法国路易十三世的国务大臣兼枢密官黎塞留创立了法兰西学院,其任务是确立作家在创作上必须遵守的规则,使其为"绝对主义"的政治服务。

第二节　古典主义的主要特征

古典主义的主要特征,约有四点:

(一)摹仿古典

所谓古典主义,首先是由于它以希腊、罗马的古典文学为典范从事摹仿而得名的。它的主要规律,也是从希腊哲学家亚里士多德的《诗学》和罗马诗人何瑞司的《诗的艺术》中归纳出来的(是根据自己的需要归纳出来的,所以对原著的精神稍有歪曲)。

(二)遵循理性

亚里士多德规定文学艺术是自然之摹仿,这给古典主义者以重大的影响。古典主义者把亚里士多德的摹仿自然变成遵循理性。除了卓越的古典主义大师拉辛、莫里哀等具有唯物论思想而外,许多古典主义作家的重要思想基础是十七世纪很有势力的唯理论。唯理论者认为理性是真正知识的唯一源泉,否认经验(感性知识)在认识过程中的必要性。古典主义的主要精神,就是波阿罗在他的被称为"古典主义的大教科书"的《诗学》中所说的:"用理性的眼光来看人类的本性,然后用古代的形式来表现。"简单地说,就是用古典的形式表现理性。

古典主义者所说的"理性"就是"人间性",他们把这看做文学描写的唯一对象。波阿罗在《诗学》中说:"不可离开人间性,因为它是诸君唯一的研究对象。"而这种人间性,即理性,实际上是指适合君权绝对主义要求的社会道德,诸如勇敢、忠诚等等。

古典主义者所描写的既然是所谓理性即道德规范,因而他们中的有些人虽然也是从生活出发的,但真实的生活现象却被有条件地加以修改、加以理想化。因此,古典主义作品中的人物,大都是某种美德(所歌颂的)或恶德(所批判的)的拟人化,缺乏鲜明的个性。

(三)要求严正的风格

这可以分几点来谈:(1)戏曲的构造必须遵守"三一律"。亚里士多德在《诗学》中主张戏曲要有几何学的限度,古典主义者便演绎为"三一律"。所谓"三一律",是指时间的一致(情节的发展不得超过一昼夜),地点的一致(人物的行动必须在同一场所:一室,一街,至多一个城市),行动的一致(剧中的事件和人物都须依一个主题进行)。"三一律"的应用,使戏曲作品的风格具有一种特殊的均齐性和明了性;(2)除在喜剧中容许下层人物登场以外,在其他文学样式(悲剧、叙事诗、颂歌)中,应该写上流社会的人物,即应该以所谓"崇高的"和"文雅的"事物为题材;(3)除喜剧外(因为喜剧中容许下层人物登场),必须运用"优美"、"高贵"的语言。在古典主义的悲剧中,国王和其他人物都讲着庄严矜重的语言,甚至儿童讲着成人的语言,古代历史人物讲着十八世纪法国宫廷的语言。

(四)力图描写具有重大社会意义的题材;公民的义务和理智战胜自发的个人主义倾向,乃是艺术的基本主题

第三节　古典主义的发展和演变

古典主义在法国形成得比较早。在法国早期的古典主义作家中,高乃依特别是拉辛,占有崇高的地位。他们的悲剧创作具有健全的现实主义的基础,这主要表现在:通过人物的心理冲突及其解决的描写,展示人物的性格。他们常常描写私人感情和国家义务的冲突,并且用崇高的公民的爱国主义精神去解决这种冲突。

在法国古典主义的全盛时期,莫里哀带着他的喜剧登上文坛。他继承和发展了现实主义传统,在自己的创作中力图使古典主义的美学接近生活。他常常从民间滑稽剧和短歌中汲取情节,写成讽刺当时社会生活的喜剧。他的讽刺力量越来越强,在晚期的创作《悭吝人》和《达尔秋夫》中,揭露了资产阶级社会中金钱的罪恶和资产阶级的伪善。可以看出,这些创作已经开了批判现实主义的先河。

在君主专政发生危机和十八世纪末法国资产阶级革命的酝酿时期,古典主义分成两个对立的流派:一个是忽视人民利益的贵族派,这一派别的作者越来越脱离现实,其创作的手法和体裁也跟着流于公式化,以致完全走到堕落的

路上去了;另一个是与资产阶级启蒙运动相关联的派别,这一派给民族统一原则以新的意义,反映了资产阶级革命争取共和国的斗争和反暴政的斗争。伏尔泰就是这一派别的重要作家。在这一派别的创作中,古典主义获得了新的现实主义的成分。

第四节　古典主义的局限性

古典主义是在商业资产阶级和从事商业的一部分贵族地主相结合,反对纯粹封建贵族,反对教会势力,争取发展工商业和建立民族统一的近代国家的斗争中确立起来的。它的哲学根据是加桑狄的唯物论和笛卡儿的唯理主义。就其主要倾向看,它在当时是有进步性的。古典主义者在为由民族统一观念带来的"绝对主义"的政治服务的时候,表现了新和旧的斗争,表现了人们对国家的责任和个人的感情之间的冲突,同时,他们是把新的意识、把对国家的责任,放在首要地位而加以肯定的。在古典主义的进步作家(如拉辛、拉马丁、莫里哀、伏尔泰)的创作实践中所体现的创作方法,推进了文学和生活的接近,满足了历史斗争的要求。

但古典主义是有严重局限性的:(1)它描写的对象只限于适合宫廷趣味和城市趣味的事物;(2)人物是概念化、类型化的,缺乏个性和历史具体性;(3)规格太严。例如"三一律",虽然像拉辛的著名悲剧《昂朵马格》所表明的那样,恰当地运用,可以使剧情更紧凑、结构更精练,但毕竟限制太严,不利于反映广阔的生活。如巴尔扎克在《司汤达研究》中所说:"我们不相信十七十八世纪文学的严格的方法可以描写现代社会。"古典主义的局限性在"绝对主义"的君主政体脱离国家、民族发展的利益以后(十七世纪末叶以后)表现得更加明显;而在法国革命以后,它就再没有进步意义可言了。

第三章　　浪漫主义

第一节　浪漫主义的历史环境

　　如在前面所说,浪漫主义是文学上的两种基本"潮流"之一,它不是仅仅存在于某一时代的东西,但在十八世纪末至十九世纪初,由于特殊的历史条件,它成为风靡英、德、法等国的占有支配势力的文学方法。

　　十八世纪末至十九世纪初,由于工业的迅速发展,特别是由于产业革命的完成,首先在英国,然后在法、德等国产生了工业资产阶级。这个阶级夺取了封建贵族阶级的统治地位,摧毁了旧的经济基础,使社会的阶级关系和思想倾向发生了很大的变化:贵族阶级因失掉统治权而惆怅迷惘,因而就追怀过去,或逃避到神秘主义的幻想的世界里去;小资产阶级因受资本主义的压迫而愤懑不平,因而就悲悼理想化了的过去,或沉湎于未来的空想;资产阶级则因自己的统治地位还不够巩固,便用夸张的形式,在生活的各个领域中提出自己的愿望和要求……这种种思想倾向反映在文学上,就构成了这一时期浪漫主义的各色各样的内容。

第二节　浪漫主义的主要特征

　　既然不同的思想倾向导致了不同的浪漫主义,就不可能笼统地谈论浪漫主义的特征。如法捷耶夫所说:"有许多关于浪漫主义和浪漫文学的旧学派和'教授式'的定义存在着。但这些定义的缺点在于它们企图把许多完全各不相同的现象都包括在一起。"[①]必须着重指出,把各不相同的浪漫主义合在一起谈论它们的特征,是不能解决问题的,我们应该根据高尔基所下的定义,把积极的浪漫主义和消极的浪漫主义区别开来。

[①]　法捷耶夫:《苏联文学批评的任务》,三联书店版,第6页。

（一）消极的浪漫主义

在这一时期,有着反映没落的贵族阶级的思想倾向的消极的浪漫主义。在德国,如诺瓦里斯(1772—1801)的小说《亨利慈·封·奥夫特丁根》,以中世纪为背景,充满着基督教的神秘主义,其中的主人公逃避现实而追求空幻的"蓝花"(这"蓝花"便成了反动的浪漫主义的标志)。在英国,如被称为湖畔派诗人的骚塞(1774—1843)、柯勒律治(1772—1841)和华滋华斯(1770—1850),在其《抒情歌谣集》(柯勒律治、华滋华斯合著)、《克哈马的诅咒》(骚塞著)等作品中拥护贵族和基督教的统治,宣传神秘主义,把族长制的农村理想化,劝农民安分守己。在法国,如得·维尼(1797—1863)在其历史小说《桑·马尔》中赞美中世纪的军人、诗人和教士,以这些人为人类的最高典型,企图引诱读者厌恶现实,退回中世纪去;又如夏多勃里昂(1768—1848)在其小说《阿达拉》和《合耐》中反映了贵族阶级的悲观失望的情绪。

这种消极的浪漫主义的主要特征是:第一,反对革命,维护贵族阶级的利益;第二,憎恶现在,牵着时代的尾巴往后拉,企图把人民引到迷信的、野蛮的中世纪的泥沼中去;第三,散布宗教毒素,麻醉人民(比如德国的威廉·封·徐莱格尔和佛里得茨·封·徐莱格尔公然主张诗人的任务不是作诗,而是宣传宗教);第四,悲观颓废,逃避现实(比如柯勒律治,长期吸食鸦片,在迷梦中写些神幻的诗句);第五,畏惧现代工业和现代农业,"转身退缩到那所谓自然怀抱之中,就是说,退缩到愚蠢的农村牧歌的怀抱里"[1]。

（二）积极的浪漫主义

消极的浪漫主义是反现实主义的,积极的浪漫主义则是和现实主义相通的。法捷耶夫在指出"在旧的现实主义中存在着进步的、前进的浪漫主义原则"之后说:"分析十九世纪初叶的西欧文艺派别是富于趣味的,这个派别自称为'浪漫主义派',并且包括了形形色色的文学家,如拜伦、歌德、席勒、斯丹达尔、巴尔扎克、雨果、梅里美、缪塞等人。后来事实表明,浪漫主义者和现实主义者统统都站到这一共同的称号下面。"[2]有些理论家(如季摩菲耶夫)把浪漫主义和现实主义对立起来,认为前者是脱离现实的主观愿望的反映,后者是毫无理想的客观现实的再现,这就既曲解了进步的现实主义,也曲解了进步的

---

① 《马克思恩格斯论文学与艺术》,平明出版社版,第194页。

② 法捷耶夫:《苏联文学批评的任务》,三联书店版,第9页。

浪漫主义。

积极的浪漫主义作品总是具有现实性和典型性的。比如瓦尔特·司各特(苏格兰浪漫主义作家,1771—1832)的历史小说《华佛莱》和《红洛伯》,具有历史的精确性,曾受过恩格斯的赞扬。如乔治·桑(法国浪漫主义女作家,1804—1876)的《魔沼》、《安吉堡的磨工》等作品,主人公多来自民间,暴露了当时社会罪恶,攻击财产制度和婚姻制度,批判资产阶级的自私自利和内心空虚。恩格斯曾给予崇高的评价。如维克多·雨果(法国浪漫主义作家,1802—1885)的名著《悲惨世界》,真实地揭露了资本主义社会的黑暗,描写了七月革命,而革命者昂若拉的英雄形象和穷工人盎·发尔盎的坚强性格,也是具有现实性和典型性的。如莱蒙托夫(1814—1841)的浪漫主义长诗《童僧》、《高加索的俘虏》、《伊兹玛尔——贝伊》等等,刻画了鲜明的现实主义性格,揭露了人的强烈的热情,真实地描写了历史事件和现象、不同的民族生活与民族传统。

这都说明积极的浪漫主义虽然更倾向于描写理想,展望未来,但并不是完全脱离现实,因而并不是和现实主义绝对对立的创作方法。

积极的浪漫主义的主要特征是:

(1)积极的浪漫主义作品,一般地都洋溢着对于未来,对于美好的事物的爱,都充沛着对于"旧世纪",对于丑恶的事物的恨。这种强烈的爱和恨,可以把读者的情感燃烧起来。拜伦(英国浪漫主义诗人,1788—1824)曾说:"诗就只是热情。"他本人的诗就燃烧着反对旧事物和追求新事物的情感,比如《董·缓》中的一段:

> 我将同那些与思想为敌的人们
> 战斗,至少是使用语言(而且,如果
> 有了机会的话——用行为),——并且今昔都一样。
> 在思想之敌中暴君与其随从是最凶恶无比的。
> 我不晓得谁将是胜利者;如果我能够
> 有这样的预感,便将挡不住
> 我对每一个国家的每一种专制
> 那不共戴天的坦白而坚确的厌恶。

（2）积极的浪漫主义者特意强调生活中的正面成分,特意描写生活中还没有确定的、但却是他所追求的、所热爱的事物。他企图早些望见未来,写出未来,冲入明天。例如雨果就曾经热情洋溢地歌唱着"未来的世纪":

> 正在力求解放的世界上空,
> 在所有的年轻的民族的头上,
> 和平,在蔚蓝的空中
> 张开着宽阔的、坚定的翅膀。

（3）积极的浪漫主义作品中的形象也是以生活为基础的,但作者却以最鲜明的色彩描绘它,以最高昂的语调歌颂它（正面形象）或诅咒它（反面形象）,因而能够强有力地激起读者对它的爱或恨。

（4）积极的浪漫主义者时常描写特别引人注目的"不平常的"人物和事件,而且把这种人物和事件放在"不平常的"社会环境和自然背景中加以描写。

（5）积极的浪漫主义者常常侵入他的正面人物或理想人物的精神世界,在这种人物的身上写出自己的理想,自己对生活、历史、未来的看法。当然,现实主义者也一样在他所创造的正面人物身上表现自己的理想和观点,但这一点对浪漫主义者特别重要。

（6）积极的浪漫主义者都追求自由、争取解放,因而在文学的形式上也厌恶束缚,要求创造。比如在戏剧的创作上,浪漫主义者就打破了"三一律"的桎梏。雨果在他的历史剧《克林威尔》的长序中说:

> 时间的一致和地点的一致同样是没有意味的。将行动硬塞进二十四小时之内,是和将他硬塞进门房里去同样是一种矛盾,和一切行动需要特殊的地方一样,适当的时间也是必要的。那么,将同一的时间使用分量,加诸各种不同的事件之上,及在一切之上加以同一限制,这是怎样一回事呢? 不论对谁的脚,都用同一大小的靴子去套的鞋匠,不是可笑的么? 和鸟笼的铁格子一样的将时间的一致和地点的一致配合起来,再依着亚里斯多德的遗规,将上帝在现实界展开的一切事实,一切国民,一切人类,形而上学地硬塞进去——这不是将人类和事物切碎是什么呢? 这不是使历史的面貌改变是什么呢?

又如在语言的运用上,也打破了古典主义者主张必须运用"高贵的"语言的限制,雨果写道:

> 我吹起了革命的风,
>
> 我把旧字典戴上红帽子。
>
> 从此没有元老院的话! 也没有平民的话!

又写道:

> 束缚民众语言的枷锁,
>
> 我打破了,从地狱中,
>
> 救出了一切狱底的古语与死的群众。

第三节 浪漫主义的进步性和缺点

这一时期的浪漫主义有两种倾向:消极的浪漫主义是反动的;积极的浪漫主义是有显著的进步性的,但它也有着显著的缺点。

这一时期的积极的浪漫主义文学是在资产阶级反对贵族阶级的斗争中发展起来的,因而它反映了反专制、反宗教、反压迫的精神,也反映了争自由、争和平、争解放的热望。从这一方面说,它是有显著的进步性的,因而我们应该把这一时期的浪漫主义看成整个浪漫主义传统中的一个重要部分而创造性地继承过来。

但这一时期的积极的浪漫主义也是有其不可忽视的缺点的:

(1)虽然它也是从生活出发的,有些最优秀的作品也具有现实性和典型性,但总的说来,它和现实结合得不够紧密。即如雨果的杰作《悲惨世界》,其中仍有些偶然性的情节和不近情理的描写。至于他的小说《九三年》和《笑面人》,其历史背景是杜撰的,其中的人物性格也是不真实的。比如《九三年》中的老侯爵是一个杀人不眨眼的魔王,但却放弃了逃命的机会,折回碉堡,从大火中救出三个素不相识的小孩子,而革命军的青年统帅高万被他感动,竟私下放他逃走,因为"一个更高级的正义出现了,在革命的正义之上还有一个人道的正义"。政治委员判处了高万的死刑,但当高万走上断头台时,他居然开枪打死了自己。

（2）和脱离现实的倾向相关联的是脱离群众的倾向。这时期的积极的浪漫主义者虽然具有革命精神，但他们的反抗与追求，一般地是从个人出发的。没有群众作基础的个人的反抗与追求，是很难坚持下去的。马克思认为"拜伦三十六岁死是福，因为如果他活得长久，他会变成一个反动的资产阶级"①。这个论断正说明了脱离群众的浪漫主义者不能坚持革命斗争这一真理。我们知道，当资产阶级革命的光芒暗淡下去的时候，资产阶级文学中的浪漫主义便完全脱离了现实，变成了反动的颓废主义。

---

① 《马克思恩格斯论文学与艺术》，平明出版社版，第301页。

第四章　批判现实主义

第一节　批判现实主义的历史环境

批判现实主义是欧洲十九世纪三十年代在文学艺术中开始占主导地位的文艺思潮，是资本主义社会内部矛盾尖锐化在文学艺术上的反映。

高尔基把资产阶级时代的现实主义称为批判的现实主义，因为这种现实主义的主要特征是尖锐地批判不合理的社会制度和腐朽的社会道德。但应该指出，具有批判性，这是所有时代的现实主义的特征之一。高尔基说："如果，我们把全世界的文学整个一起来看，我们一定会承认：在文学上一切时代里，都是盛行着，而愈是接近我们的愈是加强着，对于现实的批判的、揭发的和否定的态度。那些自己的书已经被忘掉的没有多大才能的文学家们，都是满足现实，适应现实，仅仅抓着现实的俗恶的一面。那种堂堂正正给自己冠上'伟大'徽号的艺术的文学，从没有向着社会生活底现实，高唱过赞美的歌。"[1]所以，我们把资产阶级时代的现实主义叫做批判的现实主义，并不等于说其他时代的现实主义就没有批判性，只不过是说这一时代的现实主义比以前的现实主义更富于批判性而已。

为什么这一时代的现实主义更富于批判性呢？原因是：资本主义的发展，使社会产生了日益尖锐的矛盾，使处于残酷的剥削制度之下的群众产生了日益普遍、日益强烈的反抗情绪（乃至革命行动），被这种反抗情绪所鼓舞的作家，便不能不以揭露社会矛盾和批判"人剥削人"的社会制度以及为这种制度服务的社会道德为其基本任务了。高尔基说："欧洲和美国的现行的文学，都表现了更加尖锐地揭发的特点。它能够是别的什么吗？能够向现实说出肯定的'是'吗？"[2]

---

[1]　周扬著：《马克思主义与文艺》，第163页，解放社版。

[2]　周扬著：《马克思主义与文艺》，第164页，解放社版。

第二节　批判现实主义的主要特征

批判现实主义的主要特征是：

（一）真实性

真实地具体地描写现实，揭露社会生活中的矛盾与冲突，这是现实主义的优良传统。批判现实主义继承并发扬了这个传统。许多杰出的批判现实主义作家都把真实地描写现实作为信条。巴尔扎克说："获得全世界闻名的不朽的成功的秘密，在于真实。"又说："文学的真实在于选取事实与性格，并且把它们这样描绘出来，使每个人看了它们，都认为是真实的……"又说："我所写的是整个社会的历史。我经常仅仅用这一句话来表达我的计划：一代人就是一出有四五千个突出人物的戏剧。这出戏剧，就是我的书。"其他批判现实主义作家，也多有类似的主张。因此，批判现实主义作品具有高度真实性，受到了革命导师的赞扬。恩格斯指出：巴尔扎克的《人间喜剧》"给予了我们一部法国'社会'的卓越的现实主义的历史"。马克思指出："巴尔扎克曾经如此深湛的研究了吝啬贪欲的各种各样的微妙变化，在他，情形是这样的：高利贷老头子高伯塞克，当他开始着手集敛货物成财之时，他已经痴迷不悟了。"①又指出："以对实在关系具有深刻了解出名的巴尔扎克，在他最后一部小说《农民》中，他非常正确地描写小农为了维持他的高利贷者的开恩宽容，如何不要报酬地为高利贷者作各种劳动，且不敢奢望别人有此给予，因为他自己的劳动已不可能对他有什么真正的消费支出了。高利贷者，在他这方面，于是一箭双雕地给自己省下了工资的发给，又一步紧一步地将农民圈入高利贷的网络中，农民因为放弃在自己的田上的劳动，一步一步走上毁灭之路。"②列宁把列夫·托尔斯泰称为俄国革命的镜子，指出他"描写了革命以前的旧俄罗斯……在描写这一段的俄国历史生活时，托尔斯泰在自己的作品里竟提出这样多的巨大问题，竟能达到这样高的艺术力量，以致他的作品在世界文学中占了一个首要地位"③。又指出他非常深刻地揭露了"政府的暴虐、法庭和国家管理机关的滑稽可笑"，揭示了"财富的增加和文明的成就与工人群众的穷困、野蛮和痛苦的

---

① 马克思：《资本论》第 1 卷第 20 章注。

② 马克思：《资本论》第 3 卷第 1 章。

③ 《马克思 恩格斯 列宁 斯大林论文艺》，人民文学出版社版，第 93 页。

增加之间的矛盾"①。马克思更热烈地赞扬过英国的几位辉煌的批判现实主义者："他们的暴露性的雄辩的篇页，给世界宣示了比所有职业政治家、政论家、道德家算在一起还要多的真理；他们描写了中产阶级各阶层，从'深受人敬重的'领年金者、藐视一切事物的执掌国家宝贵命脉的人起，一直写到小店员和代办书记。且看狄更斯、萨克莱、勃朗代小姐和卡斯该尔夫人怎样描写他们：一身的虚荣，装腔作势，卑劣的专断与无知；最后这个知识界以一句一针见血的讽刺来证实他们对这一阶级的断语：这个阶级对在上者奴颜婢膝，对在下者专横强暴。"②恰如这些革命导师所指出，批判现实主义者在深刻地研究和描写现实这一点上表现了惊人的力量和才能，这是值得我们学习的。

（二）批判性

如在前面所说，批判的现实主义的一个重要特征是富有批判性。批判的现实主义者并不是客观主义地描写现实，而是在深刻地描写现实、揭露生活中的矛盾与冲突的同时，以无比的愤怒批判了那些阻碍生活发展的腐朽的、丑恶的事物。例如列夫·托尔斯泰，列宁指出："在他的后期作品里，他以激烈地批判攻击了现代的各种国家的、教会的、社会的、经济的制度，这些制度都是建立在对群众的奴役上，在群众的贫穷上，在农民和一般小农的破产上，在从头到底把整个现代生活渗透的暴力和伪善上。"③又如巴尔扎克，他对于贵族、对于资产阶级的批判也是异常深刻的。我们只举一个例子，看他多么尖锐地批判了资本主义社会的法律和道德。在《高老头》中，徒刑囚犯伏脱冷对欧也纳说："一个纨绔子弟引诱未成年的孩子一夜之间丢了一半家产，凭什么只判两个月徒刑？一个可怜的穷鬼在加重刑罚的情节中偷了一千法郎，凭什么就要判终身苦役？这就是你们的法律。没有一条不荒谬。戴了黄手套说漂亮话的人物，是杀人不见血的，永远躲在背后的；普通的杀人犯，却在黑夜里用铁棍撬门进去：那明明是犯了加重刑罚的条款了。我现在向你提议的，跟你将来所要作的，差别只在于见血不见血。你还相信这个世界上真有什么固定不易的东西吗？嗳！千万别把人放在眼里，倒应该研究一下法网上哪儿有漏洞。只要不是彰明较著发的大财，骨子里都是大家遗忘了的罪案，就是案子作得干净罢

---

① 《马克思 恩格斯 列宁 斯大林论文艺》，人民文学出版社版，第93页。

② 《马克思恩格斯论文学与艺术》，平明出版社版，第217—218页。

③ 《马克思 恩格斯 列宁 斯大林论文艺》，人民出版社1953年版，第93页。

了。"①又说:"你知道巴黎的人怎么打出路来的? 不是靠天才,就是靠腐败。在这个人堆里,不象炮弹一般轰进去,就得象瘟疫一般钻进去。清白诚实是一无用处的。……人生就是这么回事。跟厨房一样的腥臭。可是要作乐,就不能怕弄脏手,只消你事后洗干净:今日所谓的道德,就是这一点。"②又说:"扒窃一件随便什么东西,你就给牵到法院广场上去展览,大家拿你当把戏看。偷上一百万,交际场中就说你大贤大德。你们花三千万养着宪兵队和司法人员来维持这种道德。真是妙事。"③

猛烈地批判一切腐朽事物的这种斗争精神,也是我们应该批判地继承的,毛泽东同志不是指出"一切危害人民群众的黑暗势力必须暴露之"吗?

(三)积极的浪漫主义精神

批判的现实主义并不是如有些人所说的只有否定而没有肯定。杰出的批判现实主义者,都具有崇高的理想。他们之所以猛烈地批判一切丑恶的事物,正是为了实现他们的理想。这种追求理想的精神,就决定了批判现实主义的另一个重要特征——积极的浪漫主义精神。巴尔扎克在《人间喜剧》的《总序》中指出"照世界原有的那样来描写世界",应该有"运动和幻想"。又指斥经验主义的、爬行的现实主义者说:"我们是在创造真正的现实。这个现实就象用了无穷尽的劳力在一百年过程中栽培成功的蒙特莱尔④底美味的梨子一样。而你们所说的那种现实,却象野生的梨树所结的苦涩果实一样,它是毫无用处的。真正的现实,在艺术作品中的现实,必须象栽培蒙特莱尔底梨子那样栽培。"⑤这是批判现实主义具有浪漫主义精神的最好说明,"照世界原有的那样来描写世界",应该有"运动和幻想",这就是说不仅要照现实原有的样子描写现实,而且要照现实应有的样子描写现实(写出发展的前途)。蒙特莱尔的梨子,既是它原有的样子,又是它应有的样子;而野生的梨子,只是它原有的样子,不是它应有的样子。按巴尔扎克的意见,艺术家不只是描写现实,而且是创造现实。艺术作品中的现实,正像蒙特莱尔的梨子一样,是作者栽培出来的,它不仅是原有的样子,而且是应有的样子。

---

① 巴尔扎克:《高老头》,傅雷译,平明出版社版。

② 巴尔扎克:《高老头》,傅雷译,平明出版社版。

③ 巴尔扎克:《高老头》,傅雷译,平明出版社版。

④ 蒙特莱尔是加拿大的一个城市。

⑤ 法捷耶夫:《苏联文学批评的任务》,三联书店1951年版,第11页。

巴尔扎克、司汤达、狄更斯、马克·吐温等西欧的和美国的批判现实主义者和普希金、屠格涅夫、涅克拉索夫、奥斯特洛夫斯基、果戈理、列夫·托尔斯泰等十九世纪俄国的批判现实主义者，同时都是积极的浪漫主义者，他们都相信善，相信正义，相信真理，相信它们在世界上胜利的可能性，他们所创造的作为肯定道德的代表者的正面人物，都具有不同程度的浪漫主义特征。当然，这些具有浪漫主义特征的正面人物，并不是根据理想捏造出来的，而是在生活的基础上结合作者的"运动和幻想"创造出来的。在《夏贝尔大佐》中，巴尔扎克通过律师特维尔，对有产者作了愤怒的控诉。他说："在事实上……道德的诸特征之一，就是它的与有产者的感情上的势不两立。"这说明巴尔扎克（其他作家也是一样）作品中的正面人物，乃是在道德上和有产者对立的人物，而这种人物，在社会生活中是存在着的。巴尔扎克曾不止一次地说，只有在穷苦人中间，在"辛劳度日和意志坚强的人、劳动的和坚忍的人"中间，才能发现真正的道德和人性。

在《无神论者的弥撒》中，巴尔扎克以对人类所有的伟大的、压倒一切的热情和信心，有力地、真诚地描写了穷苦人民的道德和精神的美。担水夫波尔其用钱接济一个不相识的穷学生特勃林完成了学业，成为一个著名的外科医生，成为一个穷苦人的朋友和保护者。推动着孤苦贫穷的波尔其去做他所做的一切的，绝不是利己主义，而是高贵的利他主义，而是只有人民的真正的子孙才能具有的那种惊人的体贴和深刻的同情。巴尔扎克在波尔其身上看到了和银行家们、奸商们、"高等社会"的阔绰的社会寄生虫们的法国对立的另一个法国，勤勉的、诚实的、生气勃勃的、精神健康的法国。

狄更斯是在英国文学界里把劳动者当做崇高的代表者并且提高其地位的第一人。他的创作中的与批判英国的社会制度、批判虚伪的英国宪法、批判统治阶级的道德相结合的浪漫主义的一面，形成了强大的艺术魅力。恩格斯在《大陆上的运动》一文中称狄更斯等为"时代的旗帜"。

马克·吐温真实地描写了穷与富的矛盾，尖锐地批判了美国社会的伪善、自私自利、愚昧无知，也明白地表现了他自己的理想和道德观念。他的《汤姆·萨爱尔》、《黑克利白里·芬》、《在密西西比河上的生活》中的主人公们，都是一些带有不少浪漫主义特征的人物，这些人物是作为马克·吐温肯定道德理想的代表者而出现的，所以这些作品的生命这么长久，直到今天，还是儿童所热爱的读物。

俄国的批判现实主义所具有的鲜明的浪漫主义特征是由俄国人民寻求幸福和正义的伟大的解放运动所产生的,这一解放运动曾渲染了十九世纪俄国一切杰出作家的作品。俄国的批判现实主义者都一方面无情地批判现存制度,一方面力图在正面形象中体现并确定自己的理想。比如普希金在《上尉的女儿》中,创造了作为人民起义的领袖的普加乔夫的鲜明完整的形象,他把普加乔夫写成唯一的正义原则的代表者,写成俄罗斯人民的真正儿子。又如涅克拉索夫的《严寒通红的鼻子》,简直是一首农妇的赞美诗。法捷耶夫指出"在俄国现实主义诗歌中,涅克拉索夫是以高度的浪漫主义热情歌颂农民的第一人"[1]。又如剧作家奥斯特洛夫斯基,自觉地向自己提出了浪漫主义的任务。他在创作《贫非罪》喜剧时写道:"俄国人看见了舞台上的自己,与其让他们痛苦,倒不如让他们欢乐吧:要想有权矫正人民,而同时使他们不感到侮辱,就应当向他表明你在他身上所知道的优点;我现在就从事这一工作,把崇高的事物跟喜剧的事物结合起来。"[2]又如列夫·托尔斯泰,是以无情地批判现存制度而闻名的。但从《战争与和平》开始,却创造了一连串正面形象,这证明现实主义者的托尔斯泰同时也是浪漫主义者。如法捷耶夫所指出:"象《复活》这样对沙皇制度无情揭露的作品,同时也是他最'浪漫主义的'作品。在《复活》中所发生的一切,几乎全是真实的,但由于托尔斯泰底天才创造力,就连聂赫留道夫在读者眼里也成了积极的英雄。而卡秋莎·玛斯洛娃成为最崇高道德的代表人物。"[3]

批判现实主义的这种积极的浪漫主义精神,也是我们应该批判地继承的。

(四)典型性

批判现实主义的真实性、批判性和浪漫主义精神,都是通过"典型环境中的典型性格"表现出来的,许多批判现实主义大师都善于"表现典型环境中的典型性格"。他们的作品中的"每个人是典型,然而同时又有明确的个性,正如黑格尔老人所说的'这一个'"[4]。这一点,更是值得我们认真学习的。

---

① 法捷耶夫:《苏联文学批评的任务》,三联书店版。

② 法捷耶夫:《苏联文学批评的任务》,三联书店1951年版。

③ 法捷耶夫:《苏联文学批评的任务》,三联书店1951年版。

④ 《马克思 恩格斯 列宁 斯大林论文艺》,人民出版社版,第26页。

第三节　批判现实主义的价值和局限性

对于批判现实主义，高尔基曾作过很正确的评价。他在全苏联作家协会第一次代表大会上所作的以《苏联的文学》为题的报告中说："我们决不否认批判的现实主义底广泛而又巨大的工作，我们高度的重视它在文学描绘底艺术上的形式上的成就。"①又指出批判现实主义文学"对于我们有着双重的、无可争辩的价值：（1）是技术上的模范的文学作品；（2）是说明资产阶级底发展和瓦解底过程的文献，是这个阶级底叛逆者所创造的然而又批判地阐明着它的生活、传统和行为的文献"②。

但是批判现实主义也有其历史的和阶级的局限性。关于这一点，我们在谈社会主义现实主义时还要提到，这里只简单地谈一下：（1）在马克思主义的科学出现以前，由于生产规模的狭小，也由于剥削阶级的偏见经常歪曲历史，作家不可能对社会历史的发展作全面的历史的了解，所以他们虽然反映了复杂的社会矛盾，但找不出解决矛盾的办法，看不出社会发展的革命远景。比如巴尔扎克，他写出了一部法国社会的卓越的现实主义历史，在这部历史中揭露了法国社会的各种矛盾，但他对历史前途的理想和解决矛盾的办法却是：在君主政体保护下调和阶级对抗。又如托尔斯泰，他创造了世界文学的第一流作品，在他的作品中，批判了资本主义的剥削，揭露了政府的暴虐，描写了被压迫的广大群众的痛苦生活和自发的抗议，但他并没有得出革命的结论，而只是提出了"不用暴力去抵抗恶"和"道德上的自我完成"等"拯救人类的药方"。这些"药方"如列宁所说，是可笑的，甚至有毒的。（2）有许多批判现实主义者几乎不企图表现正面人物。而那些少数的最杰出的作者，虽然具有积极的浪漫主义精神，力图描写正面理想的代表人物，但由于在生活中还没有产生建立新的生活秩序的人物——被马克思主义武装起来的工人群众，所以他们所描写的正面理想的代表人物，是那些在实际上不能实现那种理想的人们。法捷耶夫曾指出批判现实主义主要的弱点，更正确地说，主要的不幸，乃在于它"不能描写那种正派的主人公，即这种主人公在现实的历史上也是正派的主人公，是历史的明天"。

---

① 高尔基：《苏联的文学》，新中国书局版，第63页。

② 高尔基：《苏联的文学》，新中国书局版，第26页。

第五章　社会主义现实主义

第一节　社会主义现实主义产生的思想基础和社会基础

有些人认为社会主义现实主义是在一九一七年十月革命胜利以后的社会主义社会中形成的,他们断言没有社会主义社会,也就没有社会主义现实主义。① 应该指出,这种说法是错误的和有害的。因为:第一,按照这种说法,则一九一七年以前的文学,例如早在一九〇七年发表的高尔基的《母亲》,就不能算社会主义现实主义的作品;第二,按照这种说法,则在社会主义还没有获得胜利的国家内就不可能出现社会主义现实主义,从而会使那些国家的进步作家减低对文学创作的思想要求。其实,社会主义现实主义的思想基础和社会基础早在社会主义社会形成以前就已经产生了:社会矛盾的尖锐化,工人阶级的革命斗争和阶级会战的扩大,共产党的创立,马克思列宁主义的强大的思想体系的形成,一句话,社会主义和工人运动的结合,这就是社会主义现实主义赖以建立的思想基础和社会基础。《苏联文学史》在指出高尔基的《母亲》是社会主义现实主义的范本之后解释道:

> 可能觉得奇怪:这个方法(按:指社会主义现实主义的方法)怎么会在社会主义社会建立以前出现? 但是问题在这里:社会主义并不是在某一个特定时机在已经完全形成的状态中出现的。象列宁所说,社会主义——这是为社会主义社会斗争的那一过程,这一斗争的每一个时机也同时是社会主义发展的某一个时机。因此,无论是罢工,无论是游行示威,无论是同沙皇军队的武装冲突,无论是工人政党的组织——这一切都是建立社会主义社会的某些特定契机,因此,在这一斗争过程中出现的并

---

① 留里科夫:《研究高尔基创作的几个问题》,见《文艺理论学习小译丛》第 6 辑,第 329 页。

反映这一斗争的艺术方法,也是和社会主义意识,和为社会主义的斗争不可分解地结合在一起的。①

概括地说,社会主义现实主义的思想基础和社会基础是马克思列宁主义和工人阶级的革命斗争,是社会主义和工人运动的结合。它正是在这种基础上适应无产阶级革命斗争的历史需要,批判地继承了一切优秀的文艺传统而形成的一种崭新的创作方法。所以,在社会主义还没有获得胜利的国家中的进步作家,只要接受马克思列宁主义世界观的指导和参加无产阶级的革命斗争,就有可能掌握社会主义现实主义的创作方法。在我国,早在无产阶级领导的"五四"运动中,就已经产生了社会主义现实主义的萌芽。这种萌芽又随着革命的发展而逐渐成长。特别从一九四二年毛泽东同志在《讲话》中明确地指出"我们是主张社会主义的现实主义的"以后,我们的社会主义现实主义文学在为工农兵服务的文艺方针指导下,在"五四"革命传统的基础上,取得了进一步的发展和新的巨大的成就。

第二节　社会主义现实主义的提出和它的基本特征

十九世纪中叶,随着无产阶级革命运动的兴起,出现了无产阶级的革命文艺。巴黎公社的诗歌在人类历史上第一次鲜明地表现了无产阶级的革命英雄气概,列宁给响彻云霄的《国际歌》以崇高的评价,称它为"全世界无产阶级的歌"②。这些无产阶级诗歌,包含着与资产阶级文艺截然不同的新的创作方法的因素。无产阶级革命的伟大导师马克思、恩格斯、列宁一面总结文艺传统的经验,一面给无产阶级文艺以指导。马克思、恩格斯从他们所处的历史条件出发,号召当时的进步作家努力创作"具有社会主义倾向"的作品,"歌颂倔强的、叱咤风云的和革命的无产者"。列宁适应无产阶级革命斗争的需要,提出了无产阶级文学的党性原则。早在一九〇〇年,高尔基就根据他的长期探索和实践,在给契诃夫的信中谈到无产阶级创作方法的一些特点。他说:"真的,需要英雄人物的时代已经到来了。大家需要一种鼓舞,一种光明灿烂的东西,不是酷似生活的东西,而是比生活更高更美的东西。"在一九〇五年俄国革命

---

① 《苏联文学史》,海燕书店版,第 130 页。

② 《欧仁·鲍狄埃》,《列宁选集》第 2 卷,第 434 页。

前夕，高尔基创作出《鹰之歌》、《海燕之歌》，以革命激情，激越格调，象征性手法，歌颂了即将来临的革命风暴。一九〇六年，高尔基完成了长篇小说《母亲》，从共产主义党性的思想高度，塑造了工人阶级自觉战士的典型，反映了俄国无产阶级革命运动的广阔图景，展示了革命必然胜利的光辉前途，受到了列宁的赞许。《母亲》以及以后出现的《毁灭》、《铁流》、《恰巴耶夫》、《士敏土》等一系列作品，标志着无产阶级文学的创作方法在实践上的日趋完善。

十月革命后，苏联文学界开始从理论上探讨无产阶级文学的创作方法。在二十年代末期，出现过像"无产阶级的现实主义"、"浪漫主义的现实主义"以及"辩证唯物论的创作方法"等各种提法。一九三二年，联共（布）中央决定撤销"拉普"（"俄罗斯无产阶级作家协会"的简称），批判了"拉普"所鼓吹的脱离实际生活、取消文艺特殊规律的"辩证唯物论的创作方法"。同时，苏联文艺界对创作方法问题进行了热烈的讨论。同年十月，斯大林在接见高尔基等作家时，正式提出："社会主义现实主义是苏联文学的基本艺术方法。"一九三四年，在斯大林的具体指导下，苏联第一次作家代表大会通过的《苏联作家协会章程》，对社会主义现实主义这一创作方法，作了如下解释：

> 社会主义的现实主义，作为苏联文学和苏联文学批评的基本方法，要求艺术家从现实的革命发展中真实地、历史地和具体地去描写现实。同时艺术描写的真实性和历史具体性必须与用社会主义精神从思想上改造和教育劳动人民的任务结合起来。①

这个定义，是对《母亲》等作品在创作方法上所具有的新的特点的概括，是对无产阶级文艺运动的历史经验的总结。

那么，社会主义现实主义区别于旧现实主义的基本特征是什么呢？

社会主义现实主义是被艺术家的共产主义世界观和发展中的生活实践所丰富、所革新的现实主义。它要求艺术家站在无产阶级的党性立场，用共产主义的世界观来观察现实，描写现实，从而在艺术作品的全部经纬中自然而然地表现出对现实的革命发展的前景的信心，激发人们追求真理和追求新的生活的斗争勇气。

---

① 《苏联文学艺术问题》，人民文学出版社版。

把现实生活看成文学艺术的唯一源泉,从而真实地、具体地描写生活,揭露生活中的矛盾与冲突,这是现实主义的首要特征(其他特征也都是从这个特征派生出来的)。旧现实主义也具有这个特征。社会主义现实主义继承并发展了这个特征,要求作家在更高的程度上,即从现实的革命发展中真实地、历史地(按照历史观点)和具体地描写现实。

社会主义现实主义之所以能在更高的程度上反映现实,是由于它依靠最科学的共产主义世界观认识生活。旧现实主义者由于受他们的世界观的限制,不可能对社会历史的发展作全面的历史的了解,所以对于生活的反映,总是带有不同程度的片面性特别是平面性的。他们虽然渴望看见未来,但又不可能清楚地看见未来的真实面貌,因而就不可能从现实的发展中反映现实,指出历史发展的前途。例如契诃夫,在他的作品中对于沙皇制度、贵族、地主、资产阶级、小资产阶级等进行了无情的批判,他希望而且相信新的生活必将到来。他在短篇《出诊》中通过一个医生的助手之口,肯定地说:"过上五十年,生活一定会好过;可惜我们又活不到那时候。要是能够知道那时候的一点生活,那才有意思呢!"但是,那时候的生活到底是什么样子,他的确一点也不知道。

而和他同时的高尔基,却是另一种情况。这只要把契诃夫的《三姊妹》和高尔基的《小市民》比较一下,就可以看出来。这两个剧本都是写小市民的,而且写成的时间相隔不过一年,但它们却有本质上的不同。在《三姊妹》里契诃夫塑造了三个美丽的妇女形象,她们优雅善良,渴望过美好的生活,但在庸俗丑恶的现实中找不到出路,终于被小市民娜塔莎和普列托波波夫从家里排挤出来。其结果是丑战胜了美。在《小市民》中,却出现了另一种形象:火车司机尼尔不但渴望过美好的生活,而且满怀信心地为它斗争。俗恶无耻的小市民别斯谢苗诺夫说尼尔吃了他的,喝了他的,尼尔严厉地告诉他:

> 你什么也不能!吵就吵!在这房子里我也是主人。我做了十年工,赚的钱都给了你。这里,就在这个地方,(用脚踏地板,双手做宽阔的动作,指自己的周围)我也放进了不少劳力!谁劳动,谁就是主人。

尼尔这个相信自己是生活的主人的正面形象,在剧本中处于主要的地位,向丑恶的现实展开了进攻。

毫无疑问,备受高尔基热爱和尊敬的语言艺术的大师契诃夫在《三姊妹》中也写了真实,而且无情地暴露和鞭挞了生活中的庸俗丑恶的东西,但由于他没来得及掌握先进的共产主义世界观,因而不可能明确地看出现实的革命发展。而高尔基呢,因为他已经掌握了共产主义的世界观,就能够从现实的革命发展中真实地描写现实,展示了现实的革命发展的前景。

高尔基在给沃·斯·格罗斯曼的信里,曾经明确地指出了社会主义现实主义和旧现实主义在写真实问题上存在的差别。他说:

> 作者说:"我写的是真实。"他应当对自己提出两个问题:一个问题——写的是哪一种真实? 另一个问题——为什么写它? 谁都知道,存在着两种真实,而且在我们的世界上,那卑鄙、肮脏的旧真实在数量上是占优势的,而另外一种真实却诞生了,并且成长着(它必定要使前一种真实死亡)。离开了这两种真实的冲突和斗争,就什么也不能了解,这也是大家都知道的。作者相当不错地看到了旧的真实,但并不十分清楚地理解:他要怎样来处理它呢? ……必须与这种真实作斗争,需要毫不留情地来歼灭它。作者是不是给自己规定了这个目标呢? ①

许多伟大的旧现实主义者,显然也是描写了两种真实的斗争,而且也鞭挞了旧的真实的,但却不能够正确地认识,从而正确地描写斗争的前途。

社会主义现实主义与旧现实主义的根本区别,在于它的哲学基础是马克思主义的科学的世界观——辩证唯物主义。社会主义现实主义者掌握了辩证唯物主义的世界观,就可以高瞻远瞩,不像旧现实主义者那样片面地、平面地描写现实,而是从革命发展中真实地、历史地和具体地描写现实。因此,社会主义现实主义作品具有高度的真实性,它不只表现我们人民的今天,而且展望他们的明天,像探照灯一样给人民照亮向社会主义、共产主义迈进的道路。

辩证唯物主义的世界观本身是具有党性的。以它为哲学基础的社会主义现实主义之所以能够在更高的程度上写真实,并通过写真实用社会主义精神教育人民,还由于它要求作家在以辩证唯物主义的世界观认识生活、表现生活的同时,站在共产主义的党性立场评价生活。在工人阶级革命以前,历史上的

---

① 《文艺报》1955 年第 1、2 期,第 24 页。

一切革命实际上都是用一种人剥削人的形式代替另一种剥削形式。同时,在工人阶级走上历史舞台以前,人民群众(包括处于不成熟阶段的还没有被马克思主义武装起来的工人阶级)也不可能提出推翻所有剥削制度的科学的方案,更不可能实现这个方案。所以,旧现实主义者在受世界观局限的同时也受历史的、阶级的局限,以致不可能彻底地反对一切剥削制度,全面地反映全体人民的利益,明确地指出人民解放的道路。

工人阶级是大公无私的阶级,工人阶级的革命不是用一种剥削形式代替另一种剥削形式,而是消灭一切剥削形式,建立社会主义、共产主义社会。工人阶级的政党领导全体人民,用马克思主义的世界观正确地认识世界、改造世界,为摧毁资本主义帝国主义、实现社会主义共产主义而进行着不懈的斗争。可见工人阶级及其政党所代表的不仅是自己的利益,而且是整个进步人类的利益。所以站在党性立场的社会主义现实主义作家由于不像旧现实主义者那样在认识、评价生活时受阶级偏见的蒙蔽,因而能够更正确地反映生活。社会主义现实主义者除了人民的利益,不可能有其他的利益,他是自觉地为人民服务的。彻底地、忠实地为人民服务,这就是他的党性的具体表现。而他要通过自己的创作为人民服务,就不能不深入生活,不能不深刻地、真实地描写生活;因为人民的利益是和他们为自由和幸福所进行的历史斗争的生活真实血肉相连的。

举例来说,高尔基和蒲宁都描写过一九〇五年革命失败后的俄国农村,但被贵族偏见所蒙蔽的蒲宁在当时农村中除了野蛮、贫困、愚昧等等之外什么也看不到,因而写出的是片面的、歪曲的生活图景,而高尔基则表现了革命影响下的农村所产生的那种行将燃成熊熊之焰的新事物的火花。这种新事物的火花,是蒲宁不愿看到因而也无法看到的。蒲宁所关怀的不是人民的利益,而是贵族地主的利益。他在短篇小说《冬苹果》中写道:"我的写字台抽屉里装满着冬苹果,它们的健康的香气——蜜和秋天清新的气味——将我带到地主的庄园中去,那一个世界正在衰弱、粉碎,而且已经趋向灭亡,那一个世界,五十年之后,只能从我们小说中去认识了。"蒲宁所关怀、所眷恋的地主庄园的图画,给他遮掩了农村中所产生的新东西。

无可争论,一个作家要成为社会主义现实主义者,必须站稳党性立场,忠诚地服务于劳动人民的利益和共产主义的事业,必须持续不断地学习马克思主义,掌握最科学的辩证唯物主义的世界观。只有站在共产主义党性立场,以辩证唯物主义的世界观为武器观察生活、研究生活的作家，才能正确地认识并反映生活，才能从现实的革命发展中真实地、历史地和具体地描写现实，这是不可动摇的真理。

那么，从现实的革命发展中真实地、历史地和具体地描写现实，到底是什么意思呢？简单地说，就是要通过对人物典型的创造，揭露生活中的新与旧的矛盾与冲突及其发展的前途。

旧现实主义者往往很深刻地描写了生活中的矛盾与冲突，但由于受世界观与阶级偏见的限制，不善于从发展变化中去看矛盾，因而不能正确地写出矛盾发展的前途。社会主义现实主义者则以辩证唯物主义为指针去认识生活，因而能够正确地揭示矛盾发展的规律，写出矛盾发展的前途。正如毛泽东同志所说：

> 任何事物的内部，都有其新旧两个方面的矛盾，形成为一系列的曲折的斗争。斗争的结果，新的方面由小变大，上升为支配的东西；旧的方面则由大变小，变成逐步归于灭亡的东西。①

从现实的革命发展中真实地、历史地和具体地去描写现实，就是要描写出在新与旧的斗争中旧的东西怎样由大变小，逐步归于灭亡，新的东西怎样由小变大，逐步取得胜利，从而引导人民拥护新的东西，反对旧的东西，加速新东西的成长与旧东西的灭亡，以推进现实的发展。

由于不可能洞察未来，清楚地看见现实发展的前景，因而旧现实主义者中的最杰出的作者，虽然也描写过现实生活中还不普遍、还不常见的新的性格和现象，但这并未成为他们的艺术方法的主导的和一贯的特点；他们描写的主要对象还是过了时的、占统治地位的东西（被批判的东西）。与此相反，描写现实中还不普遍、还不常见，但却最尖锐、最充分地表现新的社会力量本质的新的性格和现象，却是社会主义现实主义的本质的特征之一。创造值得做读者模仿和学习的对象的新英雄人物的明朗的艺术形象，这是社会主义现实主义者的首要职责。社会主义现实主义文学中的主要主人公是人民，是物质财富的直接生产者，是为新生活而斗争的积极战士，是社会关系的大胆改造者和社会

---

① 《毛泽东选集》第2卷，第789页。

主义的积极建设者。

社会主义现实主义要求作家不仅要写出现实生活的矛盾斗争,而且要参加这个斗争;不仅要写出现实的革命发展,而且要推进这个发展。社会主义现实主义文学是和工人阶级的革命实践血肉相连的,社会主义现实主义者绝不应该对生活采取客观主义的袖手旁观的态度,而必须站在党性立场描写现实,在真实地、历史地和具体地描写新与旧的斗争的时候,严厉地批评、鞭挞一切旧事物的残余,积极地歌颂、支持一切新事物的幼芽,从而教育人民根除生活中一切阻碍社会主义经济和文化迅速发展的东西,拥护生活中一切有利于社会主义经济和文化迅速发展的东西。

作家是人类灵魂的工程师,正如建筑工程师应该建造美丽的房屋一样,灵魂工程师应该建造社会主义建设者的美丽的灵魂。日丹诺夫在《关于〈星〉和〈列宁格勒〉两杂志的报告》中说:

> 我们的人民上升得一天比一天高。我们今天不是象昨天那样,而我们明天将不是象今天这样……我们随着那些把我们国家的面貌根本改变了的最大的变革而改变了和成长起来了。
>
> 表现苏联人民这些新的崇高的品质,表现我们的人民,但不只是他们的今天,也要展望到他们的明天,象探照灯一样帮助照亮前进的道路,——这就是每个真诚的苏联作家的任务。作家不能做事件的尾巴,他应当在人民的先进队伍中行进,给人民指出他们发展的道路。以社会主义现实主义方法为指针,真诚地和仔细地研究我们的现实,力图更深地透入我们发展过程的本质,作家就一定会教育人民,在思想上武装人民,表扬苏联人民美好的情感和品质,向他们展视他们的明天;我们同时还应当给我们的人民指出他们不应当成为什么,还应当鞭打昨天的残余,鞭打那些阻碍苏联人民前进的残余。①

法捷耶夫在《论文学批评的任务》一文中指出日丹诺夫的这些意见发展了社会主义现实主义的完整纲领,这是完全正确的。

社会主义现实主义是世界艺术文学发展中的新阶段,它在本质上不同于

---

① 《苏联文学艺术问题》,第13页。

旧现实主义。它的和高度真实性相统一的共产主义思想性、党性和人民性,它的由辩证唯物主义的世界观和社会主义的光辉远景决定的肯定新生活、肯定人类最高理想的性质和乐观主义的、革命的浪漫主义精神,它的和以社会主义精神教育人民的任务相联系的对现实的缺点、对人们意识中的资本主义的残余、对一切反动的腐朽的旧事物的彻底的批判性,它的表现生活真实的形式、风格的独创性、明确性和生动性……这一切,使它具有强大的社会改造作用。

第六章 "两结合"的创作方法

第一节 社会主义现实主义——"两结合"

在前一章第二节,曾简单地谈过无产阶级文艺的创作方法从实践上的逐渐形成到理论上的探讨、概括的过程。十九世纪中叶,随着无产阶级革命运动的兴起,就出现了无产阶级的革命文艺。到了一九〇七年《母亲》发表及其以后《毁灭》、《铁流》、《恰巴耶夫》、《士敏土》等作品的问世,无产阶级文艺的创作方法已经形成。这时候,这种在艺术实践中形成的创作方法还没有名称,直到一九三二年,才定名为"社会主义现实主义"。由于在艺术实践中形成的这种新的创作方法兼有现实主义和浪漫主义的特点,所以在给它命名的时候,就有过"浪漫主义的现实主义"的提法。

社会主义现实主义的创作方法是在无产阶级社会主义革命实践中批判地继承了现实主义和积极浪漫主义的传统而逐渐形成的。如毛泽东同志在《新民主主义论》中所指出,十月革命以后,我国的新民主主义革命已经"属于世界无产阶级社会主义革命的一部分",那么我国的革命作家为什么不会在这种革命实践中批判地继承现实主义和积极浪漫主义的传统,形成一种新的创作方法呢?事实上,如周恩来同志所指出:"社会主义现实主义在'五四'以后就有了萌芽。"正是从这种客观存在出发,一九三八年,毛泽东同志在给鲁迅艺术学院的题词中作了"抗日的现实主义、革命的浪漫主义"的理论概括。到了一九四二年,便在《讲话》中明确提出:"我们是主张社会主义现实主义的。"

早在一九三一年,高尔基就已经提出:"是否应该寻找一种可能性,把现实主义和浪漫主义结合成为第三种东西。"一九五三年九月二十三日,周恩来同志在第二次全国文代会上所作的政治报告中指出:"我们的理想主义,应该是现实主义的理想主义;我们的现实主义,是理想的现实主义。革命的现实主义和革命的理想主义结合起来,就是社会主义的现实主义。"这里所说的"理想主义"也就是浪漫主义。很清楚,周恩来同志明确地提出了"两结合"的创作方法,并且明确地指出"两结合"不是臆造出来的别的什么创作方法,正是早已在艺术实践中逐渐形成、不断发展着的社会主义现实主义。

社会主义现实主义的特点是"从革命的发展中"反映现实,这就决定了它必然具有革命浪漫主义的因素。日丹诺夫在苏联作家第一次代表大会上解释社会主义现实主义时就特意说明:"我们说,社会主义现实主义是苏联文学创作和文学批评的基本方法,而这是以下面一点为前提的:革命的浪漫主义应当作为一个组成部分列入文学的创作里去,因为我们党的全部生活,工人阶级的全部生活及其斗争,就在于把最严肃的、最冷静的实际工作跟最伟大的英雄气概和雄伟的远景结合起来。……苏联文学应当善于表现我们的英雄,应当善于展望到我们的明天。这并不是乌托邦,因为我们的明天,已经在今天被有计划的自觉的工作准备好了。"①社会主义现实主义的奠基人高尔基也发表过类似的意见。这些意见,在当时是为苏联作家所赞同、所接受的。

正因为革命浪漫主义是社会主义现实主义的"一个组成部分",所以原来提出"抗日的现实主义、革命的浪漫主义"口号的毛泽东同志后来又说"我们是主张社会主义的现实主义的"。又因为革命浪漫主义虽然是社会主义现实主义的组成部分,但"社会主义现实主义"这个提法却没有明显地体现出这个特点,以致浪漫主义在创作实践中往往被忽视,特别是苏联在赫鲁晓夫上台之后,文艺界出现了"非理想化"和"非英雄化"的倾向,浪漫主义遭到抛弃,所以毛泽东同志在特定的历史条件下又提出了"两结合"的创作方法。

"两结合"与"社会主义现实主义",不是有显著区别的两种创作方法,而是对同一种创作方法从不同角度作出的理论概括。社会主义现实主义,主要是从指导思想和政治方向上来概括的;"两结合"中的"二革",当然也体现了指导思想和政治方向,而"二革"的"结合",又概括了它的历史渊源和本身的特点。

有些同志认为,现实主义和浪漫主义各有特点,根本不能结合。基于这个理由,这些同志认为在文学史上从来没有出现过现实主义和浪漫主义相结合的作品,以后也不可能出现。这种意见,自然也持之有故,需要作深入的讨论。不过不论是从理论上、还是从实践上看,现实主义和浪漫主义是可以结合,而且不乏结合的先例的。

---

① 《苏联文学艺术问题》,第21—22页。

从理论上看，"两结合"符合唯物辩证法。马克思指出："两个相互矛盾方面的共存、斗争以及融合成一个新范畴，就是辩证运动的实质。"这种"辩证运动的实质"，在文艺发展上也同样是存在的。正像在中、外文艺史上，既有悲剧和喜剧，也有兼有悲剧和喜剧两种因素的悲喜剧一样，既有现实主义作品和浪漫主义作品，也有现实主义和浪漫主义在一定程度上相结合的作品。从古希腊的《伊利亚特》到但丁的《神曲》和拉伯雷的《巨人传》，都兼有现实主义的因素和浪漫主义的因素。此后，在许多杰出的浪漫主义作家和批判现实主义作家的某些作品里，浪漫主义和现实主义在不同程度上结合的例子也不罕见。高尔基在谈到巴尔扎克、屠格涅夫、托尔斯泰、果戈理、莱蒙托夫、契诃夫等人的创作时说得好："我们就很难完全正确地说出，他们到底是浪漫主义者，还是现实主义者。在伟大的艺术家身上，现实主义和浪漫主义常常好象结合在一起的。"①

在我国，现实主义和浪漫主义源远流长，《诗经》里的《变风》、《变雅》，主要是现实主义的；屈原的《九歌》、《九章》，主要是浪漫主义的。此后，我国的优秀文艺，一直沿着《风》、《骚》的传统向前发展，开放了无数光艳夺目的艺术之花。

就其主要特点说，现实主义着重反映既定的现实，浪漫主义着重表现理想和希望。这二者是有区别的。但是，现实生活中有理想，理想也诞育于现实生活。因此，在劳动人民和进步文人的创作中，积极的浪漫主义和现实主义往往是在不同程度上相结合的。

劳动人民是历史的主人，他们从事生产斗争和阶级斗争，创造生活，创造历史，是现实主义者；劳动人民在从事斗争的时候有理想、有希望，同时又是积极的浪漫主义者。因此，在最早的人民创作中，现实主义和积极的浪漫主义相结合的萌芽就已经出现了。那些反映劳动人民在想象中征服自然、改造自然的神话，如《女娲补天》、《后羿射日》、《大禹治水》、《精卫填海》等等，主要是浪漫主义的，但也包含着现实主义的因素，在幻想的形式中表现了劳动人民的斗争生活。《诗经》中的《硕鼠》，用大老鼠的形象概括和鞭挞了剥削阶级的反动本质，号召人民追求没有剥削、没有啼饥号寒现象的"乐国"，既表现了"既定的现实"，又反映了理想，现实主义和浪漫主义是结合在一起的。此后如《孔雀

---

① 高尔基：《我怎样学习写作》，三联书店版。

东南飞》、《木兰辞》、《梁山伯与祝英台》、《白蛇传》等许多民间作品,都具有现实主义与积极浪漫主义相结合的特点。

因此,从古以来,那些接近人民、同情人民,并从人民的文艺创作中吸取营养的进步作家,往往既是现实主义者,又是积极的浪漫主义者。在我国,最早的范例便是向楚地民歌学习的伟大诗人屈原。

屈原的代表作《离骚》,主要是浪漫主义的,但也结合着现实主义因素。诗人时而鼓起想象的翅膀,飞到遥远的古代,向传说中的贤王大舜请教;时而驾上玉龙、凤凰,掠过昆仑,去叩天国的大门;时而去追求宓妃、简狄、二姚等女神;时而在云霓掩护之下,向西海进发……这是幻想,是积极的浪漫主义。

然而在《离骚》中,浪漫主义是和现实主义结合着的。一开始,诗人简单地叙述了他的世系、祖考、生辰和名字之后,即表白他既有美德,又有才能,而且奋发有为,抱有宏伟的政治理想。他不忍"竞进以贪婪兮,凭不厌乎求索"的统治集团把祖国带到歧路上去,蹈桀、纣的覆辙,愿意驾上千里马带领他们奔向光明的大道。然而楚国的统治者不但不了解他的诚意,反而诽谤他、打击他。但他认为他的理想是正确的,无论如何也不肯放弃。"亦余心之所善兮,虽九死其犹未悔。"坚持追求理想的强烈情感,使他的想象鼓翼而飞,上天下地,追求理想人物,寻找支持者和同情者。然而天国的大门无法进去,追求神女又毫无结果,终于绝望了,不得不离开祖国。但当他从天河出发,掠过西极,奔向西海的时候,忽然在天空里透过太阳的光辉,望见楚国,他的仆人不禁悲伤起来,他的马也低头回顾,留恋乡土,不肯前进。爱祖国,爱乡土,同情祖国人民苦难的诗人,就一下子从幻想的高空掉到地上。"既莫足与为美政兮,吾将从彭咸之所居",理想既不能实现,就只好投水自杀,用死来殉自己的理想。

从现实出发,上天下地追求理想,最后又回到现实;而上天下地追求理想的经历,也正是他在现实中追求理想的经历在想象中的反映。不是吗? 当天国的守门者闭门不纳,追求女神又没有结果的时候,他叹息道:"世溷浊而嫉贤兮,好蔽美而称恶;闺中既以邃远兮,哲王又不寤!"天路难通,正象征着楚国的现实啊!

这样把事实的叙述和幻想的描写结合起来,构成奇丽的、完整的艺术形象,想象是那样丰富,情感是那样热烈,同情人民和批判楚国黑暗统治的进步的政治倾向性又那样鲜明!《离骚》千古为人传诵,并不是偶然的。

屈原以后,我国的许多有人民性的、杰出的古典诗人,"源其飙流所始,莫不同祖《风》《骚》"①。就是说,他们是有意识地继承、发扬《国风》和《离骚》的优良传统的。所以就主要倾向来区分,有现实主义诗人,也有浪漫主义诗人;但现实主义诗人的集子里,也有浪漫主义作品,浪漫主义诗人的集子里,也有现实主义作品。同时,杰出的现实主义篇章,总是包含着积极浪漫主义的因素;杰出的积极浪漫主义篇章,也总是包含着现实主义的因素。陶渊明是个现实主义诗人,但他的著名的《桃花源诗并记》却是浪漫主义作品而又包含着现实主义因素。就《桃花源诗》说,它把"春蚕收长丝,秋熟靡(无)王税……童孺纵行歌,斑白欢游诣"的理想世界描绘得鲜明生动,历历如在目前;但这理想,又是从战乱频仍,"王税"繁重,人民痛苦不堪的现实生活中孕育出来的。诗人自己,就过着"夏日长抱饥,寒夜无被眠","饥来驱我去,不知竟何之"的困顿生活。在《桃花源诗》里,他通过对理想中的人间乐园的描绘与歌颂,有力地对照了、批判了当时的黑暗现实。

只要仔细研究一下,就会发现在像陶渊明、杜甫、白居易等这样一些一向被公认为现实主义诗人的集子中,最杰出的篇章,往往具有现实主义和积极浪漫主义相结合的特点。陶渊明的那些现实性薄弱的作品,往往流露人生无常、逃避现实的消极思想,带有消极浪漫主义倾向;而现实主义精神较强的《咏荆轲》和"精卫衔微木,将以填沧海。刑天舞干戚,猛志固常在。……""夸父诞宏志,乃与日竞走。俱至虞渊下,似若无胜负。……"等"金刚怒目式"的诗篇,则虎虎有生气,充满积极的浪漫主义激情,足以鼓舞人民的斗志。杜甫的集子中极少消极的作品,一般都深刻地反映了历史真实,主要是现实主义的,但波澜壮阔的大篇如《北征》、《壮游》,中篇如《茅屋为秋风所破歌》、《凤凰台》、《醉时歌》、《饮中八仙歌》、《洗兵马》,小诗如《望岳》、《画鹰》、《房兵曹胡马》、《蚕谷行》、《闻官军收河南河北》等,也都具有积极的浪漫主义的特点。例如《蚕谷行》:"天下郡国向万城,无有一城无甲兵!焉得铸甲作农器,一寸荒田牛得耕?牛尽耕,蚕亦成。不劳烈士泪滂沱,男谷女丝行复歌。"在这首小诗中,诗人把事实和幻想,把当前的现实和理想中的未来如此紧密地结合起来了!

白居易《新乐府》组诗中的一部分现实主义诗篇,都闪烁着理想的火花,迸发出积极的浪漫主义激情,这是不难看出的。这里只举一首不甚为人注意的

---

① 沈约:《宋书·谢灵运传论》。

五言古诗《自蜀江至洞庭湖口有感而作》。诗人面对浩浩荡荡的长江,缅怀大禹治水的功绩。及至看到"洞庭与青草,大小两相敌。混合万丈深,淼茫千里白。每岁秋夏时,浩荡吞七泽。水族窟穴多,农人土地窄"的情况,就希望大禹复生,变水灾为水利:

> 安得禹复生,为唐水官伯!手提倚天剑,重来亲指画:疏流似剪纸,决壅同裂帛;渗作膏腴田,踏平鱼鳖宅;龙宫变闾里,水府生禾麦;坐添百万户,书我司徒籍。

陆游处在民族矛盾尖锐的时代里,广大人民的高涨的爱国热情燃烧着他的整个生命,然而南宋的政权把持在卖国求荣的投降派手里,"报国欲死无战场"。白天,他目睹民族侵略、权奸误国的现实,不禁满怀激愤,向往上马杀敌,报仇雪耻。夜里,正在梦中驰骋战场,奋勇杀敌,忽然被什么惊醒,眼前仍然是民族侵略、权奸误国的现实。这两种情况反映在他的创作中,就产生了许多现实主义和浪漫主义相结合的优秀诗篇。不仅如此,直到老年还无法实现理想的时候,他仍然没有绝望,幻想死后化成宝剑,杀尽权奸,扫荡妖氛:

> ……千岁埋松根,阴风荡空穴,肝心独不化,凝结变金铁。铸为上方剑,衅以佞臣血,匣藏武库中,出参髦头列。三尺灿星辰,万里静妖孽。君看此神奇,丑虏何足灭!

这是多么震撼人心的作品!

反过来,那些一向被认为浪漫主义的诗人,如李白、李贺等等,他们的最有人民性的诗作,也是现实主义和积极的浪漫主义相结合的。就李白说,例如他的《古风》第十九首:

> 西上莲花山,迢迢见明星。素手把芙蓉,虚步蹑太清。霓裳曳广带,飘拂升天行。邀我登云台,高揖卫叔卿。恍恍与之去,驾鸿凌紫冥。俯视洛阳川,茫茫走胡兵。流血涂野草,豺狼尽冠缨。

前十二句,写诗人接受了手持莲花的仙女的邀请,驾着鸿雁,飞升太空,展现了绚丽的神仙境界;后四句,写诗人从高空俯视人世,只见人民惨遭杀害,鲜血涂遍野草,而那些豺狼们却因杀害人民有功而封官拜将。用美好的仙境来对照血淋淋的现实,更增加了批判现实的力量。在这首诗里,浪漫主义和现实主义形成了对立的统一。至于《蜀道难》、《梁甫吟》、《梦游天姥吟留别》等脍炙人口的作品,"想落天外"、"横被六合",展现出壮丽奇谲的艺术境界,是浪漫主义的杰作,然而或抒发忧国伤时的情感,或表现对"权贵"的鄙弃和对自由的渴望,都包含着现实主义的因素。

我国杰出的古典戏曲小说也是如此。《西游记》当然主要是积极的浪漫主义作品,但不要说那些用生活本身的形式反映生活的部分,其"讽刺揶揄,则取当时世态,加以铺张描写"①,就是写孙悟空大闹天宫以及与妖魔鬼怪斗争的章节,何尝不是现实生活的反映。《窦娥冤》、《西厢记》、《三国演义》、《水浒传》、《红楼梦》都是公认的现实主义名著。然而,《窦娥冤》把一个封建社会中被人贱视的普通妇女的冤死写得感天动地,六月飞雪,三年不雨;《西厢记》写一对在封建礼教压迫下进行自由恋爱的有情人突破重重障碍,终成眷属;《水浒传》把被封建统治者目为"盗贼",必欲斩尽杀绝而后快的起义农民写得大义凛然,英雄盖世;《三国演义》把被封建贵族骂为"村夫"的诸葛孔明写得足智多谋,不仅具有卓越的政治、军事才能,而且能呼风唤雨、控制自然;《红楼梦》中的贾宝玉和林黛玉的反封建精神,概括了新事物的萌芽,寄托着作者的理想和愿望:显然又都含有积极浪漫主义的因素。

以上的许多事实向我们证明:清醒的、有理想的现实主义不能不包含积极浪漫主义因素,而积极浪漫主义也不能不带有现实主义的成分。离开积极的浪漫主义,现实主义就不免流于鼠目寸光的自然主义;离开现实主义,浪漫主义就不免陷入虚伪的、空幻的、神秘主义的境地。

刘勰在《文心雕龙·辨骚》里讲到学习屈原的作品,应该"酌奇而不失其真,玩华而不坠其实"。这可说是我国关于现实主义与浪漫主义相结合的最早的朴素思想。到了晚清,就有了更明晰的理论概括。例如有人提出作家可以根据自己的理想,塑造出"现社会所亟需而未有之人物",但这种理想人物又非凭空臆造,而是"以理想始,以实事终",要有生活根据,真实可信。② 所以又指

---

① 鲁迅:《中国小说史略》第十七篇。

② 侠人等:《小说丛话》。

出："古来无真正完全之人格,小说虽属理想,亦自有分际;若过求完善,便属拙笔。"①到了王国维,就更进了一步。他说:

> 有造境,有写境。此理想与写实二派之所由分。然二者颇难分别。因大诗人所造之境,必合乎自然;所写之境,亦必邻于理想故也。②

> 自然中之物,互相关系,互相限制。然其写于文学及美术中也,必遗其关系、限制之处。故虽写实家,亦理想家也。又虽如何虚构之境,其材料必求之于自然,而其构造,亦必从自然之法则。故虽理想家,亦写实家也。③

王国维所说的"理想家",就是我们所说的浪漫主义作家;他所说的"写实家",也就是我们所说的现实主义作家。他指出浪漫主义作家的"造境"既必须取材于现实生活,又必须符合现实生活的规律;而现实主义作家的"写境"也并不是现实生活的简单复写,所以"亦必邻于理想"。因此,"虽写实家,亦理想家也","虽理想家,亦写实家也","二者颇难分别"。而这种"颇难分别"的事实,正说明了现实主义和浪漫主义并非尖锐对立、互相排斥、水火不相容,而是既有相对独立性,又往往互相补充、互相渗透、互相结合的。

当然,过去时代的人民创作和进步文人的创作,不论是对生活的认识,还是对生活的理想,都受着历史的、阶级的局限。这表现在:

第一,劳动人民和进步作家批判不合理的社会制度,追求美好的未来,但不可能确切地认识现实发展的规律,不可能预见未来,因而他们对美好的未来的理想常常是朦胧的。同时,他们的美好理想和黑暗现实始终处于对立的状态,为实现理想而进行的英勇斗争,又常常陷于失败。

第二,进步文人揭露黑暗统治,但没有和人民相结合,因而对理想的追求就显得软弱无力,终不免于失望。屈原叹息"国无人莫我知","莫足与为美政",就带有典型性。

---

① 《小说丛话》,见《小说林》1907 年第 1 卷。

② 王国维:《人间词话》二。

③ 王国维:《人间词话》五。

第三,那时的人民受剥削、受压迫,时常进行反抗,进行阶级斗争和生产斗争,但他们的思想受着重重束缚,没有解放,他们更得不到正确的领导(因为历史上还没有出现工人阶级及其政党)。所以,他们的智慧和力量不能充分发挥出来。

因此,过去的现实主义是旧的现实主义,过去的浪漫主义是旧的浪漫主义。这二者,虽然在一些杰出的作品里是有结合的,但也不是完美的结合;一般的情况是,主要是现实主义作品而带有积极浪漫主义的因素,或主要是积极浪漫主义作品而带有现实主义的成分。

随着无产阶级革命运动的兴起而出现的革命文艺,情况就大不相同了。就主要倾向说,有革命现实主义作品,有革命浪漫主义作品。但由于在社会主义理想鼓舞下用革命的、发展的观点认识新现实、反映新现实,所以革命现实主义和革命浪漫主义往往是在不同程度上结合着的,而且有条件达到有机的、完美的结合。

高尔基在《论短视和远见》一文中深刻地指出:"文学家的社会经验越丰富,他的见解就越高,他的精神的视野就越广,他就越能清楚地看见世界上什么跟什么相联系,以及这些彼此接近或联系的事物之间的相互作用如何。科学的社会主义为我们创造了最高的精神高峰,从那里可以清晰地看见过去,指出一条走向未来的途径,从'必然的王国到自由的王国'的大道。"正因为高尔基既具有丰富的社会经验,又站在科学社会主义这个"精神高峰",所以他早在社会主义现实主义的创作方法从理论上正式提出之前,就创作了被誉为"社会主义现实主义文学范本"的《母亲》。也正因为他认识到从科学社会主义高峰可以清晰地看见过去,指出从"必然的王国到自由的王国"的大道,所以他早在一九二八年就已经提出了这样的意见:

> 我以为,现实主义和浪漫主义精神必须结合起来。不是现实主义者,不是浪漫主义者,同时却又是现实主义者,又是浪漫主义者,好象同一物的两面。①

很清楚,高尔基是在提倡一种现实主义和浪漫主义相结合的创作方法。

---

① 《苏联作家论社会主义现实主义》,人民文学出版社版,第16—17页。

他自己是早已实践了这一主张的。如果我们不拘泥于名词术语上的差异，而从本质上看问题的话，那么把被公认为社会主义现实主义作品的《母亲》说成"两结合"的作品，也不至于违反事实。同样，把我国过去认为是社会主义现实主义作品的《白毛女》、《保卫延安》、《红旗谱》、《创业史》、《红岩》等等叫做"两结合"的作品，也仍然符合实际。

既然"两结合"是和社会主义现实主义一脉相承的，并无本质上的区别，那么为什么在提出"我们是主张社会主义的现实主义"之后，又要提出"两结合"的创作方法呢？这除了前述的原因之外，还与当时的历史条件有关。

第一，"两结合"是一九五八年正式提出来的。而在先一年，毛泽东同志已经指出苏联的某些作家败坏了社会主义现实主义的声誉。

第二，在社会主义改造基本完成之后，出现了一种新的形势。叶剑英同志在庆祝中华人民共和国成立三十周年大会上的讲话中说："一九五八年，毛泽东同志号召破除迷信，解放思想，主持制定鼓足干劲、力争上游、多快好省地建设社会主义的总路线。在这条总路线的激励和鼓舞下，全国人民发挥出高度的积极性和创造性，努力探索独立自主、自力更生地发展社会主义建设的新途径，开辟了许多新的生产领域和科学研究领域，并且在农村建立了人民公社制度。""两结合"的创作方法，也正是适应这种客观形势提出来的。由于革命人民意气风发，斗志昂扬，焕发出高度的社会主义积极性和创造性，其本身就洋溢着革命浪漫主义精神，要求在文艺中得到表现，所以在创作方法上，就提出了革命现实主义和革命浪漫主义相结合。如果说"两结合"与社会主义现实主义有什么不同的话，那就是在提法上给革命浪漫主义以明确的地位。

对一九五八年的形势，要一分为二地看。一方面，革命人民确实意气风发，干劲冲天，发挥出高度的社会主义积极性和创造性；但是另一方面，如叶剑英同志所指出："在经济工作的指导上违背了客观规律，离开了深入调查研究、一切经过试验的原则，犯了'瞎指挥'、'浮夸风'和'共产风'的错误。"把这些"瞎指挥"、"浮夸风"和"共产风"的错误当做革命浪漫主义反映在文艺创作上，就出现了说假话、唱高调、虚张声势、想入非非的所谓"两结合"的作品。而这一点，又被"四人帮"利用，假借革命浪漫主义去"突出"他们的"英雄人物"，大搞阴谋文艺。这一切，又极大地败坏了"两结合"的声誉。

但是这一切，并不是"两结合"创作方法本身造成的。难道能说"瞎指挥"、"浮夸风"和"共产风"真的是革命浪漫主义吗？难道能说"四人帮"炮制的"始终居于主宰地位",随意"指挥一切,调动一切"的"英雄人物",真的体现了无产阶级革命理想吗?

革命现实主义和革命浪漫主义,这是我们拥有的并行不悖的两种创作方法。这两种创作方法同以辩证唯物主义的世界观为指导,都要求反映社会生活的本质真实,用社会主义思想教育人民,因而既可以相对独立,又可以互相结合。这种结合,在苏联和我国的社会主义现实主义作品中是一种客观存在,从高尔基的《母亲》算起,已有七十多年的历史了。

第二节　"两结合"创作方法的基本特征

"两结合"是在无产阶级世界观指导下把革命现实主义和革命浪漫主义结合起来的一种创作方法。革命现实主义,就是无产阶级实事求是的革命精神在文艺上的具体体现,它要求文艺创作严格地依据辩证唯物论的反映论,真实地、深刻地反映现实生活的历史发展进程。革命浪漫主义,就是无产阶级的革命理想主义在文艺上的具体体现,它要求文艺创作能够表现出共产主义的伟大理想以及无产阶级为实现这一理想而斗争的革命英雄主义和革命乐观主义精神。这两种创作方法各有侧重,各有特长。"两结合"的创作方法,则以革命现实主义为基础,以革命浪漫主义为主导,把二者有机地结合起来,相辅相成,相得益彰。

那么,"两结合"的基本特征是什么呢?

邓小平同志代表党中央在第四次全国文代会上致的祝词中说:

> 我们的社会主义文艺,要通过有血有肉、生动感人的艺术形象,真实地反映丰富的社会生活,反映人们在各种社会关系中的本质,表现时代前进的要求和历史发展的趋势,并且努力用社会主义思想教育人民,给他们以积极进取、奋发图强的精神。

这一段话,和苏联作家协会章程中概括社会主义现实主义特征的那一段话基本精神是一致的,和毛泽东同志所说的"比普通的实际生活更高,更强烈,更有集中性,更典型,更理想,因此就更带普遍性"基本精神也是一致的。应该说,这是对"两结合"基本特征的扼要说明。

这一段话告诉我们:"两结合"的根本问题是在文艺创作中如何正确地处

理革命现实与革命理想的关系问题。革命现实与革命理想的统一，乃是"两结合"的基本特征。怎样才能处理好这个关系？需要通过创作实践，通过对创作实践经验的总结，给予越来越完善的回答。这里试从以下几个方面进行初步的探索。

（一）歌颂新事物与批判旧事物的统一

邓小平同志在《祝词》中指出要"表现时代前进的要求和历史发展的趋势"。"历史发展的趋势"，就是新与旧的矛盾形成一系列曲折的斗争，斗争的结果："新的方面由小变大，上升为支配的东西；旧的方面则由大变小，变成逐步归于灭亡的东西。"——这就是我们面对的革命现实。"历史前进的要求"，当然是和"历史发展的趋势"一致的，那就是：扶植新事物，歌颂新事物，促其成长；暴露旧事物，批判旧事物，使其消亡。——而这，也就是我们的革命理想。正因为我们面对的革命现实和我们的革命理想是一致的，所以这二者在文艺创作中能够统一、能够结合。

任何文艺创作，都会碰到歌颂与暴露的问题。关键是歌颂什么、为什么歌颂、怎样歌颂，暴露什么、为什么暴露、如何暴露。要解决好这个问题，必须在共产主义世界观指导下深入生活，与革命人民同呼吸，共命运，发现哪些是反映历史前进趋势和人民要求、愿望的新事物，从而满腔热情地歌颂之，发现哪些是阻碍历史前进和危害人民利益的旧事物，从而给予无情的暴露和批判。

毛泽东同志在讲了六个"更"之后，特意给我们举了个例子加以说明：

> 例如一方面是人们受饿受冻，受压迫，一方面是人剥削人，人压迫人，这个事实到处存在着，人们也看得很平淡；文艺就把这种日常现象集中起来，把其中的矛盾和斗争典型化，造成文学作品或艺术作品，就能使人民群众惊醒起来，感奋起来，推动人民群众走向团结和斗争，实行改造自己的环境。

这"例如"两个字是值得我们特别注意的。这不是明明白白地通过实例对六个"更"作了精辟的解释吗？

在全国解放以前，到处存在着人剥削人、人压迫人的事实，但由于那是分散的、自然形态的东西，所以往往被忽视，不易使人民群众惊醒起来，感奋起来。站在地主资产阶级立场的作家以此为题材，歪曲现实，掩盖矛盾，颠倒黑白，宣扬造反无理，剥削有功，那就不仅不会使人民群众走向团结和斗争，还会麻痹人民的斗志。旧现实主义作家以此为题材，可以做到对剥削、压迫的现象有所揭露，对受冻、受饿、受压迫的人民有所同情，但不可能为人民群众指明改造自己的环境的正确途径。旧的浪漫主义者可以描绘一个与人剥削人、人压迫人的黑暗现实相对立的"世外桃源"，但那究竟是一个无法实现的"乌托邦"。站在无产阶级立场，用辩证唯物主义和历史唯物主义这种科学的先进的世界观武装起来的革命作家都不是那样。他深入现实生活，胸怀共产主义理想，从推翻三座大山、实现社会主义理想的思想高度来反映生活，把剥削与被剥削、压迫与被压迫的矛盾斗争典型化，情形就大不相同。以歌剧《白毛女》为例：作者把人剥削人、人压迫人的日常现象集中起来，创造出黄世仁、黄母、穆仁智等各种有血有肉的反面形象，给予无情的揭露和鞭挞，把人们受冻、受饿、受压迫的日常现象集中起来，把人们反剥削、反压迫的分散斗争集中起来，创造出喜儿、大春、杨白劳、赵大叔等各种生动感人的正面形象，给予热烈的同情和歌颂。不仅充分地暴露、鞭挞了剥削阶级、剥削制度的反动本质，深刻地反映了劳动人民祖祖辈辈追求翻身解放的理想和愿望，而且明确地指出了实现那种理想和愿望的必由之路，突出地揭示了"旧社会把人逼成'鬼'，新社会把'鬼'变成人"的主题。歌剧《白毛女》是百分之百地源于生活的，但它不是鼠目寸光地反映某些既定现实，而是富有远见地反映现实发展的前途和生活理想，它反映出来的生活比实际生活更高、更强烈、更有集中性、更典型、更理想，因此就更带普遍性。正因为这样，它才能使千百万人民群众惊醒起来，感奋起来，发誓为喜儿报仇，更自觉地投身革命斗争，在党的领导下以集体的力量"实行改造自己的环境"，实现翻身解放的理想。

十分清楚，毛泽东同志所说的六个"更"，是革命作家在科学世界观指导下"把这种日常现象集中起来，把其中的矛盾和斗争典型化"的结果，把革命现实和革命理想统一起来的结果。"四人帮"却竭力歪曲现实和理想、革命现实主义和革命浪漫主义的辩证关系，硬是要杜绝生活源泉，从主观臆造的主题出发，去凭空捏造那六个"更"，从而用他们的"三突出"模式篡改"两结合"的创作方法，充分暴露了他们形而上学猖獗、唯心主义横行，急于炮制阴谋文艺的丑恶嘴脸。

列宁指出：社会主义时期就是"衰亡着的资本主义与生长着的共产主义彼

此斗争的时期"①。"两结合"的创作方法要求生动描写、热情歌颂体现着共产主义理想的"新的人物,新的世界"。但是"新的人物,新的世界",是和"旧的人物,旧的世界"相对比而存在,相斗争而发展的,所以不可能孤立地描写和歌颂"新的人物,新的世界",仍然必须把现实生活中的矛盾和斗争典型化。也就是要用马克思主义的世界观去观察、研究生活,根据实际生活创造出各种各样的人物,从而正确地反映在矛盾斗争中向前发展的历史进程,热情地歌颂新的人物为实现社会主义理想而斗争的革命英雄主义和革命乐观主义精神,深刻地揭露和批判封建主义、资本主义的残余势力,鼓舞和教育人民去摧毁旧事物,建设新世界,推动人类历史的前进。深受广大读者欢迎的许多优秀作品,如《白毛女》、《保卫延安》、《红岩》、《红旗谱》、《创业史》等等以及粉碎"四人帮"以来发表的《于无声处》、《乔厂长上任记》、《报春花》、《丹心谱》、《未来在召唤》等等,都是把歌颂和批判统一起来的。在这里,我们有必要重温毛泽东同志所强调的两个"必须":

> 一切危害人民群众的黑暗势力必须暴露之,一切人民群众的革命斗争必须歌颂之,这就是革命文艺家的基本任务。

长期以来,由于"四人帮"推行法西斯文化专制主义,暴露黑暗势力,甚至批评某些缺点,都成了文艺创作的禁区,稍有触犯,什么"写真实"呀,"暴露阴暗面"呀,"揭我们的后院"呀,一顶顶大帽子,就硬往你头上扣。而在他们的阴谋文艺作品里,却把他们一伙写成神圣,肉麻地加以吹捧,把我们的党、我们的人民和我们的社会主义制度作为"阴暗面",横加诬蔑。在他们那里,光明面和阴暗面是颠倒的。然而"四人帮"不准写阴暗面的流毒至今还在某些人的头脑里作祟,当有些作家冲破"禁区",写出了像《班主任》、《神圣的使命》、《乔厂长上任记》等深受广大人民群众欢迎的作品的时候,有些人却说这是"暴露文学"、"批判现实主义",质问"为什么要写阴暗面?"这些责难,其实是毫无根据的。如果不是从定义出发,而是从实际出发的话,那么首先应该弄清的不是该不该写阴暗面的问题,而是社会主义社会有没有阴暗面、怎样识别阴暗面以及怎样描写阴暗面的问题。社会主义社会是光明的,光明面占主导地位。但它

---

① 《无产阶级专政时代的经济和政治》,《列宁选集》第4卷,第84页。

是一个存在阶级斗争的社会,是一个有待于我们在实践中不断认识其发展规律和不断改正缺点、错误以符合其发展规律的社会,所以它还有阴暗面。毛泽东同志就曾说过:必须发动群众来揭露我们的阴暗面。在人民群众看来,林彪、"四人帮"打着"文化大革命"的幌子在相当长的时期内疯狂推行封建法西斯专制主义,在政治、经济、文化、教育等各个领域,造成了空前的浩劫,其流弊遗毒至深且广,严重地侵蚀着社会主义的机体,这就是我们社会主义社会出现的最大阴暗面;党和人民群众反对林彪、"四人帮"的倒行逆施及其恶劣影响的艰苦斗争和向四化进军的英雄业绩,这才是光明面。我们为什么不应该歌颂这种光明面,揭发那种阴暗面呢?

粉碎"四人帮"以后出现的许多深受读者欢迎的作品,都不是单纯地、片面地揭露、批判阴暗面,而是在不同程度上把歌颂光明面和揭批阴暗面统一起来的。《神圣的使命》揭露和批判的对象,是徐润成、裴发年、杨大榕这些"四人帮"的帮派骨干,是他们搞阴谋诡计、篡党夺权的罪行,是他们害死省委书记陆青的秘书、公安人员王公伯和制造白舜冤案的反革命活动。如小说所指出,他们"代表了疯狂破坏文化大革命的一股黑暗势力"。一点不错,这是黑暗势力,绝不是光明势力!这黑暗势力,不是在一个长时期里确实存在着,严重地威胁着人民的命运、国家的前途吗?对于站在无产阶级立场,从共产主义理想的高度来认识生活、反映生活的作家来说,能对这种黑暗势力熟视无睹吗?"一切危害人民群众的黑暗势力必须暴露之",这是由无产阶级的革命理想决定的。不彻底消灭这一切黑暗势力,人民群众能够彻底解放吗?共产主义理想能够最终实现吗?"两结合"的创作方法之所以以革命现实主义为基础,而以革命浪漫主义为主导,就因为革命浪漫主义不仅表现在对于光明面的歌颂上,而且表现在对于阴暗面的揭露上。毛泽东同志早在《实践论》中就明确指出:无产阶级及其政党根据科学认识而定下来的改造世界的实践过程,"是整个儿地推翻世界和中国的黑暗面,把它们转变过来成为前所未有的光明世界"。无产阶级的革命浪漫主义、革命理想主义、革命英雄主义、革命乐观主义,就表现在敢于消灭一切黑暗势力,敢于踏平一切艰难险阻,为创造一个前所未有的光明世界而英勇斗争,不惜献出宝贵的生命。正当"黑手高悬霸主鞭"的时候,"为有牺牲多壮志,敢教日月换新天"。

在我们的社会主义社会里,就是在万恶的"四人帮""黑云压城"的时候,光明面仍然占主导地位。《神圣的使命》也表现了光明面,而且在写光明面与阴暗面的生死搏斗中歌颂了光明面。"文化大革命"中,林彪、"四人帮"的倒行逆施和党与人民群众反对林彪、"四人帮"的斗争,大大提高了人民群众区分敌我、识别真假马克思主义的能力和关心党的命运、国家的前途的思想觉悟。这是人民群众真正成为国家和历史的主人的重要标志。这在《神圣的使命》中是得到了反映的。它写了郑局长、王公伯有勇有谋,不顾身家性命,投入了昭雪冤狱,揭发徐润成、裴发年、杨大榕的斗争;也写了冤案受害者白舜、林芳,公安干警陈清水、吕萍,教师吴正光在斗争的洗礼中提高了觉悟;就连艾华这个一度成为她父亲进行政治赌博的工具的受害者,最后也反戈一击。小说形象地表现了"四人帮"及其帮派骨干们人心丧尽、众叛亲离的虚弱本质,表现了党和人民群众不可摧毁的伟大力量,从而展现了光明面终将战胜阴暗面的历史趋向。王公伯的认识是不错的:"眼前这场斗争,绝不仅是处理一宗个别人的冤案,而是两个阶级、两条路线的生死斗争。真是牵一发而动全身啊!它牵动着好些个人!它将使妖魔现出原形,使正义得到伸张,使人民的觉悟大大提高。"正因为他有这样的正确认识,所以才把保护人民的利益、同"四人帮"斗争到底,当做义不容辞的"神圣使命",面临生死的考验而决不退缩,直至被害,始终洋溢着革命乐观主义精神。

《班主任》深刻地揭露了"四人帮"对党的教育方针的破坏所带来的严重恶果,提出了人们普遍关心的青少年的教育问题。"救救被'四人帮'坑害了的孩子!"这是亿万人民的心声。

作者通过对宋宝琦、谢惠敏这两个形象的塑造,概括了相当深广的社会内容。在"四人帮"横行的时代,像宋宝琦那样的小流氓,大家并不陌生,作品的深刻之处,在于它揭示出被"四人帮"扭曲了的"畸形儿",还有另一类,谢惠敏就是这另一类的代表。她体貌端庄,品质纯正,由于社会工作占去了过多的时间精力,功课并不佳。在那一时期的任何一所中学里,都会有这样的"积极分子"被重用。然而,一种表面上看不出的病症却浸入了她的肌体,深入了她的骨髓。林彪、"四人帮"所鼓吹的那一套用"最最革命"的油彩装潢起来的封建专制主义的东西,成了她立身行事的准则。她视野狭窄,是非模糊,热情而盲从,真诚而愚昧。她用"四人帮"的精神枷锁把自己禁锢起来,又去禁锢别人。人们并不喜欢她,又不敢断然否定她,因为她"左",她"革命"。作者透过这个人物的端庄体貌,揭示出"四人帮"打在她灵魂深处的黑色烙印,从而赋予这个形象比宋宝琦更深刻、更普遍、更典型的社会意义,在我们文学史的人物画廊中,增添了一个新的"熟识的陌生人"。

读了《班主任》,我们清楚地看出,作者并不是在暴露我们的孩子,而是在暴露"四人帮"。当我们听到作者痛彻肺腑地呼喊"'四人帮'不仅糟踏着中华民族的现在,更残害着中华民族的未来"的时候,谁能不为之深深感动!谁能不投入"救救孩子"的斗争!

《班主任》的作者在愤怒地揭露"四人帮"的罪恶的同时,以赞颂的笔触,为我们塑造了一位班主任张俊石的光辉形象。张俊石这位战斗在平凡工作岗位上的普通中学教员是平凡的、普通的,与"四人帮"捏造的"高大完美"的"英雄形象"迥乎不同,但他却是我们教育战线上无数无名英雄的代表。他工作认真,思想深邃,具有高度的革命责任感。人们习惯于把宋宝琦和谢惠敏看成两类根本不同的青年,他却从他们对《牛虻》的一致看法中,发现了受"四人帮"毒害的共同点,由此认识到一个关系到中华民族前途的严重问题,"觉得心里的火苗扑腾腾往上蹿,一种无形的力量冲击着他的喉头",发出了"救救孩子"的呼声,并且满怀信心地担负起教育"病孩子"的历史使命。

《神圣的使命》和《班主任》,显然同"暴露文学"、"批判现实主义"有本质的区别。什么叫"暴露文学"? 毛泽东同志在《讲话》中明确指出:"许多小资产阶级作家并没有找到过光明,他们的作品就只是暴露黑暗,被称为'暴露文学'。"什么是"批判现实主义"? 高尔基也作过恰当的说明:"资产阶级的'浪子'的现实主义,是批判的现实主义。批判的现实主义揭发了社会的恶习,描写了个人在家庭传统、宗教教条和法规压制下的'生活和冒险',却不能够给人指出一条出路。"① 而《班主任》与《神圣的使命》则是从变阴暗面为光明面的革命理想出发,把歌颂光明面与揭露阴暗面统一起来的。张俊石作为千万个先进班主任的代表,不仅发出了"救救孩子"的呼声,引起人们的注意,而且勇挑重担,投入了"救救孩子"的战斗,使读者相信,我们的孩子是会得救的。王公伯、白舜把自己的命运,同党、同社会主义制度、同人民群众的悲欢联系起来,进行艰苦卓绝的斗争,有进无退。他们的悲壮的战斗经历,闪耀着革命英雄主义的光辉,给读者以巨大的鼓舞力量。至于说作品已经把问题暴露了出来,却没有以完满的解决而结尾,这也是无可指责的。矛盾就是过程。只要在作品描写的范围之内,矛盾还没有达到彻底解决的程度,阴暗面还没有全部转变为

---

① 高尔基:《论写作》,第9页。

光明面，那么，作家又有什么必要违背生活的真实，仅仅根据某种抽象的原则，去生造一条光明的尾巴呢？当作家揭露了阴暗面，同时又写出了在它周围存在着的朝气蓬勃的、向上的力量时，他实际上已经展现了光明面必然战胜阴暗面的历史趋势。

《班主任》、《神圣的使命》等作品之所以深受读者欢迎，就因为它们以揭批"四人帮"为中心，真正喊出了人民的心声，切实反映了历史的脉搏，恢复了被"四人帮"搞掉了的革命现实主义传统。"两结合"的创作方法，是以革命现实主义为基础的（抽掉了这个基础，就谈不到"两结合"）。《班主任》、《神圣的使命》都不仅具有比较坚实的革命现实主义基础，而且在一定程度上闪耀着革命浪漫主义的光辉。

有人担心，用文艺形式揭批"四人帮"，揭露阴暗面或消极面，容易牵涉到人民内部问题，引起误解。这种担心，其实也不必要。因为歌颂与揭露的问题，本来就是一个阶级立场问题。只要站稳阶级立场，正确地区分和处理两类不同性质的矛盾，就不会像暴露"四人帮"那样暴露人民。毛泽东同志早在《讲话》中指出："暴露的对象，只能是侵略者、剥削者、压迫者及其在人民中所遗留的恶劣影响，而不能是人民大众。"接着又指出："人民大众也是有缺点的，这些缺点应当用人民内部的批评和自我批评来克服，而进行这种批评和自我批评也是文艺的最重要任务之一。"粉碎"四人帮"以后，党中央从胜利地实现新时期的总任务着眼，号召我们要有勇气"正视和揭露我们的具体政策、规章制度、工作方法、思想观念中那些同实现四个现代化的要求不相适应的东西，有魄力去坚决而又妥善地改革上层建筑和生产关系中同生产力发展不相适应的部分。"所以，人民内部矛盾也必须写。人类社会就是在矛盾斗争中发展的。人民群众从来不欢迎掩盖现实矛盾的虚假的作品。当然，人民内部矛盾与敌我矛盾有本质上的区别，揭发批判旧制度、旧意识在人民中所遗留的影响，和揭发批判林彪、"四人帮"不同，批评人民大众的某些缺点，更不能和揭发批判林彪、"四人帮"相提并论，这是不言而喻的。如果把人民内部的缺点作自然主义的暴露，或冷嘲热讽，或散布消极悲观情绪，那就真的成了"暴露文学"，从根本上背离了"时代前进的要求和历史发展的趋势"，更谈不上"用社会主义思想教育人民"了。

"历史发展的趋势"是新事物战胜旧事物，"时代前进的要求"是热情地扶植新事物，使其战胜旧事物。努力塑造代表新事物发展趋势的社会主义新人的正面形象,从而体现"时代前进的要求"和人民大众的革命理想,这是"两结合"创作方法的最突出的特点,《乔厂长上任记》的作者说得好:"乔光朴的事迹里不仅有已经发生的事情,还有今后应当发生的事情,也是乔光朴这个人必然会干出的一些事情。文学要反映生活,不可能不加进作者的理想。"这说明"以浪漫主义为主导"并不是要脱离生活的土壤,滥用幻想和夸张,说假话,唱高调,随意"神化"英雄人物,用虚伪的歌颂来粉饰现实,而是要求作家以九亿人民的革命理想为理想,用以照耀现实,发现、认识、描写新长征路上勇往直前,敢于排除艰难险阻,向四化进军的社会主义新人,反映历史发展的必然趋向。蒋子龙的《乔厂长上任记》和赵梓雄的《未来在召唤》,可以作为例证。它们大胆地反映了搞四化和阻碍四化的尖锐的矛盾冲突,揭示了现实生活中的某些本质方面。一方面,揭露、批判了"照搬本本"、思想僵化的官僚主义者和投机钻营、"吃政治饭"的某些领导干部的思想作风和行为,真实地表现了这些人是实现四化的严重障碍;另一方面,塑造了乔光朴、梁言明这样有血有肉、生动感人的正面形象,歌颂了他们把全身心融进实现四化的伟大事业,坚持实事求是的原则,按照客观规律办事,敢作敢为的思想作风和优秀品质,真实地反映了先进的中国人民为实现四化的宏伟目标而进行的英勇斗争。这样的作品,的确能起到"用社会主义思想教育人民,给他们以积极进取、奋发图强精神"的积极作用。

《乔厂长上任记》的作者还说:"作家的职责应该是加速生活的脉搏的跳动,激发生活的动力。应该是以对自己一代人的生活和命运负责的态度,严肃认真地阐明生活中的各种困难,透过生活的表面深入到它的最深处,揭示人们行为的根据,指出这些行为的规律,勇敢而坚决地暴露出冲突的深刻的根源。同时还要把握住现实生活发展的历史趋向。不把握住这个发展趋向,就不会真实地反映现实生活中的矛盾和斗争,甚至会歪曲我们这个时代的面貌。"①《班主任》的作者刘心武也说得很深刻:

> 运用革命现实主义和革命浪漫主义相结合的方法反映现实,应当敢于面对生活中最复杂的矛盾冲突,又善于引导读者从最困难和最艰巨的

---

① 《加速生活脉搏的跳动》,载《中国青年报》1979 年 10 月 1 日。

战斗中看到璀灿的前景。①

"两结合"的创作方法以马克思主义的科学世界观为指导。这种世界观承认社会生活是在矛盾斗争中发展的,没有矛盾就没有世界。因此,勇于揭露生活中的矛盾和斗争,乃是"两结合"创作方法固有的特点。矛盾斗争是双方面的,要勇敢地真实地反映矛盾和斗争,就必然既有歌颂,也有批判。歌颂和批判,本来是一个问题的两个方面,关键在于站在什么立场,出于什么理想,歌颂什么,批判什么。"两结合"的创作方法要求作家站在无产阶级的立场,以马克思主义的科学世界观为指导,清醒地注意生活中的各种矛盾及其发展,敏锐地反映新情况和新问题,善于发现一切新生事物和先进力量,从而歌颂之,也善于发现一切阻碍我们前进的东西,从而批判之。这样,就能够"引导读者从最困难和最艰巨的斗争中看到璀灿的前景",受到激励和鼓舞,以加倍的努力推动历史的前进。

(二)倾向性与真实性的统一

现实生活本身有其倾向性,那就是它的发展规律、发展趋势。作家反映生活也有其倾向性,其具体表现就在于反映什么、如何反映。文艺作品具有倾向性,这是不容否认的。问题只在于作家的倾向性和生活本身的倾向性是否一致。

我们通常所说的倾向性,指的是作家的倾向性。而反映了生活的发展规律、发展趋势,则称为真实性。真实性是文艺的生命,衡量作品的优劣,首先要看它是否反映了生活真实,在什么程度上反映了生活真实。而能否反映生活真实,却和作家的思想倾向息息相关。作家的思想倾向符合生活的发展规律、发展趋势,就能正确地反映生活,创造出倾向性与真实性一致的作品。反之,作家的思想倾向违反生活的发展规律、发展趋势,就必然歪曲地反映生活。过去的进步文艺,其倾向性与真实性都有某种程度的一致,但很难完全一致,那是由于受历史局限和阶级局限的缘故。至于反动阶级的作家,则从其阶级利益出发,有意识地掩盖或歪曲生活的真相,《荡寇志》之类的作品,就是典型的例证。

---

① 《生活的创造者说:走这条路!》,载《文学评论》1978 年第 5 期。

"两结合"的文艺创作要用社会主义思想教育人民。而社会主义思想,乃是社会历史发展规律的科学反映,代表着无产阶级和人民大众的利益,符合历史发展的方向。因此,无产阶级作家的社会主义思想倾向性,保证了反映生活的真实性。在"两结合"的作品中,社会主义思想不是外加进去的,而是通过现实生活的真实反映,通过典型化的形象塑造显示出来的。思想倾向与艺术真实水乳交融,达到了高度的统一。

落后和反动的政治倾向性排斥文艺的真实性,无产阶级的革命倾向性则保证文艺的真实性。"两结合"的文艺创作以社会主义思想、共产主义理想为指导,要求作家从建设社会主义、实现共产主义的高度来观察、研究、反映当前的现实。只有这样,才能站得高,看得远,想得深,吃得透,才能把当前现实作为整个共产主义运动历史的一个阶段来深入考察,才能从纷纭错杂的社会现实中透过现象看本质,发现新事物的萌芽,把握社会发展的趋势,从而通过典型化的形象揭示现实生活的本质及其发展规律;而社会主义思想、共产主义理想,也自然与作品所反映的生活真实血肉相连。倾向性与真实性并不是机械地相加,而是有机地融合。

让我们联系实际进行探讨。

一九七六年初发生在北京天安门广场和全国各地的悼念敬爱的周总理、声讨万恶的"四人帮"的革命群众运动,被"四人帮"打成"反革命事件",遭到骇人听闻的残酷镇压。一时间鹰犬四出,追查、搜捕,全国笼罩在白色恐怖之中。亿万正直的人们都在严肃思考:这是"反革命事件"吗?周恩来同志的一生,是和中国人民的幸福、中国革命的胜利紧密地联系在一起的。他在四届人大上宣布的四个现代化的宏伟设想,表达了全国人民的愿望。"文化大革命"期间,他砥柱中流,力挽狂澜,抵制和排除林彪、"四人帮"的干扰破坏,力争革命和生产沿着社会主义道路向前发展。为了使党和社会主义事业不被"四人帮"葬送,为了保护遭到"四人帮"摧残的老一辈无产阶级革命家和人民群众,他不畏艰难险阻,积劳成疾,献出了光彩夺目的余生。在他身上,寄托着亿万人民实现四个现代化、使祖国繁荣昌盛的美好理想。那么,在他生前,"四人帮"为什么要诽谤、中伤他?在他逝世以后,"四人帮"为什么要放肆地向他泼污水?为什么把亿万人民发自内心的悼念活动打成"反革命事件"?为什么把表达亿万人民心声的天安门诗词打成"反革命毒草",大兴文字狱?又为什么要诬陷为实现四个现代化而全力以赴、不顾个人安危的邓小平同志和其他老一辈无产阶级革命家？斗争擦亮了人民的眼睛，提高了人民的觉悟，让人民清楚地认识到那些疯狂反对周总理的家伙才是真正的反革命。以对待周总理的态度为焦点，中国面临着两种前途、两种命运的大决战。"任刮起十级台风，掀起万丈黄沙，谁也不能折断我们不屈的脊骨，谁也不能阻挡我们前进的步伐！""总理遗志我们继，四个现代化实现日，我们一定设酒重祭！"……这就是从亿万人民心底响起的惊雷，也是最好地体现了革命现实主义和革命理想主义、革命英雄主义精神的壮丽诗篇。

（三）社会主义方向的一致性与题材、体裁、风格的多样性的统一

"两结合"的创作方法并不是一种死硬的框框，而是一种指导作家更好地反映现实的原则。所以，运用这一方法，不仅不会导致公式化，而且真正有利于百花齐放。

各种不同的文艺样式、文艺体裁是各有特点的。各种不同的题材在艺术表现上也有差异。所以，采用不同体裁表现不同题材的作品在实践"两结合"创作方法时也必然体现出不同的特点，构成多种多样的艺术风格。

比如抒情诗，它的特点就在于抒情，因而特别需要饱满的诗情和丰富的想象。干巴巴地写实，枯燥地发议论，都是要失败的。所以运用"两结合"的方法写抒情诗，革命浪漫主义的比重往往更大一些。当然，比重大小也只是相对而言，没有，也不应该有固定的配方。毛泽东同志的诗词是"两结合"的典范，但在结合的方式、手法、比重上，每一篇都有各自的特点，互不雷同。比如《西江月·井冈山》，从"敌军围困万千重"的严酷环境中表现了"我自岿然不动"的英雄气概，写实的成分重一些；而《蝶恋花·答李淑一》则只有"我失骄杨君失柳"一句写实，接着即巧妙地运用"杨、柳"的双关语义，绚丽的彩笔随着"轻扬"的杨柳直上重霄，在神话世界中描绘了烈士的崇高形象，抒发了深沉的赞颂、告慰和怀念烈士的革命激情；又如《沁园春·雪》，由咏雪转入咏史，纵横数万里，上下几千年，虚实相生，情景交融，而以"数风流人物，还看今朝"作结，打开了人民革命的画卷；《念奴娇·昆仑》，则由昆仑山的高寒积雪想到它给人民造成的灾难，从而驰骋想象，展望未来，抒发了"太平世界，环球同此凉热"的伟大理想。……"两结合"的创作方法，仅在抒情诗这种文学样式中，就能打开发挥个人创造性的如此广阔的天地！这对那些把"两结合"的创作方法理解为框框条条的人,是很有教育意义的。

如果说在今天的抒情作品中,可以古往今来、上天下地,通过驰骋奇异的想象来抒发革命豪情、寄托革命理想的话,那么,在今天的叙事类作品中,就不适宜这样做(儿童文学、科学幻想小说不在此例)。像《牡丹亭》、《长生殿》、《西游记》、《封神演义》、《聊斋志异》之类"人神共处"、"古今同台"的形式,怎能用来反映今天的现实生活、表现当代的英雄人物? 我们今天的小说、戏剧,不仅需要真实的细节描写,而且需要真实地表现典型环境中的典型性格,所以,同样是运用"两结合"方法,但在小说、戏剧的创作中,革命现实主义往往占更大的比重。当然,这更大的比重也不是化学配方。"两结合"的创作方法,在小说这种体裁或戏剧这种体裁中,都为发挥个人创造性打开了无限广阔的天地。

总之,运用"两结合"这种先进的创作方法,有助于在社会主义方向一致的前提下发展题材、体裁、风格的多样化,而不是妨碍这种多样化。在我们打碎了"文艺黑线专政"论的精神枷锁,大大解放了文艺生产力之后,广大的文艺工作者一定会充分发挥独创精神,在运用各种文艺样式从各个方面真实地反映丰富多彩的社会生活的过程中,为我们积累革命现实主义和革命浪漫主义相结合的多方面的实践经验,使我们的社会主义文艺为实现新时期的总任务发挥日益巨大的战斗作用。

有的同志不赞成"两结合",而赞成革命的现实主义和革命的浪漫主义。这是合情合理的。革命现实主义和革命浪漫主义既然是两种相对独立的创作方法,那自然就可以结合,也可以不结合。结合与不结合,虽然各有特点,但并无本质的区别。此外,如果还有什么创作方法能够有效地反映现实生活的话,也同样是可供作家采用的。我们的社会主义文艺,不仅提倡题材、形式、风格的多样化,而且也鼓励创作方法的多样化。周扬同志在中国文学艺术工作者第四次代表大会上的报告中,对这个问题讲得很清楚:

　　毛泽东同志对文艺创作提出的革命现实主义和革命浪漫主义相结合的主张,对于帮助作家正确地而又富有远见地观察和描写生活,是有指导意义的。但无论是革命现实主义或革命浪漫主义,都必须植根于现实生活的土壤。革命现实主义往往包含着革命浪漫主义的因素,因为它要反映现实的发展前途和生活理想。革命浪漫主义也应以现实主义为基础，而不是反映脱离现实的空想或幻想。当然，任何创作口号，都不应成为束缚创作生命力的公式和教条。在遵循文艺必须正确地反映现实生活这个客观规律的前提下，每一个作家或艺术家采用什么样的创作方法来从事创作，这是作家、艺术家的自由。我们要提倡我们认为最好的创作方法，同时更要鼓励创作方法和创作风格的多样化，不应强求一律。文学艺术发展的历史表明，以某一种固定的创作方法来统一整个文艺创作是不可取的，也是不可能的，这样做不利于充分发挥不同个性的作家、艺术家的创作才能，不利于创作的繁荣和发展。

后　记

　　一九五三年,我在西安师范学院讲授"文学概论"的时候,编了一部讲义,第二年又改写一遍。先被选为高等院校的交流讲义,接着又被选为函授教材,打印和铅印过好多次。因函索者甚众,供不应求,院领导便推荐给陕西人民出版社出版。出版之前,我早已改教古典文学,"文学概论"课也已改为"文艺学概论"课,由胡主佑同志担任。胡同志参加了一九五六年暑假在北京召开的全国高等师范院校文史教学大纲讨论会,是《文艺学概论教学大纲》的修订者之一。于是我便在她的帮助下,按照《大纲》的要求,对原讲稿作了修改和补充,改名《文艺学概论》。但严格地说,并不完全具备"文艺学"的内容,是实不副名的。

　　这本书,是一九五七年七月发行的,印了四万六千册。因当时这一类书还相当少,所以很快就销售一空。出版社决定重印,问我是否需要修改。但当我在初印本上作了必要的加工以后,文艺界对"各种反社会主义文艺思想倾向"的批判已经开始,重印之事,也因而作罢。

　　粉碎"四人帮"之后,先后有好几个出版社和我联系,想重印这本书,要我修订,不少读者也提出了类似的意见。我十多年未能接触业务,学殖荒疏,对修订缺乏信心,但反复考虑,既然社会上有此需要,就应该勉力而为,于是从一九七八年秋季开始,以大半年的课余时间对原书作了较大的修改、删削和补充,然后交给陕西人民出版社。这时候,具有深远意义的党的十一届三中全会胜利召开,确定了解放思想、开动脑筋、实事求是、团结一致向前看的指导方针,我们的国家在经济上和政治上都出现了蓬勃的生气。与此相联系,党的"双百"方针得到贯彻,科学文化领域呈现出一片"百花齐放,百家争鸣"的动人情景。文艺理论的探讨也有了不少新的突破,新论点和新提法不断出现,争论得很热烈。面对这种可喜的形势,我打算等到许多重大的争论问题有了比较一致的意见之后再作一次修改,因而又把原稿要了回来。

一九七九年冬在北京参加全国第四次文代会时,又有不少同志问到这本书,主张重印。在同志们接二连三的敦促和鼓励下,我终于打消了一些思想顾虑。但对正在争论的一些重大问题究竟没把握,因而几经考虑,抽掉了第一编中的前三章和第五编,保留下来的主要是谈文艺基础知识的部分。这样一来,叫《文艺学概论》就更不合适了,所以改为《文艺学简论》。

　　还有两点应该声明。第一,作为一本概论性质的书,是应该广泛吸收前人和同时代人的研究成果的。我注意到这一点,但涉猎未广,做得很差,因而远远未能反映我国文艺理论界已经达到的学术水平,这是十分抱愧的。第二,吸收前人和同时代人的研究成果,要通过自己的头脑。由于自己的理论水平和文学修养都很有限,所以不仅对某些问题提出的个人看法难免有错误,而且在对别人的研究成果的取舍和运用上也难免有错误。这一切,当然都应该由我自己负责。诚恳地期待着读者和专家们的批评和指正。

霍松林

一九八〇年六月写于陕西师范大学

附：

霍松林先生的文艺理论研究述评

陈志明

五十年代出版了一部广有影响的文艺理论教科书,六十年代因为形象思维理论而遭到了几乎灭顶的批判,仅仅这样两点,就足以使新中国成立以来的文艺理论批评史无法抹去霍松林的名字。

一

霍松林,一九二一年九月二十九日出生在甘肃省天水县琥珀乡的一个贫穷落后的农村霍家川。父亲霍众特,是陇南书院山长任士言门下最年轻的高材生,教过私塾,以后长期以行医为生。霍松林在十三岁以前,除了参加一些力所能及的体力劳动外,一直在父亲的指点下熟读群经、诸子及诗词古文。后来,先后就读并毕业于天水县新阳镇高小、省立天水中学(初中)、国立第五中学(高中)与南京中央大学。大学期间,从汪辟疆、胡小石、陈匪石、卢冀野诸先生学习诗、词、曲,向罗根泽、朱东润诸先生学习中国文学史和中国文学理论批评史。新中国成立以前,在重庆南温泉南林文法学院任讲师,讲授历代诗选。新中国成立以后,在西北大学、西安师院、陕西师大长期从事文艺理论和中国古典文学的教学和研究工作,也写文艺性的散文和旧体诗词,并为少年儿童写书。现为陕西师大教授、博士生导师,日本民治大学特聘教授,国务院学位委员会学科评议组成员,国家教委高等教育自学考试委员会委员,中国唐代文学学会副会长兼秘书长,中国古代文论学会常务理事,中国文艺理论学会常务理事,还担任校内外多种职务,被聘为中外多种学术文化团体的顾问。一九八五年参加中国共产党,被评为陕西省优秀教师。文艺理论方面的著作有教科书《文艺学概论》(陕西人民出版社一九五七年出版)及其增删修订本《文艺学简论》(中国社会科学出版社一九八二年出版);论文集《诗的形象及其他》(长江文艺出版社一九五八年出版)与《文艺散论》(中国社会科学出版社一九八一年出版)中收有一部分文艺理论方面的专文。此外,还出版了古典文学研究、古代诗文赏析、古代文论校注、少儿读物方面的著作十余本,还发表有大量的学术论文、文艺性散文与诗词作品。

下面,笔者将对《文艺学概论》(以下简称《概论》)和《文艺学简论》(以下简称《简论》)的理论特色以及书中的若干理论观点作一简要的述评。在论述到形象思维问题时,还要兼及两本论文集中的有关文章。引文以《简论》为主,一般不标出书名;有时也兼采《概论》,则标出"《概论》"以示区别。

二

从理论的总体来看,《概论》、《简论》的主要特色在于坚持逻辑与历史的统一,理论与实际的结合。

先说逻辑与历史的统一。这里所说的逻辑,是指科学思维的辩证逻辑。马克思主义认为:认识的逻辑过程与认识的历史过程相同步,正确的理论观点应来自对事物发生发展历史的科学认识。恩格斯说:"历史从什么开始,思维进程也应从什么开始,而思维进程的进一步的发展,不过是历史过程在抽象的、理论上前后一贯的形式上的反映。"(恩格斯《论马克思的〈政治经济学批判〉》,见《政治经济学批判》一九六一年人民出版社版第一百六十九页)一部好的文学理论著作,当然应该坚持逻辑与历史相统一的思维路线,否则,架空立论,无论说得怎样天花乱坠,炫人眼目,终难免成为彩剪的纸花,是不会有久长的生命力的。

《概论》、《简论》中逻辑与历史相统一的特色,可以从论述体裁与阐发理论观点两方面看出。

书中的体裁论,见于第三编"文学的种类",著者并不满足于横向展开的平面叙述,对各体的论述常常伴随着对该体历史的回顾或对代表作家与代表作品的举证。如论讽刺喜剧(见第三编第二章第二节),在指出这一体裁的特点的同时,不仅举出古希腊阿里斯托芬的《骑士》、俄国果戈理的《钦差大臣》的例子加以说明,还对我国讽刺喜剧的历史,从先秦讽刺喜剧的萌芽到宋代的粗具雏形,从元代戏剧大师关汉卿的代表作《望江亭》、《救风尘》到京剧《打面缸》、川剧《拉郎配》以至现代文学家陈白尘的《升官图》、老舍的《西望长安》,作了简要的提示。又如论"悲喜剧"一体(见同上章节),除了论列该体的特点,还简明扼要地叙述了悲喜剧在中国与在欧洲的发展历史。对于悲喜剧中悲剧因素与喜剧因素的复杂多变的关系,著者以广阔的中外古今文学史事实作背景,选取典型的例子加以说明,指出王实甫的《西厢记》以张生、莺莺的大团圆结束,正面人物皆大欢喜;易卜生的《玩偶之家》以娜拉出走告终,主人公喜剧式地摆脱了玩偶地位,却悲剧式地抛弃了家庭和孩子;《丹心谱》中的正面人物虽然取得了胜利,但矛盾冲突得到解决时,"四人帮"的凶焰更盛,又传来了支持正面人物取得胜利的周恩来总理逝世的噩耗,给喜剧性的结局投上了悲剧性的阴影,从而得出"悲喜剧也没有固定的格式"这一令人信服的论断。其他如论杂文、传记、游记、曲艺等,也莫不结合体裁史的叙述进行。对于那些"文章作法"之类的空洞说教,我们尽可不必去相信;但像《概论》、《简论》中结合历史的叙述揭示体裁的某些基本特征,却有助于拓宽我们的思路,无论对考察体裁专史或从事创作、评论,都是会有所助益的。

《概论》、《简论》在阐述理论观点时体现出的逻辑与历史相统一的特色,有三种情况。

第一种情况是:对于已有定论的理论观点,除了必要的界说或理论阐发外,一般都能用例精当,从中外文学史中选用富有代表性的例子加以说明。例如,论"概括的性格描写"(见第二编第三章第二节),先引用巴尔扎克《欧也妮·葛郎台》中对葛郎台老头的描写作例子,说明概括的性格描写的一种常见写法是:"作家往往在人物还未登场的时候,概括地描写人物的性格特征,使读者对这个人物有一个一般概念。"继而引用果戈理《死魂灵》中对玛尼罗夫的描写作例子,说明另一种概括的性格描写是:"有些作家不在人物登场之先介绍人物性格,而在人物登场之后把故事暂停一下,再介绍人物的性格。"最后又引用曹雪芹《红楼梦》中周瑞家的向刘姥姥介绍王熙凤性格的例子说明:"概括地介绍人物性格的任务,也可以由作品中的人物负担起来。"以上三个例子,不仅仅是理论联系实际的问题。因为"概括的性格描写"论点的具体化,是建立在这三个例子的基础上的。表面上看来,即从说明的方法来看,是由论定例,论点先于例子,材料(例子)的生命被观念(论点)所规定,而在更深的层次上,即从研究方法的角度来看,却是论从史出,即先有对大量"概括的性格描写"的具体事例的研究,然后才形成论点并举证说明。因而,虽是举例式的表述,却仍然体现了逻辑与历史相统一的特色。

第二种情况是:对于争论较多的重要论题,注意从丰富的历史事实出发进行全面而深入的论证。例如,关于题材的多样化问题(见第二编第二章第二节),著者根据我国古典诗歌的几个高峰时期题材多样化这一事实,说明"文艺题材的多样化,是文艺繁荣的标志"。然后分两步加以深入论证。第一步,从文艺的社会作用着眼,引孔子的"兴、观、群、怨"说并黄宗羲的有关解释,说明文艺的多方面的社会作用间接地关系到题材的多样化的要求；又从作家"感物吟志"的创作论入手，引刘勰《文心雕龙·物色》与锺嵘《诗品序》的有关论述，说明所"感"之"物"纷纭复杂、千汇万状，也必然表现为多样化的题材。第二步，在肯定题材的多样化以后，又根据白居易、叶燮等人的论述与杜甫、白居易等人的创作，进一步划清了同"题材无差别"论与"题材决定"论的界线，提倡写作具有重大社会意义的题材。强调作家要有"胆、识、才、力"与崇高阔大的"胸襟"。在历史资料的佐证下，经过这样层层剥进，题材多样化这一论题中的应有之义得以阐明，理论上的是非得到了澄清。

第三种情况是：对于主要流行于西方文论中的观点，在进行理论阐发与中外文学史实印证时，着重发掘传统文论中的精华并进行中西文论的比较。例如，关于"把一般体现在个别之中"这一典型化的原则（见第一编第三章第二节），著者指出，我国古代的一些文艺理论家是有过相当准确的说明的。李渔在《闲情偶寄》中所说："欲劝人为孝，则举一孝子出名，但有一行可纪，则不必尽有其事，凡属孝亲所应有者，悉取而加之。亦犹纣之不善，不如是之甚也，一居下流，天下之恶皆归焉。"强调了人物的共性。又说："说何人，肖何人；议某事，切某事。""说张三要象张三，难通融于李四。"强调了人物的个性。李渔对人物个性的强调，和黑格尔所说的"这个"（具有典型性的单个人）毫无二致。金圣叹所说："水浒所叙，叙一百八人，人有其性情，人有其气质，人有其形状，人有其声口。""任凭提起一个，都是旧时熟识。"同样指明了典型人物是共性与个性的统一，这和别林斯基所说的"每个典型都是一个熟悉的陌生人"，又何其相似。经过著者这一番引证、比较，令人信服地说明，作为文艺理论术语的"典型"这一用语，尽管是从国外引进，但典型论的思想却是我国传统文论所固有，从而使典型这一极为重要的文学理论问题不再显出一副令人感到陌生的洋面孔，而变得如同家人一般的熟悉亲切而容易亲近了。与此同时，也弘扬了传统文论中的精粹，推进了马克思主义文艺理论的民族化的工作。

上列三种情况说明，《概论》、《简论》在逻辑与历史相统一上是作出了成绩的。这样说，并不意味着《概论》、《简论》在这方面已无懈可击、尽善尽美。作为一部综合性的文艺理论著作，包容的理论问题极为众多，每一个问题都有其特定的理论内涵与各自的历史依据，绝不是以一人之力所能穷尽其究竟的。可喜的是，我们从《概论》、《简论》中看到了著者在逻辑与历史相统一方面自觉的努力并有所创获。

三

《概论》、《简论》中理论与实际相结合的特色,主要表现于在理论总体上对体裁论的重视、在论述理论问题时注意联系当今文艺的实际以及关注并回答文艺发展提出的新的理论问题三个方面。

先谈第一方面:在理论总体上对体裁论的重视。《概论》、《简论》的体系,基本上采用苏联文艺理论家季摩菲耶夫的《文学原理》的理论框架而又有所变易。其中体裁论部分(见第三编"文学的种类"),从理论总体上体现了理论联系实际的特色,最值得引起重视。与季氏的《文学原理》以及国内的几种文学概论著作相比,《概论》、《简论》中的体裁论具有以下两个特点:一是独立成篇,篇幅较大。全书四编,体裁论即占去完整的一编,篇幅约近全书的三分之一。季氏《文学原理》中的体裁论,题为"文学的类型",篇幅既小,且附属于"文学发展过程"部分,处于并不重要的位置上,国内的一些文学概论著作,虽然将体裁论独立为一部分,但往往篇幅有限,语焉不详,一般仅占全书的十分之一左右。二是对文学种类的区分,既不采用西方基于模仿说与表现说的"三分法"(史诗类、戏剧类与抒情类),也不一般地采用我国习见的基于作品外部形态的"四分法"(诗歌、小说、戏剧、散文)。而是在四分法的基础上又有所扩展,相当详细地论述了诗歌、戏剧、小说、电影、散文、人民口头创作等各体的特征、分类以至具体的表现手法。"三分法"着眼于塑造形象的不同方式,自有其长处。但完全撇开各类作品在体制、结构、语言等形式方面的差异,对于考察事实上以具体体裁的形式存在的各类文学作品也带来了许多不便。作为理论研究,"三分法"不失为一个可取的角度,但若用于考察文学史现象与指导创作与评论,就不免失之于笼统而难于把握了。《概论》、《简论》不取"三分法",而是从体裁的区分去论述"文学的种类",而且将体裁论置于全书的一个举足轻重的位置上,从而在文学理论的总体结构上表现出一种理论联系实际与理论指导实际的可贵思想。我国的古典文学理论不注重建构严整的文学理论体系(只有个别例外),但极为注意联系文学创作与文学批评的实际进行理论探讨,因而相当重视对体裁的研究。古代第一篇文论专文曹丕的《典论·论文》就已开始区分体裁的种类,陆机的《文赋》更将曹丕的"四科"说拓展为十类。在文论巨著刘勰的《文心雕龙》中,体裁论更是作为一大支柱与另一支柱文律论一起支撑着整个理论大厦。文律的研究离不开文体,文律的运用必得通过文体;作为指导文学实践的文学理论,如果离开了对各种体裁的探讨,岂不成为南其辕而北其辙了吗？从整个学术界而论，尽可以容纳为数众多的纯理论研究，但作为体系较为完整的教科书一类的文学理论著作，是有必要将文学体裁的研究置于理论体系的一个重要位置上的。在这一点上，我国古代的文论巨著《文心雕龙》并《概论》、《简论》及其同类的一些著作，是提供了值得借鉴的经验的。

再谈《概论》、《简论》理论与实际相结合的第二方面的表现：在论述理论问题时，注意联系当今的文艺实际。这里所说的联系实际，不仅仅是指在论述理论问题时的举证说明，主要的还是指渗透在书中的强烈的时代意识与实践意识。其具体表现为：（一）著者在论述基本的文学理论问题时，并不满足于纯学术的探讨，而是面向现实，注意澄清理论观点上的混乱，注意从新的文艺创作与文艺评论中总结、吸取新鲜的文艺经验。例如，关于世界观与创作方法的关系（见第四编第一章第一节），著者除了论证"世界观指导创作方法"和"创作方法一旦形成，就有相对的独立性"以外，还从强调生活实践的角度批驳了"四人帮"空喊"世界观决定创作方法"的似是而非的主张，并引述作家柳青的经验之谈，倡导文艺工作者应该上好"三个学校"——"生活的学校"、"政治的学校"与"艺术的学校"，"以创作出无愧于我们的伟大时代的文艺作品"。又如，关于创造艺术典型的问题（见第一编第三章），著者认为，将个性描写绝对化的自然主义与废弃个性化描写的类型化倾向，不单纯是方法问题、技巧问题，主要是由于没有把了解人作为中心去全面深入地研究生活，提高分析概括生活的能力，从而将典型创造与深入生活、提高思想水平这一根本任务联系到一起。（二）在论述"文学的种类"时，著者并不孤立地静止地论述各种文体，而是根据各种体裁的历史命运、现实需要、群众爱好等，有意识提倡通俗文艺与报告文学等文体。曲艺类的通俗文艺，被有些人视为不登大雅之堂，十年动乱时更被以"宣扬封、资、修"的罪名扼杀。著者认为，曲艺"深受人民群众的喜爱"，"应该很好地发掘和整理，推陈出新"（见第三编第六章第三节），因而不惜篇幅介绍曲艺的特点、历史以及大鼓、快板、相声等比较常见而又比较重要的形式。报告文学曾被誉为文艺战线的轻骑兵，但在十年动乱时受到"四人帮"的"不准写真人真事"的大棒的摧残。著者认为，报告文学以体现强烈的时代精神见长，因而也有意识地加以提倡。

最后，再来看看《概论》、《简论》理论与实际相结合的第三方面的表现：关注并回答文艺发展提出的新的理论问题。例如，关于建立中国现代的格律诗问题(见第三编第一章第四节),"五四"以来以至新中国成立以后,有过多次讨论,意见分歧很大。同是认为应该建立现代格律诗的,具体主张也不一样,或主"半逗律"(林庚),或倡用"顿"(何其芳),或提以声调定节奏(王力),也有主张采用七字句或长短句的。著者从总体上肯定了建立现代格律诗的意见,同时又指出,诗人的生活与思想感情的多样性决定了诗歌形式的多样性,建立现代格律诗并不是要制造一套死硬的规则来束缚手脚,而应是以保证诗人的独创性、保证形式与风格的多样性为其前提。又如,关于社会主义社会的悲剧问题(见第三编第二章第二节),十年动乱以前,有人认为社会主义社会已经没有悲剧性的冲突,因而悲剧这种艺术样式已经失掉了生命,著者认为,悲剧性的冲突尽管不是社会主义社会的必然产物,但由于在我们的社会里,还有敌我矛盾、阶级斗争,还存在官僚主义和旧制度与旧意识的残余,在工作指导上,由于缺乏经验等原因,也可能出现缺点、错误,这一切如果解决得不好,就难免在局部地区、个别问题、个别事件上产生一些悲剧性的冲突,这些悲剧性的冲突,是能够通过无产阶级专政和党的领导加以解决的。作家应该坚定地站在无产阶级的立场上,坚持社会主义的方向,真实地反映生活,深刻地揭示产生悲剧的历史根源和社会根源,为铲除这些根源、减少悲剧以至最后消灭悲剧贡献力量。

上述三个方面说明,《概论》、《简论》在理论与实际的结合上也是成绩斐然的。如果说逻辑与历史相统一的特色使《概论》、《简论》获得了历史的厚重感,变得深刻,那么,理论与实际相结合的特色,又使《概论》、《简论》变得富有生气,显得生动。笔者以为,理想的正确而有用的文艺理论教科书的诞生处,应该是在洞察历史与深入实际这一纵一横垂直交会的坐标轴上。当然,这还需要学术界长期不懈的努力,尚有待于对众多的文艺理论问题作深入的专题研究,也有待于进一步从宏观上构筑理论的体系。但是,霍松林的文艺理论著作以及与霍著同类型的一些文艺理论教科书,在这方面已经作出的努力也是显而易见的。"九层之台,起于垒土。"我们不正是因为有了霍松林等学者的艰巨而扎实的基础工作,而对建成未来理想的文艺理论大厦更加充满了信心和希望么?

四

《概论》、《简论》除了在理论总体上具有上述两大特色外,在具体的论点上也有许多值得表而出之的地方，限于篇幅，这里只能择要谈谈在形象思维、文学遗产、诗歌理论等三个问题上的有关论述。

第一个问题，关于形象思维。《概论》、《简论》对形象思维问题都辟有专章论述（见第一编第二章）。著者又是新中国成立以后以长篇专论探讨形象思维问题的第一人，所作《试论形象思维》发表于一九五六年五月号的《新建设》上，以后收入所著的论文集中。为了回答郑季翘批判形象思维的两篇文章——《在文艺领域里必须坚持马克思主义认识论——对形象思维论的批判》（见《红旗》一九六六年第四期。以下简称《坚持》）与《必须用马克思主义认识论解释文艺创作》（见《文艺研究》一九七九年第一期。以下简称《解释》），霍松林又写下了长篇专论《重谈形象思维——与郑季翘同志商榷》（原载《陕西师大学报》一九七九年第四期。收入《文艺散论》）。作者在论著中谈到了形象思维问题讨论的背景，也阐明了自己在形象思维问题上的观点。

作者在《重谈形象思维》一文中指出，从五十年代中期开始的这一讨论，是在批判胡风把文艺的特点、把形象思维绝对化神秘化的基础上开展起来的。个别同志不承认有形象思维，多数讨论者则认为形象思维是文艺反映现实的特点或特点之一，但对形象思维的理解不尽相同。讨论的目的是探讨文艺如何通过它的特点更好地发挥其社会作用。这些事实，可以从上海文艺出版社一九七八年出版的《形象思维问题参考资料》第一辑所收的有关文章中得到有力的说明。决非如郑季翘在《坚持》中所诬称的那样，所谓"胡风的反党阴谋被粉碎了，但是他的形象思维的论点并没有得到批判。……文艺界一些别有用心的人就来继续以形象思维论为武器，向马克思主义的世界观开火了。"同时，还指出，《坚持》一文提出的"反形象思维论"，适应"四人帮"挥舞"文艺黑线专政论"的大棒、推行封建法西斯文化专制主义的需要，是江青一伙抛出的"文艺黑线专政论"的有力支柱；文中创立的"主题先行论"，则成了"四人帮"炮制阴谋文艺的理论根据。《解释》一文不仅回避了这一历史真实，而且连把学术问题搞成敌我矛盾性质的政治问题都一字不提，却谩骂批评过他的同志"歪曲事实"，"陷人以罪"，这不是一个以马克思主义者自居的人应有的态度，无助于拨乱反正，充分发扬文艺民主，以繁荣社会主义文艺的研究和创作。

作者在形象思维问题上的观点，较为集中见于《试论形象思维》一文中，他是从两方面立论的。一方面，指出它与逻辑思维的共同性：二者的思维对象都是客观存在的物质世界；思维的结果，都能够真实地揭示生活的本质及其规律性;形象思维有赖于逻辑思维的帮助,但二者都需要马克思主义世界观的指导。因为它们有共同性,所以不应该把它们对立起来,从而与将形象思维绝对化的非理性主义与直觉主义划清了界线。另一方面,又指出了形象思维自有其不同于逻辑思维的特点:艺术创作中的形象思维的基本对象是作为"社会关系的总和"的活的整体的人;在形象思维的整个过程中,抽象化始终伴随着具体化一起进行;思维的结果是用具体的感性的形象形式体现对生活的认识,即通过个别的具体的东西,反映一般的本质的东西。逻辑思维则以某一物质运动形式的规律性或以某一社会生活方面的规律性作为自己的思维对象;思维的过程是从具体走向抽象;思维的结果是以概念的形式表述对现实的认识。由于形象思维与逻辑思维各有其特殊性,所以又不应该将它们等量齐观,从而又与取消形象思维的特点、导致文艺的特殊功能丧失的错误观点划清了界线。后一个方面(论形象思维的特殊性)是作者论述的重点,因为他"认为文艺有特点,艺术思维也应该有特点,因而想(对形象思维问题)作一些探讨"(《文艺散论·后记》)。"文艺毕竟是有自己的特点的,丢掉了文艺的特点,也就丢掉了文艺。"(《重谈形象思维》)应该说,作者的出发点是值得赞许的;立论大体上也是公允的。论述主要取认识论的角度,有不少精到的见解,但从生理学与心理学的角度充分展开论述,则似尚有所欠缺。

第二个问题,关于文学遗产。对于这一问题的论述,内容十分丰富,较为集中见于第一编第五章"文艺的人民性"、第六章"文艺的社会作用"等处,又在其他各编中有所涉及。这里只能提纲挈领介绍以下四点。

一是对于文学遗产的基本态度。著者从历史唯物主义出发,认为重点应该是取其精华,而不是批判其不足。一则说:"对于这些作家(指杜甫、白居易这样的伟大作家——引者),他们的从属于统治阶级的思想是必须分析批判的,但那并不是最重要的东西,最重要的是他们矛盾的思想中和人民联系的一面,即具有人民性的一面。我们应该强调的正就是这最重要的一面,而不是与此相反的一面。"(见第一编第五章第三节)再则说:"即如在《水浒》中,重要的不是封建主义的思想观点,而是它所反映的农民革命斗争和革命思想,我们在分析它的时候,当然要批判前者,但不要因为前者而抹杀了后者。"(见同上第四节)其所以如此,是由于历史的运动有其继承性,社会主义的文化不是从天上掉下来的,而是人类优秀的文化遗产的继承和发展。我们今天研究文学遗产,既不是为了发思古之幽情,也不是要与古人较论短长,而是为了有所继承并进而革新、创造。在这方面，马克思主义的经典作家有过许多深刻的论述。著者在论及"创作方法的继承和革新"（见第四编第一章第三节）时也谈到了这一点，并以杜甫为例说明，要造就一个伟大的作家，除了他的生活境遇与思想条件之外，还有赖于对文学遗产的不知疲倦的学习。

二是如何吸取文学遗产中的精华。著者为我们提示了几个可取的角度。首先是作品内容构成的角度（见第二编第一章第一节）。文艺作品的内容包括客观方面的生活内容和主观方面的思想内容。分析作品时，不能把思想内容作为作品的全部内涵。否则，对于那些虽然表现了作家的某些剥削阶级思想，却在一定程度上反映了生活真实的作品，就会给予全盘否定。著者以杜甫的名篇《北征》和《自京赴奉先县咏怀五百字》、高则诚《琵琶记·糟糠自餍》、韦庄《秦妇吟》为例说明，只有既考察作品内容的主观方面，又考察它的客观方面，才能作出全面的实事求是的评价，而不致东向而望不见西墙。其次是作家的主观思想与作品形象的客观意义不一定相统一的角度（见第二编第二章第五节）。由于作品形象的客观意义有时是作家没有完全意识到的，甚至是和作家的主观意图有所背离的，也由于作家不仅借助所描写的生活现象表达思想，而且往往以隐喻、象征、议论等手法暗示或直接说出某种思想，而二者又并不一定完全一致、完全吻合，因而在分析作品时，既必须将二者联系起来，又必须区别开来。有些人仅仅根据作家的主观意图衡量作品，就有可能采取轻易否定的态度，如根据曹雪芹的"色空"观念否定《红楼梦》，根据高则诚宣扬的封建道德否定《琵琶记》。第三是作家的世界观与其创作方法之间有着复杂关系的角度（见第四编第一章第一节）。世界观对于创作方法是有着指导作用的，但二者并非始终如一，水乳交融。生活实践战胜阶级偏见、生活逻辑战胜思想逻辑的情况，有时是会发生的。因而在分析作品时，既要知人论世，又要从作品的实际出发，避免因人废言，单纯根据世界观的情况去评定作品。以上三种角度，归结到一点，便是在评价文学遗产时，应该采用实事求是的分析的方法，不能以偏概全，不能把婴儿连同污水一起倒掉。有了正确的态度，再加上这样的正确的方法，批判地继承文学遗产就不再是一句空话，积满历史尘垢的明珠就有可能重新焕发出应有的动人光彩。

三是关于继承借鉴的具体方面。著者在论述"人民性的标志"（见第一编第五章第二节）时，以"人民性"为标尺，将优秀的文学遗产分成两大部分：一部分是"人民大众自己的创作具有丰富的人民性"。例如，《诗经》以下的历代民歌、宋元"话本"、宋金的曲艺以及以地方戏为主的一部分戏曲,基本上是人民自己的创作。另一部分是"文人们的创作通过许多间接环节和变形的分光镜而表现出来的人民性"。文人创作中的进步倾向总是表现在更为复杂而矛盾的形式中,需要具体的研究分析。除了上面提示的三个分析的角度外,著者还提出了"衡量古典文学作品的人民性的有、无、强、弱的最精确的标准",这就是"'检查它们对待人民的态度如何,在历史上有无进步意义',从而一分为二区别其精华与糟粕",并以此为准绳,指出了文人创作的古典文学中具有人民性的九类作品:在人民口头创作基础上加工创作的作品,如屈原《九歌》、施耐庵《水浒》;革命的作家写出的具有历史的真实性的作品;市民文学影响下产生的优秀作品,如《西厢记》、《红楼梦》;揭露黑暗统治、同情人民苦难的作品,如杜甫、白居易的诗篇;反映了统治阶级内部的矛盾与危机、黑暗与罪恶的作品,如《诗经》中的《大雅·瞻卬》、《小雅·北山》;抨击侵略战争、歌颂抵御外侮、揭露妥协媚敌的作品,如岳飞、文天祥的诗词;抒发了与人民相通的优美的感觉和感情、令人乐观进取、更加热爱生活向往未来的作品,如李白的某些诗作;以自然景观为主要描写对象的作品,如众多的以山水为题材的诗歌、游记;反对封建礼教和封建婚姻制度,追求自由恋爱和婚姻自主的作品,如唐人小说白行简的《李娃传》、明代传奇汤显祖的《牡丹亭》。上述的三个角度、一个标准以及具体提出的九类作品,都是着眼于作品的内容方面,属于社会历史的评价,马克思主义的文艺理论认为,评价一篇(或一部)作品,除了历史的角度,还应该有美学的角度,即从艺术创造上来看,提供了哪些新的东西。凡是在艺术上有所创新的,那么,即使在内容上无多可取,仍有批判继承的一定价值,如六朝文学便是。因而著者又补充说明:"比如作家在艺术上的优秀成就,作家吸收并提炼人民语言的成绩等等,都应该估计在人民性的范围以内。"

四是关于古典文学的社会作用。《概论》论"文学的任务的特殊性和基本内容"(见第一编第八章第二节)和《简论》论"文艺的社会作用"(见第一编第六章),同时也包含了对古典文学的社会作用的论述。书中对文艺作品的多方面的作用——《概论》称之为"智育的任务"、"德育的任务"、"美育的任务"、"语言教育的任务",《简论》称之为"认识作用"、"教育作用"、"审美作用"、"娱乐作用",作了相当全面而又深入的论述,这里不一一论列。值得注意的是,著者明确指出:"文艺的认识作用、教育作用,必须结合着审美作用,才能充分发挥。"(见第一编第六章第三节)他解释说:"这是被文艺的特殊性所决定的。"（见第一节）"因为文学的特殊职能是通过在特定的美学理想的指导之下形象地反映生活的方法，通过满足人的美学享受和发展人的审美能力的方法来陶冶人的思想感情、培养人的道德品质。"反之，"不能给人以美学享受和不能发展人的审美能力的作品，如概念化、公式化的作品，绝不能感动人、教育人，因而也绝不能完成它应负的任务"。（见同上第三节）古典文学作品，以其高度的艺术成就，在历史上曾起过多方面的社会作用是自不待言的。书中提到的"杜甫的诗歌被称为'诗史'"（见同上第一节），《水浒传》和水浒戏对农民起义产生过积极的影响，《西厢记》、《牡丹亭》曾引导青年男女踏上反抗旧礼教的道路（参看同上第二节），就是明显的例证。优秀的古典文学作品经受住了时间的考验，至今仍拥有广大的读者，这说明，尽管作品中以形象的形式所反映的生活已属于历史的过去，但由于历史演进的连续性，在古今的对比中，人们仍然可以在感情上受到陶冶，认识上获得提高。因而著者认为，对古典文学作品应取审慎的态度，不要轻易地加以否定（见第一编第五章第二节）。

第三个问题，关于诗歌理论。有关论述，集中见于第三编"文学的种类"的第一章中，也散见于书中其他一些地方。这里不作全面介绍，只简略谈谈其中的三点。

其一，关于中国古典诗歌的民族特色。著者指出，欧洲从古希腊的赫拉克利特等人开始，认为艺术是自然或人的行为的摹仿。中间经历了文艺复兴时期与启蒙时期，直至十九世纪的巴尔扎克、别林斯基等人，基本上都是主张摹仿说（也有称之为再现说的）的。我国的古典诗歌理论，与欧洲的迥然不同："在评论诗歌的时候，不是强调'摹仿'现实、'记录'生活，而是强调诗歌'抒情言志'的特点。"（见第一编第一章第一节）当然，这样说，并不意味着摹仿说可以完全离开作者的思想感情去"摹仿"，也不意味着"抒情言志"说（也有人称之为表现说的）可以完全脱离开具体的生活内容去"抒情言志"。而只是说，构成作品内容的主观方面的思想感情与客观方面的生活内容，在中西文学创作的传统中，各有侧重罢了。

其二，关于诗歌的特征。著者论"诗歌的特征"（见第三编第一章第二节），大体上取何其芳《关于写诗和读诗》中的意见而又有所发挥。其中对于诗歌特征之一的"强烈的感情"的论述，有独到的见解。首先，指明了感情是诗的主要特征。何其芳的诗的定义，是将集中地反映社会生活、饱和着丰富的想象和情感等，一般地罗列出来；著者则根据中外文论和文学史的事实并融合了本人写诗的经验之谈,明确指出:"强烈的燃烧着的情感,这是诗歌的主要特征。""饱满的诗的情绪,这是诗之所以为诗的决定性的因素。""诗的感情就是诗的生命。"指明这一点是十分重要的。因为这不仅要求诗人有真率的感情,"为情而造文"而非无病呻吟,而且要求诗人的感情与人民的感情相通,"做人民的代言人,才能反映时代的精神,写出为人民所欢迎的诗。"其次,论述了以感情为生命的诗歌并不一般地排斥议论。诗中能否发议论,这是一个长期争论不休的问题。著者指出,古人对此发表过中肯的意见:"议论须带情韵以行。"(沈德潜《说诗晬语》)就是说,诗人是带着来自生活的真情实感发议论的,是用具有音乐性的诗的语言发议论的。通过对名篇的剖析,著者总结出诗歌中发议论必须具备的三个条件,"即寓讲道理、发议论于诗的形象之中,并且与感情的抒发紧密结合,还要用诗的语言。"此外,还论述了感情与想象的辩证关系。一方面,指出感情是想象的基础。如说:"当诗人所要描写的对象并没有使他激动起来的时候,他的创造的想象就无法展开。相反,当他被他所要描写的对象激起强烈的情感的时候,他的想象就会鼓翼飞翔。"又说:"诗人的情感鼓舞着他的想象,比如当他被日益高涨的社会主义现代化建设高潮激起喜悦之感的时候,他的想象就会鼓翼而飞,把他带进光辉灿烂的社会主义远景。"另一方面,想象对强化感情也有积极的反作用。如说:"飞翔起来的想象,又会把原来的情感带入更高的境界。"又说:"诗人的想象也强化着他的情感,比如当他想象到光辉灿烂的社会主义远景的时候,他对于日益高涨的社会主义现代化建设高潮就会感到更大的喜悦。"上述感情与议论的关系以及感情与想象的关系,说明了"议论"与"想象"在诗歌创作中的地位,同时也是对"感情是诗的主要特征"的更为深入的阐发。

其三,关于抒情诗的形象。著者不同意把抒情诗的形象简单地归结为诗人的"自我形象"的说法。指出确有以"自我形象"为主体的抒情诗。如杜甫的《春望》("国破山河在")。但即如这首诗,其中的人物与环境也是典型化了的。比如诗中说"城春草木深",不过写城郭寥落,人迹稀少,事实上,长安的春天,草木是不会很深的;"白头搔更短",不过是表示忧时念乱的感情,事实上,当时杜甫才四十多岁,头发即使白而且稀,但不管怎么"搔",未必就稀、短到"不胜簪"(插不住簪)的地步(他在两年后写的《同谷七歌》中还有"白头乱发垂过耳"的句子)。更何况还有不以诗人的"自我形象"为主体的各种抒情诗:有的以各种各样的人物为主体,如李白《春思》,面对读者倾诉感情的是思妇,海涅《西里西亚的纺织工人》中的"我们",则是纺织工人;有的则是诗人直接抒写的对象,如杜甫《春日忆李白》中的李白,以山水、花鸟、虫鱼为对象的诗中的山水、花鸟、虫鱼;有的诗抒写的并不是单一的对象,表现的是一种关系,如曹植《七步诗》中的萁豆相煎,张俞《蚕妇》中的"遍身罗绮者"与"养蚕人"。为什么不能把抒情诗的形象简单地归结为诗人的"自我形象"呢?从内容的客观方面来看,"客观事物是各种各样的,因而抒情诗的形象也是各种各样的";从内容的主观方面来看,诗的形象不能不表现诗人的思想感情,而"诗人总是社会的人,因而他的思想感情是他自己的,同时又是有社会性、时代性、典型性的。"也就是说,诗中的思想感情并不局限在诗人一己的本位上,可以而且应该有所突破,使之具有更为广泛的代表性、概括性。所以,著者说:"从这一点上说,认为抒情诗的形象就是诗人自己,也是不妥当的。"结论是:"抒情诗的形象是生活的客观和诗人的主观的统一体。只要是好的抒情诗,它总是向读者展现一幅生活图画,而这幅生活图画,是用形象思维的方法、典型化的方法创造出来的,具有典型性。"如果"把抒情诗的形象归结为诗人的'自我形象',这不仅在理论上不能说明丰富的艺术事实,而且会在实践上把抒情诗的创作带向贫乏化、简单化的道路。"(以上均见第三编第一章第三节)这也正是著者所以要花较大篇幅从理论上阐明抒情诗形象的实质的原因。

五

对于霍松林的文艺理论研究的评价,笔者以为,应该有两个方面:历史地位与理论价值。

为了说明其历史地位,有必要回顾一下建国初期文艺理论研究界的情况。当时,系统的文艺理论研究还处在草创的阶段。国人自己写的文学理论教科书,只有巴人根据旧著《文学读本》与《文学读本续编》改写的《文学论稿》。文艺理论界主要致力于马克思主义文艺思想的普及与苏联文艺理论的引进。学者们案头常置的,只有有限的几种马克思主义经典作家的文艺论著,解放社版的周扬编选的《马克思主义与文艺》,以及新文艺出版社陆续出版的各辑《文艺理论学习小译丛》。以群的旧译本维诺格拉多夫的《新文学教程》于一九五二年重新出版,虽然略具规模,但论述比较粗疏,且流布不广。产生过广泛而深远影响的,是苏联的文艺理论权威季摩菲耶夫的《文学原理》。该书由查良铮翻译,于一九五三年十二月由平民出版社出版,印行三万册,不仅印数大,而且自成体系——全书分为《文学概论》、《怎样分析文学作品》和《文学发展过程》三个部分,初步确立了文学理论大厦的间架结构。一九五四年春至一九五五年夏,在北京大学讲授《文艺学引论》的毕达可夫原是季摩菲耶夫的学生,通过他的讲授和讲稿的公开出版(一九五八年),进一步扩大了季氏的文学理论体系在我国的影响。

与上述这张时间表相先后,一九五一年初,霍松林开始讲授"文艺学"课(稍后改为"文学概论"课)。一九五三年,他的讲义被选作高等院校交流讲义,以后又被选为函授教材。出版以前,又据全国高等师范院校文史教学大纲讨论会制定的《文艺学概论教学大纲》(一九五六年)的要求,对原讲稿作了修改补充,改名为《文艺学概论》,于一九五七年七月发行,印行四万六千七百册。同年出版的文艺学概论教科书还有另外三种:刘衍文的《文学概论》,李树谦、李景隆的《文学概论》和冉欲达、李承烈、康倪、孙嘉的《文艺学概论》。写作时间都晚于霍松林的《文艺学概论》。可见,霍松林编著文艺理论教科书时,虽有所参考,但参考资料是不多的。对比季摩菲耶夫的《文学原理》,除了在理论框架上有所差异、具体论点上有所不同之外,在结合中国文学的历史与现状进行论述这一点上,更是一空依傍,难能可贵。尽管在今天,我们不难指出《概论》存在的这样那样的缺点(其中不少已在《简论》中得到改正),但著者在当年筚路蓝缕、创业维艰的情况,却应该予以充分肯定。《概论》不仅开了建国以后国人自己著述系统的文学理论教科书的风气之先,而且发行量大,加之其前已作交流讲义与函授教材流传,影响及于全国,大学师生、文艺工作者与文艺爱好者,不少人就曾从中得到教益,受到启发;笔者即是其中的一个。不少五十年代后期和六十年代前期的大学中文系学生,其中有些今天已成为专家,还不忘《概论》在当年如春风化雨给予他们心灵的滋养。

历史地去看待《概论》,它之所以能起到积极的作用,是由于在"左"的政治环境与文艺环境中,不只是一般地传播了马列主义的文艺思想和较为系统的文艺理论知识,而且由于它相当注意对文艺的某些特殊规律的探讨,如对形象思维问题的探讨、重视在继承基础上的创新等,便是明显的例子。又如在谈及"文学的任务"时,也强调其特殊性,如说:"文学的智育任务、德育任务,必须结合着它的美育任务才能胜利完成。"如此明确地提出"寓教于乐"的思想,这在当时是仅见的,著者从一九五七年出版《概论》以后,长期被视为"右"、"修"而挨整,"人性论"、"人道主义"、"创作自由"、"纯艺术观点"、"宣扬世界观与创作方法的矛盾,反对马列主义的指导"、"给反社会主义的文艺在认识论的根本问题上留下一个掩蔽的堡垒"，等等，各式帽子无所不有，各种罪名纷至沓来。这一事实，不正好从反面说明著者在"左"倾思潮日益泛滥期间能够坚持理论原则而不随波逐流么？

关于霍松林的文艺理论著作的理论价值，笔者在前面用绝大部分篇幅评述的理论总体上的两大特色以及在具体论点上对形象思维、文学遗产、诗歌理论等三个问题的见解，都是指明其理论价值的。此外，在文学与生活、世界观与创作方法、内容与形式以及题材与风格的多样化等问题上，也都有若干精到的见解，用今天的眼光来看，仍然不失其理论上的指导意义。诚然，《概论》中未始没有若干缺憾，如关于文学创作过程、文学史的理论和方法、文艺鉴赏以及文艺评论，虽然书中有许多内容与这些方面相关，但未相应地列出专章深入讨论。又如，对西方美学中的某些学说以及对胡风文艺观的评价，有关"文学的党性"的论述，等等，或限于体例未能充分展开，或由于历史的原因，论断上有所失误。但按照马克思主义的历史唯物主义的要求，对于过去的人物或学说的评价，重要的不在于批评其种种局限，而在于看到其创造性的贡献。这也正是笔者今天评价霍松林的文艺理论研究之所以要采取正面述评的缘故。

霍松林在文艺理论研究上取得成绩，有着多方面的原因。

首先是他自身具备的条件：一是对马克思主义和马列文论的深入钻研。在编写《文学概论》讲义之前，"不要说没有教材、没有教学大纲，就连必要的参考资料也十分缺乏、十分难找。"但著者有一种从头学起的精神，"从头学习马列和毛泽东同志的著作；从头搜集和阅读有关资料；力图用马列主义的立场、观点、方法分析问题，拟出提纲，编写讲稿。"（见《中国现代社会科学家传略》第二辑中的《霍松林自传》。山西人民出版社一九八二年十月出版）二是对文艺实际的密切关注。古典文学的研究提出了如何运用"人民性"的标尺去评价古典文学作品的问题，著者就结合理论的探讨去阐明文学史上"人民性"的种种表现；理论批评的领域中出现了庸俗社会学，创作上出现了公式化、概念化的倾向，他就在阐明文学与生活的关系以及文学自身的诸如形象思维等特殊规律时，作出理论上的回答。三是渊博的学识修养。著者长期从事文学史的教学与研究，有丰富的知识积累，厚积而薄发，故能取精而用宏。著者又是填词作诗的老手，赏奇析疑的专家。早在上高中时，即已在"却抛心力夜敲诗"（见所作七律《梦中得"已挟泰山超北海，还携明月跨南箕"之句，足成一律》），新中国成立前已编出《花溪吟稿》，新中国成立后散见于国内外刊物上的诗词作品更多。赏析方面,不断有文章问世,近年来编选部分稿件为《唐宋诗文鉴赏举隅》,已由人民文学出版社出版,在国内外广有影响。笔者的同窗好友袁行霈,一九八六年九、十月间应邀由母校北京大学赴兰州讲学,其时我尚未从兰州大学调来浙江大学,曾对我说起,他在为中国文联出版公司主编《历代名篇鉴赏集成》时,凡遇唐宋名篇而无合适的稿子的,便从《唐宋诗文鉴赏举隅》中选用;可见学术界对霍松林鉴赏水平评价之一斑了。创作与鉴赏兼长,又说明著者富于艺术感受。对理论问题的阐述,不作天马行空式的论证,在以史证论或理论联系实际时,评骘作品常能一语中的,是与著者创作、鉴赏方面的修养分不开的。此外,《概论》、《简论》的著述,还得力于著者的语文功力。著者从小秉承家教,一贯勤于写作。《概论》二十六万多字,《简论》三十七万多字,娓娓道来,如数家珍。这既有赖于思路的清晰与学问的扎实,同时也离不开笔下纯熟的功夫。例如,书中论人物对话与人物性格的关系,引《儒林外史》中张静斋吹牛的一段文字(见第二编第三章第二节),以及论抒情诗的形象并不就是诗人自己,引杜甫《石壕》诗(见第三编第一章第三节)。两处行文都有理有趣,令人喷饭,堪称史、论、评结合的绝妙好辞。

其次,也与著者博采众长,注意吸取学术界的研究成果有关。著者对《概论》,从写作讲稿开始,一改再改,说明他本人思考的不断深入,同时这也是一个不断消化吸收学术界研究讨论的成果的过程。如论"二结合"、批"三突出",谈新诗发展的道路问题,论社会主义社会中的悲剧问题,等等,都是吸收了学术界的研究成果的。在学术研究领域中要高瞻远瞩,应如牛顿所说的站到巨人的肩上,或如荀子所说:"登高而招,臂非加长也,而见者远;顺风而呼,声非加疾也,而闻者彰。"(《劝学篇》)推倒一世之豪杰而独来独往,难免会成为学术上不堪一击的纸糊巨人。但吸收他人成果,并非照抄照搬。即使是基本上采用他人的论述,如书中论"博喻"(见第二编第七章第二节),基本上采用钱钟书《宋诗选》中的意见,但仍补充了《诗经·小雅·天保》的例子,并画龙点睛地指出:"当然,比喻要新鲜、贴切、生动,服务于艺术形象的塑造,不宜一味贪多。"这就有了新意,将历来局限在比喻多寡上的对"博喻"的讨论,向前推进了一步。

最后,也有社会方面的原因。新中国成立以后,从教学与科研两个角度向新一代的学者提出了建立科学的文艺理论体系的任务,同时也提供了这种可能性。尽管新中国成立以后的最初几年已有"左"的苗头,但总的说来,学术空气还是比较自由的，知识分子政策执行得也较好，谈论文学遗产的批判继承，不致被戴上一顶"宣扬封、资、修黑货"的帽子；批判了将"形象思维"绝对化、神秘化的论点，又不妨在马列主义的指导下重新去阐明形象思维的问题。也是一时风会使然吧，时代需要造就英雄，英雄也就脱颖而出。

一九八七年二月六日零点写毕
十月二十一日零点改定于浙江大学寓所

　　[附记]本文曾在陕西省社会科学院、陕西省社会科学学会联合会主办的《人文杂志》一九八八年第二、三两期上连载发表，有所删节。现据原稿全文重排发表。

图书代号：ZH10N0956

图书在版编目(CIP)数据

霍松林选集. 第一卷，文艺学概论、文艺学简论／霍松林著. 一西安:陕西师范大学出版总社有限公司, 2010.10
ISBN 978 - 7 - 5613 - 5259 - 5

Ⅰ. ①霍… Ⅱ. ①霍… Ⅲ. ①霍松林—选集②文艺学—文集 Ⅳ. ①I217.2

中国版本图书馆 CIP 数据核字(2010)第 173669 号

霍松林选集　第一卷　文艺学概论　文艺学简论

霍松林　著

————————————————————————————————

出版统筹　刘东风　冯晓立
责任编辑　晏国英　张　立　谢勇蝶
封面设计　安宁书装
版式设计　朱　雨
出版发行　陕西师范大学出版总社有限公司
　　　　　　（西安市长安南路 199 号　邮编　710062）
网　　址　www. snupg. com
印　　刷　万裕文化产业有限公司
开　　本　710mm×1020mm　1/16
印　　张　326
插　　页　4
字　　数　6135 千
版　　次　2010 年 10 月第 1 版
印　　次　2010 年 10 月第 1 次印刷
书　　号　ISBN 978 - 7 - 5613 - 5259 - 5
定　　价　2980.00 元(全十册)

————————————————————————————————

读者购书、书店添货或发现印刷装订问题，请与营销部联系、调换。
电话：(029)85307864　　传真：(029)85251046